当冬日渐暖

听风响雨 著

吉林文史出版社
JILINWENSHICHUBANSHE

图书在版编目（CIP）数据

当冬日渐暖 / 听风响雨著 . -- 长春 : 吉林文史出版社 , 2019.8
ISBN 978-7-5472-6479-9

Ⅰ.①当… Ⅱ.①听… Ⅲ.①长篇小说－中国－当代
Ⅳ.①I247.5

中国版本图书馆 CIP 数据核字 (2019) 第 154213 号

当冬日渐暖
DANG DONGRI JIANNUAN

作　　者：听风响雨
策 划 人：常晓鹏
联合策划：翻阅小说　册府文学
责任编辑：吴枫
封面设计：土土
出版发行：吉林文史出版社（长春市福祉大路 5788 号）
印　　刷：北京瑞达方舟印务有限公司
开　　本：710mm×1000mm1/16
印　　张：24
字　　数：442 千字
版　　次：2019 年 8 月第 1 版
印　　次：2019 年 8 月第 1 次印刷
书　　号：ISBN978-7-5472-6479-9
定　　价：68.00 元

当冬日渐暖

◎ 听风响雨 著

第一卷

缘来缘聚

1·初 识

时间是很奇妙的东西，看不见摸不到。我们穿梭在时光的隧道里，模糊蒙眬地前行，以为是遥遥无期漫无目的的游走，可穿行之后，我们才发现隧道之外是期盼已久的相遇……

盛海十一月，秋风初至，枫叶微红。琴海路上的写字楼，高窗明镜。

耀眼的阳光照射在"大沪律师事务所"的金字招牌上。

二十二岁的顾佳，一身黑色女式西装，扎着高高的马尾，抱着档案，停留在律所玻璃旋转门前，抬头眺望了一下蔚蓝的天空，露出温暖香甜的笑容。

今天是她入职的好日子，她特意做了职场装扮，干净利落，精明干练。

元气满满的顾佳还未走出玻璃旋转门，就见正前方一位帅气俊美，身穿黑西装、白衬衣的男人朝她走来。

他拥有俊朗的五官，眸光如寒冬凛冽，内敛锐利的气息飘散在空中，仿佛周围的空气都悄然降至冰点，气势逼人。

顾佳不禁看痴了，捋了捋马尾，一双桃花眼笑成了一轮弯月。天下竟有这么好看的男子！

他的脚步越来越近，顾佳心跳也越来越快，几乎快要从口里跳出来。她马上用手按住胸口，抑制情绪。

怎么会？是他……不可能，不可能！

顾佳摇摇头，试图让自己清醒。

与此同时，男人已经拉开了旋转门旁边的直推门，感受到顾佳的视线，他侧头看了一眼。一股冷风扑面而来，顾佳被那一眼冷森森的煞气吓得后退了两步，撞在了玻璃旋转门上，竟又被旋转门带到了大楼之外。

"喂！喂！"顾佳的声音还没有传出旋转门，对方已不知去向。

顾佳被气得马尾都要翘起来了。这样的男人，肯定不是他！

"哎，时间不多了。"顾佳低头看了一眼手表，扭过头，快速走进旋转门，径直进了电梯。

事务所在八楼，按下楼层号码后，她转身对着镜子重新整装。

"叮！"电梯门开后，顾佳一个快步出了电梯，直奔803号办公室。

一路走过来，事务所大办公室的各个隔断内，电话铃声此起彼伏。

"您好！我是顾佳，新来的实习生。"顾佳穿着黑色锃亮的高跟鞋，稳稳地停在了律所主任办公室门前，礼貌地敲门后说。

听见声音，赵大沪一抬头，见是顾佳，笑呵呵地挥手让她进来："佳佳来啦！快进来！"

"赵主任好！"顾佳先是毕恭毕敬地向赵大沪鞠了个躬，然后笑着说："赵叔叔，我来入职了。"

赵大沪带她去做了人事登记后，郑重其事地向大办公室里的所有人做了介绍。

"嗯！那个……大家都把手头的工作先停一停，停一停。"赵大沪双手指着顾佳，接着说："介绍一下，这是我们事务所新来的实习生顾佳，大家鼓掌欢迎！"

顾佳站在过道上，向众人摆手微笑，打招呼："嗨，你们好！我是顾佳。照顾的顾，佳人的佳，是盛海学院的应届毕业生。初来乍到，还请大家多多关照。"

"原来是小师妹啊！哦，还是个大美女，欢迎欢迎！"座位离顾佳最近的披着卷发的同事何凡，转着橡皮，挥手打招呼。她也是盛海学院毕业的。

"实习生？是做助理吗？！赵所，你把这小妹妹安排给谁了？"留着中分头的李宜从办公桌隔挡后面抬起头问。

见他们对自己说话，顾佳也忙点头示好。

赵大沪正要给她介绍所里的同事，却听见事务所门口传来步伐稳健而又有节奏的脚步声。众人霎时犹如惊弓之鸟，纷纷转过身去，继续低头办公。

顾佳转头向门口看去，竟然是刚刚在楼下旋转门见到的那个冰块脸。

帅气又冷漠的男人，沿着过道走过顾佳，自带冷风，即将走进里间办公室。

顾佳心里嘀咕："冷若冰山、冷血动物、冷酷无情……"

耳边听得赵大沪在喊："沈牧、沈牧，稍微等一下。"

"嗯？"沈牧停步，转头看向赵大沪，顺带扫了顾佳一眼，似乎没认出她，问："有事儿？"

他的声音灵动清晰，富有磁性。低垂的双眼，透着一层淡淡的冷漠。

顾佳扫了一眼他手中的文件，明明是打印件，上面却有密密麻麻的钢笔批注，整套文件干净得没有一丝污点和折痕。

"这是新来的实习生顾佳。你专业强，经验多，往后就由你来带她，让她给你当助理。"赵大沪伸手介绍顾佳，笑着嘱咐。

嗯？什么？竟要给这块冰坨子当助手？顾佳咬了咬唇，讪讪地上前打招呼："沈律师好！我是顾佳。往后……"

顾佳的话还没有说完，就听见他淡淡道："好。把《婚姻法》第三章第十九条背一遍。"

"啊？什么？"顾佳懵了，一时没反应过来。

沈牧个子高，低头看了她一眼，似有不屑道："怎么？资格证还没拿到手，法律法规都忘记了？"

顾佳抿了抿唇，有些尴尬。沈牧的话，激起了她的好胜心。证书年底才能下来，但律法她可是背过不下五遍。

不等他更难听的话说出口，顾佳深吸一口气，信心十足地背诵道："第十九条，夫妻可以约定婚姻关系存续期间所得的财产以及婚前财产归各自所有、共同所有或部分……部分共同所有。约定……约定采用书面形式……"

元气满满的顾佳，信心十足地背诵，却高估了自己的记忆，严谨的律法被她背得磕磕巴巴。

没等她背完，沈牧已经转身进了办公室。顾佳拿出随身携带的钢笔，在鼻尖处吸了吸，紧紧盯着他，暗想：莫不是他看不上自己，便找借口，要给自己换个师父不成？

不过，如果能换一个平易近人、性格温和的师父，嘿嘿，倒也不错。

顾佳悄悄偷笑，却奈何又见沈牧拿出一本黑色笔记本，在上面写了一句话，丢给她。

顾佳脸上的笑容瞬间消失，接过笔记本，打开一看，扉页上赫然写着：做我的助理，要三快：脑子快、语速快、手脚快！

这是在说她做事不带脑子，口齿不利？好歹她也是盛海学院法学院拿过一年奖学金的好学生，他这个久经沙场的正牌大律师，怎么可以拐着弯骂她？

顾佳攥紧了笔记本，正要转身跟赵大沪声讨他这人怎么这样，却见那个大包大揽把她招进事务所的主任，早已不知去向。

2 · 文　件

再次回到办公桌前的沈牧，半天都不见顾佳进来，敲了敲玻璃窗，冷冷道："限你一分钟之内进来，否则就不要进来了。"

顾佳倒吸一口凉气，瞬间提神，迅速冲进了办公室。

"领了办公用品后，把这一个星期的最新法规、规章以及行业动态，全部整理出来，向我汇报。"沈牧从文件柜里拿出一个崭新的档案袋，递给她，继续低头记录。

顾佳看了看那档案袋，比寻常的律法书还要厚，重点是新的，新的。她看了沈牧一眼，故意冲他皱了皱鼻头，待他抬头时，又笑盈盈地接过档案，抬头挺胸道："是！顾佳保证按时完成任务！"

沈牧抬头看了她一眼，轻笑了一声，说："拭目以待。"

顾佳挑眉一笑，转身就找位子。

"右边靠窗的那个桌子是你的。"沈牧说完，继续低头办公。

顾佳回头看了他一眼，他身上的白色衬衣、黑色西装与他背后藏蓝色的墙壁，形成鲜明对比，让她不禁打了一个哆嗦。

顾佳随手摸了摸脖颈，耸耸肩，给自己打气，快步走到办公桌前，坐下。

27 寸显示屏占了大半个桌子，左侧还有一台大型打印机。顾佳收好档案后，打开电脑，却哪知打印机一同响了。她一掉头，它吱吱了半天，出了半张纸后不动了，卡纸了。

顾佳好歹也用了十多年的电脑，基本的硬件处理还是可以的，但这打印机的硬件……只存在于她的想象中。

等了半天，那半张纸死活就是不肯出来。顾佳一伸手，硬是将纸撕成了两半，另一半生生卡在里面。想要不拆开打印机就拿出纸来只怕是难了。

"顾佳，把我打印的文件递给我！"这时，沈牧的话从上空飘过来。

顾佳犹如遭遇当头棒喝，这文件竟然是沈牧出的！她忙捡起那半张碎纸，看了看是当事人的委托书。顾佳拍了拍头，偷瞄了他一眼，他正低头写字。她咬了咬下唇，说："哦。稍等，马上就好。"

顾佳将手里的半张废纸扔到一边，开始研究打印机，开机、重启、插头她按了不知多少遍，可那台打印机，就是不肯听话，始终不出纸。

"打印机啊打印机，你可不能这么欺负我一个新人。快点好起来吧！"顾佳边修边小声叨叨。

这时，一双棕色锃亮的皮鞋落在了她身边，顾佳看着那双皮鞋，心里"咯噔"一下，停下了手里的活，缓缓站起身。

顾佳冲沈牧嘿嘿一笑，尴尬道："沈律师，那个……它卡纸了……再稍等一下，一会儿就好，一会儿就好。"

说完，她又蹲下继续寻找问题的根源，卡纸的位置却始终找不到。

沈牧就站在她旁边，盯着她盲目地四处乱找，等着看她究竟什么时候才能找到左侧的面板。

时间一分一秒地过去，顾佳额头上已渗出了焦急的汗珠，问题却始终没有找到，更不要说解决问题了。

沈牧摇了摇头，伸手一扳，顾佳旁边的面板被打开，里面硬生生塞了一团白纸。

顾佳连忙伸手去够，却被沈牧抢先一步抽出。顾佳一无所获，还弄得满手的粉墨。沈牧从旁边拿出纸巾盒，抽出一张纸巾递给她。

这一个小小的举动，让顾佳的大脑皮层瞬间穿越回了十年前。

这个动作，这张纸巾，以及他黑黑的瞳孔，那双好看的单眼皮，都让她一眼认出来，他正是自己苦苦寻找的救命恩人，是自己倾慕了十年的人。

顾佳脸上露出了溢满阳光的笑容，犹如一朵花，寻找到追随的阳光，幸福无比。

然而，光亮闪过，他后面的话，却将她的阳光关在了门外。

"还真没见过你这么笨的助理！"沈牧清理完碎纸后，拿出墨盒，摇了摇，重新装回原位，再按开机键，打印机恢复正常，修好了。

顾佳僵住，缓缓站起身，看着他重新回到办公桌前打印文件，她怀疑自己的记忆出了差错。

她倾慕的那个人，曾经那么阳光温暖，一双手让人觉得世界都亮了。可此时的他，却让人觉得从天上落入了地窖，寒冷彻骨。

顾佳坐下来，看了打印机一眼，撇撇嘴，暗想：还真是对新人不友好。

但转过头后，她盯着电脑，深吸一口气，默默给自己加油打气："加油！你是谁呀？你可是顾佳，没有什么可以打倒你！"

"顾佳，过来！"沈牧突然叫她。

"哎，来了！"顾佳拿着随身带的涂鸦本及钢笔，走到他面前，等他安排工作内容。

沈牧抬头看了她一眼，说："把你的QQ号告诉我，我加你为好友。以后，每天搜集最新法规规章，我不管你是报纸、杂志还是网络电视，所有看见的、听见的，都必须全部整理。每周五交给我，另外，每月一份简报。"

说完，他停顿了下，又补充一句："哦，对了，一会儿准备下，要去见个客户。"

"哦！好！"顾佳眨着一双漂亮的大眼睛，边听边点头，手上却没有记录半个字。

沈牧扫了一眼她手里的本子："我的话，只说一遍，如果记不住，最好拿笔记。"

顾佳低头看了一眼，手上的涂鸦本上，是自己前两日才绘制的一棵淡紫色樱花树，旁边有一些乱七八糟的笔触。顾佳忙用手遮住，讪讪赔笑道："是！记住了。"

同时，顾佳忙翻到空白页，飞快地记下几个要点。

"没事了。去忙吧！"沈牧支开她，转身又出了办公室。

记完内容，顾佳想再问问简报及其他与法律相关的文件内容、格式要求，一抬头却已不见他人了。她只好拿着钢笔，在鼻尖处吸了吸，回去忙了。

上班第一天，沈牧没有安排太多工作给她，顾佳忙完手里的活，加上他的 QQ 后，一眼看到他的签名。

"坚守本心，做好本职。"

短短八个字，只讲工作，不提生活。想要偷偷看看他的空间，又总觉得不礼貌，忍了好久，终还是忍不住点开看了一眼。

里面空空如也，顾佳看着心里空落落的。

大哥哥，不，沈牧，这些年，你都经历了什么？

这时，门外传来沈牧的脚步声，她马上退出了他的空间，顺便悄悄删除访问记录。

"准备好了吗？带上相机、录音笔、笔记本，跟我去见客户。"沈牧回来喝了一口水，提着公文包，看了一眼被电脑挡着的她，边说边往外走。

"是！"顾佳关了电脑，带好东西，飞快地跟着他一同下了电梯。

3·豪 宅

一路上，沈牧都是疾步快走，一双大长腿不知不觉就把顾佳甩在了三米开外。

好不容易赶上他，上了车，顾佳还来不及问，沈牧便将手中的档案袋递给了她。

"小意思，原告丈夫谢明远起诉离婚，我们当事人是被告。这属于诉讼离婚，涉及婚前财产、婚后共同财产以及子女抚养问题。"沈牧系好安全带，边启动车边对顾佳说。

难怪他让自己背诵婚姻法条款，顾佳这才见识了他的"良苦用心"。

拆开档案袋，顾佳注意到上面密密麻麻的批注，是好看的楷体字，让人舒服。

她微微侧目打量他。

乌黑的短发下，眼神深邃，棱角分明且好看的侧脸下方，脖颈修长。笔挺的西装，细长有力的手指紧紧握住方向盘，让人觉得安全。

顾佳不自觉地将铅笔含在嘴里，心情难以平复。想不到，经过了这么久，居然可以在这里相遇，并且日后还会朝夕相处。她暗喜，心道：当真是"众里寻他千百度，蓦然回首，那人却在灯火阑珊处"。

想到这儿，她不由自主地笑了，口里的铅笔也掉了，好在她反应快，一把接住。

沈牧用余光看了她一眼，说："你这个咬铅笔的毛病最好改掉。尤其是在客户面前。"

顾佳低头看了一眼铅笔，以及身上的黑色西装，立即挺直腰杆，端正坐姿。

"是！师父！"

听见这个词，沈牧看了她一眼，见她精神抖擞，不好打消她的积极性，索性默认了。

顾佳端坐了不过五分钟，便绷不住了，又稍稍放松一些。她低头看到当事人娄倩倩的名字时，问："师父，这是第一次见这桩案子的当事人吗？"

"是！昨天才接到的电话。"沈牧虽然专注开车，却始终耳聪目明。

顾佳端详他的样子，难掩欢喜，一如回到十年前初见他的样子。先前种种不快，瞬间烟消云散。她暗自给自己圆场：专业律师，就是有脾气、有性格。

想到他空荡荡的空间，顾佳默念：别害怕，不管这些年你遭遇了什么，都已经过去了。未来，有我陪着你。

虽然有了沈牧的批注，但顾佳还是难免对一些要点不太清楚，便自己用铅笔轻轻在一旁标记。对当事人可能会询问的问题，都一一列好，生怕一紧张，全都忘了。

她始终没忘，法学教授曾说过，想要当好律师，就要多看、多听、多查、多记、多思。客户与律师的时间都十分宝贵，决不能轻易浪费。

做好准备工作后，顾佳给自己加油打气，拿出十二分精神，准备大干一场，誓要设身处地为当事人考虑，帮助她解决问题。

转眼到了目的地，下车后，顾佳才发现娄倩倩家居然是郊外的两层小别墅。位置、地段都上佳，想必当事人夫妻双方身份地位非同一般。

熄火后，沈牧下车正要锁车门，见顾佳还在一旁发呆，故意多按了两下车锁。待顾佳走到他身边后，两人才一前一后地走到正门口，按响了门铃。

两分钟后，一个系着围裙的女保姆开了门，打量了他们二人之后，说："请问，你们是……"

沈牧从西装口袋里取出律师证，打开给她看，说："我们是大沪律师所的。"

"哦哦哦。知道了。请稍等。"女保姆马上明白过来，转身对屋内的人说："夫人，人来了！"

"让他们进来吧！"房内的女主人柔声说。

"沈律师，里面请。"女保姆马上让开道，将沈牧、顾佳让进了房内。

穿过院子，顾佳和沈牧换了拖鞋后，才进了屋。

娄倩倩家庭条件优越，整栋别墅装修、家具设施均是欧式风格，显得十分高端大气。

大学四年，顾佳泡在图书馆的时间，比睡觉时间还多，一本本的案例如数家珍。离婚案件，已经不是单纯的民政局办理离婚手续，更多的是大额财产纠纷、子女抚养权争夺。不管是豪门大户的据理力争，还是贫贱夫妻的锱铢必较，都会让当事人身心俱疲。

许多人都是婚前花前月下，海誓山盟；婚后背信弃义，忘恩负义，早已将责任与义务抛诸脑后。

顾佳一路上仔细研读了娄倩倩的基本案情，早已不由自主地站在她的立场，预备尽心尽力为她出谋划策，以减轻当事人的身心痛苦。

顾佳和沈牧紧紧跟着保姆，走到了客厅沙发旁。披着卷发的娄倩倩穿一身粉色蕾丝长裙从沙发上站起身来，冲沈牧、顾佳两人微微颔首微笑。她闪动着长长的睫毛，伸手让座："沈律师，你们来了。请坐，这位是？"

沈牧侧目看了顾佳一眼，介绍道："这是我的助理——顾佳。往后，您如果有什么需求，需要沟通可以直接联系她。"

"好。"娄倩倩点了点头，冲顾佳也笑了下，然后吩咐保姆去准备茶水点心。

"都说沈律师在业界以专业、准时著称，果不其然，时间不早不晚，刚刚好。"一坐下，娄倩倩夸奖道。

沈牧唇角微微波动笑了一下，看了顾佳一眼，谦虚道："过奖。那我们现在就开始吧！"

顾佳立即打开笔记本和录音笔，准备记录。

"不急，先喝口水。"娄倩倩看着保姆将茶水放在两人面前后，才点头示意开始。

"基本情况我们已经了解了。但有些细节，需要面谈，才能更好地了解您的诉求。询问过程中，或许会涉及您的隐私，还望理解。"沈牧将丑话说在前面，方便弄清楚利害关系。

"好。您问吧！"娄倩倩温和地说。

顾佳也打开文档和录音笔，随时准备记录，全程专注倾听，手脑并用，生怕错过某个重要的关键点。

"您与您的先生是何时认识的？"沈牧问。

"2003 年的一个夏天。"娄倩倩说。

"您当时是正在读高中？"沈牧再次问。

"是……不如，我从头讲起吧！"娄倩倩温柔贤惠，态度谦和，言谈举止如柔风细雨。

顾佳从进门到现在，都未曾看到她有半分悲伤情绪，始终保持温柔体面的一面。她的整个叙述过程，娓娓道来，不急不慢，犹如在讲述别人的故事。

4 · 陈　述

2003 年，娄倩倩与丈夫谢明远在南丰县分别读两所不同的高中。一次偶然的机会，骑车的谢明远意外撞倒了娄倩倩，扶她起来时，两人正式认识。

两人的学校中间隔着两条街，每周见面的次数寥寥无几，多半以书信往来。那时候，娄倩倩每周都会盼望能够收到他的书信，喜欢看他漂亮的字，喜欢听他讲学校以及书本里的趣事，也喜欢他聪明睿智，对理想充满希望。

谢明远一直喜欢她简单、温柔还有淡雅的书卷气，但谁也没有捅破那层窗户纸。

直到高考后，两人考上了同一所大学，一个学金融，一个学艺术，这才正式交往。

听到这儿，顾佳忍不住悄悄看了沈牧一眼，他自始至终面无波澜，手中的笔也纹丝未动。似乎只是把"聆听案情"当作一项必要的工作任务，没有丝毫的感情投入，心底更是毫无触动。

顾佳却想起自己的青春。那些年，她曾悄悄给沈牧写过很多信，但一封都没有寄出过，也根本不知道寄去哪里，只是像写日记一样，习惯地记着自己的生活以及对他的问候。大学毕业后，她将那些信件全部都藏在书柜里。

那是她整个青春，也是她生命里的一座灯塔，一个希望。

"后来呢？"沈牧问。

娄倩倩低头搅拌了一下咖啡，喝下一口后，继续说："大学四年，所有人都认为我们是金童玉女，良缘绝配，日后必定佳偶天成，百年好合。"

顾佳暗想：能和相爱的人，一直在一起，当然是天作之合，缘分天定。只可惜……所有的祝福都是美好的，亦如鲜花盛开前的最佳状态。但生活却难以长久保鲜，就如同鲜花总有凋零的一天。

顾佳记录案情的同时，偷偷扫了房内一圈，四处都是富有浪漫气息的油画作品——人物或者花鸟自然，让整栋别墅都充满了生机。

"你们领证的日期是 2010 年 10 月 10 日，应该是刚毕业就结婚了，对吗？后来呢？"沈牧终于提笔写了几个字。

娄倩倩点头，继续讲着他们的故事。

虽然我们都是南丰县人，但当时两家人的条件都很一般。爸妈一直怕我受委屈，不同意我们结婚。

他苦苦追求，再三保证日后定会好好待我，并且找到了一份比较稳定的工作，这才结婚了。

两年后，我们手里有了一笔资金，正式创业，开了一家小型的灯饰公司。

"就是现在的良缘灯饰？"沈牧抬头看了她一眼，问。

良缘灯饰？顾佳翻阅档案时，有注意到这家公司。

"是！当时的公司只是街边一个小门面，后来租在了商城。一年的租金就是四万多。公司刚开业三个月的时候，只卖掉了三盏吊灯，连水电费都不够。"娄倩倩摇头，自嘲道。

"公司效益不好，但那时我的油画作品反倒有了些起色。一幅作品从 300 元卖到了三千，生意也愈加好起来。大多数人买回去，用来装饰房屋。"

"这屋内的这些油画，都是您自己的作品吗？"顾佳忍不住打断她的话，问。

娄倩倩笑了，说："顾助理好眼力。没错，这些都是我每个时期的代表作，留着做纪念，也算是艺术路上的成长记录吧。"

"很棒！"顾佳伸出大拇指，夸赞道。

沈牧却看了顾佳一眼，略有不悦。时间宝贵，她不仅打断当事人的叙述，还问一些与案件无关的问题。

"您接着说。"沈牧提醒道。

"好！"娄倩倩喝了一口咖啡之后继续讲："我的油画作品被一些装饰公司看中，它们纷纷投来橄榄枝，都是大单子。这时，我借此机会，引荐了明远给他们，以此带动公司的销售。自此，公司有了起色，生意也越来越好。婚后八年，我们将小商铺发展成中型企业。曾经 70 平方米的楼房也换成了这栋大别墅。"

娄倩倩抬头看了看房顶灯饰以及四周的装修，满心满眼都是怀念。

"公司创办时，您可曾参与入股？"沈牧问。

顾佳查阅良缘公司的目前市值，只可惜那一行空白。她看了沈牧一眼，又转而专注听娄倩倩的叙述，希望能从她那里听到答案。

娄倩倩想了一下，说："2012 年创办公司时，他拿的是家中积蓄来创业。而我的油画作品贴补家用。对了，还卖过三幅高价油画，弥补公司财务亏空。"

"具体启动资金，您当时知道吗？"沈牧问。

娄倩倩摇摇头，说："具体数字不清楚，大约有三四万的样子。事后，又追加了不少资金。"

"是现金，还是银行转账？"沈牧问。

"都有。"娄倩倩说。

"那请您向我们递交一份委托书，由我们来调取银行流水。"沈牧提笔记下需要的材料。

顾佳忙备注记录。

"好的。不过……这委托书……"娄倩倩看了看顾佳，有点为难。

沈牧也看了顾佳一眼，答复娄倩倩道："您若是不方便，我助理会拟一份草稿，您只需签字即可。"

"哦。好。"娄倩倩放心了。

顾佳脑中拼命回忆上学时候学到的各种模板。起诉书、答辩状、申请书，可就是一时没想起来委托书的具体格式。

她尴尬地冲娄倩倩一笑，希望她下次再要这份资料。

"婚后八年，你们夫妻二人，可曾有过争吵？"沈牧问。

娄倩倩笑了，放下咖啡，促膝而坐，说："有。早些年，一直很好，但是婚后四年，我们……一直没有孩子。"她的脸上微微有点内疚，"闲言碎语多了，他自然也受不了，打过我两次。"

听见"打"字，顾佳猛地一抬头，手中的钢笔改抓为握，她不敢相信，如此貌美贤惠的妻子，居然也有人舍得打。

"当时，是否留有证据？或者报警记录？"问到案件关键点，沈牧追问。

远处的保姆，听着夫人的话，一双手在身前紧张地抓住围裙。

娄倩倩片刻之后，抬头看向保姆，吩咐道："刘妈，去将卧房床头柜里的一份牛皮纸文件拿来。"

"是，夫人。"刘妈很快上楼，取下资料，交给了娄倩倩。

娄倩倩不紧不慢地拆开档案，从里面取出十几张照片，交给了沈牧。

"这些仅仅是第二次的。"娄倩倩说。

5·实　情

沈牧看着拿在手里的照片，脑补了当时场面之惨烈。她的肩膀、胳膊、腿都有不同程度的擦伤，很有可能当时两人动手，控制不住情绪，砸到了家具玻璃。

看着娄倩倩的神情，顾佳猜到了她照片上的惨烈程度，偷偷瞄了沈牧手中的照片一眼，问："当时，警察那边怎么说？"

"还能怎么说？调解道歉。"娄倩倩轻叹道。

沈牧注意到照片中的半张残存日历显示的时间是 2016 年 6 月。

"除了家暴，你们夫妻感情方面还有其他问题吗？"沈牧将照片交给顾佳收好后，问。

顾佳也紧紧盯着她的神情，等着她的答案。

"……嗯，有，还有兰兰。"娄倩倩鼻尖有点酸楚。

"谢诗兰？"沈牧翻了她的户口本，反问："八年无所出，那她是你们收养的孩子？"

沈牧对当事人的资料如数家珍，了如指掌，顾佳却仅仅是在路上看了一遍，匆忙翻阅档案，做好记录。

养女，她试图回忆抚养法中的条目，一旦办理了领养手续，她等同于当事人家中的一员，享有婚生子女同等权利。

"是。她是我们两年前收养的孩子，今年才三岁。"娄倩倩心疼道。

"好不容易有了孩子，为何还会出现感情危机？"顾佳憋了半天，终于开口问道。

娄倩倩看了顾佳一眼，笑了："顾助理还年轻，有些事看不透。起初兰兰一切正常，但不到两年，孩子身体出现了问题，常常哭闹，不能长时间站立。到医院一查，才知道是强直性脊柱炎。"

顾佳眉心一紧，她曾常年在福利院做义工，十分清楚得这个病的患者的痛苦。轻的只是形体上不够笔直，重的却是影响自理能力，甚至会引发其他疾病。她见过最严重的患儿，不能下蹲，不能系鞋带，全靠旁人的帮助。

想到兰兰还那么小，顾佳有些心疼。

"既然不能做到抚养她成年，又何必要收养呢？"顾佳忍不住问，对于这种不负责任的父亲，她恨之入骨！

沈牧眉头跳了一下，敲了敲她的笔记本，示意她认真记录。

顾佳侧目看着他，可怜巴巴地，希望沈牧也能表现出理解和同情。

沈牧却依旧面无波澜地提醒娄倩倩继续："所以，他不光不想要这个病孩子，甚至还想借此离婚？"

娄倩倩深吸一口气，似是这些话憋了很久，今天终于一吐为快了："表面上看，他只是不负责任，不想收养这个病孩子。可我知道，事实上，他变心了。"

顾佳再次震惊，几乎要跳起来，骂道："怎么会有这么无耻的人！"

"顾佳！"沈牧喊道。

顾佳撇撇嘴，又气鼓鼓地闭紧嘴巴，咬了咬铅笔头，"哦"了一声，继续低头记录。

"这个花花世界，有几个人能真正信守承诺，洁身自好的？我已释怀了。多谢顾助理能为我打抱不平。谢谢了。"

沈牧觉得顾佳提出的问题没有针对性，亦不专业，扰乱当事人情绪，多有不妥。可娄倩倩却觉得她很可爱，同情自己，真正是在设身处地为自己鸣不平。

见她夸赞，顾佳偷偷看了沈牧一眼。见他无可奈何，顾佳便冲着娄倩倩挥挥手，笑着说："哪里，哪里，应该的，应该的。"

沈牧低头看了一眼手表，提醒道："娄女士，请抓紧时间，我们一会儿还有事。还是回归正题吧！"

娄倩倩脸色暗淡，轻轻"哦"了一声。

"刚刚您说到他变心，可是有了证据或是线索？"沈牧抓到核心问题问。

娄倩倩拿起桌上的一个橙子，边剥边说："领养孩子之后，我便发现他回家的次数越来越少了，即便是回来，时间也都在晚上十 10 点左右。说应酬，我是不信的。有一次，他醉醺醺地回来，我帮他换衣服，才发现他的领口处有橘红色的口红印，而腰带上，更是有几根细软的长发。"

顾佳猛地一抬头，打量她的头发。娄倩倩自然明白，随意揪下一根头发，给顾佳看："你们看，我的头发是自然卷，并且又粗又硬，长也仅仅是到肩。所以，那根头发，根本不可能是我的。"

顾佳脸红了。临毕业时，闺蜜谭之卉就提醒她，要想清楚了，再做决定。离婚案件办多了，会有恐婚症，对爱情、婚姻怀有恐惧。

她所认为的婚姻，应该是甜甜蜜蜜的。只要两个人相互扶持，相互帮助，拥有共同的三观、相同的爱好，开开心心地在一起，就算是真的感情破裂，走到离婚那一步，也是和平分手。婚姻存续期间，绝对不允许双方对婚姻不忠。

纵然是娄倩倩这样一个有气质、有才情、漂亮的女人，和她丈夫两人相爱了十多年，终究还是免不了背叛。她不敢想象自己的未来。

"好的，我们已经做好了记录。今天时间不早了，我们先走了。之后，您若是再想到什么，随时联系我们。"沈牧掐准了时间，起身说道。

娄倩倩与顾佳都始料未及，案件尚有不明之处，他居然就要走。

"沈律师……"娄倩倩话还未说完，沈牧已经走出了大门。

顾佳看出娄倩倩眼中的失望，却也只能装好笔记本，递给她一张名片，说："那个……抱歉，娄女士，沈律师有点忙，今天就先到这里吧。随后您如果想到什么，可随时给我打电话。再见。"

娄倩倩点了点头，勉强笑笑："好！正好我一会儿也要去医院看看孩子，就不送你们了。刘妈，送送两位。"

顾佳从娄家出来，沈牧的车子已经掉过车头。

顾佳一上车，沈牧的油门便踩了下去，丝毫没有半点停留。

出发前，沈牧还会因为看她手上有墨，温暖地递纸巾，可到了当事人家中，他却如此冷冰冰地问问题，对当事人的情感置若罔闻，丝毫不顾及当事人的心情感受，顾佳不能接受。

顾佳微微侧身，靠在玻璃窗上，问："沈、律、师，您怎么可以这样？"

沈牧不答。

6·把　柄

她看了看前面的路况，一路平坦，不影响他开车，便质问道："就算您时间宝贵，也该让客户把话说完吧！您的态度只会让客户寒心。至少……"

顾佳咬了咬唇瓣，"至少，也该安慰一下当事人。"

沈牧瞥了顾佳一眼，又继续目视前方，说："律师的职责是为当事人处理法律上的难题，不是品味当事人的爱恨情仇。"

车子穿过了十字路口，内敛锐利的他又补充一句："记住，律师不是救世主。"

片刻停顿后，他再次补充道："当好你的助理！"

说罢，车子速度已经快了起来，顾佳忙坐正，紧抓车门扶手。

这种案件，她是第一次正式接触，难免觉得新鲜，同情心、责任心泛滥，但沈牧处理的刑事诉讼案件多了，这种案件在他眼里，简直是小儿科。

更何况，离婚案中，当事人隐瞒事实的，也大有人在。孰是孰非，都要靠证据来判断。虽然他是娄倩倩的代理律师，但也不见得就完全相信她的话。

世上有两样东西不可直视，一是太阳，二是人心。人心是这个世界上最难测的东西。上一秒说的话，下一秒也许就完全推翻。真真假假，不过是人与人之间的游戏罢了。

好在，这个艺术家娄倩倩不同于普通家庭主妇，遭遇丈夫的起诉离婚，勇敢应诉，不哭不闹，尽显温柔贤惠。能帮她打完官司，拿到应分割的财产，这就够了。其他的，他什么也不会做。

顾佳不理解，十年前与十年后的他，怎么会有如此大的差别。她不禁质问："难道，在你的眼里就只有时间、金钱和效率，对客户就没有一点儿同情心？把利益看得比人情都重！"

沈牧也不回答，尽管让她误会。

顾佳皱紧眉头，噘着嘴，见他目光冷冷地只管盯着前方沉默不语，她又大声说道："不管怎么说，娄女士是您的当事人，您都要站在当事人这边，替当事人说话！"

沈牧轻哼一声，看了她一眼，质问道："怎么？我需要你这个初出茅庐的法学院实习生教我怎么做律师吗？这种官司，只要证据确凿，50% 的案件，只要协商就可以结案，连法庭都不用上。事实清楚，资料齐全，还用多说什么？"

"可是！我们先是人，才是律师。人是有感情的。"顾佳有点着急，辩驳道。

"呵！那你问法律讲不讲人情。如果每个案子的当事人都讲人情，只怕不会有律师这个职业了！"沈牧已经懒得与她多说什么了。

看着他的这个反应，顾佳甚至怀疑他没有心。

也或者是一颗冰冻的心，不受外界干扰而有些许的起伏。

顾佳认为，离婚对大多数女人来说，都是痛苦的。苦心经营多年的婚姻，说离就离，毫无心理防备；反倒是男性，或许是因为生理与心理的不同，做事干脆利落，处理感情也是快刀斩乱麻，迅速"痊愈"。

纵然是娄倩倩淡然掩饰，终究还是让人不难发现，这场婚姻对她的伤害有多大。

顾佳身为一个局外人，都已经是心疼得不得了，沈牧却全程标准化流水作业，没有丝毫的情绪波动。

顾佳咬着铅笔头，紧紧地盯着他，却意外地发现车子开到去事务所的十字路口时，却忽然转弯，朝着春熙路去了。

顾佳忙问："不是回事务所吗？这是……"

"去良缘灯饰公司。"沈牧说。

"谢明远那里？"顾佳欣喜，原来他也不是那么冷酷无情嘛。"哎，好嘞。"顾佳飞快地拿出电话拨号。

这时，她的肚子却忽然"咕噜咕噜"响了起来。顾佳有些尴尬，忙用手捂住。

沈牧唇线微挑，说："时间约到下午2点半。先去吃饭。"

电话通了，顾佳按照沈牧的嘱咐，定下了见面时间。

良缘灯饰公司位于春熙路18号，沈牧带着顾佳找了最近的一家餐馆就餐。

一下车，顾佳就跟在他身后，见他要了两碗炒刀削面，找了靠窗的位置坐下。

"饿坏了吧，你先吃。"面一端上来，沈牧先推到顾佳面前。

紧接着，他接过第二碗，低头默默吃面。

顾佳嘴上应着，心里却不服气，趁他不注意，皱了皱鼻头。

调好了酱油和醋，顾佳注意到沈牧吃饭的样子，十分斯文，一块一块不急不慢地往嘴里送。显然是心里有事。

她忍不住问道："那个，师父，你工作有六年了吧。有什么好玩儿的案子？"

"好玩？！"沈牧抬头，眼神深邃，似在追忆往昔："呵……"接着，沈牧低下头喃喃道："每桩罪案的背后，都有一公升的眼泪。"

顾佳对沈牧后面的话没听清，撇了撇嘴，也低头吃起饭来。

到了约定时间，两人直奔目的地。良缘灯饰经过多年的发展，早已成了一家有六层办公大楼的大公司。

一进公司，顾佳就被保安拦在门口。若不是沈牧及时掏出律师资格证，表明来意，两人就被赶出去了。

进入电梯后，顾佳想起早晨见到他推门的情景，一时兴起，站在他身后，假意用拳头打他。

沈牧突然转头，顾佳又当没事人一样，抬头盯着天花板。

沈牧耳聪目明，早就看穿了她的一举一动，轻哼一声，手插在口袋里，转过身，继续盯着电梯内的楼层数字。

"叮！"电梯停了，两人出电梯时，沈牧还不忘重问道："知道怎么做吧？"

顾佳伸出右手，用大拇指和食指做出手势，放在唇边，从左划到右，仿佛在拉上拉链。

一路走来，沈牧环顾四周，快速观察公司运营情况。

来到董事长办公室，老板也即当事人之一的谢明远让刘秘书倒了两杯茶后，便让其先出去了。

"沈律师今日来,是为了娄倩倩和离婚案吧!"谢明远让座后,直截了当地问。

沈牧轻笑道:"谢总不愧是生意场上的精英,一眼就看穿了我们这次拜访的目的。"

"呵呵,干我们这行的,如果连这点眼力都没有,只怕好生意早被人抢完了。"谢明远两手搭在老板靠椅上,悠然自得地说。

7 · 周　旋

谢明远是个帅气的男人,三十有一,身材健硕。

这样的男人,多金又有魅力,自然会招惹小姑娘飞蛾扑火地往上拥。但一想到娄倩倩,顾佳心里难免对他有了鄙夷之感。

喜新厌旧,忘恩负义,抛妻弃女,就算是年轻有为,也不过是社会败类罢了。

顾佳甚至看都不想再多看一眼,立即低头打开笔记本,飞快记录。

谢明远沉默半晌后,说:"其实沈律师今日不来,我也会请我的代理律师去找你们。"

"看来我们都想到一块儿了。那就开始吧!"说完,沈牧翻开笔录,开门见山道:"八年的婚姻,您就打算这么轻而易举地放弃了?"

谢明远一笑:"想必我们的婚恋史,那个女人都已经跟你们说了吧?"

"是。"沈牧说。

"相恋相守这么多年,说没有感情,是骗人的。只是……"谢明远停顿时,抬眼看了沈牧一眼,又转折道:"我谢明远白手起家,从一无所有到现在的家财万贯,那都是我一点儿一点儿努力得来的。如今离婚了,还要给那个女人分家产……"

谢明远看上去很有礼貌,对待离婚这件事,却让人生厌。顾佳眉头紧蹙,悄悄地打开了录音笔。

"本来我们已经领养了一个孩子,打算就此长长久久地生活下去。谁知道……她竟然……给我戴了那么大的一顶绿帽子!"谢明远眼神犹豫片刻之后,咬牙说出这番惊人的话来。

顾佳听不下去了,猛地站起身,反驳道:"明明是你外面有人,怎能血口喷人?"

"顾佳!坐下!"沈牧早已料定谢明远不会老老实实承认自己有婚外情,但没想到套他话的计划被顾佳破坏了。

"本来就是!你自己没查查原因,到底是不是你不能生育,反倒是一门心思怪在自己妻子身上。我看你才是那个道貌岸然的小人!"

顾佳显然激怒了谢明远，他指着顾佳大骂："你……你这个黄毛丫头，说话怎么这么难听！"

"顾佳！出去！"沈牧站起身，看着满脸通红愤愤不平的顾佳，狠心轰走。

顾佳见沈牧非但不帮自己，反而处处向着那个恶人，代自己道歉，满脸不悦。

"抱歉，新来的助理，难免说话不过大脑。"沈牧面沉如水。

"哼！你才说话不过大脑。"顾佳小声嘀咕，临走还不忘在笔记本下方粘上录音笔。

这一幕，沈牧在余光中看得一清二楚，脸部的笑肌微微动了一下，又立即收紧。

他默默地拿过笔记本，缓和道："谢总，我们继续吧！"

"现在的年轻人，太不自量力了！"谢明远临说前，还不忘再数落顾佳几句。

沈牧见缝插针道："刚刚您说，您太太有外遇……请问有证据吗？"

谢明远眼神游离，略有疑虑，又定了定神，说："这个……证据嘛……自然是有的，不过现在不能给你。"

沈牧从他的眼神中，明显感觉到他话中有话。娄倩倩说丈夫有外遇，而谢明远又说自己的妻子有外遇，他们二人之中，可能有一个人在撒谎。

为了稳住谢明远，他转移话题道："那不如先说说公司吧！"

谢明远放松了些，仰头瞅了一眼办公室的全景，说："良缘啊，就像是我的孩子。是我一手拉扯大的。"

"创业时，我给了她20%的原始股，是她自己不要。"

"这些年一直是我在打理公司上上下下，没日没夜地辛劳。好不容易才有了这么一点儿积蓄。"

"她呢，心里只有她那所谓的艺术，根本无暇顾及家里和公司。家里想必你们也去了，一切都有保姆，哪里需要她操持家务？自始至终，她也只是谢太太而已。如今，她婚内出轨，我要离婚。这股份……不可能给她。"

谢明远毕竟也是个精明之人，先诉苦再表达自己的诉求，为达目的，步步为营。

沈牧轻哼一声，纠正道："可是谢总，据我所知，良缘是我当事人与你婚后共同创办，属于夫妻共同财产。娄倩倩虽然没有直接参与经营，但在创业初期，利用自己的客源，为您拉来了第一批大单，赢得了第一桶金。这难道还不是功劳？"

停顿了下，他补充道："况且您的启动资金，是夫妻共同存款。这理应属于夫妻共同财产。我的当事人有权利拥有公司更多的股份。"

谢明远立即反驳道："那批客户虽然是她的朋友，但也是因为看中我的灯饰，才签下的单子。在商言商，你总不能说，他们是为了买我太太一幅画，才签下良缘的订单吧。"

"即使如此，良缘也有您太太的那一份。"沈牧强调道。

谢明远有些急了，说："那……房子，车子，也都是我买的。"

"可是，您别忘了，您买房买车，也都是用公司的财产。况且也是婚后所购，依然属于夫妻共同财产。"

"那……她……她出轨，属于过错方，应该赔偿我。"谢明远强调道。

沈牧盯着他的眼睛看了一会儿，说："您如果拿不出证据，就请不要污蔑我当事人的清白。"

"谁说我没有。那谢……谢诗兰就是证据！"

"您说什么？"沈牧有些震惊。这个被收养的孩子，难道是娄倩倩的私生女？

谢明远看着沈牧震惊的神情，以为他被唬住了，肯定地说："没错。那孩子，就是她和别的男人生的野种，根本不是什么领养的孩子！"

沈牧神情严肃，一时之间，思绪万千。

看似温柔的女艺术家，难道真的……

他往日处理的案件中，有多少表面光鲜、内心险恶之人，做事一个比一个狠。莫非为了大额财产，一个离婚案，竟也有如此黑暗的一面？

他镇定下来，竖起耳朵，继续追问："那您知道孩子的亲生父亲是谁吗？"

谢明远嘴角一丝嘲笑，清清楚楚地说道："我当然知道，就是那个叫唐林的。我时常不在家，那个女人便背着我勾搭上那个男人！孩子就是他们的。"

"您是否有证据证明？如果没有证据，您这就是诽谤！"沈牧问。

"当然有。我们做过亲、子、鉴、定。"谢明远刻意将亲子鉴定说得很重。

8·诽　谤

听他的语气，必定是有了十足的把握，只怕是证据确凿。沈牧原本想要为娄倩倩争夺抚养权的话，就此咽了下去。

他看了看时间，起身道："抱歉，时间不早了，今天就到这里吧。希望下一次见面，我们能够有更加深入的了解。"

"随时奉陪！不送！"谢明远起身后，脸色阴沉下来。

沈牧拿起公文包，出了办公室。

一见他出来，顾佳马上跟上去。正要追问谈得怎么样，却见他神色凝重，脸色十分难看，又是一副棺材脸。顾佳想要问的话，又咽了下去。

沈牧快步出了办公大楼，直奔停车场。

开门、上车、发动车子，一气呵成，待顾佳系好安全带后，他直接调转车头，朝事务所方向开去。

他一系列的表现，只能说明他与谢明远谈得并不愉快。顾佳想要了解他们后续的谈话内容，唯一的途径便是那支录音笔。她试着寻找，却被他目视前方灼人的眼光吓退。

两人就此全程保持沉默。

一到事务所，顾佳迅速解开安全带，跳下车子。

沈牧看了她一眼，拿好材料，快步进了电梯。

顾佳一路紧咬双唇，谨慎地跟在他身后，直到见他回办公室后，才马上转身去找赵大沪。

听见顾佳的声音，赵大沪心里已经猜到她要说什么。

拉着她走到走廊处，赵大沪小声道："嘘，佳佳，你就多担待着点。跟着他好好学。准保你不出两年，就能成为合格的大律师。"

顾佳一撇嘴，纠正道："只要不是变成冰块就好。"话一说完，她又小声嘀咕道："对了，赵叔叔，莫非，沈律师受过什么打击，才会如此？"

赵大沪一听，倒吸一口凉气道："嘘——这话你可千万不能在他面前说，小心你吃不了兜着走！"

正说着，沈牧叫道："顾佳，进来！"

顾佳眉头一皱，假意哭丧着脸回去。

一进办公间，沈牧便将录音笔丢给她，冷冷道："去把里面的录音资料整理一下。"

"是。"顾佳坐回到电脑前，插上录音笔，一听完录音，她整个人都要炸了。

她气鼓鼓地拔掉录音笔，冲到沈牧面前，举着录音笔问："师父，你相信谢诗兰会是娄倩倩的私生女？"

沈牧不吭声。

她以为沈牧是默认，继续反驳道："难道你看不出来吗？肯定是谢明远出轨，娄倩倩不会有丝毫的污点，肯定不是过错方！"

沈牧脸色阴沉，抬头，盯着顾佳，说："凡事都要讲证据！证据！"

顾佳脸憋得通红，气鼓鼓地说："我一定会找到证据的。"

　　说完，她转身回去反复听那一段录音，每一个字每一句话都不放过，甚至连说话语气她都仔细揣摩。联想他当时说话的神情，她隐约感觉到这件事不会那么简单。

　　做好记录后，顾佳再次翻开娄倩倩的卷宗，一页一页翻阅，都找不出任何的破绽。她那样一个看起来十分高贵优雅的艺术家，又怎么会做出这种事？

　　顾佳翻着翻着，忽然想起来谢明远的录音里明确说了一个男人——唐林。然而那个人又会是谁呢？

　　她回头看了看那个面无表情办公的沈律师，犹豫了一下，终还是起身，走到他面前，问："师父，我有话要问。"

　　沈牧猜到她的心思，头也没抬地吐出一个字："问。"

　　"那个……除了姓名，谢明远有提到当事人的外遇对象的其他信息吗？"顾佳问完又后悔了，自己明明是听过录音的，还要多此一问。但说出的话，泼出的水，已经没有任何收回的余地了。她硬着头皮等他的答案。

　　果然，不出所料，沈牧连头都没抬，轻笑一声，停下手里的笔，说："你听了那么多遍录音，就没找到答案？"

　　"那打、扰、师、父了。"顾佳脸颊涨红，一字一顿地说完，转身就走。

　　沈牧看着前面的人影没了，才抬头看了看她的背影，唇角微动，继续低头办公。

　　回到办公位置，顾佳咬着铅笔，正想怎么套娄倩倩的话，沈牧却突然叫她："顾佳，把《经济法》《婚姻法》给我默写两遍。"

　　"什么？"顾佳惊诧，铅笔"吧嗒"一声掉在了地上，摔断了笔尖。

　　"我的话不会说第二遍。"沈牧看了她一眼，又低头忙碌。

　　顾佳捡起铅笔，撇了撇嘴，快速默写。

　　几个小时后，顾佳刚要起身交差时，沈牧却突然拿了挂在衣架上的外套，丢给她一摞案子后，出了办公室。

　　"这是今天和明天的案件，整理出来。"

　　他人走了半天了，顾佳耳朵里还在不断回放着这句话。

　　第一天上班，怎么就遇上这么一个冷血的主？

　　翻开卷宗时，顾佳看着上面的钢笔批注，轻轻用手指触摸。明明是那样好看的字迹，曾经阳光温暖的人，怎么会突然变得这么冷漠呢？

　　总不至于是长相与名字都一样的两个人吧。

　　想到这，顾佳轻轻拍拍自己的脑袋，自嘲道："傻瓜，这种骗人的低概率事件，怎么可能被我遇到。"

放下手，她又笑了，自己给自己打气："加油！沈牧，我一定会让你注意到我。就算你的心是冰做的，也总有一天会融化的。"

她摸了摸卷宗上沈牧的名字，补充道："没有什么困难会难倒我们。等着看我的努力吧！"

整理完案件，已经是下午6点半了。顾佳收拾背包时，电话来了。

"喂，佳佳呀，第一天上班感觉怎么样？累不累？妈妈给你炖了鸡汤。下班早点回来。"电话那头，是顾佳的妈妈文琬。

她嘿嘿一笑，说："放心好啦，一切都好！好，我马上就回去了。"

挂了电话，她对着手机小声说："什么都好，就是他……小、僵、尸一只。"

说完，她将手机装进了包里，锁好了房门，出了办公间。

一进家门，顾佳看着满桌子的菜，手都没来得及洗，就上手拿了一块鸡肉，送进了嘴里。

文琬端着最后一道芹菜炒肉放在桌上，顺手拍了她的手背一下。

"你这孩子，还不快去洗手。"

9·鉴　定

顾佳的脸挨在妈妈脸上，一阵亲昵，甜甜说道："谢谢妈妈。怎么做了这么多吃的？就我们两个人而已。"

文琬笑了，略有不好意思，说："谁说的？还有你赵叔叔。"

"哦？"顾佳故意拉长音，一脸坏笑。

文琬指了指女儿的太阳穴，说："你呀！哦什么哦？不管怎么说，你的工作都是赵叔叔介绍的，都是他的功劳。不然看你还打算在那个小山村支教多久？"

顾佳一扬下巴，反驳道："支教又怎么了？我就喜欢。妈，你是没有见到，去年我们支教的尹淼镇，那里夜晚的星星好多啊，空气也好。要不是为了拿资格证，我今年还会去。"

"好好好，你说什么都好。等你拿到了资格证，成了真正的大律师，想去哪儿支教就去哪儿支教。不过，你学法学专业，不是应该去法律援助中心吗？"文琬边舀饭边说。

顾佳一笑，说："妈，你是不知道，我们的法学老师，既是律师也是老师。所以你说是不是可以支教？"

这时，门铃响了，顾佳忙起身去开门。

一看赵大沪提着两瓶红酒，顾佳用手指了指赵大沪坏笑道："哦，赵叔叔竟然夹带私货！"

赵大沪嘿嘿一笑："就知道你妈妈今天会给你庆祝，你第一天上班，犒劳犒劳你们娘俩。"

"佳佳，还不快让你赵叔叔进来！"文琬听见声音喊道。

"哎，知道啦！"顾佳接过红酒，与赵大沪边走边小声说："赵叔叔，您悄悄告诉我，沈律师究竟是不是受了什么刺激，才会变成现在这样儿？"

赵大沪马上又收起笑容，严肃地说："你呀，他让你怎么做，你就怎么做。别瞎打听。"

"你们两个人说什么呢？聊工作就在桌上聊。"文琬催促道。

"是。遵命！"顾佳一本正经地应道，与赵大沪一前一后落座。

一顿饭下来，赵大沪都对文琬照顾有加。

这么多年了，家里始终只有顾佳与妈妈两个人，如今妈妈一个人开水果店，又要进货又要销售，实在是辛苦。

赵大沪走后，顾佳拉着妈妈的手，坐在沙发上说："妈，你也该有个伴了。多个人照顾你，我才能安心工作啊。"

文琬捋捋女儿的头发，笑了："傻丫头，妈不要人照顾。能看着你平平安安长大，妈妈就高兴。"

顾佳抱住妈妈，一阵亲昵："妈妈，真好。佳佳也希望妈妈一直健健康康平平安安的。"

文琬又说："好。那你呢？已经二十二岁了，也该找对象了。"她叹了一口气，补充道："希望爸爸妈妈失败的婚姻，不会对你的感情生活造成困扰。"

顾佳自然明白妈妈的心思，她将头枕在文琬的腿上，轻轻蹭了蹭，否认："才不会，妈妈。"

说完，她想到沈牧，脸上又一次露出了阳光般的微笑。

时光，真是一个神奇的东西。

第二天。

洗漱完后，顾佳对着镜子挤出一个大大的笑容，自己给自己加油打气："加油，又是元气满满的一天！"

吃了早点，顾佳拿上背包，就赶往单位。

走到办公大楼时，一个戴墨镜的男人径直撞到她身上，顺带还塞给她一个牛皮纸的档案袋。

顾佳揉了揉被撞的胳膊，小声嘀咕道："莫名其妙。"

但那人没有一点儿礼貌，头也不回地穿过旋转门，随后扶了扶眼镜，快步离去。

顾佳发现档案袋后，喊了他两声，却都无用，不见他回来。她低头仔细一看，档案袋上竟然写着"沈牧收"的字样，看样子是有人专门让她转交的。会是什么呢？

档案袋没有用封条，只是用白色的棉线缠绕了数圈封口。顾佳犹豫了一下，拆开了档案袋。里面装的是两份资料。一份是纸质文件——A4纸打印的亲子鉴定书，另一份是两张相片——一张是一个穿着白衬衣双眼皮男人的照片，一张是娄倩倩与白衣男子的合影。

顾佳觉得事情不会这么简单，眉头微微皱了一下，马上查阅那份鉴定书。鉴定书上赫然写着娄倩倩的名字，而最后一行竟然写着："依据DNA鉴定检测结果，待测母系样本，无法排除是待测子女亲生母亲的可能。基于15个不同基因定位点结果分析，这种生物学亲缘关系成立的可能为99.9999%。这种可能性概率的计算是基于与任何一个不相关的未测女性相对而言（假设其优选概率为0.5%）。"

顾佳瞪大双眼，惊呼道："啊！难道真的是私生女？"

她迅速将文件重新装起来，生怕被人看见。这时，她的电话响了，顾佳匆忙看了一眼手机上赵大沪的名字，手忙脚乱地接通。

"佳佳，你到哪里了？还不赶紧过来。沈牧的脸色都变了。"

"哦。我……我马上就上来。赵叔叔，你先帮我拖延一下时间。"挂了电话，她飞快地冲进了电梯。

一进办公室，沈牧便让她复述今天要采访的当事人资料。

好在她昨天做了准备工作，一切都不在话下，三言两语就说了个全面。

沈牧微微抬了抬下巴，说："勉强算你过关。"接着，又问："让你整理的谢明远的录音资料怎么样了？"

"哦，已经全部整理完毕。"顾佳快速回道。

"拿来。"沈牧伸开手掌说。

顾佳转身去文件柜里取，回来时，她犹豫了一下，连同早晨那个戴墨镜男人塞给她的资料一同递给他。

"还有这一份，刚刚在楼下一个陌生人塞给我的。哦不，是给沈律师的。"

沈牧扫了一眼，问："是什么？"

顾佳咬了咬牙，为难地说："亲子鉴定书和照片。"

沈牧眉心跳了一下，接过资料，迅速打开，扫了一眼照片上的男人，马上翻过去背面，上面用黑色的中性笔写着唐林的名字。

照片上的男人，干净斯文，倒不像是心怀不轨之人。沈牧放下照片，马上去看那份鉴定书。

看到最后一行结果时，他长吁一口气，看样子这个谢明远是有备而来。他捻了捻右手大拇指指腹，对顾佳说："去查一下资料的真伪。"

"哦！好！我马上去。"顾佳不假思索地脱口而出，但转身之后，又尴尬地转回来问："可是，要怎么查呢？"

10 · 调　查

沈牧捻了捻眉心，说："上面有地址和电话，还有公章。"

顾佳这才吐了吐舌头，灰溜溜就要走。

"等一下……"沈牧又忽然叫住她。

顾佳一转头，问："什么？"

"准备一下，推掉今天要见的客户，再去见一下娄倩倩。"沈牧举起档案，慎重决定。

"是！"顾佳马上转身去整理要带的资料。

沈牧又看了看照片上的那个"唐林"，动了动手指，决定要会一会这两个人。

这份资料，彻底打乱了他的节奏，但终究不会掀起多大的波澜。

十分钟后，载着沈牧和顾佳的车子，已经开出了阑珊街，再有三个路口就到娄倩倩家，可沈牧却突然刹车，转弯，直奔济康医院。

顾佳猜，他是想给娄倩倩来一个措手不及，顺便通过谢诗兰的康复医院，来查证她的陈述是否真实。

看样子，他也并不是真的冷酷无情，说不定也认同当事人是被人玷污了清白呢。

顾佳心里放松下来。

到了医院，在停车场停好车后，两人下车，一眼就看见不远处草坪上，娄倩倩和照片上的那个男人领着一个幼小的孩子，在做康复训练。

两人对视一眼，径直朝他们走去。

娄倩倩与那个男人，双双半蹲着，抓紧孩子，小心翼翼地引导她一步一步往前走。

顾佳看到谢诗兰，如同看到了福利院里的孩子。那些可怜的小天使们，大多患有重病或残疾，身世凄惨孤苦。偶尔也会有几个孩子健健康康，却也不知何故，被双亲抛弃。

看到娄倩倩这么疼爱收养的孩子，她会心一笑。这世上果然还是好人多，但一想到早晨收到的那份鉴定书，她心里又沉了沉。

顾佳侧目看沈牧，才见他一双眼睛紧紧盯着前方，寸步不移。她提醒道："师父……"

沈牧听得见，却还是观察了娄倩倩与唐林一会儿后，才抬脚朝他们走去。

一看见地上的影子，娄倩倩脸上的笑容收了起来，缓缓站起身来，对他们二人说："沈律师，顾助理，你们来了。"

沈牧沉默，看了一眼孩子，又将目光转移到唐林身上。

顾佳轻轻拽了拽他的衣角，有意提醒他，但见他无所动容，便替他回话："是。"

"我们谈谈吧。"沈牧终于开口道。

"好。"娄倩倩应允，转身对唐林说："唐林，帮我照看一下诗兰。"

唐林看了沈牧一眼，对他和娄倩倩都点了下头，便带着谢诗兰走到一边继续训练。

"我们去那边谈吧。"娄倩倩领着沈牧和顾佳，一直走到路边的长椅处坐下。

沉默了下，沈牧才问："说吧。他是谁？"

娄倩倩一脸疑惑，问："他？沈律师此话何意？"

顿了一下，她反应过来，自嘲道："沈律师是这样看我的？"

沈牧不说话。若果真没关系，她理应直接反驳，但她没有。

娄倩倩笑了一下，揶揄道："看样子，沈律师是拿到了什么证据，才会对我有所误解。大概是谢明远吧？呵！他这个人，还当真是无所不用其极。为了争取更大利益，不惜将脏水泼在妻子身上，造谣生事。"

她看了一眼唐林后，郑重解释："唐林是我的朋友，他是怕我一个人带不过来孩子，才会来帮我。"

"真的就只是好友？"沈牧反问。

"沈律师不相信我？"娄倩倩直视沈牧问道。

"并不是我不信任你，只是……"沈牧问，"谢诗兰究竟是谁的孩子？"

娄倩倩仰头看了一下天空，自嘲地笑了一下，蹙眉解释："她是我们从福利院带回来的孩子，沈律师若是不信，我可以提供收养手续。"

"娄女士，我希望您与我说的每一句话，都十分慎重，而不是想当然。"沈牧冷冽地警告。

这话实在太伤人，以至于娄倩倩脸上有些难看。

"呵！沈律师原来是这样的人。赵主任此前一直跟我推荐您，说您是精英，在法庭上从无败绩。可从接手我的案子以来，你待人处事的方法，实在是让我大开眼界，不敢苟同。我与谢明远婚后八年从未有过孩子。如今也不过是领养了一个女儿，您竟怀疑她是我的私生女，这是对我的一种侮辱，更是对兰兰的伤害，我不能接受。"娄倩倩有些生气。

守在一旁的顾佳，见娄倩倩有些生气，走到她面前，说："娄女士，您先别急，有话好好说。是这样的，我们早晨收到了一份您与谢诗兰的亲子鉴定书。"

"什么？鉴定书？"娄倩倩显然被这突如其来的证据震惊到。她摇头道："我从未与兰兰做过亲子鉴定。她的的确确是我们从福利院收养的孩子啊！今年只有三岁。"

"她才那么小，就得了这种疾病，实在令人心疼。你们怎么忍心向她泼脏水？"

娄倩倩的情绪似乎有些崩溃，沈牧却站起身来，严肃道："娄女士，尽管您是我的当事人，但您若是不能说实话，那我也无法帮您解决问题。这个案子，您另请高明吧！"

"等等！沈律师！"顾佳猝不及防，眼看着他要走，忙喊住他。

沈牧停下脚步，顾佳又看了看娄倩倩……

她低下头，落泪了，缓了缓才说："这件事我是清白的，希望沈律师能帮帮我们。"

沈牧转过身，看着流泪的她，平缓了语气："如果真有人陷害您，那我需要按照我的方法来解决此事。希望您能全力配合我。"

娄倩倩抬头问："怎么配合？"

"再做一次鉴定，并且将诗兰的 DNA 资料，放在全国数据库里匹配，或许会有结果。"

"好！我愿意。"娄倩倩站起身来，看着远处的谢诗兰，半晌后才说："或许……兰兰的亲生父母还在。不过，即使真找到了她的亲生父母，我希望不要告诉她。"

沈牧也看向那个孩子，理解她的苦楚。

"顾佳，我们走！"

顾佳又安慰了一会儿娄倩倩，才快步跟上。

11·跟　踪

出了医院，沈牧安排顾佳尽快调查谢明远："尽快查清他们的所有资产，彻查他近期所有动向。"

"是。"顾佳应声，坐上车后，大胆猜想："沈律师，你说这孩子会不会是谢明远的孩子？"

说完，两人脸色大变。这种想法未免太恶毒了些，谁会收养自己的亲生孩子呢？

妻子没有生育能力，索性在外面生一个孩子，送到福利院，再由妻子出面，好心收养。一来可以常常见到自己的孩子，二来也不会让妻子察觉。只是谢明远没有料到那孩子会患上罕见的强直性脊柱炎。他只能无奈地提出离婚诉讼，以妻子出轨来获得更多的财产分配。

谢明远打得一手好算盘，让娄倩倩措手不及。

沈牧脸色阴沉，事件完全出乎他所料，一桩简单的离婚案，竟也如此复杂烦琐，人心险恶。

"再查一下他这一年的通话记录。"沈牧安排道。

"是。"

回去的路上，沈牧都没有再说一句话，顾佳也一路沉默。

车内的空气凝重，让人有些透不过气来。顾佳悄悄看了他一眼，放下车窗，才勉强舒服一些。

车子停到律师办公室楼下，沈牧放下顾佳后，再次开车直奔良缘公司。

良缘公司的董事长办公室窗口处，谢明远正穿着黑色西装，背窗而站，两手交叉于胸前，似乎在与屋内的其他人侃侃而谈。

这时，电话响起，是沈牧的来电。

"沈律师，东西收到了吧？怎么样？这一回，您还有什么要说的？"谢明远在电话背后尽显得意。

"谢总当真是好手段。不过有句话，我得提醒您。真相只有一个，倘若在法庭上，有人制造伪证，干扰审判长判断……自由恐怕不保。"沈牧字正腔圆，话锋冷冽，亦不怯场。

"沈律师说笑了。谁敢给您提供伪证？这不是往枪口上撞嘛。"谢明远笑声刺耳。

"最好如此。啧……还有件事，我想提醒您，不管谢诗兰是谁的孩子，只要您和我的当事人收养了她，便已构成了事实收养。你们二人都有抚养义务和责任。就算是离婚，也免不了要出抚养费及医疗费用。"沈牧提醒道。

谢明远转过身，透过窗口，俯视楼下的那辆白车，笑容尽失，挂断了电话。

他身后的神秘男人，单从他的回话中，便已猜出了沈牧与他的谈话内容。

看出他的失落，那男人从沙发上起身，笑了笑，笃定道："谢总不必惊慌，此事尚未有定论。沈牧能找出什么证据来？无非是些通话记录、照片之类的，掀不起多大的波澜。没到最后一步，你可切莫自乱阵脚。"

谢明远一听，回过神来，走到他面前，问："沈牧当真是你的手下败将？你有什么对策？"

神秘男人轻蔑一笑，看了他一眼，抽了一口烟说："沈牧这个人，看似十分冷漠，内心却是个很细节化、又富有正义感的人。而这些，终究都会成为打败他的最佳武器。我能打倒他一回，就能打倒他第二回、第三回……"

说完，他吐出一个烟圈后，将烟头掐灭在烟灰缸里，起身叮嘱道："最近一段时间，不要再和那个女人联系了。小心沈牧借此查到你的底细。"

谢明远有些犹豫，蹙了蹙眉，略带商量地小声追问："电话也不行吗？这……他真有那么神吗？"

"神？他还不够资格。他已经从神坛上掉下来了。"男人从沙发上起身，走到门口，侧目道："不过，倘若你不听劝告，出了事，别再来找我！"

说完，他摔门走了，留下谢明远一个人幽幽地又到窗口去看沈牧的车。

不过几分钟而已，沈牧的车已不知去向。

谢明远犹豫再三，既然不能打电话，也总要给她一点儿安慰和嘱托。否则，若真与娄倩情离了婚，她也因此消失，岂不是鸡飞蛋打？

"刘秘书，订一束鲜花，送到云海市秀禾花店。"谢明远按了电话免提，将刘秘书叫进来。

刘秘书犹豫了一下，欲问又止，应声后开着一辆黑色帕萨特离去。

一直候在春熙路交叉口的沈牧，一看见帕萨特从良缘的停车场里开出来，飞快地从春熙路驶过，直奔环城高速，便猜到定是谢明远耐不住性子了。

他立即开车跟上。

正要给顾佳打电话，她的电话就来了。一接通，沈牧不等顾佳开口，直接下令道："带上相机和录音笔，三分钟内到盛海东环高速公路口等我！马上！"说完，挂断了电话。

帕萨特的车子停在高速路口收费处。等待给卡的时间，刘秘书用手指碰了碰那束鲜花，娇艳欲滴，十分漂亮。只是他不明白，为什么要给花店送一束鲜花。

"先生，您的卡好了，请收好。"收费员交给刘秘书卡后，他点了下头，不再纠结那个问题，一脚油门下去，上了环城高速。

沈牧车技了得，很快追了上来，但为了不被对方察觉，始终小心跟着。到了收费站，他记下了车牌号后，停下来等顾佳。

从事务所到高速路口，如果不堵车的话，平日最快五分钟能到。

顾佳一挂电话，就火急火燎地收拾东西，迅速下楼，却在路边等了好一会儿，始终没有打到车。

她急得直跺脚，这时，一辆出租车停了下来，竟然是大学舍友加闺蜜谭之卉。

"看来我的运气也不是很差嘛。"顾佳窃喜。

谭之卉付完账，一只脚已经踩到了地上，又被顾佳推了进去。

"哎，佳佳，你这是……"

"嘘，别说话。师傅，快！东环高速路口……"顾佳挤上车，扒在车内防护栏上，指挥司机快点开车。

谭之卉一脸迷惑，但见她如此焦急，猜想必是真有事。待她喘了口气后，谭之卉正要问她去干吗，却见她又火急火燎地接电话。

顾佳看了一眼显示屏上沈牧的名字，迅速接通，不等他说，先开口道："我打到车了。"

说话的同时，她还不忘从车窗看看四周，确定一下所在位置，又补充道："大约三分钟能到。你先走，我们随后跟上你的车。"

"你们？还有谁？"沈牧警惕地问。

12·推　翻

顾佳看了看谭之卉，说："嗯，是我大学舍友——好闺蜜。"

沈牧顿了一下，说："好。那你抓紧。"

挂了电话，他一脚油门下去，冲上了高速。

谭之卉看着佳佳挂了电话，才问："跟车？你这是要去哪儿？"她睁大眼睛，咬唇坏笑道："拍刑侦片啊？抓人？"

顾佳指了她的太阳穴一下，鼻头一皱，说："就你电影看得多。还拍刑侦片？抓人？我看抓你还差不多！"

谭之卉笑笑，从她脖颈处一搂，两人脑袋贴在一起，质问道："怎么？当了助理，连电话都不打了。才不过几个月，你就把我忘记了。该罚！"

谭之卉嘴巴一噘，下巴挤出一个小核桃来。

顾佳捋平她的下巴，说："谁说我不联系了？这不是最近接了一个案子，忙嘛！"

"什么案子？离婚案呐？你忘了我提醒过你，接触多了，心里抗拒，找不到对象！若真得了恐婚症，那才悲哀呢！"谭之卉放下搂着脖颈的手，提醒道。

顾佳鼻头一皱，凑近她小声说道："才不会呢。"

片刻之后，她说："我……找到了当年的救命恩人。"

"真的？"谭之卉又惊又喜："他叫什么名字？长得好不好看？做什么职业的？在哪儿？"

谭之卉一连串问了好几个问题，顾佳边听边笑，就是不回答。

谭之卉干着急，她摇着顾佳的手臂，送上耳朵，催促道："快说嘛。叫什么名字？大学四年，你那抽屉里怕是有一百多封信了吧。一直只见你写，不见你寄，还以为你是写日记呢。原来……早有预谋。"

怕她不说，谭之卉轻轻挠她的胳肢窝，顾佳痒得不行，只好略带腼腆地说："叫沈牧。是我现在的师父。"

"谁？苏教授口中的从无败绩，大我们好几届的学长？"谭之卉一脸惊讶："怎么会这么巧？"

"是他。"顾佳笑着点点头，说："法学院 2012 年毕业的学长沈牧。只是我也没有预料到我们会在律师所相遇。"

谭之卉双手合十，看看车顶，啧啧道："缘分呐缘分。"

"就知道你会和我一样意外。"顾佳笑她。

大学四年，苏教授口中常常提到沈牧的名字。他学业优秀，业绩突出，成为律师后，一贯是从无败绩。大家都在猜，究竟是怎样一个人，能让苏教授年年夸赞，每届新生都知道有这么一个优秀学长出自老教授门下。

谭之卉坐直了身子，认真地盯着顾佳问："那他知道你吗？你们现在成了师徒，岂不是日后更方便发展了？"

谭之卉一脸坏笑，顾佳微笑着摇了摇头："他还不知道。想等他慢慢发现。"

"心机……心机……"谭之卉指着她，摇头道。

这时，司机师傅问："小丫头，这你们跟的是哪辆车啊？是这辆白色大众吗？"

顾佳："……"

谭之卉："……"

顾佳冷静下来，看了看前面，司机早已跟丢车。前面的几辆车，不是大众出租车就是牧马人。顾佳抓了把马尾，咬在唇边半天，想了一下，才问："您跟丢了车，为什么现在才说？"

司机转过脸，一脸无辜："姑娘，您压根就没说要跟哪辆车。只管让我往前开……"

……

正当顾佳要掏出电话时，沈牧的电话又来了。

看着手机显示屏上的那个名字，顾佳只觉得眼皮狂跳，看来要倒大霉。

谭之卉拍拍她的手背，抓着她的手，接通了电话。

果然，电话那头传来沈牧冷冽的质问："顾佳，你人呢？车牌号是多少？"

顾佳迟疑了一下，尴尬地说："额……师父，你……你先别急。是这样的……那个……我们现在在……"

看她的样子，谭之卉也猜出沈牧若是知道她把车跟丢了，不会轻饶她，便小声提醒："问地址……"

顾佳马上转移话题，反问他："你现在到哪儿了？"

沈牧无奈地轻叹一声，说："紫韵街与林淼街的交叉口。对方进了'秀禾花店'。"

顾佳听清楚地点后，一转头竟然就看见了林淼街的路牌，她眨了眨眼睛，欢喜地说："我现在就在林淼街上，好，我马上下车。"

到了空地，司机停了车，顾佳付了款，就拉着谭之卉匆匆下车了。

电话还未挂，沈牧提醒道："现在你俩进花店买花，打探花店店主消息。切记！不要打草惊蛇。"

"收到。"顾佳干脆利落地一口答应，但马上又反应过来，支支吾吾半天，欲言又止。

"想说什么？快说，不要浪费时间。"沈牧听出她话里的意思。

"嘿嘿，就知道师父聪明。买花的钱……"

"报销！"沈牧时间紧张，一口答应，挂断了电话。

沈牧远远看着顾佳二人进店，喃喃道："这个赵大沪究竟是怎么想的，找这么一个吝啬又不长脑子的家伙。成事不足，败事有余！"

此时，赵大沪在办公室里，打了一连串喷嚏，小声嘀咕道："谁在说我坏话。"

同事李宜恰好路过他的办公室，见他的样子，一脸坏笑地问："主任，您这是怎么了？谁在念叨你呢？"

"去去去，一边儿忙去！"赵大沪将他轰走后，关上了房门。

远在云海市的沈牧正坐在车内，盯着顾佳，一脸严肃。

"秀禾花店"毕竟是在邻市，顾佳从未来过，店主自然也认不出她。只有两个女孩进店买花，也最不易被人怀疑。

而沈牧只需要在远处守着。

进店后，花店内只有零星的几个顾客，刘秘书将花交给店主后，什么也没说就走了。

女店主穿一条红底碎花长裙，披一件外衫，卷发披肩，长得隽秀漂亮，身材也很棒。

待刘秘书走后，她抱起那束花看了看，从里面拿出一张卡片。

顾佳见状，立即用相机拍下这一幕，随后又转过身假装看花问价。

"老板，这束花多少钱啊？"顾佳随手一指，便是一束九十九朵的玫瑰花。

女店主听见声音，抬头扫了一眼，不耐烦地说："1500元。"

"哦！这么贵。一枝花15元，九十九朵不是应该1485元吗？干吗要多收15元钱……"佳佳小声嘀咕道。

谭之卉听得笑了，轻轻用手指戳戳她的胳膊，说："你这丫头，还真是……"

两人窃窃私语，女店主听得一清二楚，笃定她们买不起，说起酸话来："买不起就不要问。哪有按枝卖的？我是花店店主，想怎么卖怎么卖。况且就凭你们的脑子，能理解价钱也是寓意的一种吗？四这个数字……"她晃了晃手指，补充道："不吉利。"

说完，她嘲笑一声后，继续低头看卡片。

"切。"顾佳最见不得这种狗眼看人低的人，嘴角一歪，气鼓鼓地又拍了她好几张照片。

13 · 微　博

好姐妹受气，谭之卉自然看不下去，想出手，又被顾佳拉住："你忘了我们是来干什么的了？"

谭之卉咬咬唇，说："就知道她不会是什么好东西。开店做生意，只怕是幌子，也没见哪个店主这般歧视消费者的。她肯定有问题。"

过完了嘴瘾，谭之卉还是忍不住小声提醒道："不过，你也小心点。教训她的日子在后面呢。"

顾佳观察了一会儿女店主后，始终觉得她很奇怪，身为花店店主，不对鲜花感兴趣，却偏偏对一张巴掌大的卡片痴迷，对上面的文字念了一遍又一遍。

"谭之卉，如果你是送花人，卡片上会写什么呢？"顾佳问。谭之卉想了下，说："嗯……应该是祝福语吧。"

"是吗？"顾佳习惯性地又将口袋里的铅笔吸在鼻下，喃喃道："那她看的一定不是祝福语。"

"谭之卉，想办法支开她，我要去拍两张照片。"顾佳轻声嘱咐了一句，便从谭之卉身后绕到收银台，等着谭之卉以订花为由，将店主叫过去后，借机拍下了那束花和卡片上的内容。

一侧身，顾佳又看见她墙上的营业执照。上面清楚地写着叶恬的名字，发证日期是2016年11月12日。

顾佳顾不得多想，也随手拍了下来。

她看了看谭之卉与叶恬，两人谈话已经结束，谭之卉还背着手，给她打了手势，让她快点过来。

顾佳咬唇收好相机，先一步出了花店。但随后，她又进了花店，给自己买了一束向阳花，对谭之卉使了一个眼色，两人才一前一后地出了花店。

出来后，顾佳看了看四周，正要拉着谭之卉打车，却听见两声喇叭。一转头，才见是沈牧。两人相视一笑，快步走过去，上了车。

顾佳坐在副驾驶。谭之卉坐在她后面，一注意到沈牧，便两手搭在副驾驶靠背上，问："师哥？学长？你就是苏教授口中的沈牧吗？"

沈牧侧目看了看她，又看了看顾佳，等她解释。

顾佳尴尬地冲他一笑，盯着他的眼睛说："嗯，这是谭之卉。也是法学院的。那个……苏教授带我们的时候，也总夸你是他的得意门生。法庭上从无败绩。"她咬了咬笔头，补充道："年年如此……让我们好好向你学习。"

被人夸赞，沈牧却脸上略有失意，表情淡淡的。

从无败绩是曾经，现在……

他停顿了下，才说："这世上哪里会有从无败绩的律师？凡事有输必有赢。"

他看了谭之卉一眼，打过招呼后，发动车子，开始返程。

没有跟踪目标，回去的路上，沈牧的车子开得略微慢了一些。

走过了两条街后，他才问："有什么收获？"

"法人代表是叶恬，这个花店是 2016 年 11 月份开业的。还有那束鲜花卡片上的署名是 MY。如果没有猜错的话，是谢明远名字的缩写。"顾佳笃定道。

沈牧沉默半晌，才问："叶恬有没有什么兴趣爱好，或者异常表现？"

顾佳想了一下，摇头又点头道："没有。哦，不……有。"

"说。"沈牧看了她一眼后，继续专注开车，竖着耳朵听她说。

纵然是法学院的毕业生，终究是新人一枚，脑子还不是太灵光，诸事考虑不周。

"收到那束鲜花后，她就盯着卡片看了好久，一直傻笑。"顾佳不理解，"对了，还用手机拍了照片，或许是发微信朋友圈或者微博吧。"

话一说完，她立即想起翻手机，从微博上搜了一下，果然看到了秀禾花店的微博。她还刚刚发了一条微博，是那束鲜花，还附上文字：一束鲜花，一份心意。谢谢你。

顾佳瞪大眼睛盯着那条微博说："啧啧，别有深意呀！"

沈牧扫了一眼她手机上的照片，说："除此之外呢？"

顾佳马上收起手机，继续说："她看花入神，对店里问价的顾客爱答不理。"说到这儿，她又低头看了眼手中的太阳花，补充道："还嫌弃我们买不起花。"

此话一出，沈牧倒是听笑了，打量她一番后，点头道："这倒是一句实话。"

"哪有？"顾佳皱了皱鼻子，满脸委屈。但马上，眼珠子一转，将手中的花束，拿到沈牧面前，问："师父，那这花能申请报销吗？"

沈牧扫了一眼那向阳花，点头同意。

顾佳嘿嘿傻笑，随后，又试探性地问："师父，那回办公室后，这花要怎么处理呢？"

一束鲜花而已，沈牧被她搞得不耐烦，紧了紧眉头，随口说："你拿回去吧！"

"是！师父，你太好啦！"顾佳将向阳花抱在怀里，整个人都笑成了花儿。

后座的谭之卉看着，都觉得顾佳的样子丢脸。

好不容易稳定了情绪，顾佳又低头翻叶恬的微博，想起来问："师父，你说有没有人，用微博几乎只给人点赞，却从不评论的呢？"

沈牧挑了挑眉，看了顾佳手机一眼，问："你又发现什么了？"

"有一个账号，名字是一串数字，头像是空白的。但叶恬的每一条微博，都几乎有他的点赞。"顾佳疑心。

沈牧将车子停在路边后，拿过顾佳的手机，仔细研究了一下那个空白头像的微博账号。粉丝除了几个官博之外，就只有叶恬一个账号。关注的人，也只有这几个。前后加起来还不足十个。

但他的微博等级却是十四级，看样子也是用了很久。

看着他疑惑，顾佳问：“师父，你是不是想到了什么？”

“这个账号一定有问题。”说话的同时，沈牧恰好看见那个账号对叶恬的微博点了一个赞。

“谢明远？”沈牧与顾佳几乎异口同声道。

“哼。这个男人，果然是伪君子。还不承认自己有错。”顾佳一撇嘴，满脸鄙夷。

“现在还没有明确的证据，我们也只是推断而已。”沈牧无奈道。

顾佳说：“那我们就找证据啊！”

14·反　驳

沈牧看了看她，认同道：“嗯，找证据。”

顾佳吸着笔尖，想了想，说：“谢明远手上有这份假鉴定书，那我们就给她来一份真的鉴定书。加上这些照片、微博记录，看他还怎么说。”

沈牧轻笑了一下：“这些证据还不够。”

顾佳咬了咬笔头，又问：“师父，那我们能怎么办？”

沈牧说：“先捋顺案件，起草各类文书吧。”

顾佳立即点头：“嗯。保证按时完成任务！”

沈牧侧目看了她一眼，无奈：“但愿如此。还有，明天别忘了带当事人去做鉴定。”

“好嘞。”顾佳飞快地将他说的话记在涂鸦本上，一会儿后，才问：“对了，师父，那……谢明远的通讯记录，我们没有相关公函，怎么调呢？”

沈牧这才想起，她的资格证还没有下来，顿了一下道：“尽快起草完委托书，带着娄倩倩去公安机关申请调查函。”

“收到！”原以为十分难办的事，沈牧只要三言两句便轻松解决。顾佳对他的崇拜，又上升了一点儿。

谭之卉看着沈牧、顾佳这对师徒，一个冷淡，一个热情，总有种冰火两重天的感觉。

谭之卉索性提前下车，自己打车回去了。

沈牧也继续开车，没一会儿，顾佳收到了谭之卉的短信。

“今天不方便，就先回去了，改天再聚。你在那个冰块脸手下干活，可一定要机灵点。”

顾佳盯着手机屏幕笑了笑，快速回复："好啦，知道啦！你也是，照顾好自己。"

"嗯，好啦，快和你的心上人说话吧！我看你们俩想要开花结果，可早着呢。估计要赶上孙悟空师徒取经，九九八十一难呢。"

"谁是心上人啦？才不会呢。唐僧师徒，要不是孙悟空能七十二变，我看他自己也是取不了经。我的师父，那可是鼎鼎有名的大律师，火眼金睛！"

"好了好了，就知道你见色忘义。不是心上人，是深爱了十年的人呢。"

"讨厌。"

"嗯。讨厌鬼真的不跟你啰唆了。对了，往后搜查证据什么的，你一定要当心，坏人多。"

"嗯。知道了。谢谢亲爱的。"

沈牧坐在车里，就听见顾佳的手机一会儿一响，终于停下来后，他才嘱咐道："以后记得开会和见当事人，手机要静音。"

顾佳马上将手机收好，点头道："是！遵命！"

见她乖巧，沈牧稍稍放松了些。

发现他唇边细微的变化，顾佳歪着头，盯着他痴痴地看。

好半天，沈牧都觉得脸上有点发烫，用余光看了一眼顾佳，立即调整了坐姿，严肃认真起来。

"师父，能不能给我讲讲你办过的案件里，最特别的一桩案件。"顾佳看着看着，眉毛弯弯，好奇心爆发，忍不住问。

原以为沈牧很乐意给她讲案件，以此来展示他办案的能力，然而沈牧脸色却又冷了。

六年了，他接手的案子也不在少数，可最让他难忘，最让他不能容忍的便是转为非诉律师之前的最后一桩案子。

那是他的一个痛点，他不允许旁人踏进，哪怕只是好奇心。

顾佳打量他半天，越看越不对劲，于是转过脸，不再打探。盯着车窗上的倒影，她用手指轻轻描画他的五官，摸着他的"眼睛"，小声嘀咕道："这么好看的眼睛，怎么会总是蒙着一层淡淡的冷漠呢？"

反正知道没人回答她，顾佳看向窗外。一行行枫树向后倒去，她不由自主地笑了一下。

到了律所，沈牧停好车，两人一前一后地回了办公室。

一见到沈牧回来，赵大沪就凑上来问："回来了事情办得怎么样？这么小的离婚案，肯定很快就能结案吧？"

赵大沪太清楚沈牧的能力，对他有十足的信心。

"结不了。"沈牧只丢下一句话，便推开玻璃门，把自己锁在了办公室里。

赵大沪转身抓住顾佳问道："怎么回事？案子办得不顺利？"

顾佳正要开口解释，却被沈牧叫进了办公室。

"赵叔叔，先不和你说了啊！师父叫我了，我先进去了，回头再聊。"顾佳丢下一句话，飞快地进了办公室。

"好吧！去吧！去吧！"赵大沪摆手，看着顾佳进去后，百思不得其解。

见他忧虑，同事李宜看了看沈牧，凑近赵大沪问道："赵主任，什么案子啊？连我们的头牌都眉头不展了。"

赵大沪转过头，随手拿起一本律法书，就冲他的后背上轻轻一砸道："律所的规矩都不懂了？让你瞎打听！小心我罚你一个月的早餐。"

李宜嘿嘿一笑，捂嘴转过身去："不敢了，不敢了。"

赵大沪回头看了一眼墙上的时钟，已经是下午4点了，摇了摇头，不再琢磨沈牧，回了办公室。

"顾佳，委托书起草完成后，给当事人送过去。"沈牧处理了一下手头的工作，嘱咐道。

"是！师父！"顾佳犹如打了鸡血，忙活一天，还是十分精神。就连沈牧看着，都觉得有些不能理解。

他停下手里的笔，打量了顾佳一番。她依旧吸着铅笔笔杆，边翻阅资料边记录。

沈牧起身将书柜里的《律法文书写作技巧》递给了她，故作冷冰冰地说："拿着参考书都不知道投机取巧。"

顾佳挠挠头，接过书，笑说："苏教授说了，做律师，不可以偷懒。谢谢师父。"

沈牧挑了挑眉，转身回到自己的办公桌前。

15 · 规　矩

起草完委托书和起诉书，沈牧又让顾佳起草财产保全申请书和证据清单。

顾佳犹如打了鸡血一般，忙得根本没有看时间。直到下班了，众人都要走了，她还没有处理完毕，只好全部装进背包，打算回家接着处理。

锁办公室门时，顾佳才看见李宜还没有走。

她凑近瞄了一眼他的显示屏，问道："李哥，怎么还没有走？"

李宜被她突然冒出来的声音吓了一跳，立即关掉显示屏，坐正了，尴尬一笑："是小师妹呀！呃，那个……我手里还有点工作没忙完，你先走吧。"

"需要帮忙吗？免费哎！"顾佳笑嘻嘻道。

李宜客气地笑了一下，半开玩笑地摆手道："不用不用，谁敢动用沈大律师的人？是吧！"

他是借着开玩笑，想办法支走顾佳，却不想顾佳以为他真的不好意思，跟她客气。

"哪里呀。这有什么不好意思的？同事之间，随手帮忙而已。"顾佳说话的同时，已经放下背包，手伸到了李宜桌上的一摞文件上，问："这些文件，需要放在档案柜里吗？我帮你！"

李宜眼看着她的手指已经触碰到封面上客户人的名字，倒吸一口凉气，接过手，龇牙一笑，说："小师妹真是太客气了，真的不用。我自己可以搞定。时候不早了，你妈妈一定已经做好了饭，等着你回去呢。快走吧！"

说着，李宜连忙将所有文件收进桌上的文件夹里。

顾佳见状，收回了手，看了一眼手表，又说："已经6点半了，你自己要是都忙完的话，只怕要忙到8点以后了吧！"

片刻之后，她又说："两个人忙，总好过一个人。真的不用跟我客气。要么，我帮你整理一下文件？"

李宜真是从来没有见过这么热心的人，汗颜。

"顾佳！你干什么呢？不懂规矩！"不知何时，沈牧又忽然回来了，见顾佳要帮忙，立即呵斥道。

顾佳一脸不解，收回手，问："师父，您怎么又回来了？"

沈牧看了看李宜，对顾佳凶道："我不回来，怎么知道你在这里给人帮倒忙！"

此时，李宜脸上也有些挂不住了，微微低头，歉意道："沈律师，没有的事，佳佳也是好心，没……没看见实质内容。没事，没事。"

"实质内容？"顾佳看了看李宜的神情，想到他刚刚百般拒绝，又见沈牧一脸严肃，明白了，问："是怕涉及隐私？同事之间也不可以帮忙吗？"

沈牧一直冷着脸，吓得李宜脸色煞白了，他忙收拾了文件，提着公文包，先一步出了律所。

沈牧这才走近她，说："我有没有跟你说过，不准随意打探旁人的案件。就算是同事也一样。你本是好心，可却会被人说成是有意。"

顿了一下，他又道："想要成为一名优秀的律师，就必须要明白自己的位置，最好脑子清醒一点儿！"

他表情严肃得吓人，让顾佳有些难以招架。但她仔细一想，又明白过来。

明明不是冷漠无情的人，干吗总是一副冰块脸，显得自己油盐不进，软硬不吃。

顾佳轻声一笑，问："师父，你这是在担心我吗？"

沈牧轻叹一声，摇了摇头，无奈又嫌弃地说："我是怕你给我拖后腿！回头再怪我没带好你！"

顾佳笑笑，凑近了道："反正就是关心我。我就当你是关心我好了。"说完，她转身就要走。

沈牧却突然叫住她，说："明天记得联系娄倩倩做 DNA 比对。"

顾佳猛点头，"嗯"了一声出了事务所。

走在路上，她回想这两天的事，担心再出变故，拨通了娄倩倩的电话。

"喂？您好，娄女士，您现在有时间吗？我们当面聊一聊。"

谢诗兰的康复刚刚做完，娄倩倩看了看兰兰，犹豫了一下，说："这会儿正好有空，你过来吧！"

"好。我现在就过去。"挂了电话，顾佳打上车，径直去了医院。

路上，赵大沪打来电话，质问道："顾佳，你怎么还不回来？你妈妈急得像热锅上的蚂蚁。"

"赵叔叔，我还有点事，正要给我妈妈打电话……"顾佳有点尴尬，说。

"才想起来给她打电话。"赵大沪焦急，语气也不如往日温和。

半晌后，他又道："是沈牧罚你了吗？哎，沈牧的这个性子，也真是。但是佳佳，不是叔叔偏袒，他这个人严守戒律，性情冷淡，待人冷漠。但专业上无可挑剔，最适合当师父，由他带你，准保不出两年，你业务上就能突飞猛进，独当一面了。"

"赵叔叔，我知道，我没怪他。师父这个人，看似十分冷漠，但还是很关心我的。"顾佳笑着说，顿了一下，又补充道："我知道他是为了我好，所以他安排的事，我都会保质保量完成的，绝不会落人口舌。那个，赵叔叔，我刚约了客户，今日必须去，帮我跟妈妈解释一下，我晚点回去。先去忙了，就不跟你说了。拜拜！"

赵大沪还没有来得及说万事小心，电话就已经挂断了。

文琬已经放好了碗筷，问："怎么样？在忙什么呢？"

"说是一会儿要见一个客户，让我们先别等她了。"赵大沪仰了仰头说道。

文琬用围裙擦了擦手，喃喃道："这丫头，总是不让人省心。"

五分钟后，顾佳到了医院，下车后，直奔谢诗兰的病房。

走廊上，顾佳看见娄倩倩正推着谢诗兰的小车往病房走。

她一路小心跟随，见娄倩倩细心地给孩子洗脸，喂饭，盖被子，最后叮嘱保姆照顾好，才小心翼翼地关好了房门。

"我们去那边吧。"走出病房后，娄倩倩才领着顾佳走到走廊内一处靠窗的长椅上坐下。

"顾助理今日来是……"坐下后，娄倩倩柔声开场。

顾佳从包里取出笔记本，说："昨天沈律师特意交代我再向您咨询一些事。"

娄倩倩微微点头，默许。

"接下来，我要问的问题，很有可能勾起您的伤心事，但我绝无窥探隐私的意思。所以，还请您尽量详细全面地回答我，越详细越好。"顾佳事先申明，以保证谈话有效精准。

16 · 资　产

"好。"娄倩倩应声。

"您还记得，您先生最早出现变故或者说异常是什么时候吗？"

娄倩倩想了想，说："记不太清了。最明显的就是去年发现孩子有异常后，他就整天整天地不回家。即便是回去也是醉得不省人事。此前倒是并无破绽。"

"你们现在的资产都有哪些？"顾佳问。

"房子，车子，公司，还有一些股权债券。"娄倩倩说。

"他的车子是什么时候买的？"顾佳问。

"大约是 2014 年吧，2016 年时，说是公司不断发展壮大，一辆车子不够用，才又买了一辆。"娄倩倩回忆。

顾佳记录的同时，竟然不知不觉地跑神了，脑袋里全是沈牧今天的异常。她手里还捏着那束向阳花，娄倩倩一连喊了她好几声，她才"哦"了一声。

"抱歉，我……"佳佳有些不好意思。

她整理一下思绪后，又问："那您与谢先生认识多年，有没有收过他的礼物？"

"收自然是收过，只是次数不多。早些年，同学们总是怂恿他送花送玩具。结婚以后就少了。我一度认为他是那种不懂浪漫的人，对这些并不上心，当然我也不会计较。日子过着过着就这么多年了。"娄倩倩表面上是给顾佳叙述，实则是安慰自己。

"还记得您最后一次收礼物是什么时候吗？或是一起度过了什么特别的日子？"顾佳问她的同时，也是第一次正视人心人性，试图了解他们婚姻中最初的那点光亮。

纵然她们即将离婚，她仍然希望并且相信，至少曾经她们是真心相爱过的。

娄倩倩轻叹一声，沉吟片刻后，才说："太久远了。记不清了。唯一留存的便是当年的信。"

"信？"顾佳眉心轻跳了一下，瞬间来了精神，反问："那现在那些信在哪里？"

"被我收起来了。我这人念旧，越是旧物，越是舍不得扔。回去要是找找，或许还能找到。"说完，她又自嘲道："不过，如今要离婚了，这些东西留着也没意了。"

顾佳拍拍她的肩膀，安慰道："您也别太伤心。既然已经决定了要离婚，那便要鼓起勇气往前走。日子还长，一切都还来得及。退一步海阔天空！像您的画一样，充满了自由与生机。"

娄倩倩笑了一下，浅浅道："谢谢！"

"我已经与鉴定所的人约好了，明天我们去做一个亲子鉴定，您带上兰兰早点过去。"顾佳写下地址后，递给娄倩倩。

"好。顾助理辛苦了。"娄倩倩接过地址，看了一眼，温柔点头。

"今天就到这里吧！"顾佳合上笔记本，起身与她握了握手后，出了医院。

从医院出来，天色已经渐黑，顾佳低头看了一眼涂鸦本上的记录，现在还缺少证据。

如果今天不查出谢明远的通话记录，只怕会被他处理掉。这样一来，他便可轻而易举地污蔑娄倩倩出轨。

她打车直接去了通讯公司。

好在此前她拿到了娄倩倩的委托书，又有沈牧提前去公安机关出的函，才得以顺利调取谢明远的通话记录。

只可惜，通话记录上几个频繁联系的电话号码，登记姓名全都不是叶恬。

顾佳看着那一个个陌生的名字，甚至怀疑他念念不忘的那个情人并非叶恬，而是另有其人。

但从叶恬对那张卡片的态度上，却足以看出她对送花之人十分在意。

顾佳打开相机，找到花店拍的那张卡片，仔细看了看上面的文字：以花致歉，如花美眷。小别情深，久不相忘。

　　字体潇洒隽秀，语言风格却不像是一个商人所为。但大意却可以理解为：短暂的离别，均是为了日后更好地在一起。

　　目前，尚没有明确证据证明叶恬就是谢明远的婚外恋，或许是……事有玄机。

　　这么一想，顾佳灵光一闪，再次拨通娄倩倩的电话，要求她第二天去鉴定所时，务必带上当年谢明远给她写的书信。

　　娄倩倩一口答应。

　　顾佳这才稍稍松了一口气。

　　挂了电话，她想起此前的那张鉴定书上，赫然写着不排除非亲生母女关系的字样。假如娄倩倩真是被人冤枉，鉴定结果显示亲生母女的只有一种可能。那就是——谢诗兰的生母还在，而且极有可能与谢明远等人见过面。

　　或许那个人就在盛海市，说不定还会偷偷与孩子见面。想到这，顾佳不禁打了一个寒战。

　　这一次，要格外小心了。

　　处理完一切，已经是晚上9点了。顾佳肚子早就饿得咕咕叫了，她打电话问妈妈是否要带东西后，就打车回家了。

　　一进家门，文琬便凑上来，问："佳佳回来了！怎么才第二天上班，就加班到这会儿？这往后，怎么得了？"

　　文琬心疼孩子，佳佳却将妈妈一把抱住，两个人的脸挨在一起，说："没事妈妈！你看我这不是回来了吗？就是查点东西。以后，我加快速度就好了。"

　　"你呀！真是不让人放心！"文琬刮了刮顾佳的鼻头，笑道："还没吃饭吧？我去给你热饭。"

　　顾佳却一把拉住妈妈，歉意道："妈妈，不用忙了。我不吃了。"

　　嘴上拒绝，但是顾佳的肚子却还是不争气地咕噜咕噜响了。

　　文琬笑了："露馅了吧！怎么，在妈妈面前还要强装铁打的身子？你去和你赵叔叔聊聊，我去准备，一会儿就好。"

　　顾佳嘿嘿一笑说："好。怎么赵叔叔还没有走？"

　　"好像是有话要跟你说吧！"文琬说完，人就进了厨房。

　　顾佳走到餐厅，才见赵大沪正拿着桌上的一本律法书在看。

　　"赵叔叔。"顾佳叫。

　　"回来了？"赵大沪问，然后从皮包里拿出两份经典离婚案件档案，递给她。

　　"这是沈牧此前处理过的两宗案件，很多细节也都做了标注，希望可以帮到你。"

顿了一下，他补充道，"我知道，你们现在处理的这个案子十分棘手，不同于往日寻常案件。"

"但凡是需要走诉讼程序的离婚案，都不会简单，希望这些资料能够帮你渡过难关。如果还有其他困难随时来找我。"

17·鉴　定

"谢谢叔叔。"顾佳接过档案，随手翻了两页说。

"天色不早了，我就先走了。你吃了饭，与你妈妈早些休息。以后不要这么晚还不回家，免得你妈妈担心。"赵大沪嘱咐道。

"嗯。叔叔再见。"顾佳送客，待他走后，她想起娄倩倩今天说谢明远曾经给她写过很多信。

她也想起自己以前写给沈牧的信，放下档案，她开始翻箱倒柜地寻找。

整整十年，文琬带着顾佳先后搬过两次家，她每次都会想方设法地藏起这些信。还有好几次，妈妈都想把她的书卖了，还是她好说歹说，才留下了那些书信。

翻了十几分钟，顾佳才从书柜的最底层找到了尘封已久的书信。

一拆开，顾佳犹如打开了所有的青春记忆。

　　大哥哥，你现在还好吗？我最近过得很好，这一学年，我的成绩又前进了五名。虽然就快要高考了，但是老师说过，多一分，便可以超过一千人。所以，努力总归是有回报的，对吗？
　　……
　　大哥哥，你是不是还记得我？因为你，我报了法学专业。法学课上，老师总是提到沈牧的名字。说他是个很棒的律师，不过他就算再厉害，我还是觉得你最好。专业课的条例好多啊，我总是记不住，不过没有关系，我相信只要努力，就一定会有收获，是不是？
　　……
　　大哥哥，已经开学了，整个暑假，我们一起去了福利院和乡村学校。那里的孩子们都很淳朴。小家伙们看到我们都很开心。我们为他们打开了看向外面的世界之窗，但他们也一样温暖了我的心。乡村的漫天繁星你看过吗？很美。

　　我想去支教，但我也学考律师。你说，两者可以兼顾吗？

　　我猜，你一定没有这样的烦恼。

　　……

　　大哥哥，我快要毕业了，盛海学院图书馆里的专业书都已经被我看完了，可还是没有做好准备走上社会，真正成为一名职业律师。你说，我可以吗？

　　……

　　看着这些信，顾佳笑了，每一封信中的字字句句都写着她的成长与困惑，写着对他的思念以及早已将他烙在心底的小秘密。

　　每当教授上课，上着上着就讲起沈牧办过的案件时，顾佳也会从心底想起救命恩人，会猜想他过得好不好，生活是不是如意，仰慕得毫无羞耻之心，喜欢得坦坦荡荡。只是谁也没有料到，老教授口中的沈牧，竟然就是自己苦苦寻找的救命恩人。

　　触摸着信上的一字一句，顾佳心花怒放。这么多年，她早已习惯了将生活中的困难与疑问写下来，自问自答，也曾向往毕业以后能够与他相遇。只是千算万算也没有料到居然会成为他的助手，他的徒弟。

　　看着这些信，顾佳猜想，当年的谢明远也一定与娄倩倩热诚真挚，封封信件中，字字痴爱。只奈何，这世间所有的情爱，均不会那么容易白头偕老。变数太多，以至于当事人难以招架。

　　如果那些信件还能找到，与叶恬收到的卡片上的字迹一对比，便能知道他们之间究竟有没有亲密关系。

　　第二天。

　　顾佳一大早就带好了东西，到了鉴定中心。

　　还不到 8 点，她候在大厅，一会儿看看时间，一会儿看看门口。

　　十五分钟后，娄倩倩带着谢诗兰赶到了鉴定中心。

　　"都准备好了吗？"顾佳问。

　　娄倩倩点点头，与她一同走到窗口，交了费，坐在了采血窗口。

　　小护士是个年轻漂亮的小姑娘，她看了娄倩倩与谢诗兰一眼，边消毒边说："可能有点疼，忍一下。"

　　"好。"娄倩倩看了看兰兰，用手蒙住她的眼睛，看着护士抽完血后，才把她交给顾佳照看。

随后，护士平静地抽走了娄倩倩的血，将两管血摇晃了几下后，一起插在了标本架上。

"护士，请问多久能出来结果呢？"顾佳问。

小护士看了下日期，说："下个星期三来取。前台窗口取报告。"

说完，她起身拿着两管血，送了进去。

看着一切正常，顾佳放心了，领着谢诗兰与娄倩倩一同出了鉴定中心。

整个过程都十分顺利。

走到门口后，娄倩倩抱着孩子，对顾佳微微一笑，说："今天辛苦你了。"

"没事。"顾佳摇摇头，又问："对了，信带来了吗？"

"哦。带了。"娄倩倩马上从背包里取出十几封信，交给了顾佳。

顾佳只是看了信封上的"谢明远"三个字，便已经确定了叶恬收到的那张卡片就是谢明远写的。那个叶恬就是他的婚外情人。

顾佳把十几封信装进背包后，便让她们先回去了。

"好。那顾助理，有任何事随时联系我。"告别后，娄倩倩领着孩子走了。

顾佳找了空位坐下来，拆开了一封信，看了看上面的内容，心里不由自主地同情起娄倩倩来。

倩倩，自从第一次遇见你后，我每次放学都会十分谨慎，害怕一不小心再次将你撞到，抑或再撞出一个你。

今天下雨了，路过你必经的路口，却没有见到你的身影。我猜想你一定躲在了伞下，以至于我看不见你。

我喜欢下雨的季节，在雨里奔跑得酣畅淋漓，没有一丝烦恼。你呢？你瘦弱，可不能如我一般任性。

倩倩，你知道吗？今天趴在学校的栏杆上，有一个姑娘，抱着书从校门口进来，我竟然看成是你。正要招手时，却看见她进了别的班级。听说，你最近又考了班级第一，恭喜你。我们都要努力，争取考入同一所大学。

倩倩，我想你了……

顾佳看着那些信，仿佛看到了当初的自己。

很多个深夜，她捏着那个可能的电话号码，守在公用电话亭，想要给他打一个电话。可最终，却总是放弃。

沈牧那时是"举手之劳"，或许从未真正记住顾佳的模样。

顾佳也曾在选文还是选理的问题上纠结过，但最终因为他而努力考取法学专业。

虽然一直没有见面，甚至没有一个明确的地址，但她早已认同他一直守在自己身旁。

合上娄倩倩的信件，顾佳抬头，却看见沈牧站在她的面前。

顾佳立即站起身，匆忙将那些信件胡乱地塞进了背包里。

她有些紧张，舌头不自觉地打结："师……师……师父，你……你来了。"

沈牧扫了一眼她包里的那些信，说："当事人的证据理应好好保管。"

顾佳这才低头一看，信纸被折得不成样子，慌忙重新拿出来，一一铺展，放进了文件袋中。

沈牧见她整理好后，看了一眼抽血的大楼，问："样本已经送进去了吗？"

18 · 家　暴

顾佳也随着他的目光看了看里面，说："送进去了。一个星期后出来。"

"走吧！"说完，沈牧转身出了鉴定中心。

顾佳生怕他会看出自己的小心思，一直紧张地咬着唇，跟在他后面，好半天才问："师……师父……你怎么会突然来？昨天……昨天的事，我知道错了。"

沈牧止步，微微侧目，说："舌头捋直了说话。口齿不清可不是当律师的一个优势。"

顾佳挠挠头，右手敬礼，干脆利落地说："是！"又黑又亮的马尾随着她的动作微微晃动。

沈牧已经走了老远，见她还没有跟上，催促了一声。

顾佳忙快步跟上，然后说："对了，照片和通讯记录我都整理好了。还有他以前写给娄倩倩的信上的字迹与叶恬收到的那张卡片上的字迹吻合。应该可以断定有关系。"

"只是，谢明远频繁通话的只有零星的几个人。我查了这些号码的登记姓名，均不是叶恬。他很可能做了处理——变更或是删除通话记录。也或者是采用他人身份证办理电话卡，再或者他们有其他的沟通方式，比如说社交软件。"顾佳握着铅笔，在鼻尖摩挲推断。

"身为一家上市公司的老板，通讯记录的频繁号码只是几个人，这不合常理。"沈牧分析，"设法彻查他们的邮件、QQ、微信等一切社交软件，包括游戏账号。"

顿了一下，他停下脚步，补充道："以谢明远喜欢写信的习惯来看，即便现在是非常时期，他也很难完全与叶恬断绝联系。肯定会有破绽。"说完，他快步走到了停车位。

"是！"顾佳好不容易追上他，见他又快步走，索性小跑了两步，直到上车系好安全带。

"我们现在是去哪儿？"她问。

"回事务所整理资料，然后去见你职业生涯里的第二个客户。"沈牧的语气没有那么冷了。

车子调转车头后，她小声喃喃道："这么快就见第二个了？"

她看了看他，今天神清气爽，语气平和，态度亲切，宜相处。

想到这儿，顾佳偷笑了一下，然后，老老实实地翻阅娄倩倩的资料，一行一行仔细阅读。

到了事务所，沈牧把车子一停，两人一前一后地进了事务所。

再次见到李宜，顾佳有些不好意思，用文件袋挡住脸，引来众人的注目。

沈牧觉察出异常，一转头看到顾佳用文件袋挡着脸，差点撞到自己身上，索性从她手里抽走了文件袋。

顾佳一愣，两只眼睛盯着他，祈求般地眨了眨眼睛。

"怎么？做了亏心事？要捂着脸走？"沈牧将文件重新塞到她手里后，进了办公室。

顾佳吐了吐舌头，挺直了腰杆，快速走进办公室。

路过李宜时，被他叫住。

"小师妹，那个昨天的事，抱歉了。我不是那个意思……"

顾佳一转头，挤出一个笑，说："哪里！李哥，没事。你忙吧！我先进去了。"

"一、二、三……"不过是说话的工夫，沈牧又催促顾佳快点进去。

顾佳立刻如兔子一般，快步走进办公室。

沈牧这才将案头上何淑珍的档案扔给顾佳，嘱咐她仔细审阅后，又继续低头翻阅以往相似的卷宗。

有了娄倩倩这桩曲折的离婚案，顾佳以为不会再有比她这桩案件更为曲折的案件了，却不想何淑珍的案件更是离谱。

一看见档案首页上的标记，顾佳她便大惊道："什么？杀……杀……杀人案？当事人竟是个杀人犯？"

顾佳专业知识虽然略有欠缺，但是她的努力，沈牧还是看在眼里的。只是让他没料到的是，一个杀人案就让她变成了半个"结巴"。

　　他无奈地摇摇头，等着看她后面要怎么办。

　　"师……师父，我们……我们不是只管民事案件吗？怎么刑……刑事案件也会到这里？"顾佳吓得舌头都不听使唤了。

　　沈牧轻笑一下，揶揄道："怎么，语文老师没有教你政史地不分家吗？这刑事案件也会涉及民事诉讼的。"

　　"此案，距离开庭审理还有三个月。目前，我们也只能暂时与当事人沟通，了解基本案情，设法获取更多证据，尽可能地帮助当事人解决问题。"他补充道。

　　"哦。"顾佳一向自诩胆大心细，可真正接到这种案件，还是有些招架不住。她用两根手指捻着档案，总觉得瘆得慌，飞快地扫过一行行刑讯口供……

　　看着看着，竟然被当事人触动了。

　　她曾以为，所有的杀人案中，犯罪嫌疑人都有不可饶恕的过错，任何借口都不是他杀人的理由，就算是当庭宣判终身监禁也不为过。可此案却颠覆了她以往的认知。

　　法律之外，离不开人情。看到"家暴"二字，顾佳便理解了她的苦衷。

　　以前，她妈妈文琬又何尝不是家暴的受害者？只可惜，报警也不能每一次都将危险扼杀在摇篮里。

　　看着何淑珍一张张受伤的照片，顾佳感同身受，有些心疼，眼眶渐渐湿润了。

　　听见异常，沈牧放下卷宗，看了她一眼。不过是看了两眼卷宗，她已成了霜打的茄子。

　　沈牧从桌上抽出一张纸巾，递给她："如果每一桩案件，你都如此，只怕海水都被你哭干了。"

　　顾佳用纸巾轻轻拭了两下。

　　她死不承认，反驳道："谁说我哭了？我只是觉得当事人可怜……很傻罢了。"

　　沈牧也不拆穿她的心思，回到电脑前，一面写委托书，一面说："有些人啊，总要吃点苦头，才能懂得一些道理。"

　　他的言外之意，无非是说顾佳想要当好律师，走好这条荆棘之路，也必然要饱受风霜，严守底线，做好披荆斩棘的准备。

　　顾佳听得懂，将档案收在一边，细心地用便签将他的话详细记录下来，然后贴在电脑显示屏边，时时刻刻提醒自己。

　　十分钟后，赵大沪从窗口看着他们二人没有要出门的准备，便将顾佳叫到了一边。

　　顾佳看了沈牧一眼，快步出去了。

19·结　果

"怎么了？眼圈红红的，受委屈了？"赵大沪问。

顾佳忙用手摸了摸眼睑，抿嘴一笑，说："没有，只是看了那个案子，有点感触罢了。"

赵大沪这才放松了，摸摸她的头，说："你呀，还是太感性了。当律师的，感性会影响专业判断。你看沈牧什么时候因为客户的原因有过情绪上的激烈反应？"

顾佳侧目看了看玻璃窗内认真办公的沈牧，对赵大沪说："赵叔叔，律师这个职业，真的是没有温度的吗？如果我们不能与当事人感同身受，那迟早有一天，我们会变得麻木不仁，谁还会信任我们，来请我们帮助他们解决问题呢？"

赵大沪没有料到顾佳居然会这样想，停顿了半天，才说："你说的也没错。但是记住，眼泪终究解决不了实际问题。你是太感性，沈牧是太冷血，你们两个还真是互补。"

顾佳点了点头，转过身直直地盯着沈牧，久久不动。

沈牧是冷血吗？可她曾经不这样认为，现在也不这样认为。他表面上冷漠待人，心里却是热的。冰再冷，遇到热也是会融化的。

赵大沪转身要离开时，忽然想起来一件事，问："对了，今天去做鉴定，没出什么事吧？"

顾佳想了想，摇头道："没有。我是看着护士将血液样本送进去才走的。"

赵大沪点点头，嘱咐道："那就好。"

"去忙吧！"赵大沪一扬下巴，看着她回了办公室，才转身走了。

坐下来后，顾佳一边上网浏览最新的法律法规，一边偷瞄沈牧。见他始终飞快地敲击键盘，她只得继续忙自己的。

十分钟后，顾佳听不见他的键盘声了，抬头看了一眼，才见他大概是写完了，起身倒水。

顾佳马上起身接过他的水杯，帮他倒水，顺便问："师父，那个……当事人何淑珍现在身处监狱。我们回头是需要去监狱了解情况吗？"

说完，顾佳把水已经端到他面前。

沈牧看着还有些晃动的水，又盯着她说："是。不过不是现在。先弄清案情再说。"

顾佳这才放心地"哦"了一声。

随后，两人都陷入了沉默，整个办公室静悄悄的。

半个小时后，顾佳身边的打印机再一次"嘀嘀嘀"响了起来。

顾佳偷偷看了打印机一眼，绿灯正常闪烁，她停下手里的活，盯着那几张 A4 纸从出纸仓里出来，才拍拍胸口默念：还好，还好。这一次，没有卡纸。

"顾佳，帮我把文件拿过来。"紧接着传来沈牧的声音。

"哎！收到。"顾佳兴奋地答应一声，快速将打印出来的纸张送到了沈牧手里。

"师父，以后端茶倒水、印文件的活，也都交给我吧！"顾佳笑着说。

沈牧挑了一下眉，认真地说："嗯，不说也会交给你……"

顾佳："……"

事务所事务繁忙，顾佳每天忙忙碌碌，连日子都记不清了。

一周过去了，10 月 15 日，顾佳正印文件时，办公室的电话响了。

她停下手里的活，接通了电话："您好，这里是大沪律师事务所。"

"喂，您好，请问是顾佳吗？上周三，您申请的姓名为娄倩倩、谢诗兰的亲子鉴定报告出来了。麻烦您抽空来取一下。"电话里传来一个好听的女声。

"哦，好，我知道了，谢谢！我会尽快去取。"

顾佳挂了电话，收好复印材料后，马上向沈牧汇报。

"师父，娄倩倩的鉴定结果出来了。"

正在做案件分析的沈牧，听见顾佳的话，停了笔。

他想了一下，说："通知娄倩倩半个小时后在鉴定所见面。"

"好！"顾佳应完，转身就走，却被沈牧叫住。

"等等！"

"嗯？"

沈牧提醒道："准备一下，上车再打，绝不能让她先拿到报告。"

顾佳不解，刚想问，但马上反应过来，点头应允："知道了。"

说完，两人分别带上文件等资料，迅速下楼。

上车后，顾佳打电话通知娄倩倩去鉴定所。

二十分钟后，沈牧的车子稳稳地停在鉴定所门口。

沈牧向护士出示了律师资格证和娄倩倩的委托书，先一步到达取报告窗口处。

有了之前的鉴定书，顾佳与沈牧都十分紧张，生怕这一次会与之前的鉴定结果一致……

顾佳手心冒汗，站在窗口不停地搓手。

护士将报告递给她时，她还不敢接，还是沈牧伸手接过来的。

拿到报告，沈牧快速浏览了下检测人的姓名，确定是娄倩倩的名字后，才直接翻到了鉴定书的最后一页。

然而，怕什么来什么，鉴定结果让人大失所望。

最后一页赫然写着：娄倩倩与被鉴定人谢诗兰，不排除非亲生母女关系，血缘相似度 99.9999%……

沈牧脸色铁青，此时的他，已不能确定究竟是娄倩倩撒谎了，还是鉴定所出了纰漏。

一直不敢看结果的顾佳，见他神色异常，犹豫了一下，从他手中接过报告，鼓足勇气看结果。

当看到最后一行时，她不敢相信，仰头看着沈牧，问："师父，怎么会这样？是不是出错了？"

沈牧摇了摇头，沉默不语。

顾佳一直不停地否定："一定不是这样的，一定不是这样的。"

她费尽心思，带着娄倩倩做鉴定，全程看护，结果却是这样的……她甚至怀疑，难道真的是娄倩倩撒谎了？

沈牧眉心紧皱，脸色阴沉，半天才反应过来，转身问："护士，请问这个鉴定结果可信度有多高？错误率百分之多少？"

20·昏　迷

小护士听出他质疑鉴定结果的权威性和准确性，脸色霎时难看，白了他一眼，没好气地说："开什么玩笑？这种事我们怎么可能出错？"

"这可是司法部门指定的机构。"她哼了一声，鄙夷道，"您要是质疑结果，大可以重新抽血采集样本鉴定，或是选择上级更权威的机构鉴定。但若是几次鉴定结果都一致，我劝您还是去问问被检测人原因！"

她的话十分刺耳，沈牧听得明白，也清楚自己不该质疑结果。但他不愿相信，顾佳守着娄倩倩抽血检验，结果却与她所述截然相反。

这让人不得不怀疑，是有人动了手脚。

他双眼锐利，眼眸深邃，透着浓浓的怒意。顾佳从未见他如此生气过，咬了咬下唇，试图让他消气。

估算了时间，娄倩倩应该也快来了。

她往前走了走，轻声问："师父，不如……等她来了，再当面问她吧！"

沈牧默许，两人站在鉴定所的大厅中央陷入了沉默。整个大厅的空气都凝固了，一片寂静。顾佳看着他，想要伸手拍拍他的后背，但又迟疑了。

"蹬！蹬！蹬！"突然从门口传来几声规律清脆的高跟鞋声，离他们越来越近，直到停在他们身后，声音没了。

顾佳和沈牧一回头，才见是娄倩倩。她满心欢喜地来，却是大惊失色地突然止步……

她看了看沈牧与顾佳的神情，预感到结果不太好。她又扫了一眼沈牧手中的鉴定书，呆滞半刻后，才担忧地问："结果……怎么样？"

沈牧将鉴定书交给她："你自己看吧！"

娄倩倩接过鉴定书，快速浏览完全文，直到目光停留在最后一行结果上，猛地一抬头："不！这不可能……不可能……"

顾佳看着她的表情，从期盼到质疑，再到惊恐……正要问她，却见她眼睛一翻，整个人居然重重地栽了下去，鉴定书也从她的手中滑落。

她的天塌了。

"娄女士，娄女士……"顾佳伸手想要抓住她，却已经晚了。

"咚"的一声，她的头重重地砸到了地面，整个人陷入了昏迷……

"娄女士，醒醒，快醒醒！"顾佳不停地摇着她的身体，却怎么也喊不醒她。束手无策的她抬头看向沈牧，焦急地问："师父，她昏过去了，怎么办？"

"快送医院！"沈牧掐了掐她的人中，没有反应，马上与顾佳一同将她搀扶到车上，一路开到了济康医院的急诊科。

一路上，顾佳一面试图叫醒她，一面拨打120急救电话。

等到医院时，医护人员早已候在急诊大厅门口。

停车后，顾佳和医护人员一同推着娄倩倩的病床，直奔急救病房。

抽血、吸氧、打针、安装监护仪，医护全力抢救，顾佳却也只能在门口守着。

沈牧停好车后，排队、挂号、填写病历，办妥了一切，才赶回了急救室。

短短几分钟过去了，人是抢救过来了，但还没有苏醒。

顾佳紧紧守在她旁边，眉心皱成川字。看着她的样子，顾佳想起妈妈的一次昏倒入院。那一次，她的眼泪都哭干了，生怕妈妈再也苏醒不过来。

而这一次，她看着昏迷的娄倩倩，焦急不安，趴在床边的手有着微微的颤抖。

沈牧看在眼里，轻轻抓住了她的手。

顾佳看着握住自己的手，顺着手臂仰头看着沈牧，不知要说什么。

"放心吧！医生已经说没事了。况且，这件事与你无关，不用害怕。"沈牧的话没有任何的激动语气，平和冷静，但顾佳却犹如心里灌入了一股暖流，手也渐渐不再抖了。

半个小时后，娄倩倩终于苏醒过来，只是一看到顾佳和沈牧，整个人再一次情绪失控，崩溃了……

她大声哭泣，哭得声嘶力竭，不再是那个一直温温柔柔、遇事不慌的女艺术家。

医生见状，只得给她打了一针安定，她又沉沉睡去。

"好好看着她，不能再让她情绪失控了。让她睡一会儿吧！"医生嘱咐完，去看别的病人了。

沈牧点了下头，坐下来守着娄倩倩。

看着昏睡的她，精致的五官，大眼睛，小小的瓜子脸，都与小眼的谢诗兰有些不像，但鼻子又有些相似……沈牧陷入了沉思。

倘若真是亲生孩子，她又如何要伪装？难道只是因为谢诗兰属于私生子？拿到鉴定报告时，她心里早已应该有了心理防设，又怎会惊恐崩溃，以昏迷来欲盖弥彰呢？

假如孩子真的是她的亲生女儿，养在身边，岂不是更加心安？又岂会一而再、再而三地否认？

当事人受刺激，这只怕并非一个普通人能够轻易伪装出来的。

血样、机构、人，似乎一切都毫无破绽，但似乎哪里不对……究竟是哪一个环节出了问题？沈牧百思不得其解。

办完住院手续后的顾佳，走到沈牧身边，看着病床上的娄倩倩问："师父，现在怎么办？"

沈牧微微侧目看了顾佳一眼，又看了下时间，已经是下午 4 点半。

他问："顾佳，你仔细回忆下鉴定那天的整个操作流程。有没有遇到什么可疑的人或事？任何一个细节都不要放过。"

顾佳咬了咬铅笔头，想了一下，说："娄倩倩和兰兰到鉴定所后，我带着她们在窗口抽血，然后又看着护士送进去的。一切都是按照鉴定所里的流程来办的。况且除了抽血，我们什么也不需要做，也没看见或遇到可疑的人或事。"

"抽血？血液样本呢？"沈牧问。

"护士是统一将血液样本放在标本架上的，过了一会儿后，端着标本架进去的。看到她们送进检验室后，我们才离开的。整个过程没有其他人接手。"顾佳肯定地说。

"样本，样本……"沈牧嘴里喃喃道，突然问："那个护士，你还记得吗？长什么样？"

"护士？"

顾佳闭上眼睛，认真回忆。睁开眼后，她说："是个年轻的小护士，二十多岁，双眼皮，右眼睑处有一颗红痣。"

21 · 转　机

"是今天我们见到的那个护士吗？"他问。

顾佳想了想，摇头道："不是。今天这个护士，我是第一次见。有什么问题吗？难道鉴定所里会有谢明远的人？"

忽然，她惊慌捂口，反问："会吗？为了争夺资产，他竟然……"说完，她又自我否定："会不会是我们想多了？"

"不会。"沈牧一口咬定，"这个世界上，有很多人会为一己私欲，将法律道德抛于脑后，踩在脚底……"

"看好娄倩倩，我去见一个人。"说完，他提起公文包，转身朝外走。

"哎，等等……"顾佳想和他一同去，人已经不见了。

她只得轻叹一声，搬了凳子坐下来，老老实实守着娄倩倩。

……

进入良缘公司，沈牧走到前台秘书那里说："我是沈牧，麻烦通知一下你们谢总。我有事想要跟他说。"

"先生，请问您有预约吗？"小秘书坚守本职，微笑问。

沈牧说："没有，麻烦您给谢总打一个电话。只需要五分钟。"

"先生，没有预约，您是不能进去的。"自从上一次沈牧去过办公室后，谢明远早已给秘书定好了规矩，没有预约一律不允许外人进入。

沈牧看看时间，再晚恐怕谢明远就要躲了。他只得掏出律师证，好说歹说，请她帮忙给打电话。

女秘书没有办法，只得拨打了电话。电话刚一接通，沈牧便快速冲进了电梯里，迅速按亮了楼号。

看着电梯内的楼层号码一个一个地闪过，沈牧有些焦急。

"叮！"电梯开了，沈牧正好撞上马上要出去的谢明远。

他双手插在西裤口袋里，皱了下眉头，与沈牧四目相对。

"沈律师！今儿不知是什么风，竟把沈大律师吹来了？"谢明远略有挑衅地说。

"谢总，我们谈谈可以吗？耽误您一点儿时间。"沈牧说。

谢明远眼睛转了转，已猜出十之八九，叹了一口气，侧身让开电梯，说："好吧。不过，你只有五分钟时间。"

"五分钟时间够了。"沈牧迈出了电梯，稳步跟着他进了办公室。

而此时，沈牧身边走过了一个戴鸭舌帽的男人。

沈牧停下脚步，回头看了一眼，那人却飞快地进了电梯。

谢明远为了保护那个人，看了沈牧一眼，催促道："沈律师在看什么？莫不是沈律师在这里遇到了熟人？"

说话的同时，他已经坐到了老板椅上。

沈牧轻笑一下，说："谢总可真会说笑，您的地盘怎么会有我认识的人？"

谢明远大笑一声，将身子靠在了椅背上："也不是没有这种可能。"

"这人与人之间的关系，本就很微妙。相逢相遇，不过是在一念之间。"他伸手指向沈牧，"就拿沈律师来说，若不是因为我与倩倩的离婚案，我们恐怕也不会认识，更不会像现在这样坐在一起……聊天。沈律师你说呢？"

"谢总倒是活得很明白。"沈牧说，"那我们开始吧！"

谢明远一挑眉毛，按下了计时器，准备回答他的问题。

"您寄给我的鉴定书，是哪家鉴定机构的？"沈牧问。

"盛海市初级鉴定机构。鉴定书上有单位地址，像沈律师这样聪明的人，明知故问不太好吧？"谢明远笑了下说。

沈牧不理会，继续问："您什么时候知道谢诗兰是娄倩倩的孩子？"

谢明远挑了下眉毛，想了一下，说："今年。"

"您当时知道兰兰是我当事人亲生子女时，有什么感受？"沈牧问。

"沈律师不愧是律师，提出的问题都是这么一针见血。"谢明远停顿了下，才说："我与倩倩婚后八年，始终没有孩子。领养一个孩子后，自然是疼爱的。只可惜……知道她是那个女人的私生女后，我也是整宿整宿地睡不着啊。每次只要一回家，一看到那个孩子，就想到她，我心里就犯恶心。"

"她是指谁？"沈牧故意问。

"娄倩倩。"谢明远厌恶地说。

沈牧说："您就没有怀疑过鉴定书是假的？"

谢明远掏出香烟，正要打火的手突然滑了一下。他头都没抬，反问："怎么会？"

然后，又打了一次，才终于点燃了烟。

"这种事可能性或许不高，但不代表没有。倘若是假的，您是否还想抚养兰兰，或者仍然想要离婚？"

谢明远眼神游移，想了一下，说："离！她与那个叫唐林的向来勾三搭四。就算兰兰不是私生女，也难保不会有其他的孩子。我不要！"

沈牧点了一下头，记录几个要点。

谢明远偷偷看了一眼，没有写到叶恬的名字，他松了一口气，点上烟，问："沈律师最近为了我们两人离婚的事很头疼吧。"

"还好。"沈牧平静地说。

谢明远看了看计时器，说："您还有两分钟。"

沈牧看着他，稳如钟，继续问："今天我们拿到了一份鉴定书。您猜内容是什么？"

"不会又是娄倩倩的吧！"谢明远神态怡然，面上风平浪静。

见他如此淡定，沈牧两手交叉握在一起，说："报告上写着不排除谢诗兰与娄倩倩为亲生母女。"

沈牧尽可能地说清楚每一个字每一个词，试图从他身上找到案件的突破点。

片刻之后，谢明远太阳穴上的青筋跳了一下，突然拍案而起，十分生气地问："兰兰当真是她的私生女？果然，我就知道她不干净！可恶！"

说话的同时，他将桌上的一支钢笔折断了。

沈牧观察他的手上，竟然没有一滴血迹。他问："您与谢诗兰可曾做过亲子鉴定？"

谢明远脸色沉了下来，说："沈律师，此话何意？"顿了下，他又说，"您知道，我与娄倩倩离婚是因为孩子。如果兰兰是我们的孩子，您觉得我们还会离婚吗？"

沈牧假意认同地点了点头，故意给他上套："谢总说得没错。但也有可能是您的孩子却不是……我当事人的孩子呢？这种事谁又能说得清呢？不如，您与谢诗兰做一次亲子鉴定如何？"

"什么？"谢明远经商久了，也难免带点脑子，冷笑一声，说："我拒绝。目前证据已足以证明娄倩倩出轨，你别和我扯其他的。"

谢明远语气生冷，显然十分生气。

22·意　外

沈牧打开公文包里的文件，给他看了看两份鉴定书，说："您看下这个……"

谢明远只扫了一眼，便又将头扭到一边，问："这是什么？我不用看！事已至此，两份鉴定书上结果一致，那娄倩倩出轨的证据确凿，属于婚姻中的过错方。想从我这儿拿到赔偿，休想！"

"谢总，少安毋躁。"沈牧从沙发上站起身，又问："您知道谢诗兰的生日吗？"

"2014 年 6 月 12 日。"谢明远脱口而出后，马上意识到自己已经暴露了。

他唇线微变，强调道："我们领回来的时候，院长告诉我们的。"

"那您还记得收养兰兰时，她多大吗？"

沈牧想通过对谢诗兰的回忆来刺激他，试图揭穿他的谎言。

"孩子我们领养了两年。这两年我供她吃，供她喝，哪知半路竟成了个拖累，白白糟蹋了我的心血。"谢明远侧身看向窗外，不敢直视沈牧。

"谢总，如此说来，我觉得您是很爱这个孩子的，可自从她生病住院后，您却一次都没有看过她。"沈牧说。

谢明远又吸了一口烟后，才幽幽地说："她……毕竟不是我的孩子……我身为良缘的董事，不可能带着这么一个孩子。"

沈牧轻叹一声后，说："您知道，强直性脊柱炎是一种什么样的疾病吗？"

谢明远摇头。

"强脊是一种渐行性疾病，不会马上要人命。但如果不能及时治疗做康复，孩子长大以后，会一直驼背，十分痛苦。严重的甚至蹲不下身，连鞋带都系不了。"沈牧打起感情牌。

谢明远沉默了，又抽了一口烟，将烟头掐灭后，问："真的有那么严重？"

沈牧点点头，说："如果得不到更好的治疗，孩子很有可能一辈子生活质量很低。以谢总现在的财力来说，完全可以支付这笔钱。对于您个人来说，就算有再多的财富，也终究替代不了子女的承欢膝下。"

"沈律师，今日说的话，不像是你的风格。"谢明远说。

这时，沈牧的手机响了，他看了一眼，是顾佳的名字。

他起身后，抱歉道："我接个电话，抱歉。"

谢明远点了点头，由着他离开。

"喂？什么事？"沈牧按了接听键后问。

顾佳听了听电话那头的环境，才说："娄倩倩已经醒了。"

沈牧回头看了谢明远一眼，才说："知道了。你看紧，我一会儿就回去了。"

"知道了。"顾佳挂了电话，看了看目光呆滞盯着窗外的娄倩倩，轻声问，"要不要吃点东西？您已经睡了半个多小时了。"

娄倩倩微微摇摇头，眼角浸湿，说："吃不下。"

半晌后，她微微转过身，问顾佳："顾助理，你要相信我。我身为女人，自己有没有生孩子，难道还不知道吗？"

最后她又低落地说："都是假的。骗了，都是骗子！"

她几乎是爆发了所有的情绪，泪如泉涌。

顾佳忙冲上前，从包里抽出一张纸巾，轻轻帮她擦拭。

"事情没到最后一步，您也别太着急。"顾佳咬了咬唇。

顾佳一面安慰她，一面看向急诊科的门口，希望快点见到沈牧回来。

进进出出的人那么多，却始终不是他。

娄倩倩伸手拉住她，盯着她的眼睛，问："鉴定所一定是搞错了，搞错了。兰兰才那么小，那么可爱，怎么受得起这样的污蔑。顾助理，求求你帮帮我。"

顾佳点头，抽出自己的一只手，轻轻拍拍她的手背，安慰道："放心吧，沈律师一定会彻查此事，定会给你一个答复。"

娄倩倩抽出自己的手，绝望地转过身，喃喃道："沈律师始终不愿意相信孩子真的不是我的。"

顾佳一时之间竟然也不知如何安慰。

时间一点儿一点儿地流逝，半个小时后，沈牧开车回来。

一看见顾佳，他便问："情况怎么样？"

顾佳看了看已经睡着的娄倩倩，与他走到走廊说话。

"这件事一定有蹊跷。"顾佳说，"她的情绪很不稳定。这件事，我一定会彻查清楚，务必还给她一个清白。"

沈牧沉默。

"师父，查出什么了？"顾佳问。

"谢明远对于这件事，态度十分牵强，眼神中有躲闪。你下午去查一下鉴定所里，当天送标本的那个护士是不是还在。"沈牧说。

"你是怀疑……"顾佳问。

"目前没有明确的证据，一切只能静待结果。"沈牧在没有足够的证据的情况下，从不轻易下判断。

"知道了。"顾佳说完，拿上包，又看了一眼沉睡的娄倩倩，出了急诊科。

二十分钟后，顾佳打车到了鉴定所。

此时已经快到下班时间。鉴定所的人，要么守着电脑，加班加点，忙得头都抬不起来；要么，就是彼此之间闲散聊天，慢慢悠悠收拾东西，准备到点就走。

顾佳一间办公室一间办公室地查，却始终没有找到给娄倩倩抽血的那个护士。

她眉头紧蹙，神经紧绷，生怕一个不小心，就错过了。

"您好，请问你们这里有没有一个双眼皮、右眼眼睑处有一颗红痣的护士？很年轻，很漂亮。"顾佳趴在窗口上问。

小护士看了看顾佳，笑了一下："没有见过你说的这个人。你是不是记错了。"

"那你们会换班吗？会不会是上夜班的护士，或是新来的护士？"顾佳不肯放弃。

"没见过，我们鉴定所每年新增护士，都是在九月，参加公务员考试后，过了政审，才会选用。"小护士解释道。

顾佳蹙了蹙眉头，抿了抿唇，不肯放弃："那有没有可能是临时工呢？"

护士哑然失笑，说："小姑娘，你可真会说笑。别的工作形式可以招临时工。这抽血化验的事，怎么可能招临时工？"

"那抽完血的样本，会经几手呢？会不会……"顾佳问。

"怎么可能？来鉴定基因的这种事，都是谨慎再谨慎，不可能出错。你还是再回去问问被检测人的具体情况吧！"小护士不耐烦地说完，看了一眼墙上的时钟，提着背包转身就走。

而不远处，鉴定所的楼梯口，一双神秘的眼睛盯上了顾佳……

23·雨　夜

顾佳碰了钉子，咬着铅笔往外走，边走边思考究竟是哪儿出了问题。

她的一只脚才刚迈出大门口，天空便突降暴雨，鉴定所里的人，纷纷往回走。有人回办公室拿伞，有人冲进了保安室，还有的人干脆冒雨回家。顾佳也被人群挤进了保安室。

站在保安室门口，她低头弹掉头上的雨水，再抬头时，余光中竟然看见保安室内的监控录像。从鉴定所的大门口到各个楼道、办公室，几乎是全覆盖。

顾佳大喜，转身想要询问查看监控记录，却被人挡住了视线，根本无法接近。她刚想挤进去时，电话忽然响了。

顾佳掏出手机一看，是沈牧。

"喂？师父。"按了接听键，顾佳将话筒贴在耳边说。

"还在鉴定所？"沈牧语气平和地问。

"嗯。师父，我发现……"顾佳用力地点了下头，正要说监控的事，却被沈牧的话打断。

"站着别动，我开车去接你。"沈牧命令式的嘱咐，让顾佳短暂地欣喜若狂。

她情不自禁地嘴角上扬，笑道："嗯。好。我等你。"

挂了电话，沈牧带了一把黑色雨伞，从医院出来，直接开车去了鉴定所。

正值下班点，再加上大雨，盛海市的各个交通要塞都十分拥堵。

沈牧的车子堵在了锦丰路，前后数十辆车子，纹丝不动，雨刷器一下一下地冲刷挡风玻璃。

沈牧看了下时间，已经 7 点了。3 分钟后，他前面的车子动了，沈牧也缓慢穿过锦丰路。

一直等在鉴定所保安室的顾佳，眼看着所里的工作人员一个一个都走了，她抱紧了胳膊，跺着脚，往保安室的里面又走了两步。

已经 7 点一刻了，顾佳猜想沈牧一定是遇上堵车了，不然他不会迟到这么久。趁着这点时间，顾佳从背包里掏出涂鸦本，开始一一列出所有证据链条。

保安室没有凳子，她只能蹲在地上，放在膝盖上写。

一条、两条、三条……

列完娄倩倩的证据，她又清点谢明远的证据，双方旗鼓相当，胜算难以把握。

顾佳咬了咬笔头，继续低头写可能存在的疑点。

这时，路灯亮了，一双黑色皮鞋停在她面前，地上的积水，倒映出一个穿着西装裤撑着伞的影子。

沈牧静静地站在那里，俯视着她，一言不发，只等着看她究竟什么时候能够发现面前站了一个人。

遇到难题，顾佳才将铅笔摩挲在鼻尖，才发觉不对劲，猛地一抬头，发现竟然是沈牧。

"师父，你来了。"顾佳忙收起铅笔和涂鸦本，抿嘴一笑，站起身来。

"当自己是蘑菇？准备在这儿生根发芽？"沈牧略带嘲讽地说。

顾佳羞涩地一挠头，捋了捋马尾，说："怎么会？"

话音刚落，她放下手，马上转身看了看已经昏睡的保安，凑近了沈牧，踮着脚尖，小声说："师父，我发现他们监控几乎没有死角，但……拿不到监控。"

沈牧眼珠子转了一下，看了保安一眼，正要开口，保安室里忽然黑了。整个鉴定所里的电断了。

"怎么断电了！"刚才在犯迷糊的保安，断电后忽然又醒了。

"需要帮忙吗？我来帮你。"听见说话声，顾佳转身就要冲过去帮忙，但黑灯瞎火，脚下一滑，整个人就势倒了下去。

眼看就要趴到地上了，沈牧却突然用力一抓，将顾佳牢牢抓住。

惊魂未定的顾佳，瞬间放轻松了不少。她侧过头，在晶莹剔透的水花映衬下，他的面容越发好看了。

他那双锐利的眼睛，紧紧盯着她，眉心紧皱，神色严肃。

顾佳被他拉起来，两人目光对视。他的锐利，让她心里发怵。她忙低下头，避开他的眼神，像是犯了错的小羊。

"一边站着。"沈牧将雨伞递给她后，走到保安室里间，动手帮忙处理电路。

漆黑的房内，什么也看不清，只有偶尔雨水倒映出来的微弱的路灯之光，照在他的脸上，十分好看。

但很快，光线越来越暗。顾佳按亮了手机上的手电筒，给他照明。

沈牧手脚利索，不过十来分钟，便已经修好了电路。再开灯后，保安室内灯光通明。

"这次，真是谢谢你们了。不然，明天王主任一定会罚我们的。"年轻的保安连连道谢。

"不必客气，举手之劳。"沈牧微微点头，浅浅一笑，不再多话。

保安打开了刚才断掉的监控录像，沈牧扫了一眼，果然如顾佳所说，几乎没有死角。

沈牧从口袋里拿出一张名片，递给保安后说："如果以后有需要，可以随时联系我。"

说完，他转身走到顾佳旁边，提醒道："走了。"

"哎！"顾佳举高了伞与他共撑，快步一前一后上了车。

系好了安全带后，顾佳一扭头，正好碰上他的头。

沈牧定了定神，故作镇定，坐正了，点火发车。

顾佳的头被撞得不疼不痒，不时地伸手摸摸，心里却甜甜的。

见他专注开车，顾佳打开涂鸦本，写了几个字后，又问："师父，监控记录上一定有当天的记录，刚刚怎么不看？"

沈牧耳朵动了一下，看了下时间，说："给了你三十分钟，你都没有拿到证据，可见……"

顾佳马上抱歉道："师父，对不起……"

沈牧微微挪动了握着方向盘的手指，又说："明天上午查。这一次，他们应该不会再为难你。"

顾佳想了一下，点头道："哦，怪不得师父出手帮忙后，顺手给了他一张名片。原来……"

被她发现真相，沈牧却矢口否认，嘴硬道："不知是谁刚刚抢着要给人修电路。逞能。"

顾佳也清楚自己不懂电路，但还是架不住热心。她吐吐舌头，不再吱声。

她偷偷观察沈牧，他似乎并没有生气。顾佳暗想：表面冷漠，内心还是一副热心肠嘛。

见她不再说话，沈牧也不再吱声，车子开到了顾佳小区前面的十字路口，再次赶上堵车。

顾佳探出头，前后看了看，至少堵了七八辆车。

24 · 帮　忙

"师父，走不通了。要么就送到这里吧，我自己回去了。明天见！"说着，顾佳就已经打开车门，跳了下去。

"哎？"沈牧喊了一声，顾佳却压根没有听见。

顾佳一直走到最前面，才看见一辆米黄色的小轿车陷到了水沟里，怎么也上不来。被它堵在后面的司机，个个都怕被雨淋着，只按喇叭不下车帮忙。

顾佳冒雨走到车尾部，使劲推搡，车子却纹丝不动。

她的衣服裤子全湿了，整个鞋里都灌了泥沙。

车轱辘转出来的水花，更是打到了她的脸上，满脸污垢。

"师傅，我喊一二三，你踩油门啊！"顾佳冒雨大喊，与司机一同使劲。

黄色小轿车车主是个二十七八岁的男人，见顾佳满身是泥，不好意思地说："姑娘，你先走吧。你身上都淋湿了。不用了，我这儿一会儿就能好。"

"师傅，您不用客气。来，一，二，三，走！"顾佳冲着后视镜里的他笑了一下，用力推车。

见她认真用力，司机也不再多说，全力按照她的口号用力踩油门。

但好半天了，车子依旧纹丝不动。关键时刻，沈牧的一双大手出现在顾佳手掌的旁边。

接着，又多了七八双陌生却又温暖的手，一同推车。

"一，二，三，走！"沈牧苍劲有力地指挥，众人齐心协力，终于让车子动了。

顾佳这次才抬头看了看沈牧，会心一笑，问，"师父，你怎么还没走？"

司机以为顾佳在说他的车子，还不忘大声回话："动了，动了。谢谢你们啊！"

顾佳看了司机一眼，对他举了手臂，做了一个加油的动作。然后，又对沈牧腼腆一笑，开心地说："师父，谢谢你。"

沈牧则淡淡道："谢我什么？又不是帮你。"

"那也谢谢你。"顾佳歪了歪头，笑了。

看看时间，已经快8点了。沈牧一扬下巴，催她回家："天色不早了，快回去吧！"

"是！"说完，顾佳甩着马尾辫就要走，沈牧却突然叫住她，递给了她一张纸巾。

"好歹也是律师，注意点形象。"沈牧说。

顾佳笑笑，站好了军姿，说："是！"

沈牧挥了挥手，看她走远了，才转身去开车。

回到家时，沈牧身上也已经湿透了。脱下西装、衬衣，沈牧冲了澡，便睡了。

第二天。顾佳一睁眼就觉得浑身酸痛，头疼得仿佛马上就要炸掉了一样。文琬心疼地给她敷毛巾，又熬了一碗姜汤。

顾佳喝下，有点晕晕乎乎地出了家门。

一到事务所，顾佳就发现一向十分守时的沈牧，今天居然还没有到。

一想到自己昨晚回家冲完澡就睡，早晨起来还是架不住着凉，立即拨打沈牧的电话，但电话一直没有接通。

顾佳去找赵大沪问情况，也没问出个所以然来。

预感情况不妙，顾佳问了沈牧家里的地址后，拎起背包就下了电梯，打车直接去了沈牧家。

　　按门铃，好半天没人开门，顾佳再次打电话给赵大沪。

　　"赵叔叔，师父家里有没有备用的钥匙？放在哪里？"

　　赵大沪想了想说，"有。他家门口有一大盆绿叶青，就埋在花盆靠墙的那块土里。"

　　"哦，好，我知道了，谢谢赵叔叔，我先挂了。"顾佳挂了电话，在花盆里翻了好几遍才找到一把钥匙。

　　拿到钥匙，顾佳毫不犹豫地打开了沈牧家的房门。

　　第一次踏进沈牧的家中，映入眼帘的是黑白灰色系的家具。黑色的沙发，白色的窗帘，黑白相间的茶几，就连厨房的墙壁都是白色的。少有的几把椅子是灰布面的。

　　顾佳边换鞋边喊沈牧，却始终不见有任何的回应。

　　换好了鞋，顾佳走到他的卧室。这才发现沈牧整个人趴在床上，缩成一团。

　　顾佳冲上去，翻过他的身体，发现他满脸通红。顾佳用手摸了摸他的额头，烫得她连忙缩回了手。

　　"师父，师父。"顾佳一连喊了好几声，他都没有反应。

　　他的嘴唇早已干裂，顾佳忙转身去给他拿药。

　　烧水、喂药、敷冷毛巾，顾佳一样一样细心照顾。

　　吃过药的沈牧依旧脸颊通红，昏昏沉沉。

　　顾佳起身正要给他换毛巾，却听见他嘴里喃喃道："水，水……"

　　顾佳放下毛巾，又给他倒水。喂过水后，直到沈牧踏实睡着了，她才从卧室里退出来。

　　站在客厅的门口，顾佳看着一片黑白灰，总觉得浑身都冷。

　　她转过头，看了看床上的沈牧，拿出手机悄悄从网上的本地店家那里订购了大量鲜花和亮色的家具用品。待快递到了，顾佳收货后，开始悉心装扮起他的家。

　　鲜花插在花瓶里，黑色沙发换了亮色的沙发套，墙壁上甚至挂了两三幅风景油画。

　　装扮完后，她才对着整个空荡荡的屋子自言自语道："这下看起来不冷了，才像是一个家。"

　　沈牧醒了，摇摇晃晃地从屋里走出来，看着眼前的一切变化，吓了一跳。

　　看到顾佳后，他马上反应过来，对她呵斥道："你怎么来了？谁允许你动我的房间？"

　　听见声音，顾佳转过头快步走到他面前，上下打量他一番后，问："师父你好了吗？还头疼吗？刚才可把我吓坏了。你一直在说胡话。"

　　沈牧摸了摸自己的额头，降温了不少。他走到饮水机前接了一杯水，在吧台前坐下。

喝了两口水后，他问："你是怎么进来的？上班时间无故旷工，你知道要受处罚吧！"

顾佳笑了笑，走到他旁边，说："拿钥匙进来的啊。"

见他把杯子放下后，顾佳转身又去给他添水。

沈牧自言自语道："这个赵大沪！"

倒好了水，顾佳端着水，边走边说，"师父，你不要怪赵叔叔。你一向守时，突然不上班，难免会让大家担心。我这才缠着赵叔叔要到了你家地址。"

顾佳想起他平日里说话的语气，又清了清嗓子，一本正经地学他说话："我这也是为了工作。马上就快开庭了，我们没有时间了。"

25·出　租

窗外天气又阴了，似乎马上就要下雨。

沈牧微微蹙眉，问："你来多久了？"

顾佳看了看墙上的时钟，说："有三个小时了。"

沈牧惊讶："居然这么久了？"

他拎起外套，起身就要往外走，可人才刚刚站起来，就顿感头痛，又重重地坐了下去。

顾佳忙冲上去，递水给他，担忧地问："师父，你还在生病，还是先送你去医院吧！"

"医院，医院……"顾佳的话正好提醒了沈牧，他一边喃喃默念，一边甩开她的手，强撑着身子往外走。

眼看拦不住他，顾佳随手从门口衣架上带上他的外套、背包，锁好房门，快步追上去。不过是一眨眼的工夫，他已经进了电梯。顾佳趁电梯门还没关上，快步挤进去，站在他身后。

沈牧即便是生病，依旧站得笔直，只是时不时捏捏眉心，让自己清醒清醒。

顾佳站在他身后，展开他的西装外套，披在了他的肩上。

身上暖了一些，沈牧侧目看了顾佳一眼，淡淡地说："谢谢。"

顾佳微微一笑，不再多说话。在密闭的空间内，看着忍着病痛、强打精神的沈牧，她心疼不已。好几次，她想要伸手拍拍他的后背，最后却又悄悄地缩了起来。

她上班以来，发现他一直抗拒着外人。对同事尚且如此，更别说客户了。

一个阳光善良的人，忽然变成一个待人冷漠、不愿卸下盔甲的人，必然是经历了什么。

顾佳有过这样的感受，也理解他，故而只是站在不远处看着他，不想让他违心地出于对她的信任，而敞开心扉。犹如受伤的小鹿，在不确定周遭出现的人或动物是敌是友的前提下，他又怎会轻易将自己的伤口呈现给众人看？动物尚且能够独自舔舐伤口，何况是骄傲冷漠的沈牧呢？

"叮！"电梯停了，沈牧和顾佳刚一出来，天空一声闷响，门外下起了大雨。

顾佳快步冲到小区门口，一手挡在头顶，一手迅速拦下一辆出租车。

打开车门后，她又护着沈牧快步上车。见他坐好后，自己才钻进车里。

"师傅，去济康医院。"关好车门，顾佳向司机报了目的地。

本来感冒就没有好利索，沈牧一上车，又连着打了两个喷嚏。

顾佳见他的西装滑了下来，又往上给他盖了盖，无意间，碰到他的手背。

她犹如触电一般，缩回了手，他的手一阵冰凉。

"师父，你……"顾佳脱下自己身上的外套，试图给他暖手，却被迷糊中的沈牧一甩手，生生撞在了车窗上。

"呦，姑娘，您可当心点。这玻璃也能撞伤人的。"司机听见声音，抬头看一眼后视镜，提醒道。

顾佳揉揉头，尴尬地坐好，笑着回道："没……没事。谢谢师傅。"

沈牧身体里的药似乎渐渐起了作用，没有先前那么迷糊了。他用力睁了睁眼睛，才看见顾佳身上单薄，还贴着窗户坐。"外面下雨，窗口都淋湿了，你也想感冒是吗？"说着，顺便将顾佳的外套丢给她。

他关心人的话还是冰冰凉凉的。顾佳拎起自己的外套，抱在怀里，又别过脸，用手轻轻地摸了摸冰凉的窗口，隔着玻璃触摸窗外的雨水，微微笑了一下。

她在玻璃上，轻轻用手指画了一个圆，说："没事。不冷。"

"给当事人打电话，问下她是否还在医院，让她先不要乱走。一会儿我们去找她面谈。"沈牧揉了揉太阳穴，嘱咐道。

"是。"顾佳忙拿出手机，给娄倩倩打电话，再三嘱咐后，才挂了电话。

"已经通过电话了，她还在医院。"顾佳向沈牧汇报完，又谨慎地问："师父，你身体还没好利索，还是先打了点滴再去吧。"

大概是因为吹了吹风，沈牧比出门前清醒了许多，"嗯"了一声，摆手道："不用管我，等到了医院，你带着当事人去妇科做一个未生育检测报告。我去鉴定中心调取监控记录。"

"可是……"顾佳忧心他的身体。

"没有可是！"沈牧打断她的话，重复出门前她说的话："你不也说时间不多了吗？那就抓紧吧！"

"但那……"顾佳欲言又止，轻抿下唇，十分担心他的身体。

就算他是铁打的身体，也难吃得消重病带来的体力消耗。

从十二岁起，顾佳就与妈妈相依为命。这么多年来，无论是谁生病，另一方都事无巨细地照顾。偶遇高烧昏迷被送进医院，都会令另一方十分担忧。

顾佳很怕这次沈牧不能彻底痊愈，留下病根。但见他十分固执，坚持不已，也只好暂时不多说话。

转眼，车子到了医院，车子一停，顾佳付了钱，快速下车，扶着后车车门，待沈牧下车后，才关上了车门。

两人一前一后地进了门诊大厅。

"拿好发票，回去报销。"有了上一次花束的事情，沈牧回头看了顾佳一眼，嘱咐完，加快了脚步。

"哦！"顾佳低头看了一眼手里的零钱和发票，有些尴尬，随后放快了脚步，跟着他一同走到娄倩倩的病床边。

外面的雨还淅淅沥沥地下着，娄倩倩静静地坐在床边，盯着窗外的雨若有所思。

以往的她，这种天气，一定会抱着画板，写写画画。

可如今，她被谢明远折磨得已经没有兴致画画了。

鉴定书的结果，让她有些措手不及。

沈牧与顾佳走到她身后，轻轻唤她："娄女士。"

娄倩倩眼睛微微闭紧，随后又睁开，依旧不声不响地端坐在远处，盯着前方。

顾佳顺着她的视线看了看窗外，又走到她面前，蹲下身来，牵起她的手，说："我们还没有正式开庭，有些事，还需要等你去揭开答案。如果你一直这样，又怎能打败他？是非对错，尚且没有定论，你又何必为了一个明知道是假的结果，如此心灰意冷呢？或许……还有转机？"

26 · 手　表

娄倩倩依旧不看顾佳，只是艰难地开口问："会吗？我认识他十五年，才知道他可以为了钱，如此没有底线。抛妻弃女也就罢了，弄虚作假也未免太可耻了。"

顾佳扯了扯嘴角，心里不是滋味。善恶终有报，她曾经劝过别人的话，如今，放在娄倩倩面前，却略显苍白。

她不是当事人，只是一个代理人，却也觉得这个离婚过程未免太痛彻心扉。可她毕竟是顾佳，遇事难不倒她的顾佳。

她握紧娄倩倩的手，给她加油打气："一定会的。真相一定会水落石出的。上天一定不会对一个善良的人吝啬他的好运。"

娄倩倩这才微微低头，俯视蹲在地上的顾佳，眼中满是失望，温柔地说："顾助理，你能想象得到，一个和自己相爱了十多年的人，转眼就变成一个贪婪毫无底线的陌生人吗？这种变化，让我感觉到天都塌了。"

顾佳微微抬头看了看沈牧，心有感触。

十年前，她认识的那个尚不知姓名的沈牧，与今天朝夕相处的师父沈牧，也截然不同。

但即便现在的他待人处事冷冰冰的，她依旧相信他还是那个本性善良、为人正直的沈牧。只是，他的心里、眼里蒙上了一层薄薄的清霜。

"我带你去做检查吧！"顾佳转移话题，搀她起身，正欲往妇科走时，与给临床输液的小护士擦肩而过，发现她手上竟然戴着一块名表。

顾佳停步，回头看了一眼，那个护士熟练地拍了拍患者的手背，消毒、扎针一气呵成，手法精准、动作娴熟，并不是新护士。顾佳仔细打量她，似乎有点眼熟。

与此同时，沈牧也发现了她的异常。随后，两人默契地一唱一和。

"师父，你还是再去打两针点滴吧！"

"顾佳，我去打针了。"

两人几乎是同时开口，顾佳冲沈牧笑了一下，才带着她去了科室，做了已婚未育的证明。

沈牧交了钱后，坐在急诊室里，借着输液，静静观察那个戴着名表的护士。

她胸前的工作牌上，写着"尹霖"的名字。浓眉大眼，皮肤白皙，长得十分俊俏，看上去只有二十多岁，手上的香奈儿名表异常刺眼。

而医院里的其他护士，忙出忙进，身上佩戴的只有胸前的一块医用秒表，除了必要的妆容外，均十分素雅。

整个急诊科，只有尹霖戴着名表。她一个三甲医院的普通护士，哪怕天天加班，也不见得会有钱买这种名贵的手表。

就在此时，沈牧收到了顾佳的短信。

"师父，我想起来了。她就是当天给娄倩倩和谢诗兰抽血的护士。"

"好，收到。"

沈牧迅速回复完短信，悄悄拔掉了刚刚才扎好的针，借机去了医护办公室。

他找到尹霖的值班表，而顾佳也顺利拿到了娄倩倩的未育证明。

案件有了重大突破后，沈牧向盛海市初级人民法院正式递交了娄倩倩的证据。

10 月 20 日，盛海市初级人民法院上空，艳阳高照。

谢明远与娄倩倩的离婚案件，双方已分别递交了证据，准备充分，正式开庭。

作为被告方，顾佳早早带着当事人娄倩倩，站在了法庭大门口。

距离开庭还有十分钟，沈牧带着最后一份材料，爬上法院的四十几层的台阶。

他才刚刚走到一半，忽然听见背后有人叫他。

"沈律师！好久不见！"是一个男人的声音。

沈牧转过身，才见是一个身穿黑色条纹西装的男人，跟在他身后的正是谢明远。不用想，他就是谢明远的代理律师——蒋荣。

"原来是你。早就知道谢明远背后的律师不简单。"沈牧客气地夸赞。

蒋荣快走了两步，停在他的面前，握手道："沈律师还是这么意气风发。今日能够再次对簿公堂，也是蒋荣的荣幸啊。"

"彼此彼此。"沈牧看了看他的手，礼貌地说。

"不过，蒋某倒是没有想过，一向从无败绩的律坛名将，如今居然会接离婚这种小案子。"蒋荣曾经败在沈牧的手下，输得惨不忍睹。如今见他跌下神坛，难免借机讥讽一番。

原本一直绷着的沈牧，听到此话，冷笑了一声，松开了手。他瞟了谢明远一眼，不紧不慢地问："比不上蒋律师，如今在梁信身边呼风唤雨。怎么，你接谢明远的案子，是梁信的命令，还是你另有打算？"

沈牧的话，听起来像是寒暄，实则探询。

蒋荣听了，立即改了口："哈哈。说笑了。沈律师一向'战无败绩'，今日这桩案子，我是来学习的。"

"学习不敢当,不过是再来一次'你输我赢'罢了!"沈牧胜券在握,毫不客气地回击,"希望这次你不会输得太难看!"

他的话显然震慑到谢明远,蒋荣预感到不妙,回头一看,只见他脸色忽青忽白。

来法院之前,他们拿着自认为铁定的证据,以为沈牧会怯场。却不想蒋荣即便是当众羞辱,依旧不能扰乱他的身心。

从他的言谈举止中,谢明远更猜不透他们手上究竟有多少证据,又从他们的对话中得知蒋荣是沈牧的手下败将,谢明远心里更加没底了。

"别慌!好戏在后面呢!"蒋荣一字一顿道。

"师父,时间不早了,我们进去吧!"站在门口的顾佳,看着他们说完话了,才轻轻叫了沈牧一声。

沈牧又上了两级台阶,止步,回头俯视了一眼他们二人,才进了法院的大门。

第一次走进期待已久的法院,顾佳心里扑通扑通的,生怕一不小心就说错了话。

沈牧看了看她,小声问道:"资料都带齐全了吗?"

"嗯,都准备好了。"顾佳答。

"按照我给你的文件编码放好。一会儿,我要什么材料,你拿什么材料。别乱说话!"沈牧巡视四周,看到审判长、书记员、公证人员等工作人员相继出现后,小声嘱咐道。

"是!知道了。"顾佳重新查验所有的材料,确认没有任何问题后,跟着他落座在被告席上。

27 · 开 庭

娄倩倩也是第一次上法庭,紧张之感不亚于顾佳。坐在位子上,光是看着审判长,她就已经浑身冒冷汗了,一双手,更是不知所措。

顾佳一直紧紧抓着她的手,安抚她的同时,也是在给自己加油打气。

"别紧张,别紧张,一会儿就照着材料上写的念就可以了。"顾佳说给娄倩倩的话,也是说给自己听。

这一桩案子,沈牧与顾佳协同搭档得十分融洽,证据准备充分,是赢定了的官司。更何况从头到尾,理应只有沈牧这个辩护律师开口说话。顾佳最多递个材料,根本连开口的机会都没有，可她还是难掩紧张情绪。

担心自己会弄错文件顺序，担心在递交证据时出现意外，她偷偷看了看沈牧，见他自始至终都十分淡定地坐在代理人的位子上，直视前方，偶尔低头写几个批注。

他心里一定是笃定了这场官司会赢！

顾佳看着他，才稍稍稳定了情绪，也学着坐正了身子，抬头挺胸，马尾辫也随之晃动了两下。

"佳佳！佳佳！"这时，顾佳听见有人叫她，刚刚坐正的身子，又稍稍放松了些，左右看看，才见原来是高中同学尤贺。他竟然坐在实习书记员的位子上。

顾佳瞪大眼睛，小声问："你怎么在这儿？"

尤贺指了指桌前的书记员牌子，以示回答。

顾佳点了点头，竖了一个大拇指给他。

感觉到异常，沈牧眼睛余光中看见顾佳动来动去，一转头才知她居然与书记员认识。

他看了顾佳一眼，示意她不要再说话。

顾佳马上闭紧嘴巴，连连点头，不再多说话。再转过头看尤贺时，他用口形说："庭审结束后，等我一会儿。"

"嗯。"顾佳也点头回答。

这时，工作人员已经核对完所有开庭人员，由书记员尤贺宣读法庭注意事项。

顾佳听着，不由自主地笑了一下。她怎么也想不到，小时候毛毛躁躁爱踢足球的尤贺，今日居然越长越帅，精精神神地穿着工作服，站在法庭上还挺像那么回事。

有了刚刚顾佳的反应，沈牧也多看了尤贺两眼。

那个有着大眼睛、高鼻梁的男孩，浑身散发着阳光的味道。

"肃静，接下来，请原告陈述事实。"审判长郑重宣布。

这时，原告代理律师蒋荣将陈述词交给谢明远。

谢明远站起身后，一一向审判长等工作人员深鞠躬，然后才照着材料，一句一句地念："审判长，我是原告谢明远。2010年，我与被告娄倩倩结婚。"

娄倩倩听着，眼眶有些红润，顾佳悄悄地握了握她的手，然后继续听。

"我们俩结婚以后，一直没有孩子。本来可以就这样一直安静地过下去。谁知道，娄倩倩不知足，坚持要领养一个孩子。岂料，我们从福利院里领养的孩子，居然是她的私生女！我堂堂的公司董事长，不能接受老婆出轨，所以坚持要离婚！"

谢明远念了十多分钟的陈述词，从头到尾，都是颠倒黑白，气得娄倩倩发抖，站起身来反驳道："他胡说！"

"被告，请控制一下情绪！"审判长提醒娄倩倩。

顾佳拉她坐下来，小声地安慰："别激动，气坏了身子是自己受罪！"

娄倩倩这才慢慢稳定了情绪。

"下面，由被告对原告陈述的事实做承认或否认的答辩。"审判长看向被告席的娄倩倩说。

顾佳将娄倩倩的答辩书递给她，捏了捏她的手，给她加油打气。

娄倩倩身子有些发抖，站起身来当庭否认："审判长，原告所说纯属虚构。"

"我们2003年相识，2010年10月10日结婚。相识十五年，结婚八年，我从未背叛过他，始终坚守我们的感情。自从结婚后，我与他同甘共苦，全心全意为这个家付出。却没有想到，因为婚后一直没有孩子，遭人诟病，谢明远与我发生矛盾，我们才决定收养孩子。"

顾佳递给她一杯水，她润润唇后，又继续说："只是我从未想过，这一切不过是谢明远的私心。收养的孩子，居然是他的亲生女儿。但是，养女谢诗兰身患疾病，他竟然不愿意抚养，坚持要离婚。"

娄倩倩冷笑一声，"也亏了这场离婚案，让我知道，原来睡在我身边的男人，做人居然如此没有底线。他才是婚内出轨的那一方！"

"我可以离婚，但必须要他谢明远罪有应得！"娄倩倩指着谢明远气呼呼地说。

"你瞎说！不就是离个婚吗？你这个女人，居然如此口无遮拦、满口谎言！我看你是疯了！我……我有证据！"没等娄倩倩说完，谢明远就站起身指着她大骂道。

"肃静！"审判长敲了铜铃。

顾佳也跟着那铜铃的声音，心里震了一下。

她看了看沈牧，他一直十分冷静理智，没有丝毫的表情。

大概是这种场面他见多了，都习以为常了。顾佳来之前，还听同事说，有的夫妻上了法庭，就跟失去理智一样，大打出手。

想起来，顾佳免不了打了一个哆嗦，仰头看看娄倩倩，她也是十分生气。

"审判长，原告情绪激动，致使我当事人心情难以平复，请求允许我当事人休息片刻。"沈牧站起身后说。

"同意。"

顾佳一听，连忙拉娄倩倩坐下休息。

"审判长，我方有证据证明被告娄倩倩与他人生育私生子。"这时，蒋荣借机站起身来，一边从一堆材料中抽出两份资料交给书记员，一边说。

尤贺与其他同事一同将证据用投影仪投放出来。

投影仪上播放出来的两份资料，正是娄倩倩、唐林之前的两份假鉴定书。

一看到证据，沈牧冷笑一声。

"被告方对于此项证据是否存有异议？"审判长问。

沈牧看了顾佳一眼，她马上将反证材料呈给书记员尤贺。

"审判长，原告说我当事人与人私通，并且生下一名女婴，是过错方。可我的当事人一个星期前，才在济康医院做了未育证明。"

这时，顾佳递交的文件已经显示出来，沈牧指着开具的证明，接着说："除此之外，我方还有其他证据，恳请书记员当庭播放。"

28 · 证　据

审判长与合议庭的众人小声商议之后，点头同意。

沈牧看了顾佳一眼，顾佳立即将盛海市亲子鉴定中心11月2日的监控录像及济康医院急诊科护士尹霖收入证明及银行流水交给了尤贺。

尤贺冲她点了点头，播放出来。

沈牧解释说："审判长，10月20日我的助理曾在大沪事务所门口，收到了一份特殊的证据。也就是原告方递交的第一份证据。我当事人及其养女谢诗兰以及当事人好友唐林的照片和假的亲子鉴定书。"

他全程沉着冷静，有理有据，不慌不忙，让顾佳看着心生佩服。

"一份莫名其妙的证据，亲自送到我助理的手中，可见对方十分清楚我们正在接手的案件。但我方对这份资料抱有怀疑态度。出于严谨，我的助理带着当事人及他们的养女谢诗兰做了第二次亲子鉴定。"

沈牧微微低了一下头，钢笔指着桌上，继续说："结果不言而喻。"他指着投影仪说："原告提出的第二份亲子鉴定书，是同样的结果。只可惜，还是假的。"

"沈律师，难道质疑盛海市亲子鉴定中心的权威性？"蒋荣忽然冷笑一声，质问道。

沈牧礼貌地回了他一个笑容，反驳道："当然不是。只是我们发现了当天给娄倩倩和谢诗兰抽血的护士，根本就不是鉴定所里的员工，而是济康医院急诊科的护士。"

"你胡说！"眼看他们的计谋就要被拆穿，谢明远有些坐不住了。

沈牧看了他及蒋荣一眼，说："请审判长允许我的助理出示第四份证据。"

"同意。"审判长说完，看向顾佳。

顾佳再次从一堆文件里，有条不紊地抽出尹霖护士的值班表、视频以及鉴定所刘梅护士的请假条，呈给尤贺。

"请被告律师陈述证据。"

"尊敬的审判长，由于原告在亲子鉴定书上做了手脚，造成了我当事人拿到第二份假报告时，意外昏倒，住进了济康医院急诊科。"

"你无凭无据，凭什么说我们做手脚？自己做了亏心事，昏倒凭什么要赖我？"沈牧的话还没有说完，谢明远就有些按捺不住性子，大喊道。

蒋荣拉了拉他，让他坐下："急什么？"

"沈律师请继续。"蒋荣伸手示意道。

沈牧点了下头，继续说："巧合的是，第二日急诊科值班护士中，这位名叫尹霖的护士，恰恰就是当日给我当事人与养女谢诗兰抽血做鉴定的护士。"

顾佳适时将尹霖照片交给书记员。

"恳请书记员继续播放我们的证据。"沈牧说。

此时，投影仪上，循环播放着几张照片以及尹霖给娄倩倩、谢诗兰采血的监控视频。

所谓的"亲子鉴定"的真假证据不攻自破。

沈牧补充解释道："尹霖——济康医院急诊科护士，10月22日休假，却出现在盛海市司法鉴定中心。而当天鉴定中心本该上班的护士刘梅因事请假。两人互为朋友。尹霖假装好心，帮刘梅值班，暗箱操作，替换我当事人的血液样本，造成了鉴定结果的严重错误。"

这时，公证员翻到后面的资料，显示为一块香奈儿女式手表。

"尹霖不过是一名三甲医院的急诊科护士，月工资只有3000多元，居然可以佩戴一块价值不菲的香奈儿手表。经过我方的调查取证，尹霖的银行流水上，有一笔大额进账。这笔钱的来历，我们已经通过相关机构查明，涉嫌收受贿赂。"

"你！"谢明远有点着急。

蒋荣却依旧淡定，质问沈牧："被告方就算是证明尹霖护士涉嫌受贿，也不能掩盖被告与唐林的关系密切，对谢明远的婚姻造成了一定影响。"

沈牧笑了，请公证员继续放出核心证据——第三份亲子鉴定，而鉴定人的名字，是原告谢明远及养女谢诗兰。

此时，蒋荣才猛地站起身来，他万万没有料到沈牧居然拿到了这个证据。

他转过头问谢明远："这是怎么回事？"

谢明远吱吱呜呜半天，才说："是……是上个星期，兰兰病危，需要输血……"

"废物！"蒋荣攥紧了拳头，先前那暗讽的讥笑，瞬间没了。

顾佳看着对方气急败坏的样子，脸上也露出了笑容，一面给沈牧竖起大拇指，一面又拍拍娄倩倩的肩膀。

"放心吧！"

沈牧这边的证据十分充足，几乎毫无破绽，蒋荣已经没有胜算。

蒋荣与谢明远商议后，突然请求和解。

沈牧征求娄倩倩意见后，坚持要走完庭审流程，不同意和解。

官司毫无悬念地赢了。

法院判决娄倩倩获得婚内财产的70%，并将谢诗兰判给了娄倩倩。谢明远输得惨不忍睹。

从法院出来，顾佳打车送走了娄倩倩，捋了捋马尾辫，笑着问沈牧："师父，第一场官司就赢得这么漂亮，是不是有什么奖励啊？"

这么久以来，他视离婚案件为小条件，却没有料到这个官司的难点居然是证据。

前前后后，顾佳也算是干得不错，他不想扫兴，笑了："好。说吧！吃什么？"

顾佳想都不想，就脱口而出："火锅！"

沈牧眉心皱了一下，说："两个人吃火锅？"

"谁说两个人了？"这时，赵大沪、谭之卉、尤贺也纷纷不知从哪里冒出来，异口同声道。

尤贺更是一手搭在顾佳的肩膀上，竖起大拇指："小丫头，第一桩案子就赢得这么漂亮，佩服！佩服！"

沈牧看着他的一举一动，隐约觉得这个人与顾佳的关系不一般。

顾佳发现了沈牧神情的异常，往下走了两级台阶，甩开了尤贺的手，与沈牧站在一起。

沈牧看了看顾佳，她咧嘴一笑："人多热闹嘛。"

"嗯。"沈牧转身下了台阶，半天又补充了一句，"多出来的我可不报销。"

下到最后一层台阶，沈牧拉开车门，顾佳飞快地追了上去，依旧坐在了副驾驶的位置上。

"算我的！"她一甩马尾，高举右手笑着说。

29 · 庆 功

沈牧的车子已经打着火，看了顾佳一眼，说："工资都没发，算你的？"

赵大沪等人随后也打了一辆车，跟上沈牧的车子。

到了盛海市的和乐火锅城，几人陆续进了大厅。

大家不约而同地将上座让给了沈牧。

沈牧让赵大沪坐在上座，赵大沪却摆手："今天是你和佳佳的庆功宴，我怎么能坐上座？你就老老实实坐着吧！"

沈牧推脱不掉，只好同意。赵大沪、尤贺、谭之卉相继入座。

锅才刚刚点着，顾佳便起身，一一给大家放筷子，倒水，忙得好不热乎。临了，她还不忘给众人调汁。

顾佳看了看沈牧，他一向冷冰冰，面上没有什么表情，她决定小小地整蛊他一下，故意给他的汁碗里多放了一点点辣椒和醋。

给大家放碗时，路过尤贺，尤贺还不忘伸手要她特意给沈牧准备的那一碗调汁，被顾佳挪开了，递给了他另外一碗。

"不是都一样吗？"尤贺看了看碗里的汁，不解地说。

"碗不一样。"顾佳借口说，随后将那碗特别的汁放在了沈牧的面前。

其余几人纷纷观察自己手中的碗和沈牧的碗，得出的结论是他的那个碗可能稍大一点儿。

顾佳坐好后，光是闻着味，都有点馋，但还是忍住不动筷。

"来，今天沈牧与佳佳是功臣，敬你们一杯！"赵大沪端起酒杯刚说完，又小声嘱咐顾佳："不过，佳佳你不能喝酒啊！"

顾佳也举起酒杯，在唇边咬了半天，嘿嘿一笑，伸出一个手指头，讨价还价道："就一杯！别担心！"

赵大沪还是不同意，顾佳看向沈牧，沈牧只好替她开口："一杯。"

顾佳便开心地端起酒杯，与大家一同碰杯。

一杯酒下肚后，顾佳又倒了一杯橙汁，给沈牧添了一杯酒，走到他面前，恭恭敬敬地说："师父在上，请受徒儿一拜！哦，不，请喝徒儿敬的一杯酒。"

几人听着呵呵一笑，都将目光转向沈牧。

沈牧盯着那杯酒的同时，谭之卉等人起哄道："喝！喝！喝！"

白瓷杯里的白酒，微微晃动，映出他好看的脸。沈牧迟疑了一下，接过酒杯，一口喝下。

"好！"见杯子空后，赵大沪、尤贺等人吆喝道。

沈牧看了尤贺一眼：这个人，下了法庭，果然有些痞痞的。

"动筷吧！别光喝酒！"赵大沪说。

顾佳上来就要给沈牧用公筷夹菜，而与此同时，尤贺却先给顾佳夹了一片牛肉。

两人坐下后，才略有尴尬。

但很快顾佳呵呵一笑，化解尴尬。

这时，尤贺问顾佳："你这丫头，高中毕业后就消失了。没想到竟在法庭上见到你。"

顾佳喝了一口橙汁，笑着解释："一直都在。倒是你，怎么成了书记员了？"

尤贺挠挠头，笑了笑，说："今年刚刚考进去的。也是随便试了一下。以后，我们打交道机会多着呢。没事多出来坐坐。"

"好呀！"

顾佳与尤贺一唱一和，倒是让沈牧有点不适应。

这时，谭之卉的八卦心上来了，拍了拍顾佳的手臂，问："说说，这案子是怎么赢的？"

这下，顾佳的话匣子打开了，放下筷子，边说边演："说起来，你肯定不信。师父真是太厉害了。我们的证据还没有列完，原告律师就已经坐不住了，急着求和解呢。"

沈牧看着她现在激情昂扬的样子，倒是与刚上法庭时的紧张样子截然不同。但细想起来，他第一次跟着师父办案的时候，也有些紧张。

上学时，口才再好，终究还是演习，只有真正上了战场，才会显现出一个人的冷静睿智。经过了六年的成长，他忽然意识到自己似乎已经被社会磨平了，早已没有当初的棱角。

想到这里，他看着纯真的顾佳，心里渐渐有了保护欲。

这时，谭之卉又问："那最后呢？和解了吗？"

顾佳笑了，意味深长地看了沈牧一眼，说："当事人之前被原告气病了，自然也不愿意和解。打官司也无非就是为了出这口气。"

谭之卉一听，咬着筷子，又问："那关键性证据是什么？"

顾佳看了看沈牧，见他点头后才说："亲子鉴定书。"

"鉴定书？"赵大沪不可思议地问。

前前后后有两份亲子鉴定书，都是假的。最后居然还是用它取胜。

"我们故意设计谢明远，让他、叶恬与兰兰做了一个亲子鉴定。"顾佳卖着关子，满脸喜悦。

"设计？怎么个设计法？"赵大沪问。

顾佳走到尤贺身后，继续边说边演。

沈牧顾佳两人借着谢诗兰住院的由头，让医院配合，通知谢明远，说兰兰摔伤了，需要输血。而谢明远的血型本就与谢诗兰一致，信以为真，跑来输血。

与此同时，他们又想办法弄到了叶恬的血。

然后……

顾佳的话还没说完，众人便齐刷刷指向沈牧和顾佳，异口同声道："原来如此。"

众人都以为沈牧冷冰冰、顾佳热情善良，但谁也没有想到，他们两个居然还能合起伙来想出这么一个主意，纷纷"啧啧"声不断。

"说，你们俩谁的主意？"赵大沪追问道。

这时，沈牧端起一杯酒，轻轻喝了一口，又看了顾佳一眼，说："这种招数……"

"哦？居然是顾佳！"尤贺明白了。

"可以啊！佳佳，这种损招都想得出来。不过，谢明远怎么会这么轻易地上当呢？"谭之卉问。

顾佳清了清嗓子，解释道："谢明远表面上看好像有些计谋，但其实，他不过只是想要更多的财产。只要我们加以利用，就能轻而易举地拿下他。他根本没有想到，我们会做亲子鉴定。被钱财迷了心窍的人，是断然不会懂得其中的利弊的。"

"真有你们的！"谭之卉惊奇道。

顾佳嘿嘿一笑，瞪圆了眼睛，说："其实啊，一切都是源于他们自己。要不是他贪婪，没有底线，我们又怎么会想出这种招数呢？"

30·夸 奖

顾佳瞟了一眼沈牧，见他手中的酒杯已空，起身给他添酒后，接着说："你们是不知道，最让我意想不到的是，谢明远挖坑让当事人受刺激住进医院，却不偏不倚让我们在那家医院里找到了关键人证、物证。绕了一圈又回来了，哈哈！"

赢了官司，顾佳显得十分兴奋。

"高，实在是高。"谭之卉伸出大拇指，佩服得五体投地。

"最后判给当事人多少财产？"谭之卉八卦地问。

"两百多万吧。其中包括谢诗兰的抚养费。"顾佳回道。

"哎，可怜了那个孩子。"谭之卉有些心疼，问，"孩子知道真相吗？"

顾佳有些为难地看了看沈牧，说："没敢让孩子知道太多。但父母离婚的事，肯定是知道的。只是年纪太小，或许还不太理解。"

"也是可怜了这么小的孩子。天下竟有这样的父母，真是让人大跌眼镜。"谭之卉既心疼那个孩子，又无奈道。

"不管怎样，你们帮当事人打赢了这场官司，就是最好的结果。至于以后的路他们怎么走，就要看他们自己的了。"赵大沪宽慰大家，又看了看顾佳，笑着说："想不到佳佳第一次开庭，就赢得这么漂亮。首战告捷，可喜可贺。"

顾佳不好意思地捋了捋马尾，笑着说："都是师父教得好。"

"都到这会儿了，还这么谦虚。"赵大沪微微侧了侧脸，犹如写了一个大大的"否"字。随后又笑着说，"往后等你跟着沈牧学精了，成熟了，也可以独当一面了。"

这时，众人又纷纷将目光转向沈牧，夸了徒弟，当师父的也总得表示表示。

沈牧自然看得透众人的心思，但夸人这种事对他来说比搜集证据还难。

顾佳也扑闪着一双大眼睛，直溜溜地盯着沈牧，等着他开口。

好半天，沈牧才幽幽地吐出几个字："好！再接再厉！"

结果与大家预想的不一样，众人大失所望。

顾佳跟了沈牧这么久，从未听见他夸过谁，如今即便是四五个字，对她来说，也是极好的。他本就是惜字如金的性子，没有只说一个"好"字就已经不错了。

她笑着回道："多谢师父夸奖。"

赢了这么一场官司，对沈牧来说，或许算不得什么，但是对顾佳来说，却是十分难得。

从她初来办公室时对打印机一窍不通，到现在可以从事件的细枝末节处寻找到案件的突破口，这让沈牧十分欣慰。

而出于他曾经多年处理非诉案件的经验，他对当事人的信任感降低，险些酿成大错。他的理性远远大于感性，让他忽视当事人的感受。这意味着寻找客观证据，会造成片面的认识。

顾佳初入社会，本性单纯，感性强于理性，又出于她热情的性子，待人处事不是简单地看证据，而是更加感性地看待周边一切。

他表面上是赢了官司，实际上却是输给了这个小丫头。

沈牧看着顾佳，又补充道："这一次，顾佳办事有条不紊，善于抓住细节，为当事人争夺了合法权益。不错。"

突如其来的赞美，让顾佳有些受宠若惊。

她顿感羞涩，耳朵发红，用手摸了摸耳朵后，她起身再次给沈牧敬酒。

"顾佳跟着师父，一定给师父添了很多麻烦，多谢师父体谅。日后，佳佳成长起来后，仍然希望能够与师父共同披荆斩棘。"顾佳没头没脑地说出这句话，说完连她自己都觉得有些莫名其妙。

"嗷～"众人难得见到顾佳腼腆，又是一阵起哄。

顾佳索性又给自己倒了一杯酒喝。

"先吃菜吧。再多煮一会儿，菜都烂了。"沈牧招呼大家动筷子。

这时，他的电话响了，沈牧拿起来看了一眼，是盛海市监狱。

"喂，您好。我是沈牧。"他接电话的神情，从刚才的轻松忽然变得十分严肃。

顾佳预感有事要发生。

"好。我马上过去。"沈牧挂了电话，起身拎起外套就要走。

"我还有事，先走一步。你们吃。顾佳回头拿了发票，我报销。"说完，他径直朝门口走去。

顾佳见状，连忙放下筷子，拉开座椅，追了上去。

"师父，是何淑珍的案子吗？"

沈牧止步，回头看着顾佳着急的样子，点头道："是。"

"我和你一起去。"顾佳认真地征求意见。

沈牧看了一眼她身后的包间，反问："你走了，谁结账？他们怎么办？"

顾佳也回头看了一眼包间的房门，咬了一下唇，然后回屋拿了钱包，直奔收银台。

人是她招来的，自然由她解决，可她更想第一时间与沈牧一同去看一看当事人，更想听一听她的故事。究竟是怎样的遭遇，竟然让一个手无缚鸡之力的女人，对自己的丈夫痛下杀手。

顾佳想帮她，也更想了解婚姻中幸福的一面。

沈牧看着她飞快地去交费开票，又向赵大沪等三人解释完后，笔挺地站在他面前。

"好了。师父，现在可以让我去了吗？"顾佳眼神真挚地问。

沈牧知道她不是一时兴起，如此迅速地处理完问题，又如此执着地征求他的意见，必然是已经做好了准备。他妥协了，点头后，转身出了火锅店。

见他不反对，顾佳惊喜，回头看了一眼包间。尤贺、谭之卉、赵大沪都站在门口，冲她挥手。

顾佳笑了，挥手说再见后，快步追了出去。

这时，沈牧的车子已经停到了火锅店门口。

顾佳快速上车，依旧坐在副驾驶的位置上，边系安全带边问："师父，是去盛海市监狱吗？"

沈牧的车子已经动了，他看了顾佳一眼说："是。"同时，他想起她刚拿到何淑珍案件时的样子——从惊怒到伤感，不由地笑了一下。如今这种迫不及待的样子，倒是让他刮目相看。

"现在不怕了？"沈牧故意问。

顾佳想了一下，明白他话里的意思，有些不好意思地挠了挠头，解释说："既然知道了她是有苦衷的，本性善良，只是一时冲动而已，自然不怕了。"

她掏出涂鸦本，简单画了两笔，又用钢笔尾部抵住下巴摩挲了两下，补充道："人非圣贤，孰能无过？"

31·监　狱

"这话你倒是理解得透彻。"沈牧笑了一下，说，"不过，你现在或许很明白，但愿一会儿见到真人，她的话不会刷新你的世界观。"

看着她现在的精神头，倒是让沈牧想起自己初入职场时的样子。如她一样，他把世界想得太美好，以至于一次次失望。

现在给她打预防针，好过让她直接面对结果。

不过，沈牧的担心终究是多余的，顾佳一眼看穿他的心思，仰头毫不在意地说："那我也不怕！如果她的世界观歪了，我再帮她正过来好了！"

说着，她又低头在晃动的车内草草画了几笔。

沈牧扫了一眼，她画的是一只温顺的小羊。

"喜欢羊？"沈牧问。顾佳看他时，他又转过脸，专注开车，"待宰羔羊可不吉利。"

顾佳一撇嘴，眯着眼睛，微微侧身，问："你怎么知道就一定是待宰的羔羊，而不是宠物或是山中拔尖的藏羚羊？"

"你倒是乐观。"看着她无论遇到什么事都如此乐观，元气满满，沈牧的心也渐渐暖了，偶尔还会说一两句笑话。

"师父，你知道人类为什么需要太阳吗？不能思考。"顾佳见他没有之前那么严肃了，故意问一个脑筋急转弯逗他。

沈牧专注开车，没有深思，说："万物生长靠太阳。不过，我猜你的答案肯定不是这个。"

顾佳哈哈一笑，说："师父到底是师父，快速答复都这么严谨。"

沈牧挑了挑眉，认同道："那答案究竟是什么？"

顾佳伸出两只手，伸到头顶，围成一个圈，说："当然是因为我们需要用太阳的强大能量补充体力，然后也能像太阳一样发光发亮。"

"你当自己是太阳能灯泡？发光发亮？"沈牧故意反问，而几乎同时，顾佳放下双手，正好打到他的脸上。

顾佳忙缩回了手，一看沈牧，才发现他的脸上有一小块发红，忙道歉道："师父，对不起。"

他的脸颊微红，倒是有些好看，像是擦了胭脂，顾佳又憋着笑，小声说："但是很好看。"

沈牧用手背轻轻擦了下，继续握紧方向盘，说："没事。"

他都说没事了，可顾佳耳朵却略有发热。当初，沈牧救她之后，她便对沈牧有了仰慕，可是现在真真坐在他旁边，却让她有些羞涩了。

遇到前面的红绿灯，沈牧停车，扫了她的涂鸦本一眼，说："这两天没事的话记得把娄倩倩的案子写一个总结和分析。所有资料整理完毕后，放入文件柜内密封。"

"是！"顾佳微微一侧头，点头道。

沈牧看着她飞快地记录了两三个点，又问："微博上的那个反杀案知道吗？"

"知道。不过也只是在朋友圈里看了一点儿。"顾佳说完，就开始拿出手机翻阅。

"回去写个分析报告给我。另外，办公室里有心理学的书，平时多翻翻。"沈牧强调。

"是！"见他督促自己，顾佳心里甜甜的。师父表面严肃，对她一向要求严格，但顾佳明白，他全是为了自己好。

她偷笑了一会儿，再看他时，他已经专注开车了。

顾佳这才抿嘴，不再多说话，继续低头翻微博。

她翻了诸多网友留言后发现，大部分人还是表态，这个"犯罪嫌疑人"理应算作正当防卫。但也有人称，他最开始的几刀是正当防卫，但后面多出的那几刀，致人死亡，属于过失杀人。

顾佳站在人性的角度上是觉得嫌疑人属于正当防卫，但是否有罪，边界点不好说。

她关上手机后，问沈牧："师父，你觉得这个案件的犯罪嫌疑人是否有罪呢？"

沈牧从来不轻易下结论，早知道她会问，说："有没有罪，你我说了不算，社会舆论的导向也只能是作为参考。实际情况，还需要更多的证据以及嫌疑人的口供。"

他顿了一下，又说："和我们处理的离婚案一样，不能单听当事人陈述就判定结果，需要完整的证据链来补充论证。"

"法律是依据，道德是枷锁，缺一不可。"顾佳顺着他的话，补充道。

沈牧"嗯"了一声，不再说话。

"师父，你刚上班时，也有师父带吗？你这样优秀，他（她）一定会喜欢吧！肯定很快就可以独当一面了。"顾佳盯着他，认真地问。

与他一起处理案件以来，顾佳发现赵大沪说得没错，任何案件几乎都难不倒他，专业、敏锐，让顾佳只有钦佩的份。

"当然有。不过也仅仅是带了我两年而已。后来就出国了。"沈牧有点失落。

"哦。"顾佳看出他的心思，便不再多说话。

可停顿了半晌，她又想逗他一下，故意说："不过师父，古人常说，宁拆十座庙，不毁一桩婚。那我们办离婚案件办多了，岂不是天天拆庙？会不会遭天谴？"

沈牧头上立刻多了三条黑线。

见他汗颜，顾佳这才偷笑了，说："就知道师父会这样。哈哈。"

她拿着铅笔，在涂鸦本上画了一面镜子，说："比起看似圆满的痛苦，我还是选择狠心地拆庙吧！"

沈牧的眉毛跟着挑了一下。

说话的工夫，两人已经到了盛海监狱。

何淑珍被捕的时间，是两个月以前，本该两个月以后再处理的案子，因为她的情绪激动而提前了。

第一次走进监狱，顾佳心里还是有点瘆得慌。

看着一眼望不到边的高墙，她才第一次理解了什么叫自由。

沈牧不是第一次探监，从站在大门前起，就十分镇定，正欲往前走时，才发现顾佳一直站在他身后。一身黑色的西装也掩盖不了她二十二岁的不成熟的内心。

他看了她一眼，问："怎么，害怕了？"

最怕被他否定，顾佳仰头盯着他深邃的目光，强颜欢笑，挺直了身子，矢口否认："怎么会？我刚刚是故意的。"她挠挠后脑勺，有些不好意思，补允道，"毕竟监狱这种地方，我是第一次来嘛。"

沈牧知道她是逞强，挑了挑眉，转身时说："莫非，你还想'多来'几次？"

32·案　情

多来几次监狱，这个话的歧义，顾佳还是听懂了。上学时，英语老师总讲 in hospital（住院）和 in the hospital（在医院里）的区别，监狱也是一样。如果是前者的话，那肯定一辈子都不想来。但是若是后者，该来还得来。

"师父，你变得狡猾了？"顾佳一甩马尾，笑着说。

沈牧也笑了一下，不再多说话。

这时，监狱大门开了，狱警查了他们的证件后，带他们绕了几个巷口，进了一间封闭的会面室。

会面室内，有一张长桌和四把椅子，上方亮着一盏昏黄的灯。

"稍等一下，人一会儿就带来了。"女狱警给他们倒了水，嘱咐了一句后，先去带人了。

这间屋子阴森森的，没一会儿工夫，顾佳就觉得有点冷飕飕的。

她小声问："师父，在这种阴森森的地方不会生病吗？"

沈牧也环顾四周，然后认真地说："所以，不要踩踏法律的底线。法网恢恢疏而不漏，哪怕是迫于无奈，一时冲动进来，这些都是代价。"

顾佳想起何淑珍的案子，难免为她惋惜。

这时，会面室外，传来一阵沉重的脚镣声。那是顾佳第一次听见电视剧以外的脚镣声。一下一下打在人的心口，让人总觉得有些沉重。

"吱"的一声，门开了，女狱警押着一个蓬头垢面、穿着蓝色监狱服的短发女子进来。

微弱的光线，从她身后照射进来，与她微微抬头看了一眼顾佳和沈牧的眼神形成鲜明的对照。

她的目光，更多的是失望、寒意，以及一望无际的绝望。

顾佳有些呆住了。这时，沈牧职业性地站起身来，顾佳也随之站起身，两个人静静地看着何淑珍一步一步沉重地走到桌前，低头站着。

顾佳做过那么多年的公益，见多了那些需要帮助的人。有些人，虽然一生之中有很多苦难，却可以活得积极乐观，也乐于接受帮助；而有些人却无法逃离痛苦，陷入恶性循环之后，越发痛苦、自卑，而不愿意接受帮助。自卑的人，恰恰就是何淑珍这样的神情……

或许，她从未想过自己有一天会因为一场婚姻而一时冲动做出违法犯罪之事吧。

"3340 号，坐下！"女狱警的声音铿锵有力，具有很强的震慑力，"这是你的代理律师——沈律师。一个小时的时间，抓紧时间。"

"是！"何淑珍机械的回答，让顾佳感受到环境对一个人的改变有多大。

看她坐下后，狱警出去了，关上了房门，屋内的光线也有点弱了。

沈牧打量了她一番后，看了顾佳一眼。

顾佳知道，他是提醒自己准备记录，马上打开笔记本。

"姓名。"沈牧问。

"何淑珍。"

"年龄。"

"四十五岁。"

"你的口供，我们已经看过了，现在当面聊，还是想听一听你本人的意愿。"沈牧说。

何淑珍这才微微抬起头，眼神略有空洞，声音弱了下去："我想离婚。哪怕蹲一辈子监狱，也想离开那个家。"

只这一句，就让顾佳心里沉重。她看了沈牧一眼，他心理素质很强，点头道："好。你慢慢讲吧！"

何淑珍沉默了片刻，终于张开干裂的双唇。

何淑珍出生在盛海市郊外的一个小镇，原生家庭中共有五口人，再生家庭三人。她有一个弟弟一个妹妹。

1990 年，十七岁的她，初中毕业，本该继续念高中，却因为交不起学费、父母养活不了三个孩子，被迫嫁给了前来求亲的田烨华。

他比她大五岁，仅仅是因为给了 3 万多元钱的彩礼钱，就让何淑珍的父母满心欢喜地答应了。

十七岁的她，哪里懂得什么是婚姻，只是觉得周边的小姐妹也都结婚了，只要能为父母减轻家庭负担，就算是牺牲，她也愿意。

结婚那天，镇上来了许多漂亮的摩托车，让何淑珍的父母觉得很有面子。可何淑珍却始终没有明显的感受。

然而，直到嫁过去的第二天，何淑珍才真正知道了田烨华究竟是什么样的人。

为了结婚，田家借了很多钱，婚后全部由何淑珍还。

顾佳抿抿唇，心疼她。

也是那个时候，她才真正知道田烨华根本不像媒人和他家人说的那么好。他好吃懒做，处处依赖何淑珍，酗酒赌博。

没过多久，家里就来了很多讨债的，而且田烨华一旦喝醉酒后，便会像变了一个人一样打她。

何淑珍忍耐，逃避，却每次都会被父母劝和。

后来，他们生了一个儿子。田烨华似乎好了一点儿，不再赌钱了，但是酗酒的毛病却始终存在，每次醉酒后都犹如换了一个人。

可就在三个月前，何淑珍再一次被喝醉酒的田烨华暴打。这一次，真的是激怒了她。

他抓着她的头往墙上撞，对着她浑身上下拳打脚踢。打到累了，他才呼呼睡下。

可这次遍体鳞伤的何淑珍，心里积压多年的恨，爆发了。

她拿起斧头，朝他砍去……

听到这里，顾佳的身子不由得往后缩了一下，心里不由得揪了一下。

"当时你就不怕他会突然醒过来，继续打你？"沈牧问。

何淑珍微微摇摇头，说："不怕。我那个时候已经被疼痛控制了，只要能离开他，怎样都无所谓。哪怕是死了。"

"你死了，你的八岁的儿子怎么办？"沈牧再次问。

何淑珍低下头，捏着手指，说："鹰儿，我对不起他。可是，跟着这样的父亲，对他来说，也是痛苦的。"

"就算是逃离，也有很多办法，正式提出离婚不好吗？"顾佳忍不住问她。

"他说过，只要离婚，就打死我，还要去我爸妈家讨要彩礼钱。"何淑珍冷笑一声，觉得这场婚姻无比可笑。

"你当时杀他的时候，他醒了吗？"沈牧看了下口供，问。

"醒了，他一把夺走了斧头，然后反过来砍我。如果不是儿子护着，娘俩逃了出来，只怕就死在那里了。"何淑珍的话，让顾佳有些头皮发麻，身上只觉得有些冷，不由自主地搓了搓胳膊。

33·铁　桶

沈牧看了顾佳一眼，说："如果觉得冷，就出去等着吧。"

"不用。我没事。"顾佳一见他又要撵自己往外走，立即端正了坐姿，摇头强调。

沈牧见她坚持，也只好继续问："你的事，我们都知道了。田烨华起诉你涉嫌杀人未遂，一审判了二十年有期徒刑。如今你身处监狱，想要起诉离婚，要回孩子的抚养权，这很难。"

何淑珍落泪，心情复杂，顾佳从背包里抽出两张纸巾递给她。

何淑珍接过纸巾，擦了擦眼泪，对她说："谢谢。"

"都过去了。您也别太伤心。"顾佳安慰道。

"我的鹰儿怎样了？"何淑珍问。

顾佳看了看沈牧，见他同意，才遗憾地说，"孩子还在医院里，昏迷不醒。"

"鹰儿是为了救我，才……那个恶魔，我就算是赔上自己的身家性命，也一定要离婚，决不能让他要走鹰儿的抚养权。求求你们，帮帮我。"何淑珍伤心道。

"我们来就是为了帮你。不过，你们必须跟我们实话实说。你和田烨华的离婚案，如果只是单纯的分割财产，获得经济赔偿，倒也好说。至于孩子的抚养权，你虽然身为亲生母亲，却失去自由，法院是不会判给你的。"沈牧说。

"什么？不行，田烨华那个人，长期家暴，这么多年，他不光打我，还打孩子。孩子跟着他，只怕没有好日子过了。"何淑珍几乎哽咽。

"早知如此，你又何必当初一时冲动呢？"顾佳有些心疼，看了看沈牧问，"还有没有别的办法？"

"或许可以将孩子的抚养权转给社区居委会或者是福利机构。二审如果能翻案的话，孩子就会有一线希望了。现在必须要洗脱你涉嫌杀人的罪名。"沈牧说。

"真的吗？沈律师，谢谢你们。"何淑珍脸上微微有了喜悦的表情，仿佛看到了希望的曙光。

"这是我们应该做的。"沈牧说完看了一下时间，正好过了一个小时。

这时，顾佳的手机忽然响了，她低头一看，是妈妈的电话。

妈妈若不是有急事，肯定不会在上班时间给她打电话。

看着手机显示屏上"妈妈"的字样，顾佳攥紧了手机。

沈牧发现了她的异常，一眼扫到她手机上的来电名字，说："接吧。时间到了，我们也该走了。"

顾佳看了看他，正要问，却见女狱警进来了，将何淑兰押解回去了。

顾佳这才匆匆接听了电话。

"喂？妈妈，怎么了？是哪里不舒服吗？"电话刚一通，顾佳便问，然而电话那头都是一阵乱七八糟的声音。

顾佳仔细听，像是什么东西砸碎了。

顾佳担心妈妈开店遭遇劫匪，连喊了数声，才听到一阵刺耳的声音。

"文琬，不管怎样，你今天是给也得给，不给也得给！休想赖账！"那个声音，是顾佳曾经感到厌恶、恐惧、憎恨的声音。

十年了，她以为再也不会听见、遇见那个人……

而此时，她懵了，脑袋里一阵"嗡"鸣……

那个消失在她的世界的声音，与她有着血缘上、名义上亲情关系的父亲，消失十年后，又突然出现了。

那个曾经让她和妈妈都痛苦的人，回来了。

电话里依旧响着那个男人的恶毒声音："文琬，今天不管如何，你都必须给我一个交代！不给也得给！"

"你休想！十年了，佳佳如今已经长大成人。你有尽过一天做父亲的义务和责任吗？"文琬一向温婉贤淑，十年前因为无法忍受他的家暴，最终选择离异。如今，她早已不是当初那个软弱的女人。

"姓文的，你不要太过分！别以为我不知道你心里那点小心思！你不就是想要私吞那点家产吗？别说得那么冠冕堂皇！这房子说到底，是我父母留给我的，跟你没有一毛钱的关系！"电话里的那个男人依旧破口大骂！

"十年了，你还是这个样子！"文琬冷嘲道。

"你还不是一样！不管怎样，你今天要是不给我一个交代，就把这个房子也砸了！"

此时，电话里传来一阵玻璃破碎声和尖叫声。

"顾健，你怎么能如此！"文琬一声谩骂，几乎是嘶吼。

顾佳接连喊了好几声"妈妈"，却都得不到妈妈的回应。顾佳将手机从耳边拿开，仔细又看了下，通话计时一直没有间断过。

她这才知道，妈妈不是专门打给她的，一定是无意碰到了手机，拨通了她的电话。

她立即挂断电话，对沈牧说："师父，我不能回律所了，跟你请个假，必须先回家！"

"我送你！"她甚至不用多讲原因，沈牧便已经猜到了一二，干脆利落地从大衣口袋里掏出车钥匙，转身就朝监狱大门走。

"啊？"顾佳来不及反应，愣神儿了，但很快回过神来，快步追上他。

"师父，律所还有事，你先回去吧，我自己可以的。"顾佳不想为难他。作为律师，时间无比珍贵，不能因为她的私事再耽误他。

沈牧很清楚她心里想什么，以沉默作为回答。

顾佳眼看他已经快步走到监狱厨房的窗口，再有十几米就要出大门了。她快步冲上去，站在他身前说，"师父，真的不用了。一会儿出去，我打个车就可以了。"

"这里是郊区的监狱，你认为会有车吗？"沈牧不愿多解释，正欲推开她，顾佳却像是踩到了什么，整个人朝后倒下去……

情急之下，沈牧一把拉住她，正好将她揽在怀中。

顾佳甚至来不及反应，鼻尖已经贴近他的胸口……她的心，"砰砰砰"跳得很快……

已经是深秋，顾佳的手碰到沈牧冰凉的西装，条件反射般蜷缩了手指。她有点尴尬，马上调整好身体平衡。

沈牧也自知有些不妥，迅速松开手，尴尬地看了看四周。见她还能站稳，沈牧拽了拽西装领带，问："没事儿吧？"

"没事。"顾佳摇摇头，心情略有平复，马上转身一边朝外走一边说："那个……我们还是快点出去吧！"

沈牧低头看了一下有点冒汗的手心，又攥了起来。

来过监狱这么多次，这还是沈牧唯一一次惊慌……

顾佳担忧妈妈，快步出了监狱的大门，站在马路边，左右环顾，却始终不见有车往来。果然如沈牧所说，这里偏僻，过往车辆甚少。

"嘀嘀！"这时沈牧已经将车开到她身旁，冲她打了两下喇叭，打开副驾驶车门，催促她快点上车。

"师父……"顾佳有些为难。

"别磨蹭，快点上车！"沈牧命令式地说。

34 · 父 亲

顾佳对公交车、出租车还抱着希望，但环顾了四周，依旧没有一辆车经过。为了妈妈，她只得乖乖上车。

系好了安全带，她还有些尴尬，看向沈牧，他已经发动了车子，一脚油门下去，直奔顾佳的家。

一路上，他俩甚至没有多说一句话。

顾佳一双手不停地揉搓手机，一遍又一遍地按亮屏幕，解锁，锁屏再解锁……

想到十年前的顾健与刚刚接触过的何淑珍案件，她心乱如麻。

电话的声音让她惧怕，身上开始瑟瑟发抖，一双手不由自主地将自己抱住。

沈牧余光中发现了她的异常，停下车，将自己的西装脱给了她，不等顾佳拒绝，车子再一次发动。

"师父，我不冷！您还是穿上吧！"顾佳抱着他的西装，试图还给他，却被他无视。

顾佳坚持，沈牧却堵了她一句："不想你妈妈、你和我出事，就乖乖把衣服穿上。"

说话的工夫，车子到了十字路口，明明已经绿灯，人行道上却突然蹿出一个人，沈牧一个急刹车，才将车子停稳。

路人、沈牧、顾佳、车子都安然无恙。

这像是沈牧的一个警告，顾佳这才乖乖将他的西装披在自己的肩上。

十分钟后，沈牧的车子停在了顾佳家的小区门口。

顾佳想要下车，让他去忙律所的事，家里的事她想自己处理，却被沈牧打断了。

"几单元几号？"沈牧问。

"师父，不用开进去了，我自己进去就可以。"说话的同时，顾佳试图打开车门，却见他早已将车门牢牢锁住。

"几单元几号？"他重复道。

顾佳知道他的脾性，再耽误下去，妈妈会有更大的危险，只得乖乖说："十五栋三单元 301。"

沈牧这才打了方向盘，径直开到了十五栋三单元楼口，停好了车。两人一前一后快步上楼。

沈牧在前，顾佳在后，刚到 301，两人便听见屋内有很大的争吵声。

预感不妙，顾佳迅速掏出钥匙，打开房门，冲了进去。

屋内一片狼藉。系着围裙的文琬，披头散发地倒在地上。而那个穿着蓝色布衣的光头男人，手里还牢牢地抓着一根大木棍……

他还来不及注意到房门已经开了，情绪还处于极度暴戾中，举起大木棍，就要朝文琬挥去……

情急之下，顾佳扑向妈妈，护住她……

而沈牧则赤手空拳地抓住了顾健手里的木棍……

顾健用尽全力地挥棒，却被人阻挠，一转头，才见是陌生的沈牧。

他紧接着一只脚重重地踹到沈牧的肚子上。沈牧捂着肚子后退了两步，又马上忍着痛，轻轻一跳，将他手里的棍子夺下，反手将他打倒在地。

顾佳扶起妈妈，扶她坐在远处的沙发上，这才注意到，家里的家具早已被他打得稀巴烂。

妈妈身上也几乎没有一处好皮肤，白色的羊绒衫上染上了鲜血。

顾佳将妈妈护在身后，质问道："你凭什么来我家大吵大闹？你走！"

挨了打的顾健看看顾佳，又看看沈牧，对顾佳大吼道："臭丫头，我可是你老子！你居然这么对我说话！翅膀长硬了是吧！看我今天怎么收拾你！"

说话的同时，顾健站起身就朝顾佳冲来。

沈牧一伸脚，将他绊倒。

在监狱时，顾佳一接电话，沈牧就知道那个人极有可能是她父亲。只是没有料到，这个人居然是这种恶人。

"想要打她，能打得过我这个师父再说！"沈牧往右移了数步，挡在顾佳和顾健中间，厉声说道。

顾健已经领教过他的功夫，有心想要耍横，却又生怯。他眉头紧锁，怒意渐深，骂道："你算什么东西？我教育我老婆孩子，那是我的家事，旁人管不着！"

"她是我徒弟，是我的助理，我有权保护我的手下。"说着，沈牧从口袋里取出一张名片，给他看。

顾健只看了一眼，就身子往后缩了一下，又强撑道："那你也管不着！"

顾佳从来没有想过，那个离开家十年的"禽兽父亲"，这么多年，还是如此的蛮横霸道。她再缓缓往前，发出一声冷笑，说："家事？你算我们的什么？老婆孩子？你还记得你的老婆孩子？十年前，你就不再是这个家的人了！现在，你凭什么回来大闹我和妈妈的家？"

顾佳积压了十年的恨意，她以为痊愈了，忘记了，可是他再次出现，以这样的方式出现，她才眼睛有些发红，冷笑着问："你到底是谁？凭什么出现在我的家中？"

"顾佳！你少管，这是我和你妈妈之间的事！"顾健毫不在意。

"你和妈妈，早就结束了。十年前，妈妈是我的监护人，现在，我早已年满十八岁，有权代理妈妈与你交涉！说吧，你这次来是为什么？"顾佳冷声质问道。

"佳佳……不要跟他废话，让他走，快走！"文琬担心他会再次伤害到顾佳，忍着痛，催促道。

顾佳微微侧目对妈妈说："妈妈！你放心！交给我！"

沈牧却将她护在身后，嘱咐她照顾好妈妈。

"从现在起，我是顾佳和她妈妈的委托人，您有什么诉求，可以和我谈。但你若是再敢伤害他们，我一定送你去吃牢饭！"沈牧冷冷的语气，给了顾健强大的震慑力。

顾健就算还想动手，也不敢轻举妄动。

"好！找你也可以，我来就是要回我的房子！"顾健伸手要道。

"什么房子？"顾佳和沈牧异口同声地问道。

"就是盛海市郊区莒南小区的老房子。"文琬替他说。

自从十年前父母离异后，文琬就带着顾佳搬离了那个家。如今，顾佳早已忘了那还有一套房子，是爷爷留给她的。

十年前他不要，现在来争夺房子，必然有原因。

"你果然是天下'最好的爸爸'，永远都是自私贪婪！为了区区一套房子，你居然再次殴打前妻？"顾佳冷笑道。

35 · 名　片

顾健左眉毛一挑，毫不在意，往前走了一步说："佳佳，话别说得那么难听。你爷爷的房子，就该我继承。你爸爸我拿回那套房子，合情合理！"

"别说你是我爸爸，我爸爸早就死了！"顾佳说。

"佳佳你这话说得有点过分了，我还站在你面前，没死呢！"顾健有些气恼。

"呵！你算父亲吗？十年前，你是怎么对待我和妈妈的？现在又是怎么对待我们的？我没有这样的父亲……别说你是我父亲。"顾佳只觉得可笑。

"顾佳！"顾健也气急败坏，转身想要找可以打顾佳的东西，棍棒早已被沈牧收走，周边的杯子什么的，也早就被他砸光了。

他索性脱下一只鞋子，要朝顾佳打去，沈牧却及时拦住。

"顾先生，我说过了，你这犯了故意伤害罪！你最好想清楚！想要房子，就合法合规地要。动手，只会让你什么都拿不到！"沈牧强调道。

顾健将信将疑地观察沈牧，反问："真的？"

沈牧点头。

"他休想！"顾佳却立即否定。

沈牧听得出来顾佳对父亲的恨。

一向元气满满、乐观向上、热情的顾佳，此时心中只有怨恨。

沈牧走到她和文琬身边，问："佳佳、佳佳妈妈，再这么吵下去，也解决不了问题，没有任何意义，还是坐下来聊吧！当面把话说清楚。"

文琬这时才觉得胳膊有些疼。顾佳马上起身去找药箱，一边上药，一边关心道："疼吗？"

文琬拍拍顾佳的手，摇头道："不疼了。没事。习……"

她想说习惯了，但又怕刺激到顾佳，终还是没说完。

顾佳理解妈妈的心思，强颜欢笑："以后有事一定要给我打电话，绝不能再忍着了。"

文琬笑了一下，点点头，摸摸顾佳的头，以示答应。

见几人情绪缓和，沈牧才正式问，"房子究竟是怎么回事？"

文琬看了看顾健，说："顾佳爷爷留给佳佳的，我和顾健都没有权利争夺。"

顾健却坚持不信，否认道："我爸已经去世了，你想怎么说就怎么说，我是不会信的。这房子分也得分，不分也得分。否则，我不会让你们娘俩有好日子过的。哼！"眼看着今天有沈牧在，他占不到任何便宜，只好转身就走。临走到门口，还不忘又从沈牧手中抽走了他的那张名片。

沈牧、顾佳、文琬还没有反应过来，他已经摔门而去了。

从顾佳小区出来，顾健满脸怒意，站在路边给人打电话。

"喂？你说的信息准不准？那房子真有那么值钱？那娘们儿手里有张王牌，硬要怕是不好要。"顾健对着电话说。

电话那头的人说："这个简单，你找个律师就行。"

"律师？"顾健反问，同时从口袋里取出沈牧的名片，看了看上面的地址——大沪律师所。

"好了。我知道了。"挂了电话，顾健又拿着那张名片细细研究。

这时，身穿藏蓝色西装的蒋荣意外地从他旁边走过，听见他念叨沈牧的名字，停下了脚步。

"这位先生，我刚刚听见你……叫沈牧的名字是吗？"蒋荣回过头来，打量他一番问。

顾健收起名片，也仔细看了他半天，觉得他不像是什么好人，说："是！你认识？"

蒋荣冷笑一声，说："何止是认识。"他用下巴指了指他手里，"你拿着他的名片儿，是想打官司？"

顾佳大概猜出他的身份不一般，说："是啊！"

"什么官司？离婚官司？这沈律师啊，不靠谱。"有了之前的几场败仗，蒋荣这一次想要整一整他，预备撬他的客户。

顾健这回听出来了，他和沈牧认识，而且很有可能是对手。

他眯着眼睛问，"房产官司。不过他可不是我的代理律师，怎么，你们认识？你也是律师？"

蒋荣这下明白了，沈牧只怕给了他一个震慑，特意给了名片。

他笑了，一手从西装口袋里取出一张名片递给他，说："巧了，我也是律师，而且我们两个人啊，在法庭上那是十分投缘的。如果有需要，可以找我。"

说完，蒋荣也不多说，笑了一下，转身就走。

姜太公钓鱼，愿者上钩，他就等这条鱼上钩了。

见他走了，顾健又快步追上，一路追到了良心事务所，详详细细地将案件说清楚后，才回家了。

顾健走后，沈牧还在，顾佳不便收拾屋子，只是简单地捡起地上的玻璃碎片，嘱咐沈牧和妈妈当心点。

看着屋里一片狼藉，沈牧也拿起扫把，与她一同打扫屋子，顺便将屋内的垃圾提到了楼下垃圾箱。这时，沈牧正好撞上赵大沪。

"你怎么在这儿？"赵大沪问。

沈牧扔完垃圾，拍拍手上的灰尘，仰头看了三楼窗户一眼，说："进去再说吧。"

赵大沪顿时有一种不祥的预感，似懂非懂地点了点头，跟着他一同上楼。

一看见赵大沪，顾佳马上叫妈妈："妈，赵叔叔来了！"

文琬低头看看身上的脏衣服，来不及换，马上套了一件干净的外套出来。

一看见文琬的样子，赵大沪便快步走到她面前，抓住她的胳膊，让她先坐下来，问："这是怎么了？出什么事儿了？"

顾佳、沈牧、文琬三人面面相觑，谁也不知如何开口。

赵大沪碰碰沈牧，问："到底出什么事了？说话呀？"

沈牧和顾佳正要开口，文琬却抢先说："顾佳的爸爸来了，闹了一场，刚走。"

"他不是我爸爸，我没有这样的爸爸！"顾佳立即反驳道，转身又气呼呼地拿起抹布擦桌子。

沈牧看她的样子，心里很受伤。

"他为什么闹？这是私闯民宅，故意破坏他人财物！他这是违法的！"赵大沪蹙眉，替文琬和顾佳着急。

"他来是为了房产。"沈牧替她们母女回答。

"房产？哪个房产？他这个抛弃妻女十年的人，有什么资格争房产？"赵大沪说。

沈牧转过身，面对着窗口，陷入沉思。片刻之后，他才道："现在，有没有资格，我们需要坐下来认真谈一谈。"

他看向顾佳，怕她心里有负担，迟疑了下，说："不过今天……恐怕不适合谈论这个问题。"

"老赵，我们不如先回去吧！给他们母女一点儿空间。"沈牧说。

36·房　子

顾佳这时连忙转过身，说："不！就今天谈！"

她看向妈妈，郑重地说："就今天。"

顾佳走到妈妈身边，牵起她的手，盯着她的眼睛说："妈妈，我知道你心里很难受，但今天我们把事情说透，后续还有很多事情要做呢。"

文琬失落地看向顾佳，又看看赵大沪，见他也点头，同意了。

顾佳这才起身对沈牧说："这个案子，我和妈妈请你作为我们打房产官司的委托人，可以吗？"

沈牧深吸一口气，看了看赵大沪，点头同意。

已经接近下午5点，文琬拿了材料交给顾佳后，将菜拿到客厅来，边摘菜边听。

"你这房子，在哪个位置？"沈牧问。

顾佳将当年的房产证和遗嘱推到沈牧面前，说："老房子所在小区名叫莒南小区。在盛海市郊区。"

沈牧打开房产证看了看，面积有 80 平方米，是一楼。

"房子是 1990 年买的？"沈牧又问。

顾佳不太清楚，看向文琬。

文琬想了想说："大概是。这房子是顾佳爷爷的老房子了。我和顾健结婚后，生下了佳佳。前几年，佳佳爷爷病危，就写了遗嘱把房子留给了佳佳。"

"那你们是哪一年结婚的？"沈牧问，顾佳拿笔记录。

文琬看了一下顾佳，说："1994 年结婚的。婚后两年有的佳佳。"

沈牧点了点头，继续问："你们是十年前离婚，具体是 2008 年几月几日？"

文琬这才将菜放在茶几上，起身找到离婚证，上面写着 2008 年 7 月 15 日。

文琬将离婚证递给沈牧，顾佳也侧头扫了一眼。

照片上的妈妈那时候还年轻，没有一丝皱纹，大眼睛，高鼻梁，樱桃嘴，即便是这样，那个喜欢家暴的父亲还是动不动就打她。

印象里，最严重的一次，妈妈的手都骨折了，可是从医院回来后，依旧要给他做饭。

最终，在顾佳十二岁那年，妈妈终于忍不住离婚了。

离婚证的照片上依旧可以看到妈妈浅浅的伤疤。

顾佳看看妈妈，说："妈妈，你受苦了。以后让我来保护你。"

文琬摸摸顾佳的头，说："好孩子，妈妈只希望你快乐。"

顾佳握了握妈妈的手，鼻子有点发酸。

这时，沈牧已经看完了遗嘱，说："顾佳妈妈也不用担心，文件我已经看完了。上面写得很清楚，赠予人是顾长寿，受赠人是顾佳。没错。顾佳爸……"沈牧的话刚说一半，又想起顾佳刚才情绪激动，马上改口，"顾健他是没有资格争夺这份遗产的。"

文琬抿了抿嘴，眼眶噙泪："好。你是佳佳的师父，又是她的上司，这个官司怎么打，我都听你的。"

沈牧看了看顾佳，说："打官司不能急，从长计议。顾健这个人，消失了十年又突然出现，指明要这处房产，必然有原因。我们需要实地考察一下。"

这时，赵大沪从手机上已经搜到莒南小区马上要拆迁的信息。

他将手机拿给沈牧看，说："这恐怕才是他争夺房产的真正目的吧。莒南小区虽然处于郊区，但那附近马上要修建成商业中心，房价必然翻番。"

听到这儿，顾佳冷笑："果然如我所料，十年了，他还真是一点儿没变。"

"顾佳！"沈牧叫了她一声，示意她顾及她妈妈的情绪。

顾佳转头看向文琬，闭紧了嘴巴。

"佳佳妈妈，今天晚了，我们就先不打扰了。您回头再想想，如果还有一些补充材料，随时让顾佳转交给我。"

文琬点头，看了厨房一眼，说："我这饭马上就好了，还是吃完再走吧。"

顾佳也挽留道："是啊，赵叔叔、师父，吃完饭再走吧！你们累了一天了。"

沈牧举起手中的材料说："单位还有事，我先回去处理一下。"

见他是忙工作，顾佳也不好再挽留，抿了抿嘴，嘱咐道："那师父路上小心！"

"好！"沈牧点头就要出门。

这时，赵大沪也要出门，走到门口，沈牧又小心提醒道："你还是留这里跟她们好好谈谈。"

赵大沪眉头一皱，回头看了文琬一眼，还有乱糟糟的屋里，决定留下来。

临关门时，沈牧又喊了顾佳一声。

顾佳马上走过来，问："师父？"

沈牧上下打量她一番，说："明天给你放一天假，不用去单位了。"

顾佳蹙眉不解："可是何淑珍的案子……"

"案子我这儿会整理，你只需要把委托书、证据整理出来，回头发给我就行。"沈牧说完，转身就下楼了。

见他走远了，顾佳才转过身，正准备继续打扫屋子，赵大沪却叫住她。

"佳佳，这几天就先在家好好休息。多陪陪你妈妈……"赵大沪边嘱咐，边给顾佳使眼色，让她去厨房帮忙。

赵大沪追求文琬已经很多年了，一直帮她照料水果摊，偶尔做点小菜。他知道她心里苦，却从来不问。

赵大沪知道上一段失败的婚姻是她心里的伤疤，所以才一直以来都不敢轻易提出结婚。

如今看来，他对顾佳爸爸的猜想还是太简单了。今天若不是顾佳和沈牧在，顾健估计会把她们整个家拆了。想想都觉得有些后怕。沈牧和赵大沪让顾佳休息，一方面是为了保护文琬，一方面也是让她调节不良情绪，免得积压太多。

顾佳都明白，转身进了厨房，帮妈妈切菜。

文琬不想她插手，将她支出去了。

赵大沪只好自己进厨房帮忙。

他边洗菜边说："今天这小油菜可真不错，可以加一道蘑菇炒油菜。"

文琬不吭声。

赵大沪想了想，又说："最近也不知怎么的，总是饿，感觉跟吃不饱似的。"

文琬知道他是想逗她开口说话，但文琬只觉得疲惫，半天才回了一句："那一会儿开饭了，多吃点。"

如此一来一去，赵大沪也觉得有些尴尬，只得默默帮忙做饭。

37 · 五　十

赵大沪原以为这件事暂时过去了，谁知道，半天了，文琬又说："你们来之前，其实他还要了另一套房。"

"另一套？"赵大沪想了想，才反应过来，文琬说的是她们目前住的这套新房。

他马上反问道："他一个离婚十年的人，有什么资格要你这一套房子？他一没出钱，二没出力，凭什么来争？"

文琬怕佳佳听见，伸手嘘道："嘘！小点声！别让佳佳听见！"

赵大沪咽了口唾液，偷偷摸摸地看了眼正在收拾客厅的顾佳，又小声说："这事儿你得和沈牧说，不能瞒着！"

文琬叹了一口气说："让沈牧知道，就等于让顾佳知道。我知道佳佳的脾气，她肯定会找他争辩的。我不想她再因为这些事受到一丁点儿的伤害。"

"你不告诉她，他就不会伤害你们母女俩了？"赵大沪有些生气，"我看他是狗改不了吃屎！不会轻易罢手的。"

文琬无奈地摇头，不知所措。

这时候，赵大沪手里的菜都洗干净了，接过文琬手里的刀，边切边问："他想要多少？"

文琬犹豫了半天，才勉强开口："50%。"

"什么？多少？50%？他怎么不去抢钱呢？"赵大沪一激动喊出来。

文琬马上拍他的胳膊，说："让你小点儿声，你怎么还这么大声？"

赵大沪把刀往案板上一拍，转身面对文琬说："这事儿必须跟沈牧说。我明天上班就告诉他。"

这时，赵大沪发现，顾佳早已站在厨房门口听到他们谈话了。

感觉到赵大沪不出声了，文琬转过身看到顾佳。

三个人面面相觑，无从开口。

半晌后，文琬才问："佳佳，你……你什么时候进来了。稍等一会儿，菜马上就好，我们一会儿就开饭。"她的表情明显不自然。

顾佳往前走了几步，拉起妈妈的手，问："妈，究竟打算瞒我到什么时候？"

文琬尴尬地笑了一下，说："没有，妈妈没想着要瞒你。这不是……"

这时油锅已经热了，赵大沪马上转身去炒菜，耳朵却听着。

顾佳说："老房子是爷爷留给我的，事实上也是留给你的。他要不走。"顾佳又抬头看了看厨房的吊顶，补充道："这套房子，是你好不容易攒的钱，刚刚付了首付。他凭什么要？"

文琬两个手握在一起，有些不自然："当初妈妈拿了所有的现金，所以……"

"那又如何？他家暴你，伤害你，赔过一分钱吗？他从来没有把你当作他需要呵护的妻子，更没有把我当作他的女儿。凭什么消失十年，现在说要就要？这事儿就算拿到法庭上面，他也占不到一分的理！"

文琬不知道该说什么，转身出了厨房，坐在沙发上，黯然伤神。她用手撑着额头，疲惫不堪。

顾佳走出厨房，蹲到她面前，握紧她的手，说："妈妈，佳佳已经长大了，不再是当年那个十二岁小姑娘了。遗产也好，新房也罢，这些都是属于我们的，他没有权利争夺。"

文琬只觉得疲惫不堪，看了看厨房内炒菜的赵大沪。

赵大沪依旧专注地炒菜，但还是大声说了一句："佳佳说的没错，这事儿无论放到哪儿，他都没有理！不用太担心，沈牧他会帮你们娘俩的。"

顾佳抿抿嘴，盯着妈妈的眼睛说："妈妈，你不能再让着他了。十年前的隐忍，让你受了多少苦。十年之后，如果再隐忍，那将是人财两空。我们要拿起法律的武器，为自己争取合法权益。"

顿了下，她又补充道："佳佳可以不要这一份遗产，但我气不过，他当年那样对待你……"

"佳佳……"文琬心里发酸，喃喃道。

顾佳知道妈妈的脾性，低头又抬头："今天是我们赶回来了，如果我们没赶回来呢？我只有一个妈妈，我希望她永远快乐、健康。"

文琬盯着顾佳认真地看了好一会儿，将她搂在怀里。

"佳佳，是妈妈不好。妈妈没能给你一个完整的家。"

文琬明白他们离婚对佳佳造成的伤害，尽管已经过了十年，却始终存在。

　　有一种伤痛,会随着时间,慢慢结痂愈合。原以为早已长好了,可当这事重新出现,那道伤疤会再次被撕开,犹如伤口撒盐,比以往更痛。

　　顾佳恨他。

　　恨就意味着对他还有期待,可是今天,所有的期待只会让她觉得自己可笑。此时此刻,她只担心妈妈。

　　顾佳被妈妈抱在怀里,眼角落泪了。

　　是心疼,是伤心。

　　赵大沪盛好饭菜,站在厨房门口,看着她们母女俩,轻叹一声。

　　一向元气满满的顾佳,处理娄倩倩案件时,一不怕苦,二不怕累,尽心尽责,可遇到离异的父母,她却难以接受了。

　　赵大沪从茶几上抽出一张纸巾递给她,说:"佳佳你这样,让你妈妈怎么办?"

　　顾佳接过赵大沪的纸巾,一边擦泪一边说:"妈妈,对不起!佳佳让你担心了。"她强颜欢笑,"不过这一次由师父做我们的代理律师,一定会旗开得胜的。"

　　"嗯。好。饭好了,我们吃饭吧!"文琬站起身,拉着她一同坐在餐桌前。

　　文琬人刚坐到桌前,就觉得有些气虚,头晕。

　　顾佳马上扶她进了卧室休息,才发现妈妈的枕头底下还压着顾佳小时候的照片。在妈妈的世界里,顾佳永远是她的唯一。

　　顾佳给她喂了药,盖好了被子后,重新回到餐桌前,却已然没有胃口动筷子。

　　赵大沪问:"你妈妈没事吧?"

　　"睡了,大概是太累了。"

　　"今天跟沈牧去了哪里?"赵大沪问。

　　"盛海监狱。"顾佳情绪不够高涨。

　　"何淑珍的案子?"赵大沪问。

　　顾佳点了点头,马尾辫随着她点头的动作轻轻摆动。

　　"佳佳,你恨你爸爸吗?"赵大沪尝试性地问。

　　恨吗?怨吗?顾佳在父母离婚那一年,心里是记恨他的,恨他对妈妈不好,恨他抛下她,消失不见。

　　但现在,她选择忘记……

第二卷

触动心弦

38·足　球

只是血缘上的伤害，如何能够真正化解？

顾佳不知道该如何回答赵大沪，只是坐在沙发上，从口袋里取出涂鸦本，随手写写画画。

赵大沪走过去扫了一眼，涂鸦本上画着两个人，一个是大人，一个是小孩。那个孩子如她一般扎着马尾。旁边有小房子、河流和树木。

"都会过去的。"赵大沪不想逼她做自己不愿意做的事，说不愿意说的话，只是淡淡地安慰她。说完，她进屋去照看文琬。

过了一会儿，顾佳也进屋看了看妈妈，给她喂水，问："妈妈，你感觉怎么样？"

文琬说："好多了，我睡一会儿，你们先吃吧！"

"好！"顾佳又给她掖了掖被角，跟赵大沪打了个招呼，转身出了卧室。

看着一桌子的饭菜，顾佳也没有胃口，只吃了两口，就放下筷子，出门散步。

天色已经渐黑了，顾佳一双手插在口袋里，低着头在马路边上走。

天空忽然就下起了雨，可她全然不在乎，任凭雨水打在头上。

走着走着，她腿一软，整个人身子朝着左侧倾斜。这时，恰逢一辆卡车从她身旁穿过，眼看就要刮到顾佳，一双大手适时将她拉了回来，拥在怀中。

天空一阵旋转，雨水在他手中的透明伞上开出漂亮的水花。

是沈牧。

顾佳看着伞下的沈牧，他看似冷漠的眼神，在冰雨中却显得略有淡淡的氤氲热气。

两个人站稳后，沈牧将她拉到人行道上，而他则站在她的左侧保护。

小时候，顾健也会担心年幼的顾佳被车撞倒，总是自己走到马路外面，让顾佳走到里面。

顾佳以为这样的父亲会一直陪伴着她，可万万没有想到，十二岁时，他撒开她的手后，就再也没有回来。

她偷偷看了看沈牧，他的长睫毛上沾着小小的水珠，整个人面无表情地盯着前方。

"想去哪里？"沈牧问。

顾佳这才知道，他在和自己说话。

"操场。"顾佳说。

沈牧将雨伞往高举了举，护着顾佳，去了最近的十三中足球场。球场的旁边，有不少健身器材。顾佳选择了最近的蓝色双杠，一双手搭在上面，看着绿油油的操场，仿佛又回到了校园生活。

沈牧也已经很多年没有走进校园了，重新踏入，仿佛时间倒流。

"为什么会选择这儿？"沈牧问。

"热闹的时候，这里处处青春活力，雨天的时候，这里也可以听见小草的声音。"顾佳笑了一下说。

马尾辫已经被雨水打湿了，粘在一起，沉沉的。

"我以为你想踢一场雨中的足球。"沈牧原本打算陪她踢一场足球。

顾佳想了一下，笑了："师父想踢吗？师父想，我就想。"

说完，顾佳忽然觉得这句话说得有些冒失了，微微低头。

沈牧却笑了，将伞交给她，然后去找足球。

顾佳以为他是说笑，看着他走后，继续趴在双杠上看雨。

看着看着，她看见操场上，果然飞来了一只足球。

顾佳一回头，才见沈牧已经跑到了与她平行的位置。

"来吧！今天输了算我的。"沈牧侧身看着拿着透明雨伞的顾佳，说道。

难得见他笑了，顾佳扔下伞，向他打了一个手势后，快速冲进了雨里。

在细雨绵绵的操场里，没有任何的哨声，两个人像孩子一样奔跑。

小时候，顾佳也会和小伙伴一起踢球，但也只是踢过那么一两次。长大后，除了做公益、支教下乡，与社团里的同学们陪着那些可爱的孩子们一起踢过球之外，再也没有像这样痛痛快快地玩过一次。

每次站在绿茵场上，守在球门边，看着孩子们肆意奔跑，顾佳会和他们一样欢欣雀跃，由衷地替他们开心。偶尔也会与谭之卉、社团的其他人故意藏起他们的足球，让他们着急。当然偶尔也免不了会被足球砸中，孩子们又会担忧地过来慰问。

她们活泼可爱、天真善良，银铃般的笑声回荡在整个操场，让人心情愉快。

在这个绵绵细雨的操场上，踢球人变成了沈牧——那个她倾慕了十年的救命恩人，帅气俊朗的大律师。

顾佳心口一阵微波荡漾，幸福感涌上心头。

沈牧腿长，平时走路都会把顾佳甩在三米开外，更何况是奔跑。

他带着球故意冲到前面，激怒顾佳，让她去抢球。可顾佳还没有冲到足球跟前，他又将球带走了。

顾佳只好铆足了劲，抄近道试图截球，然而沈牧故意放慢了速度，做了一个假动作，将球踢到了别处。

扑空的顾佳，奔跑在湿滑的草地上，意外摔倒了。她大口大口喘着粗气，两手一撑，又很快站起来，继续追沈牧。

沈牧见她还能跑，没伤着，又继续往球门带球。

在雨中，黑色的西装显得格外好看，远不像办公室格子间里规规矩矩的那个冰块沈牧。

顾佳笑了，脑海里也没有其他的杂念。

看着他越跑越远，知道已经追不上他，顾佳放慢了速度。实在跑不动了，她才停下，弯腰将双手撑在膝盖上，大口大口地呼吸。

沈牧射球后，一转身，见顾佳大口喘气，他将足球带回来，踩在脚底，故意嘲讽道："怎么？这才刚开始，就不行了？"

顾佳的头发都已经淋湿了，她一抹脸上的雨水，直起身，叉腰反驳道："谁说的？我可没有那么容易认输！"

"哦？"

"认真比一场？不过得有彩头！"顾佳昂着头，不服输。

"想要什么彩头？"沈牧问。

顾佳想了一下，说："嗯，得让我想想。先开始。"

"好。我发球。"沈牧将球带到了球场中心，待她准备好后，猛力一踢，将球踢到了数十米开外。

黑白相间的足球，在空旷的操场上划出一条美丽的弧线，顾佳用尽全力朝球追去，也没能占上半点便宜。

39 · 天　台（待）

她白色的鞋子刚刚碰到足球，就被沈牧截断了。无论他怎么跑，足球始终在他脚下，仿佛被黏合剂黏在了他的鞋上，一刻也不愿意掉下来。

顾佳眼睁睁看着足球从自己眼前溜走，不服气地叫道："师父！"

"比赛就是比赛，叫师父也没用！"沈牧笑了一下，转身带球朝着球门跑去。

他跑了一会儿后，不见顾佳追上来，一回头才注意到她全身都湿透了，湿漉漉的马尾辫微微晃动，脸上有头发轻轻扫过的痕迹。

顾佳："哼！"

"球在这里，来抢啊！今天你若是赢了我，就赢了一个星期的早餐。"沈牧以美食为诱饵，逼着顾佳利用运动发泄心里的不良情绪。

旁人的激将法或许对顾佳起不了什么作用，但是沈牧的绝对管用。

"当真？"听见这话，她整个人犹如机器人充满了电一般，来了精神。

"不信？"沈牧反问。

"嗯……当然不是！"

不等顾佳后面的话说完，沈牧转身又将球踢出了老远。

顾佳铆足了劲，快步追上去。

雨水还在淅淅沥沥地下着。

顾佳在雨水的洗涤下，挥汗如雨，早已将烦恼抛诸脑后。

半个小时后，顾佳以2：1的成绩赢得了比赛。不过，赢得磕磕巴巴，困难重重。

顾佳累了，整个人靠在球门上坐下来休息。

沈牧走过来，递给她一瓶水。

顾佳看了看矿泉水瓶子，接过水，隔着瓶子仰头看高高大大的沈牧。

"师父，你让我了！"

沈牧眉毛挑了一下，嘴角微微一扬，不作答。拧开盖子后，他喝了一大口，问："现在心里好受了吗？"

顾佳笑了，点点头。

一场雨中的足球，将她所有的烦恼都踢走了。事实上，她心里虽然仍有很多疑问和不满，但看着这个试图让她忘掉痛苦的沈牧，她要振作起来。

事实上，比起她来，沈牧心里的压抑只怕更甚。

"那师父你呢？"顾佳反问。

沈牧愣了一下，抿嘴一笑，不回答。片刻之后，他又举起水瓶，大口喝水，仿佛要将烦恼都统统吞进肚子里。

矿泉水瓶空了，他装回了背包，坐下来问："你恨他吗？"

顾佳摇了摇头，双手抵在下巴处，说："不知道。"

"犹豫就说明还在乎，'不知道'也是一种期待。对吗？"沈牧替她说。

顾佳不想逃避了，微微低头，双手环抱膝盖，将头埋在膝盖中间，说："师父，我曾经想过他会回来，可没想过会是以这种方式回来。"

"那如果他仅仅只是你的一个当事人呢？"沈牧问。

顾佳摇摇头，苦笑道："他不是别人，我没法把他当成一个陌生人。"

沈牧静静听着，她又接着说："师父，你知道吗？我十二岁时，父母离婚了，我因此差点死掉。"

她想让沈牧慢慢想起过往，今天，她把一直藏在心里的那些话说了出来。

听到"死"这个字，沈牧认真地看着她，似乎想要从她的眼睛里看到她的内心。外表元气满满的顾佳，原来内心深处，曾经也有过灰寂。

见他用一种陌生的眼神盯着自己，顾佳笑了，低下了头，又认真说道："师父，你还记得十年前，你曾经在八层商厦救过的小女孩吗？"

沈牧心里咯噔一下，眉心一皱，仔细回想，自己十八岁时，的确救过一个十来岁的小女孩，她的模样已经记不清了，但是她那双迷茫、无助、绝望的眼神，令人难以忘记。

不等他确认，顾佳说："我，就是那个小女孩。"

沈牧心头一惊。

来之前，他猜到她内心的伤痛，却没有想到她的伤痛竟如此沉重。

父母离异带给她的伤害如此之深，竟然让她选择了轻生。纵然时间已经过了十年，可有些伤疤却依旧在。

十年了，当初劝她的话，他已经记不清了，但见她如今长成了善良、热心、元气满满的姑娘，沈牧心里安慰许多。

见他打量自己，顾佳抿嘴一笑，低头捡起一块小石子，轻轻在草坪上写字。

"神奇吗？其实，第一天上班，我就认出你了。"顾佳抬起头，真诚地看着他的眼睛说。

"有一句话，憋在我心里很多年了。"片刻之后，她站起身，正式鞠躬，真诚道谢，"谢谢你！"

沈牧怔了怔，想起十年前的那件事。

那一年，沈牧十八岁，他第一次正式离开家，来到盛海学院求学。

那一天，是他开学报到的日子。他拉着行李箱，刚刚走过凤凰街，就见众人围着一座商厦喧哗。

沈牧扬起头，仔细看，才发现上面似乎有一个小姑娘，穿着鹅黄色 T 恤，蓝色牛仔裤，扎着马尾辫坐在商厦顶端的天台上。

楼底下围满了人。沈牧扔下行李箱，二话不说，就冲到了天台顶端。

"丫头，鲜花很漂亮，阳光很好，鸡腿爆米花那么好吃，一切都等着你去看、去吃，别干傻事！"

"好孩子，有什么话，可以下来和阿姨说吗？"

……

楼下的围观群众，试图劝她。

可她目光呆滞，一言不发。

沈牧冲到天台上，被消防员拦下。

沈牧解释说，自己是来试试劝说她。

那一天，盛海市刮着微风，天台上的风大，十二岁的顾佳，背身坐在天台的护栏上，马尾辫早已被吹乱。

沈牧试图走近她，问："小妹妹，你有什么话，可以和我说吗？"

顾佳两手紧紧抓着天台的护栏，转过头命令道："不要过来！再过来我就跳下去！"

"好好好，我不过去，不过去。"沈牧不敢激怒她，站在原地不动。

顾佳这才似乎放松了警惕，转过头，继续看着天空的云层，泪流满面。

沈牧试图从消防员那里打探她想要轻生的原因，却一无所知。

这时，顾佳脑海里全是顾健殴打妈妈的场面，还有妈妈告诉她离婚了的情景。

她从来也没有想过，爸爸妈妈会离婚，更不明白爸爸为什么总是家暴妈妈。

40·认　清

以前爸爸妈妈总是骗她，说打是亲，骂是爱，她以为那就是爱。只是那样的爱很痛。

如今，爸爸妈妈离婚了，她的心更加伤痛。

她眼泪流了下来，嘴里不停地问："为什么？为什么？"

这时，文琬也从天台口上来，她泪流满面地喊着："佳佳，不要做傻事！来妈妈这里好吗？"

沈牧这才从文琬的口中得知，她是接受不了爸妈离异，她心里的天塌了，那个叫作家的港湾，没了。

沈牧往前走了数步，问："佳佳，你是叫佳佳吗？爸爸妈妈离婚，那是他们的感情已经走到了尽头，没有回旋的余地了。不要怪妈妈！"

顾佳这才转过头，泪流满面地问："为什么？为什么别人的父母都可以一直在一起？为什么我的爸爸妈妈会分开？他们不要我了……不要我了……"

"佳佳，不是这样子的，妈妈爱你，妈妈要你！妈妈永远爱你，好孩子，快过来！好不好？"文琬满脸泪水，迎着风伸手，不停地劝说着顾佳。

顾佳却红着眼眶说："我要爸爸妈妈在一起！我想我们一家人永远在一起！"

这时，沈牧走上前，说："佳佳，爸爸妈妈离婚一定有他们的理由，你又何必强求？"

顾佳愣住了，问："可是……可是……"

沈牧试着往前又走了两步说："你爸爸妈妈就算是离婚，也一样可以来看你。只要他们想。"

"可是，我怕我爸爸……我都坐在这么高了，他为什么还不出现？"顾佳心里矛盾，她想让他变好，想让爸爸和妈妈复婚，可也害怕就算复婚了，他们也会再离婚；怕他们复婚是因为骗她……

有点起风了，她的身子有些发抖。

文琬马上脱下自己的衣服，远远地托着，哭着说："佳佳！爸爸妈妈已经离婚了。妈妈真的无法忍受了。佳佳，妈妈就只剩下你一个人了……"

沈牧伸手，将文琬的衣服，往前拿了拿，见她不让他继续往前走后，止步。

"佳佳，你已经十几岁了，应该能理解婚姻自由。如果两个人生活在一起痛苦，为什么不能分开？"

顾佳噘着小嘴，一语不发。

"你想让爸爸来，但是你爸爸他已经走了。他不会再来了！"沈牧直言不讳地说，想让她认清现实。

"你妈妈就在你面前，你这样做，你知道她有多担心吗？"沈牧拉着文琬的手臂，试图继续靠近顾佳。

顾佳看向妈妈，妈妈眼眶红红的，饱含痛苦的泪水，早已将她漂亮的眼睛浸泡得肿肿的。

"妈妈……"顾佳喃喃道。

"快下来吧，以后和妈妈一起生活可以吗？就算是只有你和妈妈，也一定会过得很幸福。"沈牧继续说。

在她的世界里，爸爸妈妈应该是这个世界上最爱她、对她最好的人，可……那个父亲……纵然她坐在八楼的商厦天台上，依旧不能逼他出现，依旧不能还给她一个圆满的家。

她绝望、心碎，可自己的妈妈又何尝不是如此？

她已经十二岁了，不应该再任性了。妈妈已经没有了婚姻，自己更不该伤她的心了。

顾佳犹豫了，本想转身，忽然大风来袭，整个人被风带了下去，危急关头，沈牧的一双手牢牢抓住她，拼尽全力，硬生生将她拉了回来。

死里逃生的顾佳，嘴唇发抖，一面是惊吓、恐惧，一面是感恩，她一头扑到妈妈怀里，哭了一会儿，又转过头对沈牧说："谢谢你。"

"傻孩子！以后可千万不要这样了！"文琬喜极而泣，紧紧搂住顾佳。

沈牧这才终于舒了一口气，将文琬的衣服披在顾佳的身上。

随后，消防员护送他们下了天台。

见顾佳安然下了天台，围观的人纷纷鼓掌叫好。

文琬又抱了一会儿顾佳，才松开她，带她回家。

走了两步，顾佳停下脚步，一回头，才见高大的沈牧已经拉着行李箱朝着远处走了。

风停了，太阳出来了，阳光照在他的身上，格外好看，光芒四射。

那个温暖的画面，印在顾佳心里十年了。

时间是神奇的，两条无限延长的射线意外交集后，又就此天各一方。随着时间的推移，两条相交的射线，在各自的轨道上越走越远，本以为再也不会相遇，却不想竟会在另一个地方重逢。

知道他已想起往事，顾佳郑重地说："师父，谢谢你让我认清现实，知道他不会再回来，珍惜妈妈，给我希望和勇气，鼓励我好好生活。谢谢你！"

顾佳说："你知道吗？那一天，你转身离去时，阳光照在你的身上，光芒四射。从那时起，我便决定做一个像你一样善良、坚强、热心的人，要用自己的方式，去帮助那些需要帮助的人。哪怕只是微薄的萤火之光……"

沈牧早已记不清自己当时说过的话、当时的表情，但他记得自己做对了一件事。

只是……经过了这么多年，他教会了别人，却没教会自己。曾经那样阳光的沈牧，只怕再也回不去了。

律坛上，他走过了六年，见过了太多的黑暗，早已将心底的那一点儿柔软消磨殆尽。

他甚至怀疑，迟早有一天，自己也会变得阴郁……

"那今天的你，还会再做傻事吗？"沈牧问。

顾佳笑了，低头捡起一根小草，拿到鼻尖下嗅了嗅，又缠在手指上，说："当然不会。他的错，为什么要让我们来承担？"

"嗯。对。"沈牧借机劝道，"可你刚才可不是这么做的。"

顾佳笑了："师父，你这算是冷笑话吗？"

沈牧轻咳了两声，又细看了她两眼，笑道："随你怎么说。"

他轻叹一声后，郑重地说："回去以后，还是和妈妈好好沟通一下，把整个案件从头到尾捋一下，所有可能存在的疑点、证据都搞清楚，标记下来。准备开庭吧！"

顾佳这才笑了，点头道："好！一定。"

沈牧看看四周，天色越来越暗，他起身说："雨停了，时间也不早了，回去吧！"

顾佳也站起身，正要抬脚往前走，忽然想起他之前说过的话。她盯着他，故意一本正经地说："说好的，输了要请客。"

沈牧拍了拍她的头："一点儿都不吃亏啊。"

顾佳"嘿嘿"一笑，转身就跑了。

看着她甩着马尾，越跑越远，沈牧仿佛看到了当初十二岁的那个小姑娘。

他不由自主地笑了。

41 · 饱　满

第二天，太阳高照，大沪律师事务所办公间内，光线明媚。

一大早，顾佳穿着一身正装，精神抖擞地站在事务所门口，同大家打招呼。

"嗨！大家早上好！"

听见招呼，已经开始忙碌的同事停了手里的活，冲她挥手回应。

李宜却瞪大眼睛，上下打量她一番后，才问："你是顾佳？我怎么感觉一天没见，像是换了一个人？"

一旁的何凡用铅笔戳了他一下，笑道："你是近视加重了吧？佳佳本来就是这个样子啊！"

顾佳毫不在意，咧嘴一笑，补充道："没错，我还是那个元气满满的顾佳。照顾的顾，佳人的佳。"

"啧啧，这赢了官司，怎么还变得自恋了呢？"李宜故意开玩笑。

顾佳皱了皱鼻头，反驳道："才没有。"

"几点了，还在聊天？"沈牧严厉的声音从顾佳的身后传来。

顾佳只觉得脖颈一阵凉风，眉头一紧，撒腿就冲进办公室坐下。

见她这样子，似乎整个人已经好了，沈牧嘴角微挑，放心了。

回办公室时，他的这一表情恰好被何凡看见，她不由得倒吸一口凉气。

待沈牧关上办公室房门，她才凑近了其余人，说："快掐掐我！我是不是眼花了？沈大今天居然笑了？他居然笑了！"

"什么？真的假的？自打沈律师来这里，就从没见他笑过。我一度怀疑他脸上根本就没有笑肌。你确定没看错？"李宜惊呼一声。说着，起身想要看看办公室里面，却什么也看不见，更没有胆子去偷听。

"我也一直以为沈大是天生自带煞气，不会笑。这可真是太阳打西边出来了！"有人插嘴道。

这时，赵大沪也从门口进来了，见大家都聊起八卦，热火朝天的样子，训斥道："干什么呢？一个个的，有时间在这里八卦别人，不如好好多背两条律法。"

赵大沪一向对大家还算是态度温和，如今突然严厉，倒叫大家有些不适应，瞬间觉得他比沈牧还可怕。

众人纷纷端正坐姿，准备干活。

赵大沪这才准备转身回主任办公室，却听见李宜窃窃私语道："赵主任今儿这是怎么了？受沈律师传染了？发这么大火！"

"那谁知道！嘘，快干活吧！"

见众人都安静干活了，李宜又悄悄问："会不会是他们俩吵架了？不会是撬客户了吧？"

"那谁知道？"

"不过呀，沈律师以前就是律坛名将，百战百胜，心气高，一向看不上离婚的小案子。这次赢了离婚案，居然笑了。也是稀罕。"

"还不干你的活！委托书写了吗？证据找全了吗？客户约好了吗？小心你这个月的奖金！"赵大沪指着李宜痛骂。

"别呀！主任，老婆孩子还指着我这点奖金活呢！"李宜耍完赖，忙转过身，低头干活。

"那还磨蹭什么！"赵大沪训斥完，众人都乖乖地低头工作。

赵大沪这才安心地回了办公室。

何淑珍的案件有点儿棘手，就算只想净身出户，也稍微有点复杂。

沈牧正在整理材料，顾佳却拿着一份热乎的打印件，双手呈报给他。

沈牧扫了一眼，是授权书，他问："这是？"

"我妈妈的产权官司委托书！"顾佳说。

沈牧接过文件，快速浏览了一遍后说："我知道了。去忙吧！"

"是！"顾佳转身刚要走，沈牧却又突然叫住她。

"嗯？师父，还有事吗？"顾佳反问。

沈牧攥了攥拳，想了一下，问："为什么不休假？"

顾佳愣了一下，抿嘴一笑，回答："师父，我好了。不用休假！"

"那好，去忙吧！"沈牧点头，挥手示意她去忙。

"好！"顾佳一笑，快步回到座位。

整理完当天的法律条例，她开始着手准备何淑珍的案件。

何淑珍与田烨华的案子，核心问题是家暴。娄倩倩的家暴，比起何淑珍的，简直是小巫见大巫。

奇就奇在，即便是何淑珍想要杀田烨华，可他还偏就不想离婚。

这样的男人，她一度怀疑他脑子出了问题，要么就是有施虐症。

或者，他不想离婚的根本原因，就是想折磨她，报复她，让她就算是进监狱，吃了牢饭，也摆脱不了他这个噩梦……

这桩案子，想单从律法上找突破口，只怕不容易，顾佳起身从沈牧身后的书柜上找书。

扫了一层书柜，又扫第二层，当顾佳看见《犯罪心理学》，想要伸手去抓时，却意外地抓到了沈牧的手。

顾佳连忙像是触电似的缩回了手。

"对不起，师父！我……"

沈牧明白她看这本书的意图，索性直接将书递给她："你先看吧！"

"那师父……"顾佳有些不好意思。

"你不也是为了何淑珍的案子？书我已经看过很多遍了。拿去吧！"沈牧说完，转身就回到自己的办公桌前。

"那我只好恭敬不如从命了。"顾佳这才大方地抱着书，回到自己的位子，边读边记。

过了不到十分钟，顾佳看书看得起劲，忍不住小声嘀咕："原来是这样。"

听见她说话，沈牧抬头看了她一眼，问："什么？"

"啊？"听见他说话，顾佳猛一抬头，才发觉自己竟不知不觉中念出了声，忙道歉：

"嗯，没事。对不起，吵到你了。我小点声，小点声……"

顾佳手指轻放在唇边，"嘘"了一声，又继续低头写写画画。

平时，办公室里，总能听见顾佳敲击键盘的声音，可今天她从进门到现在都十分安静，这让沈牧略有不适。

经历过因父母离异，而试图轻生，十年后，往事重现，却可以装作若无其事，实属不易。

42·快　餐

沈牧不确定她是否真的痊愈了，只是隐隐约约觉得她在刻意装不在乎。他不能说破，只能静静观察。

这时，他的 QQ 闪动了，是顾佳发来的文件。

他点开后，才见是娄倩倩案子的结案报告。

"师父，总结给你发过去了。您看看还有没有要修改的？"顾佳偏过头，对沈牧说。

沈牧冲她点了下头，说："我先看看再说。"

几分钟后，沈牧浏览完，改了几个专业术语后，返还给她。

"文件我看过了，调好格式打印出来，收在档案里。"沈牧对顾佳说。

"是！"顾佳飞快地接收文件，查看了修改意见，排版好后，才用打印机将纸质文件打印出来。

有了娄倩倩办案的经验，顾佳一一将所有电子文件、纸质文件都做了全面系统的标记排序，以后无论是查询还是修改都会更加方便。

整个上午，她都忙得不可开交。

沈牧看完了文琬的委托书，见她忙，所以代她起草了部分文件，毕竟顾健、文琬是她的至亲，担心她会过于感情用事，忽视律法的专业性。

11 点时，顾佳起身去倒水，这才发现沈牧正在整理一些书面证据。

"师父，这不是应该要我写的吗？"

沈牧清了清嗓音，故意嫌弃地说："我是怕你写得不专业，给你写一个样本。"

顾佳偷笑：明明就是想要帮忙，还要说得那么冠冕堂皇。

她也不拆穿，双手抱拳，道谢："谢谢师父。师父辛苦了。"

放下水杯，她重新回到座位后，继续低头办公。

到了 11 点半,顾佳的肚子开始咕噜咕噜叫,她捂着肚子,从显示屏旁边探出头来,问:"师父,中午要加班吗?"

沈牧看了看钟表和便签上的备忘,点头道:"是。"

"好嘞!"顾佳用手指打出一个胜利的手势,然后悄悄用手机点了两份外卖。

12 点一到,送餐小哥准时将快餐送到大办公室,敲了敲门窗,说:"您好,您的快餐到了,请查收。"

顾佳一听见声音,立马出来,接过外卖,道谢后,进了办公室,随手将其中一份,放在沈牧的桌上。

原本低头干活的沈牧,被她这突如其来的快餐吓了一跳,直起身子,往后一倾,问:"给我的?"

"不用客气。"顾佳嘴角一扬,把快餐往他面前推了推,然后回到自己的办公桌前坐下,准备开吃。

沈牧这才犹豫了一下,缓缓打开餐盒。里面是一份京酱肉丝和青笋花生,倒也合胃口。只是习惯了一个人的沈牧,对此有些不适应。

合上盖子,他又继续低头办公。

顾佳见他不动筷子,索性起身又帮他打开,连筷子都掰开,说:"师父,这是我专程买给你的,不吃就浪费了。这都打开了,又不能退。"

沈牧无奈,只好接过她的筷子,尝试性地夹了一筷子。

"这才对嘛。我去忙了。师父你慢慢吃。"说完,顾佳转身又去忙了。

这一幕,恰逢被玻璃间正在伸懒腰的李宜看见了。他简直不敢相信,用手揉揉眼睛,瞪大了眼睛,盯了好一会儿才确定沈牧吃的是快餐。

"快看,快看!老大居然在办公室里吃快餐!"

"吃快餐怎么了?你还不是天天吃?"何凡故意刺激他。

"喂,你有没有良心,不带这么扎刀的。"李宜委屈地一撇嘴,片刻之后,又端正身子,问:"难道你们就不疑惑,谁给老大点的快餐吗?"

何凡看着他可怜兮兮的样子,嘲笑道:"还能有谁?你该不是觉得自己没人关心,才这么'黯然伤神'吧!"

已经挎好背包的何凡,拽着他的衣服领子,就要往外走。

李宜挣扎了半天,才终于挣脱了她的魔爪,重新紧了紧领结,整理好西装,边走边说:"想不到啊,想不到。"

"想不到的事还多着呢。你有什么可遗憾的?"何凡反问。

李宜撇撇嘴："世道变了，变了。"

……

没多久，办公室里的人都走光了，只剩下沈牧和顾佳两个人。

顾佳饭还没吃完，电话就响了，她拿起来一看，迅速接听："妈妈，我在加班，你找我？"

文琬犹豫了一下，才开口道："你爸爸他……"

"他又来了吗？妈妈，等我一下，我马上就回来。"顾佳甚至来不及问清楚顾健这次来究竟发生了什么事，便挂了电话，匆匆往外走。

沈牧见她着急，叫住她："出什么事了？"

顾佳不想给他添麻烦，犹豫了一下才说："家里有点事儿，我先回去一趟。"

"我送你去。"沈牧一下就猜到是顾健，拿起外套和车钥匙就往外走。

"师父！我自己可以的！"顾佳蹙眉，想要阻拦他，沈牧却已经进电梯等待了。

电梯门一直开着，沈牧的手就在一楼的按钮上空等着。

"真的不用，师父。"顾佳站在电梯口，试图劝他出来。

"再不快点，就不怕出事？"沈牧下了最后通牒。

顾佳这才迈步进了电梯，与他一同出了事务所。

沈牧的车子开得又快又稳，不过短短十五分钟而已，两人便到家了。

顾佳用钥匙拧开门后，不见顾健，只有文琬一人，才终于放心了。

一看见沈牧和顾佳，文琬也有些诧异。

"你们怎么回来了？"

"妈妈，他人呢？"顾佳问。

文琬起身让座，给沈牧倒水："先坐下再说吧！"

沈牧与顾佳互看了一眼，才坐下来。

这时，沈牧才发现茶几上有不少资料，有委托书、房产交易发票、产权合同、旧城改造政府文件复印件，还有顾健的起诉状。他拿起那份旧城改造文件，上面清楚地写着莒南小区将被纳入商业区规划。

文琬将泡好的茶放在沈牧面前，坐下来说："不好意思，让你们担心了。"

"您不必客气，既然我已经是您和顾佳的代理律师，来这里是应该的。顾佳是我的助理，于公于私，我得帮这个忙。您也不必太客气。"沈牧让她宽心。

43·莒　南

"哎。好。"文琬这才没那么不安了,她看了看顾佳,指着桌上的一堆文件资料说:"这就是莒南小区的照片。老房子了。"

"这起诉状是……"沈牧看完照片,指着起诉状问。

文琬抿了抿嘴,说:"今天早晨,我在水果店收到一份快件,就是这份起诉状。顾健要打官司要这个房子。"停顿了一下,她又看了看顾佳才说:"听说他再婚了,还有了一个八岁的儿子。"

文琬生怕他们离婚的事再次伤害到顾佳,行事说话都小心翼翼,尽量避重就轻。

但那个八岁的儿子,终究还是让顾佳心里一阵刺痛……

她咽了咽唾液,坐直了身子,毫不客气地说:"怪不得会来争夺房产,原来是为了新家。还真是'只看新人笑,不闻旧人哭'。"

沈牧叫停:"顾佳!"

顾佳看了看沈牧,知道他是为自己好,索性闭嘴不再多言。

看完了全部资料,沈牧问:"这些都是基本的规划,具体能不能拆迁,还要看政府和规划局的文件。至于房价,也需要到房管局调查。预计这房子,是原房价的四倍多。只怕顾健会狮子大开口,你们要有心理准备。"

"四倍?这么多吗?"顾佳问。

沈牧点头,说:"这还是最低的估算了。"

顾佳与文琬面面相觑,不知所措。

沈牧又宽心道:"佳佳妈妈,您也不必太忧心。我们现在能做的就是尽可能地搜集证据。""是您的,一分也不让。另外他当初家暴,属于婚姻存续期间的过错方,我们不能白白就这么受他欺负,要让他为当年的错付出代价。"

代价这个词,让文琬、沈牧、顾佳不由自主地想到当年佳佳差点自杀的事,心里都不由得一紧。

文琬不知道沈牧就是当年救顾佳的那个大男孩,但从他的话里,感觉到他似乎也知道当年的事。

她牵起顾佳的手,郑重跟沈牧道谢:"好,那就辛苦沈律师了。"

深秋的盛海,不算太冷,但是文琬的手指已经有些冰凉了。

顾佳握紧妈妈的手，说："妈妈，这段时间有任何事，都要和我们说，不要自己处理。"

文琬温柔地一笑："傻丫头，你把妈妈当成孩子了。"

顾佳嘿嘿一笑，与妈妈亲昵了一下，才说："那我们现在去莒南小区看看吧！赶在他之前做好准备，免得到时候措手不及。"

文琬看了看厨房里灶台上的砂锅，说："我锅上还炖着鸡汤呢，去不了，你们两个人拿着地址过去就好了。妈妈相信你们。"

顾佳看了看沈牧，两人心领神会，与文琬打了招呼后，直接驱车去了盛海市城南区莒南小区。

坐在车上，顾佳用手机进了QQ空间，查看当年的全家合影。

众人知道她因为父母离异，有过过激行为，却没人知道她偷偷将全家福合影藏在了空间，并且设置了仅自己查看。

尘封多年，她从不敢轻易打开，生怕一打开看见，就会伤感。

如今，她手指在那个相册上摩挲半天，才终于点开。

那是爸爸妈妈给她过七岁生日时的照片，整张照片，除了笑脸还是笑脸。

如今看来，她心里酸酸的。

沈牧觉得她不似往日那么话多，扫了她一眼，便已经猜到了什么。

"时间从不会止步不前，无论前面是黑暗还是光明。"沈牧安慰道。

顾佳听清楚了，侧目看着他，笑了一下，说："师父，这是劝我的话？你在担心我？"

沈牧故意板着脸，说："我可没说。看来他们说得没错，赢了官司，你这尾巴都翘到天上去了。"

顾佳抓过马尾辫，在他面前轻轻晃动了一下，说："哪有？这不，还在后脑勺上长着。"

松开马尾辫，她又说："师父，你为什么就是不肯承认你关心别人呢？关心又不是什么丢人的事。"

见她拿自己说笑，沈牧这才放心了。经过了十年，她长大了，应该不会再为当年的事而做出过激的行为。

一路上，两人边走边聊何淑珍的案情，不知不觉就到了城南区。

重回故地，顾佳心里一紧。

如今老房子周边的一些小区，已经开始拆迁改造，挖土机、搅拌机停得到处都是，路面也是坑坑洼洼，凹凸不平。

好在顾佳穿的是平底鞋，就算是路面不平，她也不至于摔倒。

两人绕过小道，才看见前面有一个戴头盔的人与工人对着大楼谈话。

沈牧凭直觉感觉他应该是这座商业大厦的施工队队长。

沈牧与顾佳两人面面相觑，站在一旁等人都散去了，才走过去问："您好，请问你们是哪个单位的？您是这儿的负责人吗？"

戴头盔的男人缓缓转过脸，是个五官分明、大脸盘的男人。他上下打量一番沈牧和顾佳，问："你们是谁？来这儿做什么？"

沈牧看了顾佳一眼，顾佳马上会意，用手指着旁边的莒南小区，解释道："你好，我们是这个莒南小区的房主。我们就是想问问这房子是要拆迁了吗？大概什么时候动工？"

大脸男人摘掉头盔，顺着顾佳手指的方向看了看，说："没错，这地方也在规划项目里。不过，目前因为房主大多没有房产证，价格也谈不拢，所以暂时还没有具体实施。至于最后能不能拆，怎么拆，这都不好说。我劝你们还是直接找房管局的上层领导面谈比较好。这终归还是要看上面领导的态度了。"

"那请问，这房子怎么征收呢？"沈牧见那人抽烟，从口袋里抽出一支烟递上去。

顾佳跟在他身边这么久以来，从没见他抽过烟，也从不见他给任何人递烟，这是第一次。为了她，他居然可以做自己从不愿意做的事，顾佳有点内疚。

大脸男人低头看了一眼沈牧递来的烟，是好烟，他笑了一下，擦擦手，接过了烟。

有了这一支烟，大脸男人以为沈牧是与他套近乎，一只手上来就要搭在他的肩头，但沈牧身子往后一侧，躲了过去。

44 · 扭　伤

大脸男人只好尴尬地放下手，继续说："房子拆迁后，这里会建成商业中心，那地皮可不是一般的值钱，至少这个数。"说着，他伸出五个手指。

"五千？"顾佳问。

沈牧笑了下，说："拆迁款如果这么低，只怕这房子早就拿下了。"

大脸男人一看沈牧是行家，磨了磨脚底，笑着说："实不相瞒，这房子，关键是没有房产证。房主都不好对付，双方交涉起来也比较困难，能拿到这个数啊，已经算是高的了。"

说完，他又扫了一眼顾佳，问："这姑娘的房子，只怕也没有拿到房产证吧！"

沈牧也顺势看向顾佳。

正是这一眼，让他看见顾佳身后突然掉下来一块石板。大吊车的链条断了，石板朝着顾佳方向砸来。几乎是一瞬间，沈牧一把将她拽过来。

周边的工人发现异常，也匆忙躲开，迅速撤离。只听"咚"的一声，石板落地，溅起尘土，一片土黄。

沈牧担心顾佳摔倒，喊了她好几声，也没听见她的声音。他着急，在一团黄尘中往前走，却意外地踩到了谁的脚。

等他反应过来，两个人已经生生地摔到了一起。沈牧压在顾佳的身上，差一点儿吻到顾佳。

顾佳"哎哟"一声，扑腾开灰尘，才看见是沈牧。虽然一直仰慕他，可从来没有预料到会发生这种事。她被他压得喘不过气来，心跳加速。

两人凝视了片刻，终究还是沈牧尴尬地先起身。

站起身后，他又伸手将她拉起来，问："你……怎么样？有没有摔到哪里？"

沈牧第一次在顾佳面前，说话有些吞吞吐吐了。

"没……没事。"顾佳脸颊通红，好在黄尘弥漫，沈牧看不太清楚。

听到他关心自己，顾佳的心都要从嘴里跳出来了。

冷静片刻之后，她尝试往前迈一步腿，可身子歪了下去，要不是沈牧手快，整个人就又摔倒了。直到这时，她才知道自己的脚崴了。

"都成这样了，还说没事。"沈牧看了看四周。不远处有一块大石头，他搀扶着她往前走了一步，发现她走路很困难，索性将她拦腰抱起，放在石块上。

工地上出了事故，工人们早已乱成一团。吵闹声，叫喊声，乱成一片，没有人注意到他们。

沈牧小心翼翼地脱掉顾佳的鞋子，才发现她的脚踝处一片通红。

沈牧仰头看她，严肃地说："明明伤到了，为什么要说没事？"

顾佳像是一个犯错的小孩，无话可说。见他担忧，好半天，她才开口道："只是一点儿扭伤，不碍事的。"

她的话，沈牧仿佛没有听见一样，依旧小心翼翼地查看。他试图轻轻转转她的足踝，没听她大声喊叫，应该没有伤到骨头，这才稍稍安心。

"去医院。"沈牧将公文包交给顾佳，转身将她背在身上。

一个大律师，竟然背小助理，这让顾佳受宠若惊。

　　她拒绝，不想给他添麻烦。沈牧却坚持将她背到了车上，替她系好安全带后，才绕过车头，回到驾驶位。

　　车子开了，沈牧才从后视镜里看到那个大脸的男人朝他们这边看了一眼。

　　坐在车里，顾佳浑身不自在，怯生生地说："师父，真的没事。"

　　"有事没事，不是你说了算。坐好了，别乱动。"沈牧说。

　　顾佳就真的给嘴巴上了一道"拉链"，像个木偶一样坐在那里，紧紧盯着前方。

　　她嘴上虽然说不用，但见他如此紧张自己，心里还是暖暖的。

　　沈牧将车子直接开到了济康医院，停好车后，他依旧霸气地将她拦腰抱起，一直从停车场抱到了急诊科。

　　前台的护士见状，连忙推来一辆轮椅给她用。

　　沈牧将她放在轮椅上，才和护士将她推进了换药室。

　　"怎么伤的？"没一会儿，一个女医生进来，检查了一下顾佳的脚踝。

　　沈牧看了顾佳一眼，对医生说："建筑工地上的石板突然落下来，我怕砸到她，拽了她一把，结果就摔倒了。医生，没伤到骨头吧？"

　　女医生扫了顾佳一眼，又打量沈牧一眼，说："问题不大，只是一点儿扭伤，没伤到骨头，回去上点药就可以了。不过这两天不能多走路。好好歇着吧！"

　　说完，她在病历上快速写了几个字，交给沈牧："先去缴费，我给她上药。"

　　"好。"说着，沈牧转身就走。

　　女医生见他走远了，才笑着问顾佳："男朋友吧，真关心你。"

　　顾佳脸上瞬间红了，虽然很仰慕他，却从不敢有这样的妄想。

　　她矢口否认："不是，他是我的师父。"

　　"师父？这年头，可很少有人这么叫了。"女大夫笑了，上完了药，绑扎，还不忘提醒道，"人不错，帅气又负责，要加油啊！"

　　"现在的医生也这么会看人吗？"顾佳汗颜。

　　两个人才刚说完，沈牧就回来了。

　　这时，女医生已经开始收拾药瓶等工具了，嘱咐沈牧："都处理完了。回去要好好养着，这两天就不要走动了。"

　　"好。"沈牧说。

　　"没事了，回去吧！"女医生说完就出了处置室，只留下沈牧和顾佳两个人你看看我，我看看你。

　　墙上的钟响了，已经是下午 4 点。

顾佳小心翼翼地将脚放下来，试图弯腰穿鞋。沈牧却先一步蹲下身，给她穿好鞋，搀扶着她一瘸一拐地出了急诊室。

沈牧想要推轮椅，让她少走点路。顾佳却把头摇得像拨浪鼓一样，坚持不肯。

"不不不，还是让更需要的人用吧！我这没事儿。"

沈牧拗不过，只好不再反驳。

两人刚刚走出医院门口，迎面撞上一个穿蓝色长衣长裤的女人带着一个小男孩。

顾佳和沈牧正要绕开道，却发现她们身后突然冲出来一辆出租车，像是刹车坏了，开得很快。

眼看就要撞到他们母子了，顾佳情急之下，用力推了他们一把，让母子二人摔倒在地。

与此同时，顾佳也被车挂了一下，好在车子停了下来。

沈牧马上冲上去，将她扶起来，才见她的脚肿得更加严重了。

他问："撞到哪里了？疼吗？"

顾佳抿嘴一笑，摇摇头，"不碍事。"

紧接着，她转过头看向旁边的小男孩。他长得白白净净的，一双大大的眼睛，只是有些消瘦，很可爱。

45·顾 尧

"小弟弟，你有没有伤着？"顾佳问。

穿蓝衣服的女人扶起小男孩，前后左右检查了一下，没什么大事，对顾佳说："我们没事，谢谢你，你怎么样？有没有摔到哪里？要不要进去查看一下？"

小男孩紧紧靠着妈妈，仰头看了看她，又对顾佳说，"姐姐疼不疼？谢谢你救了我和妈妈。"

顾佳抿嘴一笑说："不客气。"

"姐姐，你的脚怎么了？是不是因为刚才救我才……我陪你去医院看看吧。"

顾佳笑了，一瘸一拐地走到他面前，摸摸他的头，说："真乖，姐姐真的没事。不用麻烦了。"

走了两步，见她步行困难，沈牧索性背着她进了急诊科。

蓝衣女人和小男孩、司机也一同进了急诊科。

一看见顾佳和沈牧，小护士愣了一下问："怎么又回来了？"

顾佳尴尬地指了指脚，说："绷带又开了。"

小护士笑了一下说："你真是我见过的绷带开得最快的一个患者。"

小男孩仰头对小护士说："是因为刚刚有辆车差点撞到我和妈妈，是这个姐姐救了我们，那个绷带才会开的。"

蓝衣女人摸了摸儿子的头，再次感谢顾佳："这次真的谢谢你。"

"哦，原来如此，那我知道了。等一下，我重新给你包扎。"小护士这才明白过来，向顾佳竖起了大拇指。

就在这时，小男孩突然昏倒了。

顾佳、沈牧、蓝衣女人、司机、护士霎时被吓到了，立即叫人救命。

急诊科瞬间乱成一团，几个护士从护士站找了一辆平板车，直接将小男孩推进了抢救室。

心脏监护仪、血压仪、呼吸机等所有抢救设施都用上了，小男孩还没有清醒过来。

蓝衣女人坐立不安，又惊恐又担忧，眼泪都吓出来了。

"大夫，一定要救救我儿子。"蓝衣女人祈求道。

顾佳和沈牧不放心小男孩，也跟了过去。

"孩子怎么样了？"顾佳问。

"不知道。"蓝衣女人说。

这时，有小护士出来，问蓝衣女人："患者姓名？"

"顾尧。"

"几岁了？"

"八岁。"

"有没有家族遗传史？"

顾尧妈妈摇头否认："他从小就体弱多病，但一直没有查清楚究竟是什么原因。"

"最近有没有感冒发烧？"护士接着问。

顾尧妈妈猛点头说："有有有，孩子今天说身体不舒服，才带他来检查的。大夫，他到底得了什么病啊？"

顾尧妈妈试图从门口看儿子有没有苏醒过来。

"现在还不确定，医生正在检查，你还是先去交费吧。"护士说完，转身就进去跟抢救医生汇报情况。

抽血、CT、测量血压、心电图等一系列措施后，顾尧睁开了眼睛。

"病人家属！顾尧家属在吗？"护士出来喊。

顾佳往前走了两步，看着躺在病床上的小男孩，心里酸酸的。他刚才还和自己说话，是那么懂事、有礼貌、可爱的孩子，怎么会突然昏倒了？

出租车司机见状，生怕是因为自己的原因，一面小声嘀咕"我没有撞到他啊"，一面溜之大吉。

待顾尧妈妈回来后，里面的主治医生才正式出来跟他说："孩子醒了，不过有件事，你们要做好心理准备。"

顾尧妈妈顿时脸色铁青，有了一种不好的预感，这时，她的手机响了。

她看了一眼，跟电话里的人说："喂？老公，儿子昏倒了！你快点过来。儿子现在很危险。济康医院急诊科。"她几乎是哭着接完的电话。

顾佳这才从自己的背包里抽出一张纸巾递给她："别担心，他这么可爱，一定会平安无事的。"

顾尧妈妈边说边哭。

20分钟后，顾健风尘仆仆地从外面闯进来，一看见顾尧妈妈就冲上来抓住她的袖子，质问道："儿子怎么了？不是说让你在家好好看着，怎么会在这里？"

他的心里只有儿子，根本没有注意到顾佳。

而此时顾佳才知道，里面的那个小男孩居然是自己同父异母的弟弟。

"林垚，我告诉你，我儿子如果有半点闪失，我饶不了你！！"顾健看见里面的情况十分危急，转身就冲着蓝衣女子骂道。

与此同时，他看到了顾佳，大声质问："你怎么在这儿？"

"老公，尧尧是她救的。"林垚立即解释。

"她救的？我看是她害的吧，她这个丧门星，出现在哪里，哪里就没有什么好事！"顾健不信，一拳就朝顾佳挥去，林垚上前阻拦，却换了顾健一拳。

林垚转过脸时，鼻子上已经出血了。

拳头打在了林垚身上，顾健上去就要扇顾佳，却被沈牧一把抓住。

"顾健，这里是医院，不是你撒泼打诨的地方。"沈牧厉声道。

"可以啊，有人撑腰了。"顾健冷嘲热讽，对着顾佳说："我儿子如果出事，我一定不会放过你的！"说着，他又抓着林垚的头发，恶狠狠地说："还有你！整天在家，让你看个儿子都看不好！要你何用？"

顾佳看着只觉得对他越加厌恶了。十年了，她原以为有了新家的顾健会变好，结果不过都是她们的幻想罢了。他终究是"江山易改，本性难移"。

在急诊科，他就敢直接打自己的妻子，私底下还不知道要恶毒到什么程度。

有这样一个父亲，顾佳觉得耻辱。

"你心疼儿子，为什么不自己去看看？只会打别人，这么多年了，你还是就这么一点儿本事！"顾佳冷冷地说，她看不起他。

顾佳的话，让顾健怒火中烧，刚要开口反驳，就被沈牧拉到了急诊科外。

沈牧将顾健抵在医院的墙上："如果担心你儿子，就最好不要在医院闹事！否则的话，休怪我不客气。"

有了上一次沈牧制服他，顾健心里略有胆怯，却又不甘心，随即悄悄拨打了蒋荣的电话。

巧的是，蒋荣今天也在医院开药。不过五分钟，蒋荣就出现在了顾佳和沈牧的面前。

一看见他，沈牧和顾佳便心知肚明了。

"我以为是谁？原来替他打官司的人，是你！"沈牧厉声道。

蒋荣挑了下眉，笑着说："沈律师好久不见，想不到我们会在这儿见面。"

46·矛 盾

沈牧轻哼一声说："是啊。想不到在这儿也能见到手下败将。"

顾健见状，马上站在蒋荣身边，问："你们还真认识？"

蒋荣冷笑了一声，说："何止是认识，简直是冤家。"

这时，沈牧往前走了两步说："顾健，你找他当你的代理律师，只会输！"

顾健将信将疑，正欲反驳，却听见护士叫道："顾尧家属！顾尧家属在不在？"

林垚和顾健马上冲过去问情况。

"大夫，我是顾尧的妈妈。他怎么样了？"林垚身上带着伤，焦急地问。

主治大夫是个男医生，看了看林垚，引她走到一边，说："你们要有心理准备。"

他的话还没有说完，林垚就被吓了一跳，整个人差点昏过去。

"大夫，我儿子得了什么病？"顾健问。

男医生看了看他们二人的装扮，说："顾尧的情况很不乐观。初步检测，很有可能是再生性障碍贫血。不过还需要进一步确诊。病人现在急需要输血。"

顾健和林垚傻眼了，他们从来没有想过有一天自己的儿子会得这种病。

林垚蹲下身来，贴着墙，茫然不知所措。

这半个月以来，顾尧总是反复发烧，体质虚弱，却始终查不出来问题。想不到今天……

顾佳站在一旁，听得一清二楚，心里也十分难受。那个小家伙刚刚还在和她说话，转眼就昏倒了，竟然还得了这么严重的病。他才八岁，人生才刚刚开始。他是她同父异母的弟弟，是她厌恶的父亲的儿子。

不管顾健对顾佳如何，但他却为这个儿子落泪了。

"大夫，他还有救吗？求求你一定要救救他，他才八岁呀！他还这么小。我儿子学习很好，年级前十。"顾健伤心地说。

男医生也十分惋惜，拍拍他的肩膀说："尽快想办法凑钱吧。"

说完，他转身就进了病房。

这时，小护士要给顾佳换绷带，顾佳不想去，却被沈牧硬拽着去了。

重新回到急诊室，顾佳内心十分矛盾，想到顾尧刚刚与她说话时的模样，像所有福利院里的孩子一样，十分可爱。可一想到他是顾健的儿子，那个抛弃她和妈妈的恶人的儿子，她心里就一阵揪心的痛。

同样是对他的孩子，差别怎么会如此之大？从小到大，他都没有真正想要这个女儿，更没有在乎过她这个孩子。从小到大，但凡她生病，都是妈妈背着她去医院。他几乎一次都没有出现过。

他很少关心她，很少陪她，一度让顾佳以为他不喜欢孩子。可是现在，他对这个小儿子如此上心，甚至因为怀疑是她害他住院，要给她一巴掌。

顾佳只觉得心痛，甚至是有些可笑和讽刺。

她麻木地任由医生给她缠好绷带，离开了处置室。

再次看到顾尧所在的抢救室后，顾佳心里还是有些放不下。

沈牧看出她的心思，凑上前说："既然不放心，那就去看看吧！"

顾佳却直摇头，一句话也不说。她很想走过去问问，但脚上却如同拴上了沉重的铁链，一步也迈不开。

"我们回去吧！"顾佳终于狠心说道。

从急诊科出来的路明明只有几十米，可顾佳却觉得像走了十多公里一样漫长。

她一步一挪，好不容易上车，还是忍不住回头看了一眼，心里默默祈祷：但愿你平安无事。

回去的路上，顾佳一句话也没说，远没有出门前的情绪高涨。她一面担心顾尧的安危，一面想起顾健绝情的脸庞。

此时的她，才忽然意识到，顾健像是长了两副面孔、长了两颗心一样。

一个人怎么可以对自己的孩子抱着两种截然不同的态度呢？

"不要想太多，还是顺其自然吧。"沈牧安慰道。

顾佳担心他会多虑，刻意睁大眼睛，装作无所谓的样子，说："嗯。放心吧，我自己可以处理好。"

沈牧信任地点了点头。

"师父尽管放心，我不会因为这件事影响工作的。"

说到工作，沈牧想起医嘱，特意给顾佳放了病假。

"这几天，你好好在家养伤。至于何淑珍的案子和你妈妈的案子，我来处理。有事随时电话联系。"

"师父不用给我放假，我还可以继续工作。"顾佳拒绝。

沈牧却坚持己见："好好养病！养好了腿，需要走路的地方还多着呢！这些天也别忘了搜集案例、律法、周刊。"

"哦，好！"顾佳轻叹一声，有点不情不愿。

回到家里，文琬一看见顾佳，便问："出什么事了？"

"阿姨，对不起。是我不好。工地上……"沈牧先一步道歉，可话还没有说完，就被顾佳打断。她怕妈妈担心，也怕她会怪罪沈牧。抢先道："妈，没事，只是不小心扭到脚了。擦点药，养几天就好了。"

"哦。快进来！"文琬来不及思考她的话是真是假，只是担心她的脚伤，赶紧扶她坐下来。

一进屋，顾佳就笑脸盈盈地跳着脚进了房间。

沈牧将医院里开的药递给文琬后，说还有要事，先一步回去了。

文琬说："今天谢谢沈律师了。改天再来做客！"

沈牧点了下头，快步下楼。

文琬给顾佳倒了一杯水，端进卧室，坐在床边，问："怎么会扭到？"

"嘿嘿，就是没看到嘛。有点跑神了。没事。"顾佳揉揉头，一笑了之，就像没事人似的。

"你呀！那今天去查得怎么样？"文琬将水杯递给她后，又问。

顾佳接过杯子，喝了一大口水后，才说："确实正在拆迁，听说要建商业街。"

"看样子，消息属实。"文琬点了点头，有点无奈。

顾佳牵过妈妈的手，将她额前的碎发捋到耳朵后面去，说："放心吧，有我和师父呢。"

文琬莞尔一笑，点头"嗯"了一声。

顾佳虽然很想告诉妈妈，在医院她见到了那个绝情的爸爸。可话到嘴边，又咽了下去。他除了对小儿子上心，依旧会在公共场合殴打自己的妻子，毫不留情。

如此没有良心的人，说了，也终究是污了人耳。

更何况，他早已是她们身边的陌生人了。

与其让她伤心，倒不如让她对这个恶人不闻不问的好。想要说的话，她终究还是咽了下去。

47·闹　事

"妈妈，以后不用顾忌我，保留好证据。属于你的，他拿不走。以前那些受伤的照片、离婚证，都是你的法律武器。"顾佳说。

文琬拍拍女儿手背，说："妈当然知道。只是……十多年了，什么证据也没了。妈一点儿都不在乎这些财产，妈妈只是想给你留。"

"妈妈！"顾佳扑在妈妈的怀里，无比心疼。

其实，顾佳就是最好的证据。当年，因为爸爸妈妈的离婚，她差一点儿做了傻事。她憎恶爸爸，还偷偷在网络空间里藏了很多他伤害妈妈的照片。只是她万万没有想到，这些让她厌恶的照片，有一天会成为妈妈与他对簿公堂的证据。

"妈妈，事情一定会有解决的办法的。"顾佳不能直接明说，索性这样安慰她。

文琬摸摸她的头发，温柔地一笑，"妈妈知道。只要我的佳佳一直健健康康的，妈妈再苦再累都不怕。就算没有那套房子，妈妈也养得起你。更何况是你爷爷留给你的房子，他没资格要。"

顾佳知道妈妈不是爱财的人，她这么说，只是想让顾佳宽心而已。

顾佳将头枕在妈妈的腿上，仰视温柔地看着她的妈妈，说："谢谢妈妈。妈妈，我爱你。"

"妈妈也爱你。"文琬笑了，两个人亲昵了好一会儿后，才起身去做饭。

没事做，顾佳从床头柜里拿出电子书看。

她找了一本婚姻法的解析，看着看着，顾佳忽然觉得自己之前的理解似乎太浅薄了。

　　以前，她总觉得人毕竟是高级动物，是有感情的。婚姻又都是建立在感情基础之上，只要晓之以理，动之以情，总能说通客户。

　　可渐渐地，她发觉自己有些狭隘了，有时候对于当事人来说，感情并不可靠，反倒是财产会更让他们有安全感。

　　婚姻法不能保证婚姻的长久与坚贞，但是它可以保护当事人的财产，无论是婚前还是婚后。

　　没有专业、权威、最新的律法知识体系，任何一场官司，都会让她陷入困境。

　　谈恋爱是只需要感情便好，可是婚姻却是两个家庭的结合，这涉及原生家庭的其他成员，以及原生家庭的环境、三观等。这些东西与简单的感情相比，太过复杂。

　　两个不相爱的人，又怎么能让他们心平气和地坐下来谈离婚呢？

　　看累了，顾佳放下书，翻看朋友圈，才见到沈牧发了一段关于婚姻法财产分割的内容。

　　顾佳点开他的头像，一一浏览完他整个朋友圈的内容。

　　他实在是个没趣的人，整个朋友圈里，几乎没有什么东西。零星的三两句，都是说法律的。

　　"连发个朋友圈都是律法。这是让朋友圈的人，离婚都找你吗？"顾佳戳着他的头像，故意坏笑道。

　　合上手机一会儿，顾佳也忍不住要发朋友圈。想来想去，她给自己拍了一张足踝的照片，配上文字：都说瘸子路多，今天又走了一万步，看来不是假的。

　　没一会儿就有很多人点赞，其中竟然还有沈牧。

　　她点开一看，他不光点赞，还回复：瘸了就好好休息。

　　顾佳吐了吐舌头，这个人居然还刷朋友圈，看样子，内心也不是那么冷嘛。

　　想了半天，她也不知道怎么回复好，删删改改好几遍。最后直接写：算不算工伤？老板报销吗？（附带一张可怜兮兮的小表情。）

　　沈牧在另一头，看着顾佳的回复，一脸嫌弃："真是一点儿都不吃亏！"

　　半晌后，他回复了一个老干部一样的微笑表情过去，然后就将手机扔到一边，继续看书。

　　顾佳坐在沙发上水喝多了，正要起身去卫生间，却又突然听见手机响。她拿起来一看，是尤贺的微信："怎么了？严不严重？有没有看过医生？"

　　接着又收到谭之卉的一条微信："臭丫头，你怎么搞的？人家律师都是坐在办公室里办公，你可倒好，四处乱跑，还把脚给扭了。"

顾佳一一小心回复，然后就发现了朋友圈沈牧的回复。

以他的性子，顾佳自然知道他只是正常发一个微笑的表情。可是一想曾经有人跟她说，除了长辈，其余人发那个微笑表情都像骂人后，顾佳笑得前仰后合。

"竟然还是个老古董？"她不再回复，合上手机，去了卫生间。

再回来时，电话响了。

是谭之卉的电话。顾佳一接听，对方便劈头盖脸将她骂了一顿。

"你这个笨蛋！怎么搞的？严不严重？看医生了没？"谭之卉咆哮似的问了好几个问题。

顾佳早知道谭之卉会开大喇叭训她不照顾好自己，早就将电话扔到老远，等她骂完了，才又将手机拿回来。

"哎呀，没事的。只是一点儿小扭伤而已。不用担心。"顾佳嬉皮笑脸地说道。

谭之卉说："真的？"

顾佳说："真的。不信你可以开视频。再不济到家里来看，还不行吗？"

"好吧！放过你了。"谭之卉这才缓和了语气。嘘寒问暖了好一会儿后，才说："这两天会在家里养伤吧！回头我去看你。有什么需要我帮忙的，尽管说。"

"哪里敢劳驾谭大小姐呀。放心好了，没事的。我自己就可以搞定。"

"真的不需要我帮忙？那算了。"说完，她试探性地问，"对了，你那个恩人师父，最近相处得如何？"

"还是老样子啊？你呀，什么时候都这么八卦！"顾佳说笑。

"哎呀，你已经是二十二岁的老姑娘啦！我这不是担心你吗？有条件要上，没有条件制造条件也要上啊。"谭之卉在电话那头没个正形，笑得咯咯咯。

顾佳清了清嗓音，说："好啦，好啦，我知道了。对了，今天……"顾佳刚想说顾健的事，却突然反应过来，怕妈妈听见，于是拿着手机，一瘸一拐地回了卧室。

"怎么了？还神神秘秘的。"谭之卉预感到异常，追着她问。

"我在医院看见了那个人……"顾佳关紧了房门才说。

"谁？"顾佳一向不喜欢将自己的困扰说给朋友听，突然提及，倒是让谭之卉一头雾水，仔细想了一会儿，才反应过来。

48 · 切 磋

"他……生病了吗？已经好多天不见你发朋友圈了，是出什么事了吗？"谭之卉问。

"他八岁的儿子生病了，很重的病。今天还差一点儿被车撞到。他还打了我一巴掌。"顾佳收起笑脸，认真说，"他是回来争家产的，上一次要不是我们回来得及时，家里恐怕都要被他砸光了！"

"怎么会有这种人！"按照谭之卉的性子，对这样的渣渣，她肯定将对方骂得不敢出门。但是对顾健，就算顾佳再怎么恨，她都不可以开口骂。

谭之卉收敛了性子，终究还是心疼顾佳。

"爷爷留的老房子，听说要拆迁了，有很大的升值空间。所以，他回来想要房子。只是，我看见他和他的现妻、孩子……"顾佳的话没说完，但即便只是轻描淡写，谭之卉也终究能理解她。

"抱抱。亲爱的，你还有我们。一定要保护好你妈妈！"谭之卉不知该说什么好。

"对了，谭之卉，你现在在城建局上班，可以查到莒南小区的市值吗？还有产权归属。"顾佳忽然反应过来，谭之卉刚刚换了新单位。

谭之卉马上打包票："好，都包在我身上了。我查到了告诉你。"

"好，那我先挂电话了，回头再说。"

顾佳的电话才刚刚挂掉，客厅里文琬的手机又响了。

顾佳一瘸一拐地从卧室里出来，一下子就猜到是顾健的电话。

"你休想！当初离婚时，是你自己要净身出户的，现在反悔了？没那么容易！"文琬气急败坏，必然是顾健在电话里说了更多难听的话。

这十年来，顾佳连妈妈发脾气、生气都很少见到，更不要说与人争吵了。

也只有顾健能把她气成这样。

顾佳接过电话问："你究竟想要怎样？"

一听见顾佳的声音，顾健更是气不打一处来，大吼道："你不用开口说话，这件事是我和你妈妈的事，让你妈妈接电话！"

"到现在，你还想欺负我妈妈。顾健，你的如意算盘打得也太精了。"顾佳骂道。

"顾佳，大人的事，你少掺和。把电话给你妈妈！"顾健厉声道。

"你不用麻烦了，我就是妈妈的代理律师，跟我说就可以了。你不就想要房子吗？

可以，走正常程序——上法庭。但开庭之前，请不要再打电话！"

说完，顾佳就要挂电话。

顾健马上喊住："等一下，佳佳！"

顾佳手停在半空，又拿到耳边，问："你还有什么要说的？一次性把话说清楚，不要这么反反复复，我们耗不起。"

"医院里，顾尧的医药费已经不够了。如果再凑不齐那笔钱，医院会给他停药的。"顾健试图打感情牌，声音缓和了下来，"佳佳，爸爸现在真的很需要那笔钱。等不了开庭！"

"那是你的事，与我无关！"顾佳嘴上虽然冷漠，但心里清楚，大概是因为顾尧的原因，他才会突然打来电话，急着要钱。

"佳佳，你不是一向最热心帮助别人吗？这次就当帮帮爸爸行吗？"打电话之前，顾健早已通过蒋荣调查过顾佳。

"我热不热心都与你无关。念在你给了我生命的情分上，我可以给你一部分补偿，但那并不是你应得的。你好自为之。"

说完，顾佳把电话已经停在半空，顾健又大喊道："佳佳，爸爸是真的有难处！你可不可以……佳佳，爸爸也有爸爸的难处……"

"对，你的难处都是难处，只有我们的难处不是难处。"顾佳讽刺地说。

眼看着谈不拢，顾健放弃了与女儿的交涉，挂断了电话。

见顾佳气呼呼地挂断了电话，文琬轻声问："佳佳，你实在没必要与你爸爸置气。"

"好了，我饿了。妈妈，我们吃饭吧！不要再管这些事了。"顾佳扶着妈妈的肩膀，进了厨房，不再谈论这个话题。

顾健的电话严重影响到顾佳和文琬的心情，两个人的晚饭都吃得很不好。

两人都心事重重，但谁也不愿意多说，只是默默地吃完，然后睡觉。

躺在床上，顾佳翻来覆去睡不着。

下午顾尧与她说话的样子，她还记得，转眼他就病倒了。

情况并不乐观，她无论是作为姐姐，还是陌生人，都不应该袖手旁观，可她心里犹如长了一根刺，久久不能释怀。

睡不着，她索性扭亮了台灯，继续翻阅何淑珍的案件。

之前，她觉得何淑珍的案子棘手，可现在看起来，妈妈和顾健的案子，才更加难处理。

所谓"当局者迷，旁观者清"，她不能仅仅只是以旁观者的角度来处理，更多的是体会当事人的心情。

她恨他，甚至无视他，即便如此，她也不能改变他是她父亲的这个事实。

他也对妈妈有过家暴，虽然没有何淑珍案子那么极端，却也给妈妈造成了一定的伤害。

家暴对于一个女人来说，是致命的。当肉体的伤痛刺激到精神，人会失去理智。想到妈妈的遭遇，顾佳眼眶发红。

何淑珍因为饱受家暴刺激，最终走向极端，挥刀相向，并将自己送进了牢狱。她身陷囹圄，却依旧坚持要离婚。而妈妈却一直只是默默忍受……

顾佳拿出《犯罪心理学》，开始分析施暴者的心理原因。他们多半是自身不够优秀，才会将这种对社会、对他人的不满，发泄到比自己弱的人身上。而长期受虐者，也会因为长久的情绪积压，走向两极分化，要么反抗，要么自卑。

顾佳看得心里发怵，放下书本，偷偷溜出卧室。文琬房间的灯已经熄灭了，大概是睡着了。

她轻吁一口气，回到床上，关灯休息。

第二天天才刚刚亮，顾佳就醒了。简单地洗漱之后，她正要吃早饭，却听见有人突然敲门。

她一瘸一拐地去开门，刚打开，就见顾健带着林垚贸然闯入。

林垚额头上许是挂了彩，用头发遮挡着，低着头。

"你们来这里干什么？"顾佳当面质问。

"顾佳，你让开，我找你妈妈！"顾健一把推开她。顾佳险些被推倒，整个人身子往后倾了倾，幸亏文琬扶着。

顾健这时才注意到顾佳脚上还缠着绷带。昨天，他的心里眼里只有顾尧，没有注意到顾佳身上。他有些尴尬，问："佳佳，你受伤了吗？"

顾佳一阵冷笑，昨天在电话里、医院里，他的话那么难听，今天却忽然关心起她这个女儿来。

还真是猫哭耗子假慈悲。

"不用你管。昨天我已经把话说得很清楚了。想要房产可以，走法律程序。你们今天这是私闯民宅！"顾佳站起身来，两手撑在门框上，死守房门，就是不让他们进。

"佳佳，这是我和你妈妈之间的事，与你无关！你让开！"见她不肯让自己进去，顾健用力一推，将顾佳推出了门外。

他和林垚两人，大大方方地走到文琬面前要债！

49·签　订

眼看着女儿受欺负，文琬爆发了情绪，冲上来吼道："顾健，你不要太得寸进尺了。"

顾健再也伪装不下去了，冷着脸，大骂道："文琬，你今天要是不给我房子，休怪我不客气！"

林垚也一边哭，一边试图劝顾健："老公，你……你不要这要闹。不是已经请了律师吗？"

原本顾健拉着林垚是来撑场子的，却没想到林垚竟然阻挠自己，他猛地一推，将林垚推倒。

林垚摔到楼道的墙壁上，整个人瘫软下来。

顾佳马上上前去搀扶，却遭到顾健的暴打。她曾经深爱的父亲，当初狠心离开她们母女，如今为了钱，居然如此毫无底线。

文琬马上从房内出来，一把护住顾佳，将她扶起来。

此时的顾健，早已冲进房内，坐在沙发上，死皮赖脸地守在屋内。

顾佳昨天救了顾尧，顾健多少有些尴尬，收敛了许多。

文琬见女儿被欺负成这样，自然也忍不了，扶着女儿进屋坐下后，随手举起旁边的一个花瓶就朝顾健扑来……

顾佳见状，猛地站起身，拦住妈妈，说："妈妈，别为了他做傻事！"

此时此刻，顾佳才真正明白何淑珍为什么会挥刀杀人。有时候，人为了自保，早已失去理智。好在她及时制止了妈妈，绝不会让顾健再一次伤害到她。

此时身在办公室的沈牧，处理文件时想起一件事，正要给顾佳打电话，可电话响了半天也不见有人接听。一种不祥的预感油然而生，停顿了片刻，他拿起外套就出了办公室，驱车直奔顾佳家中。

同样，赵大沪也没有打通文琬的电话，两人几乎同时赶到了顾家。

刚一上三楼，两人便看见房门大开，屋内一片混乱。再看顾佳，早已是遍体鳞伤，文琬也好不到哪里去。沈牧再也忍不了了，上去就给了顾健一拳。

顾佳傻眼了，沈牧身为律师，不会不知道主动打人涉嫌故意伤害罪，但他还是动手了。

赵大沪也连忙将文琬和顾佳扶起来，拉到一边。

原本想要还手的顾健，此时才发现屋内早已多了两个人。

就算林垚帮他，二对四自然也是打不过的，他嘴角被沈牧打烂了，流出鲜血。他用手背轻轻擦掉了嘴角的血，不服气道："你们！"

沈牧冷着脸，挡在顾佳和文琬身前，问："你要钱要房都可以让你的代理律师蒋荣来跟我谈，何必动手打人？按律，你这样是要被拘留的！"

"少跟我废话，今天你们要是不给钱，我就不走了。"顾健也累了，走到沙发处，毫不客气地坐下。

顾佳紧紧地抓着妈妈的手，就是不放开，一边让她宽心，一面问："妈妈，你没事吧？"

文琬怕女儿担心自己，微微摇了摇头，说："妈妈没事。你怎么样？刚才摔疼了吧？"

顾佳摇头说没事，前后左右仔细看妈妈，终于还是在她的手臂上发现了一道很深的伤痕。

"妈妈，你受伤了！"顾佳心疼地起身就要找医药箱，赵大沪见状忙说，"你腿上有伤，还是我去。"

没一会儿工夫，赵大沪就将医药箱拿来，给文琬擦碘酒。

文琬是个隐忍的女人，就算疼也坚持不说。

顾佳看不下去了，当面质问："说吧！你究竟想要多少钱？"

顾健没想到顾佳会开口直接谈钱，让林垚站在他身旁，小声问了一句后说："三十万！"

"三十万？不可能！"顾佳反对。

顾健这下不乐意了，走到顾佳身前，怒道："当初我和你妈妈离婚，我可是净身出户。你妈妈拿走了所有的现金。莒南的那套房子，也是我爸留给我的。没有我哪来的你？必须要分！"

顾健即便是没有充足的理由，也坚持要瓜分财产。

"不用找那么多借口。你不就想要房子吗？法庭见！"顾佳厉声道。

"不行，今天必须要给我一些钱！"顾健不依不饶！

"你这么急着要钱是为什么？十年了，即便你有了新家，有了儿子，你也只是为自己而活。就算因为顾尧生命危在旦夕，你要钱去救命，那房子呢？无非是为了你自己。自私、贪婪。可是你可曾想过我和妈妈？你当初走得那么决绝，现在又有什么资格来要钱要房？"顾佳一股脑儿地说出来，仿佛要把这十多年的冤屈都说出来。

沈牧听着心里也不是滋味，但是以顾健的人品，他又怎么会轻易地答应？

"我还是那句话，找你的代理律师蒋荣来和我谈。关于遗产和钱，想要多少和拿到多少是两个概念，不是你想要就可以给你的。"沈牧说。

顾健与沈牧四目相对，顾健清楚，想要从顾佳手里尽快要到钱并不容易，于是直接拨打了蒋荣的电话。

不到半个小时，蒋荣带着助理来了。

刚一看到沈牧，他便笑道："沈律师居然也在！"

沈牧对他冷哼一声，回道："如你所愿，活得很好。"

来之前，蒋荣早已打听好那房子的归属，对沈牧说，"沈律师在律师这一行里也干了不少年了，应该知道遗嘱的继承人归属吧！"

他不提遗嘱还好，提了遗嘱，沈牧更要跟他好好说说，他伸手示意让蒋荣坐下。

蒋荣看了一眼沙发，嘴角一笑，坐了下来。

"蒋律师刚刚跟我提到遗嘱，那我们就来聊一聊遗嘱。"沈牧说完，看了顾佳一眼。

顾佳马上心领神会，去房内将爷爷的遗嘱拿了出来。

沈牧展开遗嘱，用手举着对蒋荣说："蒋律师请看，这份遗嘱，是顾佳爷爷特意留给她的，上面清楚地写着莒南小区的一套房子归属顾佳。"

放下遗嘱，沈牧又指了指遗嘱最下方的日期说，"这是日期，看清楚。"

对于这件事，蒋荣早已做了准备，从背包里取出另一份遗嘱，拍在桌上，推到沈牧面前，说："沈律师手里的那份遗嘱，真假我们暂且不说，但看这份遗嘱的日期，要比你那份更晚一些。上面清清楚楚地写着要将房子留给我当事人顾健。"

50·合 约

就在这时，林垚的电话响了，她刚一接听电话，就马上哭了，对着电话说："好好好。我……我马上就去。"

挂了电话，林垚拎包就要走，此时所有人都预感到情况不妙。

顾佳的第一反应，便是顾尧……

"出什么事啦？怎么啦？是不是尧尧……"顾健眉头一皱，起身忙问道。

林垚哭哭啼啼地说："是医院打来电话。儿子病危，还需要大量输血，医院里钱也不够了。今天要是还拿不出钱来，就要停药了。"林垚不过才三十多岁的女人，跟着顾健有十多年了，虽然顾尧体弱多病，但从未经历过这样的大事，话还没说完，就已经泣不成声。

对于一个女人来说，孩子的健康问题或许是她最大的软肋。

"怎么办？"林垚问。

顾健刚刚稳定一点儿的情绪，再次爆炸了，他绕过林垚和蒋荣，直冲到沈牧面前："听到了吧！我现在要的可是救命钱。今天必须拿到钱，否则我不会善罢甘休的！"

此时的顾健，为了儿子咆哮，与他抛弃女儿，形成了鲜明的对比。

顾佳只觉得讽刺、悲哀，可一想到那么可爱的孩子，她又心软了。

每次一想到福利院里那些可爱的孩子，她就不由得心疼。他们算起来都是陌生人，顾佳还是忍不住要伸手帮忙，而如今，这个与他有着血缘关系的弟弟……

她心里五味杂陈，不知所措。

抛开顾健和林垚的态度，顾佳不想做让自己后悔的事。

她下了很大的决心，走到他面前，认真地问："还差多少钱？"

顾健一惊，没料到她的态度会转变得这么快，说："还差十多万。这也只是目前。关键是现在急需要血。可是血库里的血也都用得差不多了。"

顾健突然蹲下身来，在悲伤与戾气之间，悲伤大于天。

顾佳这才拉着妈妈一起走进卧室，关紧了房门。

沈牧猜到了顾佳要做什么，拿出手机给她发了一条信息："如果决定让步，就要做好应对风险。可以先签订协议。"

收到短信的顾佳，透过卧室的门，冲沈牧点点头。

文琬问："佳佳，你想好了吗？"

顾佳蹲下身，唇线微挑，说："妈妈，虽然我们恨爸爸，可尧尧是无辜的。就算是陌生人，我们能帮也得帮，不是吗？孩子是没有过错的。"

文琬捋了捋她的头发，点头道："我的佳佳一直这么善良。"

顾佳笑笑："是妈妈教育得好。"

"好孩子。只要你愿意，无论怎么做，妈妈都支持你。"文琬说。

"那我们现在究竟有多少现金？如果不够的话，再想办法。"顾佳问。

文琬这才起身从床底下拿出存折递给顾佳。

她仔细一看，上面只有不到八万。

这十年来，妈妈除了养活她，几乎每年存款一万。她节衣缩食，只是为了照顾好自己。这些钱全部拿给顾健的话，她们的生活可能会更加艰难了。

文琬郑重地将存折交给她，说："拿去吧！"

"我们留一万，剩下的先给他用。一会儿我起草一份协议，待师父看过之后，他们若签了，就给他们。若不签，就不给。"顾佳心里早有了主意，钱可以给，但是怎么给，得她们自己说了算。

文琬信任女儿，点头同意。"好，一切都听你的。"

商量好后，两人一同拿着存折出了卧室。

见他们出来了，顾健走上前问："你们商量出了什么结果？"

顾佳看了沈牧一眼，说："妈妈这些年做生意，是留了一点儿钱，但是并不多。你们急需钱，也可以先给你们。但是这笔钱，必须含在最后分割的财产里面。还需要你们两个人立下字据，签一份协议。"

沈牧就知道顾佳不会轻易拿妈妈的积蓄做赌注，如此安排，既能解了顾健的燃眉之急，又能完美解决文琬和顾健的冲突。

顾健脑子不好使，没有太明白，凑近了蒋荣问："蒋律师，他们说的这个办法可行吗？"

蒋荣前后输在沈牧手里好几次，自然不希望这一次也输，更不想调解，但是顾佳的方案却很有可能让顾健最终放弃起诉。他冷着脸，对沈牧和顾佳说："协议可以签，但也要看你们的条件究竟如何。"

"不签当然也可以，那就要看他是不是耗得起！"顾佳指着顾健，故意使用激将法。

顾健眼看没有办法，医院里又催得紧，只得先让林垚回去看看孩子。

"佳佳！容我再考虑考虑。"顾健说。

"好，我们给你时间。"顾佳说。

此时的顾健心里早已乱成一团，在房内来回踱步，左也不是右也不是。

顾佳心里此时比他更加着急，她已经暗暗联系了社团的志愿者，只要顾健一同意，她就会请求大家一起前往医院为顾尧献血。

为了节省时间，顾佳已经打开笔记本，从网上搜了一些协议模板，然后开始坐下来起草协议。

沈牧也走过去，与她一同起草。

顾健目前想要的就两样：一是房产，二是现金。沈牧按照他的要求详细起草。为了方便起见，将文琬与顾健的所有财产整合化一，这7万元仅作为借用。一旦拆迁款下来得先扣除这笔钱，才能分配。

顾健没有更好的办法拿到更多的钱，只能暂时答应。

蒋荣却轻哼一声，凑近了说："沈律师始终如此精明，就算是分割财产，也一点儿都不吃亏。"

沈牧冷哼一声："不是精不精明，只是合理处理问题。"

"合理和公平这两个词，十分有意思，只有相对，没有绝对。"蒋荣嘴角一斜，说道。

"蒋律师说得没错，所以这件事关键还是看当事人怎么说。"沈牧说。

蒋荣回头看看顾健，他已经坐下来思考。正要起身一口答应，却被蒋荣拦住。

"顾先生，您可想好了，一旦签了这协议，想要再变可不容易了。"蒋荣威胁他。

顾健看看顾佳，又看看沈牧。就算是要再多的钱，如果救不回儿子，终究是无用。

"我可以答应你们的条件，但是一旦签了协议，必须马上付款。"顾健说。

顾佳看看文琬，见她点头，才说："可以。"

"那就签吧！"这时，顾佳和沈牧的协议已经起草完毕，顾佳拿给妈妈看了看，等她点头后，才准备出去打印文件。

看着顾佳一瘸一拐的样子，沈牧拿着 U 盘，快速出门，打印文件。

"瘸了就好好养伤。"沈牧还记得昨天回复她朋友圈的内容。

51·和　解

顾佳撇撇嘴，不再多言。

屋内的蒋荣、顾健、文琬、顾佳、赵大沪五个人都在耐心等待，屋内安静得几乎可以听见心跳声。

顾佳时不时地看看门口，见沈牧回来后，从沙发上突然跳起来。

"打印好了吗？"顾佳问。

沈牧点点头，先让文琬和顾佳一起看完后，才将文件交给顾健。

顾健不太懂专业性词汇，只好让蒋荣帮他一起看。

没一会儿工夫，蒋荣看完文件，便说："你这里为什么没有写日期？"

沈牧笑了一下："蒋律师是糊涂了吗？这房子因为没有房产证，具体拆迁时间还不确定，一切都要看时间。"

"那如果拆迁款金额有变动，是否可以调整？总之双方是各分一半。"蒋荣说。

顾佳听了无奈地摇摇头。当初他是婚姻的过错方，有何理由和颜面想要平分？

这时顾健跳脚了，站起身反驳道："佳佳，你讲讲道理好不好？当初我和你妈妈离婚，现金我可是一分没要，是你妈妈拿走了全部的现金。如果没有那笔启动金，你妈妈现在又怎么能买到这套房子？就算是这套房子，也应该与我分割。"

文琬气不过，站起身来反驳道："这十年来，你没有给佳佳一分一厘的抚养费，全是我在照顾。能开水果店，也并不全是离婚时的资产。你这么说，岂不是太可笑？"

"说什么都没有用。十年前的一千能和现在的一千相提并论吗？我把所有的财产都留给你，你发了财，自然也有我的一份。"顾健又开始不要脸了。

顾佳看不下去了，说来说去还是蒋荣在出馊主意。

她走到蒋荣面前，说："蒋律师如果不能替当事人解决问题，反倒是添油加醋，那我们还是法庭上见吧！"说完，顾佳打开房门就让蒋荣走。

蒋荣脸色霎时难看："顾小姐，这可不是待客之道。"

"您不是客人，您是律师。但是身为律师，如果只是一味地泄私愤，不能处处为客户着想，那我劝您还是改行吧！"

顾佳牙尖嘴利，对顾健尚且还顾念父女之情，但是蒋荣对她来说，只是一个陌生人。

蒋荣立刻看向顾健，反问："顾先生，您可想好了。这协议一旦签了，可就没有反悔的余地了。"

顾健正踌躇中，电话再一次响了，是林垚的电话。

一挂电话，顾健脸色十分难看，说："我签！"

他拿起钢笔准备签字，一双手悬在半空中，开始发抖。

顾佳看得出来，他心里紧张担忧。四十多岁的一个男人，好不容易有一个八岁的儿子，生命危在旦夕，随时可能会出现危险。他担忧，焦虑，害怕儿子救不过来。

这时，顾佳在朋友圈里发了一条请求输血的求助信息。

不过一分钟时间，顾佳的电话响了，是原来的爱心社团社长石磊。

"顾佳，好久不见！我刚刚和客户谈完工作，就看见你朋友圈发的消息。是怎么回事？"

顾佳回头看了顾健一眼，说："是这样的，我这边有点急事，我弟弟突然生病，需要输血……"

"啊？是吗？好，你等我一下，我马上联系人。"

"石学长，谢谢你。"顾佳说。

电话刚挂，顾佳的手机微信又开始"嘀嘀嘀"叫个不停，微信一条一条地出现。不知道有多少条微信发来。

顾佳正要回复，电话却又突然响了。

是尤贺的电话。

顾佳才刚一接通电话，对方就立即问："佳佳，你怎么回事？谁生病了需要输血？"

顾佳说："我……弟弟生病了，现在情况很危急，需要很多血。"

尤贺从高中时就认识她，对她的情况十分了解，以前就没有听说过她有弟弟，后来也没有听说过，不禁好奇问道："你什么时候多了一个弟弟？"

顾佳犹豫了一下，才说："是我爸爸与后来的妻子生的一个小男孩。你如果能帮就帮，不要再多问了。"

尤贺怕顾佳多心，忙说："哎哎，我不是那个意思，把地址给我，我叫人一起去献血。"

顾佳鼻子有些发酸，点头道："谢谢了！"

"跟我还客气什么！不跟你多说了，时间紧张，我们先去吧！"尤贺挂了电话，就去忙了。

尤贺的电话刚挂，谭之卉等人也都打来电话，纷纷表示会献血。

顾佳连连道谢，顾健与沈牧看着她接听一个又一个的电话，不禁为她的能力所感叹。

这一次，顾健不等她开口，就在协议上签了名，拿给沈牧看。

沈牧扫了一眼，说道："好，既然签了字，你就要认。大家都是成年人，做事一定要有分寸。"

顾健："少废话，快拿钱！"

沈牧又将文件给文琬看了一眼，见她点头后，才让顾佳收好。随后，由赵大沪带着文琬、顾健去取钱。

见人都走光了，这一单生意只怕要落空了，蒋荣讥讽道："想不到沈大律师果然是能言善辩。这样难缠的客户都能解决，当真是让人佩服。"

"客气，若不是你参与进来，我会处理得更快。"沈牧冷笑道。

"你就不怕他最后不答应？"蒋荣反问。

沈牧说："蒋律师专业知识无可挑剔，但只怕将人情忘记了。在亲情面前，生死危机永远比金钱更重要。"

蒋荣愣住了，处理法律事务上，他的确只是一味地求胜，从没认认真真地从客户的人情上思考。这一回，沈牧给他上了一课。

但纵然是这样，他也不愿意服输。

52·证　据

待蒋荣走后，顾佳对沈牧说："今天谢谢你了。"

沈牧轻笑一声："不客气。你弟弟是什么血型？"

顾佳抿了抿嘴，说："B型。"

"好。那我先去献血了。"沈牧说完，转身就走了。

房间里空了，顾佳这才重新拿起手机，朋友圈里留言的人瞬间就有好几十个，还有不少朋友索性转发她的朋友圈。

"果然还是好人多！"顾佳忍不住感叹。

这时，文琬已经回来了，她走进佳佳的房间，坐在她的身边，问："在说什么？"

顾佳看看妈妈问："都办妥了吗？"

文琬点点头，然后说："你爸爸……不……顾健回到医院后，发现有很多人指明要给顾尧献血，他知道都是你的功劳。他让我跟你说一声谢谢。"

这么多年，他这个父亲，只存在于她幼年的记忆中，没有任何美好的回忆。每当舍友同学们说起父亲，她总是听着，一言不发。对她来说，顾健这样的父亲，有还不如没有。

可是，如今他的这一声"谢谢"，倒叫她有些心酸。

她沉默了，俯下身子，枕在文琬的腿上，说："妈妈，那你……后悔过吗？"

文琬知道她是想问嫁给顾健和生她有没有后悔。她温柔地一笑，将顾佳眼前的碎发挀到耳后，说："妈妈这辈子最幸福的事，就是有了你。无论婚姻给了我多少磨难和痛苦，都无法掩盖有你的幸福。"

顾佳有点感动，紧紧搂住妈妈说："谢谢妈妈。佳佳这辈子最幸福的事，就是和妈妈在一起。下辈子，佳佳也要做您的女儿。"

"好。"安顿好顾佳，文琬起身去做饭，才想起来沈牧不见了。

"对了，你那个师父呢？也早就走了吗？"文琬问。

顾佳微微一笑，说："已经先回去了。"

文琬微微一侧脸，说："你这丫头，人家帮了这么大一个忙，总要留他一起吃顿便饭才是啊！"

顾佳一抿嘴，故意说："他才不需要。"

对于沈牧是她救命恩人这件事，顾佳还不想告诉妈妈。

文琬只好用手指指了指她："你呀！"说完，她就出去做饭了。

这个时候，顾佳有些心神不宁。虽然帮顾尧找了很多人献血，可她这个当姐姐的总觉得还做得不够。她低头看了看脚下，想起那天的事，再也坐不住。

她等不到开饭了，换了衣服，偷偷溜出了家门。

等到文琬发现时，她已经坐在了出租车上。

从家到医院，足足有十几分钟的车程，可顾佳却一直心跳快速，难以控制。

临下车时，她站在急诊科的大楼门口，还是犹豫不决，脚步沉重得一步也迈不开。

她没有勇气面对，一面担心他的身体，一面担心自己会被当成坏人仇人，被人推出门外。

时间一分一秒地过去，她的脚依旧无法向前迈一步。

终于，她转过身正要往回走，却被沈牧叫住。

"既然来了，为什么不进去？"

顾佳停住脚，缓缓转过身，说："不是我不想进去。只是……"

"难道你打算一直这样？"沈牧反问。

"我……"

"我认识的顾佳可不是这样的。"沈牧用激将法。

顾佳脸上有些尴尬，定了定神，鼓足勇气进了急诊科。

顾尧所在的病房，在急诊科的最里面。沈牧陪着顾佳一直走到了最里面。

这个时候的顾尧还在抢救室里住着，各种监护仪器"滴滴"地响。顾佳看了一会儿后问："情况好些了吗？"

"情况并不乐观，可能不仅仅是需要输血这么简单。"沈牧说。

在顾佳来之前，沈牧就早已将他的情况问清楚。以顾佳的性子，就算不亲自来，也一定会想方设法了解他的情况。

顾佳转过头，盯着他的眼睛问："那需要怎么治？"

事实上，顾佳在福利院做了那么多年的公益，早已清楚，再生障碍性贫血，事实上就是白血病，需要化疗，可能还需要捐骨髓……

可她仍然不愿意相信顾尧会是那个需要做这些治疗的孩子。

"最迟什么时候需要做手术？"顾佳问。

"要看配型情况。"

"他的病会好吧？"

"有你这样善良热心的姐姐，他一定会好起来。"沈牧说。

顾佳转过脸，紧紧抿着嘴，仰头问："在师父的眼里，我这么好吗？"

沈牧睁了睁眼睛，心里明明是认同的，但怕她骄傲，又故意否认道："也不全是。"

顾佳撇撇嘴，知道他说的不是真话，只是已经没有心情与他开玩笑。

她转过身，又继续盯着急诊手术室的灯，盼望着她的弟弟能很快康复。

沈牧与她一起守着。

半个小时后，医生再一次出来，大声叫着："顾尧的家属！顾尧的家属在吗？"

虽然明知道她叫的不是自己，可顾佳前后左右看了半天，也不见顾健和林垚，索性犹犹豫豫地往前走了两步说："大夫，我是……我是顾尧的姐姐，请问他的情况怎么样了？"

医生上下打量顾佳一番，才说："病人现在还需要输血，血库的血还是不够。快去想办法。"

已经有那么多人来帮他了，可还是不够。顾佳索性直接撸起袖子，说："大夫，我是 B 型血，我和我弟弟血型一样，抽我的血吧！我年轻，身体好。"

她的脚伤还没有好利索，就闹着献血，沈牧看不过去，拉开她，站在她身前说："抽我的血，我健康。"

顾佳见状，猛地将他拉至一边，说："不行，你刚刚才献过血，怎么可以继续献血？"

医生一听，立即严厉批评道："小伙子，不要做傻事。明明已经献过血了，就不要再折磨身体了。快回去休息吧！"

"医生，我没事。"沈牧说。

"别胡闹。"医生已经不愿意与沈牧多说话。

顾佳这才迅速去输血。

一转身，恰好碰见顾健。

"佳佳，你这是……"顾健没有料到顾佳居然还会来看顾尧，还愿意为顾尧献血。一想到她与顾尧都流着他的血，他心里的那个念头想要开口说出来，却又无从开口。

这时，医生说："你们尽快想办法！不要耽误时间，错过了最佳治疗时机。"

顾健马上追上前问："大夫，尧尧的病情怎么样？"

53 · 家　暴

医生说："病人出血量过多，仍需要大量的血。尽快想办法吧！"

"啊？"顾健腿软了，蹲下身来，抱着头，欲哭无泪。

顾佳看着，心里也不好受，转身去了抽血室，献了 400CC 血。

沈牧也将顾佳之前发的那条信息转发到自己的朋友圈。

十几分钟后，医院门口又来了十几个人，指明要给顾尧献血。

两个小时后，顾尧虚弱地睁开了双眼，林垚立即冲进去看。

顾健也走到门口，又止步，回过头来看着顾佳和沈牧，欲言又止。

不管怎么说，这一次是顾佳和沈牧的功劳。他想要道谢，却怎么也开不了口。似乎他的那一句谢，更显讽刺。

顾佳心里都明白，也只是远远扫了一眼，见顾尧醒过来，脸色苍白，不忍再看下去，转身与沈牧要离开。

顾尧却突然喊住他，声音虚弱地叫道："姐姐，你怎么来了？"

这一声"姐姐"与之前的"姐姐"截然不同，顾佳心里酸，咽下了眼泪，转过身，笑着说："姐姐来……开点儿药，顺便看看你。你要快点好起来啊！"

顾尧点点头，笑道："我还要好好谢谢姐姐那天救我！"

听着他们的对话，顾健心里更不是滋味。

顾尧此时并不知道顾佳就是她的亲姐姐，却与她关系如此融洽，他那么可爱、聪明。

顾健回头看了顾佳一眼，低着头尴尬地说："谢谢！"他一直觉得顾佳记恨他，绝不会愿意见这个同父异母的弟弟，而她今天不仅帮他联系了那么多爱心人士献血，还亲自来看这个弟弟……

他的心里就只剩下感激。

这一句"谢谢"，让顾佳心里十分难受。她快速转过身，出了病房。

一向乐观向上的姑娘，这一刻终于流下了眼泪。

此时的顾佳，什么也说不出来，一刻也不忍待在这里，与沈牧快速出了医院。

回去的路上，顾佳坐在车里，一言不发。顾尧毕竟是自己的弟弟，他即便是住在抢救室里，依旧笑着喊她"姐姐"。

医生的话不停地在她耳边回荡：他需要换骨髓。

骨髓……骨髓……

顾佳心里矛盾了。

看着顾佳的神情，沈牧说："如果需要，可以继续休假。"

顾佳侧目看看沈牧，强颜欢笑："我可以的。不用。"

沈牧瞅了她的脚一眼，故意问："你确定？那明天上班吧！"

"好啊？不过，回去就可以报销医药费？"顾佳故意开玩笑，不想让他担心。

"医药费？我怎么记得是我出的药费？"沈牧配合她。

顾佳笑了一下，故意反驳道："反正我这是工伤！"

"工伤？那我接的客户名字，是叫顾佳。难道是同名同姓？"沈牧笑了一声。

"师父！"顾佳无奈道。

沈牧清了下嗓子，正式说："今天累了，回去好好休息一下。明天如果可以走路，再来。"

顾佳用力点头："嗯。知道了。"

到了顾家，沈牧放下顾佳后就走了。

顾佳一瘸一拐地回家，文琬开门后，问："佳佳，你去哪里了？这腿上还没好利索呢，怎么能到处乱跑？"

顾佳嘿嘿一笑："没去哪里，就是随便走走。妈妈，我饿了，我们晚上吃什么？"

文琬关好房门，就往厨房走，说："早就做好了，就等你回来开饭了。"

一顿饭，两个人吃得十分安静，文琬看着顾佳的神情似乎有些喜气，但顾佳不开口，她也只有装糊涂，什么也不问。

晚饭后，顾佳回到卧室，又开始翻看律法。她重新拿出《犯罪心理学》研读，发现很多坏人作恶，似乎也都是情有可原。很多坏人，最初也都是善良的人，只是经历了一些不公平的事，才会一步步走向歧路，走向犯罪的道路。

顾佳想起上学时候最喜欢的一句话：勿以善小而不为，勿以恶小而为之。

凡事都是积少成多，质变来源于量变。

何淑珍的案子，事实上就是一个量变的反面教材。而被告田烨华这个人，好吃懒做也是他的一种习性。长期地依赖他人，就算是对方要杀他，依旧不愿意离婚。其中的缘由不得而知。

如此一对比，顾健似乎已经比他好太多了。

顾佳嘴角微微上扬，先前的种种不快，瞬间烟消云散。

人这一辈子，总要有所成长。

看完了十几页，顾佳一看床头的钟，才发现已经 10 点了。为了明天不迟到，与妈妈道晚安后，她熄灯睡觉。

第二天，天气晴朗，顾佳脚上的红肿已经渐渐消散了，换上平底鞋后，她只带了牛奶和面包就出门上班去了。

一到单位，李宜和何凡看见顾佳就上前问候。

"呀，我们的大美女，总算来上班了。听说你脚受伤了？好些了吗？"何凡一面低头观察顾佳的脚踝，一面问。

"就是就是，办公室里没有你在，我们都无聊死了。"李宜也絮絮叨叨。

"嘿嘿，没事。瞧，我这不是来上班了吗？"顾佳伸直了腿，伸了伸脚背，笑着说。

"那我们就放心了。"

"我也想你们。干活吧！我先进去了。"顾佳指了指里间的办公室，说。

何凡马上心领神会，点头道："去吧！"

今天，沈牧来得很早，还不到 9 点就已经进入工作状态，专心致志地在办公。

"早啊！师父。"顾佳将早餐放在沈牧的办公桌上。

54 · 考　题

沈牧一抬头，见她满脸阳光、精神抖擞的样子，一点儿都不像是受了伤。

"早。监狱来电话了，何淑珍的案子，我们还需要再去一趟。你行吗？"沈牧问。

顾佳跺了跺脚，拍胸口表示："没问题。"

"那就好。你做好准备，两个小时后我们出发。"沈牧说完，又继续低头干活。

"好嘞。"说完，顾佳转身就回了自己的办公桌。

她一转身，沈牧就留意她的双脚，见她还能走路，这才放心了。

虽然几天没有上班，但是顾佳桌上依旧一尘不染，她猜一定是沈牧的功劳，心里美滋滋的。

重新回到办公桌前，顾佳心情舒畅，随即从抽屉里撕下一张便签，画了一张笑脸，贴在了显示屏边。

吃着早餐，顾佳侧耳倾听，却丝毫听不见沈牧的一点儿声音。她缩了缩头，从显示器底下的缝隙偷看，才见他始终低头认真办公。

顾佳也连忙打开电脑，登上 QQ，查看新闻。

看着看着，顾佳一着急噎着了，在显示器后面连咳了好几声。

关键时候，一双手递来一杯水，顾佳拿到水后，看都不看就喝，喝了半天才反应过来不对劲。

她回过头一看，是沈牧。

她瞠目结舌，冲沈牧一笑："谢谢师父。"

沈牧只是深吸一口气，一言不发地回到自己的位置。

他才刚坐下，顾佳就忽然想起头一天看的一个案子，问："师父，有道题我想问问你。"

沈牧说："什么题？问。"

顾佳立刻来了兴致，说："我昨天晚上看了一道法律题。是这样说的，一个人从一幢楼下走过，却意外被天上掉下来的一条狗砸中，这个人因此受了重伤。问你这该是谁的责任，如何赔偿，如何定责？"

他一脸严肃地说："一天正经八百的法学书、案例不看，尽想些歪门邪道！"

顾佳就知道他会这么说，偷笑道："哈哈，就知道师父一定以为是我自己瞎蒙的题。不过，这可是我看见的最正经不过的题了。听说还是司考题。"

司考题会考这种奇奇怪怪的题？沈牧不信，鼻尖一哼："幸亏你不是出题老师，不然我觉得你会活不过明天。"

"师父以为，考生就算想打我，能找得到我吗？"顾佳知道他什么意思，得意扬扬地说。

"互联网时代，你认为你还有隐私可言吗？"沈牧反问。

"师父是律师，难道忘了非法搜集他人个人信息涉及违法？更不要说故意伤害罪了。"顾佳反驳道。

沈牧想了想，说："法律可以保护自然人的合法权益，包括人身权、隐私权，但不能将危险控制在零的范围。"见她专业知识见长，沈牧只好跟她讲现实。

"师父，你以前可不是这么说的啊？"顾佳自然明白，反驳道。

以前，她总是想从人性的角度来看待问题、解决问题，但他总是讲律法。现在，她只有以专业来反驳他理性的法律条款。

说来说去，无论是谁，都不可能永远用感性看待法律问题，而法理也终究离不开人情。

这一次，她终究还是赢了。

沈牧看在她脚伤刚刚恢复的份上，故意让她。

两人争执了半天，也没有一个标准的答案。

待安静下来，顾佳才认真地说："师父，你说过这个世界上没有绝对，只有相对。就算是徒儿今天赢了，也是输。输了也是赢。对吗？"

沈牧无奈道："知道就好。快看案子吧！还有半个小时。"

顾佳这一看时间，已经是 10 点半了，立即装好了笔记本、录音笔、相机等物件，又喝了好大一杯水，才和沈牧出发。

自打与他一起上班以来，顾佳就没见他有多少私人空间。大部分时间，都是在办案或是处理案件，搜集证据。

坐在车上，顾佳拿着涂鸦本写写画画了好一会儿才开口问道："师父，你……"

话到嘴边，她又觉得似乎不该打探他的个人隐私，又咽了下去。

沈牧等红绿灯时，停下来看了看她问："你什么时候也变成这么犹犹豫豫的人了？"

顾佳咬了咬唇，说："没什么。只是想问的话又突然忘了。"

"忘了？"沈牧自然不信，顾佳就算是脑子不好使，但也并不是记性差。只要她想知道的事，必然会追根究底。忘？他是不信的。

顾佳自然知道什么都瞒不过他，笑笑道："师父，你知道我的意思。算了，还是说说何淑珍吧。"

"这么快就转移话题？"沈牧笑。

顾佳假装听不见，打开档案，翻阅到何淑珍案件的陈述部分，见上面有多余的笔记，一眼认出来是沈牧的字迹。

"师父之前又去了一次监狱吗？"顾佳问。

沈牧"嗯"了一声，说："田烨华那边也找了一个律师，约了下午见面。"

"这么快？我想不通，明明都要杀他了，还是不肯离婚。世上怎么会有这种人？"顾佳疑惑不解。

"正因为何淑珍差一点儿杀了他，他才更想折磨她。"沈牧说。

"人类的报复心，居然这么重？"顾佳发出啧啧声。

"离婚对于何淑珍来说是好事，但是对于田烨华来说，却未必是好事。一个人一旦有了仇恨，就算前面是火坑，他也愿意往里面跳。"沈牧说。

顾佳嘟着小嘴，不屑一顾。

说话间，两人已经到了监狱。

这一次，顾佳已经没有之前那么害怕了，从进去到出来，都显得十分淡定。

有了上一次的谈话，这一次何淑珍的情绪比之前要好很多。

她再三恳求沈牧帮她解决难题："沈律师，我没有别的要求，只想您能帮我打赢离婚官司，并且争取到孩子的抚养权。"说完，她停顿了片刻，又有些自卑道："虽然我现在人还在监狱里，但是也不能将孩子送到那个恶魔一样的男人手里。他才八岁啊。"

55·商　场

鹰儿那孩子今年八岁，正是与顾尧一般大。顾佳感同身受，这两个男孩，都在像花一样的年纪，却有着这样并不美好的童年。

"何女士的心情，我们能理解。但您应该知道，这种情况下，孩子的抚养权，大多只能判给社区或者福利院。"沈牧的话已经没有之前那么生硬，已经说得很委婉了。

何淑珍有些黯然神伤，虽然当初被关进来的时候，就已经知道了会是这个结果，但还是想要据理力争。

只是奈何，一切不过是枉然。

"何女士也不必太难过，这件事或许还有转机。虽然一审判决已经下了，但是找到对您有利的证据，还是有可能翻案的。"顾佳不忍心将她直接推向地狱，竭尽全力给她希望。

世事万变，纵是判决了死刑，只要"情有可原"，也是有转机的。只要活着就有希望。这是沈牧当初跟她说的话，现在她照搬说给何淑珍。

沈牧虽然不希望顾佳将话说死，把没有希望的事说成有希望，但见她如此真诚，确实让何淑珍心理上有了微妙的变化。

他接过的案子，有十年、二十年的有期徒刑，也有无期徒刑和死刑的。那些犯罪嫌疑人，最终在接到庭审结果后，萌生了轻生的念头。法律是约束人的，监狱是改造人的。只要真心悔改，他们也会变成好人。更何况，何淑珍的案子特殊，她前几十年已经受了太多的委屈，不应该再继续承受这样的痛苦。

身陷囹圄不可怕，可怕的是心如死灰。

顾佳以自己的方式给了何淑珍活下去的希望，沈牧也没有理由阻拦。

了解完情况，顾佳将授权委托书、财产保全申请书、质证意见、口供等一一让何淑珍签字后，才走出了监狱。

已经接近中午，沈牧问："想吃什么？"

顾佳像是听错了，又重复了一遍："师父说什么？要请我吃饭吗？"

沈牧："不吃？还是没听见？"

这下顾佳确定他是在问吃什么，她想了一会儿，才说："嗯，吃米线、火锅？砂锅也可以。总之，师父喜欢吃什么，就吃什么。我不挑的。"

沈牧想起上一次聚餐，她抢着要吃火锅，典型的偏爱辣，但一想到她脚上的伤，顿了一下，说："还是砂锅吧！"

顾佳见他盯着自己的脚，犹豫了一下，才说："师父，我的脚没事。可以吃。"

"是谁说瘸子路多？果然是写实。"

"师父，你取笑我？"顾佳噘着嘴说。

"我可没有。"沈牧嘴上否认，但眉毛还是挑衅地挑了一下。

顾佳没辙，转过身，掏出涂鸦本，快速画了一个他。

她特意将沈牧画得卡哇伊一些，圆圆的眼睛，薄薄的嘴唇，黑色的小西装，一脸傲娇。

画完，她又看了一眼沈牧，一脸严肃，索性偷偷给他加了一副眼镜。

"这才像嘛。"她忍不住叨叨。

话才刚说完，沈牧又道："什么？"

"没事，我随便说说。继续开车，开车……嘿嘿嘿。"顾佳指着前方的路，一脸坏笑。

沈牧微蹙眉头，满脸怀疑，"笑得这么诡异，必然不是什么好事。你在画什么？"

沈牧、什么……发音相似，顾佳这才发觉，他的名字为什么这么熟悉。故意坏笑道："是啊，我在画什么。在画一个可爱的小人。"

她的马尾辫微微晃动，倒是一如往常一样活泼。

车子从监狱一直开到了市区。为了方便下午见田烨华，沈牧特意将吃饭的地点选在了南方商厦附近。

下了车，沈牧让顾佳先去占位。好不容易蹭一顿老板的餐，她不可越权逾矩，头摇得拨浪鼓一样。

"师父，没事，我等你。我们还是一起上去吧！"顾佳的话一出口，沈牧就觉得不会是因为什么好的理由。

"我请客。"沈牧补充道。

"师父，我不是那个意思。"顾佳笑了。

见她坚持，沈牧也不再多说话，只好快快停好车，与她一同上楼。

路上，沈牧就让顾佳订好了位子。

餐厅在三楼，沈牧与顾佳一进大门，就直接站在了扶手电梯上。边走边说，一提到吃，顾佳的话匣子就打开了，各种美食推荐个不停……

沈牧无奈，只是听着。

两人下了二楼电梯，正要上三楼时，发现电梯上有一个穿裙子的女人，抱着个孩子，倒在电梯上。

那个女人的裙子被卷进了电梯，眼看母女俩就要被带到电梯底部。

顾佳立即冲上前，按了电梯旁边的红色紧急停止按钮，终于让电梯停下来。

扶梯上面的母女俩惊魂未定，仍然不停地在往下滚，沈牧立即冲上前扶住了那个女人和孩子。

情况危急，顾佳以最快的速度冲上扶梯，接过了女人手中的孩子。

女人一身红色的长裙，死死卡在电梯扶手中间，动弹不得。整个人仍惊魂未定。孩子也被吓得呜呜大哭。

此时的商场围满了人，乱成一团，有人尖叫，有人拍视频。

红裙女人的裙子撕不破，危险仍然存在。

沈牧大喊道："剪刀！剪刀！"

这时顾佳已经抱着孩子从最近的收银台上找了一把剪刀冲过来，干脆利落地将红衣女人的裙子剪开。

沈牧扶她下来时，她忍着痛，接过了顾佳手里的孩子，浑身颤抖地哄着孩子。

"宝宝不哭，不哭，妈妈在，妈妈在。"女人脚上受了伤，沈牧和顾佳搀扶她走到一旁坐下来。

经历了死里逃生，她也顾不得妆容，狼狈不堪，泪流满面。

顾佳将自己的衣服脱下来，披在她身上，问："你有没有哪里摔着？我们送你去医院吧！"

56·责 任

红衣女人叫韩玎，原本是打算带着孩子四处逛逛，买一点儿婴儿用品，万万没有料到，居然会在商场发生这种事情。

她情绪失控，难以自制，不停地喃喃道："宝宝，宝宝，妈妈对不起你。"

她怀中的孩子，也因为受到了惊吓，哇哇地哭个不停。

韩玎一边哄着孩子，一边问："商场负责人呢？出了这么大的事，难道就没有一个人出来说话吗？"

这时，商场里的保安和电梯维修工来到韩玎面前，看了看她和孩子，说："对不起，我们也是刚刚从监控里发现了这件事。您怎么样？有没有伤到哪里？"

韩玎还没说话，围观的人就开始指指点点："你们是怎么负责商场安全的？你们不是一向视顾客为上帝吗？竟然会有这种事情发生？差点出人命！"

韩玎惊魂未定，问道："伤到哪了，你们看不到吗？"

保安人员发觉情况并不乐观，立即躲到一边，拨打了商厦负责人闫谦的电话。电梯维修工也给负责维护电梯安全的杨铭主任打了电话。

说了基本情况后，杨铭不过半个小时，人就赶到了。杨铭是一个三十多的男人，刚来这里上班不足一个月，头一次经历这种事，一挂电话，就近买了不少的水果，赔礼道歉。

一见到韩玎、顾佳、沈牧，杨铭便支开了其他围观的群众，将水果递给韩玎，说："你好，发生这种事，我们也很抱歉。这电梯，我们前天才刚刚修过的，谁也没有料到今天会发生这种事。不管怎么样，都是我们的错，我们认，您看这事儿怎么处理？"

韩玎一把打掉整袋的水果，哭诉道："谁稀罕你们的道歉！你们商场的电梯，今天差点要了我们娘俩的命，需要给我一个交代！商场负责人呢？马上把他叫来！"

杨铭有些尴尬，除了赔礼道歉，实在不知如何处理这种事情。在他的认知里，只要人救回来了，就不算是什么大事。他想了想，问，"您姓什么？"

"我姓韩，叫韩玎。"韩玎气呼呼地说。

杨铭赔笑道："关键是您看现在人这么多，商场里这么吵，说话也听不太清楚，我们不如到办公室里谈。"

韩玎看了看四周，正欲起身，又反应过来："不行，这事在你们这出的，我就要在这谈。休想耍赖。"

杨铭看看四周，略有尴尬："那您稍等一会儿。"

杨铭退出人群，又给商场经理闫谦打了一个电话。

过了不到半个小时，一身西装的闫谦来了。看了看韩玎被剪破的裙子，以及她怀里的孩子，闫谦想了一下，不紧不慢地说："韩女士，您看出了这种事，也是我们不愿意看到的。这样，我们先去医院,给孩子和您做一下检查，如果没什么事的话……那……"

顾佳听出他话里的意思，是想推卸责任，起身说道："闫经理是吧！出现这种事，你们这话是想推卸责任吗？今天要不是我们在，你们商场可就出了两条人命，这个责任，就不是单单你道个歉能处理的。"

闫谦上下打量一番顾佳，这时，杨铭凑到他耳边小声说了两句话。他才点头，对顾佳和沈牧说："今天这事儿，的确该感谢你们，但这毕竟是我们商场和韩女士之间的问题，我劝你们还是不要多管闲事。"

顾佳这么多年来，一直喜欢帮助别人，还从未有人对她说过这种话。她立马翻脸了，刚想往前走两步，却被沈牧拉住。

沈牧对闫谦说："闫经理说错了，人是我们救的，我们既是当事人，又是目击者，更是参与者。"

沈牧的话，马上让韩玎意识到他说话的口吻与梁信有些相似，他极有可能是律师。

韩玎此时马上与沈牧站在一起，强调道："不管怎样，今天这事，都是你们商场的责任！必须要给我一个答复。"

闫谦轻叹一声，用手指挠挠右脸颊，小声道："这不是没出人命吗？"

"你说什么？"站在一旁的顾佳听见了，立即反问。她算是看出来了，商场根本没有想给韩玎一个合理的处理方案，一直在想着怎么撇清关系，减轻责任，息事宁人。

"哦。没什么。"闫谦马上改口，指挥几个工作人员带着她去医院检查。"我是说，我们带着韩小姐去医院做一个检查。"

韩玎却摆手拒绝，"不行，今天不把话说清楚，别怪我不客气。甭想敷衍我！"

"那你想怎么处理这件事？"闫谦问。

"检查、道歉、赔偿！一样都不能少。"韩玎说。

"好。"闫谦一口答应。

他答应得如此干脆，反倒让韩玎有些意外。他刚刚明明不想承担责任，怎么转眼就答应了？

见他答应，顾佳觉得还是先送她去医院的好。她对韩玎说："韩女士，还是先带孩子去医院做个检查吧！"

韩玎这才想起来这么半天，还没有对她和沈牧道一声谢，说："这位妹妹，还有这位先生，谢谢你们，今天救了我们母女。这份情我韩玎会记在心里的。"

"不用客气，这是我们应该做的。"顾佳忙说。

沈牧也说："只要你们母女平安，我们就算心安了。还是先带着孩子去医院吧！"

韩玎看看闫谦，见他点头，有些不耐烦地等着，只好抱着孩子先跟他们下楼，去医院做检查。

这时，顾佳接到了楼上订餐的电话，对方表明，如果超时他们还不到，将会把位子转让给别人。顾佳看了看沈牧，想到刚才电梯的事，惊魂未定，征询道："师父，我们还上去吗？"

沈牧看看表，快到见田烨华的时间了，再换地方也来不及，只好说："走楼梯上去吧！"

上了三楼，顾佳从商场的护栏上往前看，电梯周边已经放上了警示牌。坐下来后，她才问："师父，像这种事，你觉得谁的责任最大？"

"商场、电梯维修部、电梯生产厂家，包括韩女士自己也有责任。只是责任轻重不同。具体需要法院判定。"沈牧倒了两杯茉莉花茶，说道。

57·吃　饭

顾佳轻叹一声："韩女士也真是倒霉，好好地逛个商场，居然遇到这种事。"

沈牧端起茶杯，喝了一口说："比起倒霉，我倒觉得她更幸运，能遇到你。"

沈牧又夸她，顾佳有些不好意思，挠挠头，说："我这不是正好看见了吗？人命关天，总不能不管啊？情急之下，也没有时间去多想呢。再说师父也帮忙了。"

沈牧嘴角轻挑了一下，又继续低头喝茶。

趁着饭还没有端上来，顾佳起身趴在三楼护栏上往下看，电梯旁边还是时不时有人拍视频，小声议论。

重新坐下来，顾佳打开朋友圈，才发现他们救韩玎的那条视频已经被传疯了。只是看不太清楚人。没过多久，顾佳的电话就响了，是谭之卉的。

"佳佳啊，你现在在哪里？我怎么看朋友圈里的视频里好像是你？"她问。

顾佳尴尬地看了看面前的沈牧，回话道："我在南方商厦。是，刚刚正好碰见一个女人带着孩子……"

"真是吓死我了，还担心你会出什么事。脚伤好了吗？你就到处乱跑！"谭之卉问。

"好得差不多啦，你放心吧。"顾佳说。

"你是不是在吃饭？和谁呀？"谭之卉问，不等顾佳回复，马上又说："沈牧吗？"

顾佳脸上尴尬，她不确定沈牧是不是能听见她们的对话，只好简单地"嗯"了一声，表明自己还有事，就先挂了电话。

此时，服务员将饭端了上来，顾佳给沈牧递了筷子和碗，两人边吃边聊。

顾佳回忆了下韩玎的穿衣打扮，说："看韩女士的装扮，不像是小家子气的女人。感觉这件事不会那么简单。"

沈牧夹了一筷子菜，点头认同："嗯，没错，那条被剪坏的裙子，好像是个名牌。"

"名牌？很值钱那种？那商场会不会还想着赔她一条裙子？"顾佳开玩笑。

"不确定，我猜她有可能是商场的金牌会员。"沈牧淡定地说。

"啊？那这事，怕是不好处理了吧？"顾佳说。

"好不好处理，商场的责任是少不了了。恐怕还会在未来几个月里影响销量。"沈牧说。

顾佳这才想起朋友圈来，打开那条视频仔细看了一下，说："嗯嗯。出了这种事，免责是免不了的。不过关键还要看商场的态度。"

"我猜他们会打一场官司！"沈牧抬起头来，认真地说。

"英雄所见略同！"顾佳竖起大拇指说。

沈牧笑了一下，用筷子指了指眼前的砂锅说："先吃饭吧，一会饭凉了。"

这时，顾佳听见有人小声嘀咕道："这人不是没事儿吗？怎么还得理不饶人呢？怕是想讹人吧！"

顾佳以为对方谈论的就是韩玎的这件事，拍下筷子就反驳道："什么讹人？这可是人命关天的事！在商场出事就得商场负责！你们天天来这购物，就不怕哪一天自己出事，商场也这么推卸责任？"

对方桌上的人懵了，想了一下说："我们说的是什么，你听清楚了？就在这里多管闲事。"

"你们说的不是电梯的事吗？"顾佳反问。

"什么电梯？我们在说这车祸呢！"对方无语。

顾佳这才知道自己错怪人了，一面道歉，一面捂着头，悄悄坐下。

之后的几分钟，她都只默默地吃饭。

沈牧偷笑，说："以后啊，问清楚再说。"

顾佳连头都不敢抬，低头说道："师父，我知道了。"

这时，有商场收银员从他们身旁走过，小声议论道："你说，她裙子卷到里面了，才出的事。总不会怪到裙子上吧！"

"那谁知道！以前也没出过这种事，难不成以后还要标明穿裙子的人不允许乘坐扶手电梯？"

"算了，算了。先吃饭吧！说这事，都影响心情。"

看着他们走过去，顾佳回头看了一眼，说："还真是吃着商场的饭，就处处向着商场啊。"

"这是立场！"

"他们这是什么狡辩，出了事，居然怪到裙子上。这岂不是和凶手杀人，反倒怪超市买来的刀太锋利一样吗？"顾佳说。

"法律是公正的，一定会有清晰的责任认定。"沈牧见顾佳吃得差不多了，说，"时间差不多了，我们先走吧！"

"好。"顾佳按亮手机，看了下时间，距离见田烨华还有不到半个小时，就直接开车去了会面的地点。

沈牧和田烨华约定的见面地点是离商场不远的一家茶餐厅。

一坐下来，顾佳就给沈牧倒了一杯水。

说起何淑珍的案子，顾佳问："师父，你说法律是公正的，但为什么还会出现冤假错案？我有时候甚至怀疑法律保护的是'坏人'，而不是'好人'。"

"举例说明。"沈牧说。

"前几天，我才看了一段视频。一个小男孩在公交车上不停地踢一个二十多岁的男人。结果那个男的被激怒了，起身将小男孩暴打一顿。那个成年人被拘留了。"

"如果你是审判长，你预备要怎么判？"沈牧问。

"小男孩和成年人都有责任。不好判。跟教育有关吧！"顾佳说。

"凡事都要辩证地看问题。小男孩未满十四岁，故意踢人，他的监护人自然有责任，应该对成年人做出赔偿。但是成年人也不应该下那么重的手，其实他完全可以采用语言教育，或者换地方。故意伤害，拘留他有何不妥？"沈牧说。

"那……像顾健、田烨华这样的，为了家产……还不是一样大打出手？"顾佳有些尴尬。

"法是怎么来的？"沈牧问。

"暴力学说认为法是暴力斗争的结果。法家韩非子不还说'人民众而财货寡，事力劳而供养薄，故名争'。有斗争，有暴力，才需要解决冲突的规则。"顾佳说。

沈牧笑了一下，说："这你倒是记得清楚。马克思主义认为，法是随着生产力的发展、社会经济的发展、私有制和阶级的产生、国家出现而产生的，经历了一个长期的渐进的过程。法不是从来就有的，也不是永恒存在的，而是人类社会发展到一定历史阶段才出现的社会现象。随着生产力的发展，产品有了剩余，出现了私有制和阶级剥削，原始社会的氏族联盟和氏族习惯就为国家和法所代替。法的产生有着经济的、阶级的、社会的根源，同产品的生产、分配、交换以及私有制和阶级的出现、社会的发展是分不开的。"

"这些我当然知道。但法律有时候却偏袒坏人。像何淑珍的案子，她虽然杀了人，但她是情有可原的。"顾佳说。

沈牧这才绕回到正题上："没错。正因为法律不是凭空出现的，才会有这样那样的不完善。所以需要一些特殊的案例，来推敲、改善法律，人类才能不断地进步。"

58·困 妻

正值午后，茶餐厅人比较少。

顾佳和沈牧的讨论越发激烈，沈牧的观点最终还是让顾佳臣服了。

这时，包间的房门开了，一个五官粗犷的男人，穿着蓝色棉布料子的长衣长裤，大步走进来，停在他们桌前，仔细打量他们二人以后，才问："请问哪位是沈律师？"

顾佳注意到他的脖颈处有一处刀疤，面部狰狞，应该是一个脾气暴躁的男人，如果没有猜错，他就是田烨华。

沈牧也预料到他就是他们今天要见的人，起身掏出一张名片，递给他说："您好，我就是沈牧。是何淑珍的代理律师。"

田烨华像是早有预料一般，再次上下打量沈牧一番，才"哦"了一声，毫不客气地坐下来说："我是田烨华。我们约好的，你想问什么尽管问吧！"

见他入座，顾佳还想说话，沈牧却给她使了一个眼色，轻轻摆手阻止。顾佳只好转身，让服务员添茶倒水。

见她叫服务生，田烨华又趁机让服务员添了一盘花生和瓜子。

如此毫不客气的人，顾佳有些看不下去，沈牧却毫不在意，坐下来给他倒水。

"我们正式开始吧！"沈牧说。

田烨华大口喝了一杯水后，用力放下杯子，盯着桌上的茶壶说："好。"

"我们已经见过何淑珍了，她已经向我们表达了她的意愿。她就两个要求，一离婚二孩子。你怎么看？"

沈牧的话刚一出口，田烨华便笑了，说："我这个被害人还没有说离婚，她凭什么提出离婚？"

　　沈牧认为他因为何淑珍的那一斧头，受伤害很大，不能硬来，必须要循序渐进地谈。他看了顾佳一眼，示意她打开录音笔后才说："您的这句话意思是，如果她想离婚，得您先提出那个离婚要求是吗？"

　　田烨华也是一个有脑子的人，马上领会到沈牧有套他话的意思，转过脸看向他，说："我是个粗人，沈律师的话，我听不太懂。您这是误导我，想让我提出离婚？"顿了一下，他马上拒绝，"不可能。"

　　这时服务生已经将花生米和瓜子端上来，放到桌前。

　　沈牧看了一眼那花生，随手推到了田烨华的面前，继续问："那，您能告诉我们您为什么不愿意离婚吗？今天约您来，我们就是想正面了解一下您的诉求。"

　　"我的诉求，说得好。"田烨华毫不客气的剥了两颗花生米丢到嘴里，边嚼边说："就是让我也砍她一次……"

　　顾佳听着毛骨悚然，马上提醒道："您这是犯法，故意伤害罪！"

　　田烨华冷笑一声，看了顾佳一眼，说："小姑娘不用提醒我，我吃的盐比你吃的饭还多。就算是生活在农村，也懂点儿法律！"

　　田烨华不是善茬。

　　沈牧决定换个思路问，见他杯子空了，给他添满水后，继续说："既然如此，那何淑珍的结果，你也清楚地看到了。一审判决——无期。况且，就算你想杀她，高墙内外，你也进不去，她也出不来，这条行不通！"

　　"所以呢，你们也不必再勉强我了！做不到，我又怎么可能离婚呢！"田烨华明显是得理不饶人，本着"你们也拿我没办法"的念头，得意忘形。

　　"你！"顾佳无语。

　　见她无话可说，田烨华又扫了一眼桌上的瓜子，随手剥了一颗，边吃边说："呵，如果你们今天找我来，只是单纯地为了这件事，那我劝你们还是不要再做无用功了！没用！大家都挺忙的，尤其是你们这些坐在办公室里的白领！"

　　才说了几句话，田烨华满身的痞子气便暴露无遗，口里不干不净。

　　"请您尊重我的当事人，您的妻子。"沈牧见多了恶人，对付他这样的无赖，自然也不在话下。

　　这种人，好吃懒做，没钱没权没地位，满身戾气，对社会不满，好像谁都欠他，回到家只会对家里的妻儿发泄不满。跟他好好说，永远也说不通，倒不如跟他好好摆摆现实例子！

　　此时的沈牧，面色严肃，十分冷静。

"沈律师说什么都好，好吧，要么拿钱，要么拿命！否则这个婚，我是不会离的。"田烨华一副死猪不怕开水烫的丑样，让人生厌。

"你要多少钱？"沈牧问。

人心难测，人性却大同小异，无非是为了贪念、欲望。

"沈律师觉得一条人命值多少钱？"田烨华把这个答案又推给了沈牧。

沈牧笑了："依我看，田先生不是为了钱。如果我没猜错的话，何淑珍当初试图杀你，让您怒不可遏，无处发泄。原本生活不如意，已经让您很痛苦了，如今供您发泄的玩偶，一心只想离开你，您当然不愿意离婚！法院一审判她无期，如果找不到对她有利的证据，她将终身被关在监牢受尽皮肉之苦，本已经很惨，但您却仍不愿离婚，让她永远挂上杀夫的恶名，在监狱里受人唾弃。不离婚的结果，更是会时时提醒她，您依旧是她的丈夫，会让她想起过去二三十年的婚姻所受的痛苦，日日噬心，噩梦缠身！即便是她身陷囹圄，依旧逃不出您的手掌心。您这是逼她死！"

沈牧的话，让顾佳头皮发麻，她从未想过他早已将田烨华的罪恶心理研究得如此透彻。

一个人最坏能坏到哪里去？无非是杀人偿命。可他过去自己动手折磨她，现在自己折磨不了，便要她自己惩罚自己。

听到这种分析，田烨华仰天哈哈大笑："沈律师真是会联想！天下会有这样的人？"

"您不就是这样想的吗？"沈牧问。

田烨华手里的花生吃完了，停下手，冲沈律师一笑，说："沈律师这个脑子，我倒觉得适合去……写那个什么……什么，对，写书是吧！嗯，名字就叫作《困妻录》挺不错的。"

沈牧认真说，他却试图用玩笑话来回答，让顾佳无语，拍案而起："你……沈律师，他这种人，天生就没有善恶之心，何必跟他浪费时间？我们开庭起诉！"

59·百　万

一看见顾佳激动，田烨华更像是受了刺激一般哈哈大笑："小丫头，脾气倒是不小。不过有件事，我得告诉你们。我们槐树村人呀，有一个习俗，一辈子只能娶一房妻，除非她死，否则我不可能再娶别房。"

"胡说，哪有这种风俗习惯？"顾佳不信。

田烨华吃噎着了，端起水杯，猛灌一口，才又说："小姑娘，你手里不是有电脑吗？你可以上网查一查，看我是不是胡说？"

顾佳刚想查，沈牧便说："不用了，我都查过了。确实有终身只娶一房的习俗……"

"什么？"

沈牧眨了一下眼，目光清冷地凝视着田烨华，补充道："不过，那习俗的本意是要求夫妻双方专一，为的是约束夫妻双方在婚姻中恪守婚姻准则，互相关爱体贴！"

刚才还有些担心的顾佳，听完脸上马上轻松了下来，指着田烨华说："你此前一直家暴何女士，让她受尽屈辱和折磨，早已不是恩爱夫妻，更谈不上关爱体贴！离婚才最好的方案。"

田烨华刚才还犹如看戏一般，仰天大笑，此时却面色阴冷，怒气凝聚，拍案大喊道："我不离婚！我就是要折磨她，折磨她到死！我也要让她感受一次死亡的痛苦。让她体会什么是生不如死的滋味！"

"你！"顾佳惊恐。

这时，包间的房门开了，一身灰褐色风衣的蒋荣走了进来，诡异一笑，说："精彩！真是精彩！"

见他进来，田烨华起身让座，躲在他身后，只等他撑腰，为自己扳回一局。

沈牧立刻明白了，莞尔一笑说："我当是谁呢？原来是老对手！怎么？连这种案子，蒋律师也要接？"

蒋荣笑了一下，挑了挑眉头，稳稳坐下来。

沈牧马上示意顾佳坐在自己旁边，顾佳才刚刚挪过去，蒋荣便扫了她一眼，说："不过是一个杀人离婚案而已，顾小姐竟然连我也怕？"

顾佳马上反驳道："谁怕了？"

沈牧在桌前，轻轻用脚碰了碰顾佳，示意她不必理会。

顾佳便闭紧嘴巴，不再多说。

"既然田先生的代理律师来了，那我们就当面锣背面鼓地把话说清楚。我代理人的诉求，只有两个。一，尽快离婚。二，将孩子判给她。"

沈牧的话才刚说完，蒋荣就哈哈大笑，"沈律师怕不是忘了？何女士是杀人凶手，如今她关在监牢里，还怎么争夺抚养权？离婚？她一个杀人凶手，有什么资格提离婚？"

沈牧端起一杯清水，喝了一口后，又继续说："这么说来，倒是田先生无辜了？蒋律师只记得我当事人的错，难道忘了田先生的错？"他看了田烨华一眼，他眼神有点躲闪，坐在蒋荣旁边，一言不发。

"蒋律师，在婚姻中，家暴给当事人带来的伤害和所应该承担的法律责任，都不轻吧？"沈牧说。

蒋荣看了田烨华一眼，说："这些我当然懂。只是比起杀人……家暴又算得了什么呢？不过是小巫见大巫罢了。何女士如今身陷囹圄，自顾不暇，如何带孩子呢？"

这种事，沈牧早已想到了："目前这桩案子，才刚刚判了一审罢了。我当事人已经提出上诉，结果尚未可知。就算她自己不能带孩子，也暂时可以由社区、福利院机构代为照顾。一个对妻儿下手狠毒，迫使妻子对他痛下杀手的人，您觉得法院会将孩子判给他吗？"

知道说不过沈牧，蒋荣看了田烨华一眼，转变方向说："暂且不说孩子的抚养权问题，我们就你刚才说的离婚一事协商，如何？"

"好！沈某洗耳恭听！"沈牧说。

"我们这边的意见是，离婚可以，夫妻二人所有经济收入都归男方。同时，女方……当然也可以是女方家人，赔偿男方精神损害、受故意伤害100万元人民币。"

听到数字，田烨华眼睛都亮了，立即来了精神，点头说："对对！就是，就是，一百万，一分都不能少！"

"哦？一百万？"沈牧反问。

"你们这简直是狮子大开口！"顾佳着急！

田烨华才不管这些，昂起头反驳道："怎么？我一条人命还不值一百万吗？"

顾佳还想反驳，沈牧却压住她，抢先说道："人命无价，怎能以金钱衡量？至于夫妻共同财产，田先生与我当事人在婚姻中，背着我当事人向外借款数十万，这笔钱理应由他自己偿还。结婚多年，田先生好吃懒做，全部是由我当事人打工赚钱养家，田先生没有尽到任何做丈夫的责任。"

"那彩礼呢？"田烨华马上反问。

"田先生既然问到彩礼了，那我更要替我当事人说一句话。何女士十七岁时，您带着五万彩礼上门提亲。这笔钱是从哪里来的？"

田烨华不说话。

"田先生不好意思开口，那我替您说。这笔钱是借的！"沈牧接着说，"当年的何家，共有三个孩子，生活条件艰苦，误以为这笔钱可以缓解经济压力，才会同意这桩婚事。只是我的当事人婚后才知，这笔钱是外借款，且利息很高。"

"婚后，你好吃懒做，都是由我当事人来偿还这笔钱。她善良孝顺，尽心尽力在为这个家付出，孝敬公婆，您却变本加厉，对她实施家暴，致使她绝望，从而挥刀相向。

您自己觉得您还有资格要这笔钱吗？"沈牧说话毫不客气，顾佳佩服不已。

此时的田烨华，早已是坐不住了。

蒋荣却毫不在意，说："沈律师也不必将话说得如此满。就算是田烨华有错，可最后试图杀人的人，还是何淑珍。这是板上钉钉的故意杀人罪！杀人偿命是改不了的事实，似乎应该感谢我当事人命大，否则你我恐怕也不会坐在这里为他们辩护了。"

说到这里，蒋荣看了下手表上的时间，已经是下午4点了。

他起身与沈牧握手，说："时间不早了，我们也该走了，沈律师还是慎重考虑一下我们的诉求，否则就只有法庭见了。我知道你正在替何淑珍寻找辩护律师，但是我当事人不原谅，只怕……"

沈牧清楚他话里的意思是想让二审判决何淑珍死刑，比起离婚案来说，的确二审案件更为重要。他微微点头，示意明白。

"慢走不送！"沈牧说。

60 · 触 动

蒋荣拎起包，起身看了顾佳一眼，转身就走。田烨华也连忙跟上。

出了茶餐厅后，蒋荣提醒田烨华："一定不能松口，尽可能要更多的精神补偿，就算你家暴，你终究比不过她杀人的过错大！"

"是！那请问蒋律师，我究竟能拿到多少钱财？"田烨华问。

"少说也有几十万吧！"蒋荣说。

"这么多啊？那娘们儿，就算这几年拼命打工，恐怕也没有这么多钱！"田烨华一辈子也没有见过这么多钱，不由得担忧起来。

蒋荣白了他一眼，"那是她的事！"

"哦！"

顾佳从窗口见他们走远了，才问沈牧："师父，现在怎么办？看样子，他们是想利用故意杀人案的二审判定牵制离婚案。"

"先回去吧！法律是公正的，他不能得逞的。"沈牧说。

"是，师父。"顾佳合上笔记本，与他走到前台结账后，两人才出了茶餐厅。

外面的天气还算温和，太阳照在人身上暖洋洋的，勉强吹散了刚才茶餐厅里的阴郁气氛。

沈牧将车子开过来，带上顾佳，问："要回家吗？我送你。"

"嗯，好。"顾佳才刚应了一声，手机就响了。

她从包里取出手机，正要接听才看清楚屏幕上面显示的名字，是顾健。

对于这个名字，顾佳心里发毛，她的手指停在手机屏幕上空，迟迟没有勇气按下接听键，手机铃声不停地响。

沈牧看出她的犹豫，说："有我在，接吧！开免提。"

顾佳抿着嘴，看了沈牧一眼，按下了免提键。

"喂，佳佳，是佳佳吗？我……我是爸爸！"电话才刚一接通，顾健就急着说话。

顾佳愣了愣，反驳道："不要叫我佳佳，我没有你这样的爸爸！"

"好好好，我不叫，不叫。你先别挂电话，等……等……等我把话说完，好吗？"顾健尴尬地乞求。越是这个时候，他越是小心，生怕一句话说错，顾佳便会立即挂断电话，那样的话，他所有的希望就都将破灭！

顾佳咽了咽唾液，问："你有什么事儿？"

顾健抱着手机，站在医院病房走廊的拐角处，几度哽咽，犹豫了一会，才说："以前，是爸爸对不起你！不管怎样，你身上流着的都是我的血。佳佳，上一次是爸爸误会你了，明明是你救了尧尧，我却偏偏……"

见他诚恳道歉，顾佳只是抿紧下唇，一言不发。

车内的气氛十分尴尬，坐在一旁的沈牧也认真听着。

"尧尧他怎么样了？"顾佳想起那天急诊科病房里医生说的话，有些担心。

"尧尧他已经被确诊为再生障碍性贫血，之前输了那么多血，他的病情恶化依然很快。恐怕只有你，才能救他了……"顾健说。

顾佳是恨爸爸，但她并不恨顾尧。他才八岁，那么可爱，善良，聪明，却得了这种病，对他来说也是不公。

"医生怎么说？"顾佳问。

见她还担心，顾健便知道顾尧有希望了，眼眶含泪，回头看了一眼病房内吸氧的顾尧，说："医生说这些天的治疗，终究只能缓解他的病情。他体内的血小板、红细胞越来越少，免疫力低下，现在又发着烧，整个人的情况都很不好。如果有亲人配型成功的话，做一个骨髓移植手术，才有可能痊愈……"

顾佳瞪大眼睛，原来在他眼里，我终究只是他的利用对象。

十年前，她坐在天台上以死相逼，也终究没有把他逼出来。而今，他可以为了小儿子，向十年不联系的女儿低头认错，乞求救命。

顾佳眼眶红红的，不知该说什么。

电话里的静音让顾健明白，她心里的那道坎还是没有过去。

他声音软软的，几度哽咽，"我知道，我不该提这个要求。以前，我抛下你不管，现在又来求你救他，你生气是应该的。可是顾尧是无辜的，他没有兄弟姐妹，我和他妈妈也已经抽过血，根本就不行。"

"是，我恨你，怨你，这么多年来，你从来没有尽过一个当父亲的责任！你的眼里永远只有你自己。钱、房子、儿子，你都想要，可偏偏妻子女儿，你不想要！"此时的顾佳只觉得心口很疼。

虽然她也心疼顾尧，可是顾健心里重男轻女的思想永远也无法让顾佳释怀。不等顾健继续说话，顾佳便已经挂断了电话。

沈牧见状，发动了车子，朝着顾家的小区开去。

坐在副驾驶位上，顾佳一遍一遍地拿着手机，开屏、锁屏，如此反复，满怀心事，手足无措。

沈牧理解她，想要劝她，却又不知如何开口，手指在方向盘上，轻轻地挪动位置。

顾佳目视前方，余光中将他这个小动作看得一清二楚。担心他担忧自己，她转过脸，用手指在车窗上轻轻地写写画画。

沈牧这才问："你想怎么做？没有人能强迫你。"

虽然他也希望顾尧能健康，但是他更能理解顾佳的心情。对于一个受过亲情伤害的人，任何人都无法用道德逼她做不愿意做的事。

法律尚且不能将一个犯罪嫌疑人最初的坏思想束缚在危险发生之前，更何况是没有尽到义务的父亲。

顾佳以为沈牧会说，你那么善良，又热心公益，一定会选择救弟弟的，更何况人命大于天。可沈牧的话却让她心里一阵温暖。她不是一个自私的人，只需要一点点理解。

"师父，谢谢你理解我。你……觉得我该去吗？"顾佳问。

见她开口说话，沈牧盯着她看了一会儿，说："他只是给了你生命，却没给你灵魂，更没有尽到一个做父亲的责任，并不能左右你的思想。即便是这样，你依旧长成一个优秀、善良的姑娘，我不会劝你做什么，不做什么，但是希望你自己能想清楚，不要做让自己后悔的事。"

顾佳低下头，拿出涂鸦本，写写画画。

从父母离婚那年开始，顾佳的很多决定都受那件事的影响。曾经她害怕离别、棍棒，一度将自己封闭起来，可是沈牧当年的话，让她认清了现实，也看到了陌生人的善良。

她始终信奉人性本善，所以愿意去帮助更多的人。做公益，早已成为她习以为常的事情。陌生人她尚且愿意去帮他们，更何况是与她血脉相连的弟弟呢？

她停下笔，抬起头说："我们去医院吧！"

"好！"沈牧调转车头，将车子直接开到了济康医院。

61·配　型

车子开到医院后，沈牧和顾佳先去了顾尧的病房。戴着呼吸机的顾尧躺在白色的病房内，头发掉了不少，整个人都十分虚弱。

林垚穿着防菌服，背对顾佳，看着儿子，时不时低下头默默流泪。顾佳想起妈妈照顾她时的样子，那时她也不过就是小小的感冒发烧，妈妈就已哭成泪人儿，倘若换成顾尧的病，她也一定受不了这样的打击。

顾佳已不忍再看下去，转身去了医生办公室。

此时的医护办公室，大门紧闭，顾佳走到门口，犹豫了一下，才敲门。

"请进！"坐在办公室里的李医生说。

顾佳回头看了沈牧一眼，两人一前一后地走进去。

一看见顾佳，原本正和病人家属说话的医生，停下刚才的谈话，问："你们是？"

顾佳手指着身后的病房，说："我是顾尧的家人。"

"哦哦。先进来吧！"李医生让他们先进来，又与刚才的病人家属继续谈完话，才将一旁的凳子拉到桌前，说："你们坐吧！"

顾佳与沈牧相互看了一眼，坐下来。

医生从一堆病历中拿出顾尧的病历，翻给他们看，说："你们是顾尧的什么亲戚？以前怎么好像没注意过？"

"我是她的姐姐。我弟弟的主治大夫之前是那个高个子的许大夫。我也头一次见您。"顾佳解释说。

李医生点了点头，说："先说病情吧，顾尧的情况不太乐观。最好的治疗办法是能够找到匹配的骨髓移植。当然，手术费也不低。你们要有心理准备。"

"就没有别的办法了吗？"顾佳问。

李医生摇了摇头说："之前，我们已经给他输了 2000CC 的血小板，基本等同于将他体内的血换了一遍。但是，病情并没有得到缓解。他的免疫力很低，极有可能感染，最有效的办法就是骨髓移植。"

顾佳听着心里十分难受，眉头紧锁，不知该说什么。

李医生耐心地讲解，顾尧的情况比较特殊，属于免疫系统疾病，只有换上健康的骨髓，才可以激活体内健康的细胞，增强免疫力。输血只能短暂地补充他体内的血小板、红细胞，然而这些都是会流失、死亡的，最后还需要靶向治疗。

但这种手术的风险也十分高，一是，很难找到匹配度高的骨髓捐赠人，二是即便配型成功，也极有可能产生排异反应，让病人十分痛苦，需要进行二次手术。

"目前，他的爸爸妈妈已经做过配型，不合适。"李医生遗憾道。

"请问，这种手术会对捐赠者造成什么样的伤害？"沈牧突然问。

李医生打量沈牧一眼，又看看顾佳，说："这种手术其实就是从捐赠者体内抽取基础细胞，不会破坏其他组织，基本上不会对捐赠者造成显著的伤害。"

顾佳目前能够救他的唯一方法，就是捐赠骨髓。

"那什么时候可以做配型呢？一旦配型成功，就能马上做手术吗？做了手术他是不是就可以完全好了？像正常人一样下地走路吃饭？"顾佳问。

"这个不能完全保证。但是有很大希望，我们这种亲属捐赠骨髓成功的案例，还是非常多的。不过，有的人身体比较敏感，需要长期吃抗排异的药品。"

"那这个手术的成功治愈率有多高？"顾佳说。

医生停顿了一下，轻叹一声，郑重地说："治愈率是整个医疗环境的百分比，是从数以万计的病例里算出来的比例。一旦推到个人身上，只有百分之百成功和百分之百失败，所以这个治愈率，其实对于个案来说没有任何意义。"

顾佳愣了愣，做了手术，不一定完全康复，但是不做手术，恐怕……终归还是做这个手术，才有生还的可能。

"那请问现在可以配型吗？要去那个科室呢？"

"现在？"他十分理解顾佳的心情，劝她，"先不必着急，稍等一下。"

然后，他转身向检验科打听清楚检验时间后，才对顾佳说："我已经跟检验科联系过了，这个点已经不做配型检验。想做的话，你们明天上午过来。如果配型成功的话，我们会尽快给他做手术。"李医生说。

"好！"见到希望，顾佳点头，然后起身欲走。

"谢谢大夫。"沈牧说完，与她一同出了医生办公室。

临走时，顾佳又去顾尧的病房远远地看了他一眼，担心顾健在，便很快离开了。

沈牧将车子开到医院门口，送她回去。

一路上，顾佳都沉默不语。

沈牧问："你打算怎么跟你妈妈说？"

他一语猜中她的心事，顾佳尴尬，想了想才说："走一步看一步吧，不想让她担心。"

"如果实在没有想好怎么说，不如等检验结果出来以后再告诉你妈妈。"沈牧说。

顾佳点了点头，"嗯。"

"不必太担心，他那么可爱，一定会平安无事的。我相信你也一定可以处理好这件事。"

"嗯。"他的话，让顾佳心情好了一点儿。

到家后，顾佳跟沈牧说了再见，快速上楼。可到了门口，又停住了脚步，担心自己一进门就会露馅。她拿出包里的小镜子，对着镜子挤出一个微笑后，才开门进屋。

一听见门响，正在拖地的文琬才见是佳佳，便问："饿了吗？锅里给你煮了骨头，洗手先吃点。饭一会儿就好。"

"又煮肉了啊。妈，跟你说多少次了，你等我回来做饭，你平时看水果店就已经够累的了，回来还要做饭。"顾佳脱掉外套，上前抱住妈妈，一阵亲昵。

文琬摸摸靠在自己背上的女儿，说："妈不累。只要我的宝贝女儿健健康康的，妈就开心。"

"还是妈妈对我最好。"顾佳说着，在妈妈脸上亲了一下。

文琬笑了。

顾佳放开妈妈，回房查资料。自己想捐赠骨髓的事，还是等配型结果出来以后再告诉她。

62 · 曲 子

从顾佳家小区出来，是下午6点多了。

盛海市的路边小摊吃喝声不断，沈牧将车子停在一家小型餐馆门口，选择靠窗的位子坐下来，要了一盘花生米、一盘西红柿鸡蛋盖饭。

窗外的路灯陆续亮起来，各个餐馆酒吧的霓虹灯异常漂亮。

沈牧想起，娄倩倩案子赢了之后，顾佳哄着他请尤贺、谭之卉、赵大沪吃火锅，可最后她却没吃几口。

再有两周就到了她领律师资格证的日子了，她如果做了配型手术，只怕会延误拿证。何淑珍的案子还没有了结，顾健也必然不会放弃房产争夺，再加上顾尧的事，她一定压力很大。

沈牧忽然觉得以前似乎对她太严苛了。

他处理别人的案情，一向直来直去，只要满足当事人的诉求就好，不过问他们的感受。可如今，涉及顾佳，她每日与自己朝夕相处，从最初那个热情、元气满满的姑娘，一下子变得话少了许多，让他不得不注意到任何一桩涉及法律的案件对于当事人来说，都是麻烦、打击。

上一次，他发高烧，她不声不响就从赵大沪手里找到了钥匙，去他家，将窗帘沙发套、床品全部更换了，喂他吃药、照顾他，让他不得不接受她的好。

如今，他唯一能为她做的，只有替她打好顾健和文琬的官司。

沈牧心里总觉得缺了一块，他拿出手机，仔细查了再生障碍性贫血的相关资料，决定明天和她一起去医院做配型。如果配型成功的话，她就不要再多受一次痛苦。

服务生将饭端了上来，沈牧用勺子吃了两口后，便觉得饱了。

回到家，他打开灯，看见屋内的一切，竟然觉得没有之前那么刺眼了。

一想到她那天甩着马尾辫搀扶自己去医院，沈牧感触颇多。

口渴了，他起身从冰箱里取出一罐啤酒，拉开环，喝了一口，走到靠窗的阳台上往下看。

天色渐渐黑了下来，城市内灯火璀璨。

从前，他每天过着单位、家两点一线的简单生活，从未感觉到屋里冰冷寂静，窗外喧哗热闹。

在家的日子，他只看书，连电视都不开。他的私人生活，也显得简单空洞，几乎没有任何人可以走近他的心。

可是现在，他在自己的家里，却总能感觉到顾佳的气息，感觉到她对自己说话。可是转头又不见她人。他以为自己幻听，顿时起身沐浴。

从浴室出来，他换上黑白格子睡衣，躺在床上开始看书。

想起她那天问他的司法题，他打开手机查今年的司法考试题。看着那些稀奇古怪的考题，他自己也笑了。笑完了，才想起顾佳似乎已经有许久没有开怀大笑了，于是，去翻了她的朋友圈。

大概是在忙，她今天的朋友圈，没有任何一条内容。

他正要关掉微信时，却又看见她发了一条动态："法律、道德、人情，密不可分。"

沈牧想想她这话，应该是指最近的这些案子。看样子她确实被这些案子搅得焦头烂额。他没有回复，合上了手机，继续看书，直到深夜 11 点才熄灯睡觉。

半夜，沈牧忽然梦见顾佳躺在鲜血淋漓的病床上，脸色苍白，痛苦地呻吟，十分吓人。他一连喊了她好几声，她都只是张嘴呼吸，没有任何一个音发出来。

沈牧被惊醒，四周漆黑一片，依旧是自己的家。他捏了捏眉心，才又继续睡。

天亮了。

文琬刚起床，准备做早餐，才发现顾佳早已将牛奶面包热好，煎了两个鸡蛋，放在桌上。

一看见文琬，系着围裙的顾佳便笑着说："早！"

"佳佳，你怎么起这么早？是准备出门吗？"文琬感觉不对劲，问。

顾佳笑了笑，放下筷子，坐下后说："哪有。我就是好久没有给你做早餐了，醒得早，就动手了。"

文琬一听，马上问："最近工作太累了，才会睡这么少吗？"

顾佳摇摇头，否定道："不是。你知道我的嘛，瞌睡轻。"

"那就好。要是哪里不舒服，一定要跟妈妈说，可千万不能忍着。"文琬说。

"嗯，知道啦！快吃吧！牛奶凉了。"顾佳笑了笑，催促妈妈快点吃饭。

顾佳看着妈妈吃，文琬才问："你怎么不吃？"

顾佳说："我刚已经吃过了。"转眼，她看了看墙上的钟表，已经 7 点多了，背起包就要往外走。

"佳佳再吃点！"

"不了。我们约了客户。"顾佳很少跟妈妈撒谎，生怕多待一分钟就会露馅，只好溜之大吉。

一出小区大门，顾佳便给沈牧发信息请假，直接去了医院。

还不到 8 点，检验科还没有上班，顾佳只好坐在一旁的长椅上等候。

这时，一双黑色的皮鞋停在她面前，顾佳一抬头，才发现是沈牧。

"师父，你怎么会来？"顾佳问。

"虽然有血缘关系配型成功概率大一点儿，但也不排除没有血缘关系的人有配型成功的可能。"沈牧盯着她的眼睛说。

"师父，你其实不用这样。"顾佳不知道该说什么好。

沈牧笑了一下，说："我也不是为了你，只是举手之劳罢了。能不能配型成功还不一定呢。"沈牧不想她内疚，只好这样解释。可顾佳心里明白，他其实还是担心。

她抿嘴笑了，说："那我代弟弟谢谢你。"

"何必客气？"沈牧说完，转过身，等着检验科门开。

看他们还没来，两人又开始讨论何淑珍的案子。得知沈牧替何淑珍聘请的刑法律师搜集全了证据，很快就要二审了，顾佳开心极了。

"这下，她就有减刑的希望了。"顾佳说。

沈牧点头。

检验科的门开了，沈牧和顾佳一前一后地进去，一起坐在了相邻的两个抽血窗口。

顾佳已经很久没有输过液了，小护士才刚把她的袖子撸起来，扎了止血带，消毒，她的眼睛就已经闭紧了。

沈牧见状，忍不住笑了一声，想不到她居然会害怕打针。

63 · 订 餐

听见笑声，顾佳感觉到护士的针已经扎了进去，睁开眼睛，看向沈牧，说："师父这是在笑我吗？"

沈牧只是憋着笑，不做回答。

顾佳就更确定沈牧是笑自己了，解释说："我从小体质好，基本不打针，怕疼又不丢人……"

"嗯，对，不丢人，不丢人。"沈牧重复她的话。

顾佳拧着眉毛不好再说什么，过了一会儿，两人抽完了血，压着针眼往外走，找了一个长椅坐下来。

顾佳看了看沈牧的血管，她问："师父第一次打针是什么时候？疼吗？像你这样的人，是不是从来都不怕疼？"

沈牧认真地想了一下，说："好像还真没有过。第一次记不清了，大概几岁？"

顾佳向他竖起大拇指，说："厉害。我从小就怕打针，一见到针，就觉得浑身疼痛细胞都活了呢。"

沈牧笑了一下，表示理解。

五分钟时间到了，两个人的针眼都不流血了，才起身准备离开。

顾佳看了一下时间说："还好，还好，还不到8点半，还能赶回去上班。"

"这么积极？想当劳模啊！"沈牧说。

这时，顾健走到他们面前，叫道："佳佳！"

一听见他的声音，顾佳头皮发麻，脸上的笑容瞬间消失，看了他一眼，问："跟你说过，不要叫我佳佳，你为什么还要叫！我们很忙，麻烦你让开！"

顾健有些尴尬，说："昨天医生都跟我们说了，你要来做配型。我是来跟你道谢的。"

顾佳冷笑一声，只觉得满心满眼满嘴都是苦味，她闭上双眼，深吸一口气，又睁开眼说："做不做配型，捐不捐钱都是我的事情，与你无关，你不用太在意！"

说完，她便与沈牧从他身旁走过……

"佳佳，我知道你恨我。可是我也有我的苦衷。你能原谅我吗？"顾健转过身，看着她的背影，一张嘴艰难地开合。

顾佳停了一下脚，又大步离开。

"佳佳！佳佳！"看着她渐渐远去的背影，顾健喃喃道。

听着他的一声声"佳佳"，顾佳只觉得十分讽刺。

自己渴望的父爱，他通通给了顾尧，即便是她接近死亡，他也装作看不见，听不见，从来没有觉得她是他的孩子。可是现在，为了儿子，他可以道歉，极力讨好，只为能让她救他的儿子。

然而一切都回不去了，那个时候，她就已经明白了，他不爱妈妈，不爱她。

从此以后，她与妈妈相依为命。

小时候，不给她父爱，那么现在她也不需要他虚伪的父爱……

沈牧与顾佳出了检验科，走到住院部门口后，停住了脚步……一想到顾尧的脸庞，她还是不能放心，与沈牧商量后，一同再一次走到顾尧的病房。

他的房间，每天都需要消毒，任何小小的病菌，都可以让他感染，病情加重。

顾佳站在门口，透过窗口，看着虚弱的他。她伸着雪白的手指，轻轻触摸玻璃窗，试图虚拟地摸摸他的小脸。他的眼睛、眉毛、鼻子都跟她还有些相似。

"听说，他很聪明，每次考试都是年级前十。"沈牧站在她旁边，轻声说。

顾佳笑了，说："真好，不像他姐姐这么笨，每条律法都需要背很久。"

沈牧笑了一下，说："和他的姐姐一样聪慧。第一场官司就赢得很漂亮。"

顾佳转过脸，盯着沈牧，仰头一笑，说："师父，你又取笑我。"

沈牧深吸一口气，看着玻璃窗里的顾尧，说："我很少夸人。"

顾佳也转过脸，看着弟弟，说："现在我担心，如果配型不成功，他该怎么办？尧尧只有八岁啊。以他的聪明才智，一定可以考上好的大学，实现他的梦想。"

沈牧说："一定可以配型成功的。"

顿了一下，他又问："你跟你妈妈讲了吗？"

顾佳摇摇头有些愧疚："等结果出来以后再说吧，这几天我会多陪陪她。"

时间差不多了，顾佳已经不忍心再看下去，跟沈牧说："我们走吧！"

沈牧看了下时间说："好。那先回律所。"

顾佳点点头，两人一同出了医院，去了单位。

回去的路上，顾佳有点出神，沈牧拧开车里的音乐，是马修·连恩（Matthew Lien）的《布列瑟农》。

顾佳惊喜，坐正了身子，问："师父也喜欢这首曲子吗？"

沈牧说："嗯。是你喜欢的曲子吧？"

"是。上学的时候，每天晚上都会听这首曲子，百听不厌。"顾佳点头。

身为 90 后，顾佳的喜好总是与同龄人不同。父母离异后，她听过这首歌后，就一直喜欢至今，从未变过。

"看了你的简历……恰逢我车里有这首曲子。"沈牧轻描淡写地解释。

顾佳抿嘴一笑，跟着音乐小声地哼了几句。

"想唱就大声唱。"沈牧说。

顾佳便又马上捂住口，摇头："不要。车里唱歌，感觉很傻。"

"是吗？"这下两个人都笑了。

太阳升起来了，阳光直射进车内，照得顾佳身上暖洋洋的。她伸了伸懒腰，闭上眼睛，十分享受。她的手臂差一点儿打到沈牧，他躲了一下，侧目看她一眼，问："这么喜欢晒太阳？"

顾佳睁开眼睛，坐正了，说："是啊。每次心情不好的时候，只要晒晒太阳，就觉得身上所有的坏心情、病菌都被驱散了，全身舒畅！"

沈牧点点头，说："那你继续晒吧！"

顾佳用力点头，然后从背包里取出涂鸦本，握着铅笔在鼻尖处摸索了两下后，将病房里的场景画下来。

"你为什么会喜欢涂鸦？"沈牧问。

顾佳想了一下，说："因为涂鸦可以将所有想要记住的人、场景或事儿都画下来。我记性不太好，总觉得脑子不够用，画画可以帮助我增强记忆。"

沈牧记忆好，但除了跑步、足球，没什么其他的爱好。听她这么一解释，倒也认同。

"对，公安机关抓人，如果没有监控记录，就需要靠画像。"

"嗯，我还做不到见一面就能把人画下来，但是对像师父这样的天天见的人呢，五分钟就能默画一张。"顾佳故意吹牛。

64·看　穿

"我不信。"沈牧笑了。

说话之间，两人已经到了办公室。

一进办公室，众人都将目光注意到他们两个人身上。虽然律师经常会见客户，并不是每天都会来单位，但是"冰块脸"和"热心肠"一同迟到，倒叫大家忍不住八卦，瞎猜一气。

"老大最近是不是和那丫头走得有点近？"李宜将椅子滑到隔壁，小声问。

何凡也观察了他们一会儿说："不好说。"

"嘘！干活干活！"见沈牧进了办公室又出来，李宜马上将椅子挪回了原位。

众人也纷纷低头办公。

沈牧拿着田烨华的谈话记录，直接进了赵大沪的办公室。

原本还在和赵大沪谈工作的人见状，先一步出了办公室。

"你找我？"赵大沪见状，起身从饮水机里给他倒了一杯热水，放在他面前问。

"嗯。"

"稀罕。怎么？我们一向以专业著称的沈大律师，也会遇到棘手的事？"

沈牧笑了一下说："怎么？我就不能有难题？昨天和顾佳见了田烨华，觉得事情不好办。不过，有另外一件更重要的事。"

"什么事？"赵大沪问。

沈牧清了清嗓子，身子往前坐了坐，说："那个……今天晚上，你有什么安排？"

"咦？怎么，你要请我吃饭啊？"赵大沪故意问，总觉得他这话里有点别的意思。

沈牧握着水杯，喝了一口水后，问："有还是没有？"

赵大沪觉得不太对劲，端着水杯，走到他面前，坐下来问："你是有什么打算？"

沈牧看了一眼门口，说："我们平时好像对同事太严苛了……"

"那是你……不是我……别把我拉上。"赵大沪马上撇清自己。

沈牧摆手："行行，是我，是我太严苛……总之，今天要是没什么事，一起聚个餐唱个歌什么的都行。"

"什么？我没有听错吧！"赵大沪惊奇得差点把杯子打了。

自从他来大沪律师所以来，单位里的每次聚餐他都找借口推掉，更别提他自己主动提出聚餐。简直是太阳打西边出来了。

"容我想想……"赵大沪有点丈二和尚摸不到头，来回转了一圈，拍了下脑袋马上反应过来，"我知道了，你是因为顾佳吧！"

沈牧怕他想歪，马上摆手道："不是你想的那样！最近太多事了，我是担心她影响工作……"

赵大沪和沈牧认识这么多年，十分清楚他因为过去的一些事，待人冷漠，自我封闭，更不喜欢凑热闹，如今突然改变主意，必然有原因。怕助手影响工作，无非是他的说辞罢了。

"好好说，到底因为什么？"

自从上次去顾佳家，沈牧撞见赵大沪，他才知道赵大沪这些年一直追求的人是文琬，与她的关系非同一般。如今，顾佳一旦配型成功，必然会给顾尧捐献骨髓，做了手术，肯定有很多忌口、不便。让大家聚会，一则是补办她上次的庆功宴；二则是想让她减减压，调整心情；三则提前让她开心一下，免得手术后很长时间不能出门，闷得慌。但赵大沪若是知道了，只怕文琬那也瞒不住了。与其从别人嘴里得知，倒不如她自己说的好。

沈牧不能直说理由，只好找借口："没什么，就是上次那个官司，请她吃火锅，结果也没有吃好，这次算是补偿。再说了，你最近不是也有几桩案子赢了吗？一起庆祝一下，让大家开心一下。"

赵大沪勉强信了他的话，侧身拿来日历翻了翻，再有两周，就是顾佳领资格证的时候了，建议道："不如等她领证后一起？"

"等不了！"沈牧说。

赵大沪愣了，他从来不会这样，今天的言谈举止都有些反常。

"你这是怎么了？"赵大沪不解，"就两个星期而已。"

沈牧这才觉得自己有些失态，咽了咽唾液，解释说："我就是觉得大家最近都累了，需要换换心情。等不了那么长时间。"

赵大沪感到情况不妙，觉得沈牧有事瞒他，凑近了问："你老实告诉我，究竟发生什么事了？是佳佳她……"

"真没事儿。我就是觉得平时对大家太严苛，那些人明着暗着给我起外号，想着和大家多走近走近，好开展工作。"

　　沈牧的解释，连他自己都觉得牵强，但赵大沪知道他一定有他的理由，就不再逼问，马上叫了田秘书进来，让她订餐。

　　办公室里众人，一听说晚上要聚餐，都十分兴奋。

　　顾佳反倒觉得有些不太对劲，看见沈牧回来，依旧一脸严肃地办公，似乎外间办公室里的人无论开心与否，都与他无关。顾佳起身，走到他面前问："师父，这是你的主意吗？"

　　"什么？"沈牧停笔，抬头看着他，假装毫不知情。

　　顾佳说："只有你知道我今天抽血做了配型。"

　　"那又怎样？不是我安排的。"沈牧喉结处动了动，盖上钢笔帽，依旧冷淡地说。

　　"师父，你明明不是那么冷漠的人，总是会有意无意地关心他人，为什么一定要装得那么高冷，让人误以为你是一个冷酷无情的人？"顾佳说。

　　突然被她猜中心事，沈牧不知该说什么，沉默片刻后才说："我不是为了你，只是觉得最近大家都辛苦了，才……"

　　"不，你不是。你是担心我一旦配型成功，做了那个手术，会有很长一段时间不能上班，更不能出去玩。"顾佳的直言不讳，让沈牧不知所措。

　　在她没出现的很长一段时间里，他封闭自我，不允许任何人走进他的心，更不想别人看穿他。他习惯了一个人独处，一个人思考，她不过与他才相处几个月，就将他看得一清二楚。

　　他心上的那一层冰，碎了。

　　沈牧喉结处动了动，端起水杯，喝了一口水后，才说："那是你的猜测，不是我本意。今晚的聚会，你如果不想去，可以和赵主任提前打声招呼。一切看你。好了，我要忙工作了。"

65·歌厅

沈牧说完，放下水杯后，继续低头工作。

顾佳攥紧了拳头，咬紧下唇，忍了忍，不再逼他，回到自己办公桌前，继续干活。

坐在电脑前，她大脑里一片空白，紧紧盯着沈牧，心里五味杂陈，不是滋味儿。

她虽然不知道他究竟经历过什么才会变成这样，但明白他一定有他的苦。她心疼。

到了下班点，外间办公室里的人早已积极收拾好了背包，准备一起去嗨，顾佳却迟迟不动，犹豫了好一会儿，才打电话给妈妈说晚上晚点回去。

挂了电话，顾佳背上背包，推开办公室门，跟着大家一前一后地下了电梯。

许是很久没有出来玩儿了，李宜、何凡等人都显得异常兴奋，提前打车到了地方。

顾佳则自己一个人打车，很晚才到。等她到时，沈牧和赵大沪也还没有来。

何凡招呼她坐在自己旁边后，几个人又开始拿沈牧作为话题争辩起来。

"哎？你们说今天这顿聚餐究竟是沈大律师出钱，还是我们的赵主任掏腰包？"李宜问。

"赵主任吧！我觉得今天这顿一定是赵主任提议的。"

"我看未必，今天赵主任把我叫进办公室的时候，沈律师也在那里，很有可能是沈律师提议的。"田秘书说。

"怎么可能！沈律师一向不喜欢这些。"李宜说。

"怎么不可能？"何凡说，"我倒觉得沈律师心里有事……"

"那沈律师来咱们这里也有小半年了，你啥时候见他和大家一起玩儿过？我猜他今天都未必会来！"李宜说。

"嗯？怎么？是想打个赌？说吧，赌什么？"何凡刚想开口，就觉得今天这个赌注她是必赢，一定要趁机狠狠地"敲诈"李宜一回。

李宜用手指指了何凡一下，闭着一只眼睛说："就知道你是财迷，这次肯定会打赌。50够不够？"

何凡看了看顾佳，凑近她坐，一手搭在她的肩上，不屑地说："太少！一百外加三天的早餐！"

"何凡啊何凡，我到今天才知道，原来你也是个财迷。你怎么保证一定会赢，胃口还不小。"李宜啧啧道。

何凡笑了一下，将顾佳的马尾辫穿在手指上，歪着头说："我这有法宝，你怕不怕？"

"孙子才怕呢！"李宜来劲了。

"那就好。你也不看看沈律师是什么人？他来不来，概率都是50%，你说赌50是不是有点少？"

"那你赌来还是不来？"李宜想要探一探她的口风，再决定要不要下赌注。

何凡仔细打量了一番顾佳，小声问了两句话。

顾佳刚想开口，李宜马上就制止："哎，你这可是耍赖。"

何凡蹙眉，说："好好好，那我就赌他来。你赌不赌，不赌就别浪费大家的时间。"

李宜想了想，勉强答应，又问了问其他人愿意赌的掏钱，不愿意赌的看着。几个同事，纷纷掏出 100 元，压在鸡尾酒杯下，就等结果。

众人基本都押了，只有顾佳没有动，众人都眼睛直溜溜地盯着她，等她解释。

顾佳眼看着逃不过去，说："我猜他会来，但是不参与赌。"

此话一出，赌他不来的人，都像泄了气的皮球。

众人探口风："到底是一个办公室的，就是知道得比我们多。那你怎么不赌？"

顾佳抿嘴笑了一下说："沈律师不是物件，他是活生生的一个人，有自己的意志，自己的思想。我不想拿他的意志做赌注。"

这话让众人都无地自容。

这时，沈牧和赵大沪人已经到了，推开门，正好听见她的话。

众人见状，纷纷立即将鸡尾酒杯下的钱收走。

何凡马上抓住李宜的手，说："哎，输了愿赌服输！不许耍赖。"

李宜没有办法，只得将钱塞给她，小声道："其余的后面再说。"

这一幕，沈牧和赵大沪看得清清楚楚，心知肚明，但他们还是一句话没有说。

订的餐厅是一间可以吃火锅、炒菜的歌厅大包间。

沈牧和赵大沪毕竟是领导，众人纷纷起身，将中间的位置让给他们。

没办法，沈牧和赵大沪只得坐在中间，看了看众人，说："都别站着了，坐吧。"

刚才热闹的包间里，有了领导，气氛忽然变得不太对劲儿。众人互相看看对方，不知该说什么，做什么。

"田秘书，你离屏幕近，帮大家点歌，我们点餐。"赵大沪对田秘书说。

"好。"

沈牧坐在包间沙发的中间，顾佳就坐在他的对面，看了他一眼，端起水杯喝了一口。

包间里的音乐响起来了，第一首就是《布列瑟农》。

顾佳猛地一惊，转过头，看着大屏幕上的蓝色单词一个一个地刷过去，心里酸涩。

明明是无意点的一首歌，却让顾佳有一种错觉，像是沈牧专门给她点的。

歌曲刚唱了一句，就被田秘书按了暂停，她拿着话筒，说："我们嗨之前，请赵主任、沈律师先来一首合唱好不好？"

"好！"李宜等人马上迎合，鼓掌加油。

赵大沪摆手道："我不唱，我不唱，让沈律师唱，我都一把岁数了，唱不了，沈律师唱歌好听。"

这时，田秘书的话筒已经递到了沈牧面前。

众人都将目光投向沈牧，等着他接话筒。

从毕业到工作，沈牧已经足足有六七年没有唱过歌了，上学时候，还和同学一起去唱歌，上班以后因为忙，也因为环境原因，他再也没唱过。

如今众人都等着他开场献唱，他有些为难，但见顾佳盯着她，索性接过话筒，说："这首《布列瑟农》顾佳唱得好听，我们请她唱。我已经好多年没唱过歌了，早忘了。"

众人失望地发出一声"咦"，沈牧又说："我多说两句，最近大家辛苦了，所以赵主任请大家一起来放松放松。还有就是，上次顾佳的案子办得十分漂亮，今天借此机会，也恭喜她。"

说完，沈牧将话筒递给了顾佳。

接过话筒，顾佳对大家说："沈律师有点夸大了，这首歌我也唱得不太好。但是，自从我到律所以来，一直是大家照顾我，我很感激。今天就借这首歌，向大家表示感谢。尤其赵主任和沈律师帮我很多，献丑了。"

说完，顾佳起身，站在荧幕前，深情献唱。

她的声音灵动清新，一出声，就让众人心情愉悦。

66 · 匹　配

沈牧坐在沙发里，接过同事敬酒，边喝边看向顾佳。她轻轻踮着脚尖，甩着马尾辫，深情地演唱，让人倾心。

这首歌，同样也是沈牧喜欢了十年的歌，如今听起来，像是回到了学校，满满的青春味道。

歌厅里永远都是一样，一处喧哗，一处寂静。唱歌的人，与听歌的人仿佛在两个世界，只有懂的人才理解关注。

桌上的小火锅已经开锅了，众人都没将注意力集中到火锅上，也没有注意到顾佳唱完了。

沈牧突然一鼓掌，倒叫众人一惊，纷纷向顾佳叫好。

顾佳放下话筒，坐到桌前喝水。这么多天来，她努力保持好心情，尽全力做回那个元气满满的实习生，但她心里的痛，只有沈牧知道。她越是不说，越是让人心疼。

沈牧没有理由劝她，也只有祝福，默默盼望着自己能够与顾尧配型成功，不用她去做手术。

他和顾佳一样，不敢喝酒，怕检测结果出来，却因为体内的酒精，而不能给顾尧做手术。

两个人都喝着矿泉水，却一杯比一杯更醉人心。

正在唱歌的何凡，一转头看出他们两个人的情绪不太对劲，一时跑神，竟然跑调了，话筒里传出一声刺耳的声音。

李宜马上叫道："何凡，你这是想让我们的耳朵都被震破啊。"

何凡道歉后，马上切歌，将话筒递给了别人，然后在顾佳旁边说话聊天。

这时，沈牧起身接了一个电话，何凡借机凑过来，小声问："佳佳，我怎么觉得沈律师对你的态度不太一样呢？你们俩……有情况哦？"

顾佳马上否认："哪有？怎么会？没有的事。"

沈牧回来时，顾佳看了看时间，已经8点多了，起身和大家打招呼，先一步从包间里出来。

沈牧快步追上，说："我送你回去！"

顾佳摆手拒绝："不用了。"

沈牧见她坚持，也不想为难她。

回到歌厅里后，沈牧心事重重，赵大沪端着酒杯凑到他身旁，小声问："怎么了？今天看你心神不宁的。"

"没事。一会儿你们先玩着，我先回去了。"

"你把大家招呼出来，这会儿想把人留给我，自己溜之大吉？不行！"赵大沪不干。

沈牧无奈，从口袋里拿出一张银行卡，塞在赵大沪手里，说："账算在我身上。我真的先回了。"

说着，沈牧拿起外套就要走。

回去的路上，沈牧透过车窗，看着窗外闪过的霓虹灯，觉得心里空落落的。

到家后，沈牧就直接倒在沙发上睡着了。

半夜，沈牧翻开微信，看见顾佳在朋友圈发了一张自拍。她拿着话筒，在歌厅里唱歌，一众人中，只有沈牧与她看起来"最近"。

她配上了文字：喜欢了十年的歌，重听，依旧如故。

沈牧觉得这话似有两层深意，她的"十年"和"喜欢"都让他有种错觉，像是专门发给他看的。

沈牧嘲笑自己多想了，关上手机，简单洗漱之后，上床睡觉。

这一夜，顾佳也心事重重，躺在床上辗转反侧睡不着，一直到了两点才勉强睡着。

天亮了，顾佳做好早点，见妈妈还没有起床，就直接去了医院。

她才刚到顾尧的病房门口，就见有好几个医生护士纷纷冲进了顾尧的病房。

预感不对，顾佳快步跟过去，才发现顾尧病危，整个人紧紧闭着眼睛，大口大口地呼吸。

顾佳什么也不能问，只是眼睁睁看着医生抢救。

这时，从水房回来的林垚吓坏了，刚提的热水，扑通落地，差一点儿烫到顾佳。

"尧尧，尧尧。大夫您一定要救活他！一定要……"她趴在门口，大声哭泣，已经严重影响到医护人员的抢救。有护士出来将她支开后，又继续进去抢救。

这时，原本出去买饭的顾健回来了，问林垚怎么回事。

"我……我就是去提了一壶水，谁知道……"林垚哭诉。话还没说完，顾健就提着饭泼在她身上，大骂道："跟你说了多少次，不让你离开，不让你离开，你偏不听。我儿子今天要是抢救不过来，我让你抵命！"

"住手！住手！"顾佳喊道。顾健手上却丝毫没有要停下的意思。他将所有的愤怒都发泄到林垚身上，怒火中烧，面目狰狞，吓傻了林垚。

顾佳上前护在林垚的面前，骂道："你还是不是人！骂她的同时，你自己又在哪里？打她有用吗？打她就能让顾尧好起来吗！别给医生添乱！"

顾佳的话让顾健崩溃，他双手抱头，蹲下来，放声大哭。

此时的他，才觉得自己十分没用，既凑不齐手术费，又不能替儿子减轻痛苦。

"出了这种事，谁也没料到。但既然事情已经发生了，那就听医生的。"顾佳适时制止。

顾健失声痛哭，让顾佳也十分难受，她眼眶含泪，只能默默祈祷顾尧能够被抢救过来。

病房内，医生护士还在拼尽全力抢救，林垚忍着身上的痛，趴在门口，时时刻刻盯着儿子。

顾佳搀扶她找地方坐下来等。

"肾上腺素！"

"心跳！"

"准备电击！"

病房内传出各种急救措施的名称，顾佳和林垚两人既担忧又紧张地握紧彼此的手。

林垚一遍一遍地问："尧尧会没事吧？"

顾佳点头："会没事的。一定会好起来的。他那么可爱、聪明。"

二十多分钟后，顾尧终于被抢救回来。

主治医生摘掉了口罩，从病房里出来，对顾健和林垚说："孩子的病情恶化得非常快，不能再耽误了，这个星期如果能够找到配型成功的捐赠者，尽快考虑给他做手术。"

医生的话，让在场三人都十分心痛。

林垚一下子就腿软了，顾佳马上搀扶住。

顾佳这时才问："李医生，我昨天已经做了检验，请问什么时候能出结果？"

李医生想起来了，马上拨通检验科的电话，请对方调取检验结果。

这个时候，越是接近结果答案，越让人紧张。大家都担心配型不成功。

时间一秒一秒地过去了，周边有任何动静，都足以让他们心跳加速。

三分钟后，检验科再三核实后，给出答复：有25%的匹配成功率。

挂了电话，李医生马上欣喜地对顾佳说："配上了。"

顾佳睁大眼睛，心跳加速，喜极而泣，问："是真的吗？这也就是说，我可以救我弟弟了。他有救了！有救了！"顾佳激动不已，终于可以救他了。

见她是真心实意想要救顾尧，顾健和林垚也感动得落泪了。

67·姐 弟

情绪稳定后，顾佳问李医生："那请问什么时候可以给我弟弟做手术？"

李医生轻舒了一口气，说："你得先做一个体检，近期没有感冒、发烧、酗酒、炎症的话，就可以做了。"

说话的同时，主任打开手机，翻了翻日历，说："今天是周二，如果快的话，周四就可以安排手术了。"

顾佳点头："好，知道了。"

"那好，你们准备筹钱吧。我还有事，先去忙了。"李医生说完，转身就走了。

这时，病房里的其余护士医生，也相继出了病房。

林垚和顾健马上进了病房。

顾佳也跟着进去，走到顾尧的床边。

此时，顾尧已经睁开双眼，一看见妈妈，就知道她哭过了，便虚弱地说："妈妈，你怎么哭了？尧尧是不是又睡着了？"

林垚抓着他的手，贴在自己的脸上，说："没有。妈妈的尧尧一向很乖。是妈妈不好。妈妈着急了。"

顾尧笑了笑，又微微侧头看向顾佳，说："姐姐，你又来看我了。"

顾佳点点头，说："是啊，姐姐想你了。你一定要快点好起来。等你好了，带你去吃好吃的，好吗？"

顾尧"嗯"了声。

林垚放下儿子的手，回头看了顾佳一眼，想要征求她的意见，是否告诉尧尧他们姐弟之间的关系。

顾佳都明白，又看了顾尧一会儿，点头同意。

林垚往床头走了两步，站在尧尧的枕头旁边，指着顾佳说："尧尧，你不是一直想要一个姐姐吗？知道吗？这个善良的姐姐就是你的亲姐姐，是你同父异母的姐姐。"

顾尧惊喜，问："真的吗？太好了。我终于有姐姐了。"

林垚说："千真万确。"停顿了一下，她回头看了顾佳一眼，说："姐姐和你已经配型成功了，很快就可以给你做手术了。"

顾佳抿嘴一笑，说："是啊。所以你要乖乖地。这两天答应姐姐，一定要保护好自己，不可以感冒了。我们很快就能好起来了。"

"李医生说了，这两天一定不可以感冒，不出意外的话，后天就给你做手术了。等做了手术你就可以和其他同学一样上学了。"林垚说。

"可是手术……对姐姐会有损害吗？"顾尧问。

顾佳摇摇头，说："不会的。对姐姐来说，只是抽了一点儿血而已。这些血是可以再生的。只要你能健健康康，姐姐就没有白抽血。"

顾尧试图伸手，却还带着血氧监测仪。

顾佳懂他，伸手握住他的手，轻轻摇摇他的手，说："我们两个约定，都要好好的，努力活下去好吗？"

顾尧点点头，说："好！"

病房门口，沈牧早已站在她身后，看见他们姐弟二人，暖暖的。

时间不早了，顾佳怕顾尧劳累，给他盖好了被子，转身要走才看见沈牧。

沈牧也给顾尧挥了挥手，与顾佳一同出了病房。

"师父，你怎么来了？"顾佳问。

"和你一样，想来看看配型结果。"沈牧说。

"都知道了？"顾佳轻轻地说，脸上轻松了许多，"今天会再做一个全面的检查，如果没有问题的话，后天就可以做手术了。"

"这么快？"沈牧心里"咯噔"一下。

"尧尧的病情急，我恨不得现在就能做这个手术。"顾佳说。

沈牧低下头，动了动脚，说："一切都听医生的吧！"

"好！"顾佳应了一声。

"我已经和赵主任说过了，给你放长假。这两天就好好休息，等手术做完了，完全康复了再上班。"沈牧知道她放不下工作，提前安排好了一切。

"可是，何淑珍的案子怎么办？"顾佳问。一提到这个案子，顾佳又会想到顾健和妈妈争夺房产的事。目前，顾尧手术需要钱，只怕……

"我来处理。至于顾尧手术费的事，我来想办法。"沈牧早已猜到她的心思，让她宽心。

他安排得如此周密，顾佳不知道要说什么好。"谢谢师父的理解。"顾佳说。

"想好怎么和你妈妈说了吗？"沈牧问。

顾佳点点头，说："妈妈一向善良，会理解我的。"

"那就好。先回去休息吧！"沈牧支开她，自己又去了医生办公室，打听清楚了整个手术的风险，确定不会对顾佳身体造成很大伤害后，才放心了不少。

从医院出来，沈牧撞见了蒋荣。

"你怎么在这儿？"沈牧问。

蒋荣笑了一下，说："这话，该我问沈律师。我来见我的受理人。"

"顾健如今急需钱，我知道。但为了钱争夺房产，我一定不会善罢甘休的。"沈牧冷冷地说。

蒋荣仰天大笑一声，又冷嘲热讽道："哈哈。沈律师不必劝我，争不争都不是我说了算，当事人想委托我为自己争取权益，我又有何义务放弃？"

"你不怕输吗？"

"输赢对我来说并不重要，只要能让你不舒服，我就舒服。"蒋荣冷冷地说，"顾健他需要钱，所以这个房子，他必须要。"

沈牧嘴角微挑，冷笑一声，一手插进口袋说："还是那句话，鱼和熊掌不可兼得。你想利用他来对付我，我劝你早点放弃！"

蒋荣挑了下眉头，说："沈律师言重了。我还有事，就先走一步了。"

已经没有继续谈下去的必要，蒋荣想抬脚走人。可刚走了两步，沈牧便问："跟在梁信身边，你觉得会有前途吗？"

"你觉得呢？沈律师！"蒋荣一字一顿说完，进了医院门诊大门。

这时，沈牧的电话响了，他看了一眼，是赵大沪的电话。

"你到哪里了？"电话一通，赵大沪问。

"刚从医院出来。"沈牧说。

"情况怎么样？文琬已经猜到佳佳最近不太对劲，让我打电话问问呢。"赵大沪有点为难。

沈牧："我已经给她放假，她一会儿就会回去，会和她妈妈说。"

沈牧也有些不安。

"哎，他们娘俩也是不容易。行吧，你慢点开车，我先挂了。"说完，赵大沪挂断了电话。

68 · 手　术

盛海的天气不太好，原本想要回家的沈牧却意外地将车子开到了顾佳楼下。

天还没黑，刮着小风，沈牧将车窗升了起来。

路灯亮了，顾佳家里客厅的灯也亮了。

两个人影坐在窗前。

沈牧知道顾佳要向妈妈摊牌了，只是他不能确定像文琬那样的性子能否承受得了打击。与其说是她担心，倒不如说是沈牧担心。

车内沈牧焦急地等待，屋内，顾佳却给妈妈做了一桌好菜，坐下来边吃边聊。

平日里，文琬和顾佳两个人吃饭，从不开电视，但是今天顾佳却打开了电视。

此时的新闻联播里播着一个乡村青年教师，她孤身一人在山区已经支教了七年。

顾佳偷看妈妈的反应，她眼眶红润，感动道："不容易。国家要是能多一点儿这样的人才多好！"

"是啊。妈妈，我们以前去支教，那些孩子已经十多岁了，但是个头还不如城里十岁的孩子高，大多营养不良，教育也跟不上。"顾佳忙插嘴道。

文琬边听边点头，说："还是我的佳佳好，善良。"

顾佳笑了一下，抿唇后，才开口说："妈，有件事我想跟你说。"

文琬早就猜到顾佳有话要说，只是想等着她先开口，既然她已经开口了，她便听着。

"佳佳，你想说什么？"

"最近，我想去原来支教的学校做公益。"顾佳终究还是没有办法开口说手术的事，只好借题发挥，以支教为由试图蒙混过去。

以前，她去支教，都是开开心心地说，就算妈妈不同意，她也不会说什么。可是，今天她却这么正式地跟妈妈说，文琬总觉得她是话里有话。

"要去多久？你不是已经开始实习了吗？单位这边要怎么办？"

顾佳笑了，说："没多久。快的话两个星期，慢的话，大概要一个月吧！单位那边，我已经请好假了。"

"要这么久吗？"文琬担忧，"妈妈不是不支持你做公益，但你也不能因为这个耽误工作。"

顾佳抓住妈妈的手说："放心吧不会的。很快就会回来。"

"怎么会这么突然？之前你什么信息都没有透露。"

顾佳深吸一口气，唇角微挑，说："这不是突然决定的。不信，我给社团的学长打电话，让你听。"

说着顾佳就要拨电话，文琬却拦住了。

"妈信你！信你。但是你要早点回来。"文琬说。

顾佳一笑："以前我们支教、去福利院，还一个月呢，您也没觉得怎么样。怎么现在……"

"这不一样。妈妈就是觉得心慌。"文琬说。

"嗯，没事的，很快就会回来。"顾佳从不向妈妈撒谎，此时心慌不已，面红心跳，生怕她会看穿。

"好，妈给你装衣服。"说完，文琬转身就去卧室，给顾佳装衣服。

顾佳马上去拦，说："妈妈不用了。谭之卉也和我一起去，她带的衣服多，我蹭她的穿。嘿嘿。"

说着，顾佳紧紧挽着妈妈的手臂，将下巴抵在她的肩头撒娇。

"你呀。"文琬笑着指了指她的眉心，转身进了卧室。

好不容易说通了，见她出去，顾佳轻舒了一口气。

这时，顾佳给谭之卉发信息，千叮咛，万嘱咐，千万别说漏嘴了。

谭之卉气她将自己装了进去，这么大事都不跟她说。

顾佳一笑了之。

楼下的沈牧看着顾佳卧室的灯亮了，她的人影在窗前走来走去，看起来似乎说通了。他才放心回家了。

一进家门，沈牧打开房间灯，一阵冰冷，他打开天然气，烧了一壶开水，冲了一杯咖啡站在窗前喝。

他已经很久没有这样的感觉了，心中惶惶不安。

想起白天蒋荣的话，他从自己的抽屉里拿出了一张存折，上面只有不到 5 万元，但总比没有强。他将存折在放进了背包，又看了一会儿书才睡下。

顾佳的身体检查结果完全合格，她特意在谭之卉家里洗了个澡，穿着一身红色走进医院。

手术室早已消了毒，她的病床和顾尧的病床一起被推进了手术室。

在手术室门口，顾佳与顾尧两人牵了牵手，互相鼓励。

"姐姐，谢谢你！"顾尧说着，眼泪流了出来。

顾佳也眼眶含泪，握紧他的手，说："加油，弟弟！"

手术过程很漫长，躺在手术室里，顾佳盯着手术灯，默默祈祷手术成功。

手术室外，沈牧、谭之卉、顾健、林垚焦急地等待。

沈牧将背包里的那张存折递给了顾健，说："这些钱，你拿去给孩子治病，但是这个时候不能再去顾佳家里闹！否则，我会让你一分钱都拿不到！"

顾健看了看存折，搓了搓手，接过存折，低下了头。

整个手术足足进行了六个小时，顾佳被推出来的那一刻，沈牧和谭之卉都喜极而泣。

一看见沈牧，顾佳就笑了："我就知道师父会来。"

"感觉怎么样？"沈牧问。

"你这丫头，吓死我们了。这么长时间。"谭之卉握紧她的手，心疼道。

顾佳笑得很好看，轻轻摇头说："一切都很好，没有什么不适。除了不能站起来。"

这一句让大家都听笑了。

"都这个时候了还惦记着站起来跑。"谭之卉说。

只有沈牧和顾佳彼此清楚，她无非是不想让大家担心才这样说。

"让病人先回病房吧。好好休息。"李医生出来后，对大家说，"手术非常成功。两个人都安然无恙。"

林垚、顾健、沈牧、谭之卉也都放心了。刚刚从家赶来的赵大沪和文琬，听到医生这样说，也落下了泪。

回病房后，顾佳一看见妈妈便问："妈妈，你怎么知道了？"

文琬用手帕擦着眼泪，怪她：“你真是吓死妈妈了。做手术是多大的事！你怎么可以瞒着妈妈？”

顾佳看了看赵大沪，猜到是他说的，便说：“赵叔叔果然还是更偏向妈妈一些。”

赵大沪有些尴尬，沈牧替他解释：“他也是没有办法，不用怪赵主任。人没事就好。”

“嗯，我知道。”顾佳说完，转过头看看睡在隔壁床的顾尧，笑了。

69·休　假

一周后，顾佳出院了，而顾尧因为还需要留院观察，暂时转到普通病房了。

回到家的顾佳，还不能到处乱跑，仍要小心着凉感冒。闲得无聊了，顾佳就会给顾尧打电话，开视频，聊天聊地。姐弟俩的感情也因此增进了不少。

看到顾尧因为自己而身体越来越好，顾佳心里十分开心满足，脸上也终于再次绽放出阳光般的笑容。

放下手机的顾佳，即便是闲在家中也不得消停，时不时甩着马尾辫，踮起脚尖，翩翩起舞。

“慢点儿，身体还没有完全恢复好，不能做剧烈运动。可要悠着点。”正在厨房里煎鸡蛋的文琬，举着锅铲，再三叮嘱。

之前见她从手术室里出来，文琬担心得不得了，眼泪像是开了水龙头的水，怎么也止不住。如今见她还能跳舞，欢笑，文琬也总算是放心不少。有时也会在让顾佳和顾尧通电话时，站在她身后，问问顾尧的病情。

日子总算平静了。

文琬的水果店也因此好多天不营业了，她就专门在家看着顾佳，生怕顾佳又一个不吱声做傻事。

顾佳被她这么一看，就是两周。身体明明已经越来越好，可就是不放她出门。在家无聊的顾佳，除了抱着律法书看，就是看普法栏目剧，整个人都快抑郁了。

她实在待不住了，便缠着文琬放她出去，伸着两手指头，央求道：“就两个时辰，看场电影的时间，还不成吗？”

“不行！”文琬坚持不肯。

就在这时，沈牧将车子停在了顾佳家楼下，还打了两下喇叭。

听声，顾佳一下就猜出来是沈牧，回房换掉了睡衣去开门。

一看见沈牧亲自来带顾佳回去，文琬也不便继续坚持，只好答应了他们的请求。

从顾家出来，沈牧亲自替顾佳打开车门，系好安全带，锁好车门，才重新回到驾驶位上。

他发动车子时，顾佳问："师父怎么会知道我想出门？"

沈牧："猜的。"

"哦？别人怎么猜不出来？莫非师父还会算卦不成？"顾佳歪着头，盯着他的眼睛问。

沈牧唇线微挑，问她："想去哪儿？"

顾佳扭过身子，坐正了，手指贴在唇边，想了想道："喝酒唱歌跳舞都行，就是不要去图书馆之类的地方就好。在家的这两周，我整个人都快要发霉了。四年的法学书，我又整整看了四遍。"

沈牧听着想笑，故意落井下石道："正好可以补补你的专业知识。"

"师父！"顾佳拉长了音，撇嘴，小脸鼓得像塞了两个包子一样。

沈牧清了清嗓子，问："那你究竟想去哪里？"

"嗯——不如就去吃火锅吧！上一次都没有玩开心。"顾佳两手托在腮帮子上，扑闪着一双大眼睛，可怜巴巴的样子。

"不行，你的伤口还没有完全愈合，要忌口！"沈牧否定。

"都两周了，早就长好了。"顾佳失望地一叹气，嘴里忍不住小声嘟囔。

沈牧"嗯"了一声，她忙闭紧嘴巴，想了一下，才又说："那去看电影吧！顺便打电玩儿也可以。"

她终究还是选择了相对安全的活动。

沈牧打量她一翻，平日元气满满的她，八成去了电玩城也会找比较刺激的游戏吧。

沈牧思来想去，觉得还是看电影静止不动最为安全，于是赞同道："好，看电影。"

难得有机会与男神独处，还是看电影，顾佳有点小窃喜。

沈牧有意将车子开得慢了些，生怕颠着她。

觉察到车速慢了，顾佳在车里叫唤："师父，你的车慢得像蜗牛，后面的车都按喇叭啦！"

"嫌慢，自己下去走！"沈牧却不在意，依旧我行我素，反正车子占用的是慢车道。

到了电影院，顾佳想吃爆米花和可乐，均被沈牧拒绝了，换成了矿泉水和蛋糕。

堂堂的沈大律师，瞬间成了给小助理端水的仆人。

两人站在售票处，选来选去，选了一部温和的爱情片。

从头至尾，电影都没有什么波澜。原本打算在电影院借机靠在沈牧肩膀的顾佳，却出人意料地睡着了。

她头歪到一侧，枕到了沈牧的手臂上。

漆黑的影院内，偶尔闪过一道光，照在顾佳的脸上，显得十分好看。她额间零碎的几根长发贴在她的眼角处，睡姿动人。沈牧伸手轻轻拨开后，电影院里的灯光亮了。他忙缩回了手，生怕被人看见似的。

有人从他们身边借过，沈牧才叫醒了顾佳。

从电影院里出来，顾佳揉着眼睛，打着哈欠问："师父，电影里演了什么？"

沈牧指了指她的眉心，笑说："演了一只动物在电影院里睡觉。"

顾佳算是听出来了，沈牧在拐着弯说她。她嘴角一撇，满脸不服气："哼！师父不厚道哦！"

沈牧只笑了一下，不再辩驳。

从电影院里出来，时间还早，沈牧又带着她去电玩城。

在电玩城，顾佳玩得像个孩子，一会儿玩打地鼠，一会儿骑赛车。她又黑又亮的马尾辫随着她的身形微微摆动，那个元气满满的顾佳又回来了。

站在不远处的沈牧瞧着她，唇角也不由自主地勾起一抹微笑。

从赛车游戏上玩下来的顾佳，见沈牧始终只是远远地看着她，什么也不玩，拉着他尝试别的游戏，他都摆手拒绝，笑话他是老年人。

沈牧无奈，只好选了篮球，走到篮球筐前，与顾佳比赛投篮。

沈牧曾是校篮球队成员，二十只篮球全中。

顾佳这才欢呼雀跃，大叫："本来以为师父是青铜，没想到竟然是王者。"

沈牧唇角勾笑，摇摇头一脸无奈。

和沈牧在一起的时间总是过得很快，转眼就到了 12 点。顾佳的肚子"咕噜咕噜"不自觉地响了起来。她捂着肚子，缠着沈牧请客吃饭，故意敲他一竹杠。

70 · 敲　诈

看着她的样子，沈牧足足点了一大桌子菜，可是顾佳却不急不慢地小口吃。

"师父，这两周，何淑珍的案子怎么样了？被告没有再来找麻烦吧？"餐桌上，顾佳夹了一口麻辣豆腐就要往嘴里喂。

沈牧用公筷从她筷子里将豆腐夹了出来，轻轻放在一旁的空碟里，不疾不徐地说："二审的诉状已经递交上去了。目前的证据对她来说不够有利，还在找补充证据。"

顾佳眼睁睁看着他将那块豆腐夹走，眼睛从盯着豆腐转为盯着他，眉心早已皱成了"川"字，"家暴、欠款的证明难道还不够？"

"对于田烨华来说，就算是家暴有错，但终究抵不过故意杀人未遂的罪！对方心理变态，不肯轻易离婚。对于这样的案件来说，审判长也很头疼。"沈牧说。

"真的可惜，师父一定要请你的那个朋友帮她。这样的女人，想必有杀念之时，就已经没有想要活着的念头了。如果判了无期，只怕她就再也没有活下来的勇气了。"

一谈起案情，顾佳同情心又开始泛滥。她始终相信善恶终有报，QQ 上的座右铭一直是"勿以善小而不为，勿以恶小而为之"。一个善良的女人，苦了一辈子，却因为一场失败的婚姻，将自己送进了监狱，对她来说无疑是比杀了她还要恐怖。

她需要时间来认识错误，弥补过失。

本来上午已经玩得很开心了，转眼餐桌上谈起案件，她神色黯然，不利于身体恢复。

沈牧拿起公筷夹了一块鸡肉给她。

"吃吧！这都不是你该操心的。"

对于这样一桩故意伤人案，以沈牧与顾佳目前的身份，只能尽可能地帮助当事人离婚。至于二审结果如何，需要审判长最后的裁定。

顾佳知道他是担心自己多虑，但是一想到顾健曾经也家暴妈妈，她就会对顾健和田烨华无比憎恶。所有的错都源自他们这样的男人。

但一想到十年前沈牧对自己说的话，顾佳抬眉盯着他看了好一会儿，强颜欢笑道："师父也吃。对了，蒋律师这个人究竟是什么样的人？有胜算的把握吗？需要我做什么？"

沈牧唇角露出一抹邪笑，"他是梁信的人。曾经与他们二人多次站在法庭上辩论。他能够接手目前的案件，想必也是为了钱。"

"梁信？良心？……这名字倒还真是够反讽的……"顾佳一念名字，就觉得这个名字有意思，不禁笑出了声，"哈哈，还是师父的名字好听些。"

沈牧无奈，只觉得耳朵直发烧，他淡定地给她添了一杯水后，说："你就别操心别人了，养好自己的身子，准备领取资格证！"

"哦！对啊！我差点忘了，已经十一月了呢。"顾佳笑了，盯着天花板，双手合十，祈祷这段时间千万不要有什么大事。能够顺利领到资格证,就可以是合格的女律师啦。

瞧着她的样子,沈牧脸部肌肉也随着她的表情变化而变化。

放下手后,她问:"师父,那我拿到证以后,是不是会有什么惊喜啊?"

惊喜?沈牧想了一下,一本正经道:"但愿不是惊吓就好。"

顾佳吐了吐舌头,一撇嘴,又摩挲了下鼻头,说:"师父总是喜欢泼人冷水,好想打开你的头盖骨看看,你身体里是不是装满了冰块,才总是板着一张脸,冻得人发紫。"

沈牧身子往椅背上靠了靠,双手交叉于胸前,敲着桌子问:"顾助理,你今天已经敲诈了我451.5元。还不算油费。"

"才400多元啊。看来以后要多敲诈几回。"顾佳故意使坏,嗤笑了一会儿又马上纠正道:"等会儿,敲诈?师父,今天可是你自己主动接我出门的,也是你心甘情愿请我看电影、打游戏、吃饭的,怎么能说是敲诈呢?"

喘了口气,她又郑重其事地纠正:"用词不准!好歹也是鼎鼎有名的沈律师,怎么可以这么不专业?"

"比专业知识?被告邀请原告出门,原告有权选择是否同意。你作为原告没有同意,反倒提出更多无理要求,被告有权选择拒绝!"沈牧无语。

"可你没有拒绝呀!"顾佳反驳。

"拒绝也有明确和隐晦两种形式。"沈牧说。

"哦?那沈律师是说自己刚才想隐晦地表达不满了?对不起,我理解能力有限,听不清看不懂。"顾佳双手交叉于胸前,昂首反驳。

"嗯?"沈牧忽然发觉她的反应比以前更快了,不禁感叹道,"我现在严重怀疑你做的是大脑手术!"

这句话,顾佳算是听出来里面的深层意思了,她问:"师父这是在变相说我以前没脑子?"

"是你自己说的,我可没说。"沈牧挑衅道。

顾佳撇撇嘴,已经不想跟他争辩了,大口吃着菜。

回去的路上,沈牧故意逗她:"吃饱了饭,连话都说不动了?"

"谁说的!"顾佳否认。

这时,沈牧意外地从后视镜里发现了一辆黑色的车子跟着他们。

沈牧有意将车子开快了一些,对方也加快了速度。沈牧将车子放慢,对方也放慢,过了七八个路口,仍没有甩掉。

沈牧脚踩刹车，车子停了下来。但车门还没有打开，对方就已经飞快地提着木棍冲着他的车门堵了过来。

三四个莽撞大汉，个个肩膀上文着刺青。最前面的人，穿着黑色半袖，满脸横肉，第一棒重重砸在了沈牧车子的前盖上。

坐在副驾驶位上的顾佳被吓了一跳，身子往后缩了下。

沈牧见状，用力抓了她的手一下。顾佳马上镇定下来，看向他。

"就躲在车里，不许出来！"沈牧转身从后座找了一把长柄的扳手，快速推开门下车后关紧车门。

"师父，师父！"顾佳担心他会受伤，想要打开车门，才发现沈牧关门时就已经将车门反锁，她推不开。

顾佳拍着车窗，隔着车玻璃喊了好几声，沈牧却听不见，只是提着扳手，时刻观察着四周。

"你们最好看清楚，这里距离盛海市政府只有不到五公里，确定要在这里动手？"沈牧问。

有几个稍微瘦一点儿的小弟，看了看前面穿着黑色半袖的男人，略有迟疑。

"少废话！打的就是你们。要么拿钱，要么把车里的那个女人交出来！"那个男人大喝道。

沈牧顺着他的话，看了一眼车内，只见顾佳人已经不在车里了。

第三卷

开放心胸

71 · 砸　车

沈牧朝车内看去，才见两个小混混早就趁他不注意，撬开了车门，将顾佳从车上掳了下来。

"你们究竟是谁的人？"沈牧问。

黑衣的男人搂着顾佳的脖颈，冷哼一声："少废话！拿人钱财，替人消灾。爷儿今天就要了你们的狗命！"

"看样子，是有人雇凶杀人。呵！说，是田烨华还是顾健？"沈牧质问。

对方皱紧眉头，一丝冷笑，将顾佳搂得更紧了，凶神恶煞地说："不用猜了。坏了别人的事儿，就该想到会有这样的报应！兄弟们上！"

沈牧甚至来不及反应，对方四五个人就举着棍子朝沈牧砸来。

顾佳看着心疼，试图挣扎，却被勒得更紧了。

"师父！"顾佳才刚喊出一声，对方就又捂住了她的嘴。

不过短短几分钟，沈牧在一堆人中被接连打了三四下。顾佳看着他肩膀上渗出血来，她眼角滚出泪来。

沈牧被人打倒在地上，又重新爬起来，眼睛直勾勾盯着已经被吓哭的顾佳。

"顾佳！别怕！"沈牧大喊一声，冲过去，一脚狠狠踹在了那几个混混身上，终于将顾佳从他们手中救出来。

跟流氓永远讲不了道理，对付他们的最好办法，就是以暴制暴。

沈牧拉着顾佳，两个人以二对四，终于将他们一一打退。

待他们都跑后，沈牧才精疲力竭地靠在车门上瘫软下来。

顾佳忙从车内找了一瓶矿泉水，打开瓶盖后，喂他喝水。

"师父，你还好吗？"顾佳担忧地问，手指轻轻触摸他肩膀上流出来的鲜血，唇角颤抖，心疼不已。

她还记得第一天上法学课时，老教授说过，律师与记者、警察行业一样，也属于危险的行业，极有可能会遇到黑恶势力，可她始终相信善有善报，不会遭遇这样的事儿，却没想到才几个月就让她目睹了这样的事情发生。

黑道影片里的场景出现在她的面前，一点儿都不刺激好玩儿，她只想哭。

"别担心！没关系！给赵大沪打电话！"沈牧大口喘着粗气，说。

"不报警吗？"顾佳一边找手机，一边问。

沈牧自嘲地笑了一下，摇摇头说："不用，先拍照留好证据。"

"哦！"顾佳拿着手机，跪在地上，一张一张地拍下那些恐怖的照片，心中惶恐不安。

十几分钟后，赵大沪急匆匆地打车过来，一下车就被眼前的场景吓了一跳。

"这是出了什么事？"赵大沪问，和顾佳一起将沈牧扶上了车。

顾佳和沈牧一同坐在后座上，赵大沪进了驾驶室。

"几个混混而已。没事儿，先送佳佳回去。"沈牧说。

赵大沪从后视镜里与沈牧眼神交流，猜出他是担心顾佳被吓到，不再多问。

车子开到顾家后，顾佳还不想下车，坚持了半天，愣是被沈牧赶回了家。

看着车子走了，顾佳发红的眼睛终于流出泪来。

哭了有五分钟后，顾佳给谭之卉打电话，一句话还没说完，就又哭了。

"谭之卉，呜……我们……"顾佳话还没说完，谭之卉就觉得问题有点大，安慰她两句后，马上就来顾家找她。

两个人没敢上楼回家，又去了谭之卉家里说。

而从顾家的小区出来后的赵大沪，直接送沈牧回去。

"你确定不用去医院包扎一下？"路上，赵大沪问。

"一点儿小伤，不用那么麻烦。"沈牧靠在车后座上，说。

他干了这么多年的律师，十分清楚这种情况只要去医院，必然会被报警。目前，这是简单的伤害案件还是有人伺机报复还不清楚，不宜节外生枝。

赵大沪明白他的心思，看着路况好一点儿了，从后视镜里看着他疲惫的样子，追问："你是得罪了谁？"

沈牧精疲力竭地摇了摇头，说："不清楚。大概是以前办案子惹下的祸。"

而与此同时，谭之卉也在和顾佳推测会是谁下的毒手。

"会不会是你们现在处理的案件？"谭之卉问。

顾佳想了想，说："何淑珍的案件比较特殊，但以田烨华的实力，大概也没有办法雇凶杀人。"

"那……"谭之卉不好往后猜，而顾佳也清楚她是想猜顾健。

她沉默了。

沈牧在车里也闭上眼睛猜测会不会是顾健。

歹徒的车子一路跟着他们好几条街，应该是有备而来。

一种不祥的预感，油然而生。

或许，那些人与蒋荣也有莫大的关系。

"这两天，我看你也先别上班了。正好给佳佳也多放两天假。"车子开到沈家停车场，赵大沪熄火时说。

沈牧不屑地冷笑一声："不可能。单凭几个混混，还想左右我的事业？"

赵大沪扶着他下车，说："别意气用事，你毕竟也受了伤。"

"不至于！"说着，沈牧甩开了赵大沪的手，走进电梯。

"要不要去调查一下监控录像？"赵大沪突然想起来，问。

"车上有行车记录仪。"沈牧说。

到家后，沈牧与赵大沪两人共同观看录像，除了几个人的面容和对话，几乎没有其他线索。

"我猜，是有人坐不住了。"沈牧说。

"你推测会是谁？"赵大沪问。

沈牧咬了咬牙，摇头，不能确定。

"我这也当律师这么多年了，还没见谁敢这么明目张胆报仇的。那个人是有多恨你！"赵大沪见状，故意挑衅地说笑。

沈牧哭笑不得，"我现在一个离婚律师，能结多大仇？最多是财产分割不均。你办刑事案件看看有没有人要杀你？"

"那可不一定。说不定还能混两个保镖出来呢。"赵大沪不以为然，两人说起冷笑话来。

"呵呵，这个玩笑一点儿都不好笑。"沈牧说。

"好了，不说玩笑了。当真不报警？"片刻之后，赵大沪郑重地问。

沈牧摇头拒绝。

"给我两天时间，我需要调查一下。"沈牧说完，担心起顾佳来，又认真地看着赵大沪说，"现在，我就是担心顾佳。"

这话一出口，赵大沪寻思半天，觉得有点不对味。他观察沈牧的眼睛半天，才问："你喜欢佳佳？"

72·威　胁

沈牧眉心一皱，矢口否认："瞎说！"接着，他抿紧唇，补充道，"别人不知道，你还不清楚我的情况？"

赵大沪满脸不信，"以前她在的时候，你可不是这样。"

"少提她！"沈牧脸色立即变了。

"好好好，不提，不提。不过，话我说在前面，如果真喜欢佳佳，就要彻底跟过去告别，不能拖泥带水！"赵大沪明显偏袒顾佳。

沈牧听出话意来，探头问："我怎么觉得你这胳膊肘往外拐！怎么，还不是人家的后爸呢，就开始护娃了？"

一提到爸爸，赵大沪仔细一想，辈分有点乱，坏笑道："还别说，你俩要真是成了，你还得叫我爸爸。"

"说你胖，还喘了。"沈牧一拳打到他肩膀上，问："叫你爸爸，给我发钱吗？"

"你工资可都是我开的啊！"赵大沪笑。

"我今天才知道，你这坏起来可是不一般啊！"沈牧忍不住又捶了他一拳头。

赵大沪哈哈一笑后，看看时间已经不早了，就回家了。

屋内忽然安静下来，沈牧开始认真思考他与顾佳的关系。这段时间跟她朝夕相处以来，虽然总是对她百般挑剔，却也终究能够看到她的成长，遇到各种各样的危险，还是免不了要替她担心。

沈牧觉得自己沦陷了。

他起身给自己冲了一杯咖啡，边喝边想，想不通索性不想了。

过去的六年里，他接触了太多的刑事案件，难免会惹上一两个仇人，但他一个人也能应付得过来。可是如今……

今天，他不过是和她看了场电影罢了，竟然遇到这种事，那几个混混背后的人，极有可能与一个人有关。

这时，沈牧的手机响了，他拿起来一看，上面写着一行字："阿牧，你还好吗？"

沈牧眉心一紧，攥紧了手机，删除了短信。

深夜，顾佳躺在床上，将被子紧紧抱在怀里，想着白天沈牧打小流氓的事，不由自主地开始担心他，心疼他。

她也在猜那个人究竟会不会是顾健。

顾尧的病情虽然已经渐渐稳定了，但医院里还欠着一大笔钱，他会因为房产和钱，选择这种方式逼自己放弃房产吗？

他是被人利用了？

这时，顾佳听见文琬在卧房里咳嗽。

顾佳穿上衣服，走到文琬的卧房，用手摸摸她的额头，才发现她发烧了。

顾佳忙穿上外套，带着妈妈打车去了医院。

在急诊科一通检查后，才给妈妈输上液。还好只是轻微的风寒，输液后很快就能好起来。

见她输上液后，顾佳起身去打水。文琬担心顾佳身体没有完全恢复好，到处乱跑会影响康复，再三阻挠，顾佳却坚持己见。

文琬拗不过女儿，只好提醒她小心一些。

顾佳抿嘴一笑，拿着杯子就去了水房。

她刚走到水房，就听见了熟悉的声音。

"事情进展到现在，想退缩？没门！"是蒋荣的声音。

"蒋律师，这佳佳才刚刚救了尧尧，你说我……"顾健低下头，心里仅存的那点良心，让他心有不安。

蒋荣往前走了两步，盯着他的眼睛，问："当初要房的时候，你可不是这样的态度。怎么？怕了？良心发现了？哈哈！你在说笑吗？"

"不是……"

"不是什么？我当律师这么多年，还真就没有见过不爱钱的人。更何况，以你现在的情况，不要这笔钱，准备怎么填补你儿子的医疗费？用良心吗？哈哈，别开玩笑了！"

蒋荣的话让人十分不舒服，躲在门口的顾佳，不禁攥起了拳头。

"可……"顾健吞吞吐吐。

话还没有说完，蒋荣又是一声冷笑。

"你是我见过最没有野心的委托人了。我劝你，这笔钱是要也得要，不要也得要。我的律师费一分也不能少。你最好想清楚！"

"我要！"顾健犹豫了一下，终究还是一口应下。

"好！就要你这种魄力！"蒋荣说完就走了，留顾健一个人拎着水壶靠在墙边低头为难。

他轻叹一声后，将暖壶放在地上，整个人依靠着墙壁缓缓蹲下身来，两手狠狠抓着头发，将脸埋在两膝间。

顾佳从水房门口走过来，停在他身前，俯视着蹲在地上的他，说："我本来因为顾尧的事情对你有一点点的改观，看来是我想多了。"

听见顾佳的声音，顾健猛地一抬头，伸手抓住她的手腕，说："佳佳，爸爸也是没有办法。医院里还欠着那么多钱。"

顾佳立即抽回自己的手，面上血色全无，一脸嫌弃地说："够了，我再也不会相信你的话了，也永远都不会原谅你！"

"佳佳！"顾健站起身，想要解释清楚，却见顾佳已经转身走了。

看似洒脱的顾佳，从水房回来，整个人情绪都不太对。

手里拿着杯子，也忘了打水，一路跟跟跄跄地回到了急诊科的输液室。

她停住脚步，深吸一口气，两手伸到脸上，硬是挤出一个笑容后，才故作镇定地走到文琬身旁。

一看见顾佳的样子，文琬就觉得不太对，预感到出了什么事，忙问："佳佳，怎么了？"

顾佳愣了一下，忙编了一个理由，说："啊，没事啊！就是算算时间，休假已经两周了，怕影响工作，想上班了。"

"你不要用谎话骗我，到底发生什么事了？"文琬郑重地问。

"真的没事。妈妈，你这是怎么了？"顾佳说着就要坐下来。

文琬眼睛一刻也没有离开她，说："你说你去打水，却空着手回来，还说没事。"

"啊？什么？"顾佳惊讶地叫了一声，低头一看，才发现自己因为顾健的原因，居然气到忘了自己去水房是做什么的。

"妈妈，对不起，我忘了，等我一下，我现在去打水。"说着，顾佳转身就要去水房。

"慢着！"文琬叫住她。

顾佳止步，缓缓转过身，像一个犯错的小孩，说："妈妈。"

"到底出什么事了？你看见或者听见了什么？"文琬洞察到顾佳的异常，审问道。

"没有，只是刚才……刚才水房里没有热水了。等一会儿我再去。"顾佳试图隐瞒妈妈，情急之下找了一个连她自己都不相信的理由。

"佳佳，你是妈妈一手带大的，你的心事一向瞒不过我。你老实告诉我，究竟发生了什么事？"

眼看着再也瞒不住她，顾佳只好艰难开口道："我看见了他。"

73·倒 水

"他？你是说顾健？"文琬想了一下，一语猜中。

顾佳点头，坐在她旁边，两根食指不停地卷着衣角，说："我听到他和那个代理律师的对话。"

"听见了什么？"文琬问。

"他们之间有勾结，还在想方设法地争爷爷的遗产。"

"什么？"文琬眉心紧缩，此时她才明白佳佳的"忘记"，是因为受了打击（委屈）。她牵起顾佳的手，除了安慰不知该说什么好。

"原来，自始至终我们都没在他的心上。"顾佳自嘲道，随后牵起妈妈的手，说，"这次，看样子是一定要上法庭了。"

文琬无奈，只觉得头更疼了，又开始咳嗽。顾佳马上拍拍她的后背，又去倒水。

文琬的咳嗽好不容易停了，失落地说："想不到，终究还是走到了这一步。"

看着她黯然神伤的样子，顾佳说："您也别太伤神了，先养好病再说。有我和师父在，不会让他得逞的。"

文琬抬头看了看点滴，轻叹了一声，又问："那，那个孩子如今身体恢复得如何了？"

"妈妈是在担心他吗？"突然提到顾尧，顾佳脸上又转暖了。

之前，文琬一直忧心她的身体，埋怨她做手术都不肯告诉她，连带着对顾尧也态度一般。可是现在她却关心起顾尧的身子，让顾佳欣喜。她揽住妈妈的腰，对她温柔一笑，"就知道您最善解人意了。昨天，我还给李医生通了电话，说他身体好多了。再有几周，只要不发烧，基本就可以出院了。不如，等妈妈好了，我们一起去看他吧。"

文琬点头答应了。顾佳重新给妈妈倒了热水，一直看着她输完液，已经是快要天亮了。

输液室里的时间过得越加漫长，顾佳坐着坐着就睡着了。

小护士来拔针，看见顾佳的样子，将自己的衣服拿来给她盖上。直到天亮6点多的闹铃响了，顾佳才醒来，按掉了闹铃。

顾佳将身上的衣服还给了护士，搀扶着妈妈出了医院。

一打上车，顾佳就跟妈妈说，送妈妈回家后，她就直接去单位。

文琬担心她的身体，想拦却拦不住，只好叮嘱她万事小心。

重新回到律所，办公室里同事们都十分惊讶，纷纷凑上来问："佳佳，你怎么来了？"

顾佳眯着桃花眼，微微一笑："来上班啊！"

正在吃早点的李宜，拿着饼子也从办公桌前起来，凑过来，围着顾佳转了一圈，问："怎么觉得你今天有点不太一样？说，这几天干吗去了？"

"这几天？"顾佳这才知道原来沈牧并没有告诉大家那么多实情，她侧目一笑，说："我呀，去做了一个梦。"

"什么梦？"李宜被唬住了，追着问。

"白日做梦，不用上班的梦。"顾佳说完，捂着嘴，快步进了里间办公室。

"什么意思？"李宜不明觉厉。何凡想了一下，冲他脑袋上一敲，说道："在笑你白日做梦呢！"

这时，田秘书从里间出来了，见状问："你们两个人干吗呢？"

李宜指了指里间办公室，田秘书看过去，才明白过来。

"她这是来上班了？你们就不好奇吗？最近办公室里气氛不太对劲。对于顾佳的事，好像只有赵主任和沈律师知道。"

"没想到田秘书也这么八卦啊。"李宜笑着说。

"你们不也好奇嘛。人家一个实习生，随随便便旷工两个礼拜，老大一言不发。难道是和他们有关？"田秘书猜。

李宜斜眼看她，啧啧叹息："没看出来啊，田秘书八卦起来可也是了不得。"

田秘书白了他一眼，不愿多说，转身进了办公室。

见众人都散去了，顾佳坐在里间办公室里偷笑。

放下背包，脱掉外套，顾佳拿起扫把就要打扫卫生。刚扫到门口，就看见一双熟悉的黑色皮鞋停在她眼前。

顾佳顺着他的脚看上去，直到看到沈牧一脸严肃，才嘿嘿一笑："师父，您来啦！稍等一下，马上就好。"

说着，她转了个方向就要继续扫地，扫把却被沈牧一把抢了过去。

"谁让你来的？还扫地！"沈牧脸色十分难看，比平日里她做错事，还要凶，"办公室里不缺保洁！"

顾佳被吓了一跳，倒吸一口凉气，知道他是关心自己，硬的不好使，只好软着来。她嘿嘿一笑，说："哎呀，我都休息好了，没事了。"

沈牧不吃她这套，更加严厉地质问道："你不想要你的身体，大可以不用来上班！一个好的律师，同样需要一个健康的体魄。"

顾佳抿抿下唇说："知道啦！这不是没事了嘛。再说昨天发生那种事……"

沈牧神色凝重，质问道："昨天的事，我还在调查，不用你操心，拿包走人！"

见他真要赶自己走，顾佳索性不要扫把了，转身回到自己办公桌前死死抓住桌子，不离开。

"不！我不走！十头牛也拉不走我！"顾佳固执道。

沈牧当律师这么多年以来，还从未遇到过这样的助理，明明身体没有恢复完好，却坚持不肯回家休息。

眼看着赶不走她，他也不可能从办公室里硬拉她走，只觉得头疼不已。

办公室外的同事，还是何凡第一个发现里面气氛不太对劲，隐隐约约听见零星的几个词，就开始了各种幻想。

"里面是什么情况？那种事是哪种事？难道……"李宜不敢猜测，一向以专业著称的沈律师，难道会乘人之危？还是说，两个人已经确定了某种关系？因此那两个星期是……

"你瞎想什么？"何凡推了他一把，说，"老大是什么人？不会知法犯法的，最多就是自由恋爱。"

说到自由恋爱，何凡又问："对了，老大来咱们这儿也有一段时间了，一直没听他提起过女友、妻子什么的，还以为是禁欲系呢。没想到，竟然是喜欢这一款。"

外面的人小声议论，里面的沈牧无可奈何，向顾佳妥协了。虽然不再赶她走，却也只让她处理一些简单的文件，决不允许她干重活累活。

顾佳便欢欣雀跃地整理文件。

沈牧自己拿着抹布擦桌子，端茶倒水，这让窗外的同事们大吃一惊。

这一向都是下属给上司端茶倒水，何时听说过老板给员工端茶倒水的？

几个人眼珠子都要掉下来了，不约而同地说："有奸情。"

"情况不太对呀！"何凡说。

"难道沈律师喜欢佳佳？"李宜附和道，脑袋里早就上演了一部情意绵绵的都市言情剧，不禁感叹世事变化太快。

眼看着他哈喇子都要流下来了，赵大沪不知何时悄悄站在了他身后，猛地用桌上的法律书冲着他头上打了一下。

74·公　证

李宜两手捂着头，一脸哭相，对赵大沪委屈道："赵主任，您怎么下手这么狠？要是把我打死了，可没人给你干活！"

赵大沪"哼"了一声："现在这个社会，想找个干活的还不容易？只有人找活儿，哪有活找人的。没了你，还有千千万万个李宜等着给我干活呢！"

李宜一脸委屈，说："赵主任，您这话就不对了。战争年代是需要千千万万个革命烈士，和谐社会主义，当律师又这么可爱的李宜，可就我一个！"

"油嘴滑舌！我看是找死的李宜就你一个。"赵主任说完，又冲着他头上打了一下，转身就走。

李宜捂着头，大喊一声"主任慢走"之后，又看了一眼顾佳和沈牧，边摇头边小声嘀咕："同样是员工，差别怎么就这么大呢？"

两周没有来工作，坐在办公桌前的顾佳，明显觉得有些不适应。除了何淑珍的案件，沈牧趁她休息时，还接了两三个调解的离婚案。

整理资料时，她发现沈牧档案里的对话和录音记录，与以前的咨询档案有了很大的不同。他甚至会仔细询问当事人的诉求，耐着性子听他们说出自己的委屈、心声。

顾佳知道是自己影响了他。

收好了档案，顾佳开始整理网上的一些特殊案件及律法知识，才发现沈牧帮她梳理了不少。

他的贴心，让她心里暖暖的。当面说谢，她才不愿意呢，只好用微信给他发了一个谢谢的表情。

沈牧专心致志在处理案件，没有注意到。

几分钟后，顾佳起身给他倒水，才发现他还在阅读顾佳爷爷的遗嘱，她忍不住问："师父，这是……"

沈牧抬头看了她一眼，担心她多想，说："没事，只是查阅一下，以备……"

"师父不必瞒我了。昨天，我在医院见到他了。听到了蒋律师与他的谈话。"顾佳说。

沈牧："既然你都知道了，那你有什么打算？"

办公室里的空气忽然凝结了。沈牧等着她的回答。

"走法律程序。这一次绝不会心软！"顾佳说。

"蒋荣也给我打过电话了。想必昨天砸车的人，应该也是你父亲的人。"沈牧说，"今天早上收到了法院传票。"

"接下来，要尽快补充完所有证据，准备开庭。"沈牧说。

顾佳静静地闭上了眼睛，深吸一口气，再睁开眼时，坚定地说："好！"

"莒南小区已经在和房主洽谈拆迁款，最好能赶在拆迁之前处理完案件。"

"知道了。那何淑珍的案子……"顾佳问。

"今天早晨，我刚刚拿到出烨华的精神证明，他有家暴倾向及严重的心理畸形。另外有新增的人证，离婚应该不难。我会设法建议与被告庭外调解。调解不成，上诉的话，应该也不是什么难事。"

顾佳点头，说："师父，那我……"

"最近所里没有什么大事，你身体还没有完全恢复，先回去休息吧。"沈牧的话还没有说完，顾佳就摇头拒绝。

"这样，一会儿我要去公证处，你……如果可以的话……"沈牧无奈。

"没问题！"顾佳马上点头同意，不等他后面的话说完，转身就去拿包，生怕他会反悔。

沈牧看了看时间，已经9点半了，简单收拾一下，与顾佳出了律所。

坐上车后，顾佳抱着笔记本，老老实实地坐在副驾驶位上。看见挡风玻璃上的那一块裂纹，想起他昨天肩膀受伤，问："师父，你的肩膀……"

"没事。一点儿皮外伤。"沈牧轻描淡写，看了一下后面的车，将车子开出了停车场。

从沈牧和顾佳一同出办公室起，公司里的人就趴在窗口上等着看他们是否上了同一辆车，朝哪个方向走。

"你们说，沈律师会不会和顾助理借着办公的由头出去约会？这是去哪儿啊？"同事好奇地问。

"看来是真的有情况。"此话一出口，嚼舌根的几个人又连吃了赵大沪的几掌，只好乖乖地回去好好工作。

车子绕过华安街，不到半个小时时间，就到了盛海市财产公证处。

停好车，顾佳跟在沈牧身后，一前一后地进了办公大楼。

到了办公前台，沈牧取出顾佳爷爷留给她的遗嘱，呈给公证处做了一份公证鉴定，同时，拿出莒南小区的购房合同，一同做了公证。

"您好，请您帮忙核实一下两份文件的真实性，并做一下公证。"沈牧说。

"好，请稍等片刻。"工作人员面带微笑，双手接过文件后，转身去复印材料。

做公证鉴定都需要核查资料，时间会比较长，沈牧转过身，对顾佳说："去那边等吧！"

顾佳笑了一下，点头，与他走到大厅的皮质沙发边坐下来。

顾佳还是第一次来这里，坐下来后，仰头看着大厅，灯光璀璨，耀眼夺目。

"师父，是所有的案件证明都可以在这里做公证吗？爷爷的遗嘱和购房协议应该不会出问题吧？"顾佳问。

沈牧给她倒了一杯咖啡，观察了一下周边的环境，说："通常，所有与案件有关的存疑证明材料，都需要由委托人提出要求，做一份公证，保险一些。"

顾佳点了下头，问："那昨天砸车的那几个人，会是顾健的人吗？"

沈牧不吭声，低头看了一下时间，再抬头时，才幽幽地说："还在查，不确定。你最近也尽量少去人少的地方。"

顾佳笑了一下，说："师父怕我出事？"

"少自作多情。你是我助理，我免不了要担责。"沈牧硬着头皮找借口。

顾佳唇角一勾，笑着说："明明就是关心，还不承认。"说完，小声嘀咕："不是助理，也可以负责。"

"事实胜于雄辩，没什么好争议的。"沈牧有些坐不住了，起身去催工作人员，"我去看看办得怎么样了。"

看着他高挺的身姿，顾佳深吸一口气后，侧靠在沙发上，看着他，总觉得他帅得耀目。

75·破 灭

这时，顾佳的电话响了，是谭之卉。顾佳转过身，坐正了接听。

"喂，谭之卉啊。"

"佳佳，你是在公证处吗？"谭之卉直接说出了顾佳的地理位置。

顾佳环顾四周，也没有看见谭之卉，问："是啊。你在吗？我怎么看不见你？"

"嗯。稍等一下，我马上过去。"站在柜台后的谭之卉说完，就挂了电话。

听着电话里的忙音，顾佳一头雾水。

十分钟后，顾佳刚端起咖啡准备喝，就被谭之卉换成了一杯清水。"喝这个！"

要不是顾佳反应快，杯子刚刚就掉地上了。

"身体恢复得如何？这才多长时间，不好好待在家里，出来乱跑什么？"谭之卉端着咖啡坐在她旁边，一手搭在她的肩膀上，手上缠着她的马尾辫，略带指责地说。

知道她是心疼自己，顾佳冲她嘿嘿一笑，说："没有乱跑，就是出来办点事！"

谭之卉嘴一嘬，不信，一副顾佳家长的做派："少来，动这么大手术，还这么不听话。你以为我不知道，你是出来工作。我说你心怎么那么大呢？别人感个冒都恨不得请半个月假，就你，病了都困不住你。"

认识谭之卉那么多年，顾佳清楚一碰到这种关键问题，她总是喜欢打破砂锅问到底，是个吃软不吃硬的主。她只好牵着谭之卉的手，轻轻摇着，撒娇卖萌："哎呀，你知道的，我就是一个闲不住的人。整天在家里和我妈妈大眼瞪小眼的，水果店都要荒废了。"

"嗯，继续找借口。"谭之卉收回手，两手交叉在胸前。

顾佳深吸一口气，继续找借口："咱们都是学法律的，那几个案子，现在不处理完毕，后面还是我的。我可不喜欢加班。"

"你加班的次数还少了？"说话的工夫，谭之卉一转头竟然看见了站在柜台边的沈牧，一惊，忙凑近了顾佳问："和他一起来的？"

顾佳看向沈牧，他两手插在西装口袋里，还在和工作人员交谈。

她点点头，面上竟然有点泛红。谭之卉马上将刚才审讯她的话题，又换成新话题："老实交代，进展到哪一步了？"

"什么哪一步？"此话一出口，顾佳马上回过神，反问。

谭之卉不搭腔，继续凑近了问："表白了？牵手？拥抱？接吻？总不会……"

"少胡说。谭大妈，您多想了。"顾佳轻轻打了她一下，蹙眉道。

"走开！你才是大妈！"谭之卉像是泄气的皮球，靠在沙发上，满脸遗憾："我还不是为你的终身大事操心。你们俩啊，我看都一样，谁也不愿意先主动开口。"

顾佳不否认，也不拒绝。

其实这么久以来，她早就发现了沈牧的举动异常，他不是没有变化，也或者从心底里有了细微地变化。只是，她不想为难他，逼他……

他的心冰封了太久，融化总需要一个漫长的春季。

她始终相信，只要有情，终究会有一天，水到渠成。

只是不是现在。

谭之卉笑笑："那这样的话，天天一起上班下班，出去办事，见面相处的机会多了，也会……嗯，也是好事。不过，你可不能再累到了。别再让阿姨担心了。"

顾佳笑了一下："知道了。"

这时，沈牧那头已经办好了，拿着文件走过来，说："已经办好了。走吧！"

这时，他才发现谭之卉也在，冲她点了一下头，问："来办事？"

谭之卉"嗯"了一声，又看了一眼顾佳说："那你们办完事了，就早点回去吧！"

"好！拜拜！"顾佳挥手再见。

沈牧也点头，"再见！"

从公证处出来，沈牧将文件交给顾佳后，两人一前一后准备上车。

顾佳问："师父，现在去哪儿？"

"回律所。"沈牧说。

这时，顾佳看见蒋荣居然也站在公证处门口。

"师父，你看……"顾佳说。

沈牧看见蒋荣后，忙将顾佳拉到自己身后，两人一前一后地走到蒋荣面前，说："蒋律师！"

"沈律师！好巧啊！"蒋荣唇角露出一抹邪笑，看了顾佳一眼后，又说："顾助理也在啊！看样子，两位来这也是为了房子的事。你父亲……"

"别……"一提到顾佳父亲，顾佳当场就想反驳，却被沈牧拦住了，替她开口道："法院传票我们已经收到了，不劳蒋律师操心。"

"沈律师这话说得……大家是同行，免不了要对簿公堂。"蒋荣懒散地往前走了两步后，又道："不知是否已经做好了准备？"

"想不到蒋律师竟然也会关心对手？"沈牧冷言道。

蒋荣的喉结处动了动，咬了咬牙床，邪笑："我是想提醒沈律师一句，你们手上的证据，恐怕是假的。如果庭外调解的话，或许还可以考虑让我的当事人分给你们一点儿财产。否则的话，你们怕是要输得很惨。"

沈牧知道他是激将法，毫不在意。

"蒋律师还是多操心操心自己的事吧，这一次希望你不会输得太惨。"沈牧说。

蒋荣脸色有些难看，收起笑容，说："既然你们不愿意调解，那也休怪我不客气！看谁能笑到最后！"

说完，蒋荣走到沈牧旁边，说："有句话我得提醒沈律师，代理律师与委托人关系匪浅，难免会遭人诟病！"

"你！"顾佳想反驳，沈牧却抓住她的手，对蒋荣说："蒋律师什么时候开始关心别人的私生活了？"

"你……"

"哪条律法规定，律师不能接亲友的官司？"沈牧顿了一下补充道，"说起来，像顾健这样没有责任担当、喜欢恩将仇报的人，蒋律师不怕接了案子，拿不到想要的东西？"

虽然气势上已经输了，但是蒋荣还是不服软，回归正题："沈律师不必激我。只提醒你们一句，你们手上的那份遗嘱是假的。"

"真假自有分辨！不容蒋律师幻想猜测。"沈牧说完，扔下一句"我还有事，失陪了"后，便与顾佳一同上了车。

坐到车上，顾佳对沈牧竖起大拇指，夸赞道："师父果然厉害！"

"系好安全带！"沈牧唇角露出一分浅笑后，嘱咐道。

"好嘞！"说着，顾佳飞快地系好安全带。

76·阑 尾

车子从公证处开出来刚走了两个十字路口，就遇到红灯停下来。

沈牧回忆刚刚与蒋荣的对话，觉得哪里不对劲儿，马上从顾佳手里要走了资料。打开看了一眼那份遗嘱，果然公证处做出的结论是"假"！

沈牧愣了，莫不是刚才被人掉了包？但自始至终，除了工作人员，其他人谁也没有碰过。而这个时候，蒋荣突然出现在公证处，是来做什么？

看到他疑惑，顾佳也担心地问："师父，怎么了？"

沈牧不说话，绿灯亮了，沈牧将车开到前面的公交站，说："一会你下车，先打车自己回去。我要回去一趟。"

"不！出什么事了？我也去。"顾佳坚持，睁着一双坚定的双眼。

"顾佳，再有几天，就该开庭了，一旦病了，所有的努力将会前功尽弃。"沈牧说。

顾佳："师父，毕竟也是为了我的事，我有权参与。"

"下车！"沈牧不再多说，直接赶她走。

顾佳无奈，看着他又是板着一张脸，心凉了。

待她下车后，沈牧飞快地将车子开走，调转车头，重新回到公证处。

结果，正如他所料，顾佳爷爷留给她的遗嘱，是假的。

这一场官司，只怕是要输。

他掏出自己的律师资格证，请工作人员调取顾佳爷爷的房产的相关信息，最后查到了真正的遗嘱，居然是在顾佳爷爷去世的前一天签订下来的，持有人是顾健。

这场官司，不简单。

沈牧给赵大沪打了电话后，直接去他的家里谈。

顾佳回到家后，刚打开门，就听见文琬从卧房里出来。

"是佳佳吧？"文琬说。

"妈妈，是我。怎么样？今天还发烧吗？"顾佳将钥匙放在鞋柜上，走到客厅。

文琬走到沙发处坐下来问："妈妈已经没事了。你呢？今天上班累不累？这还不到下午，怎么就回来了？"

顾佳担心妈妈的身子，强打精神，说："这不是师父怕我累着，早早让我回来了。"

"还没吃饭吧！妈妈去给你做饭。"说完，文琬起身就要给顾佳做饭。顾佳还没来得及拦住，就见她人直直地倒了下去。

"妈妈！妈！你怎么了？"顾佳大喊道。文琬却没有反应，几秒钟后，才迷迷糊糊地睁开眼，显得十分疲惫。

情急之下，顾佳拨打了沈牧的电话。

一听见是文琬昏倒了，赵大沪和沈牧马上从赵大沪家里开车过来。

一到家，赵大沪背着文琬就放在了车上。

到了济康医院，几人各司其职，缴费的缴费，找医生的找医生，好不容易才确诊出是阑尾炎，必须马上动手术。

听到这个消息后，顾佳急得掉眼泪，一双手抖得不知如何是好。

沈牧见状，将她揽在怀里，拍拍她的肩膀，安慰她："没事的，没事的。"

"都是我不好，昨天晚上妈妈发高烧，还以为只是单纯的感冒，输了液居然也不管用。是我不好！"顾佳自责。

沈牧说："不能怪你，不是你的错。"

"佳佳，不用太担心。阑尾炎手术不是什么大手术，切了就不疼了。"赵大沪也安慰道。

这时，医院里主治医生看完了文琬的病情后，跟顾佳讲了很多关于阑尾炎的病例，以及这种病的手术成功概率和风险，才勉强算是让顾佳放心不少。

手术之前，先将文琬送进了急诊病房。

顾佳去打水时，正好碰见了林垚。

两人聊了几句后，林垚才知道是文琬生病住院了。

知道进了医院，就要大把花钱，林垚从包里掏出几百元塞给顾佳。

"佳佳，别怪你爸爸，说到底，你爸爸他也是为了尧尧。他一个四十多岁的男人，儿子到现在也才八岁，还是个病孩子……"林垚低头，有些愧疚。

"林阿姨，您什么也不用说，我都懂。"顾佳说。

林垚抬头看看顾佳，本就因为顾健和顾尧的事对她心怀内疚，如今见她如此懂事，更加心里不安。

"我……想去看看你妈妈。"林垚艰难开口。

顾佳唇角露出一分欣慰的笑，点头："好，我带你去！"

顾佳与文琬两人正要转身去病房时，顾尧却突然从水房里冒出头来，争着说："我也要去。"

一看见他，顾佳便问："小家伙，你怎么出来了？医生准许你出来了吗？"

顾尧仰头看着他，嘻嘻一笑："姐姐呢？身体已经康复了吗？我已经好多了。"

"李医生准许我在科室走廊里走走，不让我出医院的大门。我就去看一眼，行吗？"

见他乖巧，顾佳也不好拒绝，摸摸他的头，叹了一口气，勉为其难地答应。

"那好吧。不过不许到处乱跑！不然姐姐以后再也不理你了。"顾佳知道他渴望亲情，故意吓唬他。

小家伙马上举起右手，敬礼："遵命！"

顾佳抬头看了林垚一眼，两人相视一笑，一同去了文琬的病房。

输了一些止疼药，文琬已经醒了，只是依旧疼痛不已。

听见房门开了，大家以为是顾佳，都朝门口看去。

赵大沪还不忘叮嘱："佳佳，你也还是个病人呢。坐下歇会儿，别逞强，别拿自己的身子不当回事。"

话音刚落，赵大沪和文琬都看见了林垚和顾尧。

赵大沪愣了一下，文琬也有些意外，强撑着疼得不得了的身子，稍稍往前靠了靠，说："你们……"

顾佳低头看了顾尧一眼，右手摸摸他的头，对他笑了一下，拉着他走到文琬床边。

"没错，他就是顾尧。我弟弟。"顾佳说得还有些小骄傲

"妈，尧尧在学校，那可是学霸！"顾佳低头看他，反问："是不是？"

顾尧一仰头，笑得十分阳光，说："还需要不断努力呢！"他松开顾佳的手，往文琬身边走了走，问："阿姨，疼吗？要坚强！等做了手术，很快就能好了，然后再也不会疼了呢。"

在生病这件事上，顾尧的确很有发言权，他的话让众人都笑了。

77·小 店

这时，沈牧也忙完了，站在病房门口，看着他们几个人笑了。

顾佳笑着笑着一转头，恰好看见沈牧。

她让顾尧坐下和妈妈聊天，自己走到沈牧面前，问："怎么不进来？"

"病房里人多，就站在门口看看。"沈牧说。

顾佳两手插在口袋里，与他一同出了病房，站在走廊里说话。

她刚想靠墙站，沈牧就脱下了自己的外套，给她披上。

"谢谢师父！"顾佳侧过脸，看着他的眼睛说。

沈牧唇线有了细微变化后，转过脸，盯着当面的墙壁。

出了这么大的事，还有他和赵叔叔可以帮忙，顾佳欣慰许多。

以前，她总是和妈妈两个人互相照顾，总觉得忙不过来。现在不一样了，像是老天给了她很多温暖的太阳。

她不由自主地笑了，沈牧余光中看见她笑，问："笑什么？"

"没什么。"

沈牧不再说话，顾佳则又往左移动了两步，离他更近一点儿了。两个人并排站在一起。

几分钟后，顾尧和林垚从病房里出来，一看见顾佳，林垚冲她点了下头。

顾尧则注意到姐姐与沈牧之间的关系非同一般，冲她挤了下眼睛，做出一个"加油"的动作。

顾佳笑了下，说："人小鬼大！"

"姐姐，别忘了你答应过我的，要请我吃好吃的。"顾尧人都走远了，还不忘回过头提醒她。

"小样儿！忘了不。回去一定要乖乖的啊！"顾佳两手在唇边画出一个微笑后，挥挥手再见。

顾尧也同她挥挥手，回了病房。

"回去吧！"沈牧说。

"好！"

从走廊回病房，明明只有几步远，顾佳却觉得和沈牧走了很久。

自从她给顾尧捐献骨髓以后，她就觉得沈牧对她的感觉不太一样了。

进病房时，两个人的手都碰到了对方的手背，却又马上缩回了手。

最后一次，顾佳手已经挨到了沈牧的手背，听见赵大沪的声音又马上缩回了手。

"佳佳，律所还有点事，我先回去了。主治医生一会儿过来，会给你妈妈做检查。你盯着点，有问题随时联系我。"赵大沪嘱咐完，挎上外套和背包就往外走。

"知道了，赵叔叔。"

待他走后，顾佳看了沈牧一眼，搬个凳子坐在妈妈床边。

"妈妈，想吃什么？我去给你买。"顾佳给妈妈拽了拽被子，轻声说。

病房里只留下沈牧一个男人，他略有些不自在，正好借着顾佳的借口，出去买水果、饭。

以前，文琬或许看不出来，但自从顾佳父亲闹事以来，沈牧对她家一直是有求必应，能帮则帮，甚至是比她这个妈妈做得还要好。

对这样的一个男人，说他们只是单纯的同事关系，文琬是不信的。

这么久以来，她也盼着顾佳能有一个好归宿，如今这个负责、帅气、有担当的男人出现了，文琬自然希望佳佳能牢牢抓住。于是，她也忙催顾佳和沈牧一起出去。

"佳佳，妈妈下午还有一个检查要做，吃不了油腻的东西。你们两个出去吃饭，妈妈喝点粥就好了。"

"妈，您这身子弱，怎么能就只吃一点儿清粥呢？"顾佳心疼道。

文琬忍着疼，躺平后，说："去吧！妈困了，想睡会儿。"

文琬以前从不这样，今天当着沈牧这样，顾佳有些尴尬地看了沈牧一眼。

沈牧看懂了文琬的意思，大方地跟顾佳说："走啊！先让阿姨休息。"

顾佳依依不舍地看了文琬一眼后，拿上钱包，与沈牧一同出了病房。

医院附近没什么有营养的东西，回家去做也不太现实，沈牧只好带着她去了城里一家专门给病人做营养餐的小店。

刚一坐下来，顾佳便问："师父，你怎么知道这个地方？这儿可不好找。"

沈牧只笑不语，与老板点餐后，坐下来等。

"顺路。"沈牧说得轻描淡写，可是顾佳却不信。

"我才不信。这么犄角旮旯儿的地方，别说是顺路，就是导航都未必搜得到。"顾佳说完，又凑近了沈牧问："该不是师父以前生病……"

对于沈牧的身世，顾佳虽然没有深究，但多少能猜到一点儿。

上一次，去他家，他整个房间全是黑白灰，让人觉得冷得可怕。他一个人住，感冒生病必然都只有自己照顾自己。

"以前犯过胃痛，恰好路过。"沈牧说。

"师父有胃痛的毛病？怪不得不怎么吃辣。"想起之前一起吃饭，顾佳说。

沈牧笑了一下，没吭声。

这时，服务员将他们两人点的餐呈上来。

一份"一清二白"，一份"鱼香肉丝"，外加两碗粥。

沈牧随手将粥推到她面前："特意给你点的。"

顾佳瞪大眼睛，盯着那盘"一清二白"问："白水煮豆腐？"

"不吃？不吃可就饿肚子了。"沈牧说着，已经拿好了筷子。

顾佳蹙了蹙眉，赔笑道："吃。肯定特别好吃。"

"这么违心？"沈牧问。

顾佳头一歪，将马尾甩到一边："这可不是违心，是真心话。"

"刚才谁满脸不情愿地说白水煮豆腐？"沈牧说。

顾佳挠挠头，说："我不过是说着玩儿而已，师父干吗这么当真呢？"

"好了，快吃吧！你妈妈还一个人在医院呢。"沈牧用下巴指了指桌上的盘子，催促道。

"好嘞！"顾佳笑了一下，开始吃饭。

两人刚吃了没几口，沈牧的电话忽然响了。

沈牧看了一下来电显示，是蒋荣的名字。接通了电话，对方只说了一句话，沈牧冷着脸说："你最好试试！"说完，便狠狠挂断了电话。

"师父，谁的电话？"顾佳咬着下唇，觉得那个电话极有可能跟顾健或者蒋荣有关。

沈牧不想她担心，说："吃饭！"

"刚才还好好的，转眼态度就变了。"顾佳低下头，小声嘀咕。

沈牧深吸一口气，调整情绪后，说："是单位上的事。最近你还是先忙你妈妈的事，别的事不用你操心。"

"是何淑珍的案子？二审定下来了？"顾佳问。

沈牧摇头，说："不是，是关于你爷爷留给你的遗嘱。"

78·致　谢

这下顾佳傻眼了，愣了一下，才问："出问题了？打电话的是蒋荣？"

沈牧郑重点头："是。你手里那份遗嘱是假的。"

"假的？"顾佳不敢置信，说着就要找那份档案，才发现沈牧早已收起来。

她拿起衣服就要往外走，却被沈牧抓住手臂，说："先吃饭！"

顾佳没办法，只好从背包里拿出涂鸦，开始细细捋顺所有开庭证据。

离婚证明、照片、协议、遗嘱和顾健未履行父亲抚养责任证明，也仅仅只有五份材料，如今，遗嘱出现问题，想要打赢这场官司不容易。

她开始有些担心。

见她眉心皱起来，沈牧轻轻用手指帮她将平了后，才说："没关系，有我在。"

顾佳轻轻点头，说："好。"

"一会儿，我送你先回医院，我回单位。"沈牧嘱咐道。

"不，我也要一起去。"顾佳固执地说。

"听话。"沈牧下令。

顾佳却依旧坚持不肯，快速吃完饭，等沈牧付账后，早早坐在了他的车上。

上车后，沈牧手握方向盘，依旧将车子开到了医院。顾佳坚持不下车，沈牧也只好将车子停在医院，一动不动。两人僵持了五分钟后，谁也不让步，沈牧只好先下车，进了医院。

文琬的检查已经做完了，顾佳跟妈妈打过招呼后，又与沈牧一同回了单位。没想到，办公室里早有人候着。

顾佳看了两眼后，才认出她就是当初他俩从电梯上救下来的女人——韩玎。

韩玎戴着一副墨镜，穿着一步裙，跷着二郎腿坐在沈牧的桌前。

一看见顾佳，韩玎起身，摘下墨镜，向顾佳伸出右手："好久不见！顾姑娘。"

今日的韩玎，不像当天出事的那个女人，气质非凡，倒像是一个狠角色。

沈牧担心她会做出对顾佳不利的事，站在了顾佳面前，说："韩女士怎么会在这里？"

韩玎笑了下，说："沈律师竟如此紧张。上一次您和顾助理救了我们母女，今天我是特意上门致谢的。"

顾佳单纯，听她这么说，信以为真，从沈牧身后探出头来，伸手与她握了握手，说："客气客气，不过是举手之劳罢了。"

韩玎邪笑地看了沈牧一眼，与顾佳握手致谢。

沈牧以他多年律师行业的经验来推断，韩玎此番来，绝对不是单纯的致谢那么简单。但顾佳在，他不便泼她凉水，只好给韩玎让座，坐回办公桌前。

顾佳见状，马上转身去给她倒水。

韩玎接过顾佳端来的茶水，说："为了真诚地致谢，今天，我特意准备了晚宴，想请两位赏光。两位可千万不要拒绝呀！"

果然如沈牧所料，她此番来，目的并不单纯。

"谢谢！不必麻烦。"沈牧说。

"沈律师怎么会如此警惕，不过是吃顿饭罢了。"韩玎揪了揪裙子上的一点儿小毛线，说。

"不是警惕，是受之有愧。"沈牧纠正。

见好话不管用，韩玎拍了拍手，从门外走进来两个穿着黑色西装的魁梧男人，站在了她身边。

其中一个黑衣人将一个牛皮纸文件袋双手交给她："韩小姐，这是您要的东西。"

韩玎拿出里面的文件，让那两个男人出去等着。

顾佳没有料到，她居然还有保镖。

沈牧两手自然地放在桌上，一直平心静气地候着，等她后面要说的话。

韩玎起身，将文件放在沈牧桌前，说："沈律师和顾小姐可以看一下。"

"照片？"沈牧只扫了一眼，便问。

韩玎意味深长地笑了一下，说："一点儿见面礼。"

听到是照片，顾佳马上快步走过去，翻看了一下，正是电梯故障那天，他们俩在商场的照片。有她按紧急按钮的，也有沈牧拉住韩玎的照片，甚至还有她们与商场负责人闫谦对峙的照片。

"韩女士将这份文件交给我们，是想说什么？"沈牧只扫了一眼，便问。

韩玎邪魅地一笑，说："沈律师这口气，似乎有些生气？我能有什么要求？不过是想请两位吃顿便饭罢了。"

"不过是举手之劳罢了，韩女士何需如此客气。况且进门时，您也已经谢过了。"沈牧郑重说道。

"怎么？沈律师怕我这是鸿门宴？"韩玎在沈牧桌前走了两步后，又说，"我猜沈律师也是从业多年，不会连一个女人的晚宴都不肯赏光吧！"

"呵！不过是觉得不值当让韩女士如此破费。"沈牧说。

眼看着他不上套，韩玎收起脸上的笑容，斜眼看了一眼窗外。

之前的那两个保镖马上又走进来，高大魁梧地站在顾佳面前。

"韩女士这是什么意思？您就是这样谢恩的？"沈牧看了看，质问道。

韩玎走到桌前，双手撑在桌面上，说："是沈律师不肯给我面子。我只好如此。"说着，她又用一种难以琢磨的眼神，对顾佳笑了一下。

这一个笑，让顾佳觉得浑身不舒服。

沈牧鼻息深重，气势上毫不示弱："既然韩女士能够调查出我们的身份，自然也该知道我沈牧的脾气！"

"脾气？"韩玎笑了一下才说："沈律师软硬不吃，我只好投其所好了。"说着，韩玎看了顾佳一眼。

"投其所好"这四个字，让顾佳揣摩了半天，才明白过来。

她是想用顾佳牵制沈牧。

顾佳心里嘀咕，她脑子一定是坏掉了。

顾佳问："韩女士，这究竟是什么意思？"

韩玎转过脸看了看顾佳，不回答，等着沈牧的答案。

"去还是不去？"

时间一下子凝固了，短暂的一瞬间之后，沈牧与顾佳异口同声道："去！"

"这才对嘛。"韩玎说完，转身先一步出门。两个保镖紧随其后。

沈牧与顾佳纷纷拿了各自的包和大衣后一前一后出了律所。

大办公室里的李宜等人见状，又凑在一起，猜测那个女人是什么来头。

"哎，你们说，会不会是沈律师长期打刑事诉讼官司，惹上了黑道老大的夫人，找上门来了？"李宜话才刚一说出口，赵大沪就从他身后朝着他的脑袋拍了一下，说："我看你是电影看多了！又在这里乱嚼舌根！"

79 · 宴　会

李宜捂着头，缩回自己的位子，一脸委屈："赵主任，您能不能不要每次都打我的头啊。我好歹还是您的助理呢。打脑残了，可是要走司法程序的。再说了，耽误了工作，是您吃亏！"

"就你话多。你放心，我不会让你如愿的，保证打不死你。最多就是出点医药费，你还得带伤工作当劳模！"

"啊！"李宜被吓了一跳，小声嘀咕道："果然老板都心黑。"

"你说什么？"赵大沪听不太清，重新问道。

"没什么，没什么。我干活了，干活了。"李宜马上赔笑改口。

赵大沪虽然不让李宜等人猜测，但他看着那场面也不由地担心起来。

回想前两日，那几个砸沈牧车子的人，赵大沪也不由地担心起来，忍不住给沈牧发信息叮嘱万事小心。

沈牧很快回复了一条"不必担心"的信息。

从律所一出来，沈牧与顾佳上了韩玎的车。沈牧与韩玎一辆车，顾佳与那两个黑保镖一辆车。

没了顾佳，沈牧看着车子朝郊外的方向开去，终于开口问道："韩女士究竟是谁的人？"

"呵！沈律师以为我是谁的人？"韩玎反问。

"我很好奇，是怎样的背景，让一个女人反差如此之大？"沈牧问。

韩玎轻吐一口气，幽幽地说："沈律师就不想猜猜？其实你也不必担心，我韩玎向来也是一个有恩报恩的人，今日这宴会，就只有一个目的，感谢救命之恩罢了。"

"韩女士带保镖将我们带上车，说只是简单的谢恩，有人信吗？"沈牧看了看她的手，补充道："想必那个孩子，不是你的……"

"哈哈。沈律师一定是当律师久了，疑神疑鬼。前面就到了，进去不就知道了？"韩玎说。

"好！期待！"

十分钟后，韩玎的车子停在了一家大型酒店门口。沈牧和顾佳等人纷纷下车。

顾佳走到沈牧身旁，抬头看了酒店名字，对韩玎说："韩女士，这是……"

"进去吧！别让里面的人久等了。"韩玎说。

里面的人？沈牧果然料事如神，韩玎此番来另有目的。只怕不是谢恩宴，而是鸿门宴。

沈牧小声提醒顾佳："进去后，别喝酒！"

"嗯。"顾佳点头，跟紧沈牧，快步进了酒店的大堂。

宴会被安排在四楼包间，出了电梯就是。

一路上，沈牧都十分警惕地观察四周的环境，试图记录下所有的安全通道。

顾佳一路小心翼翼地跟在他身后。

到了芙蓉厅，韩玎身边的保镖打开房门，让沈牧和顾佳先进，韩玎紧随其后。

一进房间，沈牧就看见房内坐着的人，居然是蒋荣。

"怎么会是你？"沈牧反问。

韩玎笑了一下，一改刚才严肃的面容，给两人让座后，在距离蒋荣不远的旁边处坐下。

包间里可容十人的圆桌上，零星地只坐了他们四人。

"看样子，想要请动沈律师，还得靠美人出面。"蒋荣伸手举了举酒杯，敬了他一杯酒。

沈牧盯着酒杯，迟迟不动。顾佳想到他刚才说的话，猜这桌上的红酒里究竟放了什么奇怪的东西。

"怎么？沈律师连这点面子都不肯给？"蒋荣歪了下头，用怀疑的眼光问。

他的激将法，关键时候还是很管用。沈牧接过酒杯，轻轻晃动了两下后，一干为敬。

沈牧将酒杯反过来，说："蒋律师今日叫我们来，如果是为了敬酒的话，我已经喝了，现在我们要走了。"

说着，他拉着顾佳，转身就要走。

对于蒋荣这样的律师，沈牧一分钟都不想与他待在同一个房间。

"别呀！沈律师这就没意思了！抛开公事，我们还可以是朋友。吃顿便饭也是可以的。"蒋荣说。

"多谢，不必了。"沈牧说。

"沈律师难道就不想坐下来，一起聊一聊顾健的案件？"蒋荣收起笑脸，看着顾佳问。

沈牧转过身，盯着蒋荣一分钟后，搬开椅子，入座。

顾佳见状，也坐在了他旁边。

"这才对嘛！"蒋荣说。

沈牧看了看韩玎，说："呵，想不到韩女士竟然是蒋律师的夫人。"

"这话可不能乱说。她是我嫂子。"蒋荣纠正道。

"哦？那……"沈牧刚想问，蒋荣马上笑了下，摆动着食指说："建议沈律师还是不要深究。否则的话……"

"看来蒋律师背后之人，不止梁信！"

"我们还是说点正事吧！"蒋荣已经不愿意与他深究下去，转入正题。

沈牧："好啊！"

蒋荣看了看顾佳，说："顾助理在这里，我就直接说了。你们手里的遗嘱是假的，想要直接争房产，自然是没有胜算的。不如……"

顾佳轻笑一声，说："那蒋律师既然已经有如此大的胜算，为何还想要调解呢？"

"我也是为了你好。"蒋荣挑了一下眉头，笑道。

"谢谢！不必了。"

"顾助理，先别急着拒绝。要不要我给你算一笔账？"

"什么账？"

"莒南的房子大约值八十万，再加上你妈妈当初拿了所有的现金，如今又开成了水果店，怎么也值个一百万。可是诉讼费是全部赔偿金的百分之十。也就是说，你和顾健之间，不管是谁赢了这场官司，都会出这笔诉讼费。"

"蒋律师如此看重钱，赢了官司，岂不是拿到的钱更多？"顾佳说。

"我不过是为你考虑。"蒋荣邪笑着说。

"那就多谢了。"顾佳毫不示弱，冷哼一声，说，"传票我们收到了，到时候会如约到场，再见！"

说完，顾佳转身就要走，却见顾健突然推门而入。

一看见他，顾佳的脸色越加难看。

"蒋律师费心了！不必了。"沈牧说完，拉着顾佳从顾健身旁走过。

"佳佳！我……我是你爷爷的儿子，是他的第一继承人，我手上有真正的遗嘱，你们就不用白费力气了。"顾健突然说。

这话倒是提醒了沈牧，第一继承人理应是夫妻，可是自始至终，顾健都没有提到另一个人。

80·探　病

"那又如何？"顾佳紧紧抿着唇，对于这个不负责任的父亲，她连多说一句话都觉得浪费口舌，觉得胸闷心痛到无法呼吸。

顾健脸部的肌肉抽动了下，微微低头后，似乎在做最后的挣扎："佳佳，我毕竟是你爸爸，我终究也有老的一天。等我死了，这些东西，终究还是要留给你和尧尧的。

你又何必与爸爸对簿公堂呢？"

顾佳只觉得这句话十分可笑，她自嘲地笑了一声，回过头，红着眼睛问："在你心里，可曾真心实意地把我当成你的女儿？"

这句话一出口，果然还是气到了顾健，他挥手就想要打顾佳。

沈牧却立即伸臂挡在了她的身前。

"怎么？说到你的痛处了？你还想像打妈妈一样打我吗？你可真是一个好父亲！"顾佳冷笑道说。

酒店里终究不是只有他们两个人，顾健看了看自己布满深纹的手掌，收回了手。

"佳佳，在爸爸的心里，是有你的。"顾健还在说着感动他自己的话，尝试打感情牌。

"够了！别再说这些骗人的鬼话了！"顾佳说完，转身就要走。

"佳佳！"顾健叫道。

沈牧放下手臂，后退了半步，对顾健说："既然已经决定要上法庭，就请顾先生不要再骚扰我的委托人。后天，我们会如期到庭！"

说完，沈牧转身就要走。

蒋荣却突然叫住沈牧："沈律师，事到如今，你手上的遗嘱一旦验证为假，只怕短时间内不可能找到另外一张王牌了。我劝你还是……"

"蒋律师这么为我考虑，我沈牧倒是该好好谢谢你！再见！"沈牧转过身气力十足地说完后，快步离开，去追顾佳。

从酒店包间里一出来，顾佳终于还是觉得心跳加速，只觉得呼吸不畅，大口大口地喘气。

沈牧轻轻拍拍她的后背，以示安慰。

顾佳站在酒店大门口旁边的垃圾桶前，一阵干呕之后，重新直起身。

"回去吧！"沈牧开口道。

顾佳点点头。

"在这儿等我一下，我去打车。"沈牧将自己的外套脱下，给她披上后，去外面打车。

顾佳走下台阶，等了一会儿，天空开始下雨。

雨水很快浸湿了顾佳的头发，顾佳裹紧了沈牧的外套，耐心等着。

四楼包间里的韩玎、蒋荣还站在窗口。看着顾佳淋雨，韩玎挑了挑眉头，轻叹一声后，转过身一边坐下一边对顾健说："女儿还在外面淋雨，你不预备出去送把伞吗？"

顾健看向玻璃窗外，天色暗下来，雨水不算太大。没了顾佳和沈牧，他才好奇起韩玎这个人，问蒋荣道："蒋律师，这位是谁？"

蒋荣笑了一下，从窗口走过来，坐回自己的位置，对顾健说："这位是韩女士。至于她是谁，你不必多问，做好该做的事。"

顾健观察了韩玎两眼，只见她妆容精致，衣着华丽，绝非一般人，只怕是蒋荣背后的女人。这个时候，他丝毫不敢怠慢，忙尴尬地笑了一下，说："知道了。"

"还愣着干吗？还不去看看你女儿？"韩玎催促道。

顾健看着一桌子好菜，将外套挂在手臂上，从包间里出来。他刚走到门口，就见沈牧打的车到了。

披着沈牧外套的顾佳，头发已经湿了。沈牧从车上下来，用手挡着雨，给顾佳开车门。

顾佳坐上去后，沈牧用力关上了车门，两人似乎在车里说了一句话，车子开走了。

此时的顾健，不知所措，包间是回不去了，只好自己又淋雨打车回去。

沈牧从给顾佳关上车门后，便从中看到了顾健。担心是蒋荣派顾健跟踪，他时不时地看看后面的出租车，让司机连绕了两个路口后，见顾健去了别的路口，才问："是送你回家，还是去医院？"

"医院。"顾佳说。离开医院这么长时间，留下妈妈一个人，她很担心。

"好。"

沈牧知道顾佳情绪不太好，不敢多问，但临出酒店时顾健的那句话，却极有可能是翻案的真正王牌。

"师父……"

"佳佳……"

两人默契地同时开口叫道，见对方都有话要说，又异口同声道："你先说……"

这次，顾佳闭上嘴巴，盯着沈牧，等他开口。

沈牧看着她这个样子，哭笑不得。顿了顿，他才说："我是想问，你爷爷和你奶奶都过世了吗？"

此话一出，顾佳只是简单一想，便明白了他的意图。

"十年前，爷爷去世，奶奶也就跟着一起失踪了。多半……师父的意思是……"

沈牧点头。

"可是后天就要开庭了。时间上来得及吗？"顾佳问。

"试试看吧！"沈牧说，"可能需要跟你妈妈了解一点儿情况。"

"好。"

车子绕过了一家华联超市，沈牧让司机停下车子。

顾佳问："师父要去哪里？"

"在车里等我一下，马上就来。"沈牧说完，关上了车门，快速进了超市。

几分钟后，沈牧提着牛奶、水果和粥，上了车。

见他如此细心，顾佳不知说什么好。

半个小时后，车停在了医院门口。

顾佳下车后，沈牧叮嘱她把刚买的东西提上，两人一前一后进了病房。

天色已晚，文琬躺在病床上看广告，赵大沪在一旁守着。

一看见顾佳和沈牧，文琬便问："佳佳，你们怎么来了？不是让你们先回去了吗？"

顾佳与沈牧互看了一眼，将水果放在床头柜上，坐在妈妈床边，说："妈，今晚我陪床。你不在，我一个人在家里也睡不安稳。"

"胡闹，你身体还没有完全康复，怎么可以乱来？"文琬一听，脸色立刻变了。

顾佳知道妈妈是因为担心她，才会如此，赔着笑脸说："妈妈，你知不知道你这个样子很可爱？放心好了，都两个多星期了，没事了呢。"

"你这丫头，以前一向很听话的，现在怎么这么不听话！快回去休息。"文琬蹙眉指责道。

顾佳嬉皮笑脸，哄着妈妈，只要是她认为对的事，妈妈再反对，一哄马上就好了。

"妈妈。师父还在这里呢。"顾佳撒娇道。

这时，沈牧也走上前，郑重地问道："文阿姨，这么晚来，我们其实是有重要的事要问。"

文琬："什么事？"

81 · 开　庭

沈牧与顾佳两人互看了对方一眼后，才正式问文琬："顾健是否还有其他兄弟姐妹？"

文琬："没有。"

沈牧："那顾佳的爷爷是怎么走的？当时留遗嘱时，谁在场？"

文琬想了一下，马上意会到沈牧究竟想要问什么。

"你们是想问佳佳失踪十年的奶奶？"文琬问，"当时除了顾健、我、佳佳还有她的奶奶。"

沈牧点了点头，又问："您还记得当年最后一次见到她是什么时候吗？"

文琬回想了一下时间，轻叹一口气道："从给顾佳爷爷送葬以后，就再也没有见过她了，当时我们还报了警。但找了很多年，也没有消息。最后连户口都销了……"坐在她床边的顾佳，与她一样，都很思念奶奶，却对于多年找寻未果的事倍感遗憾。

"目前，顾健手中的遗嘱极有可能是真的。想要扳倒他，恐怕仍然需要靠顾佳的奶奶。"沈牧说。

赵大沪一听，站起身，提出疑问："可是后天就要开庭了。这么短的时间内，如何能够找到人？更何况，如果人真的已经不在人世，岂不是竹篮打水一场空？"

文琬："是啊！"

沈牧看了看赵大沪，又看看文琬，说："我们现在还有一天的时间，不管有没有结果，都要尽最大努力去找人。"

关于顾佳奶奶的情况，顾佳与顾健都未曾提及，但也正因为世人都以为她失踪，即等于死亡，才有可能给蒋荣、顾健一个措手不及。

毕竟，这十年里，公安机关也没有搜寻到顾佳奶奶的尸首。

"这样太冒险了。就没有别的办法了？"赵大沪问。

沈牧说："目前，这个办法最不可靠，却也是最有可能彻底打倒他的办法。"

对于顾佳奶奶这个人证，沈牧虽然也不确定是不是就一定能够找到，但目前他们手里掌握的各项证据都不够有力，只能是死马当活马医了。

"太冒险了。"赵大沪还想继续反驳，却见沈牧看了他一眼，知道他决定的事，没人能阻止得了。

"那好，如果需要我，随时联系我。"赵大沪说。

沈牧拍了拍他的肩膀，点头，看看时间，已经9点半了。

几人说话的工夫，顾佳已经将一个苹果削好了，正一块一块地喂给文琬吃。

沈牧问文琬要了十年前顾佳奶奶的名字、地址以及照片后，出了病房联系一个曾经的朋友，开始着手调查此事。

时间如流水。

第三天，文琬妈妈刚做完手术，顾佳就已经站在了法院门口。

文琬因为身体原因不能出庭，只能在病房里焦急地等消息。顾佳不放心妈妈，只好请赵大沪细心照看。

还未正式开庭，顾佳与沈牧在法院门口检查是否带齐了所有文件。

"师父，我们进去吧！"顾佳说。

这时，一身西装的尤贺，快步上了台阶，叫了顾佳一声。

顾佳一转头，他便拍了拍顾佳的肩膀，问："你们准备得怎么样？"

"挺好的。你呢？书记员同志！最近过得怎么样？"顾佳笑着问。

这话一出，倒是让尤贺有些不自然，挠了挠头，说："又拿我开玩笑。"

放下手后，他又说："那天看到庭审资料上你的名字，我整个人都懵了，还以为是同名同姓呢！再三查证才确定是你。"

顾佳苦笑道："哈！我也希望是同名同姓，只可惜……"她耸耸肩，摊手无奈。

尤贺担心问多了，一会儿会影响她的情绪和发挥，拍了拍她的肩膀，说："别想那么多，只要陈述事实，证据充沛，审判长一定会公平公正地处理你们的案件。"

顾佳用力点头后，也鼓励他："你也加油。"

"好！"尤贺笑了，刚举起手预备要拍顾佳的肩膀一下，却一眼看见沈牧紧紧盯着他的手，忙缩回了手，"那你先忙，我也去忙了。一会儿就要开庭了。"

顾佳点点头，在他走了后才对沈牧说："师父，我们先进去吧！"

沈牧应了一声，与她一同进了庭审现场，站在了被告席上。

上一次顾佳还是以沈牧助理身份出庭，没想到这一次居然要以被告的身份站在这里。位置不一样了，心境也会有所不同。

第一次站在被告席上，顾佳心情复杂，略有紧张，但比起紧张，更多的是伤痛。她还记得，那天娄倩倩开庭，她坐在娄倩倩的右侧，捏着她的手心，试图劝她放轻松。

如今想来反倒有些可笑。

人大概都会这样，看见别人身上的伤口，试图感同身受，去劝说对方坚强，却往往忽略了现实是：疼在别人身上的伤口，无论怎样"感同身受"都无非是凭空幻想；可到了自己身上，就算是针尖之痛，亦是无法言说的切身体会。

顾佳自嘲地笑了一下后，低头核验资料。

沈牧见她神色异常，握了一下她冰凉的手，叮嘱她："别紧张。"

顾佳抬头看着他的眼睛，他又说："就当是一次为自己的辩护。"

沈牧的这颗定心丸果然好用，她一下子就不紧张了。

顾佳："嗯。"

"好，各位肃静！现在开庭！"审判长敲了一下铃后，所有人起身站立。

国歌奏响，众人行注目礼后，一同坐下，正式开庭。

"首先，请原告顾健宣读陈述词。"审判长说。

穿着崭新黑色中山装的顾健看了蒋荣一眼后，站起身，向庭审团深鞠一躬后，清了清嗓子，双手持诉状，大声朗读起来。

他理直气壮的样子，像是法庭上的被告人与他没有任何血缘关系一样。是一个敌人，而不是一个女儿。

"尊敬的审判长，你们好，我叫顾健，今年四十五岁。十年前，我与前妻文琬离婚。当时因为父亲顾明刚去世，加上离婚对我的打击，一时之间，难以接受，所以没要盛海市郊区的莒南小区的那套房子。当时，我的前妻文琬拿走了我们夫妻二人家中全部的现金，创办了现在的富源水果店。如今十年过去了，我的儿子患病，债台高筑，莒南小区的房子也即将拆迁。所以，我想要回我的房子。请审判长帮我解决难题。"顾健接着说。

他的陈述词总共朗读了有十几分钟，除了手中陈述词文件里的内容，还有一些他自己临时加进去的内容，是在公证人员提醒超时后，他才勉强停了下来。

82·视　频

审判长问："顾健，你认为莒南小区这套房产是你的，你可有什么证据证明？"

顾健答："审判长，有我父亲顾明亲笔签名的遗嘱。"

说着，他看了蒋荣一眼，蒋荣马上从一堆材料中拿出那份最陈旧的材料，交给了书记员。

"请书记员播放证据。"审判长说。

尤贺："是。"

接着，尤贺手脚麻利地播放了顾健手中的那份遗嘱。

那份遗嘱总共有三页，除去签名外，所有内容皆为打印内容。上面的每一句话，每一个字，顾佳都十分熟悉，却又十分陌生。

她不敢相信，难道爷爷顾明真的将房产留给了他最不孝的儿子？

顾佳坐在被告席上，只觉得气虚心跳，手指冰凉，当即反对："不可能，审判长，这份遗嘱是假的，我手里有一份除了签名和赠予人名字不同外，与这份一模一样的遗嘱。"

沈牧这时不紧不慢地说："请求审判长允许当庭播放我当事人手中的遗嘱。"

原告被告法庭上当庭反驳、大打出手的大有人在，如今出现这种情况，几位法官小声商量了两句后，准许沈牧出示顾佳手里的那份遗嘱。

顾佳看了沈牧一眼，见他点头后，拿着自己手里的那份遗嘱交给了尤贺。

尤贺冲她点了下头后，将证据放在了投影仪上。

两份遗嘱并排放在一起比对，果真如顾佳所说，除了姓名外，其余内容一模一样。

此时场上众人议论纷纷，对于这两份遗嘱，真假难辨。

合议庭的几位法官也纷纷交流意见，决定让原告、被告双方递交其余补充证据。

审判长说："鉴于目前两份遗嘱真假难辨，请公证员分别查验两份遗嘱的真实性。原告被告是否还有其他证据证明莒南小区房屋产权的归属？"

"有！"顾健在蒋荣的示意下，高高举起右手说。

"请递交给我们的书记员，当庭出示。"审判长说。

顾健坐下后，按照蒋荣的叮嘱，他与文琬二人的离婚证，以及当年离婚后两人财产分割的一份说明，交给了尤贺。

尤贺一一展开所有证明后，顾健回到了自己的位置上。

"审判长，我父亲只生了我一个儿子，这房子就是留给我结婚用的。十年前我与被告的母亲文琬因感情破裂而合法离婚。当时情况特殊，所以我们没有分割夫妻共同财产。文琬拿走了当时的所有现金，莒南小区因为当时没有房产证，所以没有分。"

"当时共有多少现金？"审判长问。

"大概一万多，放在现在至少两倍多。"顾健有些憋屈，"文琬就是拿着那笔现金才开了水果店，挣了一套 ×× 小区的新房。如今她事业越做越大，也该把这套房子还给我了。哦不，还有她现在住的那套房子也应该有我的一半。"

"反对！"沈牧说。

蒋荣看了沈牧一眼，冷声道："沈律师今日竟如此心急。"

沈牧回击道："原告如果不能如实陈述事实，是浪费彼此的时间。"

"好，那就请沈律师拿出反证来。空口无凭，我们可不认。"蒋荣说。

沈牧给顾佳使了一个眼色，顾佳便将一份银行流水交给了尤贺，当庭播放。

沈牧解释："尊敬的审判长，这是我当事人的母亲与原告 2008 年离婚时拿走的现金，只有八千多。另外，我当事人的母亲是与原告离婚后才开的水果店，属于个人财产，不应与原告分割。这是这些年来水果店的银行流水，以及 ×× 小区的还款证据。"

投影仪上一页一页地播放顾佳持有的证据，她们的生活越来越好，都是文琬的功劳。

"这一份，是我当事人的母亲离婚前与原告一起生活时的照片，大家也可以看出来，条件十分艰苦。"沈牧补充道。

那一张张照片，都记录着文琬与顾健十年前的艰苦日子。顾佳看着心疼，想起十年前，顾健因为妈妈拿了几百元钱借给邻居救急，就暴打了妈妈。

他对她们那个小家，只有索取，没有付出。文琬因为无法忍受他的家暴而选择提出离婚。那时的顾佳还因此想不开，而险些走上绝路。

幻灯片还未播放完，蒋荣又马上提交另一份视频资料。

"审判长，造成我当事人离异的真实原因，是因为被告的母亲当年有了外遇。以下是我们找到的证据。"

"你胡说！我妈妈不是这样的人。"顾佳最无法容忍别人对妈妈的污蔑，迅速站起身来反驳。

"是不是胡说，我们用证据说话。被告也是学法律的，不会不懂这个道理吧！"蒋荣说。

顾佳双眼怒睁，气愤不已，说："好，看你究竟能拿出什么证据来！"

顾佳坐下后，就见投影仪上播放着赵大沪出入顾家，照顾文琬母子俩的视频资料。

这份资料，彻底抹黑了文琬的名誉。观众席上众人唏嘘不已，不时地发出啧啧声。

"顾健，你这是造谣诽谤！"顾佳大声反驳，冷言冷语道，"想不到你为了财产，居然如此毫无底线。这份视频是你们离婚后才有的。"

"在你的心里，永远只有利益，没有亲情。你可以抛弃妈妈，可以抛弃我。为了得到房产，故意篡改日期，你还是人吗？"顾佳问。

"佳佳，你怎么和爸爸说话呢！"顾佳的话激怒了顾健，他站起身质问道。

"你不是我的爸爸！"顾佳大声回道。

观众席上的观众本就对这场父亲告女儿的官司十分好奇，见原告被告吵成这样，也都窃窃私语地议论起来。

对于这份视频，沈牧也早已预料到了。对赵大沪和文琬的为人，他都十分清楚，即便是赵大沪追求文琬，也一定是在他们离婚之后。

有了这份证据后，顾健像是拿到了尚方宝剑一般，正义凛然地说："审判长，这份视频上的日期显示得清清楚楚是 2008 年 5 月 14 日。在我和文琬离婚前他们就认识了，视频上的男人名叫赵大沪，是我女儿顾佳的律所主任。"

83·王　牌

"你胡说！这份视频分明是假的。"顾佳说。

沈牧起身说："尊敬的审判长，我们请求验证视频的真伪，是否有人恶意篡改。"

"准！"

"请公证员对视频的真伪进行鉴定。"

公证员马上对视频的内容进行验证。

而与此同时，顾健居然提供了第三份证据——欠条。

"审判长，这一份证据，是我当事人在离婚前，与被告及其母共同生活时的三张欠条。被告的妈妈当时有赌博打麻将的恶习，还背着我当事人与人签下了高利贷，致使家中欠款多达万元。而这些赌注当时都是我当事人偿还。按照婚姻法中对过错方的规定，这份欠条理应由被告的母亲偿还。而我当事人出的这笔钱，也理应由被告的母亲偿还。"

蒋荣话音刚落，顾佳马上反驳道："审判长，原告捏造事实。我妈妈十年前勤勤恳恳为我们的家操持。而顾健作为一家之主，却从未尽到一个父亲的责任。高利贷、赌博都是原告的恶习！"

"佳佳，爸爸虽然和你妈妈离婚了，但毕竟还是你的爸爸。你怎么如此向着你妈妈，说出这么不负责任的话？"顾健说。

顾佳说："够了，我不想听。所有的错都是你一个人造成的，为什么到了现在还要将所有的过错都推给别人？"

"肃静！被告请提供你与本案有关的相关证据。"审判长突然纠正道。

顾佳不再多说，看了沈牧一眼，经过他的同意后，将顾健家暴文琬的证据，以及顾健常年不在家，欠下赌债高利贷的证明提交给了尤贺，当庭播放。

顾健见状，马上自乱阵脚，语无伦次："顾佳，你……这……"

蒋荣则淡定地站起身，说："审判长，被告提供的这些证明与本案无关，我方反对。"

蒋荣知道顾健年轻时做过的那些事，早就料到沈牧会出这一招。

"反对有效，我重申一下，本案是关于莒南小区产权归属案件，请被告提出关于此案的证据。"

"是！审判长，我方请求允许我方人证出庭！"到了这一步，沈牧不得不使出撒手铜。

"同意！请人证出庭！"审判长说。

这时，庭审侧门被缓缓打开，众人都将目光投向那里，对于这个人证是谁，大家都十分好奇。

顾健听到人证虽有些意外，却也觉得应该不会影响到本案的判决。

以他的认知，顾佳无非是找一些当年莒南小区的街坊邻居。况且十年过去了，那里早已是人去楼空，物是人非，想要找到只怕是比登天还难。

场上的气氛越加紧张，法庭上的秒针滴答滴答地走着，让人将心都提到了嗓子眼儿。

只听"吱"的一声，门开了。有工作人员带出一位头发花白、身穿白毛衣白裤子的老人。工作人员将她小心翼翼地领到了证人席上。

此时，顾健整个人都傻眼了，他后退一步，整个人都懵了。

顾佳看着老人笑了。已经年近八十的老人恭恭敬敬地向审判长深鞠了一躬后，才坐下。

沈牧介绍道："审判长，这位就是我当事人的祖母白青花，也是我们此次产权争夺案的人证。请允许我方人证陈述事实。"

年轻的审判长对白青花点了一下头，说："同意。"

84·真 相

满头银发的白青花，待庭审现场安静后，开始不紧不慢地说："我叫白青花，今年八十四岁了。顾佳是我孙女，顾健是我儿子。"

她的话才刚说了两句，顾健就开始担心，担心她会暴露当年的隐情，担心她手里还有别的证据。如今，他只要死死咬住遗嘱，就可以轻而易举地拿到房产。为了不让白青花说出对自己不利的话，顾健情急之下，从原告席上冲下来，扑通跪在白青花面前，抓着她的手，哭着问："妈，是您吗？真的是您吗？我是小健啊。这么多年，您究竟去哪儿了？您知道儿子有多想你吗？"

"这十年来，我每天晚上都会想您，每次梦见您的时候，都想问您究竟在哪里。但您却从来没有回答过我一句话。"顾健在法庭上打起了感情牌，干扰白青花作证。

顾佳看着这个场面，觉得很讽刺，刚想起身去阻挠，却被沈牧拦住。

"别急。"沈牧说。

顾佳只好忍着。

不管顾健做过什么错事，有多坏，对于白青花来说，终究是自己的儿子，自己怀胎十月生育的儿子。十年未见，她忍不住伸手去摸一摸儿子的脸、儿子的头发，柔声说："小健，你老了。"

顾健见白青花还愿意像他小时候一样，关爱他、抚慰他，以为她还是那么疼爱他。

他笑了，拉着白青花的手，说："妈，您也老了。跟儿子回家吧！让儿子照顾您。只要您在，我什么都可以不要了。"

这话像是点醒了白青花，她笑了笑，收回了手，摇头。

"审判长，原告干扰我方人证陈述，请求让原告归位！"沈牧见状，不得不举手，行使辩护人的权利，将顾健赶走。

原本想要看一看顾健能否成功劝走白青花，但沈牧的一句话让蒋荣无奈，将顾健叫了回来。

顾健担心，不想回去，却又不得不遵守法庭秩序，从地上起来后，依依不舍地回到了自己的位子上。

"请证人继续发言。"审判长说。

白青花深吸一口气后，看了顾佳一眼，点了下头，继续说："审判长，我今天要说的是——孙女顾佳手里的遗嘱的确是假的。"

此话一出，众人唏嘘，被告的人证居然给原告做反证。这可是法庭少见的。

但此案特殊，原告是人证的儿子，被告是人证的孙女。手心手背都是肉，人证舍不得儿子，也在情理之中。

观众席上有人小声议论。

顾健也十分意外，但听众人议论后，也理解了，心中暗喜，连叫了好几声妈。说到底他毕竟是儿子，孙女总归是隔层肚皮。想不到顾佳和沈牧费尽心思找来的人证，居然会向着自己。这个案子，看来是赢定了。老太太还真是不糊涂。

此时的顾健，得意忘形，看向被告席，冲顾佳和沈牧一笑，用口型无声地说了一句"谢谢"，惹得顾佳翻了他一个白眼。

然而就在此时，白青花却突然说："只是这份遗嘱是我儿子顾健伪造的。这个不孝子为了得到遗产，不惜在遗嘱上做手脚。"

顾健震惊，自己高兴早了。

"我的老伴儿顾明，2008年去世。他当时生病住院，顾健这个唯一的儿子也只是在办入院手续的第一天去了医院。此后，很长时间都没有出现过。老伴儿的病情发展得很快，不到三个月人就已经有些迷糊了。这个时候，顾健突然出现了。眼看老伴儿不行了，顾健就找了一个人假意按照老伴儿的意愿，打印了一份遗嘱，让老伴儿签字。人老了，难免老眼昏花。签完字后，顾健人就走了。后来，我才知道，顾健这个不孝子，为了要我和老伴儿唯一的房产莒南小区，竟然在遗嘱上面贴了东西。出了病房撕掉佳佳的名字，就成了他的名字。"

"什么？"观众席上，有人惊呼。众人从未想过，有人会为了得到遗产，如此费尽心机，欺骗生父生母。

老太太继续说："事后，顾健为了掩人耳目，修改日期后，复印了老伴儿签署的那份遗嘱，给了顾佳。"

真相被揭露，顾健立即站起身反驳："不！不是这样的！事情不是这样的！"

"妈，您在说什么啊？我可是您的亲生儿子。"顾健狡辩，"您这是要害死我啊！"

白青花摇了摇头，生下这样一个儿子，她十分羞愧。

顾健却依旧对审判长、观众席上的众人解释："她胡说。她……她是老了，一定是记性不好。她刚才明明不是这样说的。"

此时的顾健，已经丧失了人性，说话口无遮拦。

白青花绝望，说了最后一句证言："所以，顾健手里的遗嘱也是假的。"

"妈，您怎么如此偏袒孙女？我可是您的亲儿子！"顾健当庭大声咆哮。

顾佳见状，大声呵斥道："够了，在你的眼里，何曾有过亲情，爷爷病危你去过几次？奶奶离家出走多年，你也从未寻找过一次。你可以为了一点点钱，暴打妈妈，也可以不要我。为了钱，你已经疯了。现在还想再伤奶奶一次吗？奶奶才是这个房产的第一继承人。"

"佳佳！爸爸……这么做，都是为了你和尧尧啊。你知道尧尧生病欠了医院很大一笔钱。"顾健又在尝试为自己的贪念狡辩。

"够了，你不用再说了。在你的心里，永远只有顾尧一个儿子。我不过是你利用的工具罢了。"顾佳此时满心满眼都是恨，压抑多年的情绪终于爆发了。

那天如果不是沈牧用放大镜观察那份遗嘱上的痕迹，也根本不会想到顾健十年前居然就能想出这种招数骗取遗产。

蒋荣也万万没有料到，如此小的细节，沈牧居然都能发现，破了这个假遗嘱的死局。

"审判长，我请求公证员查验原告被告两人各自手中的遗嘱。"沈牧说。

"同意。"审判长说。

"现在休庭！"

85 · 团　聚

待众人休息时，公证员开始彻查所有证据链。

蒋荣从原告代理律师的位子上下来，走到沈牧面前，严肃道："都说沈律师从律坛的神位上掉下来了，却想不到在这种小案子上也能通过细节打败我。当真是佩服。"

沈牧笑道："蒋律师也不简单，越挫越勇，连这种假遗嘱的案子都接，不怕输得太难看？不如庭外调解？"

蒋荣脸色十分难看，却硬着头皮说："怎么会？胜负还未定，我蒋荣从不轻易认输。"

沈牧唇角一勾，笑了一下。

顾佳怕沈牧吃亏，替他反驳了一句："既然如此，希望蒋律师一会儿不要哭鼻子才好。"

"一个毫无经验的小小实习生助理，也敢这么跟我说话！没规矩！哼！"蒋荣鼻尖一哼，转身走了。

他才刚走了几步，手机就响了，电话一接通，他接二连三跟电话里的人道歉。几分钟后，才黑着脸挂断了电话。

沈牧往前走了两步，看着他的后背，好言相劝："古人有云，'良禽择木而栖'，蒋律师毕竟也是法学专业的高才生，却一直与正义背道而驰，跟着那些人走黑路，就不怕自毁前程？"

蒋荣止步，并未回头，说："沈律师还是管好自己吧！"

沈牧知道他听进去了，只是碍于情面不愿多说，也或者有什么苦衷，嘴硬不肯承认自己失败，不肯承认自己选错了路。

休庭时间结束，庭审团的几个法官都相继回到自己的位子上，顾佳提醒沈牧："师父，我们先回去吧！"

沈牧点了下头，坐回原位。

"休庭结束！继续开庭审理此案。"审判长宣布完后，庭审继续进行。

审判长说："下面请公证员对原告被告的两份遗嘱宣读鉴定结果。"

身穿黑色西装的女公证人员站起身后，大声宣读："经鉴定，原告手中的遗嘱，

'顾明'的签名笔迹为手写真迹，但被赠予人'顾健'的字样，属于二次打印。被告顾佳手中的遗嘱是在原告手中遗嘱的基础上打印，通篇遗嘱中的所有文字内容皆为复印出来的印刷体，非手写，属于伪造遗嘱。本案事实清楚，证据确凿。"

公证员的话，让顾健如五雷轰顶，整个人的心理防线彻底崩塌。此时无论他说什么做什么，终究不能改变他伪造遗嘱的事实。此案胜负已成定局，无力回天。

但他仍抱有希望，抓着蒋荣的胳膊，试图寻找突破口，苦苦逼问："怎么办？怎么办？蒋律师快想办法啊！"

蒋荣一甩衣袖，抽走自己的手臂，怒道："够了。这么点事都处理不好。要不是你老妈出现，也不会如此。你自己玩儿吧！"

说罢，蒋荣从原告代理人的位子上起身，抓起衣服就出了法庭。

顾健见状，也只好灰溜溜地出了法院。

这大概是庭审团多年受理的案件中，原告最早离席的案件了。

原告人虽然走了，但是判决结果还是要正常通报。

顾健在与文婉的婚姻存续期间，对她实施过家庭暴力，属于过错方，须赔偿受害人精神损害费、误工费、医疗费等多项费用 8000 元。

白青花作为顾明的原配妻子，享有莒南小区产权的第一继承权，而顾佳作为被赠予人，享有莒南小区的部分产权归属。

白青花当庭决定将自己的那一份产权，全部转让给儿媳文婉和孙女顾佳。

奶奶如此豁达，让顾佳心存感动。但她拒绝了奶奶的好意，给了奶奶一个大大的拥抱。

庭审结果令众人欣喜。

扑在奶奶怀里的顾佳，探过头问沈牧："师父，你究竟是怎么找到奶奶的？"

沈牧笑："秘密。"

顾佳早猜到他会这么说，也不再逼问，转而又问白青花："奶奶，这十年你去了哪里？为什么不回家呢？您一个人都是怎么生活的？"

她一连串问了好几个问题，惹得白青花笑得像个孩子，说："我一个人在乡下住习惯了。那儿空气新鲜，很舒服。佳佳，你妈妈呢？今天怎么没见她来，你们俩还好吗？"

顾佳点点头，说："她昨天刚做了阑尾炎手术，不便出庭，所以没来。不过不用担心，手术很成功。"

白青花这才"哦"了一声。

顾佳挽着奶奶的手臂，说："奶奶，你不知道，我师父有多厉害。如果不是他发现那份遗嘱是假的，动了很多社会关系找到你，佳佳到现在也不能和奶奶团聚呢。"

"说起来反倒要谢谢那张假遗嘱和他！"顾佳说，"比起房产，能找到奶奶才是我最大的幸福。"

顾佳朝着白青花脸蛋上亲了一口后，严肃地说："奶奶以后千万不要一个人离家出走了，否则佳佳会生气！"随后，又笑着说："我和妈妈都很想你，这次就跟我们回去吧！一家人开开心心地在一起好不好？"

孙女如此真诚地邀请，白青花不好拒绝，点头同意。

她原本只想做完证人后，就重新回到乡下，过一个人的生活。但见顾佳如今已经长大成人，终还是舍不得分开。

"真的吗？太好啦！"这下，顾佳欢喜地跳了起来，失而复得的心情格外欢畅。

见她如此高兴，白青花也跟着顾佳笑出了眼泪。

这时，尤贺走到顾佳身旁，揪了她的马尾辫一下，说："臭丫头，好厉害啊。又让我为你们白担心了。"

"哦？那后悔了吗？"顾佳故意逗他。

尤贺摇摇头，又看向白青花，说："我现在可算知道佳佳为什么这么厉害了！原来是遗传奶奶的基因。"

"刚才那一句顾佳的遗嘱是假的，真是吓死我了。"

白青花呵呵一笑，那不过是她故意说的。但笑过之后，她还是将目光转向了法院大门。

事实上，在给顾佳作证时，白青花还是希望顾健能浪子回头。只可惜，这个世界上，最难猜的永远是人心。虽然她帮顾佳打赢了官司，让老伴儿瞑目，可她心里终究有个疙瘩没解开。顾健毕竟是她的亲儿子，她于心不忍。

"佳佳，顾健是不是还有一个儿子？"白青花问。

她突然这么一问，顾佳便猜到一定是沈牧告诉她的。

顾佳看了看沈牧，见他点头确认后，才说："是。他叫顾尧，今年八岁，生了一场大病，已经脱离危险了，不过还没有出院。"

白青花收起了笑容，担忧地问："我能见见他吗？"

顾佳点点头，转身就要带她去医院，却见法院的大门开了，顾尧戴着口罩和妈妈林垚就站在那里。阳光下的他们格外明媚灿烂，像是舞台上的明星。

顾佳还没来得及介绍，林垚与顾尧就慢慢走到了白青花的面前。

"奶奶好！"顾尧问候白青花。

"你是尧尧？"白青花伸手摸了摸顾尧的手，心疼道，"小小年纪就受了这么多罪。不是说不能出医院吗？怎么出来了？"

顾尧马上回答："是妈妈特意跟护士阿姨请了假。一会儿我们就回去了。"

"身体好些了吗？"

"嗯。"

"走，奶奶送你回病房。"

随后，白青花拉起顾尧的小手就往法院大门口走，一阶一阶台阶地走下去。

赵大沪就等候在法院大门口，一看见白青花和顾尧，便立即打开了车门，送他们去了医院。

"赵叔叔，麻烦你送完尧尧后，早点帮我将奶奶送回家。"顾佳大喊。

"好！知道了。"

看着他们的背影，顾佳想起书上看见的一句话："人这一辈子，生儿育女究竟为了什么？为了传宗接代，养老送终还是与她（或他）重新体验一回生命的奇迹？"对于白青花来说，或许是后者吧。人老了都希望儿孙满堂，承欢膝下，只是很少有人能够事事如愿。

大家都走了，只留下沈牧、顾佳和尤贺。

"谢谢你！师父。"顾佳说。

沈牧笑了一下说："谢什么？不过是举手之劳罢了。"

86 · 夜 市

顾佳笑了一下，不再说话。

这时尤贺又揪了揪顾佳的辫子，问："一会儿去哪儿？要不要我送你？"

他的这个小动作，被沈牧看在眼里，沈牧直勾勾地盯着他。他的目光如炬，看得尤贺直发冷，马上意识到什么，忙缩回了手，尴尬地挠了挠头说："瞧我都忘了，男女有别。"

"没事。"顾佳笑笑，看了一眼沈牧。他的目光已恢复如初。顾佳又继续问尤贺："你怎么还没回去？"

尤贺笑了一下，原本想等着顾佳一起吃个饭，但一想到沈牧刚才的眼神，马上说："这就回去了。你们聊。"

随后，他先一步下了台阶。

见他走了，顾佳才问："又赢了一场官司，师父，这一次准备怎么奖励我？"

"奖励？我可记得这一次被告席上的名字是'顾佳'，作为委托人，难道不应该请代理律师吗？岂有反过来的道理？"沈牧故意说。

顾佳笑了，什么时候沈牧也开始喜欢占小便宜了？

她眯着眼睛，指着沈牧说："师父变坏了！"

沈牧笑了笑，弹了她额头一下说："逗你的！说吧，去哪里？"

起风了，微风轻轻吹起她的马尾辫，零星的几根碎发打在她粉红的婴儿肥的脸上，异常好看。

顾佳摸了摸鼻子，仰头看天。上次她们赢的是娄倩倩的官司，顾佳故意敲了沈牧一竹杠，可这次毕竟是她自己的官司，她可不好意思再敲他一竹杠。

她琢磨半天终还是决定把这个难题还给沈牧。

"还是师父做主吧！"

沈牧刮了刮她的鼻头，说："一向怕吃亏的顾佳，也有选择困难症？"

顾佳头一歪，一脸傲娇道："好歹我也是女生，怎么可以这样？"

沈牧一挑眉头，反问："哦？法庭上牙尖嘴利的被告竟然是个女生？"

"师父！"沈牧这么一说，顾佳不好意思了，上手就要追着他打。

沈牧躲闪，快速奔下台阶，顾佳也跟着追下了台阶。

不想，就在最后两级台阶前，顾佳身子一歪，竟崴了脚，整个人朝下倒去。

沈牧看见身后的影子，一转头，顾佳已经扑倒在他的身上。两个人当即吻到了一起。

深秋干燥，顾佳只觉得沈牧嘴唇干干的。

她倾慕了他十年，幻想过与他拥吻、拥抱的样子，却从没有料到两个穿着黑色西装的人，会公然倒在法院门口，躺在地上接吻。

这……比电视剧还要狗血。

时间瞬间凝固了，顾佳的心脏似乎要从口里跳出来，却也清楚地感受到沈牧强有力的心跳。

难道他也……

顾佳不敢多想，忙伸开双手，想要爬起来，才发现脚痛得根本站不起身来。

沈牧坐起身来，让她先坐下，帮她查看脚踝。

"又崴到脚了吗？我送你去医院吧！"沈牧一边轻轻捏着她的脚踝，一边担忧地问。

看着他眉头又轻轻地皱在一起,顾佳替他抚平,说:"没事,稍稍休息一下就好了。"

沈牧看了看四周,楼梯后面有一个长椅。沈牧直接抱起顾佳,把她轻轻放在长椅上,脱掉她的鞋子,看了一下。

沈牧担心她去不了夜市,说:"应该没事。不过,走路……"

顾佳马上摇头:"不行,就今天。万一,师父回头再忘了呢?"

"可是你的脚……"

顾佳一脸坏笑,眯着眼睛,说:"背我吧!"

沈牧头都大了,一手捂上额头,知道逃不过了,转过身把后背留给她。

顾佳偷笑,猛地跳上他的背,甩着一双脚,上了车。

盛海市城市中心有一条闻名中外的美食街,一到下午4点左右,小商小贩们就开始摆摊做生意了。

遇上周末或节假日,还会有很多外地游客。

以顾佳的性子,沈牧猜她一定会喜欢这个地方。

他将车子开到夜市离不远处的停车场后,将顾佳背了下来。

这里人多热闹,顾佳可不敢再捉弄沈牧,从他的背上跳了下来。

沈牧诧异,问:"你的脚?"

顾佳笑了:"好了。刚刚只是稍稍扭了一下,已经好了。"

知道被她骗了,沈牧用手指着她,刚要开口说话,却被顾佳拉着快速进了夜市。

经过盛海市幸福里夜市街的高高的大门牌前,顾佳边走边看,问:"师父,这里这么多人啊?现在才不过4点,就已经点灯了。"

沈牧也看看四周,说:"是。这里比别的夜市出摊要早。大概是因为游人多吧。"

"哦。"顾佳头一次来这里,像是好奇宝宝,一会儿拨弄一下小孩儿玩具,一会儿碰一碰卖饰品的小铜铃,差一点儿被游客撞上。

这里游人颇多,众人都是摩肩接踵,沈牧担心她被人撞上,快走了两步,抓住她的手腕,说:"别乱走,跟紧我!"

顾佳被他这突如其来的动作惊了一下。

这一次是他主动牵手。看着他苍劲有力的双手青筋清楚,皮肤白皙,顾佳脸颊绯红,心跳加快。她紧张得双手已经有了细小的汗珠。

"人太多,别撒手,免得走丢了,还要到处找你。"沈牧说。

顾佳跟在他身后,用力点头,冲他微微一笑。

挤过几个人后,走到一家卖陶瓷玩偶的小店,顾佳稀罕极了,竟然不知不觉地松开了手，站在铺前，仔细查看。

沈牧走了两步，一回头才发现他抓错了人，忙松开手，去找顾佳。

顾佳站在陶瓷店铺前，正拿起一个可爱的小金鱼茶宠。

那茶宠通体银灰色，只有边界是金边，全身是开片冰裂纹，十分萌。

沈牧问："老板，这个多少钱？"

"260元。"老板是个南方男人，早就注意到沈牧和顾佳两个人关系非同一般，又笑着说："先生放心，我这绝对是好东西。您要是天天用茶，保证三个月内，这金鱼开片更漂亮。看你女朋友这么喜欢，买一个送给她留个纪念吧。"

这话一出口，差点让沈牧呛着。顾佳也有些不好意思，忙说："老板您误会了，这……我……我不要了。"

她放下茶宠，转身就走。

"哎！"沈牧喊了一声，顾佳头也不回地往前走。他连忙让老板包好，付了钱后，追上去。

87 · 还 礼

沈牧不过是付钱、包装小礼物的工夫，顾佳已经走到吹糖人的小摊前。

卖主是一个五六十岁的男人，不过两三分钟便将一只小兔子做好了。接着又做了孙悟空、白龙马等，引得路人拍手叫好。

顾佳也跟着又叫又笑，好不活泼。

最近发生的事儿太多，让她整个人的精神都十分紧张，无论是心理还是生理，都受到了很大的考验。

她像是被圈养的金丝雀一样，没有自由。此刻，站在夜市中的她，像是破笼而飞的鸟儿一样欢心雀跃，活力四射。

见她又如初入大沪律师所时元气满满的样子，沈牧放心了。

他提着包好的茶宠，缓缓走到她身旁，递给她："给你的。"

顾佳安静下来，看了一眼那包装，便知道一定是刚才看过的金鱼茶宠，拒绝道："谢谢师父的好意，不过不用了。"

沈牧笑了，他就猜到她会拒绝，想好了借口："你不用多想。上次生病，你照顾我，还没好好谢过你。这个算作谢礼。"

虽然顾佳知道沈牧是个很聪明的人，但却没有想到他会用上次生病作为借口。

她"哦"了一声，两手放背后，笑道："原来如此。不过在师父眼里，我难道是这么功利的人？那要是按师父的逻辑，我岂不是要再还一份你帮我打赢了官司的礼？"

沈牧笑了，说："你这么怕吃亏的人，会想着还礼？"

"哪里怕吃亏了？"顾佳反问。

"这么快就忘了？"沈牧笑，"你大概是我带过的实习生里，记性最差的人了。"

事实上，顾佳知道他是想说上一次调查叶恬时，她故意让他报销向阳花的事，却故意装作不知情。

她将头歪向一边，假装失忆："完全想不起来。"说着，两手还不忘在太阳穴上打转，闭上眼睛，说："我一定是手术中的麻药打多了，失忆了。"

沈牧笑她鬼灵精："借口不错。"

"才不是借口！"顾佳反驳。

吹糖人的小摊前，人越来越多，可是顾佳和沈牧两个人却站在关键位置聊天，影响人家做生意。那男人马上不愿意了，问："这位姑娘，你们是买还是不买？不买就去那边聊天，别挡着别人，影响我做生意啊。"

顾佳"哦"了一声，回头一看，果然身后已经排了很长的队伍。她后退一步，想要让开位置，却不想一脚踩到了沈牧的脚上。

她忙道歉，拉着沈牧走到一边问："师父，我把你踩疼了吧！对不起！"

她一抬头，正好与弯腰的沈牧额头碰到了一起。

顾佳马上想到半个小时前，他们在法院门口意外吻到一起的事，脸一下就红了，忙捂住口低下头，起身就要离开。

沈牧却一把抓住她："等一下。"

顾佳停下脚，沈牧转身迅速用微信跟卖糖人付了款，拿了已经画好的白骨精糖人，递给她。

"师父，这是要让我成为职场白骨精？"顾佳问。

沈牧只笑不答，随后两人挤出了人群，朝夜市里面走去。

天色越来越黑，夜市的灯却越来越璀璨，迷人心智。

沈牧问："走了这么长一段路，想好要吃什么了吗？"

"火……"顾佳话还没有说完，沈牧就打断她："不行。"

顾佳皱眉，一脸委屈："是师父刚才说让我自己决定的。"

"你身体还没有完全康复，不能吃辣椒。"沈牧说。

　　沈牧一向说话惜字如金，顾佳有时候恨不得掐着指头数，可今天他的话却格外多，还处处为她着想。顾佳心里甜甜的。

　　"那……师父决定吧！反正我说什么都会被拒绝。"顾佳鼓起腮帮子，假意叹气道。

　　沈牧看了看夜市街的各种小吃，建议："不如就吃韩国料理吧。前面有一家小店，味道不错。"

　　"好！"

　　说着，沈牧拉着顾佳，穿过了几家小吃店后，到了那家韩国料理店。

　　一路上，夜市上的青年男女格外多，都是手拉手，沈牧担心顾佳走丢，也拉紧她的手臂，再三叮嘱不要走丢了。

　　顾佳此时才觉得沈牧原来不是冰冻的心，他开始在乎她，担心她。

　　看着他的大手，她小声嘀咕："要是天天都可以来这里就好了，就算是挨骂也心甘情愿。"

　　"什么？"沈牧隐约听见她开口说话，却听不太清。

　　夜市里的声音交杂，音乐声、临街商铺的叫卖声、游客的说话声掩盖了顾佳的声音。

　　她大声说："没什么。诶，是不是那家店？已经到了呢。"一抬头，顾佳就看见了那家韩国料理的招牌。

　　沈牧视力好，顺着她的手指方向看去，果然是那家店，点头道："是。没错。进去吧！"

　　店里，服务员都穿着韩服，说着两国语言。小店内有七八张桌子，早已是宾客满座。

　　顾佳正找位置，意外地发现，三号桌上的情侣刚好吃完饭，起身要走。

　　"坐那里！"顾佳指着三号桌，拉着沈牧挤了过去。

　　坐下来后，服务员用韩语问候两人，递给了沈牧一张菜单。

　　菜单上样式虽然不多，但看起来都很合口，顾佳每一个都想尝尝，但她知道两个人根本吃不完，只好又将难题给了沈牧。

　　"师父，还是你来吧！我怕把你吃穷。"

　　沈牧哭笑不得，伸了伸下巴，问："我倒是很好奇，你究竟有多大的胃？"

　　知道他是夸张，顾佳仰头笑着问："师父以为呢？"

　　"总不至于像天蓬元帅一样吧？"沈牧故意说。

　　"师父，您这样说，真的合适吗？"顾佳蹙眉。

　　"好了，不逗你了。那就吃石锅拌饭和烤肉吧！"沈牧问。

"好!"顾佳说。

服务员收走菜单后,又送了一个水果拼盘。

沈牧用叉子扎了一块苹果给她:"先吃块苹果。"

顾佳张嘴"啊"的一口咬掉:"好吃。"

"吃个苹果都能这么开心。"沈牧笑她容易知足。

"那是,毕竟……是师父喂的。"顾佳"嘿嘿"一笑。

沈牧笑了,又给她倒了一杯水。

顾佳盯着他把水倒满后,端起来就喝,差一点儿烫到嘴。

沈牧看着她的样子,哭笑不得。

沈牧的笑很温暖,像是十年前的样子。

顾佳说:"师父,你居然笑了。"

沈牧这才意识到,自己已经很久没有开怀大笑过了。他收敛了笑容后,端起茶水掩盖内心的情绪。

88 · 闯 祸

"师父,我敬你一杯。"顾佳端起茶杯,以茶代酒。

沈牧看了看她手中晃动的茶杯,唇角一勾,露出一抹阳光般的微笑,端起茶杯与她碰杯,大口喝下。

顾佳喝完茶水后,刚放下茶杯,服务员就已经将两人的石锅拌饭端了上来。

"先生,您的餐已经齐了,请您二位慢慢享用。"服务员礼貌而客气地放下美食后离开。

石锅里的蔬菜冒着热气,扑鼻的香气,惹人垂涎。

顾佳探着头,盯着锅里的小泡泡,迫不及待的样子。

沈牧拿过她的碗,给她夹了好几块肉后,递给她。

"饿了吧? 吃吧!"沈牧说。

"嗯。师父也吃。"顾佳也拿出空碗,给沈牧盛了一碗。

这家店生意很好,顾佳旁边的两桌客人刚走,马上又有人坐下。

有时候一来七八个客人,就把整个小店里的走廊堵得水泄不通。

店内只有五六个服务员,顾客多的时候,每个人都忙得焦头烂额。

"8 号桌的菜好了。"店内传来后厨的吆喝声。

先前给沈牧点餐的服务生刚放下 6 号桌的餐饮,马上又去拿 8 号桌的。再回来时,顾佳旁边的过道已经通不过了。

"10 号桌的餐好了!"后厨又是一声吆喝。

服务员蹙眉,有些为难,一旦让客人等着急了,就会被扣钱。

顾佳见状,忙起身接过她手里的餐盘,说:"我帮你!一会儿我会把空盘送过去。"

"真是太谢谢你了!"女服务生第一天上班,难得遇见顾佳这么热心的客人,再三感谢后,放心地将 8 号桌的餐饮交给了顾佳,转身又去拿 10 号桌的。

岂料顾佳端着托盘才走了不到两步,就撞上了刚进门的红裙女人。滚烫的汤汁同时溅到了顾佳和那个女人的长裙上,顾佳手上瞬间被烫出一个泡来。

红裙女人顿时如点着的炮仗,大发雷霆,用力往后推了顾佳一把,骂道:"没长眼睛啊?这么大个人看不见。第一天上班吗?你们老板呢?叫他出来!真是晦气,一出门就遇上这种事儿!"

红裙女人旁边穿着蓝色牛仔衣的男人忙哄她:"媳妇儿,烫着没有?"

女人冲男人撒娇:"老公你看,这可是我刚买的裙子!"

顾佳怎么也没有料到,自己好心帮忙,竟然闯了这么大祸,忍着手上的疼道歉:"对不起,对不起。是我不小心。我帮你擦擦吧!"

说话的同时,顾佳转身就从餐桌上面抽了三张纸,要给女人擦裙子。

对方却猛地一拍,正好打到顾佳手上刚刚烫出的泡上,疼得她皱了一下眉头。

沈牧见状,忙起身查看,抓着她的手腕,护在她身前说:"这位女士,她已经跟你道歉了。何必如此野蛮地推她?"

红裙女人本就十分生气,万万没想到一个小小的服务生居然还带着男朋友出来工作。

她往前走了两步,鄙夷地看了看顾佳,冷笑道:"如今这世道都变了,怎么,有人罩着了不起啊?一句道歉值几个钱?你知道老娘的这条裙子花多少钱买的吗?今天可是第一次穿!"

女人话里话外都透露她的裙子十分昂贵,不是一般人能买得起的信息。

沈牧见多了这种人,冷哼一声问:"说吧,想要多少钱?"

此话一出,女人马上领会到他的意思,又走到蓝牛仔衣男人的身旁说:"宝宝,他们以为我们要讹人!教训他!"

"媳妇儿,我来!"男人拍了拍女人的手背,上前说:"什么意思?你把话说清楚!"

"不过是一个小小的意外，道歉赔偿我们都认。但你们不要太得寸进尺，得理不饶人！"沈牧冷冷地说。

那男人见状，往前走了半步，伸手就要朝沈牧的脸上打，却被沈牧反手扣住。

直到对方求饶后，沈牧才松开手，随后从口袋里掏出 500 元钱，放在旁边桌上。"这些钱作为赔偿够了。"

对方的脸色十分难看，还想辩驳，沈牧又掏出自己的名片递给他们，说："这是我的名片，如果这些钱还不够，可以随时来找我！"

对方看了看沈牧的名片，蹙眉反问："你是律师？"

沈牧点头，顾佳补充道："专业律师！"

那两个人显然没有料到自己竟然会撞上律师，整个人都懵了，又仔细打量了沈牧和顾佳二人后，鄙夷地冷哼道："不过是条裙子，不想赔钱就直说，何必拿假的名片来糊弄我！"

沈牧笑了，说："一条裙子少则百八十多则几千上万，犯不着拿一张假名片来吓唬你们。"

这下两人都慌了。

店内的客人都开始围观，忍不住对那个女人说："人家都已经赔钱了，就算了吧！"

这时店内的老板才带着顾佳帮忙的那个服务员，走了过来。

"您好，实在对不起。这位姑娘是为了帮我们服务员，才会不小心弄脏了您的裙子。这是我们失职，如果您要赔偿可以直接找我，与这位姑娘无关。"老板态度十分诚恳，最后还不忘让那服务员对顾佳道歉。

顾佳忙说："您真是太客气了。是我弄脏了她的裙子，这是我的责任。您不必如此。"

沈牧说："是，汤毕竟是我们洒的，与你们无关。这点赔偿我们还是付得起。"

被弄脏裙子的女士从沈牧的言谈举止中感觉到他并非普通人，索性放弃追责。

她拉拉蓝牛仔衣男人的手臂，说："算了，既然他们既道歉又愿意赔偿，这事儿就算了。别影响我们逛街。"

"媳妇，别怕，有我给你撑腰呢！"男人依旧不肯松口。

"这位先生，你们究竟想要如何处理这件事？"老板看不下去了。

沈牧说："这位先生，按照法律我们无意弄脏了您夫人的裙子，照价赔偿是应当的。但您若借此机会恶意敲诈，只怕就不是这 500 元钱的事儿了。"

此时店里早已围满了人，看热闹的人越来越多，那女人拽了拽男人的衣袖，不想把事儿弄大，忙说："好好好，我们接受你们的道歉，不再追究了！"说完，女人把那 500 元钱装进了口袋，转身出了料理店。

此时沈牧和老板才注意到顾佳手上的泡已经越来越大，忙给她上药。

老板又给他们重做了一份石锅拌饭，作为道歉。

看热闹的人也相继散去，大家继续吃喝。

89 · 亲　吻

重新开饭，顾佳脸上洋溢着幸福的笑容。

沈牧见她又胃口大开地吃起来，说："是说你热心呢，还是说你心大呢？"

顾佳眼珠子转了转，习惯性地摸了摸鼻子说："有什么不同吗？"

"没有，快吃吧，这一回菜要是再凉了，可就没得吃了。"沈牧笑。

顾佳"嘿嘿"一笑，低头吃起来。

吃完了饭，从料理店里出来前，老板还赠送了一张会员卡，一年之内再来，可以打八折。顾佳开开心心地收了起来。

此时已经接近晚上 10 点，夜市里的人越来越多，小商小贩们也越来越多，还有人卖画。

平日里顾佳总喜欢在小本子上涂鸦，难得逛个夜市，还能撞见有人画画，她硬拉着沈牧，走到画师面前。

沈牧根本连拒绝的机会都没有。

好在只是简笔画，十来分钟沈牧的肖像就画完了。

顾佳拿在手里盯了半天，总觉得哪里不像，灵机一动，悄悄地在他的鼻子下添了两笔八字胡，还坚持不给沈牧看。

"不看就不看。"沈牧没脾气。

顾佳拿着画，得意地跑了两步，才发现前面有一个露天的小酒吧。舞台上，一个年轻的帅小伙，抱着吉他唱歌。是陈奕迅的歌，深沉灵动。

顾佳拉着沈牧找了个空位坐下来，点了两瓶啤酒喝了起来。

沈牧担心她喝酒影响身体恢复，索性将两瓶啤酒都据为己有，又给她点了杯花果茶。

"师父，以后有什么心事，你可以跟我说。不要总是一个人闷在心里好不好？"顾佳说。

沈牧深吸一口气，喝下一口啤酒，说：“你还小，很多事你不懂。等你长大了你就懂了。”

顾佳摇摇头，伸手解开马尾辫，披在肩上，捋顺后，坐直了一本正经道：“胡说，我已经是大人了，是个二十二岁的成年姑娘。”

沈牧笑，摆手否认：“是小姑娘。”

此时台上的青年唱完歌了，老板问谁还想点歌或者唱歌，可以上台接话筒。

“有，有，有，这里这里！”顾佳见状，马上拉着沈牧上台。

“我不去！你去吧！”沈牧拒绝。

顾佳却招呼隔壁桌上的人帮忙，一起用力，愣是将沈牧拉上了台。

站在舞台上，沈牧才感觉酒喝多了，有些微醺。既然已经站在舞台上，他就索性借着酒劲点了一首粤语歌唱。

音乐响起，沈牧拿着话筒，摇晃着身子，开始深情演唱。

这是顾佳第一次听沈牧唱歌，深情又浑厚的嗓音，令人着迷。

顾佳坐在下面，一边听一边鼓掌打拍子，只觉得像是欣赏一场音乐盛宴。

人世间最动听的声音大概就是他的歌声吧。

听着听着，顾佳陶醉了。

唱到深情处，沈牧微闭上双眼，一手插在西装口袋里，一手紧握话筒，潇洒帅气。璀璨星光照在他身上，更显得他光芒万丈。

这一刻，顾佳想把所有美好的词都安在他的身上。

曲毕，沈牧有些迷糊地放下话筒，下了台，引来众人的一片掌声。

顾佳担心他喝多了，上前去扶，却被他摆手拒绝。

顾佳问：“师父，你还好吗？”

沈牧说：“放心，没事。时间不早了，我送你回去！”

“好。”顾佳付了钱，拿好东西，搀扶沈牧往外走。

喝了酒，他已经不能再开车了。两人索性穿过夜市绕到公路上去打车。

夜市的尽头是一座天桥，顾佳搀扶着沈牧上了天桥。正要下台阶时，他却转身趴在栏杆上休息。

吹了风的沈牧有些头晕，顾佳索性不再多走，默默地站在他旁边，陪着他。

月亮已经升上天空，微风吹起了沈牧额间的碎发，异常好看。

顾佳盯着他微醺的双眼，温柔一笑。

今天的他，脸颊微红，有些不太一样。

好一会儿后，沈牧的头没有那么疼了，睁开双眼，盯着披着头发的顾佳。

他试着睁开双眼，看了看她，心跳加速，双手竟情不自禁地搭在她的肩膀上，闻着她身上淡淡的香味，靠近她，轻轻吻了她的额头一下。

这突如其来的一个吻，让顾佳有些措手不及，闭上了双眼静静享受。

他的动作轻轻的，像是轻吻一朵小花，生怕秋风吹落了枯叶，也吹走了花瓣。怜惜又甜蜜。

顾佳只觉得空气都凝结了，好一会儿后，才缓缓睁开双眼。看着微醺的沈牧，不知道他是不是知道自己在做什么。不确定，他究竟是酒精的原因，还是情到深处自然流露。

顾佳静静盯着他问："师父，你喝醉了吗？"

沈牧笑了一下，放开双手，明白她想问什么。

他点了点头，说："醉了，但是我知道自己在做什么。"

所谓的心照不宣，大概就是如此。顾佳害羞了，原来这段时间，不是她的错觉，他的心真的在一点点融化，渐渐变得温暖。他开始需要她了。

此时，天桥下的喷泉突然窜天而升，大量的雨水都落在了沈牧和顾佳身上。

沈牧和顾佳两个人的头发都湿了，两个人僵住片刻之后，忍不住哈哈大笑起来。在喷泉下跳舞，唱歌。

喷泉一波一波地升起又落下，把两个人的衣服都淋湿了。沈牧担心她会感冒，脱下西装，挡在她头上，替她挡住雨后，揽着她的肩膀走下台阶。

而此时，天桥的不远处，有一双神秘的眼睛正盯着他们俩，直到天桥尽头，再也看不见人了，才转身离开。

沈牧和顾佳走到马路上，伸手拦了一辆出租车，一前一后上了车。

顾佳担心沈牧喝醉了，索性叮嘱师傅先送他回家。

到了沈家门口，顾佳小心翼翼地搀扶他回到卧室，帮他脱掉鞋子，盖好被子后正要离开，却被沈牧一把抓住。

顾佳回头看。

沈牧喃喃道："到家给我消息，记得回去冲热水澡，别着凉了！"

从沈家出来，顾佳心里甜甜的，忍不住用手指轻触他亲吻过的额头和双唇。

她心动了……

90·夜　梦

盛海市夜景璀璨，星光耀眼。

路灯从街道两侧高大的梧桐树枝间投射出来，映在马路上，影影绰绰。

顾佳放慢了脚步，每走两步，都忍不住踩两下倒影。

她时而看看街道两侧的灯光斑驳，时而抬头看看浩瀚星空，似乎伸手就可以够到令人心动的星星。

顾佳假装够到其中两颗最大的星星，装进自己的口袋里，自娱自乐。

她从没有像现在这样开怀大笑，全然不在乎路上行人投来的奇怪目光，只管做自己喜欢做的事。

顾佳走到公交站台，伸手正欲拦车时，却接到了文琬的电话。

"喂，妈妈，睡了吗？今天身体恢复得怎么样？我一会儿就回去了。"顾佳说。

电话里传来文琬温柔的声音，她笑了一下，说："还早。正好你来的时候，带着奶奶一起回去。"

"嗯。"顾佳应了一声。

"法院的事，妈妈都知道了。不管怎样，房子的事总算是处理完了。你晚上早点回去休息。"女儿和父亲打官司，文琬总归是想多问两句，却又担心电话里说不清楚，说多了顾佳心里会有压力，只好就此打断话题。

"好。您要是困了，就先睡觉。差不多有个十来分钟，我就到了。"说话的工夫，顾佳伸手拦了一辆出租车，电话都没挂，就直接去了医院。

"路上注意安全。一会儿见。"文琬说完，挂断了电话。

深夜，医院的住院部都开了楼道的小灯，许多病房里的病人已经早早休息了。顾佳穿过楼道，能够清晰听见各个病房里监护仪的嘀嘀声。大多数病房都已经熄灯了，顾佳担心打扰人休息，轻手轻脚地推开了文琬病房的门。

房内大灯已经熄了，只留了两盏床头的壁灯。一听见门响，文琬转过身，看见顾佳，坐了起来。

"佳佳来了。外面冷吗？"文琬一说话，趴在文琬床边的赵大沪也醒了。靠着床边打盹的白青花也醒了。

"佳佳，要再吃点水果吗？"白青花随手从桌上拿了一根香蕉就递给顾佳，被顾佳拒绝了。

"奶奶不用了，天黑了，我们一会儿回去就要洗漱睡觉了。"顾佳笑着说。

老太太看完儿媳妇，放心了不少。

赵大沪也说："今天你也累了一天，早点回去。你妈妈这边，有我看着。"

"赵叔叔，你明天也得上班，怎么能熬夜呢？"顾佳说。

虽然知道赵大沪一直追求妈妈，可毕竟还没有成为一家人就让人家守病床，不太好。

"傻丫头，快回去吧！我这有陪床没事的。"赵大沪指着不远处的一张折叠床，说。

顾佳还想再说什么，文琬却一摆手，说："好了，你赵叔叔一会儿我催他回去。你先带着奶奶回去。早点休息。"

"好！那妈妈也早点休息，有事随时给我打电话。"说完，顾佳挽着奶奶的手臂就出了医院。

回家的路上，白青花坐在出租车里问顾佳："今天站在你身边的沈律师是谁啊？"

"是我师父。单位的领导。"顾佳羞涩地解释。

白青花是过来人，从顾佳与沈牧单独去约会起，就知道沈牧绝对不单纯是同事。顾佳脸上的神情骗不了她，这两个人的关系绝对非同一般。

"哦！同事。嗯，好。好。"白青花虽心知肚明，但既然孙女不愿意说，她也不勉强，故意装糊涂。

两个人说了没有几句话后，顾佳就开始犯困了，时不时打个哈欠，只觉得两个眼皮都在打架，困得不行。

好不容易到家了，可顾佳拉着白青花下车后，整个人又精神了，给奶奶打完热水，伺候她洗漱后，两个人才睡下。

躺在卧室的床上，顾佳才觉得睡意全无。她时而平躺时而侧卧，一想到与沈牧在法院门口意外接吻，还有天桥上的额吻，她嘴角不由自主地笑了，心里甜甜的，简直比吃了蜂蜜还要甜。

她躲在被窝里，伸手摸了摸自己的唇，忍不住偷笑。可笑完，还是睡不着，她索性拿出手机，看了看自己拍的夜景，十分漂亮，直接发到了朋友圈，配文：美好。

再看看时间，已经午夜11点了，若是再不睡，只怕第二天非要迟到不可。

顾佳只好逼着自己关上手机睡觉。

这一次，她不知不觉就睡着了。

睡梦中，顾佳穿着粉色的长款睡衣，一个人走在烟雾缭绕的黑暗空间里，四周空旷寂静无人。

"有人吗？这里是哪儿？"顾佳尝试着喊了两声，却发现自己只是空张嘴，发不出一丝声音，她失声了。

她抿抿嘴，只好不再说话。

她回头看看身后，漆黑无人。再转过头时，却意外地看见了沈牧。只见他穿着一身黑色西装，将头发打理得光亮，整个人精神抖擞地站在那里。

顾佳挥手，他似乎看见了顾佳，冲她微微一笑。

顾佳笑了，想要快步跑过去，却突然被人拦住，那人大骂道："滚开！"

顾佳想要努力看清楚对方的样子，却发现根本看不太清楚。那人的脸越来越近，越来越大，大到让顾佳害怕。

她猛地闭上眼睛后，整个人却忽然急剧下降，再睁眼时，顾佳才发现自己正在深渊里往下坠。黑暗、恐惧、无助让顾佳整个人精神紧绷。

这时，闹铃响了，顾佳醒了，才发现原来是做了噩梦。

时间才不过 7 点，她却不再赖床，洗漱完毕后，开始在厨房里给白青花做早餐。

"佳佳，上班还早，怎么不多睡会儿？"白青花坐在餐桌前，问。

顾佳看着墙上的闹钟，说："单位还有事，早点去，会好一点儿。"

"哦，单位里还有师父。去吧去吧，路上小心。"白青花心知肚明，笑着说。

顾佳瞪大眼睛，问："我怎么总觉得奶奶话里有话呢？"

白青花意味深长地笑了笑，说："奶奶不过是随便问问。快出门吧，别耽误事了。"

顾佳这时一抬头才见已经快 8 点了，忙收拾了碗筷，挎上背包快速出门了。

91·失 落

清晨 8 点多，顾佳准时迈进了大沪律师事务所。

今天的她特意穿了一件亮色西装，化了淡淡的小妆，涂了粉红色的口红，整个人都看起来气色很好。

平时爱迟到的李宜，今天也来得很早。一见顾佳化了妆，忍不住揉了揉眼睛，说："咦？佳佳今天不太一样啊？是不是有什么喜事？说出来，让大家一起高兴高兴。"

顾佳笑笑，故意卖关子："哪有什么喜事，只是看着今天的阳光很好，心情美丽，所以……你懂的。"

顾佳的眼睛笑成了月牙，整个人精神饱满。李宜转过头看看窗外，今天与前两天的天气比并无异常，他不解地挠挠头："没觉得天气不一样啊？"

顾佳偷笑，毫不理会。

正说着，两人突然停下来，李宜连结束语都没有，就转身认真工作起来。

顾佳见他如此紧张，就知道一定是某个领导来了，不是赵大沪就是沈牧。

果不其然，她一回头，见沈牧一身西装，精神抖擞地出现在律所的办公室。

一看见他，顾佳就忍不住冲沈牧微微一笑："师……"

可顾佳的话还没有说完，沈牧就已经径直进了玻璃间办公室。

顾佳原以为会得到他的回应，却不想他像是没有看见似的，依旧如往常一样面无表情地从她身边走过。

顾佳有些尴尬，轻轻咬了咬下唇，有点郁闷。但很快她调整过来，挺直了身板，依旧元气满满地进了办公室。

时间还早，顾佳放下背包后，开始着手打扫办公室。

想起昨天的事，顾佳无论是扫地、拖地、端茶倒水、擦桌子都忍不住看一看沈牧，想知道他今天有没有什么反应。

然而，她想多了……

沈牧自始至终都在忙，像是没有注意到顾佳似的，一脸严肃，认真地办公。

顾佳不太明白，难道他昨天真的喝醉了，睡一觉起来就断片了？

得不到回应，顾佳只好默默地干完一切后，安安静静地回到自己办公桌前，开始整理文件。

顾佳将自己与顾健的案件做了结案，然后将资料交给沈牧。

"师父，这个是……"

"好，我知道了。放那里吧！"顾佳话还没有说完，沈牧头也没抬地回复，"你去忙吧！"

顾佳应了一声后，转身正要走，却又止步问："师父，还记得昨天的事吗？"

沈牧被她这突如其来的问题惊了一下，抬头看着她，问："你是说开庭？"

"嗯。然后呢？"顾佳又问。

"然后？不是去了夜市？昨晚喝多了，是你送我回去的？谢谢！"沈牧酒后断片，竟然把最重要的事忘得一干二净。

这反倒让顾佳觉得是自己太没事找事，在自作多情。

她眉心轻皱了一下，又马上强颜欢笑："没事。"

沈牧觉得她的话里有话，又试探性地问："怎么了？有什么疑问吗？"

"没事。我去忙了。"明知道他已经把昨天的事都忘光了，顾佳也不好多说什么，转身就回到了办公桌前。

只是顾佳一想到今天特意的装扮也没能让他有任何反应，他根本想不起昨天轻吻自己额头的事，有些伤心。

这种感觉简直比她默默倾慕他十年，他却一点儿都不知道的滋味还要难受。

她原以为他是心动了，却想不到不过是酒精的作用。

顾佳自嘲地笑了一下，低头办公。

她从没有像现在这样失落。回想昨晚做的那个噩梦，似乎像是有什么预兆。希望还没有完全升起，就破灭了。

这时，田秘书敲门，说："沈律师，有客人来访。"

沈牧抬头看向田秘书说："知道了，让她五分钟后进来。"

"好的。"田秘书说完转身就出了办公室。

这时，沈牧才看向顾佳说："笔记本、录音笔备好，准备一下，做记录。"

顾佳马上从座位上站起身来，回道："好！收到。"

大清早就有客户来，顾佳瞬间像是打了鸡血似的，麻溜儿地开始准备工作。

有了之前处理案件的工作经验，她就照着前面文件的模板，绘制了两份一模一样的空白模板。关键时候，只需要照着表格填就可以了。

材料、硬件准备好，顾佳又照着镜子，拽平了衣褶，如临大敌。

这时，一转身她又看见沈牧的西装领口上沾了两片小纸片，她刚想伸手帮他揪掉，但一想到他早晨对自己的样子，伸在半空的手又缩了回来。

"那个……沈律师，您的领口……"顾佳客气的语气，一时间倒是让沈牧有些不适。

但时间紧张，他已经没有机会深究她称呼的问题，只是转身对着镜子整理自己的衣襟。

五分钟时间到了，徐芳准时敲了敲玻璃办公室的房门。

沈牧看了顾佳一眼，说："请进！"

顾佳打开房门，一位年轻漂亮很有气质的女子进来。

她长着一双漂亮的美目，性感红唇，大而薄的耳朵，瓜子脸，身材高挑，带着一股子浓浓的文艺气质。

"您好。"一看见沈牧和顾佳，女人便礼貌客气地问候。

顾佳礼貌地一笑，伸手将她让进来。

这时，沈牧示意她坐在沙发上。

"请坐。"

徐芳客气地笑了一下后，两步走到沙发处坐下。顾佳马上拿出一次性水杯，给她倒茶。

"谢谢！"徐芳说道。

顾佳将茶杯放在了她面前，然后坐下来，打开笔记本，准备记录。

沈牧将一个小时沙漏反过来倒扣在办公桌上，开始询问。

"很高兴您能找到我为您解忧。不知有什么可以帮您解决的？"沈牧问。

顾佳倒是有些意外，以前的沈牧，都直接干脆利落地开场，这一次，却是有了一个缓和，至少会让当事人心理上容易接受。

果然，徐芳点了下头，说："沈律师客气了。以前总有人说沈律师为人高冷，今日一看，倒是与传言不符啊。"

"呵。人与人之间的认识，总归还是面对面来得更加真切些。"沈牧说。

顾佳却眉头一卷，心里暗暗念叨：几个月前还是一副冷漠待人、单刀直入的性子呢。

徐芳接着说："现在可以开始吗？"

"可以！"沈牧说道，又顺便看了顾佳一眼，给了她一个不要忘记记录的信号。

92·徐　芳

"我叫徐芳，今年三十二岁了。临河人，是个自由摄影师。以前是做行政的，后来因为喜欢摄影，闲余时间就会去拍一拍植物、动物或者人。后来临河的景拍腻了，就开始到处旅游拍照。"

"你们大概想不到，因为旅游，我不光自己的摄影作品荣获世界大奖，还因此捡到了现在的老公。"徐芳的性格很好，看起来还比较阳光，用词也很有意思。

顾佳听着有趣儿，却只是专注记录，几乎不看沈牧一眼。

"之所以说是捡，是因为我开车去一个深山里，前不着村后不着店的地方，走在路上时，突然就看见林铮站在路边冲我招手。这个人，自己出去旅游，走到半路，钱包被人偷了，只好自己步行前进。这一捡，就捡出了一个婚姻。"

"呵，好看的面孔千篇一律，有趣的灵魂万里挑一。还真是特别的姻缘。"顾佳绷不住了，小声说。

徐芳看了看顾佳，笑道："这位姑娘说的没错，我们起初也是这么认为的。"

沈牧听着，也忍不住看向顾佳，介绍道："忘了介绍，这位是我的助理顾佳。"

徐芳对顾佳点点头，然后继续说："我们就这么认识了，后面因为见面的次数多了，两个人就心动了，决定一起生活。然后就结婚了。"

"嗯。请继续。"沈牧说。

这时，徐芳停顿了一下，喝了一口水后，继续说："结婚前，我觉得他什么都好，我们有相同的爱好，相同的兴趣，就连生活习惯都有些相似，他很尊重我。可我却没有料到，仅仅两年，他就原形毕露了。直到这个时候，我才知道原来他创办公司的钱全部是借来的。而去年创业失败，他却还是伪装成没事的样子，背着我偷偷借高利贷。"

"几十万的高利贷利滚利，越欠越多，他就开始借钱赌博。现在，已经欠了八十多万的外债，那些人每天都找人上门要钱，家里的门早就被砸坏了。就连我仅有的一点儿积蓄也都被耗光了。我每天在家里都胆战心惊，被迫无奈，只得带着行礼搬了出去，在外面租房子住。"

"我现在就想要起诉离婚。另外他的赌债，是否属于婚内夫妻共同债务？"徐芳提出核心问题。

八十多万，对于顾佳来说，简直是天文数字。顾佳忽然佩服起这个女子，一一记录下她说的每一句话。

徐芳是一个漂亮又坚强的姑娘，即便是感情经历不顺，也依旧保持着初心。从她进门到现在，说话始终客客气气，没有一丝怨气。

顾佳听着，心有感触，只觉得女人这一辈子很不容易。如果嫁不对人，只会过得越来越糟糕。

再看沈牧，想着昨天与今天的他，犹如换了一个人一样。明明昨天情到深处，不征询她的意见，就吻上她的额头；今天就忘得一干二净，像是什么也没有发生一样。顾佳只觉得有些生气。

一想到他曾经办理过那么多案件，顾佳甚至怀疑他是不是早已对感情、对婚姻有了免疫。

此时，顾佳更加好奇他过去的感情经历。

"好。徐女士的具体诉求，我都已经知道了。因为你结婚时，他借钱开公司，这笔钱属于婚前欠款与你没有关系。至于你说的婚后借了高利贷、有赌债，都是在你不知情的情况下产生的，亦不能属于婚内夫妻共同债务。另外，高利贷在我国，本来就是违法的。所以……您懂的。"沈牧说。

"听沈律师这么一说，犹如吃了一颗定心丸。这样一来，我就放心了。只是我想要离婚，这个程序上……"徐芳又问。

"放心好了，像您这种情况，基本上一审就可以判离。你们分居多久了？"

"分居已经超过八个月了。"徐芳说。

"那基本没有问题，您回头给我们提供一下相关材料，整理一下，很快就可以拟定起诉状，正式起诉离婚了。"沈牧说。

"真的吗？那太好了。"徐芳没有料到事情如此好处理。

"不过，您与林先生是在哪里办理的结婚证？这个还有一个归属问题。"沈牧补充道。

他顺便看了一下顾佳，见她一直沉默认真地记录，却不像以前那样，会问当事人一些问题，感到有些奇怪。

"做好整理。"沈牧提醒道。

顾佳这才说："是。"

"结婚证就是在盛海市办理的。当时也是因为正好在盛海市，所以就直接办理了。"徐芳看了看顾佳，一边回答沈牧的上一问题，一边观察顾佳笔下记录的情况。

"好。那就先到这里吧！"徐芳从沙发上站起身后，与沈牧和顾佳握手。

"好的，如果想起什么，随时可以给我或者我的助理打电话。"沈牧看了一眼沙漏，刚好漏完。整个案件都十分简单，前后不过一个小时。

"好的。那就麻烦沈律师和顾助理了。再见。这是我的名片，欢迎随时电话联系。"徐芳说完刚转身，又回过头补充道："两位看起来都很优秀，很般配。如果两位需要拍婚纱照，可以联系我。"

沈牧和顾佳两人互相看了对方一眼后，马上又避开眼神。

一想到他早晨的态度，顾佳就觉得结婚这种话题有点太讽刺。

碍于有客户在场，她也不好多说什么。

"再见！"沈牧尴尬地点了一下头。待徐芳走后，才轻吁了一口气，两手插在口袋里，然后问顾佳："整理一下谈话记录，打印出来交给我。"

"是。沈律师。"顾佳说完，就抱着笔记本回到了自己办公桌前。

沈牧有些奇怪，她突然改口叫沈律师，总觉得哪里都不对劲。正想问时，却见顾佳又回来了，但她只是端走了徐芳刚才喝过的茶水，一句话都没有和沈牧说，就又回到了办公桌前。

十几分钟后，顾佳整理好了徐芳的全部谈话后，工工整整地放进了蓝色的文件夹，双手呈给沈牧。

"沈律师，已经处理好了。"顾佳汇报完工作，转身就走。

"这么快？知道了，放那里吧！"沈牧有点吃惊，正想问她是不是有什么心事，却见她转身又走了。

沈牧开始注意观察她，顾佳却坐在电脑前，认真工作，表面上也看不出来有什么异常。

93·表　白

到了正午，沈牧看完了顾佳整理的资料，盖上钢笔笔帽，起身正要请顾佳吃饭，却被她以去医院为由拒绝了。

沈牧有些意外，只好跟赵大沪一起吃饭。赵大沪却说："怎么？一向魅力十足的俊男，也有落单的时候？"

沈牧给了他一拳头，说："少说风凉话，你还不是一样？"

赵大沪马上反驳道："谁说的？我可不是一个人，我一会儿要去医院，就不能陪你了。你自己吃吧。有事电联。"

"你也去？对了，佳佳妈妈身体恢复得怎么样？"沈牧问。

赵大沪还没来得及回话，沈牧又小心问："刚才见顾佳匆匆去了医院。是出了什么事？"

"这会儿知道关心啦？迟啦！"赵大沪难得见沈牧问他顾佳的情况，故意激他。

沈牧蹙眉不语。

赵大沪又凑近他，小声问："说，你俩昨天去哪了？发生什么事了？把我未来的闺女给惹了？"

沈牧打了他一下，说："证都没有领，就想着当爸爸。你这也太快了。"

赵大沪："领证，那还不是三分钟的事，民政局我熟悉，去了还能插队呢。"

沈牧笑了："那请问领证的主人同意了吗？当事人不同意，你这可是非法结婚。"

"玩专业，你是不是应该换一个人玩儿？"赵大沪强势回话，"好好说，你跟佳佳到底怎么了？"

沈牧一耸肩，摊手无奈："不是说了让你帮忙问吗？"

想到赵大沪一向照顾文琬，他随手从口袋里取出一张会员卡，递给赵大沪准备贿赂一下他。

忽然想起来昨天两人一起吃饭时的场景，他转身又将会员卡装进了口袋里，出了事务所。

赵大沪在他身后喊："哎，你不是要贿赂我吗？怎么又拿走了？"

"贿赂犯法！"沈牧补充道，背身挥着手进了电梯。

赵大沪见状，也只好拿上衣服，跟着出了律所。

从办公大楼里出来，沈牧直接去开车，将车子开到了医院。

走到文琬病房时，沈牧看见顾佳正坐在病床前给文琬喂饭。

沈牧知道自己贸然进去不太好，正犹豫要以什么理由进去，却被文琬从病房的玻璃窗口看见了。

文琬看了看沈牧的神情，与平日里严肃冷漠的神色不太一样，又见顾佳人虽然在这里，心似乎却还没有从单位回来。

她吃了两口饭后，推脱吃不下了，表明自己想休息，让顾佳先回去。

"妈，您再吃多一点儿。"顾佳心疼道。

"妈妈吃饱了，你回去吧！时间还早，还能多休息一会儿。下午上班不累。"文琬用下巴点了点门口，赶着顾佳走。

没办法，顾佳只好拿着碗起身去水房，才发现门口站着的沈牧。

"沈律师！"顾佳有些意外，关上了房门，便知道妈妈早就发现了他。

"我……"沈牧刚想说话，顾佳却径直朝着水房走去，"我要去洗碗，没有时间，沈律师如果想问工作的事，还是上班以后再说吧！"

沈牧紧了紧眉头，似乎没有理由跟过去。

水房里，正好没人。顾佳低着头，专注洗碗。水流声哗啦啦啦地响，水花四溅。

沈牧站在水房门口，盯着顾佳手上的动作，喉结处动了动，说："顾佳，我们能谈一下吗？你到底在别扭什么？"

原本顾佳只是心里有疙瘩，可他这么一问，反倒心里更加难受。

她的双手从冰凉的水中停下，满手都是洗洁精的泡沫，忍住说："没事。"

一个人嘴上或许会骗人，但是动作却会出卖人。

顾佳的一举一动，都写满了她的心事。明明不高兴，却还是一副鸭子嘴，死不承认。

"明明就有心事，还不承认！说！到底是因为什么事？"沈牧语气加强。

顾佳呆住，依旧不看他，说："真的没事儿。"顿了一下，她又道："下午还有事，沈律师要忙就先走吧！我还有事！"

沈牧见状，直接快步走到她身旁，抓着她的手臂，将她拉过来，问："说，到底是因为什么事？"

这一下，顾佳脾气上来了，抬高了音调："还不是因为你！"

"因为我？我怎么了？"沈牧眉心一锁，不解地问。

顾佳盯着他的眼睛看，那双俊美的丹凤眼，没有丝毫的内疚。

"你做了什么你不知吗？"顾佳问。

"是因为昨天的事吗？我究竟做错了什么？"除了开庭、吃饭甚至是帮她赔偿，沈牧想不起他还做过什么事？难道是她送自己回家……

沈牧在努力回想，顾佳却以为是她看错了人，他心里根本没有要承担责任的意思。

她的眼眶发红，脸色青白，泪珠在眼眶里打转，说："是。你没错，你堂堂大律师有什么错？都是我的错！我是气自己！"

顾佳说着，就要挣脱他的双手，大声道："不用你管！"

说完，顾佳转身又要继续洗碗，却被沈牧又抓过来，顾佳手里的碗瞬间就摔碎了。

这下，两个人都惊呆了。

顾佳蹲下身想要捡碎片，却被沈牧拦住，拉起来，他边捡边问："你到底在生什么气？把话说清楚。"

顾佳红着眼眶说："都是我的错，你昨天……就因为我喜欢你，喜欢了你十年，才会把你一个醉酒的轻吻，当成是希望！就因为我喜欢你，才如此小心翼翼地等着，好不容易感觉到你的心融化了，转眼就见你把昨天的事忘得一干二净。"

说完，顾佳和沈牧都愣住了。

沈牧手里刚刚捡起来的碎片，又一次掉了。

他站起身，看着顾佳清瘦的背影，才知道原来她爱得如此卑微。

"佳佳！"沈牧轻声叫她的名字，顾佳也突然反应过来自己居然对他发了火，还说了如此严重的话。

半响后，顾佳强行咽下眼眶里的眼泪，说："我还有事，先走了。对不起。"

说完，她快步出了水房的门。

对于顾佳来说，他不心动、不喜欢便罢了，可他偏偏已经有了下意识的动作，却转身就忘。这比不爱她、不喜欢她，还要伤害她。

她分辨不清，他究竟是不是只是酒精作用，还是无意识之举……

从水房出来，她假装没事人一样，重新回到病房，拿了背包，跟文琬打了招呼后，就直接出了医院的大门。

94 · 复　婚

沈牧随后也从水房出来，直接去了停车场。

坐在车上，他整个人都像是失了魂似的，不知所措。

副驾驶的车门忽然被人打开了。他以为是顾佳，却没有料到，竟然是一双银色亮粉的高跟鞋，上车后，这人坐在副驾驶位，熟练地系好了安全带。

很快沈牧发现这个人不是别人，正是他的前妻江琨瑜。

一看见她，沈牧刚才的情绪瞬间消失，整个人又是一副严肃冷漠的脸。

"阿牧，你还好吗？你怎么不说话？"江琨瑜侧过身，面对他问。

沈牧眉头一紧："你怎么会在这里？"

江琨瑜是一个美丽的女人，身材凹凸有致，声音甜美，五官也十分精致。一身黑色的蕾丝长裙，包裹着她修长的双腿。她化着精致成熟的妆容，整体气质极佳，是不少男人眼中的尤物。

她用甜美的嗓音，极尽温柔地说："阿牧，我想你了。"

沈牧鼻尖一声冷哼，没有任何的情绪。

他冷着脸说："我一会儿要见客户，没时间和你废话。有事说事。"

对于沈牧来说，江琨瑜是他的一个痛点，是他曾经事业失败、感情失败的双重打击。

一个消失了一年多的女人突然又出现，不会是什么好事。

可她毕竟是他曾经爱过的女人，他也没有办法完全把她当成一个陌生人。

江琨瑜就抓住了他的这个性格弱点，对他说："阿牧，我还爱着你，离不开你，我们复婚吧！"

她原以为沈牧会一口答应，却不想他冷着脸，干脆利落地回道："不可能。"

江琨瑜有些意外，睁大双眼，不可置信地问："为什么？我去了家里。钥匙都没有变，就连我给你买的香水你都还一直用着。你明明还爱着我，为什么不同意？"

沈牧也被自己这个下意识的举动惊着了。

顾佳说出喜欢他的时候，他没有什么反应，可是当江琨瑜问的时候，他脑海里呈现的是顾佳的脸庞。他的第一反应就是拒绝。

沈牧愣住了，他心里有意识地细想这件事。

他想起赵大沪曾经说过的话，如果真的喜欢佳佳，就必须和过去彻底告别。

看着沈牧不回答，双手紧张地抓着方向盘，江琨瑜一把抓住他的手臂，说："你明明心里紧张，为什么不能复婚？阿牧，你难道真的可以这么快就忘了我们十多年的感情吗？"

沈牧不回答，他念旧，怎么可能轻而易举地忘记，但对江琨瑜的感情，早已是亲情了。

"如果没有别的事，赶快下车！我赶时间。"沈牧抽回自己的手，赶她下车。

江琨瑜很意外，以前的他对她十分温柔，也从来不会这样赶她下车，她想不出沈牧那样一个冷静的人，为什么会在这么短的时间内，就能把她忘了。

但是，很快她注意到，沈牧的目光，竟然在一个穿着黑色西装，扎马尾辫的女孩身上。

江琨瑜忽然明白过来，沈牧很有可能变心了。

但她不挑明，收回了手，坐正了身子，说："开车送我去万科公司吧！我们路上聊。"

沈牧侧目看了看她，一副不可置信的样子。江琨瑜却像是受了很大的委屈，指着方向盘，说："开车啊！我们路上聊。"

沈牧知道，这种情况下，如果不开车，她是不会善罢甘休的，只好启动了车子。

汽车挡风玻璃前面，沈牧看着顾佳正欲打车，心里一紧。

不知何时开始，他早已习惯了顾佳一上车就问东问西的样子，却不想换成了江琨，他忽然觉得有些不适应。

江琨瑜的身上有浓浓的玫瑰花香，让人觉得有些头晕。

沈牧按下车窗，朝着万科方向开去。

沈牧的车子路过顾佳时，她刚刚打上车，意外地看见沈牧车上居然有一个长得很漂亮的女人。她黑色的蕾丝装，以及精致的五官，都让顾佳心里一惊。

一直以来，她都以为沈牧是单身一人，他会喜欢上什么样的女人，都说不清楚，可眼前这个女人，让顾佳心头一紧。

她猜想过沈牧会喜欢什么样的人，活泼的、聪明的甚至是娴静的，却唯独没有料到会是如此身材妖娆的女人。

也许从一开始，沈牧心里就已经住了一个人，但他却从来也不说，以至于让顾佳误以为他是单身。难怪他会忘记那个小小的额头之吻。

顾佳明白了，他不是不记得，是压根不在乎。她越想越生气，只觉得气得呼吸困难。

"姑娘，你去哪里？"

"姑娘？你到底走不走？不走别耽误我工作！"出租车司机问了顾佳好几遍去哪儿，才让她回过神来。

"抱歉师傅，我走神了。我们去大沪律师事务所。"顾佳说。

"好嘞。"司机按下了计价器后，开着车走了。

从医院到律所，一路上，顾佳都安安静静地坐在出租车里，目光看向窗外，有些发呆。

遇到红绿灯，车子停了下来。

原以为很堵的路上，沈牧的车子却意外地停在左前方。

从沈牧车上的后视镜里，顾佳一眼看到了江琨瑜竟然吻了沈牧的脸颊。

后视镜里看不到沈牧的正脸，更让顾佳心里犹如扎针一般的疼。

她抓紧出租车的门把手，刻意将脸别过去。

而沈牧车里的江琨瑜早就看到了顾佳，即便是亲吻沈牧时被他推开，她也心甘情愿。对付女人，还是女人最懂。

绿灯了，沈牧的车子先一步启动，左转。随后，顾佳乘坐的出租车也路过红绿灯，这个时候，顾佳看着沈牧的车子走了，心里有些失落。

这时，顾佳的电话响了，她拿起来一看是，是谭之卉。

电话一接通，顾佳心里最后那一点儿防线都崩塌了。

"谭之卉，下班后我们见个面好吗？"顾佳一开口，谭之卉就觉得不对劲。

她问："佳佳，你怎么了？出什么事了？"

顾佳的眼眶瞬间就红了，说："没事。对了，你打电话来是有什么事吗？"

95·交　谈

"哦。对了，莒南小区的拆迁文件已经下来了。你什么时候抽空来办理一下？"谭之卉问。

顾佳这才想起来，自从官司打完以后，还有很多事要办。她不该因为沈牧而消沉。

"好。那我知道了。我们晚上一起吃饭的时候再聊。"顾佳说。

"好，我回头给你打电话。"谭之卉说完，转身就走。

"嗯。"挂了电话，律所就到了，顾佳下了出租车，径直进了办公室。

进入电梯时，顾佳脑海里浮现的还是江琨瑜吻沈牧的那个画面。如今想来，让人觉得心情复杂。

现在再回想沈牧的那一个吻，只觉得有些讽刺，顾佳忍不住用手抹掉了口红，就好像是能抹掉那个吻一样。

从电梯里出来，顾佳才刚刚迈进办公室，就见李宜看着她哈哈大笑。

顾佳愣住了，不明觉厉。她还以为大家都知道了她与沈牧的事，在笑她像个傻瓜，还在迷雾里。

看着众人傻笑，顾佳整个人的表情都十分沮丧。

李宜和何凡等人从未见过她这样，都十分诧异。

何凡更是直接从桌上抽了一张纸巾，走到她面前，挡住众人的视线，拉她走到一边，帮她擦掉已经花了的口红。拿着纸巾给她看，"你呀，刚才是偷吃什么了？怎么口红都花了？"

顾佳这才知道，原来大家笑她的口红花了。

她尴尬一笑，眼角笑出泪花来。

她用手一把抹掉，说："原来你们在笑这个。"

"那你以为是笑什么？"何凡也笑了，"好了，已经到上班点了，快去忙吧！一会沈律师回来，指不定又要给我们安排什么活呢。"

"好。"顾佳说完，看着何凡转身后，自己也进了办公间。

脱掉外套，放下包后，顾佳坐下来，又用手机看了看脸上，口红印已经淡了不少，但还是免不了能看出来。她随手又抽了两张纸，用力地擦掉了。

刚扔掉纸巾时，沈牧正好进门。

一看见顾佳，沈牧也有些不自在。她一个小时前说的话，还在他耳边回响。

"那个……"沈牧想要开口说话，一时之间却不知道要说什么好。

顾佳则强装没事人一样，起身拿上自己的茶杯和他的茶杯，冲泡好咖啡后，比平日力气更大一些放在桌上。

"沈律师，您的咖啡。"顾佳说完，转身就回到了座位。

沈牧还从没有见顾佳这样过，欲言又止，嘴张了一会儿，又轻轻闭上了。此时，无论他说什么，做什么，似乎都不对。对于自己的心，他还不能完全明白。在他的心里，一直以为江琨瑜那样的女人才是他喜欢的。与她相识、相知、相恋、相爱，甚至是结婚，一切似乎都是水到渠成。从朋友一路走过来，因为熟悉，因为习惯，最后领证结婚。

可他从来没有见过江琨瑜会因为他酒醉而这样闹别扭。

他一个离异的男人，遇到顾佳这样的小女孩，一时之间，束手无策。

平日在办公室里，顾佳总是会有意无意地问东问西，可是今天，从他进门起，办公室里就陷入了一种奇怪的氛围。

她不再开口，不再叽叽喳喳，他只好自己找话题，打破这种沉寂。

"佳佳，准备一下，一会儿跟我外出办事。"沈牧说。

正在打印文件的顾佳，只是简单地应了一声，随后就开始着手准备笔记本、相机、录音笔。

十几分钟后，她就准备好了一切，说："沈律师，已经准备好了。现在出发吗？"

沈牧一愣，点头："好。你先下楼，我拿上钥匙去车库。"

顾佳又是轻轻应了一声后，快速出了办公室。

见她一出去，沈牧马上按了电话，让田秘书把赵大沪叫进来。

挂了电话，赵大沪已经推开了门。

赵大沪不紧不慢地坐在沙发上，问："怎么才一中午不见，就想我了？这么着急见我。"

"你是从哪里出来？"沈牧惊叹他的感知能力，"我真怀疑你是不是有预知能力，这么快就出现了。"

"怎么？遇到什么麻烦了？"赵大沪一副幸灾乐祸的样子。

沈牧看了看手表上的时间，说："长话短说，就两分钟时间。佳佳……她跟我表白了。可是现在，我们两个人都很别扭。"

"什么？你说佳佳表白了？"赵大沪没有想到居然是佳佳表白，推了他一把，说："那你心里是怎么想的？你怎么可以让女孩子跟你表白。"

沈牧说："我也不知道。但你知道的，自从和小瑜离婚后，我就从没想过再婚的事。况且佳佳还是我的徒弟。"

"徒弟怎么了？小龙女和杨过还是师徒关系、姑侄关系呢，不是照样在一起。"赵大沪反驳。

"现在先不说别的，你先说说，怎么才能让她不再生气。总不能一直这样，影响工作啊。"沈牧无奈。

赵大沪解释说："还能怎么办？哄啊！女孩子都靠哄。佳佳的脾气我知道，表面上看着嘻嘻哈哈的，可一遇到了大事，还是很有主意的。如果不说清楚，可能一直会憋着一股子劲儿。"

眼看着时间到了，沈牧起身要走。

赵大沪却又补充一句："我劝你还是当面说清楚。"

"对了，忘了说，小瑜昨天找我了。"沈牧说。

"什么？她想要做什么？"赵大沪追问。

"来不及说了，约了客户，回头再说。"沈牧说完，就飞快地出了办公室。

沈牧开车出来的时候，顾佳已经在路边等着了。

沈牧把车子停在办公大楼门口，打开车门。顾佳这一次却坐在了后排。

"坐前面。"沈牧说。

"沈律师，副驾驶的位置相对于车内的其他位置来说，是最危险的位置。我还是很惜命的。"顾佳找借口。

沈牧无语："以前怎么没听你说危险。坐过来！"

"以前不了解，更何况是为了探讨案例。现在……不需要。"顾佳心里别扭，连说的话都是自己以前不会说的。

"我数一二三，快过来！不要浪费时间。"沈牧最后一次下令。

顾佳还想坚持，沈牧却直接下车，将她从后座抱到了副驾驶位，顺便系好了安全带，然后重重地关上了车门。

96·别 扭

顾佳没有料到一向性格冷峻的沈牧，会如此霸道地将她从后车座上抱下来。

她震惊地看着沈牧绕过车前身，回到自己位子上。

车子启动，沈牧一脸严肃。

她不太明白，他明明心里已经有了另外一个女子，为何还会这样对她。

她的手指在玻璃窗上轻轻滑动，心猿意马。

"沈律师，上午不是已经和当事人见过面了吗？这次去是……"顾佳犹豫了半晌开口。

沈牧说："去银行，搜集一些证据。"

"哦。"顾佳说。

一旦她开口说话，沈牧心里就稍稍好受了一些。不管怎样，只要不是一直不说话就以。

车内的空气都安静了许多，碰上红灯，沈牧突然问："昨天的事……很抱歉……"

"不必了，师父，你什么都不用说了。我都懂。"沈牧话还没有说完，顾佳担心他会说，抱歉，那个吻不过是一个意外。她宁可当做什么都没有发生，也不想从他的嘴里说出"我不喜欢你"。

感情的事，谁也说不清楚，两个不产生磁场反应的人，就算是硬绑在一起，还是会互相排斥，互相厌弃。

一切还是顺其自然吧。

沈牧以为她已经想明白了，知道他现在只是还摸不透自己的心才会如此，也便不再多说什么。

沉默半晌后，他又说："一会儿从银行回来，去工商局，调查一下林铮的公司。"

"好的。"

一下午，沈牧和顾佳两个人无论是在银行、工商局还是在林铮的公司，都始终保持着一定的距离。

沈牧虽然有感觉，却也不知道该说些什么。

沈牧注意到林铮的公司之所以会倒闭，是因为他想要做强、做大，却没有那么大的实力，与旅游产业联合，结果造成了入不敷出。况且他的启动资金，本就是借的高利贷，有一定的风险。

林铮本人，他们没有见到，只好放弃。

"今天先到这里吧！之后再说。待会儿去哪儿？一起吃饭？"沈牧问。

"不用了。我和谭之卉已经约好了，晚上和她一起吃饭。"顾佳说。

"这样啊？好吧。有事给我打电话。"沈牧说完，问了地址后，将顾佳送到了她和谭之卉约会的地点。

一下车，顾佳才像是活过来了一样，深吸一口气，走进了甜蜜咖啡厅。

而沈牧看了一眼顾佳后，才掉转车头，回了家。

谁知道，沈牧刚一推开家门，就见江琨瑜穿着淡紫色长裙坐在沙发上。

一听见开门声，就说："阿牧，你回来了。"

"你为什么会有我家里的钥匙？"沈牧的脸色变得铁青。

江琨瑜却妖媚一笑，从沙发上站起身，走到沈牧面前，双手搭在他的肩膀上，说："你家里的钥匙都没有换，还说你心里没有我了。我一点儿都不信。"

沈牧立即躲开了，走到一边，脱下外套挂起来后，直接走到饮水机前倒水。

"我只是太忙，没有时间换罢了。"沈牧说。

江琨瑜却笑了，又跟着他走到饮水机旁说："我们认识这么多年了，我还不了解你吗？只要你想做，就算再忙也会换掉。你之所以不换，是因为你还心存幻想。"

说到沈牧的痛点，他的手指迟疑了一下，随后待水一接满，马上端着水杯走到一边。

他干脆利落地否认："我说过了，我不过是因为太忙。事实上，我们两个人谁也不了解谁。"

"我们从大学时候开始认识，到现在已经整整十年了。你觉得一个人十年性格都没有变化，却会在短短不到一年的时候，忽然变成另外一个人吗？阿牧，你可以欺骗我，但是你不能欺骗你自己。"江琨瑜始终用自己的方式猜测沈牧。

"够了，我的事情，不用你管。你究竟有什么事，不如现在说。我没有时间跟你浪费。"沈牧语气很不好。

江琨瑜轻叹一声，坐在他旁边的位置，贴近他的耳边，说："阿牧，这么久了，你难道就不想我吗？"

沈牧已经不想回答她的问题，侧过脸，微微闭上眼睛，以作回答。

"我们分开这么久了，我才知道，我心里始终有你。你早已住在我心里，无人可以替代。阿牧，我们复婚吧！"江琨瑜依旧不依不饶地说着，还不忘伸手触碰沈牧圆润的耳垂。

"你不用再说了。我是不会同意复婚的。"沈牧说。

"为什么？"江琨瑜收起美人计，开始一本正经地问，"难道你变心了？"

沈牧沉默不做回答。

江琨瑜脸色严肃起来，问："你真的变心了？是谁？"

沈牧说："这跟你没有关系。如果你没有别的事，就尽快离开。"

江琨瑜脸色铁青，说："难道你我之间，现在已经到了没话可说的地步了吗？你那么讨厌我吗？"

沈牧说："该说的话，我们在法院那天就已经说完了。"

"沈牧，我到现在才知道，原来你的心居然如此冰冷。"江琨瑜眼角含泪，说，"我们不管怎样，也一起生活过。人们常说，一日夫妻百日恩，你难道就真的一点儿都不念及旧情吗？"

"当初离婚是你提的，你的要求，我也都满足你了，还有什么要说的？"沈牧直视江琨瑜问。

"我……我只是心里没有底，只是想求一个安稳。"江琨瑜说。

"呵！安稳……"沈牧自嘲道，"原来在你的眼里，所谓的安稳就是事业稳定，衣食无忧。"

"我……"江琨瑜语塞，随后又道："现在说什么都没有用了，反正你就是变心了。"

沈牧刚想张口反驳，马上又意识到自己此时无论说什么都无用。现在最好的办法，就是让江琨瑜尽快离开。

"是不是那个扎马尾的姑娘？她应该会小你很多岁吧？"江琨瑜原本不想挑明，一时气急，竟然脱口而出。

而沈牧的脸色立刻青了下来，说："你查我？！"

江琨瑜马上道："你承认了？！阿牧，你……"

说完，江琨瑜哭着从沈牧家里出去。

她穿着一身淡紫色蕾丝长裙，刚进入电梯，却突然遭遇电梯故障。

电梯突然卡住，不动了。整个电梯漆黑一片，正好落在了两层楼的中间。江琨瑜害怕了，哭着给沈牧打电话，却发现电梯里没有一丁点的信号。

原本她只是想换上漂亮的衣服，让他回心转意，却不想，竟然会遭遇这种事。

她一个人待在电梯里，手足无措，眼泪不由自主地落下来。

以前，沈牧对她总是有求必应，可是现在却整个都变了。

97·电　梯

江琨瑜走后，沈牧有点郁闷，起身去冰箱拿啤酒，才发现冰箱里的啤酒早就没了。

他拿上大衣，开门准备去超市买东西，却意外地发现电梯出现了故障。

沈牧忽然意识到江琨瑜刚刚似乎是乘电梯下去的。

他马上找到维修工，问："这个电梯出故障多长时间了？"

"有十几分钟吧。"一个维修工人刚说完，沈牧脸色煞白，立即冲下步梯，每一层楼，他都要去拍一拍电梯门，喊江琨瑜的名字，看看她是不是可以听见。

一层一层楼下去，一直到了三楼，沈牧拍门，才听见江琨瑜在电梯里哭的声音。

"小瑜，小瑜！你怎么样？你不要乱动，维修师傅已经开始修了。很快你就可以出来了。"沈牧说。

躲在电梯里的江琨瑜，原本在黑暗无比的密闭空间里十分害怕，但是听见沈牧的声音后，知道他还关心自己，眼泪就流下来了。

她哭着说："阿牧，阿牧，我在这里很冷，很黑，一点儿光线都没有。我很害怕。"

"别担心，我在电梯外面，你再坚持一会儿，可千万别睡着。跟我说话。维修师傅很快就可以修好了。"沈牧十分担心，额间开始冒汗。

纵然他与江琨瑜已经离婚近一年了，但两个人毕竟是一起生活过的亲人，他怎么忍心看见她出事。

这时，和谭之卉已经聊完的顾佳，想起一个问题，打沈牧的电话，却发现沈牧的电话一直没有人接。

她担心他会出事，只好亲自上门问问。

本来走到沈牧家楼口，她已经有些犹豫了，进与不进，踌躇不展，却忽然听见有邻居说电梯里还困着一个人，是男是女不知道。

顾佳吓到了，马上抓着那个人问："阿姨，您好，请问您说这电梯出事故了，里面还困了一个人是真的吗？"

顾佳又急又怕，要是以前，无论是谁，她都会上去帮忙，根本不会像现在这么紧张。

她只觉得心口里像是堵了一块石头，让她喘不过气来。

"是啊，是男是女不知道。也不知道能不能修好，吓死人了。"

邻居的话让顾佳心里紧张，直接冲过去，狂按了一楼电梯的按钮好几次，电梯楼层灯亮着，却没有反应。随后，她马上又冲进楼梯。

她刚刚冲到三楼时，忽然听见有人说："修好了，修好了。太好了。"

顾佳从楼梯口里走出来，正要张口叫沈牧的名字，却意外地看见电梯门口的江琨瑜一把抱住沈牧。

她哭花了整个精致的面容，哭诉道："阿牧，阿牧，我以为就要死了，再也没有机会见到你了。"

"小瑜，小瑜，放心了，没事了，没事了。"沈牧顿了一下，轻轻拍着江琨瑜的后背，说话十分温柔。

顾佳整个人都慌了。

这一幕，让她心中本来就有些疑惑的心情，更加难以平复。

她眼圈一下就红了，眼泪从眼眶里落下来。

她闭上眼睛，只觉得额头都跟着痛。

难怪她打电话给他，他会一直不接听。

他明明和那个妖娆漂亮的女人才是人们羡慕的一对，一切不过是自己的自作多情罢了。

顾佳此时的心情更加复杂。

此刻的她，一分钟也待不下去了，眼前的这一切都似乎与她没有任何的关系。

沈牧帮她打官司，是因为他的职业是律师，他是她职场的师父，所以在情理之中。他酒后额吻……额吻，不过……不过是他的无意识。

顾佳努力给自己的自作多情作解释，也好让自己尽快从对沈牧的这种感情中抽离出来。

她一边下楼梯，一边流泪，出楼道门时，却意外地让人误以为是电梯里的人没救上来……

怎么了？难道困在里面的人……死了？

那几个邻居，原本还想追问顾佳里面的情况，却见顾佳脚步飞快，很快就冲出了小区的大门。

站在马路边，顾佳一招手，就拦到了一辆出租车。车子刚停稳，她就迅速上车。

"师傅，只管往前开！"顾佳一坐下，眼泪就像是拧开的水龙头一样，无论怎样都停不下来。

司机师傅见多了上车就流泪的姑娘，默默地抽了两张纸巾递给顾佳说："姑娘，没什么想不开的。人嘛，这辈子，总要经历一些短时间内难以接受的事。等过去了就好了。"

车子不疾不徐地一直前进，遇到红绿灯时也没有转弯。

顾佳哭了一会儿，擦了擦眼泪，说："师傅，谢谢你。麻烦你送我去前面的美食街吧。"

"好嘞！"师傅说完，紧接着踩了一脚油门。

车子很快停到目的地。

但顾佳才刚下车，就开始下雨了。

她原本只是想来这里再看一看，尝一尝这儿特别的美食，以后就尽量不来了。可一走到这儿，她就会想那天沈牧与她一起来的样子。

他送她的小鱼茶宠还在。他替她赔偿 500 元钱的事也还在脑中

可……

顾佳心里很难受。

天空忽然下起雨来，顾佳正要往前走，头顶上却多了一把透明的伞。

顾佳一抬头，天空阴云密布，透明的雨滴大滴大滴地打在雨伞上，让人的心灵

纯净。

顾佳以为是沈牧，一转身才发现是尤贺。

尤贺先开口道："下这么大雨，为什么不打伞？"

"你怎么会在这里？"顾佳问。

尤贺笑了一下，就像雨天里的雨伞一样，让人温暖。

"我来吃夜宵。不过今天下雨，几家好吃的小吃摊都已经收摊了。正准备要走，却看见你下了出租车。"尤贺一手插在西装口袋里。

顾佳抿抿嘴，眼眶又有些湿热，但她还是强装坚强，笑着说："谢谢，想吃什么？我请客！"

尤贺一眼看出顾佳心情不太好，但是也不点破，仍然像往常一样，说："好啊。顾大小姐请客，必须好好吃。走！我们去别的地方。"

说着，尤贺揽过顾佳的肩膀，朝着美食街旁边的小路走去。

98·吃 醋

"说吧，想吃什么？中餐还是西餐？"到了餐厅，顾佳问。

尤贺望天想了一会儿，说："西餐吧！难得顾大小姐请客，可要选最贵的。"

顾佳笑着打了他一下，说："好呀，你堂堂的书记员，居然敲我一个小助理的竹杠。不厚道。"

尤贺哈哈一笑，见顾佳的情绪好多了，他也就放心了。

从夜市出来，两人最后选定了离夜市不足两公里的一家西餐厅。

这里灯光璀璨，处处都是窗明几净的玻璃餐桌。

顾佳选了一个靠窗的位子坐下来，尤贺伸手要了菜单，交给顾佳点餐。

顾佳扫了一眼菜单的封面，问尤贺："难得单独请你吃一次饭，怎么不抓住机会好好发挥？"

尤贺笑："蹭饭岂有自己点餐的道理。选你爱吃的，我就都喜欢吃。"

顾佳笑了，问："你倒是很会讨巧。"

尤贺又说："我只想讨一个人的巧。"

顾佳这会没话说了，她能感觉到尤贺对她有好感，但她的心里始终只有沈牧一个人。她对尤贺的好感仅仅局限于朋友层面。

"尤贺！"顾佳刚说完，尤贺马上转移话题，打断她："哎，听说这家的烤肉不错，别忘了给我点一份七分熟的牛排。"

顾佳懂他的意思，索性也跟着他转移话题，笑着说："好啊，可不许剩。"

"好嘞，遵命，首长大人！"说着，尤贺用右手敬了一个礼，惹得顾佳哈哈一笑。

放下手臂后，尤贺给她倒了一杯红酒，说："喝点这个，养颜。"

"你倒是懂得多。"顾佳笑着端起酒杯轻抿了一口，一抬眼，竟然意外地在左手隔壁那一排第三张餐桌上，看见了沈牧和江琨瑜的身影。

沈牧背对她，江琨瑜虽然中间隔着盆景，却清楚地看见顾佳和尤贺就坐在那里。

她时不时给沈牧倒一杯红酒，又附耳小声说几句话。

沈牧偶尔说一两句话，但在顾佳看来都是亲密的举止。

尤贺看见顾佳忽然不说话了，用手掌在她眼前轻轻挥了两下，问："怎么了？怎么不说话？"

顾佳没有听见，尤贺只好转身回头也顺着她看的方向看过去，盆景挡着，他也没有看见沈牧。

"在看什么？"尤贺再次问，顾佳这才听清楚了，马上解释："没什么。"

这时，他们的餐到了，顾佳坐直了身子说："快吃吧！"

尤贺笑了一下，先将她面前的那份牛排端过来，仔细地帮顾佳切成小块，又推到她面前，才开始切自己的。

"谢谢！其实，你不用这样的。"顾佳说。

尤贺说："女孩子本来就该被保护，被照顾。快吃吧，一会儿凉了就不好吃了。"

顾佳点点头，低头开始用餐。

一顿饭，她吃得很慢，心不在焉，食之无味。直到用完餐，正要付钱，却发现尤贺已经付了钱，拉着她就出了餐厅。

这时，沈牧和江琨瑜也用完了餐，正要往外走，沈牧一眼看见顾佳。见尤贺和她手拉手，心里一紧。沈牧有些出神，江琨瑜更加确定他心里已经对顾佳动心了。

如今看见尤贺，她觉得找到了一个更好的解决办法。

"阿牧，我们走吧！"江琨瑜轻轻唤醒有些发呆的沈牧。

沈牧应了一声，看她已经备好了挎包，才和她一前一后地出了餐厅。

从餐厅出来，顾佳还不想回去，就在路边慢慢地走，尤贺就在一旁陪着她。

天空的雨忽然大了起来，顾佳被尤贺拉着躲在一家小商店的门前。

她的马尾辫，已经被雨淋湿了，尤贺将伞交给她后，用纸巾轻轻帮她擦头发。

这一幕，正好被刚刚上车，准备开车的沈牧看见。坐在车里，他远远看着，眉心一紧，抓着方向盘的手，也青筋凸起。

原来尤贺与她……

这个时候，顾佳低头的一瞬间，看见地上的积水，想起幼年时候，总是喜欢踩水玩。倒影里映出她和尤贺撑着伞的样子，十分好看。顾佳忍不住用手机咔嚓一声拍下一张漂亮的照片。

之后，她检查照片时，却意外地发现积水里居然倒映出沈牧的车子。

顾佳抬头看了看前面，他坐在车里，朝她看来。

雨刷器一下一下地在挡风玻璃上摇摆。副驾驶位上，依旧坐着江琨瑜。

一看见顾佳，江琨瑜竟然冲顾佳挤了下眼睛，像是故意打招呼。

顾佳刚刚平复的心情，瞬间又乱了。

远远看去，他们两人行为举止十分亲密，关系非同一般。

她的确长得很美，傲人的身材就连顾佳都觉得，自己如果是男人，恐怕也会喜欢上这样的女人。

"可是……我已经等了十年……"顾佳忍不住说出声。

她的声音，夹在雨水里，听不清楚。

尤贺问："你说什么？"

"没什么。"顾佳说："我们走吧！"

"好。"尤贺举高了雨伞，扶着顾佳跨过积水，送她回家。

顾佳不喜欢阴冷的雨天，加快了脚步。

沈牧坐在车里，看着伞下的尤贺，心里有些酸酸涩涩的。不知从什么时候，他开始在意异性对她的行为举止。

特别是尤贺，每次随手搭在她的肩膀上，都让他觉得有些心里慌乱。

江琨瑜看得出，他对顾佳的情感非同一般。如果不是今天电梯的这个意外，她又怎么会有机会与他重新坐在一起吃西餐？

江琨瑜打算回来的时候，原本以为复婚十拿九稳，现在看来需要费点心思了。

"阿牧，时间不早了，我们先走吧！我还有事要说。"江琨瑜催促沈牧开车。

沈牧这才启动车子，调转车头往回走。

回到家后的顾佳，给奶奶和妈妈做好了饭，照顾奶奶吃完饭后，又打车去医院给文琬送饭。

临出门时，白青花突然叫住顾佳。

"佳佳，你今天怎么了？怎么看起来不太高兴？"

顾佳止步，强颜欢笑，说："谁说的，高兴着呢。放心吧！奶奶，您孙女是谁呀。我可是不倒翁，推不倒、打不倒的不倒翁。"

白青花见她还能说笑，才放心地点了点头："知道了，路上小心。"

"好嘞，您要是闷了，就打开电视看一会儿。我先走了。"顾佳嘱咐完，才转身出门。

99·宣　誓

到了医院，一推开文琬的房门，顾佳才发现赵大沪也在。

一看见他，顾佳就想起沈牧，连带赵大沪跟她打招呼，她也只是轻轻"嗯"了一声。

文琬见状，说："佳佳，怎么了？你赵叔叔叫你呢！"

顾佳"嗯"了一声，说："没事。"

文琬说："有什么事瞒着妈妈？嘴上说没事，心里还是有事。"

"妈，真的没事。"顾佳说。

文琬有些奇怪，转目看向赵大沪问："是不是单位里出什么事了？"

赵大沪一脸迷茫问："我也不知道啊。佳佳，到底出什么事了？案子出了什么事？"

"佳佳，到底出什么事了？怎么见到赵叔叔连话都不想说。"文琬有点生气，"你以前可不是这样的。"

顾佳看了赵大沪一眼，将饭盒放下，说："妈，你先吃饭吧！跟你们没关系。吃完了，我一会儿就回去了。"

见她这样，文琬也没了脾气，只好边吃边观察顾佳，猜她今天到底是怎么了。

好半天，赵大沪想起早晨沈牧说的话，猜她一定是因为沈牧。

"佳佳，你是不是因为沈牧……"

赵大沪的话才刚一出口，听见沈牧的名字，顾佳整个人都懵了。她小脸都气红了，在病房里再也待不住了。

从医院出来，盛海市的雨还没有停，顾佳站在医院门口观雨。她总是喜欢太阳，觉得无论遇到任何困难，只要见到太阳，就有了很大的勇气和力量，任何事都不是什么难事。

可是现在，顾佳却觉得雨才是最懂她的天气。看着蒙蒙细雨，顾佳心里酸酸的。

上一次，因为顾健的事情，沈牧还特意带着她在细雨里踢足球，可是现在她要去哪里发泄情绪呢?

顾佳苦笑,她一直以来都在等沈牧的心融化,可是没有想到,他的心不是冰封,只是早已住进了别人。可她却不能怪别人,怪只怪是她先动情,是她在单相思。

这时,赵大沪静静地站在她身后,看着她,相信了沈牧的话,她是动情了。

看了一会儿后,赵大沪给沈牧打电话,却没有打通。

这时,沈牧居然带着江琨瑜来医院做检查。

一看见他们两个人,顾佳马上像如临大敌一般,立即找地方躲起来。

眼睁睁看着沈牧带着江琨瑜去了急诊科后,顾佳甚至来不及判断他们来医院究竟是因为什么事,就给妈妈发了信息,提前回家了。

回到家后的顾佳将自己一个人关在房间里,趴在床上默默流泪。

这一刻,她才知道自己做的所有努力都白费了。哭了一会儿起身,她想起以前给沈牧写的信,把它们通通都转移到衣柜的最上方。

"嘀!"这时她的手机收到一条短信。

顾佳翻过手机,看了一眼,上面写着后天去领律师资格证。

顾佳的泪水瞬间就止住了,对了,到了领资格证的时候了。她不能因为沈牧一直消沉。

回想起法学老师的话,她抿紧双唇,说:"顾佳,加油! 没有什么大不了的! 加油! 成为一名优秀的律师。"

从她一进门,白青花就发现了她的异常,守在卧室门口好一会儿,正想问问是不是出什么事了,一听见她对自己说的话,又放心地回房了。

顾佳从房间里又拿出法学书籍,开始看书,直到夜深了,才迷迷糊糊地睡着了。

两天后。

盛海市的阳光十分温暖,树叶落了不少,顾佳换上了薄毛衫,外套西装,与沈牧一同去了盛海市司法行政机关。

一连两天,顾佳对沈牧都像是对待上级领导,无论是端茶倒水,还是传递文件,都是公事公办。沈牧见状,也不知要如何处理,直到要亲自带着她去领证,才说:"把资料都带好。宣誓词记住了吗?"

顾佳说:"记住了。"

"那就好。出发吧!"说完,沈牧带着顾佳开车直奔司法局。

一进入司法局,沈牧便领着顾佳找到领证的工作人员,工作人员核验信息盖章后,将证件交给了顾佳。

看着棕色的律师资格证，顾佳觉得沉甸甸的，从此以后她就是一名真正的律师了。

"顾佳，跟着我来这边，读律师宣誓誓词！"办事员说。

顾佳看了看沈牧，见他点头后，三人才一前一后地去了另一间大型会议室。

硕大的会议室里，正对大门的位置上，贴着硕大的国旗和党旗。主席台上，插着两支话筒。

顾佳看了看沈牧，见他给她一个肯定的眼神后，才一步步走上主席台。

"顾佳，我念一句，你跟我念一句。"工作人员说。

顾佳认真地点点头，举着话筒。

"我志愿加入律师队伍。"工作人员说。

顾佳目视国旗和党旗，说："我志愿加入律师队伍。"

"成为中华人民共和国律师和中华全国律师协会会员，忠于宪法法律，严格执行律法，遵守律师协会章程，履行律师义务，恪守律师职业道德，勤勉敬业，以为维护法律的正确实施，捍卫法律的尊严而努力奋斗。"

顾佳的声音洪亮，铿锵有力。

从此以后，她也是一名真正的律师了。未来的路会更加艰辛，需要不断努力。

"顾佳，恭喜你拿到律师资格证。好好努力。"宣读完毕，沈牧说。

顾佳微微一笑点头道："谢谢师父！"

从司法局出来，坐在车上，顾佳又拿出资格证看了看，说："现在我也终于是有证的人了。"

沈牧笑了，说："是，以后如果办一些特殊的案件，也可以用它了。保护好。"

"嗯。"顾佳应道。

"不生气了？"说完了公事，沈牧忍不住问问私事。

顾佳瞪大眼睛，佯装没事，说："生气？生什么气？没事啊。"

"对了师父，今天下午我约了徐芳见面，一会儿就不去单位了，直接去咖啡厅，到了地方您放我下来就可以了。"

原本还想再带她回律所，却见她这么说，沈牧也不好说什么，只好点头同意。

100·上　车

顾佳和沈牧正要上车时，顾佳习惯性地打开了后车门，沈牧却突然叫住她，命令道："坐前面。"

顾佳呆住，愣了一下，才说："不用了。我坐在后面就好。"

"限你三秒钟之内上车。"沈牧严肃道。

顾佳蹙眉解释："前面不是专属座位吗？"

"嗯？"沈牧头上顿时多出三条黑线，全然不知她说的是江琨瑜。

"呵！"顾佳苦笑，"师父不用瞒我了！那天……我都看见了。"

"看见什么了？"沈牧反问。

顾佳本不想提这件事儿，但沈牧明知故问，她也只好实话实说："电梯、西餐厅还有车里，师父和那个穿黑色蕾丝高跟鞋的美女……"

"她……"沈牧刚要开口，江琨瑜却突然从他身后冒出来，叫了他一声。

不等沈牧说话，她已快步走到他身后，很自然地挽住他的手臂，看了看顾佳，对沈牧微微一笑："你们是在说我吗？"

一看见江琨瑜，顾佳刚才还稳定下来的情绪又忽然紧张起来，提包的手又微微挪了挪位置。

对于她的出现，沈牧有些意外，推开她的手，问："你怎么会在这儿？"

江琨瑜瞟了顾佳一眼，对沈牧露出甜美的笑容，说："阿牧，我来接你下班。"

她一开口就让顾佳的心理防线完全崩塌，站在此处，只觉得有些多余。

"既然沈律师还有事，那我就不打扰两位了。正好我一会儿要见个客户，先走一步。"顾佳不等沈牧说话，便先一步找了一个借口，准备溜之大吉。

沈牧却猛地一把抓住她，严肃道："等一下，我送你。"

顾佳止步，看了看他抓着自己手腕的那双苍劲有力的大手，转了转手臂，退出来。

"不必了。"

沈牧却又一次抓住了她的手臂，任她怎么转都不放开。

顾佳侧目，见沈牧正与她对视。

他漆黑的眸子里，映着她的模样，真诚而又期待的眼神，让她产生错觉，误以为他是在向自己求救。

顾佳有些心慌意乱，与他对视的片刻，身子微微颤抖，她刚刚张开两张薄唇，正欲说话，却被江琨瑜的话泼醒了。

"阿牧，我知道你忙，但有些话我想单独和你聊，可以吗？"江琨瑜的眼睛紧紧盯着沈牧的手。此时的她，纵然对顾佳有万般的不满，也不能当着他的面说什么。

想要挽回之前的婚姻，最好的办法便是尽显温柔体贴。

"我们的事，改天再说。"沈牧冷冷地回答。

"阿牧，我知道你的心里还是有我的，对吗？"江琨瑜直截了当地问，让顾佳瞬间心如刀割，她说的"有我的……"让顾佳觉得一直以来，自己像一个小丑。

两天来，她努力调整好自己，可是听到江琨瑜的这句话后，她所有的努力都白费了。

此时的顾佳，比任何时候都清醒，之前她看到的那些画面不是误会，而是真真切切存在的现实。她也更加确定，江琨瑜和沈牧的关系非同一般。

"沈律师，你还是先处理自己的事吧！我先走了。"顾佳用力抽回自己的手，抬脚就走。

沈牧想要再抓，却没抓住。

江琨瑜借机快走一步，拉住沈牧的手，抱住他，却被沈牧用力掰开手掌。

"江琨瑜，我们之间已经结束了，请自重！"沈牧不假思索地脱口而出。

他的话冰冷绝情，表面上直接反驳江琨瑜，实则间接地给了顾佳一个圆满的解释。

顾佳放慢了脚步……

江琨瑜从未见他如此冷漠地对待自己，不禁蹙眉道："阿牧……你……你为什么会变成这样？"

"你以前不是这样的，你明明心里还有我，为什么不肯承认？"她又问。

沈牧说："没有的事，我为什么要承认？"

"不可能……不可能，那天在电梯里，你明明那么担心我，你抱住我安慰我……"江琨瑜的双眼隐隐泛着泪光。

她就是要当着顾佳的面，挑明她和沈牧之间的关系。她就是要让顾佳知道，沈牧的身心都是她的，顾佳根本没有机会靠近他。

沈牧摇头，本不想说得太难听，但是江琨瑜的话让他不得不说出更加绝情的话。

"那天换做任何一个女人，我也会那样做。"

听到这句话时，顾佳的脚步彻底停了，但她没有回头。

她想起那天在电梯门口……她的心揪了一下，原来……她想要继续往前走，双脚却像被胶黏住了一样，怎么也抬不起来。

"我不信！合影还在，结婚戒指也还在，你怎么可能忘了？"江琨瑜细数过往他们亲密接触相爱的细节，以此来证明他还爱着自己。

沈牧却又一次泼了她冷水："那些东西我还没有来得及扔掉，你又何必……"

"你是想说我自取其辱？我不信，不信……"江琨瑜还在努力为自己辩解，她原本指着沈牧的手指，又忽然指向顾佳的后背，大声质问："是不是因为她，因为她你才会变心？"

沈牧微缩瞳孔，阴沉着脸，怒视她："这是你我之间的事，何必牵连到别人身上？江琨瑜，你醒醒吧！"

江琨瑜摇着头微微回退，不肯相信，还想继续寻找借口，却见沈牧又道："如果没有别的事，就请让开。我还有事！"

原本胜券在握的江琨瑜，千算万算没有料到沈牧会当着自己的面这样对她。何况还是当着顾佳的面，她觉得面红耳赤，颜面尽失。

"顾佳！上车！"沈牧看向顾佳，下令。

顾佳紧咬着下唇，提着背包的手指蜷缩一下，不知所措。

沈牧见她还不肯挪脚，索性快步走过去将她拉上了副驾驶，替她系好安全带后，才用力锁上车门。

从车前身绕过来后，沈牧见江琨瑜还堵在车门前，冷着脸说："让开！"

江琨瑜蹙眉，看了一眼车内的顾佳，既气又恨，不情愿地后退了两步。

沈牧打开车门，迅速上车，启动车子后，扬长而去。

江琨瑜站在原地，眼看着沈牧载着顾佳离去，怒意渐深，却无计可施。

101·天　寒

沈牧的车子开走了好一会儿，顾佳才偷偷回过头，从后车窗看了一眼江琨瑜，抿紧薄唇，不知说什么是好。

专注开车的沈牧，却将她的一举一动看得一清二楚。

他清了清嗓音说："她和我已经没有关系了。"

"嗯？"顾佳端正了身子后，看了看沈牧。他依旧端正坐姿，目视前方，一副若无其事的样子。

顾佳从来没有想过沈牧就算是开着车子，还不忘重申一遍他和江琨瑜的关系。想来，是变相的解释吧。

如此说来，她在他的心里的位置，比江琨瑜还重要？

顾佳抿着唇，唇角微勾，心里的小疙瘩总算是解开了。看样子是自己误会他了。顾佳坦然自若地深吸一口气，像是把这两日的不愉快统统发泄出去了。

她抿着唇，右手食指一下一下轻轻地在背包上点着，心里的乌云都散去了。

见她沉默，沈牧又问："怎么不说话？"

"啊，呃……不知道该说什么。"顾佳缩回手，挠了挠头，又连忙放下，吞吞吐吐地说。

沈牧笑了一下，言归正传："那天夜市……我记不太清了……如果对你做了什么，可以当面直截了当地告诉我。"

"哦。"直到现在顾佳才知道，沈牧是真的不记得了。大概就是传说中的酒后断片？

额吻这种事，让她一个女孩子开口说，未免也太有些……羞耻了。既然他忘了就忘了吧，也或许某天，他会自己想起来。

"哦？你不是要去咖啡厅？约到哪个咖啡厅了？"沈牧问。

顾佳本来就是随口找的一个借口，不过是搪塞他的话，他却当起真来。

她吱吱呜呜半天，才勉强提了一个离家最近的好运咖啡厅，圆了那个谎。

十五分钟后车子停了，沈牧看着顾佳从副驾驶位子走下去后，问："自己可以搞定吗？"

"嗯。小意思！"顾佳说道。

"好！完事给我打电话，我来接你。"沈牧这才放心了。

顾佳点点头后，看着他的车子开走了，才快步进了咖啡厅。

她选了一个靠窗的位子坐下来，给谭之卉打了电话。

谭之卉一边打印文件，一边将手机夹在肩膀上，问："顾大小姐，又怎么啦？我这儿还在上班呢，没工夫闲聊啊。"

顾佳在电话那头扑哧笑了一声，说："请个假出来，我请你喝咖啡。"

"不行啊。最近太忙，就算是加班都不一定干得完活。请不请假，这活儿都是我的，我可不想年纪轻轻就熬成了老太婆。"谭之卉诉苦，顾佳却听得嘻嘻哈哈。

"哪里老了，我怎么没看出来？"顾佳笑。

"来帮我干活呀，那不就看到了吗？闺蜜这种动物不就是关键时刻拿来利用的吗？"谭之卉也只有在顾佳面前敢这么说。

"喂，那是损友吧，哪里是闺蜜啊？"顾佳鼻尖一哼。

打完文件，谭之卉将手机从肩膀上拿下来，贴在耳边，继续问："说吧，这次找本小姐又有什么事儿？"

顾佳神秘地一笑，说："还真有点私事儿，不过，你来了才能说。"

"不是吧，难得给我打一通电话，还卖起关子来了。不知道坦白从宽、抗拒从严啊？还不老实交代？"

"坦白坦白。"顾佳顺着她的话附和，顿了一下，清了清嗓音，问："想不想听八卦？"

"想想想。"每到这个时候，谭之卉就比任何人都兴奋。

"好运咖啡厅，不见不散。不想听的话就算了，过期不候。"

"哎，等会？谁的八卦？你的八卦？"谭之卉这才反应过来，顾佳绕了这么大弯子，居然是想说自己的八卦呀。

谭之卉看了看身后办公室的同事，特意走到没人的房间，小声说："稍等一下，我马上过来。你给我发一个定位。"

"好！"顾佳挂了电话，发完定位，又点了两杯卡布奇诺，才边看电子书边耐心等谭之卉。

十几分钟后，谭之卉一身藏蓝色短裙，挎着金色挎包，风尘仆仆地来了。

一看见顾佳，谭之卉就加快了脚步。坐下后，她不管三七二十一，先端起一杯咖啡，喝了一大口后，才放下挎包，正式问："说吧，究竟什么事？火急火燎地把我叫过来。"

顾佳还没来得及回话，她又看了看四周，问："究竟有什么八卦？快点交代！"

说完，谭之卉身子往后靠在椅背上，双手交叉，一副审视犯人的模样。

顾佳瞧着她的模样，不禁想笑，但又顾及她的颜面，强忍着，好半天才开口说："沈牧跟我……"

顾佳婴儿肥的小脸上，一片红晕，声音异常温柔。

"表白了？"顾佳话还没有说完，谭之卉马上抢答。

顾佳轻轻拍了她手背一下，说："不是啊。"

谭之卉马上又问："那到底说了什么？"

顾佳这才说："他跟我解释了他和江琨瑜的关系。就是我那天在车里和电梯里看见的那个穿黑色蕾丝长裙的女子。"

"解释？"谭之卉退回原来的位置，手指轻轻贴在唇边，说："没关系，如此说来，他在向你表明自己是单身呢。嗯，看样子，你们两个人有进一步发展的可能。"

顾佳笑笑，点头道："是！本来，我都已经打算放弃了。没想到，事情竟然有了转机。"

谭之卉笑了，轻轻拍拍她的肩膀，一副老成的样子，说："嗯嗯，往后你这姑娘也不愁嫁了。不管怎么说，毕竟是喜欢十多年的人，错不了。我这个舍长也可以放心啦。"

顾佳轻轻推了她一下，说："干吗总是装出一副老成的样子？对了，你呢？有没有新情况啊？"

"我哪里像你这么好命，一出校园就遇到了初恋情人。"谭之卉装作很可怜的样子，一脸哭相。

顾佳忙从桌上抽出两张纸巾递给她说："喷喷喷，什么时候舍花也开始变成祥林嫂了？"

谭之卉见状，马上用手捂住顾佳的口，又看了看四周，确定周围没人注意到她后，才放开手，问："我什么时候变成了舍花？不应该是校花吗？"

"是校花，还是笑话？"顾佳故意逗她。

谭之卉上手就轻轻打了她一下，假装生气道："我看你是跟着沈牧好的没学会，坏的倒是学得一愣一愣的。怎么尽戳人痛处呢？"

顾佳偷笑："这就受不了啦？我可还没说其他的话呢。"

102·校 花

"什么？还有更难听的话？那我走了，办公室里活还多着呢。我这种爱工作的人，任何事都影响不了我工作的积极性。"谭之卉说着拎包要走，却被顾佳一把拉住。

"好啦。跟你开玩笑啦！知道你最美，最美。"

顾佳一脸的阿谀奉承，听得谭之卉鸡皮疙瘩掉一地，用手扑腾扑腾两下，一脸嫌弃。

她重新坐下后，顾佳停了笑，从包里取出证件递给她看。

同样是红色的本本，谭之卉刚想惊喜，才看清楚是律师资格证，一脸失望道："害我白激动了。我还以为是结婚证呢。"

顾佳偷笑，说："我看你是魔怔了。怎么总是想着结婚呢？"

"还不是担心你……"谭之卉凑近了又小声问："讲真，你俩究竟发展到哪一步了？牵手？"

顾佳不语。

"拥抱？"

顾佳依旧不语。

"接吻？"

这次，顾佳脸红了，却还是故作镇定不回答。

谭之卉一脸坏笑，眯缝着眼睛，指着她问："总不至于……"

顾佳一把打掉她的手，小声说："别瞎猜！没有的事。"

这下，谭之卉总算也戳到顾佳的弱点，嘿嘿一笑，说："你这丫头，也有难为情的时候。哈哈！"

顾佳一脸无辜，将头撇向一边说："哼。原本我还想给你牵线搭桥，依我看呀，还是不要麻烦了。省得你总欺负我。"

听她这么一说，谭之卉马上改口，一边向顾佳诚恳道歉，一边问："别呀，我错了还不成？好佳佳，要介绍谁呀？帅不帅？人品怎么样？"

顾佳故意让她着急，说："现在知道着急啦？迟啦！偏不告诉你。"

谭之卉从对面的位子挪过来，挤在她旁边，摇着她的胳膊，问："好佳佳，快告诉我嘛！到底是谁？"

"那你现在还欺负我吗？"顾佳问。

谭之卉马上举起右手，一本正经地说："坚决服从组织命令，保护组织成员身心健康，绝不欺负她。这次可以了吗？"

放下手后，谭之卉又悄声问："到底是什么特别的人物啊？"

顾佳这才翻到尤贺的朋友圈，找了一张他的照片，给她看，说："呐，就是他，是我的高中同学——尤贺。"

谭之卉一愣，觉得此人有些眼熟，想了想，问："这个人，你确定不是我们大学同学吗？我怎么觉得有点眼熟？"

谭之卉一边仔细观察尤贺的五官，一边问："做什么的？人看起来还是蛮精神的。"

顾佳知道谭之卉也是一个花痴，若是对照片都不满意，就更不用说下一步发展了。

见她这反应是有戏，顾佳才卖起关子，问："怎么样？有没有心动呀？"

刚才明明是谭之卉八卦，现在却反过来是顾佳八卦她，谭之卉将手机推回到顾佳手里，将脸撇向一边说："切，不过是一张照片而已，你就想让我心动？把我当成你啊！我又不是花痴。"

顾佳想了想，才反应过来上一次娄倩倩案庭审完，那次聚餐，尤贺和谭之卉都在。

谭之卉一拍脑袋，说："我想起来了，上次你和你的沈师父说是要请我们吃饭，可最后自己却跑了。那次他应该也去了吧！"

顾佳说："没错。我差点忘了。怎么样？要不要我牵线呀？人家可是法院的书记员呢。以后如果需要打官司，可以随时找我们。"

"呸呸呸，才不要呢。找你们帮忙，那都不是什么好事。我才不要。"谭之卉将手机还给顾佳后，端起咖啡尝了一口，有些苦，又添了一勺糖，搅动几圈后，才大口喝起来。

顾佳看着她加糖喝下去，蹙眉问："你什么时候开始喜欢吃甜食了？"

谭之卉看了看手里的咖啡，颜色还算深，才道："你究竟有多久没有关注我了。人家一直喜欢喝加糖加奶的咖啡，你怎么全部不记得了。"

"有吗？"顾佳望天，故作失忆，婴儿肥的小脸上，红晕一片。

谭之卉认识顾佳这么多年了，还从未见过她这么小女人的模样，连发啧啧声。

"我看你就是见色忘义。整天师父长师父短的，哪还记得我这个闺蜜？对了，你说的那个穿黑色蕾丝裙的女子究竟是谁？"

顾佳收起笑容，摇摇头，说："好像是姓江，具体他们之间什么关系，我不太清楚，只是从谈话内容来看，关系匪浅。可能是前女友？"

前女友？谭之卉脸色变了，掐手算了算沈牧的年龄，一脸严肃地说："依我看，你得好好调查一番沈牧。按他这个年纪，如果感情顺利的话，只怕孩子都应该有了。姓江的那女的，也有可能是前妻。他现在还没有跟你正式表白，别再又有什么变动。"

顾佳从来不知道谭之卉在这种事上，居然如此小心翼翼。她耸耸肩，昂头道："还是顺其自然吧！对了，你最优秀最漂亮的闺蜜拿到了律师资格证，你不预备表示一下？"

"额……大老远把我叫来，果然不是什么好事。说吧，你还想怎样？"谭之卉嘴角一撇，问。

"什么叫还想？明明你什么都没有准备呢。"顾佳双手交叉在胸前，一脸傲娇地说道。

谭之卉见她这模样儿，忍不住偷笑："逗你啦！假都请好了，现在再回去岂不是浪费？索性奉陪到底。说吧，晚上想吃什么？我请客。"

"真的？什么都可以吗？"顾佳问。

谭之卉捏了捏她圆润的鼻头，说："当然。"

说完，谭之卉又提醒道："不过我们可不可以商量一下，不要超过三百？"

顾佳咧嘴笑了，指着她说："刚刚明明是你说的可以随便点。现在怎么还限定金额呢？"

"人家说随便点，又没有说随便吃。毕竟这个月的工资还没有发呢。"谭之卉委屈巴巴。

顾佳依旧一副不同意的样子，谭之卉抓着他的手臂，好一会儿央求，她才勉强答应。

"那就火锅吧！"

"谢小主隆恩！"谭之卉双手抱拳，高举头顶谢恩。

很少见她这样，顾佳看着开心得意。

"那还等什么？现在就走吧！"谭之卉拿起挎包，起身就要走，却被顾佳拦住了。

"现在不行，晚一点儿，我还有客户要来面谈。"顾佳说。

"真掉链子。"谭之卉眉头一皱，说："对了，手头的案子棘手吗？需要帮忙的话，随时联系我。"

"放心吧！没事儿！"

103·约　会

"那就好，我可不希望你离婚案办多了，自个儿对婚姻也有了恐惧。"顿了下，谭之卉又道："不过，你和沈牧都是离婚律师，整天朝夕相处，也容易促进感情。哈哈。"

顾佳轻叹一声，说："没办法，谁让我喜欢这行呢？开弓没有回头箭啊。"

这时，她的手机响了，顾佳拿起来看了一眼，正是徐芳的电话。

"客户真的约我了，我得先走了。晚饭吃不了了，饶了你了。"顾佳边接电话边跟谭之卉打招呼后，出了咖啡厅。

"回头记得给我打电话。"

此时的顾佳，人已经走到马路边拦车了。

徐芳把跟顾佳见面的地址，约在了租住的新家中。

顾佳带好了录音设备，打车直接去了天嘉小区。

徐芳住在 12 号楼 402 房间，顾佳到了单元楼门口后，没有打电话，直接上了楼。

天嘉小区是盛海市中心附近的老旧小区，距离商务中心不足三公里。

楼道漆黑一片，顾佳一边上楼一边观察四周的环境，她注意到这里的墙壁上，都有零星的各种推销广告。

到了 402，顾佳整理了一下衣服，才正式敲门。

听见敲门声，徐芳走到门口，透过猫眼看了看门外，见只有顾佳一个人，才开门，将她让了进来。她本不是一个胆小的女人，但架不住林铮想尽办法折磨她，也只好更加谨慎了。

"顾助理来了，快请坐！"徐芳待顾佳进来后，又锁好了房门。

顾佳点了下头，按着她的示意，走到了沙发处坐下来。

这时，徐芳转身就要进厨房烧水，却被顾佳拦住了。

"徐女士，不用麻烦了，我不渴，时间紧张，我们还是直接切入正题吧！"说话的同时，顾佳还不忘打开录音笔和小笔记本。

徐芳见状，也只好放下空茶杯，坐了下来。

"突然打电话，是他找到你，骚扰你了吗？"顾佳问。

徐芳点头，说："是。不知道是不是他已经知道了我要起诉离婚，开始索要我们当初结婚时候的彩礼。"徐芳有些无语，一脸无奈。

"那份彩礼有多少钱？具体都有什么？"顾佳问。

"顾助理知道的，我喜欢摄影。摄影器材大多都十分昂贵，所以他给我的聘礼都是摄影器材。大概是几万吧。"徐芳说。

顾佳有些意外，挑眉笑了一下说："这大概是我听过的彩礼中，最特别的彩礼了。"

徐芳抿嘴苦笑一声："大概也是最尴尬的一份彩礼了。事实上彩礼是什么根本不重要，重要的是送彩礼的人对不对。"

"这倒是。不过你们已经结婚三年了，于情于理，他都没有理由要这彩礼。"顾佳说。

徐芳轻叹一声，说："那依你来看，我现在该怎么办？他现在已经知道了我住的小区，那些欠高利贷的人，很快也会找上门。您进来的时候应该也看到了，我现在每次开门都有些紧张，像做贼似的，太糟糕了。"

"别担心，上次我们已经说过了，您这种情况，只要证据充足，基本上一审就可以判离。关键是取证。"顾佳说。

徐芳点点头，随后又想起此前遗留的一些证据，立即起身去卧房拿来一个牛皮纸文件袋，交给顾佳。

"顾助理请看，这就是当初他借的一些高利贷。我都收起来了。"徐芳说。

顾佳接过文件袋，打开看了一下里面的内容，基本都是一些手写欠条，上面有红色的指纹。

顾佳指着指纹问："这个指纹是谁的？林铮的？"

"对，是他的。时间是 2017 年 10 月，但事实上我一点儿都不知情。"徐芳说。

"好的，那你们婚后，他是否为你们的生活提供了一些资金帮助。"顾佳问。

"婚后，他经营的那家公司生意越来越差了。两个人的生活，基本都是花我的积蓄。"徐芳说。

"嗯，我记下了。你们分居有多久了？"顾佳问。

徐芳大致算了一下时间，说："差不多已经有一年左右了。"

顾佳一一记下时间，然后抬起头，一眼看到墙壁上有徐芳和林铮的合影，用铅笔指了一下相框问："你们的婚纱照还在？"

徐芳也看了一眼墙壁说："这是我们所有的合影中，我最喜欢的一幅照片了。"

"很美！"顾佳竖起大拇指夸赞道。

徐芳呵呵一笑，说："多谢夸奖。对了，你和沈律师……如果以后需要的话，拍婚纱照，可以直接找我。我给你们优惠。"

"哈！徐女士说笑了。我和沈律师……"说到这里，顾佳害羞了，微微低头，脸颊泛着红晕说："还不是呢……"

她温声细语地，徐芳没听清楚，又继续说："看得出来，沈律师是一个很有正义感、有责任有担当的男人，值得依靠。不像我……"说完，她将眼前散落的两根发丝别在耳后，又转移话题道："瞧我，都跟你说了些什么。像顾助理这么漂亮，又这么精明能干的姑娘，以后一定会幸福的。"

顾佳抿嘴一笑，随后又继续记录了两句后，看了一下表，说："时间不早了，今天就到这里吧。我们后面再联系。"

顾佳起身后，将徐芳手中的资料都收在一起，说："这些资料我都带回去了。等打完官司，再还给你。"

"好！那顾助理现在是要走了吗？我送你！"说着，徐芳就要换鞋，跟顾佳一起出来，却被顾佳拦住了。

"不用了，你快点回去吧！"说完，顾佳快步下楼，出了小区大门。

这时，沈牧的电话来了。

一看见沈牧的名字，顾佳就想起刚刚徐芳说的话，脸颊一红，有些不好意思。她用手冰了冰脸后，按了接通键。

"喂，师父！"

"客户见完了吗？"沈牧问。

"嗯。"顾佳应了一声，"谈完了，正准备打车回去。"

"好，站在原地别动，发定位给我，我去接你。"刚签完字的沈牧，合上钢笔笔帽，边穿大衣边嘱咐。

104·要　账

顾佳歪着头，抿唇，欢快地说："不用了，一会儿我自己回去就可以了。"

一想到早晨他当着她的面，否认与江琨瑜的关系，顾佳心里甜甜的。他的心里，还是有她的。

"听话！"此时的沈牧，已经关好了办公室的房门，一边进电梯一边说："我这边忙完了，开车过去，大概十几分钟到。"

"好。师父路上小心。"

沈牧笑了一下，出了电梯，温柔地问："晚上想吃什么？"

"嗯？师父要请吃大餐？"顾佳不可置信地问。

从顾佳进入大沪律师事务所以来，与沈牧仅有的几次聚餐，他都是被逼无奈，唯有这一次，是他主动开口。

顾佳将信将疑。

沈牧误以为她又故意让他重复，心里暗道：鬼灵精。

但他嘴上还是免不了要重复一句："我问你晚上想吃什么？"

"嗯。还是师父拿主意吧！只要师父爱吃的，味道一定不会差，还健康。"顾佳忍不住夸奖道。

说话的工夫，沈牧已经走到了停车场，边开车门边问："什么时候学会拍马屁了？"

顾佳捂着嘴偷笑："那师父是想承认自己是千里马了？我不过是实话实说罢了。"

沈牧不与她狡辩，坐进驾驶室后，说："不管是不是实话，这可不是什么好苗头。身为律师，要讲究事实证据。"

"得，师父这个时候还不忘教育人。"有出租车给顾佳打双闪，按了下喇叭，顾佳忙后退两步，摆手拒绝。

沈牧听见汽车喇叭声，说："我一会儿就到了，别乱跑。那就吃烤肉怎么样？"

"好啊！烤肉香，嘿嘿。"顾佳光凭想象都觉得口水直流，馋虫肆虐了。

沈牧想得到她馋嘴的样子，将手机放回支架，戴上蓝牙耳机，说："好。我知道了！一会儿见。"

十几分钟后，沈牧的车子停到顾佳的旁边，按了两下喇叭后，顾佳才转身上车。

"师父，今天速度好快啊。"顾佳一上车便说。

沈牧打量她一眼，见她手里还抱着笔记本，说："徐芳怎么说？"

"嗯，她丈夫林铮问她要彩礼和房产，说白了还是不想离婚，借着财产的由头，难为徐芳。大概还是想为这段婚姻做最后的努力吧！"顾佳说。

沈牧启动车子后，一路朝南开，问："关于彩礼，这个简单，只要对方不是骗婚，基本没有要回去的可能。"

"这我知道，可是这俩人都结婚三年了，男方又欠了高利贷，只怕不好处理。"顾佳说。

"这个案子，其实没有那么复杂，基本已经可以断定是男方的过错，只需要补充证据就可以起诉了。"沈牧说。

顾佳点点头，说："关键是双方经济实力悬殊。林铮如果将自己的高利贷算作婚内夫妻共同债务的话，还是有些麻烦。"

"放心。这么点小案子就把你难住了？前面的几个案子，哪个不比这个复杂？全都一一解决了，还怕这个？"沈牧问。

顾佳笑笑说："嗯。师父毕竟是师父，天下无敌，就没有赢不了的案子。"

沈牧转过脸看了她一眼，说："案子的事，就先放下吧。还是省点力气，一会儿好吃肉吧！"

"嘿嘿嘿。就知道师父好。"顾佳又像初来大沪律师事务所一样，笑容甜美，活泼开朗。

很快，沈牧的车子开到了盛海市郊区的一家巴西烤肉店。

店内的服务生，个个穿着西部牛仔的服饰，整个餐厅灯火通明，欢快的音乐让人食欲大增。

顾佳挑了张靠窗的位子，坐下来，与沈牧面对面。

"两位想要点什么？这边都是特色烧烤，这边是酒水饮料。"服务生做着简单的介绍。

顾佳和沈牧两人商量着，要了十几种烤肉，各样都来一点儿，又要了两瓶啤酒。

没多久，烤肉就已经好了，沈牧直接将其中一根肉串递给了顾佳，自己留了小的那根肉串。

顾佳几口便吃完了。

"小心烫。放心啊，没人和你抢。"沈牧见状，忙嘱咐。

顾佳忙说："嘿嘿。吃东西才是最幸福的事情嘛。对了，师父，下个星期我想去体检可以吗？"

"好。对了，你弟弟出院了吗？"沈牧问。

顾佳一边吃，一边给沈牧倒饮料，说："快了。对了，上次谭之卉说我爷爷的那套房子要拆迁了，让我去拿房产证。如今没有了房子，尧尧的药费又要一笔钱，真不知如何是好。"

沈牧很清楚顾佳想说什么，又递给她一块烤牛肉，说："钱是你爷爷留给你的，你有权决定它的去向，但是你也该明白顾健这种人，只怕不会轻易地罢休。"

顾佳点点头，说："嗯，我知道了。"

这时，沈牧端起一杯酒说："祝贺你正式加入律师行业。"

顾佳被这突如其来的敬酒吓了一跳，伸手端过酒杯，说："谢谢师父。未来的路还很崎岖，我一定会跟着师父努力学习，不断进步。"

"你热情又好学，多听多看多想，相信再经过一年的实习历练，一定会成为一名优秀的律师。"

"嗯。"顾佳重重地点头。

这时，烤肉店内突然传来一阵酒瓶子破碎的声音。

沈牧一回头，看见三个混混在闹事。为首的是一个体型健硕，身高约一米八的男人，剩下两个偏瘦。其中一个瘦一点儿的男人，居然径直冲向一个女人猛地挥了一拳。

沈牧定睛一看，那个女人竟然是前妻江琨瑜。他眉心一紧，攥紧了拳头，本能地冲了过去，抓住了那男人的手腕，厉声问："你们是什么人？"

瘦一点儿的男人，左眼皮上方还带着伤，没有料到江琨瑜会有帮手，脸色一青，问："你算什么东西？竟敢抓住你爷爷我的手腕。活腻了吧！"

沈牧冷着脸，用更大的力气，捏得他开始叫疼求饶。

"把话说清楚，到底是谁活腻了？"

"啊！疼疼疼！放手！快放手！"瘦男人求饶，沈牧这才松开手，将他推到一边。

为首的那个健硕男人走到沈牧面前，上下打量他一番问："你是什么人？看着人模狗样的，跟你没关系，你最好少管闲事！"

"就是，她一个欠债的臭婊子，有什么好护着的？"

105·还 款

"你们最好嘴巴放干净点！比狠是吗？"沈牧脸色十分难看，刻意捏响了手指，眼神凝聚，冷声道。

顾佳远远看着沈牧的一举一动，冲上去将江琨瑜扶起来。

江琨瑜看见顾佳，满脸尴尬，从她手中抽回自己的手臂，冷冷道："不用你管。"

顾佳也有些尴尬，上前半步，站在沈牧旁边，正要开口，却被沈牧伸手拦住。

"乖乖站在我身后。"沈牧说。

顾佳仰头看着他的耳朵有些发红，心里暖暖地，乖乖退在他身后，时刻做好准备帮他。

江琨瑜见状，忙上前半步，缠上他的手臂，用柔软的声音说："阿牧，你来了。"

沈牧用余光看了她一眼，冷着脸，让她站在他身后。

江琨瑜便乖乖地站在他身后，嘴角上扬，顾佳看着心里一阵发酸。

"你们究竟是什么人？"沈牧又问那几个小流氓。

"看来你们是一伙的。行，她拿不出来，你给也是一样的。她欠了我们老大三十万，今天就是还款期限。"为首的那个男人，恶狠狠地说。

沈牧问："你们手里有欠条吗？"

男人一摆手，身后的小弟马上从口袋里掏出两张白纸，展开给沈牧看。

沈牧扫了一眼，接过来。细看的时候，对方冷笑一声，说："这是复印件，上面的字都是她自己写的，还有手印，走到哪里都躲不掉！"

顾佳想要上前查看，江琨瑜见状，却挡在她身前，又一次挽住沈牧的手臂。

沈牧问江琨瑜："你怎么会欠他们这么多钱？"

江琨瑜像是受委屈的小学生一般，低着头，说："没了你，我总要生活。所以投资创业……然后赔了……"

"你一个学法律的，学什么投资？"沈牧问。

江琨瑜马上低下头，说："我……我就是想尝试尝试。"

"你……"沈牧简直无语。

顾佳马上劝他："先不要怪她做得对还是错了，先想想怎么处理这件事。"

"我的事，不用你管！"江琨瑜又往沈牧旁边挪了一步，对顾佳心存敌意。

顾佳："我……"

沈牧马上替她辩解："做错了事，还不许别人说。"

江琨瑜蹙眉，撒娇道："这是你和我之间的事，就是不想她知道！"

沈牧低头看了看她紧紧挽着自己胳膊的手，一根手指一根手指地掰开，说："我们之间的事，以后再说。"

江琨瑜低着头，说："好。"

沈牧仔细看了一下上面的指纹和签名，唇线微挑，对那男人鄙夷地说："这种欠款，是非法高利贷，就算是拿到法庭上，审判长也是不认的！况且，你们今日暴力逼债，涉嫌故意伤害，一不小心就会被关进去几年，你们想清楚，是要自由还是要钱？"

那男人马上感觉沈牧像是懂法的人，反驳道："欠账还钱，这到哪里都说得通，怎么到了你这里，就变了？今天若是不还钱，就剁她一根手指头！"

沈牧的脸色瞬间严肃起来，十分威严，抬高了头，冷声质问："你们最好想清楚再说话！究竟是一根手指头值钱，还是钱重要？"

男人看了看沈牧，又看看江琨瑜，问她："今天可就是最后一天还款期限了。你预备要怎么还？别忘了，你家地址，我可是一清二楚。一日不还……后果，你应该猜得到。"

江琨瑜低着头，躲在沈牧的身后，说："阿牧，救我！不然今天他们非得断我手指不可！"

说着，江琨瑜开始小声抽泣。

顾佳从餐桌上抽出一张纸，递给她。江琨瑜犹豫了一下，还是接过，轻轻擦拭眼泪。

沈牧对顾佳的举止赞赏地点了下头，热心善良的姑娘。

然后，沈牧从背包里取出一张中行银行卡，递给他们，说："这里面是二十万。拿去，剩下的给我三天时间。"

男人将信将疑地接过沈牧的银行卡，让其中一个小弟拿着卡去外面的 ATM 机上刷卡查验。

另外一个小弟说："三天，你应该清楚三天的利息是有多少吧？你自己好好算算清楚。"

沈牧冷哼一声，然后让对方写了收据。

沈牧带着顾佳和江琨瑜一同回到刚才的座位上，付了钱后，对顾佳说："你先自己吃吧。我送她回去！"

顾佳看了看江琨瑜，既同情又有些委屈。好不容易和沈牧一起吃饭，又被打乱计划。

江琨瑜与顾佳对视片刻，顾佳艰难地开口："好。"

沈牧点了一下头，转身带江琨瑜走了，只留顾佳一个人守在桌前。

这时，高举着烤牛肉的服务员看了看顾佳和她对面的空座位，用拗口的中文问："小姐，你是一个人吗？如果是一个人，那我先给您放一片牛排。您吃完了，若是不够，可以再问我要一片。"

顾佳轻轻点头，静静地看服务生将那片厚厚的牛排，放进了白净的碟盘里，强忍着委屈，用刀狠劲切开，几颗透明晶体在发红的眼眶里微微打转。

她没有办法怪罪任何人，沈牧是律师，也是她……就算只是普通朋友，她也没有理由怪他帮她。

似乎所有的错误，都是自己……

看着眼前的牛肉，顾佳努力张开大口，几乎用了全身的力气，将叉子上的牛肉喂到嘴里。

肉才刚刚塞到嘴里，顾佳马上又都吐了出来。

刚才给她放肉的服务生看见后，马上转过身轻轻帮她拍拍后背，问："小姐，你怎么了？是不是不合口味？还是身体不舒服？"

服务生一边问，一边还不忘从桌上抽出一张餐巾纸递给顾佳。

顾佳干呕了一阵，接过纸巾，擦干净嘴后，才直起身，对他礼貌一笑，说："我没事，谢谢你。"

"那就好。"服务生这才放心地离开。

顾佳伸手端起桌上的一杯水，一口灌了下去，直到完全喝完，才拎包出了烤肉店。

一出店门，顾佳只觉得天色有点暗，她一抬头，只见远处有一大片乌云，慢慢朝这边飘过来。

顾佳靠在墙壁上，双手环抱胸前，仰头看天，心里也跟着一阵阴云密布。

106·夜　宿

顾佳轻轻闭上双眼，深吸一口气，安慰自己。

沈牧什么也没说，出钱帮江琨瑜摆脱了小流氓。他还是那个正义的沈牧，他没有错，可她心里却不知为何如此痛。

明明她也是热情、善良、喜欢帮助他人的人，可为什么只要一看见江琨瑜，就觉得心里很难受，甚至感受不到助人为乐的滋味？

这种感觉，就像是当初顾健离开妈妈一样，让顾佳觉得背叛，深深的背叛。

这时，她的胃里又是一阵恶心，干呕两下后，她强撑着身子，摇摇晃晃走到马路边，伸手拦车，却忽然昏倒了。

这一幕正好被尤贺看见。

尤贺快步冲过来，将顾佳扶起来，让她靠在自己身上，一连叫了她好几声，也不见她醒过来。

此时，正好有出租车经过，尤贺伸手拦住，将顾佳抱上了车，直接带她去医院。

一进急诊科，前台的几个护士马上过来，问尤贺患者的情况。一看是顾佳，立即认出来，她是给顾尧捐献骨髓的那个姑娘。

小护士马上通知李医生前来检查。

李医生担心顾佳是因为捐献骨髓以后，身体机能受到了影响，盯着尤贺问："她怎么了？"

"昏倒了。我看见她的时候，她正在等车，会不会是血糖低了？"尤贺问。

李医生翻了翻她的眼皮，马上让护士给她量血压、测心率等，又问："她是不是吃了什么不该吃的东西？"

尤贺看了看顾佳脸色苍白，摇头问："不太清楚。"这时，他注意到顾佳嘴边有饮料的痕迹，说："会不会是已经吐了？"

李医生马上掰开她的口，用探照灯查看她口腔里的食物残渣，眉头轻皱说："应该是吃了没有熟透的牛肉，自己又吐了出来。"

"补充血糖！"李医生收起探照灯，让小护士输液。

几分钟后，顾佳苏醒过来。

看见尤贺，顾佳有些惊讶。

尤贺问："佳佳你醒了。感觉怎么样？哪里不舒服？"

顾佳有气无力地问："我怎么会在这里？"

"你晕倒了。"尤贺说，"可吓死我了。"

顾佳只觉得有些头疼，双手撑着身子，就要缓缓坐起来，被尤贺拦住了。

"哎，还不行。你身体还很虚弱，先休息一下。"

"顾佳，你之前做了骨髓捐献，有些东西不能乱吃。"李医生嘱咐，"需要留院观察！"

"李医生，真的不用了。我已经没事了。先回家了。"顾佳坚持要坐起身来，双腿放下床，就要穿鞋走人。

"真的不用了吗？那我送你回去？"眼看拦不住她，尤贺蹲下身子，给顾佳穿鞋。

顾佳看着尤贺这样，有些尴尬。

她认识尤贺这么多年，一直以来都是拿他当普通朋友，如今让他帮自己穿鞋，总是有些尴尬。

她将脚缩回去，说："尤贺，你不用这样。你知道，我不喜欢麻烦别人。"

尤贺的手扑了空，仰头盯着她的眼睛说："你那么善良，又总是喜欢帮助别人，为什么就不愿意接受别人的帮助呢？这不过是一件小事罢了，不用太计较。"

顾佳的脸别到一边说："不用了。真的不用了。"

"你怎么这么倔强呢？"尤贺问。

顾佳不说话，只是伸出双脚，自己从床上溜下来，穿上鞋子，交了医药费后，出了医院。

盛海市开始下雨了。

雨并不大，却让人觉得心里凉凉的。

顾佳一手挡在头顶，快步冲出急诊科，停在了马路边。

尤贺见状，忙从护士台借了一把雨伞，追了上去。

这时，顾佳的电话响了。她拿起来看了看，沈牧的名字在手机屏幕上不停地闪烁。

顾佳接也不是不接也不是，一想到沈牧刚刚带着江琨瑜离开，留下她一个人的事，顾佳狠狠地挂断了电话。尤贺站在旁边，将她的一举一动看得清清楚楚。他这才知道她为什么突然昏倒。

尤贺将伞撑在她的头顶，柔声问："为什么要让自己不开心？有误会就问清楚，让当事人解开误会啊。喜欢就追，不喜欢就离开，有那么难吗？你回头看看，你身后还有那么多爱你的人！"

尤贺的话，让顾佳心里一惊。

她摇摇头，明白尤贺的意思，说："尤贺，我知道你是为了我好，但这是我的事。我先走了。"

说完，顾佳从尤贺的伞下离开，快步走到马路上，伸手拦车回家了。

到家后，顾佳深吸一口气，强装没事人一样，同妈妈和奶奶打招呼后，就直接逃回了卧室。

文琬追着她走到卧室门口，问了好几个问题，她都一一找了理由打岔躲过去。拿了换洗衣服，拉开房门后，直接进了浴室冲澡。

花洒里的水凉凉的，浇在顾佳身上一阵冰凉，她闭上双眼，忍着寒冷，任由冰凉的水花打在身上。片刻之后，她睁开双眼，适应水温后，一边擦洗雪白圆润的肩膀，一边回想白天发生的事。

沈牧明明已经当着她的面，跟江琨瑜说，他们之间已经结束了，没有关系了。可他还是会毫无顾忌地去帮她。

如果沈牧和江琨瑜之间真的曾经发生过什么，那她……

顾佳只觉得心里很痛。

她的眼泪，随着花洒里的水默默地流淌。

而与此同时，卧室里她的手机一直在响。

文琬看了一下，是沈牧。她拿着电话走到浴室门口，轻轻扣了两下门，问："佳佳，是你师父的电话。用不用妈妈帮你送进去，会不会是有什么要紧的事？"

"不用了，妈妈！放那边吧！"顾佳说。

"哦。"文琬有些不解，又将手机放回了原位。

顾佳从浴室里出来，正在擦头发，就听见手机短信响了。她扫了一眼，是沈牧的短信，上面写着：你到家了吗？外面下雨了，注意安全。

顾佳失落地将手机锁屏后，闭上眼，将手机扔在一边。

107 · 留　宿

江琨瑜因为被逼债，不敢回家，沈牧只好带她回家。

沈牧嘴上说跟江琨瑜没关系，但她遇到困难时，还是会忍不住大大方方出钱，替他摆平这件事。江琨瑜为此暗喜，尤其是当着顾佳的面抢走沈牧，她更加得意。

一进家门，江琨瑜便毫不客气地坐在了沙发上。

沈牧将外套挂在衣架上后，问："说吧！你究竟做了什么，欠了他们这么多钱？"

"在烤肉店里，我不是说过了吗？搞投资赔钱了。"江琨瑜自己给自己倒了一杯水后，边喝边轻描淡写地说。

"我想听实话。"沈牧言下之意是他今天为了顾及江琨瑜的面子，才没有当面拆穿她的谎言，但不代表他看不穿。

江琨瑜自然也了解沈牧，他极具正义感，厌恶欺骗，但又对亲友极宽容。

"当年，你输了案子，我正好听朋友说，一个投资项目很赚钱，所以背着你投了钱进去。刚开始还赚了不少，但后来出事了，我们又离婚了，我担心你会生气，所以一直忍着没说。”

“当初怕我知道，现在就不怕了？公司名字叫什么？”沈牧问。

江琨瑜耸了耸肩膀，说：“不知道。听说是一家搞家具、装修、房产连锁商贸的公司，还做了什么环保项目，总之记不太清了。”

“环保？家具装修？”沈牧难以置信，说：“这些产业，每一项都是大投资，你用脑子好好想想，有几个人会下赌注创办这样的企业？要么是傻，要么是骗！”

说完，沈牧发现江琨瑜脸色很难看，马上又道：“你这是被人骗了！”

江琨瑜又急又羞，说：“事儿都已经发生了，你就不要再追究了。还是好好想想，剩下的那十万要怎么办啊？三天，上哪里凑这些钱？”

沈牧恨铁不成钢，说：“好歹你也是学法律的，一点儿脑子都没有！”

江琨瑜见状，放下水杯，眼泪瞬间就流下来了，说：“你整天见客户谈客户，我连你的面都见不到，我不过是抱着试试看的态度，想着我们两个人的生活能够更好一些。谁知道……”

“究竟要多少钱，你才够？”沈牧举起手攥起来，“你不说清楚这事的来龙去脉，我不会再管你这件事。”

江琨瑜抿着唇，看了看桌上的啤酒，伸手端起来就喝了一口，说：“喝了这杯酒，我就告诉你。”

沈牧看了看那酒杯，不过是家里寻常的啤酒罢了，顿了一下，端起来就喝。

沈牧很爽快地喝完整杯酒后，将酒杯反扣在桌上，用审视般的眼神，问她：“现在可以说了吗？”

江琨瑜看着空酒杯，温柔一笑，说：“当然可以。其实，当初是一个朋友做了投资项目后，赚了一点儿小钱，才推荐我……她说，只要坚持投钱进去，就能成为大股东，回馈会越来越多，所以我就……”

沈牧听着她的话，眼前越来越模糊，渐渐地就昏了过去，索性直接倒在了江琨瑜的身上。

毕竟是相恋结婚多年的夫妻，江琨瑜比任何人都了解他的酒量和弱点。她本不想用这种方式来迷醉沈牧，但扎着马尾辫，年轻漂亮的顾佳，对她来说，实在是一个巨大的威胁。为了能和沈牧复婚，她愿意做任何事。

她试着叫了好几声沈牧的名字，都没有叫醒沈牧，江琨瑜这才搀扶着醉酒的沈牧进了卧室，随后，一件一件地将他的衣服脱掉。看着他光滑的古铜色肌肤，江琨瑜轻轻趴在他的胸膛拍下一张照片后，将自己的衣服也一一褪去，躺在他的身边……

第二天，太阳才刚刚升起，沈牧就被窗口照射进来的阳光叫醒。

即便现在是深秋，太阳依旧温暖如初。

沈牧从被窝里伸出双臂，按掉了床头柜上的闹钟。

他睁开双眼，才发现地面上全是散乱的衣物。有他的西装、白色衬衣，还有一条黑色长裙。

沈牧懵了，睁大眼睛一看，那条裙子正是江琨瑜的长裙。他猛地一回头，才见江琨瑜一手撑着头，一手紧紧抓着被角，躺在床上，用温柔的眼神盯着他。

沈牧马上问："你怎么会在这儿？"

江琨瑜白皙的双肩还露在外面，特意将被子往上拉了拉，才说："阿牧，你忘了？昨天是你带我回来的……"

沈牧眉头紧锁，想了想，昨天似乎问了她关于高利贷的事，却不想……

"我没有送你回去？"沈牧问。

江琨瑜温柔一笑，说："阿牧，昨晚你喝醉了，不让我走……"

"不可能！"沈牧一口咬定，他坚信自己即便是醉酒，也不可能做出如此毫无底线之事。

江琨瑜见他面红耳赤，知道他不会轻易相信自己的话，不再多说，猛地掀开被子，从床头抽出白色浴巾，往身上一裹，下了床。

她捡起长裙，指着沈牧，面红耳赤地骂道："沈牧，你做过什么自己会不记得吗？"

不等沈牧反应过来，她便出了卧室，穿好衣服后，摔门而去。

见她跑了，沈牧一个人才渐渐安静下来，房间里的一切，都似乎不同，他的脸色异常难看。

这么多年，他身为律师，始终谨言慎行，绝不会轻易让自己犯这种低级错误。

突然，他的电话响了。沈牧从一堆衣服里摸到手机，看了一下来电显示上是赵大沪的名字，摸了摸额头，接听了。

"喂？老赵，怎么了？"

"明天孔雀县有一个培训，时间一个月，你如果有空的话，去一趟？"赵大沪说。

沈牧看了一下闹钟上的时间，今天是 11 月 2 日，距离徐芳林铮开庭还有不到一个半月。

"不行，最近时间有点紧张。等我到单位再说吧！电话里说不清楚。"沈牧不等赵大沪把话说完，便挂断了电话。

他看了一下屋内的陈设，除了床铺、客厅、沙发以外，其他地方几乎没有明显的异常。

时间紧张，沈牧顾不得多纠结这件事，简单洗漱完，迅速出了家门。

到了律所，沈牧人已经进了电梯，正要关门时，却看见顾佳。

顾佳还闹着别扭，一想到昨天的事，她就不愿意单独与沈牧待在一个电梯里。她礼貌地一笑，按了关电梯的按钮，示意让沈牧先上楼。

沈牧却坚持不肯关上电梯，命令道："进来！"

"沈律师，先上去吧！我等下一趟。"顾佳板着脸，说。

108·出　差

"上班时间 8:30，现在是 8:40，9 点进办公室算旷工。"沈牧摆出利害关系。

顾佳说："真的不用了，沈律师……"

顾佳话还没有说完，沈牧就伸手直接将顾佳迅速拉进了电梯。

从一楼到八楼，电梯一路顺畅，中间没有停过。而电梯里的两个人，也始终没有说一句话。

到了八楼，电梯停了，顾佳等沈牧先一步出了电梯后，才紧随其后进了律师事务所。

一看见沈牧，赵大沪端着杯子就出来招呼他去办公室面谈。

沈牧看了一眼顾佳，轻吐一口气，才跟着赵大沪进了他的办公室。

一坐下来，赵大沪就发现他脸色不太对劲，问："出什么事了？怎么脸色不太对？"

沈牧说："昨晚本来约佳佳去吃烤肉，谁知道竟然撞上了江琨瑜被人逼债，只好让她自己先吃，我带着江琨瑜走了……"

"什么？"赵大沪不用听完，就能猜到他后面的话，问："她又纠缠你了？"

沈牧脸色有些难看，说："是。昨晚……哎，现在我该怎么跟她交代呢？"

"她？谁？江琨瑜还是佳佳？"赵大沪问。

沈牧白了他一眼："当然是佳佳。江琨瑜那边，我总觉得哪里不太对劲。但是现在佳佳……刚才进办公室你应该也看到了。今天，我们两个人同乘一趟电梯，连话都没说。"

赵大沪轻哼一声，说："你以为我未来闺女那么好追？你呀，就是放不下面子，喜欢人家还嘴硬，话都不愿意多说。"

"才不是。"沈牧说。

"怎么，还想反驳啊？"赵大沪说。

"对了，早晨你说哪里有培训？多长时间？"沈牧问。

"孔雀县。一个月吧。你和佳佳正好有矛盾，依我看，你们两个人中的一个人去，也好冷静冷静。"赵大沪说。

"这不好吧！徐芳的案件，还没有处理完。"沈牧说。

赵大沪："徐芳的案子，在你那儿还不是小案子。"

"但是……"沈牧还想解释，赵大沪却直接拍板："依我看，就让佳佳去培训吧，正好让她放松一下。前段时间太紧绷了，事情那么多。"

"可是佳佳前段时间才做的手术……"沈牧有些担忧。

"正好疗养一番嘛。"赵大沪说，"让佳佳来找我一趟吧！"

沈牧应了一声，回了办公室。

一回到办公室，沈牧才发现，顾佳已经将整个办公室的卫生都打扫完了，正专心致志地处理文件。

沈牧走到她办公桌前，说："赵主任让你去一趟办公室。"

顾佳一听，马上停了手里的活，拿上笔记本就要出办公室，却被沈牧叫住了。

"佳佳！"

顾佳停住脚步，头也没有回，说："沈律师如果说的不是工作上的事，还是先不要说了。"

顿了一下，她又补充道："主任找我了，我先去了。"说完，先一步出了办公室。

沈牧蹙眉，按了按太阳穴，回到办公桌前，继续翻阅徐芳的案件。

一进主任办公室，顾佳便问赵大沪："赵主任，您找我？"

赵大沪看了看她身后的房门，招呼她坐下来："先坐。"

顾佳刚坐下，赵大沪就从抽屉里取出一份文件递给她，说："市里有一个学习进修的机会，我觉得你最适合，如果没有问题的话……"

"好！没问题。"顾佳不等赵大沪说完，连具体的实习时间、地点都不需要听，就双手接过文件，一口答应了。

赵大沪一惊，问："佳佳，这不是小事，要去一个月，你问都不问……"

顾佳这时已经从沙发上起身，看了一眼文件名称说："不用问了。什么样的培训，我都接受。"

顿了一下，她又礼貌地笑着问："主任如果没有其他的事，我就先出去了。"

赵大沪愣了一下，点头说："好。没事了。"

顾佳一回到办公室，沈牧还想问话，却见她迅速将徐芳案件的相关材料全部交给了沈牧。

"沈律师，这是徐芳案的所有资料。"顾佳看着沈牧的眼睛汇报工作，"赵主任让我去培训学习，明天就出发。后期如果有需要，可以给我打电话。没事的话，我就先去忙了。"

放下材料，顾佳转身要走。

沈牧看了一眼材料，说："等等。"

顾佳止步，沈牧说："昨天的事……把你一个人留在那里，是我不对……"

顾佳停住脚步后，没回头，说："沈律师是成年人，有自主行为能力，想去哪里是你的自由。所以……没有必要跟我解释。"

这话让沈牧一时间愣了。这么久以来，她大多感性处事，如今把专业知识搬出来，竟然是为了堵他的嘴。

"佳佳！"沈牧叫住她。

"关于徐芳的案件，沈律师还有什么要说的吗？"顾佳问。

"我不是说这个……"沈牧说。

"既然没有了，那我先去忙了。"说完，顾佳就回到自己办公桌前。

沈牧看着顾佳的样子，知道现在说什么也没用了，不如索性让她出去散散心。

回到家，顾佳准备好行李后，跟妈妈和奶奶交代了一些注意事项，便去了孔雀县。

孔雀县是一个有山有水的小县城，顾佳除了培训学习也会跟着学员们一同宣传法律知识。

一个月后。

顾佳晒黑了，像是换了一个人一样，元气满满地回来了。

一进办公室，李宜就问："佳佳，外面学习了一圈感觉如何？"

顾佳一笑："好呀。孔雀县内空气环境肯定比这儿好，处处都是繁花绿叶。"

"羡慕……赵主任还是偏心，这么好的机会都给了你。"李宜说着酸话。

顾佳尴尬地笑笑，如果不是因为……她又怎么会轻易放下徐芳的案件就走。

这时，李宜听见沈牧咳嗽的声音，挑了挑眉头，撇着嘴，马上转过身继续办公。

顾佳见状，犹豫了一下，拽了拽衣服，大大方方回到办公室。

109 · B　超

"沈律师，我回来了。"顾佳挺直了腰板跟沈牧汇报。

"嗯。回来就好。正好徐芳离婚案的证据已经收集完毕，距离开庭还有不到两个星期的时间，你做好准备。"沈牧转身从桌上抽出徐芳档案的牛皮纸文件袋，交给顾佳。

顾佳接过文件时，手背恰好碰到了沈牧的手背，触电一般又忙缩回了手。

"是！沈律师如果没有别的事，我就先去忙了。"顾佳将文件双手抱在胸前，不等沈牧回话就迅速逃离他的面前。

出差培训整整一个月，她都尽量让自己把所有心思放在工作上，不去想沈牧的事情。顾佳努力跟着讲师、同学们一起学习、宣传、解读、分析案例和法律知识，想尽办法让自己忙碌起来，不去想那些不开心的事。

在空气新鲜的乡下，她努力调整心情，偶然也会去附近的山野森林感受大自然的魅力，只想让自己尽快恢复元气满满的状态。想让自己再回来时，一切都能焕然一新。

然而一看见沈牧，顾佳还是忍不住去想他和江琨瑜的关系，会猜测他们曾经的过往以及未来可能存在的进展，以至于她所有的努力全白费了。

她故作镇定地打开电脑，登上 QQ 后，收到了沈牧发来的一个奋斗的表情，作为下属，她礼貌地回复一句"好的"。

忙了一下午，顾佳再抬头时，已经到了下班时间。她看了看沈牧，他依旧在处理文件。顾佳整理完桌面，跟他打了招呼后，先一步走了。

一出办公室，顾佳忽然想起今天是奶奶的生日，索性打车去了美滋滋蛋糕房。

店内有很多人，顾佳站在橱窗前仔细看着蛋糕上面的花样，刚指着其中一个老寿星的蛋糕问价，就被人从右肩上拍了一下。

顾佳起身，才见是江琨瑜："竟然是你？"

江琨瑜身穿黑白相间的蕾丝长裙，看了看橱窗里的蛋糕，说："买蛋糕啊？有空吗？能请你喝杯咖啡吗？"

顾佳问："我有选择的权利吗？"

江琨瑜笑了："顾助理变聪明了。不过你是律师，如果不愿意，没有人敢强迫你做不愿意做的事。"

顾佳不屑一顾地冷笑一声："既然如此，那我就不去叨扰江女士了。"

说着，顾佳转身就跟蛋糕房的服务生订下了蛋糕。

江琨瑜走到她旁边，掏出银行卡，对服务员说："我替这位小姐结账。"

顾佳立刻将她的银行卡推了回去，说："不必了。江小姐还是过好自己吧。"

江琨瑜无趣地抬了下眉头，有意无意地说："有些事，我觉得顾助理还是知道了比较好。也免得'病重无药可医'。"

"江女士此话意思是我生病不自知？抱歉，上个月我刚刚做过体检。"顾佳说。

"关于沈牧的事，想必顾助理还是想听的。"江琨瑜认定顾佳对沈牧上心，只要提他，顾佳一定会答应。停顿片刻，她又补充了一句："我知道你喜欢沈牧。"

顾佳转过脸，盯着江琨瑜的眼睛问："你究竟想说什么？"

"这个地方，不适合谈事，我们换一个地方坐下来慢慢说。"江琨瑜将钱包装进挎包后，看了顾佳一眼，狐媚一笑，转身朝着蛋糕房门口走去。

顾佳见状，付了蛋糕钱后，转身跟了她出去。

江琨瑜所说的适合谈事的地方，是一家名叫欣荣的酒店。她订了二楼的包间——芙蓉厅。

一进包间，江琨瑜就示意顾佳入座。

顾佳看了看桌上，已经点好了两三个凉菜，坐下来后，问："想说什么，现在可以说了。"

江琨瑜一边给自己倒了一杯茶，一边瞟了顾佳一眼，唇角勾笑，说："别着急啊！"

"我时间有限。"顾佳说。

倒满了茶杯，江琨瑜轻轻放下茶壶后，从包里拿出三张化验单推到顾佳面前，说："先看看这个吧！"

顾佳扫了一眼，三张化验单分别是 B 超、血检、尿检，而患者名字写着"江琨瑜"三个字。诊断证明上清晰地写着患者子宫内有一颗成熟孕囊，已有四周。

顾佳眉心里咯噔一下，预感不妙。

她如果没有记错的话，一个月前的那天，正是她和沈牧去烤肉店，却意外撞见她被人索要高利贷的时间。沈牧为了她，竟然抛下她一个人在烤肉店里。

如今这张 B 超单，是在向她宣示，那一天，她江琨瑜已经和沈牧过夜了，两人不仅滚了床单，还有了另一个小生命。

顾佳虽然心里很难受，但还是装作若无其事的样子，又将化验单原样推回到江琨瑜的面前，说："那先恭喜江小姐了。"

"呵。"江琨瑜笑得很邪魅、得意，说："顾小姐就不想知道孩子爸爸是谁吗？"

"这是你的事情，与我无关。"顾佳清楚她会说孩子是沈牧的，她一定会拿这件事让自己自动放弃对沈牧的感情。但她还是故作无所谓的样子。

江琨瑜毕竟和顾佳一样是女人，自然也能看穿顾佳的心思。

这时，江琨瑜额头上有几根碎发，从眼前落下来。她故作洒脱地将头发别在耳后，才继续说："是沈牧的孩子。"

顾佳手指攥紧了一下，等她后面的话。

江琨瑜接着说："我知道，你是今年才走进大沪律师所的，很年轻，才二十二岁。"

顾佳只是听着，不说话。

"沈牧……他和我是大学同学。他在学校的时候，就很优秀，长相帅气俊美，又是学霸，还善于观察，记忆力强，喜欢跑步和下棋，曾经在校园辩论赛上，拿过很多的第一，有不少学妹偷偷喜欢他。"

"那个时候，沈牧一直很阳光，经常在操场打篮球、踢足球。球场上他的名字永远是呼声最高的，有的女孩子还会偷偷给他送水，想方设法地给他送礼物，但都被他一一拒绝了。"

"那时候，我、沈牧、林涛、刘茜四个人是最好的朋友，常常一起去图书馆看书、学习，假期时，会一起相约去外地旅游。"

"渐渐的，我们关系越来越好，常常一起去食堂吃饭，每逢我生日，沈牧还会送我很大的礼物。你来我往的，越来越像情侣。最后，在林涛、刘茜的撮合下，我们两个人顺理成章地走到了一起，正式确定了恋爱关系。"

"恋爱期间，甜蜜的事，就更不用多说了。后来，毕业了，沈牧正式向我求婚了。我们两个人就顺理成章地结婚了。"

结婚？顾佳心头一惊，手指不禁攥了起来，心头顿时犹如被人扎了一把刀子……疼痛难忍。

"婚姻，你还没有接触过，其中会有很多的细节问题。我们可能是两个人的观念不同，也可能由于工作的原因而出现偏差，所以分开了一小段时间。但这并不代表这段感情结束了。"

江琨瑜几乎是以胜利者的姿态盯着顾佳接着说："你认识沈牧这么长时间，大概也能知道沈牧是那种很负责的人。"

"江小姐跟我说这些是为什么？"顾佳打断她的话，"这些话跟我无关。"

"那一次在烤肉店，你看见我的时候，应该就知道沈牧还是爱我的。你毕竟还年轻，有很多事还不太理解。你们两个人的年龄差距也……况且，我们现在还有了爱的结晶。"说到这里，江琨瑜刻意用双手轻轻摸了摸自己的肚子，一脸幸福宠溺的样子。

"那恭喜你了。我还有事，先走了。"顾佳能撑到现在已经很不容易了，再也坐不住了，起身就要走。

江琨瑜马上站起来，叫住她："稍等一下。"

顾佳停步，头也没有回，问："江小姐的话已经说完了，还想要说什么？"

"我是好言相劝。顾小姐这么漂亮，追求你的人一定很多，实在没有必要在一棵树上吊死。"江琨瑜眼看气到顾佳，得意地笑了笑。

"说完了吗？说完我可以走了吗？"顾佳问完，甚至都不等她说完后面的话，抬脚就出了酒店。

包间里只剩下江琨瑜一个人时，她自言自语道："毕竟还是年轻，这么容易就相信了。跟我斗，你还嫩了点。"

一出酒店，顾佳站在路边就一阵恶心，原来他们是夫妻。怪不得在电梯门前、烤肉店里，他会那样处理。在沈牧的心里，果然还是妻子更重要。那么我算什么？他们或许根本连婚都没有离。也或者是离婚了，又破镜重圆了。然而这又有什么区别？

那么在沈牧的心里，他究竟把自己放在何处？

顾佳只觉得一双脚已经不像自己的了，犹如戴上了沉重的脚镣，每走一步都痛苦不已。

一个月的出差调整，好不容易让顾佳成长了许多，再见沈牧和江琨瑜之后，尤其是得知她怀孕后，整个人都晕晕乎乎的，只觉得连呼吸都很痛。

顾佳努力让自己忘掉这件事，浑浑噩噩地走到路边招手拦车。好不容易看到一辆出租车停下，顾佳打开车门，就钻进了后车座。

车子飞快地行驶，让顾佳觉得头晕，刚闭上眼睛，准备眯一会儿，电话铃声就响了，是沈牧的电话。

看到沈牧的名字后，顾佳直接挂断了电话。

沈牧有些诧异，误以为她是按错了按钮，再一次尝试给她拨过去电话，换来的却依旧是两声"嘟嘟"声。

沈牧这时才确定这电话是顾佳自己按掉的。看来一个月的出差培训，依旧没能让她恢复元气。

沈牧看着桌上徐芳的案件，迟疑了一下，将文件装进了公文包，决定亲自去顾家找她。

十几分钟后，顾佳拖着疲惫的身子回到了家里，刚躺下，就听见门铃响了。

前面两个电话，让顾佳预感到来的人很有可能是沈牧。她刻意闭上眼睛装作听不见，不肯走出卧室的房门。

"嘀嘀嘀。"门铃声响了好几声，文琬见顾佳不肯出来，才从沙发上站起身去开门。

听见开门的声音，沈牧刚张口说"佳……"，就见文琬出现在眼前，他又改口道："阿姨您好，请问顾佳在吗？"

文琬冲沈牧微微一笑，点头道："是沈律师啊，佳佳在，进来坐吧！"

沈牧点了下头，才大方地进门。

文琬看了看门外，确定没有其他人后，才轻轻关上了房门。转过身后，她指了指顾佳卧室的房门，扬了下下巴，示意他顾佳躲在卧室里。

沈牧看了看紧闭的房门，犹豫了一下，走到顾佳卧室门口，轻扣了两下房门说："佳佳，我知道你在房里，可以出来吗？我有事找你。"

躲在卧室的顾佳，眼睛再也闭不住了。她从床上坐起来，刚想下地，就想起江琨瑜今天说的话，给她看的B超单，让她又像是泄气的皮球一样，揪心地痛。

她按压着胸口，忍着痛说："沈律师，现在是下班时间，如果有什么事，还是明天上班以后再说吧。"

沈牧迷惑，早晨上班时她明明不是这个样子，怎么到了下班以后，就像是变了一个人？

"佳佳，出什么事了？我们可以当面谈吗？如果……是我做错了什么事，你可以当面跟我谈。我来，只是想和你说说徐芳案件的事。"沈牧说。

第四卷

渐入佳境

110·孩 子

"我有点不舒服，师父有事还是明天再说吧。"卧室里传来顾佳虚弱的声音，这让沈牧更加忧心了。

他再次轻轻敲了敲门，问："佳佳，你到底怎么了？生病了吗？"

自从知道沈牧是顾佳的师父以来，文婉从未见她对沈牧是这种态度，总觉得这里面有什么误会。她凑过来，轻轻拍了拍佳佳的房门，说："佳佳，是哪里不舒服？生病了吗？沈律师来是为了工作，你怎么躲在屋里不出来。"

顾佳不回话。

文婉转而又看看沈牧，他也满脸尴尬。文婉又说："佳佳，奶奶还在外面呢。你让大家都看着你把你师父拒之门外多久呢？有什么事不能摊开说？"

文婉的话，顾佳不是没有听进去，但还是有很多顾虑。

沈牧见文婉也没能说动顾佳开门，担心她站久了会累，索性劝她先去休息，自己来处理这件事。

文婉本还想多说两句，但又觉得这毕竟是他们二人之间的事。她也不好多说什么，只好回到沙发上。

这时卧室内外只有沈牧和顾佳两个人。

沈牧不再敲门，而是直接道歉："佳佳，你是不是还在为上次的事生气？那次是我不对，我不该留你一个人在烤肉店，而直接带着别人离开。本来答应请你吃饭却失信于你，所以你生气我理解。"

停顿了一下，沈牧又接着说："所以这次有培训机会，我推荐你去。希望你能借此调整心情，恢复状态。但我不明白你今天这样又是为了什么。如果我哪里做错了，你可以当面提出来。你开开门，我们当面说好吗？"

沈牧也是个骄傲的人，从未轻易向谁低过头，但这一次，他都这样说了，她也不好继续装聋作哑躲着了。

顾佳咬咬牙，穿上鞋子，终于打开了房门。

一看见沈牧期待的眼神，顾佳轻叹了一声后说："我们出去说吧！"

"好。去哪里？"沈牧问。

顾佳不解释，只看了他一眼，径直走到门口，穿上大衣，拿好钥匙便出了门。

从顾佳开门到关门，文琬都看得一清二楚，但碍于沈牧的面子，还是别过脸去，装作没看见，任由他们两个人自己处理。

从顾家出来，沈牧和顾佳两人就一前一后地出了小区，径直去了附近的好运咖啡厅。

刚一坐下来，沈牧便问："佳佳，到底发生什么事了？"

顾佳抬起头，盯着沈牧的眼睛，问："师父是不是从来没有喜欢过我？"

沈牧被这突如其来的问题弄懵了，哑口无言。

顾佳以为他真的没有心动，轻哼了一声后，继续说："一直以来，我以为师父待我好，是因为喜欢我，看来是我想多了。"

沈牧还来不及反驳，顾佳又接着说："既然师父早已与人有婚约，又何必再来招惹我！"

"婚约？"沈牧满脑的问号。

"呵！到现在师父还想继续装糊涂？"

"佳佳，我们把话说清楚，我到底做错了什么？你说什么婚约？谁和谁的婚约？"沈牧有点着急。

倘若顾佳问了，沈牧承认了，她也许会释怀，至少觉得他还是一个负责任的人。可顾佳没料到沈牧到现在还在否认。顾佳对这个冷酷的师父失望透顶。

"一直以来，我都以为师父是一个负责任的人，却不想竟也是如此不负责任。"顾佳顿了一下，又接着说，"今天我都看见了。你们两个人……既然已经都有了孩子，还有什么可隐瞒的？"

"孩子？你说谁和谁的？"沈牧伸手想抓顾佳的手，却被她拒绝了。

"江琨瑜。她今天特意跟踪我到蛋糕房，和我摊牌。她还给了我三张化验单，诊断证明上清楚地写着，她已经怀孕一个月了。一个月前的那一天，就是你抛下我带她走的那一天。"顾佳说话有些喘气。她咽了口唾液，又继续说："你妻子为你怀孕了，可你现在却坐在这里与我面对面谈话，不觉得心里有愧吗？"

"江琨瑜？我不信。我没做过的事，我不会认。"沈牧一口否定。

顾佳眉头一皱，不可置信道："你毕竟是专业律师，应该清楚证据比任何话都有说服力。在证据面前还想抵赖吗？"

"好。那你看清楚了B超单上的检验日期和内容吗？会不会是假报告？"沈牧还在努力解释，"佳佳，这件事一定是误会。她从未跟我提起过这件事。会不会是你看错了？"

　　顾佳冷笑一声，说："这种化验单，就算我没有做过，也能分辨得清楚。日子刚刚好，还用我替你掐指再算一遍吗？她可是你的妻子！好了，我不想再说了，如果没有别的事，我先走了。"

　　说完，顾佳起身拎包就走。

　　"佳佳！佳佳！"沈牧起身想抓她的手，却没抓住。

　　无奈之下，他只好打电话给江琨瑜。

　　"你现在在哪？我们见一面，立刻马上。"电话刚一接通，沈牧脱口而出，不等江琨瑜拒绝，便挂断了电话。

　　半个小时后，盛海市蜜罐茶吧里，江琨瑜带着 B 超单出现在了沈牧面前。

　　"阿牧，你这么急着找我，什么事儿？"江琨瑜看了看沈牧的眼神，便已经猜到他和顾佳见过面了，却还佯装没事人一样，温柔一笑。

　　"东西拿来！"沈牧盯着江琨瑜坐下后，开口就要东西。

　　"什么？"江琨瑜明知故问。

　　"拿来！过了今天，就算你再拿着那东西找我，我也不会认的。"沈牧一脸严肃，语气冰冷。

　　江琨瑜愣了一下，意味深长地笑了笑，从背包里取出化验单放在桌上，推到他面前，说："原本打算再等两个月再告诉你，孩子还小，我怕……"

　　沈牧单手提起化验单，看了下内容，问："这单子哪儿来的？"

　　刚才还笑着的江琨瑜，脸色转眼就变了，问："阿牧，你这话是什么意思？"

　　"你自己心里清楚。"

　　"你不相信我？难道那天的事，你都忘了吗？这是你的孩子，难道你想赖账不成？"

　　"是与不是，不是你说了算的。这单子怎么回事，你应该比我清楚。你知道我是什么样的人！"沈牧语气十分冰冷。

　　"你的意思是我作假？沈牧，我们也认识了这么多年，从不知道你原来是这样的人。枉我还对你一片痴情。一直以来，你都以正义之身为别人打官司，打抱不平，想不到自己才是最黑的那个人。世上就因为你们这种男人多了，才会有那么多破败的婚姻！"江琨瑜怒意渐深，猛地推了下椅子，起身走到他面前，猛然抽走他手里的 B 超单后，重重砸到他头上，头也不回地离开了茶吧。

　　沈牧双手抱头，从没像现在这样手足无措。一坐竟坐到了天黑。

　　"先生，我们马上下班了。您要不要……"临近打烊，服务生过来，轻轻拍了拍沈牧的肩膀说。

"哦，抱歉，我现在就走。"沈牧起身付账后，出了茶吧。

天已经黑了，路边的霓虹灯一盏一盏地亮起来，五彩缤纷。

沈牧在人行道上一边慢慢地走，一边回忆那天晚上的事。想来想去，觉得这件事有些蹊跷。

明明没有喝酒，可他却觉得自己的头像是快要炸开了，头痛肆虐。

为了弄清事实真相，他拨通了赵大沪的电话，约他到家里聊。

12 点了，赵大沪还没有到。沈牧打开冰箱，观察里面所有的饮料，那天晚上明明只喝了一杯酒，居然断片了。

他思来想去，觉得那酒有问题。

冰箱里的啤酒还有好几罐，他正要查看那些酒的酒精度，门铃响了。

沈牧放下啤酒，去开门，把赵大沪让进了屋。

赵大沪一边换拖鞋一边问，"出什么事了？这么晚给我打电话。"

"江琨瑜怀孕了。"沈牧一边说，一边朝沙发走去。

赵大沪瞪大双眼，顾不得拖鞋穿歪了，走到沙发前，不可置信地问："什么？你的？你们两个人旧情复燃了？"

"不是。事情有点复杂。"沈牧说。

赵大沪问："怎么个复杂法？不就是你情我愿，男欢女爱的事，有什么复杂的？"

沈牧抬眉，白了他一眼，将刚打开的那罐啤酒递给赵大沪看，说："喏！喝喝看。"

赵大沪看了看啤酒，一脸迷茫地问："我在跟你说正事，你让我喝酒是什么意思？"顿了下，他又说："这不就是盛海市普通的啤酒吗？没有什么特别啊。"

沈牧自嘲地笑了笑，说："一个月前我和你的想法一样，不过就那一瓶啤酒，害苦了我。"

赵大沪凑近了，故意问："酒后……失控撞车了？"

"都什么时候了，还跟我开玩笑。我是什么人你还不了解？喝多了最多断片儿，还能做什么？"沈牧说。

"那她怎么会怀孕？"赵大沪坐回沙发，喝了一口酒，问。

"她那人你还不清楚，为达目的不择手段。我猜，很有可能那单子是假的。"

赵大沪撇撇嘴："你的眼力是越来越锐利了，堪比 B 超啊。"

"去去去。少来落井下石。"沈牧又打开一罐啤酒，跟他碰了一下，问："有没有什么好招？"

赵大沪看了看那啤酒罐，说："要么今儿咱俩试试？"

沈牧嘴角一撇，说："万一我们俩人都倒了，谁观察？"

"那咋办？不然你喝我录像，等你喝倒了，我再自己喝？"赵大沪憋着坏。

"这办法……虽然有点……但也不失为一个好办法。"沈牧无奈地摊手。

赵大沪哈哈一笑，立刻催沈牧把摄像机拿出来，摆好三脚架，设好定时，自动录制。

一切工作准备就绪了，沈牧和赵大沪两人才一罐一罐畅饮起来。

111·和　好

不到半个小时，赵大沪和沈牧两人已经一人喝完一罐了。

赵大沪问："头晕吗？"

沈牧鄙夷地瞥了他一眼，说："小看我，一罐酒就想灌倒我，开什么国际玩笑？这酒跟白开水没什么区别，一点儿反应没有。"

赵大沪撇撇嘴，继续悠然地喝着自己的酒。

沈牧反过来又问赵大沪："你呢？有没有什么反应？"

赵大沪摆摆手，说："我们俩都认识十多年了，我的酒量你还不知道？这么一点儿酒，还不够塞牙缝的。"

"说大话。我这还有不少好酒，我倒要看看你究竟能喝多少？"沈牧眯缝着眼睛，指着赵大沪说。

"你说的。"赵大沪说："喝完了可别后悔。至于酒钱，我是一分钱也不会掏的。"

"吝啬鬼。"沈牧笑。

"嘿嘿，在你面前不用大方。"赵大沪又开了一罐酒，然后一本正经地问："你实话告诉我，到底喜不喜欢佳佳？你小子向来都是有事自己闷在心里，以为别人不知道，但其实大家都看出来了，你对佳佳不一样。"

被说中心事的沈牧，低下了头，只觉得头有点晕。

"那你呢？追了文琬那么多年，打算什么时候给人家一个承诺？"沈牧反问。

赵大沪在眼前挥了挥手，说："少跟我转移话题，现在是说你的问题，你不用扯上我。还有那天晚上你和江琨瑜到底有没有事？如果你确定没有，那就是她拿了一张假的化验单。"

"你都喝了这么多酒了，你还不信我，那酒岂不是白喝了？"沈牧说。

"呵呵。"赵大沪笑了一下，说，"我猜她那么了解你，一定是做足了准备。不会让你那么容易找到证据的。"

沈牧冷哼一声说："早就猜到了。"

这时，沈牧手里的啤酒也喝完了，他翻过来啤酒罐，试着倒了倒，确定彻底空了，才放在茶几上，说："你看这罐酒空了，可我也没什么反应，脑子还很清楚。如果我没猜错的话，那天她很可能早就做好了准备，给我挖坑上套。"

"嗯，有道理。"赵大沪说，"但现在关键 B 超是铁证，想要推翻这个铁证，依我看，得下点血本。"

"知道了，我会想办法的。"沈牧说完，起身又去拿酒，一边喝酒，一边想着顾佳今天的态度，心里一阵酸楚。

赵大沪也边喝酒边盯着摄像机看，自言自语了大半夜，直到昏昏欲睡。

到了后半夜，摄像机因为没电，自动关机了。

7 点了，闹钟一响，沈牧就起来了。

起来洗漱，沈牧才发现赵大沪竟然睡在地上，摄像机也倒在地上。他插上电，看了看里面的录像，只有一半录进去了。沈牧无奈。不过，醉酒后的沈牧也没有什么反常。

江琨瑜动手脚的事，不攻自破。

想必那天晚上，她是故意脱了衣服睡在自己身旁，故意做出一副发生了关系的样子，无非是想让他后悔，心甘情愿地跟她复婚。

沈牧失落了，人心难测。

洗漱完毕，已经 7 点半了。沈牧叫醒赵大沪后，和他一同去了医院。

沈牧通过江琨瑜化验单上的病历号，在济康医院调取到她的真实病历。不过，正如自己的预测，那是弄虚作假。

拿着真实病历，沈牧拨通了江琨瑜的电话，约她见面。

一看到沈牧的电话，江琨瑜有些意外，误以为沈牧回心转意，异常兴奋。

刚一进入餐厅，江琨瑜便问："阿牧，你终于想通了。我就知道你会联系我的。"

沈牧坐在木椅上，板着脸，从公文包里拿出真实病历，扔到江琨瑜面前，说："你不会不知道，在我面前证据造假，会有什么样的后果。"

刚才还兴奋的江琨瑜，脸上的笑容渐渐消失了，拿起那份病历，看了两眼后，说："你居然调查我。"

"我本不想把事情做得太绝，是你太过分了！"沈牧冰冷的眼神里，夹杂着隐忍的愤怒。

"我怎么过分了？就算孕检化验单造假又怎样？比起你，故作冷漠装好人强多了！虚伪！"江琨瑜脸色十分难看。

"呵！无可救药。你以为啤酒调包的事情，我会查不出来吗？"沈牧尽量压制住自己心中的怒火，"以你对我的了解，不会不清楚我是什么样的人！这件事若不是你，我一定会直接报警抓人！绝不宽恕！"

"呵！这么说，我还要谢你不抓之恩了？"江琨瑜仰头看了看天花板，自嘲地笑了一声，又看向沈牧，"那你也该知道，我不过是还爱着你罢了。这么做，无非是给自己和你一个挽回的机会罢了。"

"何必说得那么冠冕堂皇？"沈牧说。

"那我问你，你为什么始终不肯复婚？是因为我当初提出离婚，你恨我绝情，还是因为移情别恋，爱上了顾佳？"江琨瑜此时已经是破釜沉舟了，大方追问。

"与她无关。从你提出离婚那天起，就该知道我们两个人的婚姻已经走到头了。我不会回头了。况且，那时候她还没来律所实习。"

回答江琨瑜的问题时，沈牧心里也在质问自己，究竟是何时喜欢顾佳她的，但他心里十分清楚这是两件事，不能混为一谈。顾佳是顾佳，江琨瑜是江琨瑜。她们是两个不同的人，拥有不同的性格和处事风格，不存在因为想要忘记一个人而爱上另外那个人。

沈牧脸上的表情，远没有他嘴上说的那么自如。

江琨瑜认识沈牧那么多年，早就知道他是什么样的人，现在不说，无非是觉得还不到时候，不太愿意主动开口罢了。

她又扫了一眼桌上的病历，拿起来，一边看上面的内容，一边说："你果然还是和以前一样，即便自己真的喜欢也不愿意主动说出来。你冷酷骄傲，你怕自己一开口就输！但你忘了，女孩子才更容易输。"顿了下，她又接着说："这一次，我认输。"

沈牧蹙眉，没有料到江琨瑜会突然改变主意。他以为她会纠缠，说挽留他的话，却没想到她会如此洒脱。

"你……"

"我要走了。欠你的钱，我会想办法尽快还上。这是三十万的借条。"江琨瑜随手从挎包里取出一张欠条交给沈牧。

不等沈牧反应，她拉好了背包拉链，便大步离开了茶吧，走得很洒脱。

沈牧此时才注意到她今天特意穿了一身红裙，打扮得光鲜亮丽，只是……

沈牧站起身，看着她的背影不知该说什么。

包间空了，沈牧坐下来，思考了一下江琨瑜的话，付了钱，离开。

当他走出茶吧时，才发现顾佳早已站在马路对面等他。

一看见沈牧，顾佳向他挥手，微微一笑。

"你怎么会在这里？"沈牧穿过马路问。

顾佳放下手，歪了歪头，指了指身后。

沈牧顺着她手指的方向看过去，是江琨瑜。

"是她告诉你的？"沈牧低下了头，说："那天那种情况……我担心她出事儿，想问清楚事情原委，才……不小心醉酒了。"

沈牧话还没说完，顾佳便伸手捂住了他的嘴，说："你不用跟我解释……我们……不过只是同事而已。"

沈牧有些着急，瞪大眼睛，问："只是同事？"

"那就再加一个师徒？"顾佳故意问。

沈牧蹙眉，心里急得像热锅上的蚂蚁，又问："只是同事、师徒关系？佳佳，你……对我是不是有什么误解？"

顾佳挑眉不语。

"出了这么多事，如果到现在你还以为我们只是简单的同事、师徒关系……那你以前说的话还算数吗？"沈牧第一次认识到自己，但凡与顾佳单独在一起，整个人的状态都会不太一样。

顾佳笑了，也从他的话里，听出了他的想法，故意问："我以前说的什么话？"

"你说你喜欢我！"沈牧脱口而出。

顾佳又问："是吗？那我怎么不记得？还有……如果不是同事、师徒，那就算朋友吧。"顿了一下，顾佳又故意敲诈道："朋友你好，能请我喝杯咖啡吗？"

112·邀　请

"当然可以，这位小姐往前再走半公里，便是我家的咖啡小店。店内有卡布奇诺、摩卡等各类美式、意式咖啡，欢迎您品尝。不知道顾小姐喜欢什么口味呢？加糖还是加奶？"沈牧退后半步，绅士地学着服务员的动作请顾佳进店。

顾佳瞧着，暗暗萌生出浅浅的优越感来。她憋着笑，拍掉了他的手说："如此俊朗优秀的大律师竟然学着当服务员。一点儿也不像呢！"

"那怎么办呢？沈公子我今天第一天任职，做得不周之处，还望顾小姐海涵。那请问这位小姐是去呢还是不去呢？"沈牧盯着她问。

顾佳故作矜持，手指轻轻揉了揉太阳穴，想了想说："既然如此，那就不去了？"

说着话，顾佳转身就往相反的方向走，却被沈牧一把拉住。

"哎，等会儿。本店可没有'不去'这个选项，怎么顾小姐还自己编答案呢？"

顾佳笑："这份试卷，答卷人可以自由选择答或是不答？那我选择不答了，也没什么错呀！"

沈牧笑了，将她拉近一点儿距离，面对面地轻轻刮了一下她的鼻头，吻了吻她的额头，说："那看在我这么诚恳的邀请下，现在可以去了吗？"

"那就勉为其难地去吧！"顾佳有些羞涩，点了点头。

沈牧这才大方地拉着顾佳往前走。

大约过了十多分钟，两人才到了最近的那家"美好咖啡厅"。顾佳喜欢靠窗，所以选了右侧靠窗的第三张桌子坐下。

"顾小姐，想来点什么？我来请。"沈牧说。

"好啊！那就由沈先生来点吧。"顾佳也毫不客气。

服务生站在两人旁边，拿笔等待记录。

沈牧拿着酒水单，特意选了店内最贵却最苦的咖啡给她，自己则选了清淡的另一款。

几分钟后，服务员将咖啡送上来，分别放在两人的面前。

顾佳看了看那咖啡的颜色，便知道沈牧居然挑了最苦的咖啡给她。

她看沈牧一脸无辜的样子，也装作无所谓，将咖啡搅拌凉了后，端起来一口喝了下去。从头到尾她都没有表现出一点点苦涩的感觉，临了还不忘翻过杯子，炫耀一下空杯。

"我喝完了。师父这么厉害的人物，一定不会怕苦吧！要不要来比试一下？"顾佳问。

沈牧笑了，知道她这又是要试探自己，也毫不退缩，拿起面前的另一杯咖啡，也一口气喝了个干净。

杯子扣过来的时候，沈牧问："顾小姐，现在消气了吗？"

"嗯，这还差不多。"顾佳抿了下嘴，又问："那师父就没有其他什么话要说吗？"

沈牧以为她惩罚自己喝完了咖啡，还是想要一个解释，问："你不是都知道了吗？还需要我再多说一遍吗？"

顾佳双手放在桌子上，往前趴了趴，说："师父是师父，我是我。师父心里的话，我又怎么会知道？就算是有人传话，也不是师父自己的心里话啊。我又不会读心术。"

沈牧笑了，端正坐姿，说："好，那就请竖起耳朵认真听，我只解释这一次，过期不补。"

"嗯。"顾佳立即竖起耳朵，一脸认真地盯着他的嘴唇，说："开始！"

"关于江琨瑜和我的关系，你应该也已经知道了。她是我前妻。"

沈牧说话时，还不忘观察顾佳的反应。

"那天她在烧烤店被人逼债，打成那样，就算是个路人，我也不能对此不闻不问，更何况我还是她……这件事我责无旁贷。带她离开后，我好奇她一个法学生怎么会被人骗去那么多的高利贷，总要问清楚事情的来龙去脉。所以……"

沈牧的话还没说完，顾佳忍不住笑了。

沈牧停下来，满脸疑惑地问："你笑什么？"

顾佳这下笑得更开心了，好不容易才停下来，说："原来以专业著称的沈律师也有这么囧的时候。"

沈牧汗颜。

顾佳说："这些事，江……已经都跟我说了。我就是想逗逗师父。"

说完，顾佳又是一阵哈哈大笑。

见她不生气了，沈牧心里的疙瘩也总算是解开了。

他咧嘴一笑，说："那不生气了？"顾佳点点头。

沈牧又说："不过，这件事因为牵扯太多，幕后之人一定不简单。后期我可能还会继续调查，就……可能会联系到她。你不会再生气了吧。"

顾佳停下笑，点了下头，认真问："那师父已经有计划了吗？"

"还没有。"沈牧轻轻揉揉她的头，说，"这些事就不用你操心了。还是先忙手头的案子吧！"

顾佳点点头："哦，好。对了，徐芳的案子有没有新的线索？"

沈牧摇头："徐芳毕竟是女性，前期一直是你跟踪访问，所以可能对我有所避讳，总觉得对我有所隐瞒。"

说起来，徐芳决定离婚的最初原因是因为林铮瞒着她欠下高利贷，而江琨瑜也几乎与他同一时间欠了巨额高利贷。这两个毫无关系的人，却在时间、地点上有相同点。恐怕……

顾佳与沈牧两人几乎同时想到了问题的关键点上。

顾佳问："师父不觉得这两件事有些类似吗？会不会是同一伙人，欺骗大家欠下巨额高利贷。"

沈牧顺着她的思路想了想，说："有这种可能。但也不排除是巧合。不过这或许是一条线索。"沈牧摸摸她的额头，夸道："变聪明了！"

待他手拿开后，顾佳也不自觉地在沈牧刚刚摸头的地方，轻轻整理了两下头发，笑着说："还不都是跟师父学的。"

"就你嘴甜。"沈牧轻轻一笑，窗外的阳光照进来，打在沈牧身后，异常好看。

顾佳看着很美，立即用手机拍下来。

沈牧一愣，问："你在拍我？"

"嗯。"顾佳一边翻看拍好的照片，一边说，"好看，帅气，阳光明媚。"

沈牧笑了笑，说："天天见还没有看够？"

"那我每天都还看太阳呢，可每天的太阳也不一样呢。"顾佳说，"所以，每天的师父也不一样。"

捋清了案情，沈牧从口袋里取出钢笔，从服务生手里要了几张纸，开始罗列林铮和江琨瑜两个人欠高利贷的具体时间和雷同点。

顾佳也掏出自己的小本子，写写画画。

两个人的观点都集中在高利贷和创业身上。

林铮创业是主打家具，而江琨瑜所说的那个企业也是主打家具。如此说来，两家公司极有可能有关系。

两人对他们被骗的企业性质的观点起了冲突，争执时，一抬头沈牧居然看见了一张熟悉的面孔。

刚才还满脸喜色的沈牧，脸色忽然变得阴沉。顾佳伸手在他面前摆摆手，沈牧却将她的手抓住放平。

"师父！"顾佳喊他。

"嘘！别说话。"沈牧伸手贴在唇边，做出了一个噤声的动作。

顾佳不解，顺着他的目光回头看过去，才发现原来有一个瘦高个头的平头男人，正在咖啡馆背身而坐。而他对面的人，是一连几个案件都和沈牧对簿公堂的蒋荣。

起初她以为不过是蒋荣手里的一个客户罢了。但她发觉沈牧看平头男人的眼神不太对，显然他们是认识的。

"师父，那个人……你认识吗？"顾佳问。

沈牧说："他曾经也叫我师父！"

"前助理?" 顾佳马上反应过来，问。

"走，我们过去会会！" 沈牧起身，两手插在西装口袋里，不紧不慢地走到了蒋荣和李胜的餐桌前。

一看见沈牧，瘦脸平头的李胜脸色有些难看，但很快又冷静下来，起身问沈牧："沈律师?"

沈牧唇角一勾，说，"李胜，我原以为你离开我会良禽择木而栖，却不想竟然攀到梁信蒋荣的身边。"

113·工　商

蒋荣看了看李胜的神色，笑了一下，说："原来两位是旧相识啊。"

"蒋律师与我在法庭上也是多年的对手了，多少也应该了解一下内幕吧，又何必明知故问?" 沈牧冷言冷语道。

"沈律师误会我了，我也是今天才知道这件事。怎么能说是'明知故问'呢?" 蒋荣狡猾，死不承认，说话的同时还不忘拉上李胜垫背，"我们认识的时候，我可从未听过李胜的名字。后来，我这小弟来了梁律公司，才接触多了起来。"

顺便，蒋荣还瞟了李胜一眼，指责道："李胜，这就是你的不对了，沈律好歹也是你的师父，怎能也不跟我们介绍介绍?"

李胜见状，忙拿起桌上的一只杯子，倒满酒后，双手递给沈牧，说："沈律师，不管怎样，从我出校园你就一直带我，我们也算是师徒一场，这杯酒算我敬你！"

沈牧看了一眼那酒杯，唇线微变，揶揄道："不必了。所谓道不同不相为谋，既然已经分道扬镳，这酒也没什么好喝的。我受不起，你还是留着自己慢慢喝吧。"

李胜笑了下，说："沈律师记仇?"

沈牧说："不，只是现在来喝这杯敬酒，有些违和罢了。"

李胜手中的酒杯微微晃了下，有些尴尬，又看了看蒋荣，说："这样，我干了，你随意。"

沈牧看着他喝完酒，又观察了下蒋荣，问："如果没猜错的话，徐芳的离婚案，被告林铮的代理律师应该也是蒋律师吧！"

蒋荣坐下，身子往沙发后背上靠了靠，挑眉说："沈律师还是那么厉害。不过是巧合罢了。"

　　沈牧鼻尖一哼，挪揄道："看样子，蒋律师还没输够。也好，我倒想看看，这一次蒋律师还有什么筹码可以出。"

　　蒋荣有些尴尬，收敛了笑容，说："胜败乃兵家常事。这一次，我蒋荣一定可以赢你！"

　　"哦？拭目以待！"沈牧说着又对李胜说，"以我对你的了解，只怕这桩案件你也有参与。"

　　李胜眼珠子转了转，瞥了蒋荣一眼，对沈牧笑着说："不过是歪打正着罢了。"

　　"呵，都说'水往低处流，人往高处走'，我更希望你去一个能施展抱负的地方，而不是自甘堕落。祝你好运！"沈牧说完，拉着顾佳转身就走。

　　"多谢提醒！"李胜脸上的笑容渐渐消失。

　　"沈律师慢走！"蒋荣也不忘补充一句。

　　沈牧听见他们两人的声音，头也没回就出了咖啡厅。

　　一钻进车里，顾佳就见他脸色不对，犹豫半响，还是开口了："师父，那个人……"

　　沈牧的车了·已经启动，握着方向盘的右手，又微微挪了下位置，说："恐怕徐芳林铮案件不会太顺利。"

　　顿了一下，他又嘱咐道："给徐芳打电话，约一下见面时间。"

　　"是。遵命！"顾佳举起右手敬礼道。

　　沈牧在余光中看她夸张的动作，忍不住转过脸多看了她一眼。

　　原本见到李胜，沈牧心里有些不痛快，但见她逗他，竟也忍不住嘴角划出一道弯弯的笑容。

　　放下手，顾佳注意到他这个好看的笑容，用手指在空中也画了一笔，又从背包里取出涂鸦本，快速画下来。

　　看着沈牧俊俏的卡通形象，顾佳说："师父，你知不知道你笑起来很好看？"

　　沈牧也伸手摸摸自己的脸颊，问："有吗？"

　　顾佳用力地点头，说："有啊。"

　　沈牧这才大大方方地笑了："大概是你太温暖，所以感染到我，忍不住笑了。"

　　顾佳听着心里喜滋滋的，眉开眼笑地说："那师父以后就多看看我。这样，一不小心就会变成暖水壶了呢。"

　　"暖水壶？"

　　"可以装得下一肚子的温暖啊。嘿嘿。"顾佳笑着说。

　　沈牧伸手捏了捏她的脸蛋，说："还真是头一次见你这么不含蓄的女孩儿。"

沈牧放开手后，顾佳也摸摸自己的脸颊，说："有些时候，含蓄不见得是好事。"

说完，顾佳别过脸去，透过窗户上的倒影，看沈牧专注开车的模样。

沈牧虽然一直专注开车，余光里却把她的行为举止看得一清二楚，"你以为你转过去，我就看不见你了？"

"师父！"顾佳这下不好意思了，转过头，上手就想打他一下，手都碰到他袖口了马上又反应过来他在开车，不能干扰他。

沈牧猜到她的心思，温柔地牵过她的手，轻轻吻了一下，见她一脸惊讶，才又放开手，继续专注开车。

他的这个动作，让顾佳有些措手不及，完全在她的意料之外。

如果说之前的额吻是酒精的作用，他忘了，那这一次，在他清醒开车的情况下，手背上的亲吻，就应该是真真切切的本能。

顾佳直到这一刻，才真正确定她在沈牧心里已经有了位置。

她身上瞬间就像触电一般，酥酥麻麻的。脑海里瞬间想起一首老歌《心电感应》，想着想着，她心里一股暖流经过，心跳加速……

"想什么呢？电话打了吗？"沈牧见她有些发呆，等了半天也没见她打电话，便问。

"哦。马上打。"顾佳心口有些发蒙，刚才还小鹿乱撞，转眼就被沈牧从梦幻中叫醒。

她耸了耸肩，平复心情后，掏出手机拨通了徐芳的电话。

一看到手机屏幕上顾佳的名字，正在处理照片的徐芳很快停了手里的活，接听电话。

"喂，您好，顾助理。"

"徐女士你好，下午有时间吗？我们可以见一面吗？"顾佳问。

徐芳看了一下桌上的台历，只有一条备忘录，同意了："好。我有两个小时的时间。晚上还约了一个客户的私人写真。"

"好。"顾佳看了沈牧一眼，点头告知，又道，"那一个小时后，我们在长安路的田园茶餐厅见面。"

"好的。不见不散。"

挂了电话，顾佳看看时间，跟沈牧商量，先去工商局查一下江琨瑜和林铮提到的那家公司的信息。

沈牧一口答应。

顾佳担心会耽误沈牧别的事，预备自己去："师父，到前面可以停车的地方停下吧，我自己打车去就可以了。"

"我和你一起去。"沈牧霸道反驳。

"你不是还要再回一趟单位吗?"顾佳问。

"不去了。直接去这边。"车子开过红绿灯后,左转进了昌兴路,直奔盛海市工商管理局。

十几分钟后,沈牧的车子停了。

办事大厅在三楼,今天是周三,人很多。从车上下来,顾佳跟沈牧一前一后地进了电梯。沈牧拉着顾佳走到窗口,问工作人员:"您好,我想查一下两家公司的法人,可以吗? 我是律师。"

说着,沈牧从口袋里取出律师资格证,说。

"请问您有什么相关文件吗?"工作人员问。

沈牧说:"这两家公司曾经是我当时投资的一家企业,但是后来不知道为什么,公司和人都消失了。麻烦您了。"

工作人员一听,问了同事,快速敲击键盘,查找系统上的名字。

等待的时间总是漫长的,沈牧注意到顾佳的手指伸开又攥紧,又继续伸开,如此反复。

沈牧轻轻拍拍她的头,说:"不用太着急。如果累的话,就先坐在那边等一下。一会儿我叫你。"

顾佳摇头拒绝:"不。我就在这里和师父一起等消息。"

沈牧拗不过她,只好点头同意。

十几分钟后,工作人员终于查到了相关信息,对沈牧说:"您好,您要查的名为'喜盛家私有限公司'在 2017 年的时候就已经申请破产了。法人的名字是董岩。身份证信息是 6402……,1980 年出生的。联系电话是 132……,请问您还需要我们提供别的信息吗?"

114 · 线　索

沈牧看了一下信息,说:"请问您能帮我出一份资料吗? 谢谢! "

工作人员还未遇到过这种事,又问了下旁边的同事,小声商量了一下后,点头同意:"好的。请稍等。"

一分钟后,工作人员将打印好的材料递给了沈牧后,又继续办公。

沈牧看了下材料，转身往外走。顾佳边走边看，却什么也没看清，索性站在原地噘嘴不走了。

沈牧发现后，转身看着她的样子笑，问："怎么不走了？"

"师父也真是的。明明一起来了，却只顾着自己看，不给我看。"顾佳一脸不悦。

沈牧刚准备塞进背包的文件，又拿出来递给她，说："和我们预想的差不多。喜盛家私有限公司，注册资金200万，事实上两年税收不过10%，管理层不过十几个人吧，员工100多人，是家皮包公司。"

顾佳接过文件，看了看上面的内容，说："那这么说来，喜盛家私极有可能打着买卖家具的名义，广泛撒网，吸纳目标客户入股，以高额回报为噱头，借机敛财。直到东窗事发才卷款跑路。"

"是。现在我们需要跟徐芳核实一下林铮的那家公司是否有真实业绩。如果能拿到银行流水就最好不过了。"沈牧低头看了看手表，"时间差不多了，我们直接过去吧！"

"嗯。"

"一会儿见过徐芳后，正好可以让她带我们一起去林铮的实体公司地址看一看。"沈牧说。

顾佳点头，将文件又塞给了沈牧，快走了两步，与他一同出了工商局。

到了茶餐厅，徐芳还没有到。

沈牧和顾佳先进了包间，点了两杯白开水后坐下。

顾佳趁着这会儿空当，又整理了一下思路。

喜盛家私的法人是董岩，林铮创业背上高利贷、江琨瑜创业背上高利贷，这三个人一定有关系。董岩这个名字，总让沈牧觉得有点耳熟，却又想不起来在哪里听过。

顾佳罗列徐芳手里的现有证据，写到第三条时，有人敲门。

"请进。"顾佳停笔，大声说。

门"吱呀"一声开了，徐芳身穿咖色过膝大衣走进来。一看见沈牧，徐芳便问："沈律师也来了？为了我的事，让你们费心了。"

沈牧说："没有。替人打官司解决问题，本就是我们的职责。"

"坐吧！坐下聊。"顾佳起身，让坐。

"好。"徐芳看了下顾佳手指的方向，找了空座坐下。

顾佳见她坐好后，问："徐女士，林铮最近还有再骚扰你吗？"

徐芳看了一眼沈牧，说："现在只是会时不时给我打电话发短信，花言巧语，就是想说服我不离婚。"

顾佳听闻，眉心一跳，又问："那你动摇了吗？"

徐芳摇头，"我们两人相爱的时候，一起旅游、一起创业，都在做自己喜欢的事，努力过好属于自己的好日子，处处温馨温暖。可结婚以后，都变了。很多鸡毛蒜皮的小事有分歧也就罢了，但借高利贷这件事，他瞒着跟欺骗我也没有什么区别，所以也就只剩下伤心了。"

徐芳的眼神有些黯淡，低了一下头后又抬头，瞪大眼睛说："我依旧坚定我的想法，离婚。"

"好。那我们现在问你，你如果知道，必须全部告诉我们实话。"顾佳看了看沈牧，重申道。

"好。"徐芳抬头盯着顾佳与沈牧，眼神异常坚定。

"林铮创业的时间是 2015 年吗？"顾佳对照着刚才做的一个笔录问。

徐芳点了下头，说："是。"

"那你手里有没有什么相关证据？"顾佳问。

徐芳想了下，从背包里拿出来一份文件递给顾佳："来的时候，我特意带上了这个。前几日趁着他不在家，回去找到了这份文件。我想或许有用。你可以看看。"

顾佳还没打开，沈牧就伸手要走了。

沈牧仔细核对上面的内容，一份是带手印的高利贷欠条，一份是当初林铮创业时的文案策划。两份文件上面都有林铮的签名和盖章。

而高利贷上借款对象的名字居然与江琨瑜手里的那份高利贷借出人姓名一致，都是董岩。也就是说正是喜盛家私有限公司。这让沈牧豁然开朗。

沈牧惊喜地问："你是否见过这个人？"

徐芳看了看上面的名字，摇头道："从未见过。沈律师是发现了什么？"

沈牧将文件递给顾佳看了后，说："佳佳，你看这里。"

一看见董岩和喜盛家私的名字，顾佳欣喜若狂。

"果然是他！太好了。"顾佳说。

"是。"沈牧又看向徐芳说："林铮的公司，你以前去过吗？或者说他与这家公司之间的银行走账，你见过吗？"

徐芳拿过那两份文件，仔细看了看，才说："公司我去过的。但是这家喜盛家私有限公司，我一点儿都不知道。"

顿了下，她又问："这和我的案件有什么关系吗？"

"这件事对你离婚来说，或许影响不大，但一旦查到这家公司违规操作、涉嫌诈骗，林铮借的这笔款就能要回来。"

"什么？"徐芳这才明白过来，"但就算要回来，应该也和我没有关系。"

沈牧解释："林铮是在你们婚姻存续期间借的高利贷，本金属于你们夫妻共有。如果要回来，这笔钱自然也有你的一份。"

"原来如此。"徐芳顿了一下，又说："那沈律师的意思是……"

沈牧说："既然准备打官司了，自然要尽可能为你争取更大利益。"

"多谢沈律师照顾。"徐芳说。

"这是我的本职，你不用谢我。"沈牧看了看顾佳，又说，"对于女性来说，婚姻意味着她对要嫁的人信任，动了真情实感，愿意与他携手风雨，共度此生。"

"但婚姻更像一场赌注，永远没有输赢，只有两个人走到最后了，才能知道自己这辈子有没有选对人。作为丈夫更应该给妻子多一些温暖和安全感，要给她足够的信心，让她相信自己没有选错。如果婚姻真的走到头了，也应该绅士地多给对方一些赔偿，而不是一味地以财产要挟对方。"

顾佳听着这话，总觉得沈牧不像是说给徐芳的，而是说给她，似乎在告诉她：他不会变成林铮那样的人，他会是她手里的一颗定心丸。

顾佳听着脸颊微红，嘴角情不自禁地微微上扬，但是片刻之后，又觉得这样不太妥，又严肃起来。

徐芳也从他们两人的反应中，感觉到两个人的关系非同一般，说："谢谢两位了。不过对于我来说，只要能让我顺利离婚，我就已经心满意足了。真的不再奢求什么了。"

沈牧说："好。关于你的诉求，我们已经清楚了。放心吧，一定可以顺利离婚的。"

片刻之后，沈牧低头看了一下资料又补充道："还有不到两个星期的时间就开庭了。为了胜算更大，我希望你能带我们去参观一下林铮公司的旧址。可以吗？"

说着，沈牧看了顾佳一眼，顾佳也重申道："是，这对你和我们来说都十分重要。"

115·调　查

"当然可以。"徐芳说，"那我们现在去吧。"

"好。"沈牧和顾佳两人面面相觑，异口同声道。

随后，三人带好自己的随身物品，一同离开。

林铮曾经的那家公司，位于盛海市乔丽路218号。时隔两年，这里已经换成了另外一家小型的家居灯饰店面。

到了地方，三人下车后，互看了对方一眼，一前一后地进了店铺。

沈牧走在前面，刚一进店，店主就以为是来买东西的顾客，开口介绍道："您好，几位需要买点什么？吊灯、壁纸、相框、壁橱等各类装饰，我们这里应有尽有。"

沈牧解释道："抱歉，我们来不是买装饰的。我们……"

"不买东西，你们进来做什么？走走走！别耽误我做生意！"店主以为沈牧三人是来砸场子问价的，不等他说完，就开始往外轰他们。

"等一下，您误会了。我们不过就是想问您一点儿事。"沈牧说着就从口袋里掏出律师资格证，打开展示给他看。

店主仔细看了两眼后，才放松了警惕。

"你们想问什么？我们可是正规商家。"

沈牧笑了下，说："我们想问你这家店开多久了？"

店主的眼神明显有些躲闪，迟疑了一下才说："我们这店面已经开了七八年了，是金牌的老店。你……"

"我们不是调查您的企业运营资质，只是想了解一下这家店在您接手之前是什么样的？"沈牧直接表明来意。

店主想了一下，终于说出实话："这家店面原来是一家私企，好像是什么家具公司。我们也是去年才租下来的。"

"哦。那请问你们租房时有没有遇到什么困难？"沈牧又问。

顾佳怕对方听不太懂，马上解释道："比如房租被人认领？或是产权不清等问题？"

"那倒没有，只是听说这个门面已经很久没有人租了。刚租下来的时候很脏。我们租的时候也是犹豫了许久，谈拢了价格才同意的。"店主说。

"有签约合同吗？"沈牧问。

"当然有。"

沈牧点头，"好，我们知道了，谢谢您。"

店主摇摇头，说："不客气。"

沈牧这次看了顾佳一眼后，三人默契地出了家居灯饰店。

走到车子旁边后，沈牧对徐芳说："今天就先到这里吧！我们回去再整理一下资料，你最近也尽量减少出差，养足精神，准备上场了。"

徐芳点头："谢谢！能遇到你们这么负责的律师，是我的福气。我相信你们一定能帮我处理好这个案子。"

"客气了。我们一会儿要回律所，顺路的话，送你一段。"沈牧说。

徐芳看了看顾佳，笑了下说："不用了。我一会儿还要再见个客户。自己打车回去就可以了。"

"那好。有事随时电话联系。"说完，沈牧招手拦了一辆出租车，请徐芳上车。

待她走后，沈牧才又问顾佳："还有别的事吗？我们现在去哪儿？回律所还是……"

顾佳想了一下："回公司吧！还有文件要出。"

沈牧绅士地打开副驾驶位车门，待顾佳坐稳后，才快速上车。

沈牧刚一坐下，顾佳就发现他的头发有些乱，遮住了他那双漂亮的丹凤眼，伸手温柔地帮他撩开。

沈牧愣了一下，冲她笑了一下："谢谢。"

待顾佳坐正后，沈牧查看她身上的安全带是否系好，却一不留神碰到了她的手背，这一次两人都没有躲开，而是彼此交握双手，十指相扣对视彼此。

时间瞬间凝固了，沈牧刚想开口说话，却听见车后面有人狂按喇叭，催他快速离开。

沈牧有点尴尬，只好放开了双手，坐正了身子，开启车子。

难得见到他如此囧样，临开车时，顾佳还不忘吐了吐舌头，调皮地偷笑。

回去的路上，顾佳和沈牧边走边讨论徐芳的案情，做足了充分的准备。

两周后，徐芳、林铮离婚案正式开庭。

这一次，顾佳、徐芳、沈牧一同站在原告席上，顾佳信心十足，没有了初次开庭的紧张和后来顾健案件的愤怒情绪，多了很多从容。

徐芳站在原告席上，从容不迫地开始陈述案情。

"审判长，我叫徐芳，是一名独立摄影师。2016 年与被告林铮在旅游途中相识。因为当时的两人三观切合，心意相通，所以回来以后我们很快结婚了。但短短三年，婚姻就出了问题。直到今年，我才知道林铮在婚前创业失败，又背着我向一家名为喜盛家私的公司贷款，欠下高达四十万的高利贷。这场婚姻中，林铮遇到困难时，没有想到与我协商，采取夫妻共同解决的办法，而是以欺骗的方式来处理，这就是对我们这段婚姻的不信任，就是背叛。两人的感情也因此彻底破裂，无法愈合。目前，两人分居已有半年，请求法庭判决离婚。谢谢审判长。"

"嗯。原告的诉讼请求我们已经听到了。原告是否还有需要补充的内容？"审判长盯着徐芳问。

徐芳刚想摇头，又担心自己是否有遗漏，低头看向顾佳，见她摇头后，才又坚定地说："没有了。"

"好。原告请坐。"

徐芳坐下后，顾佳继续核定诉讼材料。

"接下来，请原告出示相关证据。"审判长看了一眼案件卷宗后，提出要求。

沈牧小声提醒顾佳将两人的结婚证、林铮欠款的借条以及工商局查出来的相关资料，一同递交上去。

顾佳按照文件标记顺序，再三核对后，递交了上去。

走到书记员尤贺面前时，顾佳看了他一眼，双手交给他。尤贺接文件时，不小心碰到了顾佳的手背，正要说话时，却一眼看到了沈牧灼灼的目光。

尤贺忙缩回了手。

"麻烦了，书记员。"顾佳能感觉到尤贺失落的眼神。

"不麻烦，这是我们应该做的，加油！"尤贺依旧习惯性地鼓励她。

"嗯。谢谢！你也是。"顾佳点头后，转身快步回到自己的位置。

尤贺的动作很快，短短几分钟，投影仪上已经开始播放徐芳递交的证据。

看着那张鲜红的结婚证，徐芳眼角有轻微的湿润。如果说她对这段婚姻一点儿希望都没有、对林铮一点儿感情都没有了，那都是假话。可今天在这里——法庭上，徐芳只要轻易落泪就是输了。她努力克制自己的情绪，绝不给林铮一点儿希望。

她咬着牙关，努力让自己尽量做一个洒脱自如的女子。

看着那些证明，被告席上的林铮和代理律师蒋荣不淡定了。

林铮当众问："芳芳你说过，前世五百次回眸，才换来今生一次擦肩而过。我们两个人能够相遇相识本就是一次偶然，你拍了近千张摄影作品，才让我们找到彼此，好不容易才用一张红底相片把两个人捆绑在一起，一定要相互扶持、相互爱护一辈子。"

"你现在怎么舍得离开我？"林铮在法庭上演起深情款款的戏码。

"你常年出去拍片，肠胃不好，没有我给你煲粥，你要怎么办？"

这样的林铮，如果不是顾佳早已了解了他的真实人品，难免让人动容。

他一米八的身材有些偏瘦。五官倒是长得精致，浓眉大眼，宽鼻头外加丰唇，是很会让人心动的那一类人。他的眼睛里写满了深情和不舍。

顾佳听着他的话，观察着他的一举一动，才明白了徐芳这样优秀的人为什么会喜欢他，会奋不顾身地想要嫁给他。

世上有一种人，相遇时处处都好，五官英俊，身材健硕，花言巧语，想尽办法抱得美人归，但往往婚后却让人大跌眼镜。

顾佳看了看徐芳，发现她的身子在微微颤抖，担心她会心软，在桌下握了握她的手，提醒道："记住现在是庭审现场，不要受他影响，坚持本心。"

徐芳转过头看看顾佳，虽然心里明白，但一张薄唇却没有给顾佳一个肯定的答案。

沈牧又提醒道："在庭审现场，任何可能都会存在。最坏的就是想要离婚的，因为对方的几句花言巧语而改变心意。然而回到现实生活依旧是一团糟。到第二次上法庭起诉离婚时，可就没那么容易了。要知道人心都是会变的。"

沈牧在庭审现场紧急泼了徐芳一身凉水，虽然有些犀利，却也让徐芳认识到做任何决定都需要慎重。

假如两个彼此深爱对方的人，能够为对方改过自新，当然最好，但林铮身上背了四十万的高利贷，对于一个自由摄影师来说，是一笔不小的数目。徐芳每月的收入在 3000—15000 元之间，要还清这笔钱不容易。不吃不喝至少也要三年，更何况她还要赡养父母。

116·庭　审

顾佳和沈牧担心的事，徐芳自己也十分明白。

徐芳沉静了一会儿后，正式对林铮说："抱歉。无论你现在有多好，我们之间都已经结束了。离婚吧。林铮，我们之间已经没有可能了。"

"芳芳！我知道你不是一个绝情的人，我知道你还爱着我。你再给我一个机会，等我们还完了所有的欠款，一切可以从头再来。我以后一定和你好好过日子。"林铮说。

"不用再说了。林铮无论你现在说什么，我都不会同意的。递交你的证据吧！预备结案吧。我下午还有客户要拍片。"

徐芳冷静平淡地说话，倒显得林铮的"深情"有些假。

"下面，请被告出示你的庭审证据。"审判长将目光转向林铮。

林铮刚想继续扮演深情男主，却被蒋荣拦住。

林铮被迫坐下来，蒋荣起立后说："审判长，我当事人一直以来都深爱他的妻子。即便是在法庭上也在尽可能让妻子回心转意。从他刚才的话中可以知道，他对原告还有很深的感情。目前，不过是因为一点儿小事，双方意见产生分歧，才会闹到要离婚的地步。只要好好沟通，一切还可以挽回。"

"小事？对方辩护律师或许对小事有什么误解。被告瞒着原告与人签下四十万的高利贷，这种事怕只有蒋律师会觉得是小事。"沈牧当庭反对。

蒋荣嘴角抽搐，白了沈牧一眼，淡定地从一堆文件里取出照片和录像交给尤贺。

尤贺看了一下审判长，在他的示意下，正式公开播放相关文件。

所有人的目光都紧紧盯着投影仪。

大荧幕上很快以幻灯片形式播放出林铮与徐芳从相识到相恋的照片。有两人的合影，也有个人的，还有温暖的全家福。播放到徐芳生病发烧，林铮在医院病房无微不至照顾的照片时，林铮请尤贺暂停了播放。

他看着徐芳问："芳芳，你还记得这张照片吗？别的你可以不记得，但这张你一定记得。"

此时，众人也随着他的话，将目光从投影仪上转移到徐芳身上。

林铮说："这是我们初次相遇时候的照片。我和你就在前后座。车子刚从林菀沟景区出来，前往江北公路，突然就翻了车。趁大巴还没有着火，我们从车里逃了出来。当时车上受伤的至少有一半人……"

关于那场车祸，徐芳从未忘记，任何细枝末节她都记得清清楚楚。

那次不是徐芳第一次去旅游，但因为是崎岖蜿蜒的山路，大巴很快颠簸起来，让从不晕车的徐芳晕得昏天黑地。

发生意外后，徐芳和林铮两个人慢慢从车里爬出来。十几分钟后，大巴发生了爆炸，很多人因此受伤。徐芳当时就昏了过去。而林铮只是受了一点儿轻伤，看见徐芳昏倒后，立即冲了上去，掐住她的人中，硬是将她唤醒了。

车内的其他人也因此受了轻重不一的伤。一车人最终被紧急送往附近的医院。不少人的家属都从各地赶来照顾，唯有徐芳一直瞒着家人，谁也没来。

林铮心动，自告奋勇地担任起她的护工，细心照料。很多次，她半夜发高烧，呕吐不止，都是林铮帮她处理，一点儿都没有嫌弃。

照顾她的同时，两人也时不时地聊聊各自的理想、工作、对旅游的看法等等，从陌生人成为知己。

徐芳病好以后，林铮的体贴、细心让徐芳心动了，两人很快坠入爱河。

他们因为这么一场意外而走到了一起。

"患难见真情，他乡遇故知"这两句诗，就是他们的恋爱经过。热恋中的徐芳，还不忘将两个人的故事拍成影集，差一点儿就拿去参赛投稿了。

旅游回来以后，两个人都在盛海市发展，林铮正式求婚了。单身已久的徐芳，最终被他的诚心所打动。两人在双方父母的见证下喜结连理。

他们之间的感情经历虽然有些波折，却也格外温暖。只是，世间没有一帆风顺的事，后来……童话里的梦破碎了。

听着他们的故事，顾佳渐渐由最初的羡慕转为无奈和遗憾。女人大多会因为相信爱情，而走进婚姻的围城，可当看见围城内的暗黑、残酷、不完美，又会平添很多失望，被迫给这段不圆满的婚姻，画上一个耐人寻味的句号。

其实无论是谁，只要走进围城里，考验的无外乎是各自的经营能力罢了。处理得好，一切困难都不在话下，处理不好，便会一拍两散。

想想她和沈牧的未来，顾佳心里有点打退堂鼓。

沈牧一眼看穿了她的心思，从桌下轻轻拉过她的手，说："不用太担心。"

顾佳侧目看了看沈牧，一向以专业著称的沈律师，居然也会在法庭上开小差，只因为看穿了她的心事，而安慰她。

蒋荣此时借机又怂恿林铮再煽情一点儿，抓住机会，让徐芳回心转意。

在蒋荣的认知里，女人更容易变心。

"芳芳，你究竟知不知道我有多爱你……"

"够了！不要再说了。不要再做无谓的挣扎了，分家产吧！"徐芳脱口而出。

林铮傻眼了，直到现在才明白，一切都已经晚了，他现在无论做什么都没有用了。只好听从蒋荣的建议，全力以赴争夺家产。

"审判长，天海田园小区是我当事人婚前所购房产，理应归当事人所有。徐芳虽是他的妻子，却没有资格分割这笔财产。"蒋荣从被告席上站起来，将天海田园小区的房产证、购房协议、银行贷款流水、土地产权证等资料呈报给尤贺当庭播放。

沈牧立即站起身来："反对！天海田园小区虽是林铮婚前所购，但当时，林铮资金有限，市值 100 万元的房产他只首付了 30 万元，剩余 70 万元全部走的是银行贷款，目前已还款 20 万元。天海田园小区地段优越，环境优美，周边交通、医疗、学校齐全，属于功能性小区。目前市值 150 万元，增值 50%。而婚后的这 20 万元贷款并非由林铮一人偿还，是与妻子徐芳共同偿还。并且林铮的月收入仅有 5000 多元，还完贷款后，几乎所剩无几。"

众多听审人员一片嘘唏哗然。

蒋荣看了看众人，毫不在意道："女方偿还的贷款，补偿给她就是了。"

"看来蒋律师不光数学不好，对妻子也不够体贴。难道夫妻除了偿还每月贷款，不用生活吗？"

"这……"

蒋荣刚想开口反驳，沈牧马上补充道："大家一定想象得到，林铮偿还贷款，徐芳的收入势必就要作为夫妻二人的生活费来贴补家用。"

"那才有几个钱？"蒋荣毫不在意，一脸轻蔑。

"几个钱？每年的物业费、水电暖、电梯维护费、燃气、赡养父母等一系列花销，蒋律师没有算过？"沈牧紧接着列出数据。

当看到数据的时候，蒋荣有些傻眼了。

沈牧乘胜追击，继续道："看来蒋律师家里所有大小事也都是妻子在处理。不当家，不知柴米油盐贵。"

不等蒋荣反应过来，沈牧给顾佳使了一个眼色，顾佳马上将林铮、徐芳的银行卡流水账交了上去。

"审判长，徐芳与林铮在婚姻存续期间，三年总共偿还 20 万元银行贷款。看似是夫妻双方共同存款账单，但徐芳生活支出的那一部分，几乎不能算在内。同时，林铮背着徐芳偷偷借出 40 万高利贷，三年的婚姻里，不但没有给她们这个小家添补家用，反倒一直让我当事人的银行存款出现赤字。"

徐芳是个要强的女人，结婚以后的这些账从未与亲友提到过，一向是有苦有累自己往肚子里咽。如今，沈牧替她倒出了这些苦水，让她的眼角终于也有了泪花。

顾佳连忙递上纸巾。

接过纸巾，徐芳对顾佳道谢后，又继续专注地听。

沈牧说："综上所述，天海田园小区的这套房产，实际共同还款人应该是我当事人。按照婚姻法中的规定，房产归林铮所有，但他不但要偿还女方共同还款的 50% 即 10 万元，还应偿还未经我当事人许可，投资公司欠下的高利贷 40 万的本金 20 万，以及婚内补偿、房产增值补贴 50%，共计 65 万余元。而此房剩余贷款 50 万元，每月需偿还 5000 多元，想必以被告现在的能力，难以还清。"

沈牧看了看徐芳，指出核心："如果这套房子归女方的话，我方可以考虑补偿一部分财产给被告。"

林铮傻眼了，马上推蒋荣一把，让蒋荣立即反驳，他坚决不同意将房子给徐芳。

蒋荣摆手，让他少安毋躁，不紧不慢地站起身，对沈牧说："不行，房产证上写着林铮的名字。根据婚姻法可以作为补偿，但是房子归购房人。"

《中华人民共和国婚姻法若干问题的解释》三第十条规定，夫妻一方婚前签订不动产买卖合同，以个人财产支付首付款，并在银行贷款，婚后夫妻共同财产还贷，不动产登记于首付款支付方名下的，离婚时该不动产由双方协议处理。依前款规定不能达成协议的，人民法院可以判决该不动产归产权登记一方，尚未归还的贷款为产权登记一方的个人债务。双方共同还贷支付的款项及其相对应财产增值部分，离婚时应根据婚姻法第 39 条第一款规定的原则，由产权登记一方对另一方进行补偿。"

"我当事人愿意补偿原告共同还款，但是房产归男方所有。"蒋荣说。

117 · 结　案

沈牧、顾佳马上和徐芳小声商量，征询她的意见，仔细思考是否需要房产。徐芳抬头看了看林铮，眉头一锁，厌恶至极，只想尽快离婚。

"同意。"

沈牧点了下头，盯着蒋荣说："根据我当事人的意愿，我当事人同意蒋律师的意见。不过所有款项须在一个月之内付清。"

蒋荣千算万算没有算到沈牧会在关键时刻来这一招。

这一招釜底抽薪，几乎将蒋荣和林铮逼到了绝路上。一个月内付清，意味着就算林铮拿到天海田园的房产，也会因为偿还不了贷款而被迫将房子紧急卖掉。

如此棘手之事，蒋荣不敢轻易做主，脸色阴沉下来，向林铮分析了利弊，征询他的意见。

就在蒋荣踌躇时，沈牧又说："当然，如果被告不能及时偿还欠款，也可以选择销售给女方。"

顾佳惊讶，从没想过一向秉公办事的沈律师竟然会想出这样一招来。随手从桌上撕下一张字条，写了一句话，递给沈牧。

看到字条，沈牧先是一愣，看到上面的字后，笑了一下，继续庭审。字条上写着：沈律师有一点儿小坏哦！

林铮经过一番挣扎之后，还是选择将天海田园的房产过户给徐芳。美其名曰：终究还是舍不得她。

案件结束，徐芳在原告席上与顾佳、沈牧握手致谢。

"这一次，真的要谢谢两位了。帮了我这么大一个忙。"

"不客气，这都是我们应该做的。"顾佳说，沈牧也轻轻点头。

"我还有事，先走一步了。"徐芳见二人如此契合，不忍再打扰，找了理由先走了。

"好。再见！"顾佳挥手再见。

从法院出来以后，徐芳给顾佳发了一条短信。

"沈律师是个很优秀的男人，抓住机会，别错过！祝幸福！"

听见短信声音，顾佳刚看完，就见沈牧过来，生怕他会看见，立即将手机藏于身后，一时没防住，手机突然掉在了地上。

好在屏幕已经黑了，顾佳伸手去捡，沈牧却抢先一步，捡起手机，看了一眼，轻轻抹了一下上面的灰尘，递给顾佳。

"在看什么？怎么这么不小心？"沈牧问。

顾佳接过手机，眉开眼笑地说："没看什么……时间而已。嘿嘿。"

沈牧唇角露出一抹阳光般的微笑，用手轻轻摸了摸她的头。

这时，林铮灰头土脸地从法庭里出来，待他走到沈牧旁边时，沈牧缩回了手，说："林先生，请等一下。"

林铮输了官司，心情很差，听见沈牧的声音后，盯着他问："沈律师都已经赢了官司，还想怎样？"

沈牧笑了一下，低头又抬头，郑重地问："输了官司不代表输了人生。我只是很好奇，林先生是否知晓自己欠下高利贷的真实债主是谁？那人你是否见过？"

林铮以为沈牧又要给他下套，已经不想多搭理他，抬脚就要走。

沈牧却马上又补充了一句："你不会不知道，高利贷属于违法犯罪。如果一直找不到幕后黑手，你这笔债，只怕要还到老了。"

输了官司，林铮已经是一无所有，沈牧的话还是让他有些蠢蠢欲动。

他犹豫了一下，开口道："开庭前，我曾试图找过那个人，听说是叫冯炎，但其余的事，一概不知了。"

"冯炎？"沈牧对这个名字有些耳熟。季岱案的原告？会不会这么巧合？他正思考时，林铮却已经不愿意多说，抬脚出了法院。

紧接着，蒋荣也带着资料，摇摇晃晃地从法庭里走出来。

到了沈牧面前，蒋荣不输气势，嘲讽道："沈律师果然厉害。"

"不敢不敢，雕虫小技罢了。"沈牧双手插在口袋里，带点小傲娇地说。

蒋荣最看不惯他这种赢了官司，还一脸虚伪（谦虚）的姿态。他鼻尖一哼，扭头就走。

待众人都散去后，顾佳对沈牧说："师父，我们走吧！"

"好！"

沈牧和顾佳走下台阶，坐回车里后，拨通了赵大沪的电话："案子结束了，派人查一下冯炎。当年的案子有线索了。"

顾佳听着眉头一紧，待他挂断电话后才问："师父，是什么案子？"

在顾佳的心里，沈牧一直是神一样的存在，律坛干将，无人匹敌。但他此前一直冷漠的态度也让顾佳有些担忧。如今……这个案子重现，让顾佳心里有点发慌……

如果放在以前，沈牧是不会轻易让人看穿自己的心事的，可是以顾佳和他的关系，他愿意敞开心扉。

"来大沪律所以前，我手里接到的案子都是刑事案件。最后一桩案件是一桩民事附带刑事案件，原本是稳操胜券的事却意外输了。此后，就改接离婚案。"沈牧如今再说这些事，已犹如在讲旁人的事，面无波澜。

"师父也会输案子吗？"顾佳问。

沈牧笑眯眯地摸了摸她的头，说："胜败乃兵家常事，何况做律师的，哪有一成不变的输赢？"

顾佳眠着唇眨了眨眼睛，笑说："那师父一定是故意输给他的吧！"

"拍马屁可不是好现象。"沈牧说完，和顾佳一起笑了。

"好了，走了。晚上吃什么？"

顾佳想了一下，马上说："今天我请师父吧，每次都是师父请我。这一次师父赢得这么漂亮，自然是我来了。"说着，顾佳就低头拿出手机搜附近的美食。

沈牧轻轻拍拍她的额头说："哪有让女朋友请吃饭的道理。"

沈牧的这句话，让顾佳瞬间脸红了，连忙用背包挡住脸，小声说："师父，今天是吃了蜂蜜吗？"

沈牧按下她的背包，一边准备开车，一边说："坐在副驾驶的人，难道不是应该帮驾驶员看路吗？"

"啊？什么？"顾佳愣了一下，反应过来，第一天坐牢的时候，她还与沈牧争执过，"明明是车内的其他乘客不得干扰驾驶员行驶操作。"

沈牧笑了一下，看着她说："你不是干扰，你是指路灯。"

"呀！看样子，师父今天不光是吃了蜂蜜，还是吃了好几罐吧。甜到齁人。"顾佳故意扭过头，不看他，看向窗外。

沈牧笑了笑也不理会她，打开车载导航，搜了一下附近的特色美食，征询她的意见："想吃甜的、辣的还是麻的？"

顾佳转过身，耸了耸肩膀，一本正经地说："师父今天吃了这么多糖，我也要吃。"

"甜的？西点吗？"沈牧问。

"嗯嗯嗯。"顾佳小鸡啄米一样地快速点头。

沈牧笑着想了想说："想不想自己动手，丰衣足食，尝试一下自制？"

顾佳瞪大眼睛，问："盛海市还有这样的地方？师父还真是潮流。"

沈牧点了下她的额头："在你眼里，师父是老古董？"

顾佳说："嘿嘿，师父平时严肃惯了嘛。"顿了一下，她才又说："那就一切都听师父的。"

沈牧笑了下，调转车头，直奔繁星路 89 号的甜心自制蛋糕房。

一路上，繁星路各种建筑物的墙体皆是红粉系列，显得十分温馨，有些地方还会有一些涂鸦手绘，使整条街都显得文艺气息浓郁。

车子停到蛋糕房后，顾佳下车，才正式仰头观察甜心自制蛋糕房的门面。粉底白色的奶油字体，配上蛋糕、奶油冰激凌的小装饰，让人不禁流口水。

一想到自己可以在这里做出最喜欢的蛋糕，顾佳的嘴角就不自觉地上扬起来。

沈牧锁好车后，走到她身旁，看着里面的一些顾客，问："想不想进去试试？"

顾佳点点头："嗯，想。"

沈牧伸手拉着顾佳就推开了玻璃门。

在蛋糕房外还看得不太清楚，走进蛋糕房内，顾佳才注意到整个蛋糕房内有很多获奖作品，其中最引人注目的是那一个鹅黄色杨贵妃翻糖蛋糕。

对于翻糖蛋糕，顾佳只听说过，从未亲眼看过，尤其这样一个人像翻糖蛋糕，在现实生活中能做出来的人，都是极少的，更何况能做出如此逼真的作品。

顾佳惊叹不已。仔细看过去，这个作品无论是"杨贵妃"的五官、发簪，还是皮肤服饰都格外逼真唯美。轻纱一般的质感，想要在翻糖蛋糕上做出来，并不容易，可这个作品居然呈现得如此美好。

顾佳指着蛋糕，回过头问沈牧："这个作品……是……"

"这家店的老板做的。但我们是见不到真人的。老板平常会在家里，创作各种翻糖作品，我们可以试试其他简单一些的自制蛋糕。"

"真的吗？"顾佳问。

"当然。"沈牧拉着顾佳的手说。

这家自制蛋糕房不算小，上下两层楼，每一层都有大约 300 平方米的面积。一楼共有三个房间，大约有十几个顾客在尝试自己做甜品。

面南的墙上挂着一个棋盘一样的闹钟，顾佳看了下时间，已经 11 点了。

蛋糕房内的众人，大多都穿着黑白条纹的厨师服。一看见顾佳和沈牧，店内服务员马上走过来招呼。

"您好，欢迎来到自制甜蜜世界，两位想要尝试制作蛋糕还是小巧的甜品呢？"

"蛋糕。"顾佳甜蜜一笑，又侧身仰头看了看沈牧，"对吧！"

沈牧点头后，又对服务员说："准备一个八寸的蛋糕吧！"

"不要，六寸就可以了。八寸太大，会浪费。"顾佳说。

"没关系，可以带回家，给你妈妈和奶奶吃。"沈牧解释。

顾佳这才明白沈牧的良苦用心："哦，那可以算上赵叔叔。嘿嘿。"

沈牧挑眉微笑："一切都听你的。"

服务员这才伸手让顾佳和沈牧两个人往里走："那么两位请跟我来。"

服务员在前面引路，顾佳和沈牧手拉手紧随其后，凡是路过的蛋糕，顾佳都会小声问一问："我们能不能做这个呢？看起来很好吃的样子。"

"不好意思，这种蛋糕需要专业技术，您如果是零基础的话，暂且做不了。不过，我们这里也有蛋糕培训班的。如果感兴趣，你也可以报我们的专业烘焙班。"服务员笑着解释，"会有专门的老师教你。"

顾佳有点心动，看看沈牧，想让他拿主意。

沈牧一眼看穿她的心思，说："还是先做好今天的吧。我怕你……三分钟热度。"

"才不会呢。小瞧我！"顾佳一脸不服气的样子。沈牧捏了捏她的脸，继续往里走。

服务员看着两人，也忍不住偷笑，说："两位如此甜蜜，一定可以齐心协力做好这个蛋糕的。"

顾佳瞬间就害羞了。

沈牧说："好，那我们就做一个玫瑰水果蛋糕吧！"

"好的，请跟我们来这边换一下服装。"

第一次做蛋糕，顾佳想想就很兴奋。

118·蛋　糕

蛋糕店里男士服装都是黑白相间的样式，女士则是白粉色蛋糕裙的样式，一个绅士，一个温婉可人。

顾佳和沈牧两个人都是第一次试这样的服装，各种不适应。

刚一换完服装，顾佳和沈牧两人边整理各自的衣物，边往外走，一抬头恰好看见对方的样子，都不禁"哧哧"笑了出来。

沈牧身材高大，一米八的厨师服穿在他的身上，像是有些缩水，但依旧可以衬托得他异常帅气。

"帅气！"顾佳眠着唇，小声嘀咕了一句。

她原以为只有自己能听见，却不想沈牧又故意反问了一句："你说什么？"

"明明都听见了，还要问。"顾佳有些不好意思了，扭过头，不理他。

沈牧也才注意到，白粉色的蛋糕裙穿在她的身上，显得她异常可爱活泼，与平常见到的那个小助理不太一样。

"这件衣服也很适合你。"沈牧的唇角画出一道弧线，大方夸赞她好看。

顾佳转过身，撑开裙角，白色蕾丝花边，配上她那张漂亮的脸蛋，更显得俏皮可爱。

沈牧不是一个喜欢夸人的人，难得听见他夸赞，顾佳心里美滋滋的。

这时，服务员过来，见两人都穿好了服装，笑着说："两位穿上我们店里的服装，简直就是我们店里的活广告。真是郎才女貌。"

沈牧与顾佳两人对视一眼，伸手握住对方的手掌后，对服务员说："多谢夸奖。"

"那现在我带你们去甜蜜车间。"服务生走到前面引路。

蛋糕房本不大，但却分割出来多个区域。成品展区、制作区、销售区、原料区等几大区分割得十分合理。

店内的贾师傅是盛海市有名的蛋糕师，不光在盛海市，就连整个中国都可以排的上名次。

服务员将顾佳和沈牧两人带到他面前后，正式介绍："这位就是我们甜蜜自制蛋糕房的国家一级蛋糕师贾峰师傅。他曾创过世界吉尼斯纪录，平均每分钟裱花 520 个，至今无人打破，因此被誉为玫瑰花蛋糕师。"

"哇！好厉害！"顾佳惊叹，从没有想过在这里居然可以见到如此顶级的蛋糕师。

大概也是因为他的名气大，跟他学自制蛋糕的顾客也最多。此时，他制作的甜蜜蛋糕窗口前，已经围满了七八个学员。

这时，有人注意到顾佳和沈牧两个人的装扮，都开始小声议论"真是郎才女貌的一对儿"。

这倒是引起了贾峰的注意，他裱完手里的百合花，抬头看了他们两人一眼后，问："你们两个是新人吧。想要做什么蛋糕？"

沈牧看了看顾佳，问："想好要做哪种蛋糕了吗？"

顾佳指了指贾师傅旁边展窗里的一个樱桃小丸子的蛋糕，说："我想做那个。"

沈牧回过头对贾峰说："我们想做那个樱桃小丸子的蛋糕，里面可以加一些水果、玫瑰花之类的小装饰。"

贾师傅笑了，说："好。你们从旁边抽出两幅手套，拿一个 8 寸的蛋糕坯，一起动手吧！"

沈牧也几乎是头一次正式做这个蛋糕，拉着顾佳走到蛋糕坯前，瞅了好几眼，随手拿了一个最小的就端了起来。

贾峰马上说："太小了，那是六寸的。"

沈牧一低头，耸了下肩膀，放下手中的这个小的，又拿了旁边的另一个大一点儿的蛋糕，走到案台，才正式准备装奶油。

顾佳从未见过这样的沈牧，一边装奶油一边偷笑。

"师父，你好可爱。"

沈牧两手戴着手套，又沾上了奶油，一脸无奈，仰天叹息，但很快自己也觉得有点好笑，轻笑了两声，然后趁着顾佳不注意，在她脸上抹了一点儿奶油。

这时，周边的人看见顾佳的样子，纷纷偷笑。

贾峰却习以为常地笑说："没有关系，第一次嘛。难免。"同时，继续教大家做蛋糕。用他粘了面粉的手，指了指旁边的裱花袋，提醒众人："你们每人拿一个裱花袋，将奶油装进去，挤到头，不要留有空气。"

顾佳喜欢绿色、黄色、白色和红色，先挑选了一只红色的裱花袋，而沈牧只喜欢蓝色、黑色、白色，挑选颜色对他来说，简直比打官司还要难。

见他手足无措，顾佳一边偷笑一边替他添上了翠绿色的色素，撒了进去。

"红花当然需要绿叶配。"顾佳解释。

贾峰见众人已经完成了所有准备工序，才正式教大家在蛋糕坯上抹奶油。

贾峰在展台上做示范，众人跟着用刮板学样。看似简单的涂奶油，还是难倒了两人。一个不小心，奶油就飞溅到顾佳脸上，沈牧帮她擦掉的同时，却意外地抹花了她的脸，这下引得众人一阵捧腹大笑。

顾佳假装生气，眉毛皱成倒八字，让沈牧补偿。

沈牧只好放低了身子，任由她再将奶油涂到自己的脸上。

众人看着他们两个人，也都十分开心，哈哈大笑。

这下，顾佳脸红羞涩起来，转过身去不敢面对众人。沈牧却悄悄将自己的下巴抵在她的肩膀上，柔声说："一向阳光一般的小佳佳，也会害羞了？"

　　他富有磁性的嗓音，吹在顾佳的耳垂下，让顾佳感觉脸颊旁的汗毛全都竖起来了，像触电一般，心跳加速。

　　"好啦。没关系啦。快点转过来，不然一会儿奶油都干了，我们两人还要不要做蛋糕了？"沈牧又补充一句，让顾佳的心田犹如流进一股暖流。

　　顾佳还没有来得及反应，沈牧又补充道："你这样很可爱。谁会嘲笑一个可爱的人？"说着，站直了身子。

　　"真的？师父没在开我玩笑吧？"顾佳歪着头，回头盯着沈牧问。

　　沈牧："当然是真的。"

　　说话的同时，沈牧又从口袋里拿出一朵奶油做出来的小花。

　　顾佳看了看，那花瓣鲜活，做得很专业，她回头又看了一眼，贾师傅正在做玫瑰花，问："你什么时候做的？该不是拿贾师傅的作品来充数吧！"

　　沈牧笑了一笑，"刚做的，还不错吧。"

　　这时，顾佳才注意到他们两个人选的蛋糕上，已经有了一个丸子头的"线稿"，只等她画上后面的眼睛、鼻子、嘴就完成了。

　　顾佳问："这是你提前做好的？"

　　沈牧不否认，也不认同："好看吗？接下来就交给你了。"

　　这么久以来，沈牧早就注意到顾佳的绘画技术不错，索性给她一个施展自己的舞台，以犒劳她这段时间的辛苦。

　　可顾佳也是现在才注意到沈牧的绘画技术也不错。

　　顾佳正踌躇时，沈牧握紧她的手，与她一起涂上小丸子的头发以及五官。

　　沈牧和顾佳两个人的脸颊贴在一起，一阵酥酥麻麻。强烈的心跳，让顾佳一下子手软了，对擅长的涂鸦竟然不知如何下笔了。

　　沈牧索性握紧她的手，带着她一起画。

　　沈牧每一处下笔，都十分精准，让顾佳佩服，小声问："师父，你也喜欢小丸子吗？"

　　沈牧还没有回答，她又继续问："明明你的绘画技术这么好，可为什么从来不见你画呢？"

　　"有你这个漫画家在这里，我哪里敢班门弄斧。"沈牧笑谈。

　　"才没有。我的师父是全天下最厉害的师父。"顾佳仰头说，"天下无敌。"

　　这时候，樱桃小丸子的头发和五官也已经画完了。沈牧小声说："不，是只有一个敌人……"

　　顾佳愣住了，反问："蒋律师？"

"不是……是你。"沈牧的声音十分温柔。

顾佳一下子就脸红了。十年来，她幻想过沈牧和她在一起的样子，从阳光明媚到刻板认真教她学这学那，可从来没有想到他说起情话来，也会让人心里酥酥的。

"讨厌。"顾佳用沾有奶油的手套，捏了捏沈牧的脸颊。

这下，沈牧的脸上也又多了两道彩印。

119·暴　露

沈牧却丝毫不在意，和顾佳继续一起制作蛋糕。

二十分钟后，沈牧和顾佳两个人的樱桃小丸子水果蛋糕终于完成了。

看着上面的图案，顾佳开心地笑了。

可爱活泼的"樱桃小丸子"脸上多了两颗小草莓，又戴上一朵小红花，更显得呆萌可爱。

这时，其余人的蛋糕也都做好了。

服务员数了数，总共有二十个蛋糕。看着每个人的蛋糕，众人都十分满足，这些蛋糕都是他们人生中的第一个蛋糕，他们又一次创作了人生路上的"第一次"。

看着这些劳动成果，所有人都既开心又兴奋，欢快的气氛笼罩在整个蛋糕房内。

顾佳也拉着沈牧与大家一起跳起来。

这时，贾峰说："大家先安静一下。"

众人安静下来后，贾峰又道："本店所有人的自制蛋糕既可以带走，也可以参赛比拼。每日蛋糕房内得票最多的顾客，我们将赠送她一份烘焙工具和一张VIP会员卡。"

"那怎么评选呢？"顾佳问。

"大家可以把自己的作品发到朋友圈，请朋友们点赞转发，此外也要邀请现场的朋友投票，两方票数最多者获胜。"

顾佳本就喜欢吃甜点，一听奖品居然是这个，更加心动。她两眼直冒金星，满心欢喜不已。如果拿到奖品，岂不是可以跟沈牧多来几次？这等美事，顾佳求之不得呢。

"嗯！好！比赛现在开始。"贾师傅话音刚落，蛋糕房内的顾客已经有人开始拍照发朋友圈了。

沈牧和顾佳互看了对方一眼，犹豫了一下，又几乎同时将他们共同做的蛋糕发到了朋友圈。

顾佳也就罢了，沈牧朋友圈干净得像是没有人用似的，突然在朋友圈里发了这么一条求赞的信息，倒是让众人十分诧异。这条信息下面，一片问号，全是问他什么情况的人。

投票时间仅有五分钟，任众人如何问，沈牧就是不回答，只管等大家点赞。

很快，赵大沪、谭之卉、尤贺三人也发现了这条朋友圈，单聊沈牧了好几回，也不见他回复半句。

谭之卉更是直接拨通了顾佳的电话，质问道："老实交代，你们两个到底什么情况？确定关系了吗？"

"嗯……唔……"顾佳吱吱呜呜半天，也不知如何回答，只说了一句，让她快点赞转发便挂断了电话。

但挂断电话的同时，顾佳也忽然反应过来，李宜、何凡、田秘书等人也有他们的微信，这么一来，岂不是所有人都知道他们两个人的关系了？她一脸无辜地看向沈牧，可怜兮兮地对着沈牧频频眨眼。

沈牧看穿了她的心思，用手轻轻触摸她的额头，安慰道："没事！加油！时间快到了。"

顾佳抿着唇，这时才注意到周围的人，点赞票数早已超过了他们。

她开始有些担忧。

沈牧却说："没关系，就算拿不到第一名，我们就买张 VIP 会员卡，然后每个月都来这里自制蛋糕一次？"

"不怕腻吗？"顾佳双手捂脸，更想哭了。

沈牧笑着说："和你一起，不怕。"

尤贺看到他们两个人的朋友圈时，心里一阵酸楚，但还是极力邀请朋友帮忙转发点赞。

"时间到！"服务员刚喊停，所有人都双手背后站得笔直。

服务员开始一一清点所有人的得票数。统计票数是现场得票和网络投票同时进行。

最终沈牧和顾佳两人的樱桃小丸子蛋糕现场得票 16 票，朋友圈获赞 100 个赞，转发 10 条，总数 126 票，排名第一。

"呀！"顾佳开心地跳了起来。

随后，贾师傅颁发给她一张 VIP 会员卡，还有一整套烘焙工具，另外还有一个小小的水晶奖杯。

沈牧用手机替她拍下一张漂亮的照片后，接过了她手里的奖品。

"现在去吃蛋糕吧！"沈牧说。

顾佳卷眉不舍："师父，可不可以不吃这个蛋糕。这可是人家生平第一次做蛋糕呢。"

沈牧就猜到她会舍不得吃自己的劳动果实，"那你不吃它，是预备要看着它彻底变坏被扔掉吗？"

顾佳摇头，手指贴在唇边犹豫了一下，最终决定大口吃掉它。

见她点头后，沈牧拉着她走到一边，将蛋糕切开，除了两块小的两个人现在吃以外，剩下的打包准备给文琬和白青花吃。

第一次吃自己做的蛋糕，顾佳心里喜滋滋的。

"师父，张嘴！啊。"顾佳没等沈牧坐下来，就用刀叉切了一块喂到了沈牧的嘴里。

沈牧嘴巴张得大大的，一口吃掉，紧接着又给顾佳切了一块更大的蛋糕，喂到她嘴里。

顾佳刚刚吃到嘴里，两个腮帮子鼓鼓的，沈牧就趁机用手指抹了一点儿奶油在他的脸上。

两个人一边吃一边闹，好一会儿才吃完了蛋糕。

见顾佳边吃边笑，噎到了，沈牧立即给她递上一杯清水。顾佳接过来就大口喝下去。

时间过得飞快，转眼就到了中午 12 点。

吃过蛋糕的两个人，已经吃不下午饭了，索性直接回律所。

上车后，沈牧问目视前方的顾佳："要不要送你回家好好休息一下？时间太早。"

顾佳摇头："不要。还是回去一次性把徐芳和林铮案件的所有资料都归纳整理完比较好。"

沈牧挑了挑眉头，说："嗯。真是勤劳的小蜜蜂。"

"那当然。"顾佳得意扬扬地说。

沈牧笑着刮了刮她的鼻头，然后启动了车子。

下班高峰期，路上还有点堵。顾佳躺在车上居然睡着了。

遇到红绿灯时，沈牧看了她一眼，将后座的小毛毯拿过来，轻轻给她盖上。

顾佳闭着眼睛，偷笑，微微挪动了一个姿势，继续睡觉。

到单位时，沈牧也有些累了。停好了车，他准备叫醒顾佳，却见她眯着眼睛睡得香甜，他有些不忍叫醒，只好先下车，绕到副驾驶位后，伸手拦腰将她抱下车。

其实关车门时，顾佳已经醒了，却舍不得离开他的怀抱，继续装睡，等着让他将自己抱进电梯里。

沈牧虽然没有注意到顾佳闭着眼睛的眼球还在左右微微转动，但也猜得到她就算醒了，也会装睡。

沈牧抱着她边走边说："哎，谁家姑娘，居然吃得这么重。重得像头牛。"

说话的同时，沈牧还不忘观察顾佳的表情。

顾佳的眼睛一直没有睁开，可心里却暗暗怼回去："明明是你太瘦，哼！再不多吃点，以后有你累的时候。"

顾佳的眼睛闭起来的时候，睫毛长长的，加上有点婴儿肥的脸型，让人看着很舒服。沈牧抱着她，都会觉得满脸幸福。

出了电梯，回到办公室后，沈牧直接将她轻轻放在了沙发上，盖好毛毯，让她躺平了休息。

好在是午休时间，办公室里那几个爱聊八卦的人都不在，不然一定会抓包，逮着他俩好好审问清楚。

安顿好顾佳后，沈牧刚倒好水准备坐下来休息时，赵大沪突然进来了。

沈牧被吓了一跳，水都洒到西装上了。

赵大沪哈哈大笑，一副得意的样子。

这下，顾佳也装不下去了，掀开小毯子，偷偷瞄了两眼，就想看看究竟发生了什么事。

一看见是赵大沪，吓得又用毛毯蒙上了头，继续装睡。

沈牧一脸尴尬，却还是故作镇定，问："你怎么来了？没回家？"

赵大沪往办公桌角上一靠，看了看沈牧，又打量打量装睡的顾佳，像审讯犯人一样，问："老实交代，你们俩这什么情况？又做蛋糕又是公主抱的。"

虽然明知道已经躲不过去，沈牧还是不愿直视赵大沪，至少现在还不行。他将头扭到一边，转移话题道："这不是下班时间吗？你怎么不回家，一个人待在办公室里干什么？"

赵大沪："你少转移话题，先交代你的问题。"

"交代什么？"沈牧反问，"我又不是犯人。"

赵大沪："当然是你和佳佳的问题了。"

说着，赵大沪回过头看向顾佳，一板一眼地说："还有你，女当事人，在你当律师的领导面前装睡，也不怕扭了脖子。"

知道已经躲不了了，顾佳这才缓缓掀开小毛毯，大方坐起来，仔细叠整齐后，看准了时机就要往外溜。

"往哪里躲呢？"赵大沪叫住她。

顾佳止步，右手不自觉地摸了摸有点落枕的脖子，回过神来，嘿嘿一笑："主任，您可真敬业，这大中午的也不休息。那个……你和师父有事要商量，我就不打扰你们俩了。我先回去了啊！"

"商量什么？难道不是审讯你们两个人的事？"赵大沪说。

这下换沈牧偷笑了，伸手将顾佳拉过来，郑重地说："你都知道了，还让我们交代什么？"

120·重　婚

一看沈牧绷不住了，赵大沪哈哈大笑，说："哈哈，你们两个果然是做贼心虚。这么两句话就绷不住了。"

沈牧一耸肩，漫不经心地说："早就看出来你不会轻易放过我们，不过是故意吓唬佳佳的。"

"啊！赵主任！你这可不厚道。"顾佳到现在才看出来，一脸无奈委屈。

沈牧摸摸她的头，以示安慰。

"就知道你憋着坏呢。大中午的不回家，你想吓唬谁？"沈牧对赵大沪说。

笑够了，赵大沪才清了清嗓音，说："这么说，你是承认喜欢佳佳了。往后，我可就是佳佳的娘家人了，不许你欺负她。"

沈牧的心事被赵大沪当面拆穿，脸上有点挂不住了。但沈牧还是看了看顾佳，握紧她的手，说："怎么会？放心好了。谁若是敢欺负佳佳，我第一个收拾他。"

顾佳笑说："呐！现在赵主任也是我的娘家人了，有人盯着你了。先不管别人，反正你不能欺负我。"

沈牧刮了下她的鼻头，"是！"

"啧啧，以前我怎么没发现你们两个人这么腻歪呢？"赵大沪刚才还是一副审视两人的状态，转眼就被撒了"狗粮"。

他无奈地摇摇头，叹着气，摆手出了办公室。

赵大沪刚走到办公室门口，忽然又想起一件事，停步转过头，一脸认真地说："对了，下午有个重要的客户要来。你们两个人刚处理完徐芳的案子，可能需要休息，我就预备交给别人了。"

"什么重要的客户？"沈牧好奇。

赵大沪想了想说："是个重婚案。"

"重婚？嗯。等人来了再说吧。"沈牧看了顾佳一眼，补充道，"我们处理一下这个案子的结尾材料。"

"好。我先走了。"赵大沪说完，摇着头出门了。

认识沈牧这么久了，这一把"狗粮"还真是头一回吃。

办公室里安静了，沈牧看了看时间，才刚过1点，时间还早，就让顾佳又多睡了一会儿。他则坐在办公桌前继续看书。

到了两点钟，律所的同事都相继进办公室了。

李宜刚坐下，就觉得办公室氛围似乎不太对，一扭头就瞅见沈牧和顾佳两个人居然都在玻璃间办公室里。

沈牧的键盘更是敲得噼里啪啦乱响。

李宜凑近何凡，小声问："哎，里面什么情况？沈律师今天怎么来这么早？"

何凡也朝办公室里看了一眼，说："大概有事儿吧！"

李宜挪回身子，想起赵大沪早晨说的话，说："如果没记错的话，他俩不是刚打了一个什么离婚官司吗？就算再简单，那也是案子啊。怎么跟打了鸡血似的精神抖擞。"

李宜不说何凡也没有注意到，他这么一说何凡也发现沈牧今天精神状态异常好。平时总喜欢板着脸的他，居然带着微笑。

"该不会是有什么喜事吧！"何凡小声嘀咕。

这时，赵大沪给沈牧发了一条信息，让沈牧去办公室。

一看见沈牧出来，众人都立即安静地坐回自己的位置。

沈牧刚走进赵大沪办公室坐下，就有一个五官精致，大眼睛，高鼻梁，一双红唇上还有一个豆大的黑痣，身穿卡其色长裙的短发女人敲门了。

"请进。"赵大沪说。

女人进来后，看了看沈牧又看看赵大沪，不紧不慢地走到赵大沪面前，将皮包往办公桌上一放，便问："您好，我是柯秋柏。你们两位哪位是赵主任？"

"我是。这位是我们律所的优秀金牌律师沈牧沈律师。"赵大沪伸手向她介绍沈牧。

沈牧站起身时，两人相互一点头，以示问候。

随后，柯秋柏从黑色的皮包里掏出两张名片分别递给两人。

"这个是我的名片。我希望赵主任能够给我介绍一位资历、能力都十分优秀的律师。毕竟我打的这可是重婚案。"柯秋柏一字一顿道。

"哈，这个自然，这是我们的律所的宗旨。"赵大沪赔笑，顺便看了看沈牧一眼。

单单从这么两句话就可以看出来，来者不善。

柯秋柏从五官穿着上来看，年纪不大，约莫只有三十出头，但气势逼人，从言谈举止中可以看出她的家庭条件十分优渥。

"柯女士，请坐。我们可以慢慢谈。"赵大沪让坐。

沈牧挪了下位置，柯秋柏在沙发的另一头坐下来。

坐好后，柯秋柏才正式从背包里将自己的离婚起诉书拿了出来，轻拍在玻璃茶几上，说："电话里，我已经跟赵主任说过了。我要起诉丈夫梁信重婚罪！"

梁信？重婚罪？这两个信息，瞬间让沈牧心头一震。

果然跟在梁信身边的女人不一般，一上来就是重婚罪而不只是离婚。

看得出来，柯秋柏是一个很懂法律的人。

"您确定您起诉丈夫是重婚罪而不是因为感情破裂离婚？"赵大沪问。

"是。重婚罪！"柯秋柏很认真严肃地重申道。

"好的。您的诉求，我们已经知道了。那么请问，您是否确定您丈夫已有外遇或者说，已经和别人长期同居，甚至是领证结婚？"沈牧问。

柯秋柏将起诉状打开，推到沈牧面前，说："这上面都写得十分清楚，沈律师可以看一看。我确定我丈夫已经长期与人在外同居，并且已经有了一个一岁多的孩子。"

沈牧拿过起诉状，仔细看了看上面的内容，柯秋柏起诉的两个人，他和顾佳都认识。一个是梁信，而另一个人居然是韩玎。

"柯女士，您丈夫可是良心律所的首席律师梁信？韩玎是他的情人吗？"沈牧再一次确认这两个人的身份。

其实一进门，柯秋柏就知道了沈牧的名号。跟在丈夫身边，盛海市律坛名人她也是知道几个的。

她毫无意外地说："沈律师没看错，正是良心律所的首席律师梁信。"

沈牧一直想要找机会扳倒梁信，都未找到突破口，却不想这一次居然意料之外地找到了他的软肋。

沈牧开始认真看起诉状的内容。

柯秋柏与普通的客户不同，因为懂得一些法律及规则，善于取证。她的材料都比较明晰。

柯秋柏说自己在一次处理银行流水时，发现了大额资金的去向不明。不查不知道，

　　一查吓一跳，梁信居然将那笔钱转移到了一个陌生的账户。

　　经过她的一番调查，才发现梁信与韩玎居然早已暗中勾结，长期居住在一起，甚至还生了一个孩子。

　　看着材料，想到遇见韩玎的那两次，沈牧才明白过来，难怪在顾健案件时，她会特设鸿门宴，威逼顾佳放手。当时蒋荣叫韩玎嫂子，他都没有想到韩玎会是梁信的情人。

　　这样的女人，果然非同一般。

　　梁信那样的男人，既然有韩玎这样一个情人，又懂法，怎么会知法犯法。

　　不放弃原配的理由，只怕是原配柯秋柏也握住了他很多把柄。

　　想到这儿，沈牧合起起诉状，说："柯女士，如果您愿意的话，我可以接这桩案子，为您争取更大利益。"

　　柯秋柏想了一下，点头同意。

　　"那么沈律师打算怎么打这个官司呢？"

　　"起诉状我看完了。老实说，您的陈述很清楚，用词也基本精准，但目前掌握到的证据，还不够完善，需要补充。"沈牧说。

　　柯秋柏深吸一口气，又从皮包里掏出一叠厚厚的 8 寸照片，拍在桌上，说："这些还不够吗？"

　　沈牧拿起相片看了看，这些照片无一例外都是梁信带着韩玎去商场购物、外出旅游。

　　柯秋柏说："梁信他是怎么爬到今天的地位的？如果不是我娘家人帮忙，他现在还是一个穷学生。如今有钱有地位了，居然背着我找女人。我一定会让他身败名裂！"

　　以沈牧的经验来看，柯秋柏作为受害方，此时情绪上来了，必然会大肆渲染一番。为避免赵大沪和柯秋柏两个人都尴尬，沈牧请柯秋柏移步到了他的办公室里详谈。

　　整装完毕的顾佳一看见柯秋柏进来，马上给柯秋柏倒水。她与沈牧对视一眼，便已经猜到了这就是赵大沪说的那个女人。

　　柯秋柏坐下时，顾佳已经端着一杯上好的西湖龙井轻轻放在她面前。

　　"您好，请用茶！"

　　柯秋柏打量顾佳一眼后，向顾佳点了一下头，说："谢谢，姑娘客气了。"

　　沈牧这时，才嘱咐顾佳去拿纸、笔做好记录。同时，正式向柯秋柏介绍："这位是我的助理——顾佳。如果您有事联系不到我，也可以直接联系她。"

　　柯秋柏点头："好。"

待顾佳搬椅子坐好后，三人才正式交谈起来。

"好了，您可以讲讲您和梁律师的情况了。"沈牧说话的同时，顺便将他刚才看过的起诉状递给了顾佳。顾佳此时才知道，这桩案子果然没那么简单。

这一次因为被告是梁信，很有可能会牵连之前的民事附带刑事案件，沈牧听得格外认真。

121 · 线　头

柯秋柏第一次见到梁信是在盛海学院的迎新生晚会上。

当时台上载歌载舞，台下欢呼雀跃。各班学生坐在观众席上，均被台上的氛围所感染，不时地发出尖叫。

柯秋柏是学金融的，梁信是学法律的，两个系的学生恰巧就坐在一起。

柯秋柏鼓掌时，一回头看见梁信从座位上站起身往外走。他一身黑色的衣服，帅气的脸庞在喧闹的人群中显得异常特别。他长着一头又黑又卷的短发，浓眉大眼，高鼻梁，身材健硕，让柯秋柏心生爱意。

世上好看的男子千千万，但像梁信这样特别好看的男子，却是万里挑一。

眼看着他就要走到门口了，柯秋柏索性直接跟班委请假，跟了出去。

走出会场后，梁信人已经不在了，柯秋柏找了许久才终于在操场上找到他。

他一个人吸着烟，坐在足球看台上发呆。烟圈在他的眼前缓缓缥缈升起，忧郁却又迷人。

后来，柯秋柏才知道当时的梁信能来盛海学院上学是打了暑期工才凑够的学费，而往后的生活费、学费都需要他自己来解决。

他的忧郁是生活所迫，他的不善与人交际，也无非是不想别人看穿他内心的那份骄傲，却被人贴上孤傲、清高的标签。柯秋柏却毫不在乎。

大学四年，他勤奋努力，连续拿了四年的奖学金，可依旧改变不了清苦的境况。

为了接近他，柯秋柏常常制造偶遇，慢慢地两个人终于从朋友发展为恋人。

毕业后，面临找工作。

梁信的家乡是个贫困小山村，回去几乎就等于埋没人才，留下却又没有什么资源。

这个时候，柯秋柏请父亲帮忙给他找了一份律师的工作。

渐渐他的事业有了起色，两个人也就顺理成章地结婚了。

柯秋柏说："我的父母，都是金融业的精英，在司法机关也认识不少人，能够搭得上话。"

"所以他的事业基本是靠你的家族背景才起来的。"顾佳说。

柯秋柏的话音有点软了："是。当时恋爱中的我，以为他爱我，所以这些事，他从不计较，可我也是后来才知道原来婚姻中的不平等，迟早会换来现在的结局。这终究是一场利益婚姻。"

顾佳举起韩玎的照片问："这些照片都是你拍的？这个女人……"

沈牧知道她的疑问，说"是，你没认错，她正是我们那天在商场救下来的韩玎。"

柯秋柏原本打算继续说婚姻的事情，听见韩玎的名字，忽然停了下来，问："你说什么？你们救过那个婊子？"

她难得爆粗口，让沈牧和顾佳有些尴尬。

"那天是一个巧合。很抱歉，我们只是做了一个正常人应该做的事。如果您忌讳这个，那我相信您也不会选择我担任您的代理律师。"

柯秋柏想了一下，说："那倒是。"

她顿了一下，又继续讲两人的恋爱史。

"他当上律师后，大概是因为工作的原因，婚后，刚开始他对我很好，细心体贴，但我没想到他竟然背着我和别的女人在一起，还生了孩子。"

"那你是怎么发现他出轨的呢？"沈牧问。

柯秋柏迟疑一下，才说："银行流水。"

"请说得具体些。"沈牧。

柯秋柏深吸一口气，像下了很大的决心，"婚后，我们开了一家小额信贷公司，我和梁信都是股东。但几个月前，我忽然发现公司账户上有一笔钱转到了别人的账户内。"

"有多少？"沈牧问。

"五十万。"柯秋柏说。

顾佳马上拿笔迅速记录。

"你调查了那个账户的信息？"沈牧问。

柯秋柏点头，端起一杯水，喝了一口后又继续说："名字叫什么公司，不是韩玎的名字，但用途是买房。"

不等沈牧问，她解释道："婚后，我们俩只买过一次房，所以我觉得蹊跷，开始彻查这件事，才知道梁信背着我买了一套江南王府的公寓。沈律师应该对盛海市房价有所了解，江南王府靠近市区，环境优美，功能齐全，价格不菲。"

沈牧说："是，一平方米大约在一万以上，带装修。"

这么一来，顾佳心里有点同情柯秋柏。一个女人如果不是真的爱上对方，又怎会轻易嫁给一个门不当户不对的男人？这简直是冒险。

同时，她忍不住看看沈牧，估量着两人的家庭情况，欣慰两人事业在一起，家境也并非相差很远。除了彼此互相喜欢外，没有其他的条条框框，简单纯真。

这时，沈牧感觉到她的目光，也看了她一眼，努力克制自己的情感。毕竟是在处理一桩重婚案，当着当事人的面秀恩爱，估计会被打残吧。

柯秋柏说："我们结婚有五六年了。除了春节、生日外，他基本不会记得在其他节假日送我礼物。"

"男人嘛，都粗心，不太会记得纪念日什么的。"顾佳安慰柯秋柏，实际也是给沈牧敲响警钟。

柯秋柏自嘲地笑了笑："如果他真是这样的人，那我也认了。可是我从公司账户上发现，这几年每逢节假日，他都会给那个陌生的账户划进一笔钱。"

"都给了韩玎？"沈牧替她说出那句不想说的话。

"是。"柯秋柏说。

"等会儿，您刚才说您开的是一家小额信贷公司，公司全称叫什么？银行流水有带吗？"沈牧问。

"嗯。"柯秋柏应了一声。

顾佳连忙从一堆文件中，寻找那份银行流水账单。

"不用找了。银行流水我也只拿了一小部分。后续如果需要的话，我会再送来。"

顾佳愣了一下，与沈牧对视一眼，重新坐好，继续低头记录。

说到这儿，柯秋柏问："那个……如果我正式起诉梁信重婚罪的话，他会被判刑吗？"

沈牧说："是。按照重婚罪的相关法律条款，证据确凿的话，很有可能会被判处两年有期徒刑。"

"才两年？一个人的青春何止两年。能不能让他多蹲几年？"柯秋柏脸色冷下来，和她在谈论恋爱经历时候的状态不一样。人在利益面前，总会更现实。

"按照婚姻法，的确不能判他更多了。但如果他还涉及刑事案件，极有可能会判重刑。"沈牧郑重地说。

"哦，是这样啊。"柯秋柏眉心轻轻皱了一下，很快又像是想到了什么，说，"那今天就先到这里吧。等我回去再找找其他证据，再联系你们。晚一点儿我还有事。"

"好，随时欢迎您。"沈牧说。

三个人同时站起来。

"再见。"柯秋柏看了看顾佳又看看沈牧，对他们两人点了一下头后，转身出了事务所。

一见她离开，赵大沪马上进了沈牧办公室，问："怎么样？是不是一条大鱼？这个官司若是赢了，估计够你买辆车了。"

沈牧笑着用拳头捶了他的肩膀一下，说："财迷。不过，这桩案子有点特殊，被告是梁信，柯秋柏虽说是告他重婚罪，却似乎又有所隐瞒。其中只怕有什么猫腻。"

122 · 试　毒

顾佳歪着头，也说："我也有同感。尤其提到信贷公司后，柯秋柏的反应有些不太对。"

"你是觉得……"赵大沪话里有话。

"梁信这只老狐狸，一向是不达目的誓不罢休，做事快狠准。季岱的案子输了，我总觉得其中有什么猫腻。如果这一次能够借助柯秋柏的力量扳倒他，说不定可以翻身。"沈牧说。

"嗯，这个人不好对付。那我尽快派人去查一下那家公司。"赵大沪说完转身就要往外走。

沈牧却叫住他："哎，等一等，不用这么着急。"

赵大沪止步，回过头说："那你什么意思？"

"我自己来就行。我担心你再打草惊蛇，把我的大鱼给弄丢了。"沈牧笑着说。

顾佳听出来沈牧这话里略带有嘲笑的意味，扑哧笑出声来。

这一笑，倒是让赵大沪看出点问题来了，反问道："哎，我怎么觉得你这话里另有深意呢？"

沈牧唇角勾笑，大大方方往前走了两步后，说："别多想，我是说实话。柯秋柏的那个信贷公司，若不是有问题，今日便会直接将银行流水账单拿出来了。我总觉得梁信与季岱案子有关，柯秋柏作为他的妻子，必然也不会那么干净。或许可以找到些什么线索。"

"你说的就是朝曦实业的季岱？会这么巧吗？"赵大沪问。

"是与不是，还需要看后面的案件进展了。到时再说吧。"沈牧说着扫了一眼墙上的钟表，拉着顾佳的手，清了清嗓音，一本正经地说，"那个……我可以正式跟领导请个假吗？"

赵大沪低头看了一下手表，皱眉道："你这小子，之前我以为你身心受创……没想到，你现在给我来这一套。这才几点，不到 5 点……"

说着赵大沪还不忘将手捂住胸口，假装心绞痛。

顾佳看了看狡猾的沈牧，笑着对赵大沪说："赵叔叔别激动嘛。这……你现在受点刺激没什么，后面再还回来也是一样的。毕竟你还有我妈妈呢！嗯？"

"拜拜。"顾佳的话简直是火上浇油，赵大沪一挥手，头也不回就出去了。

可门才刚关上，他又推开门进来，指着顾佳说："小心回去我告诉你妈妈！"

顾佳笑得更开心了。

一到这种时候，赵大沪就像是换了一个人似的，像个孩子一样可爱。

待他真的走了，顾佳才放开沈牧的手腕，说："我们去哪里吃饭？"

"你来定。"沈牧笑。

顾佳深吸一口气，有点为难："又让我选择？还是师父来吧。师父知道得比较多。"

沈牧拿出手机看了看话剧院的微信公众号，问："想看话剧吗？"

"话剧？现在买票是不是太晚了？"顾佳问。

沈牧笑："没关系。最新上映的《独自孤独》刚好是 8 点的，现在还有余票。"

"讲什么？"顾佳一脸好奇，"我还没看过现场的话剧呢。"

"嗯，我猜是讲孤独的吧，具体要看了才能知道。喜欢吗？"沈牧将介绍信息拿给她看。

顾佳扫了两眼，感觉不错，点头道："好啊好啊。那就去看这个。"

沈牧二话不说就选了位置付款，看着顾佳背上挎包。一切准备好后，顾佳刚想挽着沈牧的手臂与他一同出办公室，又忽然担心办公室里那几个爱八卦的人嚼舌根，所以放开手。

沈牧一眼看穿她的心事，又抓着她的手继续挽住自己，说："你大可以大大方方地挽着我，没有关系。"

"不要，还不到时候，我可不想成为全律所最冷酷脸的……"顾佳收回自己的手臂，说。

"女朋友？"沈牧抢答。

顾佳拍了他一下，说："才不是呢。"

"那……女徒弟？"沈牧又说。

"师父！还走不走？再不走，我不去了。"顾佳双手交叉在胸前，故作生气。

沈牧看她的模样很可爱，刮了下她的鼻头，大大方方拉着她出了办公室。

两人一出办公室，律所里的众人大跌眼镜。

冷酷大律师居然当众拉着元气满满的小助理出办公室，哦不，是去约会。

这简直是大沪律师事务所的最大新闻了。众人的眼珠子都快要瞪掉了，谁也没想到面瘫冰块脸的沈牧居然也有这么柔情的一面。

李宜眼睛都看直了，让旁边的何凡掐他一下。何凡使劲掐了他的脸一把，他瞬间尖叫一声，整个人都清醒了。

这下，众人在恍惚中，意识到沈牧和顾佳在一起是真的。

正当所有人都反应过来打算拦住两人审问时，却发现沈牧和顾佳早已在一片混乱中逃出了办公室。

一钻进电梯，顾佳就背过身去，面"镜"思过。

沈牧伸手轻轻揽过她的腰，轻声说："电梯里四面都是镜子，你面镜思过只会让我看得更清楚好吗？"

这下，顾佳心里更尴尬了，转过身用小拳头轻轻砸他的胸膛，嘴里还不忘嗔道："讨厌。"

沈牧却也毫不在意，握住她砸胸口的手，装进自己的西装口袋里。

"叮！"电梯停了，沈牧拉着顾佳从电梯里出来，出了办公大楼后，直接上了车。

不到半个小时，沈牧的车子就已经停在了话剧院的门口。

刚从车上下来，沈牧便说："时间还早，先去吃点东西吧！"

此时的顾佳，肚子适时"咕噜咕噜"地叫了两声。难得正式约会，肚子就这么不争气，她捂着脸，说："好。"

沈牧笑了笑，将她的手从脸上拿下来，说："在我面前还害羞啊？以前怎么没有发现你这么害羞呢？"

顾佳白了他一眼："那师父以前也没有总跟我约会啊？"

"好好好。你说得对，是我不对。我不该让女朋友尴尬。我认罚。"沈牧举起右手向她道歉。

"这还差不多。"顾佳笑了。

沈牧这才伸手，示意顾佳将手放在自己手心里。顾佳咬了咬下唇，开心地将双手放在他的手心里，任由沈牧带着她朝剧院后方走去。

"前面有一家小店，我猜你一定会喜欢。"沈牧说。

"你怎么知道我一定会喜欢呢？如果不喜欢呢？你猜错了是不是该有什么惩罚？"顾佳问。

沈牧眼珠子转了转，说："好啊。那我们两个人打一个赌，如果不喜欢，罚我……吻你。"

"哼，你居然占我便宜？"顾佳假装生气。

沈牧也毫不在乎，没一会儿工夫，两人已经走到了小店前。

顾佳一抬头正好看见小店上的名字——"温暖食光"，果然很文艺，让人感觉很舒服。

"怎么样？是不是看起来还不错？"沈牧问。

"算你过关。"顾佳说。

两人这才一同跨进了店内。刚一落座，身穿红色工作服的服务员便笑脸相迎，礼貌性地一鞠躬，说："您好，欢迎来温暖食光，希望你们能在这里度过一段快乐的时光。"

沈牧说："您好，我女朋友是第一次来你们这里，麻烦上一份你们这里的招牌菜和今日最特别的菜式。口味都清淡一点儿就好。"

"好的。两位请稍等片刻。"服务员快速记录菜单后，转身去忙了。

见服务员走远了，顾佳才问："你怎么会知道这个地方？很特别。"

"是之前和赵大沪一起看话剧意外发现的。味道还不错，你可以尝尝。"沈牧端起桌上的一个水杯，边给顾佳倒水边说。

顾佳观察了一下旁边，几乎每桌的顾客点单都没有拿菜谱，而是直接点单。

顾佳问："这儿没菜单吗？为什么大家都直接点招牌菜。招牌菜和今日特色菜是什么？"

沈牧盯着她的眼睛说："是，这里没有菜单。每天只有五道菜，但会经常换菜式，招牌菜也不是一成不变。所有顾客点的菜，一般都是上菜后，才能知道究竟有什么菜。这么一来，就会有种冒险的感觉。"

顾佳想了想，说："嗯。好像是这样。"

"想想看，我们去饭店一般都会尽可能选择自己吃过或者看起来比较好吃的菜，生怕踩雷。但这家店，居然没有任何图片、菜名来点单。顾客如果点到自己喜欢吃的食物，会像中大奖一样开心；可若是点了最不爱吃和不能吃的食物，就像是踩雷，也只能自认倒霉，怪自己手气差。这是很奇妙的感觉。"

"你倒是想得多。"沈牧吓唬她，"但愿你一会儿不会哭鼻子。"

123 · 冯　炎

"怎么会？"顾佳头一歪，笑了笑说，"我猜师父才会哭。"

她漆黑的眼珠转了转，激灵地一笑："如果碰上一道很辣的菜……嗯……这其中滋味，恐怕也只有师父一人能够体会了呢。"

这么久以来，顾佳早就发现了沈牧不能吃辣椒的体质，难得碰上这么一家有趣儿的店面，总要激一激他才行。

顾佳凑近沈牧，诡笑道："这种好戏，简直比话剧还让人期待。"

"你这丫头，好的没学会，坏点子倒是学了不少。"沈牧笑。

顾佳收敛笑容："我是实话实说。"

"好，实话实说。"沈牧故意拉长音。

几分钟后，服务员端着他们点的两道菜出来了。一道是北方有名的小吃——搅团，另一道是清水煮豆腐，名曰"一清二白"。

服务员分别指着两道菜介绍说，"这两道菜便是我们今天的招牌菜和特别菜，请两位慢用。"

不等服务员离开，顾佳马上叫住她，指着那道一清二白，一脸诧异地问："这难道不是青菜豆腐？"

服务员礼貌地笑了一下，说："小姐，您说的没错，这道菜的确是豆腐煮白菜，不过味道肯定与市面上的不太一样，您可以尝一尝。如果不合口味的话，我们给您打九折。下次再来的话，会给您打八折。"

"不好吃就打折？这……你们就不怕顾客再也不来了？"顾佳觉得很奇怪。

服务员却毫不在意，依旧礼貌微笑："没有关系，如果觉得确实不合口味，下次不来也是可以的。"

"霸气。"顾佳佩服。

这时，沈牧对服务员客气说道："好了，我们知道了。您先去忙吧。"

"好的，祝您用餐愉快。有事可以随时叫我们。"服务员向顾佳和沈牧点了下头，转身离开。

正式用餐时，顾佳看着桌上那一碗搅团和清水煮豆腐，一脸嫌弃，吃不下去。

沈牧看着她的样子，故意逗她："怎么，好戏要换角了吗？"

顾佳听出来他取笑她，将脸撇向一边道："演员没有权利将自己的戏份推给别人。哼！"

"好。那我继续演。不过请问顾导演，可以加戏吗？"沈牧一边将盘中的搅团舀在小碗里，一边问。

顾佳深吸一口气，想了想，一本正经地道："看你表现。"

沈牧唇角一挑，笑着在抹好搅团的碗里，又舀了两大勺辣椒，搅拌了一下，递给她，说："顾导演请品尝。"

"给我的？"

"嗯哼。"沈牧的笑很温柔。

"不会下毒吧？"顾佳一边尝试性地问，一边小心翼翼地用勺子舀了一勺喂进嘴里。

沈牧摇摇头，自己又开始抹第二碗搅团，舀辣椒，搅拌，吃，一切举止顾佳都看在眼里。

"小心辣！"顾佳从心里还是担心他。

沈牧却平淡地将美食吃了进去。

顾佳这时舌尖也触及了自己碗里的美食，竟然觉得十分美味。辣椒虽然辣但却并不刺激，更多的是香甜，而搅团里的面也很劲道，放进嘴里很有嚼劲，似乎可以吃到面粉的味道。

"啊！居然这么好吃！这么不起眼的食物，为什么会如此美味？"顾佳发出一声惊叹，"这究竟是怎么做的？"

"现在就问怎么做的，不怕吃到后面不合口味了？"沈牧问。

顾佳摇头："不怕。"接着她又吃了一大口，说："这么好吃的美食，多来几碗才够吃呢。"

沈牧怕她噎着，又给她倒了一杯水，解释："这种食物是用荞面做的，看似简单粗糙，却保留了荞麦面里的营养。配上特制的辣椒，格外好吃。"

沈牧说到这儿，顾佳才注意到沈牧今天居然吃了辣椒，她忙指着他的碗，说："师父你……"

"我只是偶尔吃一点儿辣椒，况且这种辣椒大多都是菜辣椒制作成的，没有那么辣。"沈牧说。

顾佳这才"嗯"了一声，又拿起筷子去尝桌上的另一道菜。

清水煮豆腐这种菜，顾佳自己在家也会做一点儿，基本上不怎么放调料，偶然吃一次觉得新鲜，连着吃两顿马上就会有想吐的感觉。但这家店里的这道菜，看似什么佐料都没有放，吃到嘴里却是犹如雨夜探入森林的感觉，清新可口，令人回味。

看着她满脸享受的表情，沈牧故意问："那么现在，请问顾小姐，中奖的感觉如何？"

顾佳刚想点头，又故作淡定地解释说："嗯，还是有点不圆满。这中奖总要有奖品才行啊。"

就知道她不会轻易认输，沈牧笑了一下，从西装口袋里掏出一支钢笔和一张便签条，一同交给她，问："现在可以了吗？"

"这个是要让我写空头支票？"顾佳故意问。

沈牧歪了下头，说："怎么接了几个案子，就变成财迷了？"

"谁是财迷了？"顾佳别过脸，死不承认，又瞅着那张白纸，问："那这白纸是什么意思？"

"想要什么？写下来。"沈牧用手指点了点小纸片，挑明了要送她礼。

顾佳咬了下唇，故意逗他："还说不是空头支票。这不是一样的性质吗？"

沈牧眨了眨眼睛，一脸无奈地说："说不过你，好吧！你说是什么，就是什么了！"

见她半天还没有拿笔写，沈牧催促道："还不写？过期不候哦！"

顾佳想了想，在白纸上画了一张沈牧的卡通头像，然后指着头像说："我只想要这个。"

"哦？这么贪心？这个人可是身家百亿，你确定要得起？"沈牧故作夸张地说。

顾佳一脸嫌弃道："我才不信。这个人就算是扔到大街上，都未必有人愿意捡。我是好心收留好不好？"

这个时候的顾佳，有点小坏，有点可爱，沈牧轻轻点了点她的眉心，说："你怎么知道没人要？说不定还是脱销产品呢。"

顾佳端起水杯喝了一口后，说："你怎么知道是脱销产品而不是滞销产品呢？"

"呃……那可不可以只滞销在一个人的手里？"沈牧故作可怜状。

"容哀家考虑考虑吧。"顾佳故作矫情地说了一句。

"是。"沈牧配合她搭戏。

这下顾佳才笑了，拿起碗筷，催促他："好啦不玩了，快吃吧，一会儿饭就凉了。再耽搁下去，只怕是话剧都要演完了。"

"嗯。好。"

正式开吃时，沈牧只吃了两口，就已经饱了，坐在原位一边喝水，一边静静地观察顾佳。

如今再看她，只觉得眼前的姑娘赏心悦目。

待顾佳吃完饭，沈牧付了账，才牵着顾佳的手，不紧不慢地进了话剧院。

盛海市共有三个话剧院，两家小一点儿的，一家大型的。

沈牧今天带顾佳要去的这家剧院是一家形似大鼓模样的剧院，四周还有音乐喷泉，每天一到下午 5 点就开放喷泉，灯光五彩缤纷，随着音乐的节奏起伏喷射，让观赏者心情愉悦。

今日剧院喷泉照常开放，顾佳边走边看喷泉。沈牧趁她不注意，悄悄拍下了一张她的相片。随后，验完票，他们入座了。

沈牧和顾佳两人的票在六号展厅，第七排中间的位置。一坐下顾佳便问："师父，你买票的时候不是已经很晚了吗？为什么还可以买到这么好位置的票？"

沈牧只笑不语。

"凑巧吧。"沈牧随意找了一个借口搪塞了过去。

顾佳也就不再多问，拿着票看上面的内容，问："这个话剧有多长时间？"

"两个小时左右。怎么？还没开始就想回家了？"沈牧问。

"哪有，不过是随便问问罢了。"

话剧很快开始了，演员精湛的演技、抑扬顿挫的台词都深深地吸引着顾佳。

而沈牧却一边看话剧，一边回忆着白天柯秋柏所说的话。

这个女人说是来打重婚罪官司，可她手里的那个小额信贷公司却始终未透露更多信息。想必梁信与她之间还有很多不可告人的秘密。

柯秋柏的出现，让他有些困顿。

一年前，他接手金稻公益养老院工伤案。季岱作为被告之一，明明已经准备好了所有人证物证，却最终还是输掉了案子。

当时整个案子的调查过程，前助理李胜都参与了。案件败诉后李胜绝情离开，却意外地转入梁信手下。如果不是梁信给他许诺了什么，以李胜的品行，绝对不会甘愿担任一个小小的助理，可近一年来，每次与他对簿公堂的律师，都是蒋荣。

这其中一定有什么阴谋。

上一次见到李胜，沈牧就有种错觉，李胜当年的离开一定与那件案子有关。

此时，话剧台上，男司机说："我就喜欢跟文化人打交道。"

老太太说："那是，可是省得自己读了呗。"

男司机哑口无言，台下观众笑成一片。

顾佳也开心得不得了，转目看看沈牧，才发现沈牧有些出神，她小声问："在想什么？"

沈牧凑到她身边，小声说："想眼前的这个小公主。"

"油嘴滑舌。"顾佳脸颊一红，不理他，继续看话剧。

124·话　剧

沈牧从口袋里拿出一张便笺纸，写了几个字后递给了顾佳。

顾佳摸黑凑近了才看清楚上面的字是：这位姑娘，前方是通往幸福的列车，你是否愿意跟着身旁的这位先生一同前往。

顾佳愣住了，只知道沈牧工作认真，却不知恋爱中的沈牧，竟然还有这样的一面。如此深情，倒让她有些意外。

顾佳转头看向他，只见他眼睛里亮光闪闪、温情满满，让人心神荡漾。

顾佳还没有来得及回答他的问题，沈牧却突然拉近她，轻轻在她饱满的额头上吻了一下。

放开她时，顾佳傻傻地盯着他，大脑短路，不知说什么是好。

上一次，沈牧醉酒微醺吻了她的额头，事后忘得一干二净，顾佳为此伤心郁闷，一直有一个疙瘩，但这一次……

"对不起，那天的事，我想起来了。是我不好。我容易酒后忘事，让你伤心了。"沈牧道歉。

"全都想起来了吗？"顾佳将信将疑。

"是。"沈牧说。

顾佳脸红了，自从和他在一起后，总是会不由自主地脸红。

沈牧掰过来她的头，让她靠在自己肩头，舒舒服服地看话剧："接着看吧。"

接下来的话剧，有笑点也有泪点。

顾佳看着看着流泪了，沈牧递给她纸巾，替她擦泪。

顾佳怕他觉得自己太过感性，仰头轻声问："师父，会不会嘲笑我？"

"嘲笑你什么？善良，热心，还是感性？"沈牧微微摇头，"都不会，这样的你，很可爱。"

顾佳笑了，依偎在沈牧的怀里。

演出结束了，场内掌声雷动，场内的灯都相继亮了起来。

沈牧帮顾佳系好了大衣的纽扣，拉着她慢慢出了剧院。人潮拥挤，沈牧一直紧紧拉住她的小手，生怕她一不小心就会走丢。顾佳见她如此紧张，忍不住偷笑。

出了话剧院，顾佳想起刚才他看话剧时出神的样子，必然是想到了什么，忍不住问："师父，刚才在想什么？"

沈牧不想让她也跟着烦恼，温柔地说："没什么。我送你回家吧！"

顾佳突然止步，与他面对面，一脸认真地说："师父，我是你助理，也……无论是工作上还是生活上的难题，我都有权知道。我想为你分担一些困扰。"

沈牧听后莫名感动，她很少这样。沈牧知道她无非是在乎他、担心他，才会如此。

但这样的她，会让他更加担忧，放心不下。身为男人，怎么可以让心爱的女人为自己担心？

沈牧迟疑了。

顾佳却说："师父，告诉我吧！"

沈牧想了想，才说："我只是觉得柯秋柏的案子与当初接手的一桩刑事附带民事案有关。"

"那案子输了？"顾佳恍然大悟，难怪以他的专业素养，不办理刑事案件，居然会去接离婚案。

"是。"沈牧牵着顾佳的手，边走边说，"案子是这样的……"

2015年，盛海市金稻公益机构，承接了一个金稻养老院的城建项目，但因为资历、资金不够，金稻决定招标其他公司开发这个项目。

当时招标机构共有八家。经过三轮对决，最终由法人为季岱的朝曦实业（盛海市）股份有限公司中标。

季岱看中了金稻实业多年做公益的社会责任，以及其中的经济利益，做足了功课，拿下项目。他聘请到不少优秀人才，对项目做了规划、风险评估、应急方案等，一心只想要把这件事办好。

合同、建筑图纸、实施方案、人员配备、原料来源、资金、社保、税务等方方面面做足了功课，只等顺利开工。

他希望通过完成这项工程，公司会有一个质的飞跃，带领企业跻身世界五百强。

然而，签完合同后，不到一年，金稻公益机构却突然将项目转给了星冠股份有限公司。当时星冠的法人名为刘盈，年龄跟季岱差不多，三十六岁，是当初十八家竞标公司中的一家。

季岱当年签下合约后，为了工程，已经向银行借了百万贷款，其中还有少量高利贷。本来只要工程顺利完工，一切问题都将迎刃而解。

但养老院的项目负责人一换，彻底打乱了季岱的计划。就像是一张渔网被人撕裂了一道口子，想要再缝合就没那么容易了。

虽然"诱人的蛋糕"被人抢走了，季岱还是会硬着头皮寻找新的项目，一方面为了偿还银行贷款，一方面为了手下跟着他的员工。

但刘盈拿到工程开工不过八个月，却突然出现了严重的安全事故。包工头冯炎意外工伤，瘫痪在场，工程资金链断裂，项目被迫停工。季岱因为手持中标合同，被告上法庭。

"怎么会这样？项目被人抢了，出了事还要找到他的头上？太可恶了。这么大的事，肯定有一些项目材料之类的，怎么会输呢？"顾佳有些气愤。

沈牧自嘲地笑了一下，说："起初我和你的想法一致，但没想到梁信当时以人证、物证、视频录像推翻了我的证据。季岱因此获刑三年，赔偿金额达 80 万元人民币。"

顾佳眉头一蹙："好冤。"

"是。案子输了，季岱因此入狱，他的家人也因此怀恨在心，时不时地打电话咒骂。"沈牧轻叹一声。

"难怪师父那段时间情绪很低迷。"顾佳说，"那现在是发现了柯秋柏与当初案件有关，还是寻到了一些蛛丝马迹？"

沈牧摸摸她的头，温柔一笑："顾助理变聪明了呢。"

顾佳一脸小傲娇："那还是师父教得好。快说，究竟是什么线索？"

这时，顾佳和沈牧已经走到了车子旁边，打开车门后，快速上车。

沈牧启动车子前，才说："江琨瑜和林铮两人分别借了喜盛家私有限公司的高利贷，却始终没有见到那家公司的任何产品。我猜这家公司极有可能与柯秋柏的信贷公司有关。"

"但这仅是猜测。"顾佳好奇。

"所以我们需要核心证据。"

"人证？物证？"

"人证！"沈牧认真分析，"李胜、冯炎。"

"李胜跟在我身边一年多，心思重，利欲熏心。当年我输了官司以后，他抬起屁股就走。"沈牧说，"原以为他能谋得更好的出路，却没想到最后是去了梁信那边。依我看，是梁信许诺了他什么好处，否则他不敢自断后路。"

顾佳顺着沈牧的思路，在便签纸上整理信息，发现信贷公司、金稻公益机构以及星冠服务三家公司有疑。只是信贷公司的全称及银行流水账单没有拿到手，无凭无证，只能是猜测罢了。

"会不会是我们想多了？也许柯秋柏与那桩案子无关呢？"顾佳说。

"我有一种预感，柯秋柏心里有鬼。她之所以现在还不愿意透漏更多梁信的信息，是因为对他还抱有希望。一旦梁信与她彻底决裂，她一定会毫无保留地将所有黑料都暴露出来，让梁信身败名裂。"沈牧说。

顾佳点头："女人一旦因爱生恨，是会做出很多绝情的事。对于柯秋柏来说，能让她失望的，恐怕只有两样东西，钱和爱。"

"或许我们可以从韩玎身上下点功夫。"沈牧按照顾佳的思路推测。

顾佳想起上一次鸿门宴，看得出来，韩玎也是一个厉害的角色。

125·庭　审

"明天，我去商场调取一下当天电梯事故的监控视频，顺便查一下韩玎的个人信息。或许商场负责人能给我一些答案。"顾佳说。

沈牧笑："想不到你这热心的性子，竟也能帮上忙。"

"师父是嫌弃我是绊脚石吗？"顾佳问。

"不敢。不过，应该也差不多。"沈牧说。

"师父！"顾佳撒娇道。

沈牧开怀一笑，捏了捏她的脸，说："没有，你很可爱。爱笑的姑娘和善良的姑娘一样，运气都不会差。你看，上次你救了人，这次又能帮忙解决难题。是不是很有趣儿？"

"师父你这样很像一个严苛的老干部。"顾佳笑。

沈牧开着车不敢乱来，但还是用手轻轻捏了捏她的脸颊，一阵宠溺。

送顾佳回去后，沈牧给赵大沪打了一个电话，约在家里见面。

到家后，沈牧开始翻阅当年案件的相关资料，追查线索。

赵大沪一边帮忙一边问："你这案子如果破了，是打算重操旧业打刑事案件官司，还是继续打离婚案？"

"你猜？"沈牧问。

赵大沪背过身去，继续说："我猜你会回去。但我还真有点舍不得。"

"你还有舍不得的时候？没看出来。"沈牧说。

"说你胖你还喘。实话说，那案子真是你唯一输了并且还很惨的案子？"赵大沪说。

沈牧停下翻阅资料的手，认真想了一下，说："还真是。怎么？聘请我这么厉害的律师，老板是不是应该加工资？"同时，沈牧伸手向赵大沪要钱。

赵大沪一把拍掉他的手，嫌弃道："少来，咱俩究竟谁赚的钱更多？"

"你赚得多。"沈牧抢答。

"你可是合伙人之一，这么不诚实！"

闲聊时，赵大沪突然发现金稻公益当时的法人名叫柯振兴。柯姓比较少见，以他多年的工作经验，此人极有可能与柯秋柏认识。

"哎，你看看这个人的资料。会不会是柯秋柏的家人。"赵大沪将资料递给沈牧。

沈牧接过资料仔细看了看，又翻出柯秋柏的身份证信息，马上请公安的人帮忙查一下她的户口。

果然，柯振兴是柯秋柏的生身父亲。

沈牧和赵大沪两人大为惊喜，没想到这桩搁置了一年多的案件，竟因为一场离婚官司迎刃而解。

"不过，通过柯秋柏就可以看出来柯振兴也不是善茬。还有柯秋柏会不会主动交代这件事也很难说。"沈牧说。

"还是有希望的。毕竟她都已经要告梁信重婚了，还怕这个？"赵大沪想了想，接着问，"那重婚案和金稻养老院的案子你是预备一起打吗？"赵大沪问。

"那是自然。不过，还是先处理离婚案吧。"沈牧嘴上说是先处理离婚案，手上却还是不断地寻找刑事案件的相关证据。看到林铮及江琨瑜签下的是喜盛家私，法人名叫董岩，沈牧觉得似乎与冯炎之间有什么关系。

董岩？董炎？冯炎？会不会是同一个人？

"哎。你看没看见冯炎的个人资料？陈述词也行。"沈牧问赵大沪。他记得以前曾经单独给冯炎做过谈话记录，但单子却怎么也找不到了。

"没见着。"赵大沪见他翻了半天也没找到，也蹲下身来帮忙一起找。

可惜，两个人找了半个多小时，也没有找到。沈牧仔细回忆了一下，自己一向文件存放很有规律，一直找不到的话，就只有一种可能，冯炎的资料被人拿走了。

这时，顾佳发消息给沈牧："在干什么？"

沈牧还没来得及回复，赵大沪却一眼瞅见他手机上顾佳的名字，伸手抢过手机，要挟道："被我抓到了吧。掏钱！不掏钱不还给你。还不老实交代，究竟什么时候开始的？你小子可真能藏得住，真人不露相啊。"

沈牧一把夺回手机："别乱来，法治社会，要挟犯法。"说完，他马上给顾佳回了短信："在找资料。"

"用帮忙吗？"

"不用，你好好休息。明天有任务等你。"

"什么任务呀？不会是……"收到沈牧的短信，顾佳比任何人都高兴，盯着手机屏幕傻笑。

沈牧发了一个微笑的表情"暂时保密。"

"真没意思。"顾佳回复他一个摊手的表情。

沈牧盯着手机里的小表情，只觉得跟顾佳平时一模一样，嘴角不由自主地划出一道好看的弧线，迅速回复："乖"

赵大沪认识沈牧这么久了，还是头一次见他拿着手机傻笑，两个人的微信来回发了好几条，听得他一身鸡皮疙瘩。

他干脆坐下来喝茶，还不忘数落沈牧："你说你一个大男人，对着手机傻笑，说出去估计都没人信。你还是那个面瘫沈律师吗？"

沈牧这才关了手机，整理好文件，走到沙发边跟他坐在一起，"人都是会变的。不要太在意。"

赵大沪睁了睁眼，连声哀叹，但马上又不甘心让沈牧喂"狗粮"，身子靠在沙发上吹牛："那我也给你通知一件事。尽快准备红包，你爸爸我也要和你未来的丈母娘结婚了。"

"求婚了？"沈牧听着这关系都觉得尴尬。

"怎么，许你喂'狗粮'，还不许我这孤寡老人也来一场黄昏恋？"赵大沪刻意抬高了辈分。

"……"沈牧倒吸一口凉气，顿了下，又故意泼了他一盆冷水，"那祝你求婚成功。别到时候……嗯……自己想……"

"谢谢儿子。"赵大沪毫不示弱，又借机占他便宜，引来沈牧一阵"暴打"。

赵大沪紧紧护住脸，大喊："打人不打脸。不能胡来。"

沈牧哭笑不得，抓起桌上一支笔，直接在他脸上画了三道胡子。

赵大沪一脸无辜："我没说错啊。除非你以后不娶我闺女，否则你永远都逃不掉是我儿子的命运。"

沈牧都要哭了，还能怎么办？

第二天，沈牧和顾佳刚到单位没多久，柯秋柏就来了。刚一坐下，她便问沈牧："沈律师，你们律师是不是可以查到那个贱女人的信息？这次，我不光要让梁信身败名裂，也要让韩玎那个贱女人破产。"

顾佳听得毛骨悚然，果然是受伤的女人，做事真绝。

沈牧想了一下，说："有些信息只能通过正规渠道查，还有些信息，我们没有权利追查。我劝你最好别犯糊涂。"

柯秋柏眉头一皱："正规渠道？正规渠道不就是找你们吗？我当初如果没那么迟钝，早发现苗头，将她扼杀在摇篮里，也许我们俩也根本走不到今天的地步。"

顾佳见她还没消气，赶紧倒水端给她："柯女士先喝点水。有事慢慢讲。"顾佳也坐下来，继续说，"既然已经发生了，我们现在再多说也没用了，还是先想想怎么处理这件事吧。"

顾佳看了看沈牧，又趁机说："你丈夫毕竟是屈指可数的大律师，想要扳倒他可不容易，我们必须要做足准备。"

126 · 翻　案

柯秋柏听明白了，顾佳是想要证据。她问："那我们现在需要准备什么？证据？"

顾佳与沈牧交换了下眼神，肯定地说："是，证据。"

柯秋柏犹豫了："证据不是早就给你们了吗？"

"还远远不够。"

"那还需要什么证据？"

顾佳看得出，柯秋柏表面上想打官司，恨梁信，可心底里梁信毕竟还是她的丈夫。或许她对梁信还抱有希望，也或许担心彻底弄垮梁信后，自己也会因此受到影响。所谓唇亡齿寒，不得不防。只有彻底打消她的顾虑，柯秋柏才会彻底敞开心扉，一五一十地吐出梁信所有的犯罪事实。

顾佳和柯秋柏都是女人，了解她心里所想。沈牧在，她不会说更多真心话的。

顾佳给沈牧使了眼色，示意他先出去。沈牧心领神会，随口找了一个由头出去了。

这时房间里只剩下顾佳和柯秋柏两人。

顾佳挪到柯秋柏身旁，一边往她的茶杯里添水一边说，"柯女士，你我都是女人。我知道对您来说，丈夫的背叛给你造成了很大的伤害。你恨他，怨他，想惩罚他，但又有顾虑。"

顾佳换了口气，继续说："可事到如今，就目前我们手里这点证据，最多判他两年。一旦他反告您，您觉得您还能全身而退吗？"

顾佳话还没说完，柯秋柏的脸色就变了。顾佳的话像是一剂强心针，打进了柯秋柏的内心，让她脑海里不停地猜测，如果反过来，梁信会怎么做？会放过她吗？还是……

顾佳看出她的顾虑，轻轻拍了拍她的手背，给她时间。

"以我们对梁信的了解，两年后出狱，他或许会打击报复，势必会影响到你及你父母那边公司的发展。"

"你们是不是查到了什么？"顾佳的话，让柯秋柏察觉到一些信息。

顾佳点头道："是。有些事就算你不说，我们也能查到。"

柯秋柏想了想，"我明白沈律师愿意接这个案子，无非是因为他可以从我这儿知道梁信更多的弱点，替他打赢另一场官司。"

柯秋柏如此直白地说，倒让顾佳诧异。顿了一下，顾佳问："那您是否愿意向我们提供更多信息呢？顺便允许沈律师进来一起听你的陈述。"

"可以。"柯秋柏打消了顾虑，同意了。

顾佳将沈牧叫进来。

沈牧问："如果没猜错的话，您父亲就是几年前金稻公益的创始人柯振兴吧。"

"既然沈律师都知道这件事了，那我也没有必要隐瞒了。"柯秋柏一点儿都不意外沈牧能查到这一层。

"我父亲开金稻公益已经二三十年了，既赚了名气又赚了钱，家里有一部分积蓄，所以就转让给我开了那家春雨信贷公司……"柯秋柏娓娓道来当年的旧事，将案件线索一点儿一点儿拉开。

柯秋柏将金稻公司及梁信曾经插手过的事，一五一十地都告诉了沈牧和顾佳，并且提到了几个关键性人物，让当年的案件瞬间明朗了。

顾佳和沈牧两个人忙了整整一个早晨，待柯秋柏回去后，才立即前往冯炎家调查内情。

而在冯炎家，沈牧意外地再一次撞见了李胜……

两天后，梁信在家中收到了法院寄来的传票。

梁信是一个极度自负的人，一身棕色西装，一米八五的大高个，算准了柯秋柏会选择离婚，却没想到她竟以重婚罪来起诉他，并且将当年旧事也一并暴露给了沈牧。

传票被他扔在桌上，他则双手插进西裤口袋里，面窗而立。

两点二十分，梁家门铃响了。

"进来！"梁信抽了一口烟，头都没有回。

门开了，是蒋荣。

他从门口进来，一眼瞅见桌上的传票，快步走到梁信身后，叫了一声："梁哥。"

"来了？看看桌上的文件！"梁信语气生冷。

"是！"蒋荣转身拿起桌上的文件，仔细看完后，才惊讶道："梁哥，嫂子居然……"

梁信又抽了一口烟，冷冷道："这个案子交给你来处理，有没有信心？"

蒋荣犹豫了。

他十分清楚梁信出轨韩玎的情况，柯秋柏如果手握所有证据，那梁信必输官司。

再这么输下去，他的职业生涯，只怕也到头了。

梁信很清楚他心里是怎么想的，甚至不用回头看，就能猜到他脸上的细微表情。

"你不用顾虑那么多，柯秋柏就算有证据，也不能赢。我才是律师，在我面前做手脚，她还是太嫩了些。有我给你撑腰还怕吗？"

梁信的激将法果然奏效。

蒋荣说："可是梁哥，这重婚罪是要蹲监狱的。"

"官司还没打，就开始打退堂鼓了？一个重婚罪，判不了几年。况且我们之间，不存在重婚！最多分她一部分家产，她怎么舍得让我蹲监狱？你现在更应该注意的是星冠和朝曦实业的官司。"

梁信侧过脸，深秋的艳阳照在他的脸上，异常刺目，像一匹野狼。

蒋荣马上翻到桌上还有一份文件，起诉人的名字是冯炎。

蒋荣对星冠、朝曦实业、冯炎的案子不太了解，正要问梁信细节，李胜却突然来了。

梁信转过身，指了指李胜，说："有什么不清楚的问他。"

李胜却不急不慢地走到梁信面前，当面质问："梁律师，你当年答应我的事，到现在还没有兑现，你觉得这一次，我还会帮你吗？"

从李胜将季岱无罪的证据交到梁信手上起，就知道李胜迟早有一天会叛变。只是没想到他竟然会当面坦白。

"给你的二百万早就打到了你的账户上，你还想要怎样？"梁信反问。

李胜鼻尖一哼，"你大概还不知道吧。沈牧已经说服了冯炎，相信他已经拿到了新的证据，并且知道了你们故意设局的事。如果再加上我这个人证，你觉得你还有胜算吗？"

梁信用一种陌生的眼神直勾勾地看着李胜，他掐灭了烟头，双手插进西裤，脸色阴沉下来。

"就算你将信息给了沈牧，你以为你就可以翻身了吗？"梁信反讽，"你太天真了。像你这样两面三刀、出口反咬人一口的狗，到哪里都不过是过街老鼠人人喊打。何必强行挣扎！"

"看样子，我们已经没有再谈下去的必要了。"李胜不满。

蒋荣从没有想过李胜居然会与梁信反目成仇，站在一旁，不知所措。

梁信突然发飙："好啊，那你去跟沈牧说啊！说你就是将季岱无罪的证据交给我的奸细，那个案子就是我们合伙给他布的一个局。我倒是想看看沈牧还会不会念及旧情，原谅你！"

"好。你狠，你等着！"梁信的话激怒了李胜，李胜指着他骂完后，摔门而去。

127·梁 信

眼看两人闹掰了，蒋荣站在一旁，走也不是，不走也不是。

梁信的脸色十分难看，冷静下来后，问蒋荣："你都听见了，如果你想走，也可以随时走。这个官司，就算是我自己打也一定会赢。决不能让沈牧得逞。"

最后这句话点醒了蒋荣。他输给沈牧的次数太多了，如果这一局能扳回来，那……

他问："真的能赢吗？"

梁信知道蒋荣一心求胜的心思，深吸一口气，打包票："只要你按照我的计划走，一定可以。"顿了下，又补充道："不仅如此，还会有大笔的律师费可以拿。你想清楚。"

能赢回面子，又有钱赚，这种好事，蒋荣巴不得呢！梁信的话触及他心底最深的欲望，他喉结处动了动，直接答应了："好，我听你的，打这场官司。不过……我们需要先签个合同。"

有了李胜的前车之鉴，蒋荣不敢轻易冒险。

"好。"梁信答应了他的要求，马上起草合同。

梁信念，蒋荣写，写完后逐字逐句推敲没问题之后，才打印出来，签字画押。

拿到合同后，蒋荣才认认真真听梁信的建议，整理相应文件，准备应诉。

……

　　越接近开庭的日子，沈牧越沉稳，整天坐在办公室里也不着急。可顾佳却坐不住了。之前输了案子，沈牧直接从刑事案件转为离婚案件，意志消沉，整个人也一直冷冰冰的，这一次，她生怕再出什么闪失。绝不能在一个地方摔两个跟头。

　　顾佳整理完文件，还不停地在办公室里来回踱步，生怕忘了什么关键性证据。

　　这时，办公室电话铃声响了，顾佳一愣，以为是冯炎，马上冲过去接听。

　　电话里传来一个女人的声音，她的口气十分不友好，开口就找沈牧。

　　"喂，大沪律师事务所吧！你们律所有没有一个叫沈牧的人？你让他接电话。"

　　顾佳捂住话筒，看了一眼正在忙碌的沈牧，又继续对电话里的人说："您好，我是沈律师的助理，您如果有什么事也可以直接跟我说。我们沈律师现在正在忙。"

　　"让他接电话！我倒想问问你们这个沈律师，究竟要躲到什么时候？"对方怨气很重，气鼓鼓地说。

　　在律所待久了，难免会碰到戾气很重的客户，顾佳误以为又是哪个无理取闹的顾客，正想跟她理论，却被沈牧接过电话。

　　"您好，我是沈牧，请问您是哪位？"

　　对方一下就听出沈牧的声音，有些意外，停顿了一下，重新问："你真的是沈牧吗？"

　　沈牧说："是，没错。您哪位？"

　　对方一下子就哽咽了，情绪激动，哭着骂道："你这个坏人，你们律师之间一定都拿了什么好处，才会故意让我丈夫输了官司。是你害我丈夫蹲三年监狱，你就一点儿都不内疚吗？我找你找得好苦啊。"

　　沈牧听出来了，打电话的不是别人，正是季岱的妻子——白玫。

　　他非常理解白玫为何这样对他，他安静地听她发泄完所有的情绪后，才说："白女士，您先别急，其实这件事我早就想跟您说了，只是担心您又会像现在这样伤心难过，才迟迟没有打这个电话。季岱的案子，我们拿到了新的证据，这一次一定可以帮他翻案。至于当年的事，我很抱歉。"

　　"等会儿？你说什么？拿到了新的证据，要重新打官司吗？我丈夫会赢吗？"白玫以为自己听错了，又重新问了一遍。

　　"会的，一定会赢。这样，我给您我们律所的地址，您可以直接打车过来，我们面谈。"沈牧紧接着说出了律所的地址。

　　"好好好，我现在就过去。"白玫像是抓住了最后的救命稻草，丝毫不敢有任何的怠慢。

　　挂完电话，沈牧和顾佳马上重新整理了一下文件，待白玫来时，几个人一同商量对策，一直忙碌到晚上 8 点才散会。

开庭前一天晚上，夜色正美，沈牧步行送顾佳回家。担心她出危险，沈牧一直走在顾佳的左侧，右手紧紧拉着顾佳的左手。

两个人安安静静地走了一会儿后，顾佳问："师父，你担心吗？这么久没有接刑事案件，对方还是梁信……"

沈牧看了看顾佳期待又担忧的神情说："不。该做的都已经做了，准备充分了，又何惧对手是谁？"

顾佳说："我有点紧张，好怕明天开庭会出岔子。"

沈牧搂着她的肩膀，温柔一笑，安慰道："你第一次开庭的时候，都没这么担忧。怎么现在反倒会更担忧？"

顾佳咬了咬下唇，说："因为这次是师父的官司，我……"

"怕我又会输？"沈牧摸摸她的头，"别担心，既然我们已经做足了准备，就一切都在可控范围之内。这个案子不难……"

顾佳这才露出了笑容，深吸一口气，仿佛要把所有氧气都吸进肺里，又增加了自信心："嗯。师父是天下最厉害的律师，一定会战无不胜攻无不克！"

沈牧摸摸她的马尾辫："你知不知道这样的你很可爱？"

顾佳仰头看天，盯着漆黑的夜空，寻找明星，自恋道："一直都是啊。"

"呵！还真是一点儿都不谦虚。"沈牧笑了，见她脖子上的围巾从肩膀上滑下来，停下脚步温柔地帮她系好。

顾佳盯着他专注的神情，又将目光转移到他的一举一动："师父的手真好看。"

沈牧停下手，与她对视，"你今天是怎么了？像是吃了很多甜食。"说着，还假装拍拍她的肚子。顾佳却一躲闪，仰着头不服气地说："吃了很多蜂蜜。"

沈牧将她拥在怀里，片刻之后，轻轻吻上她的红唇，一切都在顾佳的意料之外。

他有些干裂的红唇，试探性地探入她的心底柔软。

顾佳等了十年，终于等到这一天，眼角不由自主地流下一行泪。

以前，她总以为沈牧冷酷，对待感情也从不热情，可直到现在，她才知道他不是不热情，只是要看对方是谁。

如今的他，无论是亲吻、拥抱、牵手都收放自如，从未有过任何的迟疑。

顾佳竟然在这种事上输给他，故意逗他："师父会这么多，以前一定是情场老手。"

沈牧笑了，说："难道不是你先觊觎我的？"

顾佳一脸无辜地说："哪有？"

"还不承认？"沈牧笑了笑，又继续说，"好了，言归正传。今天晚上好好睡一觉，明早我去接你，我们精精神神地去打一场硬仗。"

"好。"

说话的工夫，沈牧将顾佳送到了家门口。

文琬正在厨房做饭，听见楼下似乎有顾佳的声音，偷偷从窗口看了一眼，见确是二人，才又探回了身子，装作全然不知情。直到听见顾佳开门的声音，才问："佳佳回来啦。"

"嗯。妈妈，你们吃吧，我不吃了，在外面吃过了。"顾佳一边脱外套换拖鞋，一边说。

"是和你师父一起吃的吗？"文琬故意问。

顾佳蹙眉，说："妈妈，你这是……试图打探隐私吗？明天要开庭，我先睡啦。"说完，跟奶奶打了一声招呼后，洗漱完就回屋睡了。

"哎。"文琬还想多问两句，却只听见顾佳的关门声。

128 · 开 庭

第二天，天亮了。

沈牧早早开车来接顾佳出门。

天冷了，沈牧坐在车上，还不忘给顾佳裹好围巾，确定她穿得暖暖和和的才出发。

一看见梁信，沈牧让顾佳先站在一边等着，他走过去，笑着说，"梁律师大概没有想到，自己有一天也会成为被告吧！"

梁信嘴角一扯，说："人生没点波折，岂不是很没意思？沈律师当年不也是……"梁信顿了一下，又补充道："不过沈律师的自愈能力，梁某还是佩服的。"

沈牧冷笑一声，"托梁律师的福，我至今还能继续担任客户的辩护人。"

"看来沈律师的追求并不高啊。"梁信说。

这时，开庭铃声响了，众人各归各位。

沈牧说："祝你好运。"

"好的。"梁信丝毫没有认输的意思，待他走后，又看了看蒋荣，示意他尽快做好准备，决不能松懈。

"鉴于原告柯秋柏起诉梁信的重婚案，同金稻公益养老机构的刑事案关联，现两案并作一案，开庭审理。"审判长当庭宣布，"接下来，请原告柯秋柏陈述事实。"

"尊敬的审判长，我叫柯秋柏，与丈夫 2001 年相识于盛海学院，毕业后结婚，目前结婚已有七年，有一个女儿，今年已经六岁了。"

"那年，我和梁信刚在一起，父母考虑他的家境，一致不同意我们结婚。我因为爱他，坚持要与他在一起。父母没有办法，最终投入资金给我们，让我创办了春雨信贷公司，同时介绍了一份律师的职业，让梁信成为真正的律师。事业稳定后，我们两个人的生活也渐渐好起来。"

"但就在两个月前，我突然发现春雨信贷公司的最新银行贷款不翼而飞了。我跟公司会计严查，才终于查到那笔款，竟然流入一个名为旺鼎的公司名下。而旺鼎公司的负责人名叫韩玎。此前我们春雨从未与这家公司有任何的经济往来。我查到这个女人的个人信息，她 1991 年出生的，今年也不过二十七岁，已婚，有一个儿子，可丈夫一栏的名字居然是梁信。这让我大跌眼镜。我查了一下春雨近几年的银行走账，发现每隔一段时间，梁信都会给这个女人汇款，各种理由都有。"

"出于女人的敏感，我知道梁信出轨了，韩玎是他多年的情人。梁信身为律师竟然与我结婚的同时，还与别人领证、结婚生子！太可恶了！"

柯秋柏说得头头是道，从最初两人的感情发展到最后的婚姻出现偏轨的事，面面俱到，可梁信却始终面无表情。

柯秋柏说："不仅如此，梁信为了扳倒我的代理律师沈律师，在当年金稻公益养老机构案上故意给沈律师做局。"

"小柯，你知不知道你说这些会对我、对你的事业造成多大困扰？"柯秋柏刚提到金稻公益，梁信就有些着急了。

沈牧让柯秋柏坐下，示意反对。

审判长说："被告请不要干扰原告当事人的情绪。关于重婚案，你可有什么反证？"

梁信唇角动了动，鼻息加重，白了沈牧一眼后，说："审判长，我与我的妻子不过是感情破裂，早已签下离婚协议，她不甘心，才会来法院起诉我。根本不存在什么重婚罪。"

"事到如今，你还不肯承认？"沈牧当庭反对，起立后，说，"审判长，我这里有证据，请求当庭出示。"

"同意。"

顾佳马上将梁信犯罪的五份证据全部递交给尤贺，当庭播放。

几分钟后，投影上以幻灯片的形式播放出来。

第一份证据是柯秋柏与梁信两人的结婚证以及民政局开具的至今未离婚证明。

第二份是梁信与韩玎双宿双飞、出差两人同住一间酒店的视频、账单、证明。

第三份是柯秋柏春雨信贷公司的银行流水，内有七十多条银行账单流入了旺鼎公司的账户，却没有其账户的进账。

第四份是梁信与韩玎带一个一岁的男孩去医院看病。孩子病历上名叫梁涛，与梁信同姓。

第五份证据是梁信以韩玎的名义给她们母子俩买了一处房产。

证据播放完毕后，沈牧当庭问梁信："被告现在还有什么想说的？"

梁信看了蒋荣一眼，蒋荣马上按照他的事先安排，举出反证。

第一份证据是一年前与柯秋柏发生争吵，两人长期分居的事实证明。

第二份证据是梁信是春雨信贷公司法人之一，有权决定公司资金的走向。同时，旺鼎公司的少量回账，全部走了他个人账户，只为证明自己公司与旺鼎公司有经济往来。

第三份证据则是同柯秋柏签订的离婚协议。

前两份证据也就罢了。这第三份证据让柯秋柏措手不及，指着梁信大骂："梁信，你姓梁名信，外人皆以为你是一个有良心的人，却不想竟将事情做得如此绝情。你从没和我签过什么离婚协议。这份协议，不过是你为了躲避重婚罪而临时起草的。你真是好有心机啊！"

起诉前，柯秋柏还以为梁信会幡然悔悟，会求她不要离婚，也不要告他重婚罪，结果没想到一切不过都是她的一厢情愿罢了。她太天真了，梁信身为专业律师，对于法律条款，比她清楚多了。想要逃过法律的制裁，他必然会补充证据。

"审判长，被告提供的证据不实。五日前，被告还与我方原告住在同一屋檐下，如今却又拿出离婚协议书，不过是为了逃避重婚罪罢了。"沈牧当庭解释。

审判长马上又问梁信："被告，你可有什么要说的？"

梁信马上说："审判长，这份离婚协议书，是三年前我与前妻签订的。之所以一直没有分居，是为孩子考虑。我们两人的孩子目前刚上小学，怕影响孩子成长，所以一直没公开。但是我们两人的感情早已破裂。"

说着，他又让蒋荣拿出证据，说："事实上，我和我的岳父岳母早就矛盾很深了。我的出身不好，家庭条件比较差，与柯秋柏有一定的差距。他们一直不同意我们结婚。但是我也很努力，就算是岳父介绍工作，我也都一一认真对待，好不容易才创办了良心律所。我以为事业上有成就后，岳父岳母对我的态度有所改观，但是一切不过都是假象。他们常常当面一套背后一套，嫌弃我，指责我。婚姻关系中一旦出现各种不平等，就会有变质。慢慢地我们两人的婚姻也就走到尽头了。"

"至于韩玎，她是这个世界上对我最好的女人，所以我愿意为了她离婚。"

"你胡说。梁信你凭良心说，我爸妈待你不好？"柯秋柏有些气愤。

梁信揶揄地笑了一声，"小柯，你因为是他们的亲生女儿，自然感受不到他们对我的态度。起初，我为了你可以忍，但是现在我受够了，再也不想忍受了。既然你提出离婚，那我就成全你。我同意。"

虽然从一开始顾佳和沈牧就知道梁信不是一个好对付的角色，但事情的发展，一切都在顾佳的意料之外。

顾佳担心沈牧会再次输在他的手里，看向沈牧，"师父……"

"别担心。好戏还在后面呢。"沈牧拍拍她的手背，让她宽心。

129·表 白

沈牧起立，对审判长说："审判长，梁信毕竟是专业律师，熟读法律，自然懂得证据的利害关系。我怀疑被告伪造证据，请求查证。"

审判长同意了沈牧的请求，命工作人员彻查梁信的证据。

让所有人意外的是，梁信的证据居然都是真的，就连离婚协议书都并非故意做旧。

眼看一切都已经没有戏了，柯秋柏请求沈牧直接出示金稻案件的关键证据。

"审判长，朝曦（盛海市）实业、星冠服务、金稻公益机构关于金稻公益爱心养老之家一案中，梁信是当时星冠服务法人刘盈的代理人。目前，我有新的证据证明梁信才是此案的幕后主使。请准许我出示证据。"

庭审团立即拿出当年案件，重新回归了那桩旧案。

2015 年，金稻公益集团从城建局、土地局等各部门，相继拿到了开发建设养老机构的批文。金稻公益随后又拿到了其他项目，索性将养老院的项目合同招标给第三方公司开发建设。

当时参与竞标的共有八家单位，其中就包括朝曦实业和星冠服务两家公司。通过多方比较，朝曦实业顺利拿到了项目工程的招标书，于 2015 年 7 月正式开始施工。然而项目刚刚施工一年，金稻公益突然将项目转给了星冠服务有限公司。此时，朝曦实业已经投入资金 2 个亿，其中还包括贷款。

即便是拿到合同，也没有办法施工，朝曦实业只得退出。

原以为星冠拿到项目后会好好开发，却不想，原本该实施三年的项目，星冠居然加快到十二个月工期。工程质量出现问题，资金也相继出现缺口。

在一次施工中，工人冯炎被工地上的石板砸伤，造成瘫痪。本是星冠的责任，只因朝曦实业的季岱拥有项目合同，而被迫成了工程项目不达标的责任人。季岱因此被追究刑事附带民事责任，获有期徒刑三年零六个月，赔偿金额高达80万元人民币。

"关于此案，原被告是否有补充资料。"审判长问。

当时庭审案件，沈牧的当事人季岱为被告，梁信则是星冠刘盈的代理人。

审判长拿出当年案件的证据，问道："对于此案，你二人可有补充证据？"

"有。"沈牧说。

"请出示。"

沈牧看了看顾佳，由顾佳递交原始证据及补充证据。

顾佳交给尤贺时，还有些尴尬，尤贺却向她点了一下头，"加油。希望你一切顺利。"

这时投影仪上显示的是当年季岱签订的合同。

沈牧介绍说："大家可以注意到这份合同，是朝曦实业2015年第一次竞标，正式成为金稻公益爱心养老院的承接人。"

幻灯片切换到下一张，沈牧接着说："这份是季岱公司前期投入资金共计2亿元。"

继续，下一张。

"这一张是季岱当初的贷款文书，和被架空的项目。而包工头冯炎出事的时间是2017年10月15日，这一天，已经是当时星冠集团刘盈负责此事。但因为季岱的合同未能正式解约，季岱被迫成为冯炎工伤事故的主要责任人。"

梁信听着沈牧的话，嘴角划出一道弧线，不屑道："季岱合同解约时间是2015年7月，2017年10月15日出事，自然是要负责的。"

"但当时季岱已经被迫退出金稻养老院项目。"沈牧说。

"法律讲究的是证据。没有证据一切都是空口无凭。"

"好。那我们补充证据。审判长，我请求人证出庭。"沈牧对审判长请求人证出庭。

审判长与庭审人员简单商议后，同意。

"请人证出庭。"

此时，所有人的目光都聚焦到人证进来的大门。

两分钟后，李胜出现在庭审现场。

一看见李胜，梁信有些诧异，完全没有料到李胜在最后关头会站在沈牧那边担任季岱的人证。

"李胜，你最好想清楚，你给沈牧担当人证的话，后果……"

"审判长，对方干扰我方证人，我反对。"沈牧马上打断梁信的话。

"反对有效，请被告退回。"审判长说。

沈牧看了看李胜，说："你可以说了。"

李胜点了一下头，不紧不慢地说："审判长，当年我是沈律师的助理，因为梁信允诺我事成后给我 20% 的提成，所以我最后鬼迷心窍，将被告人之一的季岱的证据提供给了梁信，造成季岱蒙冤入狱。但梁信事后也未能如约给我提成，并一直压榨于我，接案子每次都是让蒋荣出庭，而从不让我出庭，所以今天我一定要把我所知道的事都说出来。"

"事实上，冯炎与星冠集团的刘盈早就认识。而金稻公益本就是梁信岳父柯振兴所开，梁信长期与沈牧在律坛对峙，输了一片江山，最终决定联合众人给他布一个局。"

"那一年，冯炎在季岱手下干的时候，故意暗中挪用公款，一方面是自己的贪欲，一方面也是梁信的安排。后来金稻公益将合同转给星冠时，季岱人好，认为冯炎已经干习惯了，留着也就留着了，索性让他继续在星冠手下负责养老院的工程。"

"而这其后，金稻公益突然将合同转给星冠，一方面也是为了让这个项目能拿到更多的股份，另一方面是为了让季岱和沈牧没有翻身的机会。"

"项目成功转移到星冠手里后，星冠服务的刘盈将养老院的股份给金稻公益 20%。同时星冠还需要将拿到手的一部分欠款流入柯秋柏的小额信贷公司走账，也就是流入梁信自己的小金库。"

"这样一来，金稻公益就可以顺理成章地将季岱赶出养老院工程，拥有了养老机构更多股份。但事与愿违，因为冯炎和刘盈两人秘密操作，亏空资金，决定启用第三方公司弥补亏空，表面上假借家具公司招揽大批的百姓入股，实则是变相的高利贷。"

"为了套牢季岱手中的钱，他们还安排冯炎假借现场勘查进度，造成意外事故，将责任推给季岱。然而，假事故成了真事故，冯炎意外地被工人手中的石板砸伤，从此瘫痪在床。刘盈因为没有能力补偿冯炎的医疗费用，梁信出招，让冯炎直接将刘盈、季岱一同告上法庭。因为当初的合同，季岱就成了背黑锅的。"

"李胜，我劝你最好想清楚再说话。事情如果这么简单的话当初案子怎么会判季岱三年刑期 80 万赔偿款？"梁信威胁道，"要知道作伪证是犯法的。"

李胜说："我很清楚作伪证会是什么后果，正因为如此，我才更愿意站出来澄清这件事。"

沈牧说："梁信，你不用再挣扎了，今天不光有李胜的证明，还有冯炎自己的。

他也来到了法庭，就为了检举你。你身为律师，知法犯法，罪不可恕。"

"哼，就算你们今天都指证我，那又如何？没有做过的事，我是不会认的。"梁信说。

"事到如今，你还不肯承认自己做错了。"沈牧说。

130 · 婚　礼

"审判长，我请求我的第二个证人出庭。"沈牧说。

"同意。"

两分钟后，冯炎被家人推出来。冯炎因为工地事故，不能坐立，只能躺在平板车上。

一看到冯炎，梁信、蒋荣两人的脸色都有些难看。

"审判长好，我是冯炎。梁信当初为了扳倒沈律师，特意安排我在季岱进行投标之前，就进入了季岱的朝曦实业。后来故意放出信息，让季岱知道金稻公益养老院的项目，准备材料之后中标。"

"事实上当时参与竞标的其余六家单位，也全部是陪跑的公司，为的就是套牢季岱。季岱这个人对我不错，但就是太过认真负责。在他手底下干活，想要捞点油水，基本上不太可能。我只能暗中偷偷对原材料做手脚。"

"你做了什么手脚？"审判长问。

"我与上家合谋做了假账，以次充好。"

"那都是你自己的选择。"梁信狡辩。

"胡说，如果不是你，我一个平头老百姓，小小的包工头，有什么本事敢这么做？"冯炎解释。

梁信正想继续反驳，审判长马上阻止梁信："请不要打断证人的证言。"

梁信哑口无言，冯炎继续讲："但是很快刘盈发现公司出现亏空，于是用我的化名董岩开了一家皮包公司，吸引了很多百姓入股，从而获得资金。"

"你们是不是还曾骗江琨瑜、林铮等人入股？他们钱不够，就签下巨额高利贷？"沈牧问。

冯炎点了点头，继续说："是。本来想着只要让你输了案子，我们拿到了钱，这件事就算是完了。只是千算万算，没有算到工地事故假的变成真的。我到现在身体还没有什么起色。没钱治病，梁信就怂恿我打官司，谁知道季岱的公司原来也有很多银行贷款。如今，没钱看病，我再也不能假装自己无辜了。从头到尾都是梁信一手策划，我要状告梁信，赔偿我的经济损失和精神损失。出这种事，都怪我贪财、自私，脑子笨，让季岱身陷牢狱之灾。我错了。请求原谅。"

庭审现场，冯炎、李胜两人都将案情说清楚了，季岱是无辜受害者。所有证据一摆出来，梁信再无胜算的可能，只能认栽。季岱也因此翻案，提前出狱，并获得赔偿金。

梁信身为幕后黑手，在冯炎生产事故中负50%的主要责任；在逃人员刘盈负30%的次要责任，金稻公益违反合同，负10%的责任，冯炎自己承担10%的责任。同时，刘盈、冯炎二人暗中开设皮包公司喜盛家私有限公司，涉嫌诈骗、非法放高利贷，判处二人两年有期徒刑，但因冯炎的身体情况，他缓期执行。

梁信重婚罪事实清楚，证据确凿，判处两年有期徒刑，按处罚商业法，判处有期徒刑两年，共计四年，立即执行。

事件圆满结束，众人欢呼不已。

从法院出来，沈牧抬头看天，天空更蓝了，再也不会被黑暗蒙尘。

他拉着顾佳的手，两人都笑了。

两日后，文琬答应了赵大沪的求婚，在盛海市中心惜缘酒店举行盛大婚礼，沈牧和顾佳纷纷作为伴郎伴娘参加婚礼。

酒店内有一处绿地，摆满了白色的藤椅，鲜花、气球、彩带、音乐一切都是顾佳亲手为妈妈操办的。

婚礼现场十分漂亮，喜气洋洋。

台上，文琬一袭雪白的婚纱，显得年轻漂亮，温婉可人，她的笑让人觉得幸福。赵大沪一身西装，也显得十分精神。

顾佳身穿淡粉色的伴娘服，正欲往台上走，却被穿着黑色西装的沈牧一把拉住。

"怎么了？典礼马上就要开始了。"顾佳被吓了一跳。

"先别着急，还有时间，等我一下，我想给你一个礼物。"

"什么礼物？"

"先闭上眼睛。"

"不要。"顾佳拒接。

"快点，听话。"沈牧哄她。

顾佳笑了，虽然猜不到他又要搞什么花样，但却又十分好奇，犹豫了一下乖乖闭上了眼睛。

这时，沈牧拉着她的右手，缓缓单膝跪地，另一手从西装口袋里掏出一个红色的丝绒方盒，按开了盒盖，里面的一只心形一克拉钻戒闪闪发光。

"现在可以睁开了。"

顾佳缓缓睁开双眼，被眼前的景象吓了一跳。沈牧那么骄傲的人，居然……

沈牧说："佳佳，你愿意嫁给我吗？这么长时间，和你在一起，我觉得很幸福，是你的出现改变了我，让我知道原来自己也可以这样幸福。今天是咱妈的大婚之喜，我想借着这个机会，向你征求意见。你愿意嫁给我吗？"

沈牧的话，让顾佳有些措手不及，她眼角流出了幸福的泪花。

他从不开口表白，不说喜欢或是爱，可他却用行动表达了他的内心。

她幻想过很多场景，可从没有想过，他会直接在妈妈的婚礼上向自己求婚。

她傻了，呆了，双唇突然像是被胶水黏住了一样，怎么也张不开口。

等不到她的回应，沈牧问："被吓到了吗？不知道要说什么了吗？"

顾佳抬头看天，眼泪从脸颊滑落后，又低头看着他的眼睛，说："你怎么确定我会答应你的求婚，不怕搞砸了吗？"

沈牧笑笑："因为我知道，你十年前就开始喜欢我了。而我心里也早就住进了你，无人可以替代了。"说完，又故意反问："你不答应我，预备答应谁呢？"

顾佳的小心思被沈牧一眼看穿，她别过脸去，两手交叉于胸前说，"说得好像你有多优秀似的，我如果不嫁呢？"

"不嫁啊！不嫁就把你绑走。"说着，沈牧轻轻将戒指戴到顾佳的中指上，捧花也交给了她，然后两个人紧紧地相拥在一起。

此时，前来参加文琬婚礼的亲友们，看见沈牧和顾佳两个人，都高呼起来，拍手叫好。

十年的等待终究是值得的，遇见你是最好的时光。